U0136180

隨園詩話箋注　下冊

一

《詩》始于虞舜，編於孔子。吾儒不奉兩聖人之教，而遠引佛老，何耶？阮亭好以禪悟比詩(1)，人奉為至論。余駁之曰：「《毛詩三百篇》，豈非絕調？不知爾時，禪在何處？佛在何方？」人不能答。因告之曰：「詩者，人之性情也。近取諸身而足矣(2)。其言動心，其色奪目，其味適口，其音悅耳：便是佳詩。孔子曰：『不學詩，無以言。』又曰：『詩可以興。』兩句相應。惟其言之工妙，所以能使人感發而興起；倘直率庸腐之言，能興者其誰耶？」

【箋注】

(1)阮亭：王士禎。見卷一・五四注(1)。禪悟：指以悟性洞達禪意、禪理。

(2)近取諸身：《周易・繫辭下》：「近取諸身，遠取諸物，於是始作八卦，以通神明之德，以類萬物之情。」用到詩歌理論上，意謂從近處來說，取材於自身，從遠處來說，取材於外物。表示隨處可以取材。

二

李玉洲先生曰(1)：「凡多讀書，為詩家最要事。所以必須胸有萬卷者，欲其助我神氣耳。其隸事、不隸事(2)，作詩者不自知，讀詩者亦不知：方可謂之真詩。若有心矜炫淹博(3)，便落下乘。」

又有人問先生曰：「大題目用全力了卻，固見力

量；倘些小題，亦用長篇，豈不更見才人手段？」先
生笑曰：「獅子搏兔，必用全力：終是獅子之愚。」

【箋注】

(1)李玉洲：李重華。見卷四·三九注(2)。

(2)隸事：以故事相隸屬。謂引用典故。

(3)淹博：精深廣博。

三

　　同一樂器：瑟曰鼓，琴曰操。同一著述：文曰
作，詩曰吟。可知音節之不可不講(1)。然音節一事，
難以言傳。少陵「群山萬壑赴荊門」(2)，使改「群」
字為「千」字，便不入調(3)。王昌齡「不斬樓蘭更不
還」(4)，使改「更」字為「終」字，又不入調。字義
一也；而差之毫釐，失以千里。其他可以類推。

【箋注】

(1)音節：音韻節奏。

(2)「群山」句：是杜甫〈詠懷古跡五首〉（其三）中句，
　　寫昭君村的地理形勢。用一「群」字，便增強了形象性
　　與實感。

(3)入調：符合某種聲腔韻調。

(4)「不斬」句：是唐·王昌齡〈從軍行〉中句，用一
　　「更」字，似增強了音節力度。正如所說，此中韻味，
　　只可意會，難以言傳。

四

沈雲椒侍郎未遇時(1)，館于陳梅岑家(2)，其時梅岑尚髫也。然梅岑詩筆清新，實為先生傳授。諺云：「開口乳要吃得好。」此之謂也。梅岑嘗誦先生〈午日秦淮〉云：「菖蒲綠映石榴紅，罍盉東西放幾叢(3)。不辨誰家妝閣底，遠山多在畫屏中。」「闌干影裏綺疏橫，艾酒齊酣笑語迎(4)。樓上衣風樓下水，一簾香霧不分明。」「丹符風颭佛幡如(5)，扇影參差漾碧虛。一片湖光星萬點，家家水閣上燈初。」「柳陰檻外泊船頭，都向尊前聽短謳(6)。却到中流清景好，蔣王山上月如鈎(7)。」〈晚過楓橋〉云(8)：「雨不成絲柳帶煙，暮天遠水正無邊。客愁最怕鐘聲攪，不向楓橋夜泊船。」〈泛舟城北〉云：「最是長條柳，依依一愴情。蘆花猶未白，已解作秋聲。」

【箋注】

(1)沈雲椒：沈初。見卷一・二八注(11)。

(2)陳梅岑：陳熙。見卷一・五注(2)。

(3)罍盉：泛指盛酒器。

(4)艾酒：古俗，端午日採艾浸酒，飲之以祛邪。

(5)丹符：帝王的符信。佛幡：佛寺所用的幡幢華蓋之類。如：隨。即隨風飄動。

(6)尊前：酒樽之前。

(7)蔣王山：即鍾山。在南京市東北。漢末秣陵尉蔣子文逐盜死於此，後人立蔣王廟。

(8)楓橋：在江蘇省蘇州市閶門外寒山寺附近。本稱封橋，因唐・張繼〈楓橋夜泊〉詩而相沿作楓橋。

五

　　鄭璣尺先生詠〈鏡〉云(1)：「朱顏誰不惜？白髮爾先知。」可謂佳矣。後聞俞鶴齡秀才詠〈鏡〉有「白髮朱顏管一生」(2)，七字尤佳。其妙處在一「管」字。

【箋注】

(1)鄭璣尺：鄭江。見卷四・四六注(8)。

(2)俞鶴齡：未詳。

六

　　趙雲松〈過蘇小墳〉云(1)：「蘇小墳鄰岳王墓，英雄兒女各千秋。」孫九成〈過琵琶亭〉云(2)：「為有琵琶數行字，荻花楓葉也千秋。」句法相似。

【箋注】

(1)趙雲松：趙翼。見卷二・三三注(3)。蘇小墳：蘇小小，錢塘名妓，南朝齊人。後人在杭州西湖西泠橋北、岳飛墓附近築墳。

(2)孫九成：孫韶。見卷二・二四注(1)。琵琶亭：在今江西九江市西長江東南岸。唐・白居易〈琵琶行〉：「潯陽江頭夜送客，楓葉荻花秋瑟瑟。」

七

近日有巨公教人作詩(1)，必須窮經讀注疏，然後落筆，詩乃可傳。余聞之，笑曰：且勿論建安、大歷(2)，開府、參軍(3)，其經學何如，只問「關關雎鳩」、「采采卷耳」，是窮何經、何注疏，得此不朽之作？陶詩獨絕千古，而「讀書不求甚解」。何不讀此疏以解之？梁昭明太子〈與湘東王書〉云(4)：「夫六典、三禮(5)，所施有地，所用有宜。未聞吟詠情性，反擬〈內則〉之篇(6)；操筆寫志，更摹〈酒誥〉之作(7)。『遲遲春日』(8)，翻學《歸藏》(9)；『湛湛江水』(10)，竟同〈大誥〉(11)。」此數言振聾發聵；想當時必有迂儒曲士，以經學談詩者，故為此語以曉之。

【箋注】

(1) 巨公：大人物。

(2) 建安：漢末年號。建安時期產生以「三曹」、「建安七子」為代表的詩歌。其風格悲涼慷慨、剛健清新。大歷：中唐大歷（曆）年間，產生以大歷十才子為代表的大歷體詩歌。溫秀蘊藉，清空流暢，情味濃鬱，名作迭出。

(3) 開府：庾信。見卷三‧七一注(5)。其詩被杜甫贊為「清新庾開府」。參軍：鮑照。見卷四‧二九注(1)。其詩慷慨任氣，樸茂深秀，被杜甫稱為「俊逸鮑參軍」。

(4) 昭明太子：蕭統，南朝梁南蘭陵人。梁武帝天監初，立為太子。未即帝位而卒，諡昭明。曾招聚文學之士編《文選》，以「事出於沉思，義歸乎翰藻」為標準，選錄各體詩文，為現存最早詩文總集。按：此所引〈與湘

東王書〉應為梁簡文帝蕭綱寫給蕭繹（湘東王）的一封書信。非昭明太子寫。（據《梁書》卷四十九、《南史》卷五十、《通志》卷一百四十一、《日知錄》卷十九）

(5)六典：指古代建邦治國之治典、教典、禮典、政典、刑典、事典。三禮：儒家經典《周禮》、《儀禮》、《禮記》的合稱。

(6)內則：《禮記》篇名。

(7)酒誥：《尚書》篇名。

(8)遲遲春日：《詩經·豳風·七月》有句「春日遲遲」。

(9)歸藏：三《易》之一，相傳為黃帝所作。

(10)湛湛江水：楚辭〈招魂〉：「湛湛江水兮上有楓。」

(11)大誥：《尚書》篇名。

八

人問：「杜陵不喜陶詩(1)，歐公不喜杜詩(2)：何耶？」余曰：「人各有性情。陶詩甘(3)，杜詩苦；歐詩多因(4)，杜詩多創：此其所以不合也。元微之云(5)：『鳥不走，馬不飛，不相能，胡相譏？』」

【箋注】

(1)杜陵：杜甫。見卷一·一三注(4)。

(2)歐公：歐陽修。見卷四·四七注(1)。

(3)甘：指晉·陶淵明詩韻味恬美。

(4)因：因襲，繼承。

(5)元微之：唐·元稹。見卷一·二〇注(11)。

九

宋人〈漁父〉詞云：「歸來月下漁舟暗，認得山妻結網燈(1)。」又云：「不愁日暮還家錯，認得芭蕉出槿籬(2)。」二語相似。余寓西湖德生庵，夜深斷橋獨步，常恐迷路，緊望僧庵燈影而歸，方覺二詩之妙。

【箋注】

(1)「歸來」二語：唐・陸龜蒙〈和襲美釣侶二章〉中句。

(2)「不愁」二語：唐・于鵠〈巴女謠〉中句。

一〇

凡菱筍魚蝦，從水中采得，過半個時辰，則色味俱變；其為菱筍魚蝦之形質，依然尚在，而其天則已失矣(1)。諺云：「死蛟龍，不若活老鼠。」可悟作詩文之旨。然人莫不飲食也，鮮能知味也。作者難，知者尤難。

【箋注】

(1)天：天性。生命本性。

一一

尹文端公出將入相(1)，垂四十年，常謙謙然不自喜。惟小妻張氏以所生女入宮，為皇子妃(2)，誥封一品夫人，逢人必誇。故〈紀恩〉詩曰：「瑞日朣朧展翠屏，環階拜舞祝慈寧(3)。爭傳王母瑤池會，竟見仙班列小星。」

【箋注】

(1)尹文端：尹繼善。見卷一・一○注(3)。

(2)皇子妃：伍批本說是皇八子儀親王正妃。

(3)朣朧：日初出貌。慈寧：父母安寧。

一二

余屢覓同年楊兼山大琛詩不得(1)，今年到蘇州，得其《古香堂詩稿》。〈秦宮〉云：「五丈旗飄複道寬(2)，曉妝人試綠雲盤。虛懸照膽秦宮鏡，不見長城白骨寒。」〈舟中〉云：「斷雲作意橫遙嶺，明月多情送短篷。最愛風標兩公子(3)，一生消受綠蘆風。」又：「春衣典盡還賒酒，鶴俸分來又買花(4)。」皆駘蕩可喜。

【箋注】

(1)楊兼山：楊大琛。見卷一六・三注(1)。

(2)複道：樓閣間有上下兩重通道，稱複道。

(3)風標：形容優美的姿容神態。

(4)鶴俸：官吏的俸祿、薪水。

一三

　　庚申初春，余與兼山及諸同年在京師遊陶然亭。兼山〈次壁間田退齋少宰韻〉云(1)：「欲雨不雨春晝陰，城南亭子同登臨。雪痕消盡葦根出，磬響斷時禽語深。且喜僧寮無俗韻，漫將宦跡託沉吟。丁香幾樹才含萼，記取花時策杖尋。」兼山晚年寵姿，與夫人反目(2)。余戲之曰：「君可記四十年前〈贈內〉詩乎？」兼山請誦之。曰：「『百杵午窗頻搗藥，一燈子夜尚縫衣。』此與唐明皇、王夫人脫阿忠半臂作生日何殊(3)？讀之可作回心院矣(4)。」兼山笑而不答。田少宰諱懋，山西相公從典之子，立朝有聲。

【箋注】

(1)田退齋：田懋，字德符，號退齋、依園。山西陽城人。田從典相國之子。雍正中，自蔭生授刑部員外郎，改御史。乾隆時官至吏部侍郎。曾解任回籍，讀書改過。

(2)反目：謂夫妻不和。

(3)阿忠半臂：指阿忠（王皇后對其父的稱呼）的短袖上衣。唐玄宗處藩邸時，其丈人王仁皎曾經用一件短袖上衣換一斗麵粉給他做生日湯麵。見《新唐書·后妃傳上》。

(4)回心院：唐宮院名。高宗王皇后及蕭良娣與武昭儀爭寵被廢所囚之處。高宗來看二人，皇后以為陛下幸念疇日，乞署此為回心院。見《舊唐書·后妃傳上》。

一四

　　杭菫浦論七律(1)，不喜拗體(2)。余道詩境甚
寬，實有因拗轉峭者。因誦倪紫珍先生〈客中憶西
湖〉云(3)：「江水不如湖水澄，南峰涼暖時堪登。
入雲但問采樵客，踏葉偶隨歸寺僧。一掬泉因瘦蛟
活，滿山桂與青霞蒸。白波渺渺未可渡，空倚葛陂三
尺藤。」似此八句，一調平仄，便索然無味矣。杭亦
以為然。先生官御史，古貌清標，識余於未第時。余
學寫殿試卷，先生教以偏旁點畫：致足感也。記其
〈渡江遇風〉云：「越陰已夙戒(4)，涉波復新懦。忽
然馮夷怒(5)，葉舟竟掀播。命祗比毛輕，心已拚甂
破(6)。且守柁檣立，獨抱忠信臥。須臾洪濤平，白鷗
浮一個。」〈在試院中答厲衣園侍郎〉云：「文入殼
中須賞識(7)，棋于局外易分明。」〈贈丹桂〉云：
「老幹十年看獨立，丹心一點早平分。」其存心之
公正可想。〈宿瀘溪〉云：「避風先泊岸，過雨更觀
瀾。」皆妙。先生名國璉。

【箋注】

(1) 杭菫浦：杭世駿。見卷三・六四注(1)。

(2) 拗體：格律詩的一種變體。指詩人刻意求奇，特地變更
　　詩格用拗句（平仄不合常規）寫成的詩。這類詩的特點
　　是生澀瘦硬、崛奇古拙、富於氣勢。

(3) 倪紫珍：倪國璉，字紫珍，號稼疇。浙江仁和人。雍正
　　八年進士。由翰林歷官吏科給事中，遷湖南學政。工書
　　畫，善彈琴。有《春及堂詩集》。

(4)陰：水。

(5)馮夷：指水神。

(6)甑（zèng）：蒸食炊器。《後漢書・孟敏傳》：「孟敏
字叔達，鉅鹿楊氏人也。客居太原。荷甑墮地，不顧
而去。林宗見而問其意。對曰：『甑已破矣，視之何
益？』」

(7)彀中：指箭射出去所能達到的有效範圍，比喻文章緊扣
主題。

一五

　　李謹堪之遊靈隱寺(1)，雲林大師出示右軍〈感
懷札〉(2)，紙墨殘缺，如裂春冰。又出山谷、襄陽
二札(3)。李題云：「玉印何時勒，貞觀十五年(4)。
不多完筆墨，一半補雲煙。稀世無人信，名山有佛
憐。我來長跪讀，深幸見殘箋。」〈觀梅〉云：「步
步梅花裏，遲遲過石梁。兩山清潤合，一路白雲香。
偶約探春侶，同登選佛場(5)。羨他修得到，愧我半
生忙。」又：「顧我忽無影，前峰落照微。」十字亦
超。

【箋注】

(1)李謹堪：李芝，字謹堪，號竹友。清浙江錢塘人。有
《淺山園詩集》。

(2)右軍：東晉・王羲之。見卷三・三六注(4)。

(3)山谷：黃庭堅。見卷一・一三注(6)。襄陽：指米芾。見
卷一四・九注(6)。

(4) 貞觀：唐太宗李世民年號。

(5) 選佛場：唐代天然禪師初習儒，將入長安應舉，途逢禪僧，謂選官不如「選佛」，天然改變初衷，出家習禪。後因以「選佛場」指開堂、設戒、度僧之地。亦泛指佛寺。

一六

余游武夷，至大藏峰，望半字山，穴中有橋板梁柱，大小百千根，參差堆架，灰墨色，長短不齊，既不朽爛，又不傾落。其下湍急，舟難停泊。有某官，擊以鳥槍，落木梯數片。朱子云(1)：「是堯時民，避洪水居此。水平時，人下而木存。」想亦有理。余還杭州後，與孫景高世講談及之(2)。孫出所藏虹橋板一片(3)，長尺許，薄三分，云得自張芑堂(4)，張又得於吳達夫(5)。梁山舟題云(6)：「虹橋之板長徑尺，付與幽人鎮玉格(7)。延陵家藏東海題(8)，題處天然一角白。書不可信字可傳，非松非柏無人識。即今散落市廛中，君獨何緣收拾得。當年吹墮武夷峰，仙凡惝恍將毋同。須防一夜風霜起，飛上青天化斷虹。」主人題云：「虹橋遺跡倩誰搜，千載猶看片板留。莫道仙蹤渺難問，有人曾向武夷遊。」「九曲環溪鎖翠煙，仙風吹墮幾何年？題來好句尤珍重，慰我平生嗜古緣。」

【箋注】

(1) 朱子：宋朱熹。見卷二·四四注(3)。朱熹曾在福建武夷山中隱居多年。

(2) 孫景高：孫仰曾，字虛白，號景高。清浙江仁和人。世講：友人的後輩。

(3) 虹橋板：即前文所說橋板。傳為仙物。今人認為是船棺附屬物。

(4) 張芑堂：張燕昌，字文漁，號芑堂，一號金粟山人。浙江海鹽人。嘉慶元年舉孝廉方正。力學好古，尤嗜金石，搜羅甚富。

(5) 吳達夫：吳介寶，字達夫。上元人。嘉慶二十四年舉人。官休寧訓導。善畫。

(6) 梁山舟：梁同書。見卷三·三二注(3)。

(7) 玉格：指道書。

(8) 延陵：代指吳達夫。吳氏郡望為江蘇常州延陵。東海：代指張芑堂。

一七

　　人饋得心大師雞子四十(1)，師大吞咽。人笑之。師作偈云(2)：「混沌乾坤一口包，也無皮血也無毛。老僧帶爾西天去，免在人間受一刀。」

【箋注】

(1) 得心：明僧。巴東（今屬湖北）人。住蘄州三角山。常修淨業，晝夜無間，漸成叢席，曰洪椿坪。

(2) 偈：指釋家雋永詩作。

一八

　　金陵山川之氣，散而不聚；以故土著者絕少傳人(1)。王、謝渡江(2)，多作寄公(3)，亦復門戶不久：此其證也。然街衢宏闊，民氣淳靜，至今士大夫外來者，猶喜家焉。桐城姚姬傳太史掌教鍾山(4)，有移居之志。賦詩云：「又向金陵十日留，依然雙闕望牛頭(5)。交遊聚處思移宅，衰病行時愛掉舟。蕭寺風多疑作雨(6)，後湖煙淡總如秋。僧書擬共舒王讀(7)，不吊興亡惹淚流。」余謂第四句尤合余意。余當未衰時，亦喜舟行，畏陸行也。

　　太史七古雄厚，惜篇長難錄。錄其〈岳陽樓見月〉云：「高樓深夜靜秋空，蕩蕩江湖積氣通。萬頃波平天四面，九霄風定月當中。雲間朱鳥峰何處(8)？水上蒼龍瑟未終(9)。便欲拂衣瓊島外，止留清嘯落湘東。」〈吊王彥章〉云：「亂世鳥飛難擇木，男兒豹死自留皮(10)。」〈哭劉耕南〉云：「別來書到長安少，死去才教天下空。」〈淮上〉云：「只愁天上桃花水，浸失淮南桂樹山(11)。」〈釣臺〉云：「可憐高鳥盡，回憶釣魚磯。」皆絕妙也。己巳歲，余〈中秋夜渡江〉云：「世上夜深秋正半，江心風定月當中。」亦與先生〈岳陽〉三四聯相似。先生從父南青諱範，在長安與余有車笠之好(12)，學問淹博，而不喜吟詩。余改官江南，送行詩麻集，而南青無有也。余調之云：「南青愛人如老嫗(13)，初入翰林殊栩栩(14)。平時著述千萬言，臨別贈我無一語。」

【箋注】

(1) 土著：世代居住本地。傳人：指聲名留傳到後世的人。

(2) 王謝：指東晉時王導和謝安兩姓豪門望族。

(3) 寄公：泛稱失位而流亡者。

(4) 姚姬傳：姚鼐。見卷一〇・九三注(1)。

(5) 牛頭：指南京市西南牛首山。

(6) 蕭寺：佛寺。見卷四・六六注(5)。

(7) 舒王：指北宋・王安石，辭退宰相後還居江寧（今江蘇南京）。宋徽宗政和三年，追封王安石為舒王，配饗文宣王廟。

(8) 朱鳥：紅色鳳凰，是衡山的象徵。代指衡山的最高峰祝融峰。祝融峰形如飛翔着的天鳳。

(9) 蒼龍：指湘靈，古代傳說中的湘水之神。《楚辭・遠遊》：「使湘靈鼓瑟兮，令海若舞馮夷。」

(10) 豹死留皮：比喻人將好名聲留傳於後世。五代時梁將王彥章，武人不知書，常為俚語謂人曰：「豹死留皮，人死留名。」唐兵攻克州，彥章兵敗被擒，不屈見害。（《新五代史・王彥章傳》）

(11) 桂樹：喻忠貞之士。淮南小山〈招隱士〉：「桂樹叢生兮山之幽。」王逸注：「桂櫕芳香，以興屈原之忠貞也。」

(12) 姚範：字南青，號薑塢。安徽桐城人。乾隆七年進士。官翰林院編修，充三禮館纂修。有《援鶉堂詩集》、《援鶉堂文集》。車笠：喻貴賤貧富不移的深厚友誼。

(13) 愛人：友愛他人。

(14) 栩栩：活潑。

一九

　　閨秀，吾浙為盛。庚戌春，掃墓杭州，女弟子孫碧梧邀女士十三人(1)，大會於湖樓，各以詩畫為贄(2)。余設二席以待之。徐裕馨，相國文穆公之孫女也(3)，畫法南田(4)，詩吟中、晚(5)。〈即景〉云：「讀罷《黃庭》卷懶開(6)，靜中消息費推裁。吹燈欲禁花留影，剛捲珠簾月又來。」〈暮秋〉云：「寒蝶低飛月滿枝，海棠紅冷桂凋時。笑儂竟比黃花瘦，青女多情知未知？」〈畫眉〉云：「柳梢枝上曉風柔，夢醒雕欄語未休。莫向碧紗窗畔喚，美人猶是未梳頭。」〈暮春〉云：「殘紅片片卸簷前，樹有餘香蝶尚憐。士女不來芳草外，鞦韆猶繫綠楊邊。中庭風靜遊絲落，繡戶簾垂紫燕穿。恰好送春詩未就，瑤臺有妹贈雲箋(7)。」〈夜雨〉云：「夜雨小窗多少，春喚子規去了。起來收拾餘花，又把五更風惱。」

【箋注】

(1)孫碧梧：孫雲鳳。見卷二‧三一注(2)。

(2)贄：初次見人時所執的禮物。

(3)徐裕馨（1765-1791）：字蘭韞。清浙江錢塘人。文穆公曾孫女。同里諸生程煥妻。工詩善畫。有《蘭韞詩草》。文穆公：徐本。見卷八‧四五注(2)。

(4)南田：惲格。見卷四‧二注(1)。

(5)中晚：指中晚唐。

(6)黃庭：指晉‧王羲之書寫的道教經典著作《黃庭經》法帖。

(7) 瑤臺：形容所居之處如美玉砌成，極其華麗。

　　汪姻(1)，字巽為，號順哉，秋御先生之女也。〈春日山居〉云：「山居無事起常遲，不斷溪聲雨過時。最愛學飛新燕子，簾鈎低拂影差池(2)。」〈聞蟲〉云：「四壁亂蟲鳴，聞聲暗自驚。獨憐秋一色，可奈月三更。歎息余如助，丁寧夢未成。可知為客者，緣爾倍關情。」〈秋月〉云：「古戍鳴寒柝，孤城急暮砧(3)。」俱饒有唐音。

【箋注】

(1) 汪姻：清浙江錢塘人。汪繩祖女。與妹俱以詩名。見卷一二・二五注(2)。

(2) 差池：猶參差。不齊貌。

(3) 寒柝：寒夜打更的木梆聲。暮砧：傍晚擣衣的砧聲。砧，擣衣石。

　　孫春巖觀察滇南(1)，娶姬人王氏，名玉如(2)，善畫工詩，與女公子雲鳳、雲鶴閨房唱和，有林下風(3)。〈喜弟自滇至〉云：「既見翻疑誤，凝眸各審詳。九年雲出岫，一夕雁成行。別後滄桑換，途中歲月長。舊容驚半改，鄉語歎全忘。對月秋垂淚，聽猿

夜斷腸。逢人問消息，覓便寄衣裳。剪燭心方慰，回頭意轉傷。自余離故土，賴爾奉高堂(4)。感逝餐應減，思兒鬢恐霜。弟能支菽水(5)，妹可護溫涼。聞已調琴瑟(6)，曾無弄瓦璋(7)。當年送我處，今日遇君場。彼此皆如夢，依依兩渺茫。」此詩置白太傅集中(8)，幾不可辨。

【箋注】

(1) 孫春巖：孫嘉樂。見卷二・三一注(1)。

(2) 姬人：妾，小妻。王玉如：清雲南人。孫嘉樂任雲南按察使時所納之側室。與女兒孫雲鳳（見卷二・三一注(2)）、孫雲鶴（見卷一○・二三注(12)）皆善畫工詩。

(3) 林下風：稱頌婦女閒雅飄逸的風采。南朝宋・劉義慶《世說新語・賢媛》：「王夫人神情散朗，故有林下風氣。」

(4) 高堂：指父母。

(5) 菽水：豆與水。指晚輩對長輩的供養。

(6) 調琴瑟：指成婚。

(7) 弄瓦璋：生兒女。

(8) 白太傅：唐・白居易。

二二

錢塘陸飛(1)，字筱飲，乾隆乙酉解元(2)。性高曠，善畫工詩，慕張志和之為人(3)，自造一舟，妻孥茶竈，悉載其中，遨遊西湖，以水為家。〈揚州

遇雪〉云：「雨隨微霰集(4)，船與斷冰爭。」〈渡錢江〉云：「萬弩尚餘沉鐵在，群山渾欲勒潮回。」〈爆竹〉云：「縕袍易裂拋宜遠，濁酒能醒近未妨。」

　　近來習尚，丈夫多臂纏金鐲(5)，手弄椰珠。余頗以為嫌。而謹厚者，亦復為之。陸作詩刺之云：「我聞遠賈多艱虞(6)，纏金或以資窮途。途窮未必非懷寶，懷藏亦足來萑苻(7)。世人金多揮不足，舉袖滿堂黃映肉。指環臂釧乃女子，男化女兒何日始？南方草木椰最久，實大如瓜漿作酒。何年落子比元珠(8)，一串摩尼時在手(9)。有手不弄琴與書，有手不把犁與鋤。可惜白日空摩挲，不有博弈猶賢乎(10)？」

【箋注】

(1)陸飛：字起潛，號筱飲。浙江仁和人。乾隆三十年解元。善畫工詩。有《筱飲齋稿》。

(2)解元：科舉鄉試第一名。

(3)張志和：字子同。唐婺州金華（今屬浙江）人。肅宗時待詔翰林，後坐事貶南浦尉。赦還，隱居江湖，自號煙波釣徒，又號玄真子。顏真卿做湖州刺史時，見其舟敝漏，請更之，志和曰：「願為浮家泛宅，往來苕霅（zhá）間。」善歌詞。今存〈漁父〉五首。

(4)微霰：細小雪珠。

(5)金鐲：用黃金製成的戴在手脖或腳脖的環形裝飾品。

(6)遠賈：遠路來往經商的人。艱虞：艱難憂患。

(7)萑（huán）苻：指盜賊；草寇。

(8)元珠：即玄珠。黑色明珠。玄避諱為元。

(9)摩尼：指佛珠。

(10)博弈：賭博。

二三

　　余嘗求陳望之先生詩而不得(1)，《詩話》中所載甚少。近日王夢樓從楚中歸(2)，誦其〈月夜登黃鶴樓〉云：「丹樓天外峙，皓月空中行。銀濤與玉魄，相迸出光明。樹暗漢陽渡，雲低鄂渚城(3)。不知何處笛，解作落梅聲(4)。」〈泛舟登伯牙臺〉云(5)：「伯牙臺畔曉鶯飛，梅子山前綠漸肥。舟共鳧鷖聊泛泛(6)，柳遮樓閣似依依。人琴千古知誰在？江漢殘春照鬢稀。我欲臨風彈一曲，落紅成陣亂斜暉。」

【箋注】

(1)陳望之：陳淮。見卷三・四三注(2)。

(2)王夢樓：王文治。見卷二・三〇注(1)。

(3)鄂渚城：即鄂州城。相傳在今湖北武昌黃鶴山上游三百步長江中有渚，因而得名。

(4)落梅：李白〈黃鶴樓送孟浩然之廣陵〉：「黃鶴樓中吹玉笛，江城五月落梅花。」

(5)伯牙臺：位於漢陽龜山西麓，月湖東畔。伯牙，春秋時晉國大夫，楚郢都(今湖北江陵)人。于漢陽江口得遇知音鍾子期，曾在此彈琴。

(6)鳧（fú）：野鴨。鷖（yī）：鷗的別名。

二四

　　丙辰召試者二百餘人，今五十五年矣，存者惟錢
籜石閣學與余兩人耳(1)。庚戌五月，相訪嘉禾(2)，
則已中風，半身不遂；年八十有三，猶能醰醰清
談(3)。家徒壁立，賣畫為生，官至二品，屢掌文衡，
而清貧如此：真古人哉！刻《籜石齋詩集》四十九
卷，最後，題春圃弟〈茶舫圖〉云：「清涼山後阿兄
題，大令名看小令齊(4)。三月柳遮江路永，十年人隔
夕陽低。」拳拳念舊，蓋物稀為貴，理應然也。先生
吟詩，多率真任意，有夫子自道之樂(5)。其〈村居〉
云：「村居誰為閉門高？夜雨頻添水半篙。楊柳初絲
亞文杏，木蘭如玉照櫻桃。王官谷小雲同住，華子岡
深犬夜嗥(6)。短杖一枝扶便出，西軒北陌又東皋。」
〈先人別業〉云：「屋于高處非忘世，志欲終焉此讀
書。」皆有駘宕之致。先生名載，嘉興人。

【箋注】

(1)錢籜（tuò）石：錢載。見卷八・二九注（1）。

(2)嘉禾：此指浙江嘉興府別稱。

(3)醰醰（tán）：醇濃；醇厚。

(4)大令：指兄。晉・王獻之與王珉，先後為中書令，世稱
　　獻之為大令，王珉為小令。

(5)夫子自道：《論語・憲問》：「子曰：『君子道者三，
　　我無能焉：仁者不憂，知者不惑，勇者不懼。』子貢
　　曰：『夫子自道也。』」

(6)王官谷：位於江西永濟市清華鎮以南三公里的中條山

中，與五老峰相距不過十餘公里。唐‧司空圖曾於此隱居。韓愈、柳宗元、盧綸等，也都曾於此遊歷。華子岡：在今江西南城縣西南麻姑山。南朝宋‧謝靈運嘗遊於此。此以田園歷史名勝讚美村居。

二五

家常語入詩最妙。陳古漁布衣詠〈牡丹〉云(1)：「樓高自有紅雲護，花好何須綠葉扶。」國初，徐貫時〈寄妾〉云(2)：「善保玉容休怨別，可憐無益又傷身。」

【箋注】

(1)陳古漁：陳毅。見卷一‧五二注(3)。

(2)徐貫時：徐柯。見卷一‧六二注(2)。

二六

秋霜初下，木葉未凋，而浮萍先悴。松江張夢喈之女玉珍有句云(1)：「梧陰尚覆階前草，秋信先殘水面花。」雖眼前景，無人道過。又〈贈歸燕〉云：「空巢為汝殷勤護，重到休迷故主樓。」真仁人之言。玉珍嫁太倉秀才金瑚，有孝子之稱。

【箋注】

(1)張夢喈：見卷四‧六九注(1)。張玉珍：字藍生。清華亭人。太倉孝子金瑚妻。有《晚香居詞》。

二七

凡攻經學者，詩多晦滯。獨蘇州江鄭堂^藩詩能清拔(1)；王蘭泉司寇之高弟子也(2)。〈登齊雲山〉云：「危梯高百步，曲折徑通幽。人與鳥爭路，僧邀雲住樓。山收千里翠，石放眾溪流。空際聞鐘磬，聲從何處求？」〈寓樓〉云：「東風料峭覺衣單，樓閣虛空夢未殘。病裏已教花事去，愁來肯放酒杯寬？畫圖勸客看山色，書卷留人忍夜寒。去歲家書今歲達，老親為我定加餐。」〈送蘭泉從方伯升司寇入都〉云(3)：「民情愛冬日，朝命轉秋官(4)。」抑何工切！

【箋注】

(1) 江鄭堂：江藩，字子屏，號鄭堂。清江蘇甘泉人。監生。邃于金石，尤精漢學。有《伴月樓詩集》。

(2) 王蘭泉：王昶。見卷二·五二注(2)。

(3) 方伯：明清之布政使尊稱為「方伯」。掌一省財賦、民政。司寇：清時別稱刑部尚書為大司寇，侍郎為少司寇。

(4) 秋官：常為掌司刑法官員的通稱。

二八

余十二歲，受王交河先生^{蘭生}知(1)，入學；十五歲，受李安溪先生^{清植}知(2)，補增(3)；十九歲，受

帥蘭皋先生念祖知(4)，食餼(5)。感知己之恩，求王、李二公詩不可得。近在汪松蘿《清詩大雅》中(6)，得帥公〈春園〉云：「群香多撲鼻，空翠總沾衣。良以得春趣(7)，因之忘世機。徑幽當曉寂，禽小見人飛。我意適如此，看雲何處歸。」又，〈秋信〉云：「柳殘池受月，花落徑添泥。」〈彈琴〉云：「耳邊猶有韻，空外絕無聲。」

【箋注】

(1) 王交河：王蘭生。見卷一二·二七注(3)。

(2) 李安溪：李清植（1690-1744），字立侯，號穆亭。福建安溪人。雍正二年進士。由編修累官禮部侍郎。曾任浙江學政、《三禮》館副總裁、武英殿總裁。有《文貞公（光地）年譜》、《儀禮纂錄》。

(3) 補增：補入增生。明清制，學中生員，於正額外增廣的名額叫增廣生員，簡稱增生。

(4) 帥蘭皋：帥念祖。見卷一二·四五注(1)。

(5) 食餼（ｘ ì）：經考試取得廩生資格的生員享受廩膳補貼。亦即成為廩生。

(6) 汪松蘿：汪觀，字瞻侯，號松蘿。清安徽休寧人。僑居蘇州時，編刻《清詩大雅》，又移居揚州後編選第二集。

(7) 良以：真可。

二九

彭湘南布衣(1)，與陳滄洲先生同鄉交好(2)。陳殁後，無所依歸，以選詩為生。癸酉來金陵，年七十餘矣，杖頭掛古錢數枚，朱履白髮，招搖過市。為余言：滄洲詩宗少陵；誦其〈石峽看月〉云：「薄暮村難辨，依微古渡旁(3)。空江懸網罟(4)，落日下牛羊。水落灘聲緩，山高樹影涼。開篷看月色，夜久漸為霜。」他如：「夜雨鄰燈舟似市(5)，經年旅泊水為家。」「竹榻耳隨天籟寂，紙窗雲共佛香飄。」皆佳。

【箋注】

(1)彭湘南：彭廷梅。見卷九‧九〇注(1)。

(2)陳滄洲：陳鵬年。見卷二‧二二注(2)。

(3)依微：隱約，不清晰貌。

(4)網罟（gǔ）：捕魚及捕鳥獸的工具。

(5)市：集市，貿易場所。

三〇

松江提督張雲翼(1)，以公侯世職(2)，而〈嚴灘〉一首(3)，獨出新裁，其詞云：「漫整荷衣拜逸民(4)，灘聲猶自動星辰。富春近日誰漁父？天子當年有故人(5)。名到先生才是隱，賢如光武不稱臣。只因曾作梅家婿(6)，外氏家

風愛隱淪。」嚴先生為梅福之婿，事見《逸史》。又：「明月到樓忘是夜，桃花無水不成春。」俱有意思，不似貴人筆墨。

【箋注】

(1) 張雲翼：字又南，又字望堂，號鵬扶。清陝西咸寧人，居江寧。以父勇蔭襲靖逆侯。官至福建總督。諡恪定。有《式古堂集》。此處所稱張雲翼《嚴灘》，一作潘問奇詩，只末二語不同。潘，字雲程，又字雲客，號雪帆。清錢塘人。有《拜鵑堂詩集》。《雪橋詩話》說：「雲翼公侯世家，或雲客代作，以成其名。」（《雪橋詩話》卷四第一六六頁，北京古籍出版社一九八九年版）

(2) 公侯：公爵與侯爵。泛指高官。世職：世代承襲的職位。

(3) 嚴灘：在浙江桐廬縣南，相傳為東漢嚴光隱居垂釣處。《後漢書・逸民傳・嚴光》：「除為諫議大夫，不屈，乃耕于富春山，後人名其釣處為嚴陵瀨焉。」

(4) 荷衣：傳說中用荷葉製成的衣裳。亦指高人、隱士之服。逸民：指遯世隱居的人。

(5) 天子：指東漢光武帝劉秀。

(6) 梅家：指西漢・梅福。見卷六・五〇注(3)。說嚴光為梅福婿，正史不載。

三一

康熙末年，布衣能詩者，金陵有屈思齊景賢(1)，蘇州有李客山果(2)。二人俱落落孤高，與朱草衣別一

風格(3)。客山詩,余見甚少。屈長於五古,工夫勝草衣,而性靈不如。在僧壁見〈與馬秋田、沈方舟、姚玉亭觀秋色〉云:「香閣層巒上,登臨落照邊。鐘聲傳下界,人語近諸天。紅葉齊爭艷,秋花靜可憐。蕭然林壑外,歸鳥度寒煙。」〈莫愁湖〉云:「一自美人去,至今芳草生。」詩境冷淡,可以想見其人。余宰江寧,從不來一見。

【箋注】

(1)屈思齊:屈景賢,字思齊。清江寧人。工詩,性耿介。袁枚聞其名,投刺訪之,辭以疾。有《滋蘭草堂詩鈔》。

(2)李客山:李果。見卷三・五九注(3)。

(3)朱草衣:朱卉。見卷三・一一注(4)。

三二

天長陳燭門以剛壬辰進士(1),與王孟亭同年(2),論詩兩不相合:以王好險拗,而陳平和故也。陳長於投贈。〈贈顧俠君〉云(3):「心厭承明戀釣槎(4),題名江上有籠紗(5)。鼓鐘清廟元和筆(6),簫管揚州大業花(7)。重碧千瓹傾北道(8),軟紅十丈憶東華(9)。相看淮海詩人盡,攜手平山日又斜(10)。」

【箋注】

(1)陳燭門:陳以剛。見卷八・三注(1)。

(2)王孟亭：王箴輿。見卷二‧七六注(1)。

(3)顧俠君：顧嗣立。見卷一三‧五四注(1)。

(4)承明：古代天子左右路寢（正廳）稱承明，因承接明堂之後，故稱。此代指在朝作官。

(5)籠紗：用「碧紗籠」典。見卷一‧三○注(13)。

(6)清廟：指古帝王祭祀祖先的樂章；亦指帝王的宗廟。元和筆：唐憲宗元和年間流行以元稹、白居易為代表的新體詩。此用來喻指顧之才華。

(7)「簫管」句：唐‧杜牧〈寄揚州韓綽判官〉：「二十四橋明月夜，玉人何處教吹簫。」大業：隋煬帝年號。傳說隋煬帝鑿運河到揚州看瓊花。

(8)「重碧」句：重碧，酒名。卮，飲酒器。北道，泛指向北方的道路。此句寫顧豪於酒，顧被稱為酒王。

(9)軟紅：猶言軟紅塵。謂繁華熱鬧。東華：借指宮城。

(10)平山：指平山堂，在今江蘇揚州市西北蜀岡上。宋歐陽修在揚州任太守時始建，歐陽修、劉敞、梅堯臣、王安石、秦觀、蘇軾等各有詩。此以平山堂比顧嗣立的小秀野草堂。

三三

　　瀋陽唐俊公英司關九江(1)，四方詩人遊者，必有唱和。余於《詩話》中已詳言其壇坫之盛(2)；先生詩，尚未見也。近始得其〈歸舟即景〉云：「逸興忙中減，茲遊片刻清。岸蟲隨櫓急，漁火貼波明。山暗殘陽滅，江寒夜氣生。莫教驚野浦，恐散白鷗盟(3)。」〈環翠亭納涼〉云：「古亭雅集趁新涼，明

月依人照異鄉。老樹靜風鴉睡穩，山衙報漏鼓聲忙。向平心事誰知己(4)？庾亮襟期自笑狂(5)。《白雪陽春》歌滿座(6)，不堪回首少年場。」讀之，想見盛世昇平，官領閒曹之樂。其子名寅保(7)，貌如冠玉，早入翰林，出錫山嵇公之門(8)：人以為先生禮士尊賢之報也。

【箋注】

(1)唐俊公：唐英。見卷三·六○注(9)。

(2)壇坫：指文人集會或集會之所。

(3)鷗盟：謂與鷗鳥為友。

(4)向平：向長。見卷八·八四注(4)。

(5)庾亮：字元規。東晉潁川鄢陵人。美姿容，善談論，性好莊老，風格峻整。官中書郎、護軍將軍、中書令、鎮西將軍等。

(6)白雪陽春：戰國時期楚國的兩支高雅歌曲。亦用以泛指高雅的詩歌和其他文學藝術。

(7)寅保：字虎侯，號芝圃。漢軍正白旗人。唐英次子。乾隆十三年進士。改庶吉士，散館授編修。改內務府郎中、杭州織造。有《秀鍾堂詩集》。（見《晚晴簃詩匯》卷七十九、《熙朝雅頌集》）

(8)嵇公：嵇璜，字尚佐，自號拙修。清長洲人，本籍無錫。雍正八年進士。官至協辦大學士。

三四

杜紫綸先生選《唐人叩彈集》(1)，專尚中、晚。學者從茲入手，可免粗硬槎枒之病。而宗法少陵、山

谷者(2)，意頗輕之。先生〈虎丘雨後〉云(3)：「六
宮花老淚胭脂，點點殘紅墜晚枝。自是東風無著處，
本來西子有歸時。錦帆冷落青簾舫，玉管闌珊《白
紵》詞(4)。雙槳綠波留不住，半塘煙柳雨如絲。」先
生翰林前輩，與余同試光明殿，恰未一握手。

【箋注】

(1)杜紫綸：杜詔。見卷七・六五注(1)。

(2)少陵、山谷：唐杜甫和宋黃庭堅。

(3)虎丘：虎丘山，又名海湧山。在今江蘇蘇州市西北。
　　《越絕書・吳地傳》：闔閭塚在閶門外，名虎丘。

(4)白紵：樂府。吳舞曲名。

三五

　　沈歸愚言沈方舟詩(1)，藏少弋家(2)。少弋已
亡，求之不得。杭菫浦言方舟詩在福建布政使張廷枚
家(3)。或少弋即方伯之宗人，未可知也。沈詩音節
沉雄，得明七子梗概，而新穎過之。足跡所到，足
以助其豪宕之氣。如〈下朝陽〉云(4)：「似聞風雨
作，前有大灘來。一氣雙江合(5)，孤城百粵開(6)。
鼉身移島嶼，蜃口出樓臺(7)。倚棹懷湘子(8)，橋成
力大哉。」余每過灘，先聞聲響，讀此方知其妙。他
如〈小泊〉云：「竹喧歸鳥後，村靜飼蠶時。」〈天
啟德陵〉云(9)：「內豎一朝祠宇遍，爰書三案士林
空(10)。」〈懷宗思陵〉云(11)：「一劍割將公主

愛(12)，九門報道寺人開(13)。」〈泰山〉云：「四嶽共推青帝長(14)，一峰還古丈人尊(15)。」皆膾炙人口。有長安陶友蘭者(16)，愛其詩，臨卒，命以《方舟詩集》置棺中為殮。亦異人哉！

【箋注】

(1) 沈歸愚：沈德潛。見卷一・三一注(3)。沈方舟：沈用濟。見卷六・九六注(1)。

(2) 張少弋：張釴（yì），字少弋。清華亭人，遷居瀆上。布衣。工詩。有《鶴沙詩草》。（民國二十二年《吳縣誌》）

(3) 杭堇浦：杭世駿。見卷三・六四注(1)。張廷枚：見卷一四・二一注(1)。

(4) 朝陽：即朝陽巖，在今湖南永州市瀟水西岸。唐・元結于永泰元年途經永州時見此巖口東向特為之取名「朝陽」，且有《朝陽巖銘》、《朝陽巖歌》。柳宗元在此題有〈漁翁〉、〈江雪〉等詩。

(5) 雙江：指湘江與瀟水。

(6) 百粵：古稱兩廣為百粵之地。

(7) 蜃口：指巖口。蜃，傳說中的動物。能吐氣成海市蜃樓。

(8) 湘子：指傳說中的八仙人物韓湘子。曾修建了廣東潮州湘子橋。

(9) 天啟德陵：位於昌平雙鎖山潭峪嶺西麓，是明朝第十五位皇帝熹宗朱由校和皇后張氏的合葬陵寢。天啟為年號。

(10) 內豎：宦官。《明史・熹宗本紀》：「巡撫浙江僉都御史潘汝楨請建魏忠賢生祠，許之。嗣是建祠幾遍天

下。」爰書：古代記錄囚犯供辭的文書。三案：指多
　　案。明朝大案冤案頗多。

(11)懷宗思陵：明思宗崇禎皇帝朱由檢陵墓。清改諡為莊烈
　　愍皇帝。廟號懷宗。葬北京昌平思陵。

(12)「一劍」句：李自成攻入北京，崇禎劍擊長公主，趣皇
　　后自盡。登煤山，書衣襟為遺詔，以帛自縊於山亭，遂
　　崩。

(13)寺人：宮中的近侍小臣。多以閹人充任。太監曹淳化打
　　開彰儀門獻城，起義軍進城。城陷。

(14)青帝：我國古代神話中的五天帝之一，是位於東方的司
　　春之神。此代指東嶽泰山。

(15)丈人：泰山祭壇旁有丈人峰，代稱泰山。

(16)陶友蘭：未詳。

三六

　　虎丘山塘有白傅舊堤(1)，其碑為居民埋匿。汪松
蘿掘得之(2)。沈賦詩云：「片石苔封閱歲華，憑君磨
洗認龍蛇(3)。從今覓得春風路，送與吳娘踏落花。」
王昊廬宗伯捐貲贖甲寅難婦百餘口(4)。沈贈云：
「紅淚千行濺鐵衣，傾家不惜拔重圍。揮金欲笑曹瞞
吝(5)，只贖文姬一個歸(6)。」

【箋注】

(1)白傅：唐・白居易。任蘇州刺史時修築了閶門至虎丘的
　　河堤，後成為山塘街。

(2)汪松蘿：汪觀。見本卷二八注(6)。

(3)龍蛇：指文字。

(4)王昊廬：王澤宏（1623-1705），字涓來，號昊廬。湖北黃岡人。順治十二年進士。歷官禮部尚書。工詩。有《鶴嶺山人集》。甲寅：康熙十三年。甲寅之變，也稱耿逆之變。見卷八・五九注(1)。

(5)曹瞞：三國魏・曹操。

(6)文姬：漢末蔡琰。見卷一二・八七注(7)。曾被匈奴擄去，後經曹操贖回中原。

三七

雍正間，宣城有布衣葛鶴、字雲衢者(1)，詩筆頗清，年未四十而亡。陳古漁誦其佳句云(2)：「巢傾爭宿鳥，鞭響過橋驢。」「夜雨屢遷孤客館(3)，秋風先瘦異鄉人。」

【箋注】

(1)葛鶴：如上。餘未詳。

(2)陳古漁：陳毅。見卷一・五二注(3)。

(3)夜雨：原作「衣雨」，據民國本改。

三八

詩用眼前之典，能貼切便佳。陳燭門〈贈李天山〉云(1)：「老人吹火窺劉向(2)，天子臨軒問長卿(3)。」楊兼山〈在戶部歲暮〉云(4)：「孫簿當年

猶祭竈(5)，崔丞近日只哦松(6)。」姚姬傳〈贈陶生〉云(7)：「貧無素業彈長鋏(8)，行入朱門著小冠。」語俱妙。而姚詩似有所諷。

【箋注】

(1)陳燭門：陳以剛。見卷八・三注(1)。李天山：李文燦，字興韜，號韞庵、天山。明末清初廣東順德人。崇禎恩貢生。素積學，有李書櫃之稱。有《天山草堂集》。

(2)劉向：西漢人。見卷七・四三注(2)。晉・王嘉《拾遺記・後漢》：「劉向于成帝之末，校書天祿閣，專精覃思。夜，有老人著黃衣，植青藜杖，登閣而進，見向暗中獨坐誦書。老父乃吹杖端，煙燃，因以見向，說開闢已前。向因受《洪範五行》之文，恐辭說繁廣忘之，乃裂裳及紳，以記其言。」後因以「燃藜」指夜讀或勤學。

(3)問長卿：漢・司馬相如字長卿。漢武帝讀所作賦，遂召問，任為郎。

(4)楊兼山：楊大琛：見卷一六・三注(1)。

(5)孫簿：指孫寶，字子嚴。西漢潁川鄢陵人。以明經為郡吏。御史大夫張忠命他代理主簿，俗謂高士不為主簿，孫寶卻還感到高興，照常祭祀灶神，邀請鄰居。詳《漢書・孫寶傳》。

(6)哦松：唐博陵崔斯立為藍田縣丞，常在二松千竹間吟哦詩文，事見唐・韓愈〈藍田縣丞廳壁記〉。後因以「哦松」謂擔任縣丞或代指縣丞。

(7)姚姬傳：姚鼐。見卷一〇・九三注(1)。

(8)素業：先世所遺之業。長鋏：戰國齊人馮諼寄食孟嘗君門下，屢倚柱彈其劍，歌「長鋏歸來」。後因以「彈鋏」謂處境窘困而又欲有所干求。

三九

詩有無心而相同者。陶篁村〈偶成〉云(1)：「閉戶渾如坐佛幢(2)，彈琴作伴影成雙。多情只有蕭蕭竹，時帶斜陽綠到窗。」姚姬傳亦有〈涼階〉一首云(3)：「涼階今夕又飛螢，倚檻風前已涕零(4)。人跡不如修竹影，每隨明月到中庭。」陶〈題閱江樓〉云：「木落天空闊，鼉鳴岸動搖。」亦奇偉可喜。

沈方舟〈出峽〉云(5)：「舟擲波心去，人穿石罅來。」王蘭泉〈舟至玉屏〉云(6)：「人從激箭流中坐，船在崩崖罅裏行。」

【箋注】

(1)陶篁村：陶元藻。見卷一・三〇注(10)。

(2)佛幢：佛像前懸掛的嚴飾品、養法物，代指佛殿。

(3)姚姬傳：姚鼐。見卷一〇・九三注(1)。

(4)涕零：落淚。

(5)沈方舟：沈用濟。見卷六・九六注(1)。

(6)王蘭泉：王昶。見卷二・五二注(2)。

四〇

丙子，年家子陶時行以胡氏《一房山詩集》見示(1)，作者六七人。壬寅秋，余過蕪湖。主人漱泉^淳邀遊其處(2)，屋不甚多，而窗對赭山，門臨湖水，洵

鳩江一勝景也。集中管松厓太史_{翰珍}云(3)：「日夕山水碧，泠然秋更清。微風湖面至，初月竹稍生。排雁銀箏柱，跳魚玉尺聲。不愁歸路晚，村火似星明。」淡霞山明府_{如水}云(4)：「入室菊排三徑秀，開窗風送一山秋。」仲燭亭_{蘊檠}秀才云(5)：「小閣乍開雙白板，秋山剛借一屏風。」宋笠田明府_{樹穀}云(6)：「沙外鷗眠閒勝客，竹間禽語妙於詩。」主人〈曉起〉云：「殘月林中掛，晴雲空際生。北窗幽夢覺，天色欲微明。露浥蕉花重，煙凝竹葉清。迎風傾兩耳，恰好一蟬鳴。」

【箋注】

(1) 陶時行：陶鏞之子，小名佛保。年二十卒。見卷一二・三二。

(2) 漱泉：胡淳。見卷三・四九注(1)。

(3) 管松厓（崖）：管翰珍（1734-1798），一作翰貞，字陽復，號松厓。江蘇陽湖人。乾隆三十一年進士。官陝西道監察御史、戶科給事中、工部侍郎、漕運總督。有《松崖詩文鈔》。

(4) 淡霞山：淡如水。見卷三・四九注(1)。

(5) 仲燭亭：仲蘊檠。見卷三・四五注(2)。

(6) 宋笠田：宋樹穀。見卷四・三〇注(1)。參讀卷一三・二四。

四一

出入權貴人家，能履朱門如蓬戶，則炎涼之意，自無所動於中。宋人詠〈松〉云(1)：「白雲功成謝龍去，歸來自掛千年松。」汪易堂蒼霖詠〈菊〉云(2)：「不蒙春風榮，詎畏秋氣肅？」可謂見道之言。汪又有〈白桃花〉云：「褪盡鉛華露一叢，輕陰漠漠淡煙籠。漁郎錯認仙源路(3)，洞口春深雪未融。」〈七夕呈冰玉主人〉云：「神光靉靆有無中(4)，靈駕雲衢一水通。欲乞天孫為補拙(5)，明朝移巧到城東。」皆言外有意。

【箋注】

(1) 宋人：未詳。

(2) 汪易堂：汪蒼霖，字易堂。清浙江錢塘人。監生。曾任江寧知縣（一作縣丞）。工詩善書。

(3) 仙源：桃花源。

(4) 靉靆（àidài）：飄拂，繚繞。

(5) 天孫：織女星。舊俗農曆七月七日夜，婦女陳瓜果于庭院中向織女星乞求智巧，稱為「乞巧」。

四二

寶山徐水鄉，名嵩(1)，不事舉業，專攻詩，年三十三而卒。卒前十日，病臥床，語其父云：「兒往謁洞庭陰君矣。惟一生心血在詩，可以遺稿付吾友浦

翔春藏之(2)。」其時浦猶未知其死也，夢與水鄉談甚樂，自言已死四日矣。今游趙秋谷先生門下(3)，講詩工夫大進，一笑而去。浦為刻其詩，號《百刪小草》。〈海上秋興〉云：「魚鱗千戶縣初成，高築回塘似帶橫。天任孤城淪碧海，帝爭尺土與蒼生。扶桑日射帆檣出(4)，碣石雲開島嶼明(5)。極目滔滔煙水闊，秋風無浪總堪驚。」〈吊韓蘄王〉云(6)：「宋家猶有西湖在，且自騎驢遣暮年。」〈此夕〉云：「明知惜玉須完璧，無那看花想折枝。」皆有性靈。

　　孔北海云(7)：「今之後生，喜謗前輩。」水鄉詠〈鸚鵡〉刺之云：「怪儂巧弄無多舌，才解人言便罵人。」又刺元稹云(8)：「君臣兒女情無二，報國曾無薄行流。」

【箋注】

(1) 徐崧（1739-1772）：字岳瞻，號水鄉。清江蘇寶山人。有《百刪小草》，又名《徐岳瞻遺稿》。

(2) 浦翔春：見卷五・一五注(4)。

(3) 趙秋谷：趙執信。見卷五・二九注(2)。

(4) 扶桑：傳說日出於扶桑之下，拂其樹杪而升，因謂為日出處。亦代指太陽。

(5) 碣石：山名。在河北省昌黎縣北。碣石山餘脈的柱狀石亦稱碣石，該石自漢末起已逐漸沉沒海中。

(6) 韓蘄王：即宋・韓世忠。見卷一・一注(6)。

(7) 孔北海：孔融。見卷二・四二注(3)。

(8) 元稹：見卷一・二〇注(11)。此處認為元稹《鶯鶯傳》是寫自己的經歷。

四三

　　水鄉有友呂步瀛(1)，字仙客，亦工詩而早亡。〈贈馮雲九〉云：「名士門生羽士師(2)，仙壇步上少年時。男兒只道封侯易，誤到頭顱白未知。」馮棄儒入道，故呂羨之。亡何，二人俱亡。

【箋注】

(1)呂步瀛：如上。餘未詳。

(2)羽士：道士的別稱。

四四

　　余嘗謂陸放翁、康對山俱一入權門(1)，名為小損。然士大夫寧為權門之草木，勿為權門之鷹犬。何也？草木不過供其賞玩，可以免禍，恰無害於人；為其鷹犬，則有害於人，而己亦終難免禍。東坡〈詠馬季長〉云(2)：「不礙依梁冀，何須害李公！」雖是落第二層身份而言之，亦可悲也。

【箋注】

(1)陸放翁：南宋詩人陸游。《宋史》卷三九五〈陸游傳〉：「游才氣超逸，尤長於詩。晚年再出，為韓侂胄撰〈南園閱古泉記〉，見譏清議。」爽良《野棠軒摭言》卷三：「陸放翁為〈南園記〉、〈閱古泉記〉，皆寓策勵之意。」陸游用心在於促進北伐，並未變節。康對山：康海。見卷八・五注(8)。明前七子之一。正德

間，因救李夢陽，往見太監劉瑾，夢陽因此得免。瑾敗，竟坐其黨落職。

(2)馬季長：馬融。見卷一四・八八注(16)。馬融得罪免官後，不敢忤權勢，為梁冀起草劾李固章奏，又作〈西第頌〉頌之，頗為正直者所恥。

四五

　　王蘭泉方伯詩(1)，多清微平遠之音。擬古樂府及初唐人體，最擅長。自隨阿將軍征金川(2)，在路間寄《南斗集》一冊，讀之，俶詭奇險(3)，大得江山之助；方信古人云「讀萬卷書，行萬里路」，缺一不可也。〈過甕子洞〉二首云：「急溜從東來，銳石忽西拒。水為石所搏，奔流竟回注。豈知限坡陁(4)，欲走不得去。迴旋蹴浪花，蓄勢作馳騖(5)。何為一葉舟，竟往殺其怒？舟水相撞舂，進退屢猶豫。乘間突而前，奇絕詫徑度。」「大石如覆舟，小石如斷臼。其色侔豬肝，其狀肖熊首，其積累重甗(6)，其裂豁破缶(7)。譎詭非一形，爭出扼溪口。三石更頎然，似結煙霞友(8)。臨空出竅穴，大小靡不有。俾受篙師篙，真宰信非偶。」〈舁輿短歌〉云(9)：「下山走阪丸，上山逆水船。下用四人夾，上用四人牽。長繩繫板當胸穿，舁者二耦趨而前(10)。二十四足相後先，如魚逐隊蟻附羶，如羊倒掛禽齊騫(11)，我身托輿輿托肩。肩上尺木組以緣(12)，莫怪佌佌走不前(13)，腳底千峰方刺天。」

【箋注】

(1) 王蘭泉：王昶。見卷二·五二注 (2)。

(2) 金川：在今四川康定、天全縣之間一帶。乾隆三十一年，詔令川陝總督阿勒泰，組織金川地區土司合攻大金川。

(3) 俶詭（chùguǐ）：奇異。

(4) 坡陀（tuó）：不平坦。

(5) 馳騖（wù）：疾馳；奔騰。

(6) 甗（yǎn）：古代一種炊器。外形上大下小。

(7) 缶（fǒu）：瓦盆一類。

(8) 煙霞友：遊山玩水的伴侶。

(9) 舁（yú）輿：一種常在山地乘人的轎子。舁，抬。

(10) 耦：指二人一組。

(11) 攐（qiān）：仰頭貌。

(12) 絚（gēng）：粗繩索。緣：盤繞。

(13) 侁侁（shēn）：行進貌；亦謂行進的聲音。

四六

人問：懼內之說 (1)，始自何時？余戲云：始於專諸 (2)。《越絕書》稱專諸與人鬥，有萬夫莫當之氣；聞妻一呼，即還。豈非懼內之濫觴乎？五代時，朱溫雖兇暴 (3)，亦有專諸之風。其他文學之士，如王、謝兩公 (4)，張稷、李陽諸典故 (5)，固無論矣。人又問：懼內可見於詩歌否？余只記唐中宗寵韋后 (6)，優

人因裴談與宴(7)，知君臣同病，唱〈回波詞〉曰：「回波爾似栲栳(8)，怕婦也是大好。外邊只有裴談，內裏無如李老。」后喜，以束帛賜之。

【箋注】

(1)懼內：怕老婆。舊稱妻為內或內子。

(2)專諸：春秋時吳國堂邑人。吳公子欲殺吳王僚，伍子胥薦專諸於光，光設宴請僚，專諸藏匕首於魚腹中進獻，刺殺僚，專諸亦為僚左右所殺。此處所說其妻一呼即還，見《吳越春秋》。

(3)朱溫：宋州碭山人。五代後梁太祖。初從黃巢，降唐後賜名全忠，封梁王，後代唐稱帝，建國號梁，史稱後梁。更名晃。在位六年，為子友珪所殺。

(4)王謝：指東晉‧王導和謝安石。

(5)張稷：南朝梁吳郡吳人。梁建後，為散騎常侍、中書令，累遷尚書左僕射。《南史》卷三十八載：「（柳）惔度量寬博，家人未嘗見其喜慍。甚重其婦，頗成畏憚。性愛音樂，女伎精麗，略不敢視。僕射張稷與惔狎密，而為惔妻賞敬。稷每詣惔，必先相問夫人。惔每欲見妓，恒因稷請奏。其妻隔幔坐，妓然後出。惔因得留目。」李陽：西晉高平人。晉武帝時為幽州刺史。王衍妻郭氏貪財聚斂，干預人事，衍不能禁，乃曰：「非但我言卿不可，李陽亦謂不可。」郭氏憚陽，為之稍斂。

(6)唐中宗：即李顯。見卷一五‧三八注(5)。在位七年，為韋后及安樂公主毒死。

(7)裴談：唐河中解縣洗馬川人。累官懷州刺史、御史大夫。常逢人說「妻有可畏者三」。人稱「懼內御史」。

(8)栲栳（kǎolǎo）：用柳條編成的盛物器具。亦稱笆斗。

四七

　　「哥」字最俗，不入詩文。惟唐時張元一主司郎中〈詠靜樂縣公主〉云(1)：「馬帶桃花錦，裙拖綠草羅。定知幃帽底(2)，儀容似大哥。」其時，武懿宗短醜，而其妹甚長，人呼妹為「大哥」。公主與則天並行，則天命元一嘲之，故云爾也。此外，白香山詩有「何似沙哥領崔嫂，碧油幢引向東川」(3)。沙哥者，楊汝士小名。居易，則楊之妹婿也。元世祖稱其臣董文炳為「董大哥」(4)，亦奇。

【箋注】

(1)張元一：唐人。武則天時，歷官司封員外郎、郎中、司勳郎中、左司郎中等職。喜作嘲謔詩。

(2)幃帽：周圍垂網的帽子。唐時婦女通用。

(3)「何似」二語：白居易〈楊六尚書新授東川節度使，代妻戲賀兄嫂二絕〉中句。

(4)董文炳：元真定路槀城人。世祖即位後，授侍衛親軍都指揮使。官至中書左丞。見《元史》卷一百五十六、列傳第四十三。

四八

　　儀真石大年有〈漁父〉詞云(1)：「橛頭艇子送生涯(2)，來往苕溪與若耶(3)。手把一竿春又老，釣絲牽上野桃花。」浦翔春〈漁父〉詞云(4)：「水之涯，山之麓，蓼花行，蘆花宿，不脫蓑衣酣睡足。得魚換

酒笑向天，月落空江自歌曲。」二詩俱妙。石又有句云：「手劈芭蕉充繭紙，眼看蝌蚪學蟲書(5)。」

【箋注】

(1)石大年：石椿，字大年，號野堂。清江蘇儀徵（儀真）人。幼孤，勵志讀書。工詩，兼精書畫。有《叢蘭山館集》、《清華堂集》、《古今集事》。

(2)橛（jué）頭：尖頭小船。

(3)苕溪：水名。有二源：出浙江天目山之南者為東苕，出天目山之北者為西苕。兩溪合流，由小梅、大淺兩湖口注入太湖。夾岸多苕，秋後花飄水上如飛雪，故名。若耶：溪名。出若耶山，北流入運河。溪旁舊有浣紗石古跡，相傳西施浣紗於此，故一名浣紗溪。

(4)浦翔春：見卷五‧一五注(4)。

(5)蟲書：秦八體書之一。又名鳥蟲書。

四九

　　路途行役之詩，明將軍瑞有句云(1)：「沿途聽爆竹，逐驛讀春聯。」邵元直孝廉有句云(2)：「行旌最喜晴(3)，畏熱轉思雨。」皆行路之實情實景也。邵又有句云：「馬蹄易礙非芳草，鴉背難留是夕陽。」「浮生若寄誰非夢，到處能安即是家。」「劇憐車馬馳驅苦，幸喜山川應接忙。」皆妙。又：「車前細雨織成簾」七字，亦頗是路中雨景。

【箋注】

(1) 明瑞：見卷五・四九注(1)。

(2) 邵元直：邵培德。見卷八・八九注(1)。

(3) 行旌：指官員出行時的旗幟。亦泛指出行時的儀仗。

五〇

　　楊升庵曰(1)：「詩至杜而極盛；然詩教之衰自杜始。理學至程、朱而極明(2)；然理學之暗自程、朱始。非杜與程、朱之過也，是尊杜與程、朱者之過也。」《客座贅語》曰(3)：「李于鱗詩律細而調高(4)；然似吳中暴富兒局面，止是華美精緻。若杜少陵，便如累世老財主，家中百物具足，即偶然陳朽間錯，愈見其為富有也。」兩段議論甚佳，故錄之。

【箋注】

(1) 楊升庵：楊慎。見卷二・四二注(5)。

(2) 程朱：程，指二程即程顥、程頤兄弟，開闢了宋明理學中的重要學派洛學；朱，指朱熹，集後期儒學之大成，發展了二程理學，建立了一個中國古代最龐大、最完整的唯心主義哲學體系。世稱「程朱理學」。

(3) 《客座贅語》：明代顧起元撰。

(4) 李于鱗：李攀龍。見卷八・七〇注(1)。詩以聲調稱，為明後七子主將。然古樂府似臨摹帖，並無可觀。

五一

余丁巳流落長安，館高怡園先生家三月（1）。後四十餘年，先生亡矣。余感其德，為撰墓誌以報。不料又隔數年，張蒙泉果寄《夢中緣》一冊來（2），云：先生亡時，貧甚，家有九棺未葬，夜見夢于童君二樹（3），以箋紙索畫梅十幅。童素不相識，驚醒，則案上有余所作墓誌存焉。所謂「短而癯者」，即其貌也。以告蒙泉。蒙泉曰：「得毋高公欲假君畫以歸土耶？」蓋其時二人同客中州，而童畫甚貴重故也。童欣然握筆，及畫成，買者無人。適河南施我真太守來（4），見之歎曰：「畫梅助葬，真盛德事。」乃取其畫，而助葬資二百金。題詩曰：「十幅梅花十萬錢，詩中之伯畫中仙。耶溪太守捐清俸（5），了卻幽人夢裏緣。」張招同人和其詩，號《夢中緣》云。高公名景藩，官至觀察。

【箋注】

（1）高怡園：高景藩，字嵩瞻，一字怡園，號景詩。浙江杭州人。雍正二年進士。歷官至禮部郎中、提督四譯館兼鴻臚寺少卿。有《六經疑義錄》、《駛征集》、《愛日軒詩餘》。

（2）張蒙泉：張果，字誠然，號蓋翁。蒙泉，待考。浙江仁和人。乾隆六年舉人。有《蓋翁詩集》。見《國朝杭郡詩輯》卷十七。

（3）童二樹：童鈺。見卷二・七八注（1）。

（4）施我真：施誠，字君實，號我真。浙江會稽人。監生。乾隆四十年任河南知府。

(5)清俸：舊稱官吏的薪金。

五二

余親家徐題客畫《穿雲沽酒圖》（1）。余題云：「玉貌仙人衣帶斜，腰間瓶插綠梅花。穿雲何事頻來往？天上嫌無賣酒家。」後讀《王荊公集》（2），有句云：「花前若遇餘杭姥（3），為道仙人憶酒家。」與余意似不謀而合。

【箋注】

(1)徐題客：徐柱臣。見卷二・五五注(5)。

(2)王荊公：宋・王安石。所引詩句，題為〈送僧惠思歸錢塘〉。

(3)餘杭：即今杭州。據傳：餘杭姥，嫁於西湖農家，善采百花釀酒。

五三

某太史詩集四十餘卷，余與交好，欲採數言入《詩話》，苦其太多，托門下士周午塘代勘之(1)。周戲題見覆云：「何苦老詞壇，篇篇別調彈。披沙三萬斛(2)，檢得寸金難。」余不覺大笑，戲和云：「消夏閒無事，將人詩卷看。選詩如選色，總覺動心難。」

【箋注】

(1)周午塘：未詳。

(2)斛（hú）：量詞。古代一斛為十斗。

五四

　　黃煊(1)，號補山，泰州別駕也(2)。有昏夜獻金者，題其函云：「感君厚意還君贈，不畏人知畏己知。」余仿其意，題〈鏡〉云：「從無好醜向人說，只等君看自己知。」

【箋注】

(1)黃煊：未詳。所引詩似應為葉存仁詩。葉，字心一，號墨村。清湖北咸寧人，寄籍江夏。監生。由知縣仕至刑部侍郎、河南巡撫、河東河道總督加兵部尚書。有《補拙詩集》。所引詩以〈卻饋金詩〉為題。（據同治五年《咸寧縣誌》、乾隆五十九年《江夏縣誌》）

(2)別駕：明清為各府通判的別稱。

五五

　　涇縣趙星閣先生青藜(1)，乾隆元年春闈第一人也(2)，後官侍御，以耳聾去官。為人古淡樸質，有詩集高尺許，記其祝某云：「退食常隨鶴(3)，閒行不杖鳩(4)。」〈夜行〉云：「高樹引涼生腋下，遠山銜月掛輿前。」又，〈阻風〉云：「客舟牢繫客心飛。」

七字尤妙。

【箋注】

(1) 趙星閣：趙青藜，字然乙，號星閣。安徽涇縣人。乾隆元年進士。授編修，遷御史。後以耳疾去官。有《讀左管窺》、《漱芳居士詩文集》。

(2) 春闈：唐宋禮部試士和明清京城會試，均在春季舉行，故稱春闈。猶春試。

(3) 退食：指退休。

(4) 杖鳩：拄鳩杖，一種杖頭刻有鳩形的拐杖。漢‧應劭《風俗通》：俗說高祖與項羽戰，敗于京、索間，遁叢薄中，羽追求之，時鳩正鳴其上，追者以為必無人，遂得脫。及即位，異此鳥，故作鳩杖以賜老人。

五六

余買小倉山廢園，舊為康熙間織造隋公之園，故仍其姓，易「隋」為「隨」，取「隨之時義大矣哉」之意(1)。居四十餘年矣，忽於小市上購得前朝顧尚書東橋先生手書詩幅(2)，題云：「茂慈詞丈就北山之麓(3)，構園，名隨園，索余賦詩。因贈云：『霜松雪竹憶歸初，千載猶堪借客居。雨過泉聲飛卷幔，雲生嵐翠擁行裾。金尊座對賢人酒(4)，石室山藏太史書(5)。共說高情丘壑在，蒼生凝望意何如？』」又曰：「誰向山居同捬詠(6)？主人原是謝公才(7)。」讀其詩，想見主人亦是詞館文學之士而歸隱者。北山之麓，當即在小倉山左右。末署「天啟五年，友弟顧

起元書」（8）。事隔二百年，而園名與余先後相同，事亦奇矣。惜茂慈二字，是字非名，終不知其為誰也。

後考邑志：茂慈名潤生，焦弱侯之長子，守雲南殉節。

【箋注】

(1)「隨之」句：隨從於適宜時機的意義多麼弘大啊！見《周易・隨卦象傳》。

(2)顧東橋：顧璘，字華玉，號東橋居士。明蘇州府吳縣人。弘治九年進士。官至南京刑部尚書。晚歲家居，治息園，築幸舍，延接勝流，江左名士推為領袖。有《息園》、《浮湘》諸集及《息園詩文稿》、《國寶新編》、《近言》等。

(3)茂慈：焦潤生，字茂慈。明應天府江寧人，祖籍山東日照大花崖。修撰文端公焦竑（字弱侯）之三子，以父任歷南京戶部郎中，出知曲靖府。詞丈：對前輩詩人的敬稱。

(4)賢人酒：指濁酒。

(5)太史書：《史記・太史公自序》言太史公著《史記》，「藏之名山，副在京師」。

(6)挻（shàn）：挻張，鋪張。

(7)謝公：指南朝宋・謝靈運。

(8)顧起元：字太初，一作璘初。明應天府江寧人。萬曆二十六年進士。官至吏部左侍郎。諡文莊。精金石之學，工書法。有《金陵古今石考》、《懶真草堂集》等。

五七

余丙辰年過廣西全州，見江上山凹有匣，非石非木，頗類棺狀。甲辰再過觀之，其匣如故，絲毫無損。相傳武侯藏兵書處(1)。或用千里鏡睨之，的係是木匣，非石也。但其上似無蓋耳。庚戌夏間，偶閱朱國禎《湧幢小品》云(2)：「嘉靖時，上遣南昌姜御史訪求奇書，入全州，張雲梯，募健卒探取。乃一棺，中函頭顱甚巨，兩牙長尺許，垂口外，如虎豹狀。卒取其骨下山。卒暴死，姜埋其骨，而覆奏焉。」余曾戲題石壁云：「萬疊驚濤百尺崖，山凹石匣有誰開？此中畢竟藏何物？枉費行人萬古猜。」爾時未見《湧幢》所載，故用疑猜；若見此書，亦無可猜矣。惜武夷山之虹橋板(3)，不得姜御史搭雲梯而一探之！

【箋注】

(1) 武侯：指三國諸葛亮。

(2) 朱國禎：一作國楨，字文寧。明浙江烏程人。萬曆十七年進士。官至首輔。卒諡文肅。引文見《湧幢小品》卷二十八，文字有出入。

(3) 虹橋板：見本卷一六注(3)。

五八

康熙辛亥，趙斗瞻從晉入都(1)，道經定州清風店(2)，宿逆旅(3)。主人家姓陳，號繼鳴。壁上有絕句一首云：「馬足飛塵到鬢邊，傷心羞整舊花鈿。回

頭難憶宮中事，衰柳空垂起暮煙。」後跋云：「妾，廣陵人也(4)。從事西宮，曾不一年，被虜旗下，出守秦中，馬上琵琶，逐塵而去，逆旅過此，語不成章，非敢言文，惟幸我梓里同人見之，知妾浮萍之所歸耳。時庚寅秋杪也(5)。廣陵葉眉娘題(6)。」

【箋注】

(1) 趙斗瞻：趙文魁，字斗瞻，號衡廬。清修文（今貴州修文縣）人。

(2) 定州：今河北定州市。

(3) 逆旅：旅館。

(4) 廣陵：在今揚州市內。

(5) 庚寅秋杪：順治七年秋末。

(6) 葉眉娘：葉子眉，一名眉娘。江南揚州人。南明福王弘光西宮才人。錢仲聯主編《清事紀事》收此詩，題為〈題朝歌旅壁詩〉。

五九

桐城張映沙_{若瀛}倜儻負氣(1)，作熱河巡檢。鑾輿駕臨，有太監某，橫索金帛，其勢洶洶。知縣遁矣，張以理諭之，太監大罵。張命役擒下，重杖二十。總督方公大驚，以為顛，據實參奏。上嘉其官卑而能執法，將太監登時充發，而擢張為河北同知。余按：唐敬宗五坊小兒(2)，騷擾百姓。長安令崔發遣人拘之(3)，尚未訊也，中官率百餘人(4)，持棒直入，

毆崔幾斃。敬宗猶怒其擅拘中人，下崔於獄。以今較昔，聖主之聖，庸主之庸，豈不相懸萬萬哉？映沙恃聖明在上，得行其志。在北路時，有上公莊頭，強贖民田，戴花翎來說情者數輩。映沙盡行揮去，拘強贖者杖之，眾為讋伏(5)。映沙雖剛正，而喜詼諧。桐城土俗呼「叔叔」為「椒椒」。其時族弟曾敞編修(6)，鄉試分房(7)，有叔某為大興縣丞，遵例迎送。榜後，門生有獻狐裘二襲者。映沙賦詩嘲之云：「恩旨分房第一遭，馬前迎送有椒椒。鹿鳴宴罷懷銀器，虎榜人來捏紙包(8)。白髮門生雙膝屈，藍圈文字七篇高。莫言分校無他樂，夫婦同時著大毛(9)。」

【箋注】

(1) 張映沙：張若瀛，字映沙（一作印沙），號逸園。清安徽桐城人。官熱河巡檢、順天府南路同知。偶儻：卓異，不同尋常。負氣：憑恃意氣，不肯屈居人下。

(2) 唐敬宗：即李湛。唐穆宗長子，立為太子。即位後，親近群小，怠於政事，數遊宴失德。後為宦官所殺。五坊小兒：對五坊人員的蔑稱。因其仗勢虐人，百姓惡之，故稱。五坊，唐代為皇帝飼養獵鷹獵犬的官署。

(3) 崔發：未詳。新舊唐書皆略記其事。

(4) 中官：此指宦官。

(5) 讋（zhé）伏：恐懼，被制伏。

(6) 張曾敞：字壔似，號橿庭。安徽桐城人。乾隆十六年進士。改庶吉士，授檢討，歷官少詹事。

(7) 分房：清代科舉考試，南闈和北闈的同考官都分為十八房，分住東西經房，負有分房閱卷之責，故稱。

(8)虎榜：龍虎榜的簡稱。即進士榜。

(9)大毛：指長毛的皮裘。

人有以詩重者，亦有詩以人重者。古李、杜、韓、蘇，俱以詩名千古。然李、杜無功業，不得不以詩傳。韓、蘇有功業，雖無詩，其人亦傳也，而況其有詩乎？金陵方伯康茂園先生(1)，清風惠政，人所共知。在睢寧治河，落水中，神扶以起。余記其事，載文集中。公豈藉詩以傳者哉？然重其人，則其詩亦因人而重。今春三月，詩弟子陳熙為抄一冊見寄(2)。錄其〈繁峙學署有懷〉云：「吾懷仲夫子(3)，負米欣然歸。吾愛楚老萊(4)，翩躚舞斑衣。人生離膝下，忽忽欲何之？憶我少年時，井里從兒嬉(5)。甫壯營薄祿(6)，出門意遲遲。一官為親喜，山城復羈縻。官冷飯不足，嗟哉無鮓遺(7)！感此傷客心，晨昏忍暫違。寒風生四壁，瑟瑟砭人肌。以我念母日，知母憶兒時。憶兒憐其少，憶母慮其衰。人生願為兒，結念常在茲。」〈登焦山〉云：「浮玉搖天碧(8)，廻瀾障海門。人從初地入，峰到上方尊。吳楚當軒合，雲山遠水吞。我尋高士宅，三詔石猶存(9)。」此兩首，一徵仁孝之思，一存清妙之旨，讀者如食綏山桃(10)，雖不得仙，亦足以豪矣。公諱基田，丁丑科進士，山西興縣人。

【箋注】

(1)康茂園：康基田，字茂園。山西興縣人。乾隆二十二年
　　進士。治河有聲，官至河東河道總督。

(2)陳熙：見卷一・五注(2)。

(3)仲夫子：即仲由，字子路，一字季路。春秋時魯國人。
　　孔子弟子。《說苑》載，因家境貧寒，子路曾到百里外
　　背米孝敬父母。

(4)老萊：春秋末年楚國隱士老萊子。年七十而著五綵衣作
　　小兒戲，使雙親得以娛樂身心。

(5)井里：街巷。

(6)薄祿：微薄的俸祿，薪金。

(7)鮓（zhǎ）：用醃、糟等方法加工的魚類食品。

(8)浮玉：焦山又名浮玉山。

(9)三詔石：焦山西麓有三詔洞，相傳東漢末年河東人焦先
　　（光）棄官隱居在此，三詔不起，乃名其洞。洞旁有峭
　　壁為摩崖石刻。

(10)綏山桃：古代傳說的仙桃。諺曰：「得綏山一桃，雖不
　　得仙，亦足以豪。」（《列仙傳・葛由》）

六一

　　鰲滄來明府有妹名潔(1)，為紫庭太史之女(2)。
性愛吟詩，年十六，適四品宗室魁明，年二十而寡，
守志撫孤。嘗寄滄來云：「織盡人間寡女絲(3)，三更
涕淚一燈知。近來焚卻從前稿，不為懷兄不作詩。」
「兒女乾啼濕哭餘，偷閒才得寄家書。望兄好繼襄勤

業(4)，莫使官聲竟不如。」滄來，襄勤公成龍之曾孫也，歷宰吳下，清慎勤敏，綽有祖風。

【箋注】

(1)鰲滄來：于鰲圖。見卷一・五五注(4)。于潔：漢軍鑲黃旗人。尚書謚襄勤成龍曾孫女，四品宗室魁明妻。嘉慶間，年七十餘時，鐵冶亭尚書誤為已故，采其詩入《熙朝雅頌集》中。

(2)紫庭：見卷一・五五注(2)。

(3)寡女絲：元・陶宗儀《說郛》卷三十一錄《賈氏說林》：「蠶最巧，作繭往往遇物成形。有寡女獨宿，倚枕不寐，私傍壁孔中視鄰家蠶離箔。明日，繭都類之，雖眉目不甚悉，而望去隱然似愁女。蔡邕見之，厚價市歸，繅絲製琴弦，彈之有憂愁哀動之聲。問女琰，琰曰：『此寡女絲也。』聞者莫不墮淚。」

(4)襄勤：見卷一・五五注(1)。

六二

俗稱女子不宜為詩，陋哉言乎！聖人以〈關雎〉、〈葛覃〉、〈卷耳〉，冠《三百篇》之首，皆女子之詩。第恐針黹之餘，不暇弄筆墨，而又無人唱和而表章之，則淹沒而不宣者多矣。家龍文弟婦黃氏雅宜、香亭簉室吳氏香宜(1)，俱有窈窕之容，同居一室，互相切磋。黃詠〈燈花〉云：「銀釭奪月吐光華(2)，影入窗櫺透碧紗。未忍輕挑私問汝，不知何喜報吾家？」吳詠〈梅〉云：「為愛春寒花放遲，遊人

偏採未開時。儂心恰愛天然好，不忍臨風折一枝。」
〈春晴〉云：「細雨連宵濕軟塵(3)，今朝晴放一窗
春。柳絲低舞花添笑，都似風前得意人。」皆清妙可
誦。又有淑端內史者(4)，見二人詩而愛之，贈一絕
云：「誦君佳句愛君才，未對菱花卷已開。想是瑤池
曾結伴，詩仙逃下一雙來。」余按：荀奉倩云(5)：
「女子以色為主，而才次之。」李笠翁則云(6)：
「有色無才，斷乎不可。」有句云：「蓬心不稱如花
貌(7)，金屋難藏沒字碑(8)。」

　　龍文候補粵西，家無擔石(9)，而家信來，詭云娶
妾。雅宜答以詩云：「郎君新得意，志氣入雲驕。未
置黃金屋，先謀貯阿嬌。」蓋挪揄之也。香宜知余採
其詩入《詩話》，以詩謝云：「有志紅窗學詠詩，絳
帷深幸侍良師(10)。微名也許登《詩話》，榮似兒夫
及第時。」戲香亭也。雅宜名楨，香宜名蕙，淑端姓
孟，名楷。

【箋注】

(1) 龍文：袁枚堂弟。官廣西州同。餘未詳。黃雅宜：黃
　　楨，字雅宜。清浙江仁和人。州同袁龍文室。吳香宜：
　　吳蕙，字香宜。清江蘇上元人。知府袁樹（香亭）側
　　室。（見《國朝閨秀正始集‧補遺》）簉（zào）室：
　　妾，小妻。

(2) 銀釭（gāng）：銀白色的燈盞、燭臺。

(3) 軟塵：飛揚的塵土。

(4) 淑端：孟楷，號淑端內史。清山東鄒縣人。

(5) 荀奉倩：荀粲，字奉倩。太尉荀彧少子。三國魏潁川潁

陰人。好道家之言，談尚玄遠，倡言不盡意論，名重一時。

(6) 李笠翁：李漁。見卷九·六一注(1)。

(7) 蓬心：比喻知識淺薄，不能通達事理。蓬，草名。

(8) 金屋：用漢武帝要用金屋接納阿嬌作婦典。沒字碑：《新五代史》：「天下皆知崔協不識文字，而虛有儀表，號為『沒字碑』。」「（安）叔千狀貌堂堂，而不通文字，所為鄙陋，人謂之『沒字碑』。」

(9) 擔石：一擔一石之糧。石，（今讀dàn）。此處為計算容量的單位。十斗為一石。

(10) 絳帷：猶絳帳。對師門、講席的敬稱。

六三

　　梁山舟侍講南山掃墓(1)，見方姓人家張壁一幀，乃康熙二十六年丁卯科《題名錄》一紙，即市賣之。物完好如故，且刻板精潔，比近日百倍。正榜僅五十名，副榜十名，同考十二房，並主司官爵、表字、鄉貫，一一詳載於尺幅。又監臨提調三場題目皆全。解元於潛伍涵芬(2)，第七名即查聲山先生也(3)，榜姓邱。百餘年故紙，居然不毀，亦一奇也。梁中乾隆丁卯舉人，是科有重預鹿鳴之周名天相者(4)，因題其後云：「我年二十五，卯歲領鄉薦。再上六十年，此榜實羔雁(5)。憶余鄉賦時，群集隨諸彥(6)。領袖鶴髮翁(7)，謂中《錄》第四十二名周翁天相，錢塘人。巍然靈光殿(8)。風貌既甚古，章服亦不賤。私竊問姓名，愛蓮

分一瓣(9)。少年曾筮仕，秩視諸侯半。歸臥田里間，後生蔑由見。恭逢盛典舉，重預嘉賓宴。今後卅年餘，翁久隨物變。即余同年生，八九已露電(10)。乃於山人廬，忽睹紙半片。上鐫千佛名，一佛曾識面。當年取士嚴，額解才大衍(11)。主司及同考，一一載鄉貫。字跡頗工整，首尾無漫漶。想見詅賣時(12)，狼籍坊市遍。此紙逾百年，獨再優曇現(13)。賢哉方山子(14)，拾得常自玩。藏弄比吟箋(15)，裝背作畫卷。某也後進人，彰美在所先。率書五字詩，留下一重案。」余道：此與康熙年間，吳鱗潭祭酒在啟聖祠掘得元人題名三碑(16)，一蒙古，一色目，一漢人，皆有正副；余買得紹興十八年朱子《題名碑》：相仿。

【箋注】

(1)梁山舟：梁同書。見卷三・三二注(3)。

(2)伍涵芬：字芝軒。於潛人。康熙二十六年舉人。有《讀書樂趣》。

(3)查聲山：查昇。見卷六・八四注(3)。

(4)重預鹿鳴：見卷四・一五注(3)。周天相：浙江錢塘人。康熙二十六年丁卯舉人。官永興知縣。到乾隆丁卯恰六十年。

(5)羔雁：用作晉謁的禮物。

(6)諸彥：諸位俊才。

(7)領袖：比喻同類人物中突出者。

(8)靈光殿：漢宮殿名。後用來比喻碩果僅存的人或事物。

(9)「愛蓮」句：用宋・周敦頤〈愛蓮說〉典，指問姓得知

姓周，並以蓮喻人品。

(10)露電：朝露易乾，閃電瞬逝。比喻迅速逝去或消失。

(11)額解：謂放寬定額。大衍：為五十的代稱。

(12)詅賣：誇炫貨物以求出售。

(13)優曇：梵語優曇缽花。佛教以為祥瑞花。

(14)方山子：宋代光州和黃州之間的一位隱士。蘇軾有〈方山子傳〉。此處喻指方姓人家。

(15)藏弆（jǔ）：即藏去，收藏。

(16)吳鱗潭：吳苑（1638-1700），字楞香，號鱗潭，晚號北黟山人。安徽歙縣人。康熙二十一年進士。官檢討，累官祭酒。有《北黟山人集》、《大好山水錄》。

一

福建高南疇觀察(1)，官江南時，與余交好。遭患難後，三十年不通音問。庚戌秋，其子竹筠袖詩相訪(2)。〈壽陽〉云：「陟險攀籐上，岩嶢勢百尋(3)。路危遲馬步，峰峻怯人心。殘夢扶鞍續，愁懷對月深。前程都莫辨，雲霧濕衣襟。」〈青玉峽〉云：「人隨飛鳥渡，僧帶斷雲來。」〈平山堂〉云：「紫蝶緩隨人影去，綠楊低護畫船行。」皆佳句也。嗚呼！余見公子時，年才六七；方疑流落何所，而竟能清詞麗句，卓然成家：可謂佳公子矣！

【箋注】

(1)高南疇：高積。清福建閩縣人，寓居蘇州。由捐貢任江蘇驛鹽道、貴州按察使。後因營私枉法，革職治罪。

(2)高竹筠：高世煥，字承軒，號竹筠。清閩縣人。

(3)百尋：形容極高或極長。尋，八尺。

二

吾鄉金江聲觀察有句云(1)：「蕭寺秋聲流夕磬(2)，酒樓紅影上春燈。」陽湖楊宇昭有句云(3)：「滿林黃葉通樵徑，繞郭紅燈半酒家。」

【箋注】

(1)金江聲：金志章。見卷三·六四注(2)。

(2)蕭寺：佛寺。見卷四・六六注(5)。磬：寺院中召集衆僧用的雲板形鳴器或誦經用的缽形打擊樂器。

(3)楊宇昭：未詳。

三

余丙辰入都，胡稚威引見徐壇長先生(1)，己丑翰林，年登大耋(2)，少遊安溪李文貞公之門(3)，所學一以安溪為歸。詩不求工，而間有性靈流露處。〈贈何義門〉云(4)：「通籍不求仕，作文能滿家。坐環耽酒客，門擁賣書車。」真義門實錄也。〈幽情〉云：「酒伴強人先自醉，棋兵舍己只貪贏。」〈安居〉云：「入坐半為求字客，敲門都是送花人。」亦《圭美集》中出色之句。

【箋注】

(1)胡稚威：胡天游。見卷一・二八注(1)。徐壇長：徐用錫，字壇長，一字魯南。清江南宿遷人。康熙四十八年進士。官編修，後罷歸。乾隆初起授翰林院侍讀，年已八十。曾從李光地遊，究心樂律、音韻、曆數、書法。有《圭美堂集》。

(2)大耋(dié)：古稱八十歲為耋，一說七十。

(3)李文貞：李光地。見卷五・五二注(7)。

(4)何義門：何焯。見卷五・八一注(2)。

四

　　溧陽彭貴園先生(1)，素無一面，寄《雲溪詩集》見示。有筆有書(2)，亦唐亦宋，不愧作者。佳句如：〈雨阻淮上〉云：「春氣勒堤柳，水光團野煙。」〈舟中〉云：「長河欹枕過(3)，片月貼帆飛。」〈劍津〉云(4)：「早知神物終當化，何似豐城便永埋(5)？」〈無題〉云：「月展璧輪宜喚姊，風吹池水最干卿(6)。」皆妙。又〈接家書〉云：「有客來故鄉，貽我鄉里札。心怪書來遲，反覆看年月。」只此二十字，寫盡家書遲接之苦。先生名光斗，出仕閩中。

【箋注】

(1)彭貴園：彭光斗，字貴園，一字文樞，號退庵。江蘇溧陽人。乾隆二十四年舉人。官福建永定知縣。有《雲溪草堂文鈔》、《雲溪詩集》等。

(2)有筆有書：筆，指重在紀事，不講究情采聲韻；書，指重在抒情言志，講求聲韻文采。

(3)欹：斜倚。

(4)劍津：劍潭、龍津。即今福建南平市南閩江的一段。

(5)豐城：縣名。治所在今江西豐城市南。《晉書・張華傳》謂吳滅晉興之際，天空斗牛之間常有紫氣。張華邀雷煥共觀天文，煥說有寶劍在豫章豐城。華即補煥為豐城令，煥到縣，掘地得雙劍。其夕斗牛間氣不復見焉。後世詩文用「豐城劍」讚美傑出人才，或謂傑出人才有待識者發現。

(6)卿：古代對男子的敬稱。亦可作為君王對臣子的稱呼。

此處借用南唐一個典故：馮延巳有「風乍起，吹皺一池春水」句，南唐中主李璟有一次戲問馮說：「吹皺一池春水，干卿何事？」馮答道：「未如陛下『小樓吹徹玉笙寒』。」

五

某有句云：「落月鋪滿地，秋聲尋到門。」余愛其中一「尋」字。因憶厲太鴻有「明月出樹如相尋」(1)，七字亦復相同。

【箋注】

(1)厲太鴻：厲鶚。見卷三・六一注(1)。此處所引，題為〈入秋酷暑，七月十二日晚風月甚清，遂有涼意〉。

六

武陵胡少霞蔚老於蓮幕(1)，死後，雲南彭竹林明府鑴其《萬吹樓遺稿》付余曰(2)：「此少霞一生心血，先生為存其人，可乎？」余錄其〈渡口〉五絕云：「渡口秋來樹，迎風葉葉黃。懷人相望久，猶道是斜陽。」〈和史梧岡〉云：「蓬萊回首隔山河，王子吹笙帝子歌(3)。聞說長春在天上，春愁應比世間多。」

【箋注】

(1) 胡少霞：胡蔚，字少霞，一字羨門。湖南武陵人，寄籍江蘇無錫。乾隆十八年拔貢。官河南候補同知。雲南巡撫孫士毅聘主昆明書院，居數年，卒於滇。有《萬吹樓集》。蓮幕：《南史・庾杲之傳》：「（王儉）用杲之為衛將軍長史。安陸侯蕭緬與儉書曰：『盛府元僚，實難其選。庾景行汎淥水，依芙蓉，何其麗也。』時人以入儉府為蓮花池，故緬書美之。」後因稱幕府為「蓮幕」。

(2) 彭竹林：彭𡎴。見卷一〇・六四注(1)。

(3) 王子吹笙：王子喬，一作王喬。傳為春秋周靈王太子，名晉。相傳好吹笙作鳳凰鳴。後成仙。帝子歌：《山海經》：洞庭之山，帝之二女居之……以其為天帝之女，故曰帝子。

七

　　蘇州汪山樵明府(1)，獻〈聖祖南巡〉詩，蒙召入南書房。一日，聖祖坐內廷(2)，取楊上冊顧諸臣曰：「卿等試看此冊是何人筆墨？」皆奏曰：「似翰林陳邦彥(3)。」上笑曰：「非也。此是邦彥內弟汪俊所書，詩字俱佳。」其受知如此。旋出宰醴泉，以詩酒罷官。余在薛生白家(4)，與同宴集，來往甚歡，欲覓其遺稿，竟不可得。近見少霞有懷汪一絕云(5)：「幾年著作直承明(6)，萬壽詩章御楊橫。曾說九重親賞識，是何年少有韓翃(7)！」

【箋注】

(1)汪山樵：汪俊。見卷三・五九注(3)。

(2)聖祖：即康熙皇帝玄燁。

(3)陳邦彥：字世南，號春暉。浙江海寧人。康熙四十二年進士。官至禮部侍郎。工書，尤善小楷。有《烏衣香牒》、《春駒小譜》等。

(4)薛生白：薛雪。見卷二・一九注(1)。

(5)少霞：見本卷六注(1)。

(6)承明：漢承明殿旁屋，侍臣值宿所居，稱承明廬。此代指在朝為官。

(7)韓翃：字君平。唐鄧州南陽人。天寶十三載進士。善詩，為大曆十才子之一。德宗建中初，以駕部郎中知制誥。時有兩韓翃，宰相請執與，帝命與詩人韓翃。官至中書舍人。此以韓比汪。

八

宜興儲玉函太守(1)，同年梅夫之從子也(2)。詩筆與其弟玉琴相似(3)，而尤長於五言。〈過舅氏別業〉云：「乞墅歡遊地(4)，重來舊業存。敲冰進孤艇，曝日聚閒門。林影深藏屋，湖光冷逼村。廿年人事改，昔夢向誰論？」佳句如：「竹陰清石磴，花色淡秋衣。」「遠鐘清過水，深竹暮連山。」又：「春煙浮綠野，夜火滿丹陽(5)。」對仗亦巧。

【箋注】

(1)儲玉函：儲秘書，字玉函，號華嶼。江蘇宜興人。乾隆
二十六年進士。官戶部主事、湖北鄖陽知府、黃州知
府。有《緘石齋詩稿》。

(2)梅夫：儲麟趾。見卷二‧五七注(1)。從子：侄兒。

(3)玉琴：儲潤書，字玉琴。江蘇宜興人。乾隆五十四年優
貢生。候選教諭。其詩秀逸，有名于江淮間。有《秋蘭
館爐飲餘剩稿》。

(4)乞墅：給予別墅。《晉書‧謝安傳》載，安與謝玄圍
棋，以別墅為賭注。玄輸，安顧謂其甥羊曇：「以墅乞
汝。」後為頌美舅與外甥的典故。

(5)丹陽：縣名。治今江蘇丹陽市雲陽鎮。

九

　　桐城李仙芝自稱抱犢山人(1)，館方氏一梅齋，夜
半關門，宿鳥驚噪，因得「推窗驚鳥夢」五字，以為
似賈浪仙(2)。然終未成篇也。又隔五年，為山館蟲
聲根觸(3)，方足成一律云：「宵深寒氣重，山館劇淒
清。夜月猿僵臥，秋螢鬼擁行。推窗驚鳥夢，就枕聽
蟲聲。寂寂孤燈燼，匡床已二更(4)。」又，〈客金陵
見新燕有感〉云：「尋巢擇室幾經春，故國烏衣夢想
頻(5)。上苑喬林遷不到(6)，生成薄命是依人。」其
寓意亦可悲矣！

【箋注】

(1)李仙芝（1733-1796）：一作仙枝，字寶樹，號天種，

別號抱犢山人。清安徽桐城人。諸生。有《抱犢山人詩集》。

(2) 賈浪仙：中唐詩人賈島。見卷九・九四注(2)。島初赴舉京師，曾於驢上得句：「鳥宿池邊樹，僧敲月下門。」

(3) 棖（chéng）觸：感觸，觸動。

(4) 匡床：安適的床。一說方正的床。

(5) 烏衣：指燕子。

(6) 上苑：皇家園林。

一〇

　　對聯之佳者：趙雲松見贈云(1)：「野王之地有二老(2)，北斗以南止一人(3)。」龍雨蒼見贈云(4)：「羲皇以上懷陶令(5)，山水之間樂醉翁(6)。」余〈自題〉云：「讀書已過五千卷，此墨足支三十年。」黃浩浩嘯江有句云(7)：「花怯曉寒思就日，柳搖春夢欲依人。」胡蛟齡蔚人有句云(8)：「前山暖日如修好(9)，昨夜狂風尚賈餘(10)。」俱新。

【箋注】

(1) 趙雲松：趙翼。見卷二・三三注(3)。

(2) 「野王」句：野王，春秋晉地。戰國初衛國徙都於此，後入于秦。即在今河南沁陽市。《後漢書・列傳第七十三逸民傳》載：光武在野王路上遇到兩位老者，談話富含深義，想是兩位隱士，想加以任用，他們卻告辭而去，無人知道在什麼地方。

(3) 「北斗」句：《新唐書・列傳第四十》：（藺仁基）常

說：「狄公之賢，北斗以南，一人而已。」

(4) 龍雨蒼：龍為霖。見卷七・八三注(6)。

(5) 「羲皇」句：羲皇，指伏羲氏。古人想像羲皇之世其民皆恬靜閒適，故晉・陶潛〈與子儼等疏〉說：「五六月中，北窗下臥，遇涼風暫至，自謂是羲皇上人。」

(6) 「山水」句：宋・歐陽修〈醉翁亭記〉：「醉翁之意不在酒，在乎山水之間也。」

(7) 黃浩浩：見卷一三・六七注(1)。

(8) 胡蛟齡：字淩九，號起亭。安徽涇縣人。雍正元年進士。官戶科給事中、協理江南道事監察御史。有《起亭詩鈔》。

(9) 修好：表示友好。

(10) 賈餘：炫示餘勇。

一一

諸襄七檢討性情迂傲(1)，有弟子求題圖，先生開卷，見齊次風侍郎、周蘭坡學士先題矣(2)，心有所忮(3)，大書曰：「齊大非吾偶，周衰尚有髭(4)。兩人都已寫，何必我題詩！」

【箋注】

(1) 諸襄七：諸錦。見卷四・四六注(1)。迂傲：迂闊而高傲。

(2) 齊次風：齊召南。見卷一・六六注(5)。周蘭坡：周長發。見卷五・二五注(6)。

(3) 忮（zhì）：忌恨，不滿。

(4)「齊大」句:《春秋左傳·桓公六年》:「大子曰:
『人各有耦,齊大,非吾耦也。』」「周衰」句:《春
秋左傳·昭公二十六年》:「秦人降妖,曰:『周其
有髭王(靈王),亦克能修其職。諸侯服享,二世共
職。』」

一二

　　凡藥之登上品者,其味必不苦:人參、枸杞是
也。凡詩之稱絕調者(1),其詞必不拗(2):《國
風》、盛唐是也。大抵物以柔為貴:綾絹柔則絲細
熟,金鐵柔則質精良。詩文之道,何獨不然?余有句
云:「良藥味不苦,聖人言不腐。」

【箋注】

(1)絕調:絕妙的曲調。借指絕妙的詩文。

(2)拗(ào):不順。

一三

　　常州呂映薇秀才(1),邀人作〈簾鈎〉詩。首唱
云:「棨戟深深鈎影微(2),玉竿又上綺窗衣(3)。
呢喃燕語窺巢入,溶漾絲牽入戶飛。十里釵鐶攀絡
索(4),一廳燈燭落珠璣。嚴公幕下憐才甚(5),三
掛冠巾是也非(6)?」吳穀人太史云(7):「縱殊畫
向鴉叉展(8),宛似書摹韭尾成(9)。」秦端崖太史

云(10):「遊空半學魚抽乙(11),倒掛真疑鳳是
么(12)。」吳古然云(13):「眼於檻外看么鳳,手出
樓頭見美人。」又,穀人云:「分明賭酒曾籠袖,仔
細抬頭怕礙冠。」皆可謂工矣!

【箋注】

(1) 呂映薇:呂星垣。見卷一二・三二注(10)。

(2) 棨戟:有繒衣或油漆的木戟。古代官吏所用的儀仗,出
行時作為前導,後亦列於門庭。

(3) 玉竿:青竹。窗衣:窗格扇下沿用平板飾以細膩的雕
刻,在窗戶三分之一的下部往往配有窗欄板,俗稱「檻
窗衣」。

(4) 釵鐶:釵簪與耳環。

(5) 嚴公:嚴實,字武叔。金末泰安長清(今山東長清)
人。金任命為百夫長、長清令。歸降元後,授實金紫光
祿大夫、行尚書省事。且以興學養士聞名,喜接寒素,
士子有不遠千里來見者。

(6) 掛冠:指辭官、棄官。

(7) 吳穀人:吳錫麒。見卷九・六二注(1)。

(8) 鴉叉:即丫叉。叉物用的叉子。

(9) 蠆(chài)尾:比喻書法上的「趯」筆。亦泛指書法遒
勁。

(10) 秦端崖:秦潮(1743-1798),字步皋,號端崖。無錫
人。乾隆三十年欽賜舉人,次年進士。翰林院編修。官
國子監司業。充任河南、陝西、雲南省試主考官,二任
安徽學政。有《竹外山房詩文集》、《詩韻辨字略》。

(11) 乙:魚腮骨。以「乙」字形比簾鉤狀。

(12) 鳳是么(yāo):即么(幺)鳳。又稱桐花鳳。羽毛五

色，體型比燕子小。

(13) 吳古然：吳峻基，字邁堂，號阜伯、古然。清江蘇常熟
　　人。蔚光子。例授同知。有《虞琴草堂詩文集》，已
　　佚。

一四

乾隆庚戌五月二十六日，直隸完縣有一產四男
者，大吏奏聞。秦西巖觀察賦詩云(1)：「一胎不數三
丁異，八士何難兩乳成(2)。」

【箋注】

(1) 秦西巖：秦瀛。見卷一三・八二注(1)。

(2) 三丁異：《元史・五行志》：「中統二年九月，河南民
　　王四妻靳氏一產三男。《唐志》云：『物反常為妖，陰
　　氣盛則母道壯也。』」八士：《論語・微子》說「周有
　　八士」，即八位賢士。朱熹《集注》認為八士可能是周
　　宣王或周成王時候的人。「蓋一母四乳而生八子也」。

一五

丙戌，方比部坳堂昂見訪隨園(1)，留詩一冊而
去。其〈感懷〉云：「蓑衣蒻笠愧坡仙(2)，放浪慵
營洛下田(3)。過眼功名花在鏡，驚心歲月箭離弦。
鬢毛短處人應笑，髀肉生時我自憐(4)。多謝長征識
途馬，也如名將歷幽燕。」通首氣格雄渾。與高東井

交好(5)，贈云：「貧多遊覽懷應壯，少不窮愁句自工。」

【箋注】

(1)方坳堂：方昂（1740-1800），字叔駒，號訒庵，又號坳堂。濟南歷城人。乾隆三十六年進士。官刑部郎中、江蘇蘇松道、江蘇布政使。有《坳堂詩集》。

(2)篛笠：用箬葉或竹篾編制的寬邊帽。坡仙：宋蘇軾號東坡居士，文才蓋世，仰慕者稱之為「坡仙」。

(3)洛下：指洛陽。

(4)髀肉：大腿上的肉。髀肉復生，為自歎壯志未酬，虛度光陰之辭。

(5)高東井：高文照。見卷二・六七注(3)。

一六

真州張湖字愚谷(1)，詠〈落葉〉云：「曾為上古衣裳用，莫道闌珊是棄材(2)。」此意古人未道。

【箋注】

(1)張湖：字蛟亭，號愚谷。清江蘇儀徵人。有《存質集》。

(2)闌珊：零落。

一七

　　雲南離中國七千餘里(1)，而近日文章之士甚多，以彭氏一門為最。香山令彭少鵬、名翥者(2)，在肇慶受業于余，曾載其佳句入《詩話》矣。今秋以獲海盜，保薦入都，過金陵，宿山中三日，購書一船而行。其人弱不勝衣，而擒盜入洋，乃有餘勇。余為驚喜，贈七古一章，載入集中。彭〈獅子洋〉云(3)：「到此疑無岸，飄然天際行。珠光隨月滿，水氣與雲平。猛虎原名鎮，蓮花別有城。一聲秋夜笛，吹動故鄉情。」〈澳門〉云：「天上風雲全護水，海中村落總依山。」他如：「濤聲歸壑急，海艇擱沙多。」「無雲天水合，有月海山清。」「舟行未雨前，日落無人處。」皆奇境也。見訪云：「升堂由也果(4)，今日到隨園。」用《論語》，甚趣。其族人彭印古亦有句云(5)：「雲深都失路，葉落不藏村。」「竹裡敲詩隨鶴步，花間鼓瑟與魚聽。」「窗橫野色雲千里，松帶濤聲水一樓。」俱妙。

　　少鵬同舟有蘇君名欄者(6)，亦詩人也。〈昆明旅次〉云：「山光臨坐暗，湖氣入門涼。」〈冬夕〉云：「舉步霜月中，人寒影亦濕。」又有昆明翰林錢君名灃者(7)，〈留宿李氏小飲〉云：「二麥將枯老却春(8)，南郊遍訪葛天民(9)。九年不共尊前飲，再宿猶疑夢裏身。門接山光來異縣，牆分花氣與芳鄰。蓬瀛故事休誇說(10)，看取風前兩鬢新。」

【箋注】

(1) 中國：指中原地區。

(2) 彭少鵬：彭翥。見卷一○・六四注(1)。

(3) 獅子洋：廣州珠江口虎門後面，水面開闊，風浪聲如獅吼，俗稱獅子洋。

(4)「升堂」句：意思是我要像子路一樣果斷，決心使學問達到高明境界。

(5) 彭印古：字心符，號棲霞。清雲南蒙化人。原籍江西吉安。諸生。有《松溪詩集》。

(6) 蘇棚（chéng）：未詳。

(7) 錢灃（1740-1795）：字東注，號南園。雲南昆明人。乾隆三十六年進士。改庶吉士，授檢討。歷官太常寺少卿、通政司副使、湖南學政。有《錢南園選集》。

(8) 二麥：大麥、小麥。

(9) 葛天：傳說中的遠古帝名。一說為遠古時期的部落名。另，宋朝有詩人葛天民，可代指要走訪的某位民間友人。

(10) 蓬瀛：蓬萊和瀛洲。神山名，相傳為仙人所居之處。亦泛指仙境。

一八

　　趙州龔簪岩名錫瑞者(1)，工古樂府及七言長句。〈龍尾關〉云(2)：「龍尾關前水，年年帶雪流。如聞天寶卒，永恨國忠謀(3)。蜀道倉皇幸，冰山頃刻休。餘兵二十萬，白骨竟誰收？」自注云：「唐時

高仙芝攻大食國(4)，安祿山討奚契丹(5)，楊思勗討叛蠻(6)，各喪師數萬，故及之。」又，〈遊飛來寺〉云：「孤月晴翻江影動，亂松寒送雨聲來。」〈悼亡〉云：「鬼燈如見通宵績(7)，故突猶疑帶病炊(8)。」「淚下憐余如隔世，掛遺驚汝尚持家。」贈某云：「從戎二十執戈殳(9)，百戰餘生膽氣粗。飲馬長江休照影，恐驚霜雪上頭顱。」

【箋注】

(1) 龔簪岩：龔錫瑞（1733-1781），字信臣，號簪岩。趙州（治今雲南鳳儀）人。乾隆五十四年拔貢。工詩，善畫山水。有《簪岩詩集》。

(2) 龍尾關：又稱龍尾城。南詔王皮羅閣築，在今雲南大理市。

(3) 國忠：唐・楊國忠，楊貴妃堂兄。見卷八・七二注(3)。

(4) 高仙芝：唐時高麗人。唐玄宗天寶十載，高仙芝作為安西四鎮節度使出征西行至西域大食國。大食國：原為一伊朗部族之稱。唐以來，我國用以稱阿拉伯帝國。

(5) 安祿山：見卷二・三二注(5)。奚契丹：奚與契丹原為兩個古族，分佈在今內蒙古自治區西拉木倫河流域，後二者同化。

(6) 楊思勗：唐羅州石城人。宦官。玄宗時任右監門衛將軍。開元中，以鎮壓安南首領梅玄成、五溪首領覃行璋功，遷驃騎大將軍。性剛酷殘忍。

(7) 績：紡織。

(8) 故突：煙囪。

(9) 戈殳：戈和殳。亦泛指兵器。

一九

　　周中翰青原娶沈氏(1)，為蓮花廳沈司馬之長女(2)，常來隨園看花，貌明秀而性和婉，不愧名家女，不知其能詩也。歿後，其子之桂從故簏中(3)，檢得其〈思歸〉云：「東風吹恨幾時消？春水連天又長潮。自歎不如梁上燕，一年一度也歸巢。」〈初晴〉云：「晚霞紅映碧窗開，雁字搖空入鏡臺(4)。漸遠不知何處去，化為雲氣過山來。」

【箋注】

(1)周青原：周發春。見卷四·七四注(1)。中翰，明清時內閣中書的別稱。沈氏：未詳。另名為周青（清）原者，也有妻沈氏，名采蘋。能詩。二者是巧合，還是另有他故，待考。

(2)蓮花廳：乾隆八年分永新、安福二縣地置，治所在今江西蓮花縣。

(3)簏（lù）：竹編的盛器。

(4)雁字：成列而飛的雁群。群雁飛行時常排成「一」或「人」字，故稱。

二〇

　　每過池上，見楊柳向人低折；遊山見紅牆，必是僧寺：皆眼前事也。真州李秀才濂有句云(1)：「往來恰怪沿堤柳，低舞成行欲拜人。」又曰：「約略招提前面是(2)，淡金塔影淺紅牆。」

【箋注】

(1)李濂：如上，餘未詳。

(2)招提：寺院的別稱。

二一

　　錢辛楣少詹序馮畹廬之詩曰(1)：「古之君子，以詩名者，大都自抒所得，而非有意於求名：故一篇一句，傳誦于士大夫之口。後人會萃成書，而集始名焉。南齊張融自題其集(2)，有《玉海金波》之名。五代和凝鑱集行世(3)，人多笑之。近世士人，未窺六甲(4)，便製五言。又多求名公為之標榜，遂梓集送人。宜於詩學入之不深，而可傳者少。」

【箋注】

(1)錢辛楣：錢大昕。見卷二・四四注(4)。馮畹廬：馮懷朴（璞），字畹廬。清江蘇太倉人。布衣。有《畹廬遺稿》。

(2)張融：見卷一三・一注(4)。

(3)和凝：見卷一三・四八注(3)。

(4)六甲：詩體名。南朝陳・沈炯有《六甲詩》。此泛指詩體知識。

二二

晼廬者，姓馮，名懷朴，躬耕於太倉之璜徑(1)，歿後，其詩始出。〈舟中書所見〉云：「進鮮河裏布帆飛(2)，秋水清漣鱸鱖肥。掠鬢漁娃都帶濕，太湖風雨打漁歸。」五言云：「遠水籠煙闊，江天壓樹低。」「饑年憎閏月，病叟厭餘生。」「懶僧遲見客，冷寺早鳴蟲。」〈題韓文公集〉云(3)：「一檄投溪旋徙窟，聽言猶覺鱷魚賢。」托詞冷雋。又：「客與寒潮共到門。」七字亦佳。

【箋注】

(1)璜徑：今江蘇太倉市璜徑鎮。

(2)進鮮：謂封建時代官僚貴族向皇帝進獻水果魚蝦等時鮮物品。

(3)韓文公：唐代韓愈。見卷一・一三注(1)。韓愈任潮州刺史時，因當地居民受鱷魚之患，撰〈鱷魚文〉祭鱷，傳說鱷魚從此遠徙。

二三

太倉又有許培秀者(1)，〈題畫〉云：「垂柳罨晴煙(2)，微風颺飛絮。一帶綠陰濃，鶯啼不知處。」末二句，是聞鶯真境界，非身歷者不知。又，〈望月〉云：「但覺溪光白，不知新月生。」〈得友人信〉云：「曉起聞啼鳥，書來正落花。」

【箋注】

(1) 許培秀（1742-1787）：字毓良，號洗瓢。清江蘇太倉
　　人。少失怙。讀書嗜古，內行修潔，為詩清瘦。有《韻
　　竹軒詩草》。

(2) 罨（yǎn）：覆蓋。

二四

　　七夕詩最多(1)。家四妹棠云(2)：「匆匆下顧塵
寰處，如此夫妻有幾家？」近見休寧陳蕙畹湘有句
云(3)：「天孫莫尚嫌歡短(4)，儂自離家已五年。」
俱有情致。陳又有句云：「蛛網蒙飛絮，蜂鬚掛落
紅。」「隔岸炊煙起，柴門牧笛歸。」〈楊花〉云：
「無賴喜遮遊客面，多情時入酒人家。」

【箋注】

(1) 七夕：農曆七月初七之夕。民間傳說，牛郎織女每年此
　　夜在天河相會。

(2) 袁棠：見卷一○·三八注(1)。

(3) 陳湘：字蕙畹。清安徽休寧人。餘未詳。

(4) 天孫：織女星。

二五

　　蕪湖有鍾姓女子，名睿姑(1)，字文貞，能詩，
能畫，能琴，兼工時文，受業于甯孝廉楷(2)。陪其

師游冶父山云(3):「笋輿重去訪名山(4)，楓葉才紅
綠未斑。自把瑤琴傍溪樹(5)，乘風一奏白雲間。」
「無梁殿冷石門秋，鑄劍池空水不流。苔蘚照人心自
古(6)，滿天晴雪落峰頭(7)。」「樹裏湖光一鏡開，
水精宮外有樓臺。散花不到維摩室(8)，親捧雲珠供佛
來。」審故宿學之士。余宰江寧時，與秦大士、朱本
楫諸公(9)，受業門下。五十年來，群賢亡盡，而審年
八十，巍然獨存，又得女弟子以衍河汾一脈(10)，亦
衰年聞之而心喜者也。

【箋注】

(1) 鍾睿姑：字文貞。一說名文貞，字睿姑。清安徽蕪湖
人。桐城貢生吳綱室。曾館于安徽定遠方濬頤家十年
餘。（見方濬師《蕉軒隨錄》卷六）

(2) 審楷：見卷一三·六〇注(3)。

(3) 冶父山：在今安徽廬江縣東北。山上有鑄劍池，相傳為
春秋末戰國初越國人歐冶子鑄劍處。

(4) 笋輿：竹編的轎子。

(5) 瑤琴：古人認為琴所奏出的音樂乃天上瑤池之樂，所以
把琴稱作「瑤琴」。

(6) 苔蘚：苔和蘚同屬隱花植物中的一個大類，有很多種，
大多生長在潮濕的地方。

(7) 晴雪：喻白色天光。

(8) 維摩：泛指修大乘佛法的居士。佛經載維摩室有天女散
花。

(9) 秦大士：見卷一·四二注(6)。朱本楫：見卷一三·六〇
注(3)。

(10) 河汾：隋代王通設教河汾之間，受業者達千餘人，多有至將相者。後以「河汾」指稱王通及其學術流派。這裏是借用。

二六

海鹽崔應榴秋谷〈吳江夜泊〉云(1)：「小驛柝初起(2)，孤篷月已上(3)。漸息人語喧，微聞水聲響。」〈真州客夜〉云：「凍雨欲歇聲漸微，窺窗殘月揚清輝。此時有酒不成醉，明日無風那得歸。江水翻翻自北上，秋鴻一一皆南飛。矢歌未闋雞報曉(4)，滿庭白露沾我衣。」

【箋注】

(1) 崔應榴（1749-1815）：字星洲，號秋谷。浙江海鹽人。諸生。嘉慶間分纂郡志。有《吾亦廬稿》。

(2) 柝（tuò）：巡夜人敲以報更的木梆。此指敲梆聲。

(3) 孤篷：孤舟的篷。常用以指孤舟。

(4) 矢歌：詠歌。闋：終了。嘉慶本為「關」，據民國本改。

二七

壬寅春，余遊黃山，路過貴池昭明太子廟(1)，有新撰碑文甚佳，末署名者為邑宰林夢鯉(2)。其文古雅，似出六朝高手。乃搨其文以歸，遍問何人秉筆，

絕無知者。庚戌夏間，在蘇州，門生顧立方敏恆作府學廣文(3)，來見，出示古文四篇，其首篇即〈昭明太子碑〉。余不覺狂喜，自誇老眼之非花。

【箋注】

(1)昭明太子：南朝梁・蕭統。見補遺卷一・七注(4)。

(2)林夢鯉：字禹門。掖縣人。乾隆九年舉人。任陽穀縣教諭、天長知縣、貴池知縣。

(3)顧立方：顧敏恒。見卷八・六四注(3)。廣文：「廣文先生」的簡稱。泛指清苦閒散的儒學教官。

二八

尹文端公病重時(1)，有人以《秋雨殘荷圖》求題。公題云：「秋雨滿池塘，殘荷委流水。可憐君子花，衰來亦如此！」題畢，噓唏再三，未五日而卒。公諸子皆能詩。四公子樹齋以蔭得官(2)，有句云：「三代簪纓承雨露(3)，一家機杼織文章(4)。」三公子兩峰以科名起家(5)，詠〈獨秀峰〉云(6)：「千丈芙蓉拔空起，為山原不藉邱陵。」文端公見而笑曰：「三兒以我為邱陵乎？」

【箋注】

(1)尹文端：尹繼善。見卷一・一○注(3)。

(2)樹齋：慶桂。見卷四・六注(5)。

(3)簪纓：古代官吏的冠飾。比喻顯貴。

(4)機杼：比喻詩文創作中的新巧構思和佈局。

(5)雨峰：慶玉。見卷四・三二注(1)。科名：科舉功名。

(6)獨秀峰：在廣西桂林城內。平地孤標突起，頂平如蒼玉。

二九

徐上舍濤(1)，吳江人，號江庵，少倜儻不羈。長於近體。〈贈龍雨樵明府〉云：「客來風簟尋琴譜(2)，人到公庭乞法書(3)。」龍頗重之。又，〈題清霧瑤臺〉云：「石闌屈曲路橫斜，流水空山見落花。貪逐胎仙過橋去(4)，不知涼露滿輕紗。」〈病中與郭頻伽秀才鄧尉探梅〉云(5)：「今朝尋花將命乞，呼童荷鍤隨我行(6)。死便埋我梅花下，君為立石題我名。後之遊者考歲年，手摸其文笑且顛。咄哉此子本多病，不死牖下死花前。」果以是年不起。

【箋注】

(1)徐上舍：徐濤（1769-1801），字聽松，號江庵。清江蘇吳江人。監生。有《碎金集》、《話雨樓詩稿》。上舍，監生的別稱。

(2)風簟（diàn）：清風簟竹。此代指官署。用春秋時宓子賤彈琴治縣典。

(3)法書：法令、律科。

(4)胎仙：鶴的別稱。亦為道教神名。

(5)郭頻伽：見卷一二・八三注(2)。鄧尉：山名。在今江

蘇省蘇州市西南。漢有鄧尉隱居於此，故名。以產梅著稱。

(6)荷鍤（chā）：扛着鐵鍬。

三〇

　　謝康樂詩(1)：「千岩盛阻積(2)，萬壑勢縈回。」李白詩：「千岩泉灑落，萬壑樹縈回。」二句不但襲其意，兼襲其詞。以太白之才，豈肯蹈襲前人？因其生平最喜謝詩，故不覺習而不察。杜少陵平生最愛庾子山(3)，故詩亦往往襲其調，如「風塵三尺劍，社稷一戎衣」之類(4)，不一而足。

【箋注】

(1)謝康樂：謝靈運。此處有誤。所引應為南朝宋・鮑照〈登廬山〉詩句。李白句見〈送友人尋越中山水〉詩。

(2)阻積：謂險阻累積。

(3)庾子山：北朝北周・庾信。見卷三・七一注(5)。庾詩原句為「終封三尺劍，長卷一戎衣」。（〈周宗廟歌十二首・皇夏〉）

(4)「風塵」聯：杜甫〈重經昭陵〉中句。

三一

　　余每出門，或遠行數千里之外，撒手便行(1)，無繫戀之意。及在客邊住久，到歸家時，賓朋相送，反

覺難堪。興化任進士大椿有句云(2)：「放船歸思減，久客別人難。」

【箋注】

(1)撒手：分手，分別。

(2)任大椿：見卷二・六五注(1)。

三二

新安王勳(1)，字於聖，精於醫理。章淮樹觀察因其長子病重(2)，延之診視。夫人吳氏順便請其按脈。王曰：「長郎胎瘰(3)，無妨也。夫人脈已空矣，明年三月，恐不能過。」時夫人方強健，聞其言，以為詛咒，群笑而罵之。到期，竟如其言。余患腹疾，訪之揚州，蒙其以師禮相事，秤藥量水，有劉真長之風(4)。出乃父槐亭森詩見示(5)，錄其〈新年到家〉云：「水陸因由臘及春，到家重慶履端辰(6)。漫談別後風霜苦，且放尊前歲月新。昨日尚為羈旅客，今宵才屬自由身。梅花不是因寒勒(7)，有意含香待主人。」〈遣興〉云：「野花村酒堪娛性，山月溪風亦解懷。莫使寒梅和露菊，年年含怨望青鞋(8)。」二詩頗見性情，他作未能稱是。初，於聖之意，欲梓乃父全稿。余止之曰：「槐亭集非不清妥，但無甚出色處。雖付棗梨(9)，無人耐看。不如提取佳者入《詩話》中，使人讀而慕思，轉可不朽。」

【箋注】

(1) 王勳：字於聖。清安徽歙縣人，寓居揚州。本姓洪，世傳眼科，十六歲出繼王槐亭為子，自幼習醫，三十年游遍三江兩浙。有《慈航集》。

(2) 章淮樹：章攀桂。見卷九・三三注(17)。

(3) 胎癧：即妊娠癧。亦稱子癧。多因孕婦脾胃虛弱，飲食停滯，或夏傷於暑及感受癧邪所致。

(4) 劉真長：東晉・劉惔。見卷二・二九注(2)。

(5) 王槐亭：王森，字槐亭。清安徽歙縣人。有《呼綠軒詩草》。

(6) 履端：年曆的推算始於正月朔日，謂之「履端」。此指正月初一。

(7) 勒：約束，抑制。

(8) 青鞋：草鞋，或黑色短靴。代指賞會之人的影踪。杜甫〈奉先劉少府新畫山水障歌〉：「吾獨胡為在泥滓，青鞋布襪從此始。」楊萬里〈庚子正月五日曉過大皋渡〉詩：「渡船滿板霜如雪，印我青鞋第一痕。」按：嘉慶本及人民文學等本此處皆錯為「書鞋」。一字之誤，百年懵懂。此據民國本改。

(9) 棗梨：謂雕版印刷。舊時多用棗木或梨木雕刻書版，故稱。

三三

　　廬江胡夢湘孝廉，沈本陞秀才之甥也，名光樂(1)。早歲能吟，〈歸雁〉云：「雲淡影相失，月明聲更稀。」〈秋夜〉云：「雁來月夜關河冷，秋

到江城枕簟知（2）。」〈懷人〉云：「繞徑蛩聲人
跡少（3），一庭煙散月明多。」可謂何無忌酷似其
舅（4）。

【箋注】

(1) 胡夢湘：胡穟，原名光榮，字公望，號夢湘。安徽盧江
　　縣人。乾隆五十四年舉人。官四川川東道、江西鹽法
　　道。善書法，工詩古文詞。沈本陞：見卷一一‧三一
　　注(1)。

(2) 枕簟：枕席。泛指臥具。

(3) 蛩（qióng）聲：蟋蟀的鳴聲。

(4) 何無忌：見卷二‧一三注(3)。

三四

　　顏古翁詩(1)，對仗最工，有不可磨滅者。如「天
哀孝婦三年旱，山畏愚公一夕移」(2)、「門羅將相文
中子，例變《春秋》太史公」之類(3)。

【箋注】

(1) 顏古翁：應為閻古翁，即閻爾梅。見卷七‧四一注(3)。
　　所引「門羅」一聯，題為〈河津諸友以公席見招志
　　之〉。

(2) 孝婦：東海太守枉殺孝婦，天為亢旱三年。詳《漢書》
　　卷七十一〈于定國傳〉。愚公：見《列子‧湯問》愚公
　　移山典。

(3) 文中子：王通。見卷七‧六八注(4)。薛收、房玄齡、

李靖、魏徵等皆出其門下。太史公：司馬遷。見卷三·
七七注(2)。

三五

　　吾鄉鮑以文^{廷博}(1)，博學多聞，廣鐫書籍，名動
九重(2)；不知其能詩也。余偶見其〈夕陽〉二十首，
清妙可喜，錄其一云：「一匼人間夕又朝，晚來依舊
滿閒寮(3)。疏分霜葉秋容淡，細點征帆別思遙。淡
淡欲隨城角盡，明明還帶酒旗搖。迷藏慣匿西樓影，
不似春愁不肯消。」其他佳句，如：「馬上看山多倦
客，溪邊掃葉有閒僧。」「問誰閒袖遮西手(4)，老
我空懷再少心。」「遠引鐘來雲外寺，漸分燈上酒家
樓。」「願得少留牆一角，悔教高臥竹三竿(5)。」
「不愁一去蹤難覓，卻恐重來事轉生。」「山外有山
看未足，幾回倚杖立衡門(6)。」皆妙絕也。可稱古有
「鮑孤雁」(7)，今有「鮑夕陽」矣。

【箋注】

(1)鮑以文：鮑廷博（1738-1814），字以文，號淥飲。浙江
　　杭州人。嘉慶八年賜舉人。有《花韻軒詠物詩存》。

(2)九重：朝廷。

(3)閒寮：空窗。

(4)遮西手：唐·杜牧〈途中一絕〉：「惆悵江湖釣竿手，
　　卻遮西日向長安。」宋·張舜民〈謝諫議大夫表〉：
　　「敢望桑榆之晚景，獲依日月之末光。……手遮西日，
　　口誦離騷。」

(5) 三竿：猶言日上三竿。謂時間不早。

(6) 衡門：指隱者所居屋舍之門。

(7) 鮑孤雁：字平之。北宋杭州人。真宗景德二年進士。
累官職方郎中。有《清風集》。為河南府法曹時，賦
〈孤雁〉詩勸諫薛知府。詩云：「天寒稻糧少，萬里孤
難進。不惜充君庖，為帶邊城信。」時人謂之「鮑孤
雁」。

三六

異域方言，採之入詩，足補輿地志之缺。古人如
「鰿隅躍清池」(1)、「誤我一生路裏采」之類(2)，
不一而足。近見梁孝廉處素 履繩〈題汪亦滄〈日本國神
海編〉〉云(3)：「貢院繁華繫客情，朝朝應辦幾番
更。筵前只愛紅裙醉，拽盞何緣號撒羹。」「貢院」
者，館唐人處也。佐酒者號「撒羹」。「蠟油拭鬢膩
雅鬟，妾住花街任往還。那管吳兒心木石，我邦卻有
換心山。」妓所居處山名「換心山」。「十幅輕綃不
用勾，倩圍夜玉短屏幽。通宵學枕麻姑刺，好向床前
聽鬥牛。」其俗以木為枕，號「麻姑刺」，直豎而不
貼耳，故至老不聾。李寧圃太守〈潮州竹枝〉云(4)：
「銷魂種子阿儂佳，開樸千金莫浪誇。高捲篷窗陳午
宴，爭誇老衍貌如花。」六篷船幼女呼「阿儂佳」。
梳籠謂之「開樸」。幼女梳籠，以得美少年為貴，不
計財帛。呼婿曰「老衍」。

李公〈竹枝〉，亦有都知錄事之不可不記者(5)，

以其人皆有可取故也。其一云：「金盡床頭眼尚青，天涯斷梗寄浮萍。紅顏俠骨今誰是？好把黃金鑄阿星。」幕客某，流落潮陽，魏阿星時邀至舟中，供給備至，五年不衰，病癒，復資之赴省。又十年，攜重貲復游於潮，時星已色衰，載客他往。某居潮半載，俟星歸，酬以千金，為脫蜑籍(6)。其二云：「艷說金姑品絕倫，阿珠含笑復含顰。道儂也有冰霜志，要待蓬萊第二人。」金姑，即「狀元嫂」。阿珠，亦一時尤物(7)。有數貴官，艷稱「狀元嫂」卓識堅操，人所不及。阿珠笑曰：「妾貌雖遜金姑，而志頗向之；惜未遇榜眼、探花耳。」其三云：「日向船頭祝逆風，青溪三宿藥爐空。星軺不許騎雙鳳(8)，卻悔腰間綬帶紅(9)。」某學使惑於大鳳、小鳳，自潮至青溪六百里，緩其程至十餘日；抵岸，又託病，在船三宿而後去。二鳳亦為之臥病經年。其四云：「除卻蕭郎盡路人(10)，寶兒憨態最情真。新詩便是三生約，炯炯胸前月一輪。」湖州某與寶娘交好，特為鑄鏡一枚，鑴其定情詩於背。寶娘日夜佩之。

【箋注】

(1)「姁(jū)隅」句：魚兒在清池中跳躍。姁隅，古時南方的民族稱魚為姁隅。（見《世說新語‧排調》）

(2)路裏采：蒙語，一種錦被名字，比喻出身高貴。

(3)梁處素：梁履繩（1748-1793），字處素。浙江錢塘人。乾隆五十三年舉人。強識博聞，通聲韻之學，尤精《左傳》。有《左傳補釋》。

(4)李寧圃：李廷敬。見卷一六‧六三注(2)。

(5) 都知錄事：都知，舊時妓院中的班頭，分管諸妓。錄事，妓女。

(6) 蜑（dàn）籍：水上居民的戶籍。

(7) 尤物：指絕色美女。

(8) 星軺（yáo）：使者所乘的車。亦借指使者。

(9) 綬帶：古代用以繫官印等物的絲帶。此指為官。

(10) 蕭郎：指女子愛戀的男子。

三七

呂耘堂客分宜(1)，見《嚴氏家譜》載：世蕃有兄(2)，名世藍者，家居不仕，睦鄰敦族，後不罹於禍。今之子孫，皆其苗裔也。梁孝廉過而吊之云(3)：「兄豈難為非競爽(4)，子能不肖始稱賢(5)。」

【箋注】

(1) 呂耘堂：呂伊，字稼莘，號耘堂。清浙江錢塘人。諸生。梁詩正妹婿。

(2) 嚴世蕃：號東樓。明江西分宜人。嚴嵩子。由父任入仕，官至工部左侍郎。招權索賄，賣官鬻爵，貪行無厭。後以陰謀叛逆罪逮治，斬於市，籍其家。有《壽春堂集》。

(3) 梁孝廉：梁履繩。見本卷三六注(3)。

(4) 競爽：精明強幹。亦指爭勝。

(5) 不肖：謂子不似父。

三八

考據之學，本朝最盛。然能兼詞章者，西河、竹垞二人之外，無餘子也(1)。近日處素、諫庵兩昆弟(2)，頗能兼之。處素將至長沙，遇順風，云：「江天如拭晚成晴，帆飽舟輕浪不驚。斜日風回草（上三字民國本作『漸從鴉』）背落，殘霞猶映樹邊明。飯丸烏接神應助(3)，沙觜風回草有聲(4)。頻向篙工問前路，煙中指點武安城(5)。」其他，五言如：「怪松連石長，歸鳥雜雲飛。」「星低疑在岸，月近總隨船。」「談淡蟲語續，人靜鼠聲來。」「浪花入船窗，添我硯池水。」七言如：「星光墮水白於月，樹色粘雲暗似山。」「荒寺鳴鐘驚鷺起，孤村喚渡少人應。」皆妙。

【箋注】

(1) 西河：毛奇齡。見卷二‧三六注(3)。竹垞：朱彝尊。見卷一‧二〇注(14)。

(2) 處素：梁履繩。見本卷三六注(3)。諫庵：梁玉繩，字曜北，號諫庵。清浙江錢塘人。梁同書嗣子。乾隆增貢生。年未四十，即棄舉子業，專心撰著。有《史記志疑》、《清白士集》等。

(3) 飯丸：小飯團。烏接：指烏且飛且啖。古認為烏是神鳥。

(4) 沙觜：一端連陸地、一端突出水中的帶狀沙灘。常見於低海岸和河口附近。

(5) 武安：指長沙。

三九

泰州宮霜橋善畫能詩(1)。余在李明府屏上，見其
〈秋夜寄友〉云：「新涼如水撲簾勾，唧唧蟲聲動旅
愁。人到饑寒才作客，樹無風雨不成秋。靜聽砧杵催
長夜(2)，誤煞關河說壯遊。正是相思無着處，一聲征
雁下西樓。」又，〈新柳〉云：「青未能牽花市鳥，
綠將扶出酒家帘。」

【箋注】

(1)宮霜橋：宮國苞，字松如，一字渭川，號霜橋。清江蘇
　　泰州人。諸生。與丹徒張石帆時稱「江上兩詩人」。有
　　《半紅樓集》。

(2)砧杵：擣衣石和棒槌。亦指擣衣。

四〇

己酉二月十一日，余平晝無事，翻閱近人詩集。
正看青陽沈正侯詩未三頁(1)，閽者來報(2)，正侯與
僧亦葦到矣(3)。余為驚喜：信文章之真有神也。沈呈
新作。余愛其〈貴池道中〉云：「雲遮山入夢，風急
鳥移家。」「貪睡每教兒應客，好吟且聽婦持家。」
〈登攝山〉云：「誰云攝山高？我道不如客(4)。我立
最高峰，比山高一尺(5)。」〈聽琴〉云：「花含簾外
笑，鳥歇樹頭音。」不料別來七年，詩之進境如此。

【箋注】

(1) 沈正侯：見卷八‧二○注(1)。

(2) 閽（hūn）者：守門人。

(3) 亦葦：超岸，字亦葦。清吉州（江西吉安）文江李氏。住瑞州黃檗。能詩。

(4) 客：即指人。對人的客氣稱呼。

(5) 一尺：郭沫若認為應是「七尺」的字誤（《讀隨園詩話札記‧四九》）。

四一

戊申冬，余訪明竹岩^新于武佑場(1)，盤桓三日，極唱酬之樂。追思二十年前，其尊人作江寧方伯，彼此置酒看花，忽忽如夢。惜其弟鐵崖^亨中年徂謝(2)，余將作哀詞以挽之，惜無事實，故匆匆尚未暇也。錄其〈青冢驛夜行〉云(3)：「空山夜靜悄無聲，皓月霜天分外清。習慣渾忘身萬里，途長不覺漏三更。寒星天際時時換，^{道中竟日所行，多「之」字路。}積雪懸崖處處明。歷盡高寒清到骨，人生幾個隴西行？」竹岩尤長於言情，〈寄內〉云：「料得深閨應有夢，計程先我到遼西(4)。」「細字含情臨洛浦(5)，新詩掩卷愛〈周南〉(6)。」俱秀雅可誦。

【箋注】

(1) 戊申：乾隆五十三年。明竹岩：明新。見卷二‧六一文及注(1)。武佑場：伍佑鎮，在江蘇鹽城市鹽都區東

部。唐為「鹽城監九場」之一，稱五祐場。北宋改五為伍，清初祐訛作佑，作今名。

(2)鐵崖：明亨。一作「明亮」，疑誤。參閱卷二·六一注(2)。徂謝：去世。

(3)青冢驛：應為青家驛，明置，即今甘肅會寧縣東青江集。又名青家關。

(4)遼西：唐·金昌緒〈春怨〉：「啼時驚妾夢，不得到遼西。」

(5)洛浦：洛水之濱。

(6)周南：《詩·國風》之一。第一篇即〈關雎〉。後人認為〈周南〉所收大抵為今陝西、河南、湖北之交的民歌，頌揚周德化及南方。漢以後被作為詩教的典範。

四二

　　湖州姜秀才宸熙(1)，號笠堂。〈浮萍〉詩云：「春水方三月，楊花又一生(2)。」〈晚眺〉詩云：「晚煙都在樹，春雨不離山。」〈歲暮〉詩云：「睡重知春近，人忙覺歲殘。」贛州太守張公，為余誦之。

【箋注】

(1)姜宸熙：字檢芝，一作簡之，號笠堂。清浙江歸安（一說烏程）人。諸生。壯歲南歷閩粵，北游燕趙，鬱鬱而終。有《陵陽山人詩鈔》。

(2)「楊花」句：古人相傳楊花入水化為浮萍。

四三

　　「扶桑影裏看金輪」，宋文丞相詩也(1)。如皋范秀才昂千賦得此句云(2)：「極目萬山猶拱宋，蹉跎一霎恐移陰。」頗寫得出忠臣心事。

【箋注】

(1)扶桑：東方神樹。金輪：太陽。宋‧文天祥〈懷揚通
　　州〉詩句。

(2)范昂千：范駒，字昂千，號藿田。曾輝子。清江蘇如皋
　　人。幼聰慧，稍長，補博士弟子員。工詩古文辭。乾隆
　　五十四年膺拔萃科，方期得展經猷，竟以體羸善病卒。
　　賦得：此指摘取他人成句為詩題。

四四

　　蘇州桃花塢有女子，姓金、名兌、字湘芷者(1)，諸生金鳳翔女也，年甫十三。有人錄其〈秋日雜興〉云：「無事柴門識靜機(2)，初晴樹上掛簑衣。花間小燕隨風去，也向雲霄漸學飛。」「秋來只有睡工夫，水檻風涼近石湖。卻笑溪邊老漁父，垂竿終日一魚無。」

【箋注】

(1)金兌：字湘芷。清江蘇長洲人。為諸生金鳳翔、女史毛
　　轂女，幼承母教。善丹青。

(2)靜機：靜謐的天趣。

四五

　　婺源洪丹采_{朝陽}詠〈長干塔〉云(1):「渾疑天柱從空降，欲信雲梯可上行。」二句殊雄偉。倪司馬春岩詠〈裏湖〉云(2):「段橋合是兒家住(3)，湖水當門作鏡奩(4)。」二句殊清麗。

【箋注】

(1)洪丹采:洪朝陽，字丹采。清江西婺源人。邑庠生。工詩，兼工書法、古文辭。有《梧岡詩文鈔》。長干塔，在今南京市中華門外長干里長干寺內。

(2)倪春岩:倪廷謨，字春岩。浙江錢塘人。乾隆二十五年進士。官安徽安慶同知。裏湖:杭州西湖以白堤為界分裏湖與外湖。

(3)段橋:西湖段家橋的簡稱。在白堤的東起點。亦稱「斷橋」。

(4)鏡奩(lián):帶匣的梳妝鏡。

四六

　　揚州諸生張本(1)，字友堂，為山長趙雲松所賞(2)。張〈贈山長〉云:「可能當得逢人說(3)，從此專為悅己容(4)。」蘇州詩人方大章因劉霞裳而來受業(5)，〈贈霞裳〉云:「扶持玉局尋花杖(6)，接引龍華會上人(7)。」

【箋注】

(1) 張本：字立堂，一作友堂。江蘇儀徵人。乾隆五十七年舉人。有《松穀山堂詩抄》、《友棠詩稿》。（據《道光重修儀徵縣志》）

(2) 趙雲松：趙翼。見卷二‧三三注(3)。山長，為地方書院講學者，兼領院務。

(3) 逢人說：用唐‧楊敬之「平生不解藏人善，到處逢人說項斯」典。

(4) 悅己容：用《戰國策‧趙策一》「士為知己者死，女為悅己者容」典。

(5) 方大章：見卷一〇‧六〇注(1)。劉霞裳：見卷二‧三三注(2)。

(6) 玉局：泛指道觀，講經傳道處。喻劉霞裳。

(7) 龍華會：佛教語。傳說彌勒菩薩在龍華樹下開法會度人出世。喻袁枚。

四七

上海曹錫辰眉毫盡落(1)，曹贈「眉」以詩云：「汝能速反乎？吾將報汝以揚伸卓豎(2)，誓不與汝以顰蹙低攢(3)。汝來否乎？吾將遲汝於天台、雁宕之間(4)。」

【箋注】

(1) 曹錫辰：見卷九‧六六注(5)。眉毫：眉毛。

(2) 卓豎：直立高豎。

(3) 顰蹙（píncù）：皺眉蹙額。形容憂愁不樂。

(4)遲：讀zhì，等待。天台、雁宕：位於浙江省的兩座名
　　山。

四八

詩能入人心脾，便是佳詩，不必名家老手也。金
陵弟子岳樹德滋園(1)，初學為詩，〈銅陵夜泊〉云：
「櫓聲乍住月初明，散步江皋宿雁驚(2)。忽聽鄰舟
故鄉語，縱非相識也關情。」〈古寺〉云：「寺荒僧
去鐘猶在，碑老苔生字半存。」〈小艇〉云：「滿載
誰知都是月，輕飛始信不關風。」其弟樹仁(3)，字
樂山，亦能詩，〈題隨園〉云：「依山偶蓋看花樓，
樓上看花五十秋。到此任為門外客，匆匆行過也回
頭。」〈曉步〉云：「黃鸝啼破綠楊煙，喚醒東風二
月天。宿露欲晞雲氣散，斬新山色到人前(4)。」「日
日循途自往還，胸中繪得好溪山。今朝貪看沿堤柳，
走過平橋錯轉彎。」〈春閨〉云：「吟罷伊誰共唱
酬(5)？金爐香爐漏聲稠。侍兒俯仰偷眠態，似向燈旁
暗點頭。」

【箋注】

(1)岳樹德：字滋園。清上元（今江蘇南京）人。工吟詠，
　　有文名。

(2)江皋：江岸。

(3)岳樹仁：字樂山。上元人。擅詩。清乾隆嘉慶年間在
　　世。《莫愁湖風雅集》收其詩〈和李松雲公祖棹歌七
　　首〉。

(4)斬新：嶄新，全新。

(5)伊誰：何人。

四九

　　白下余秀才旻(1)，吟詩肯刻意，不入平庸一路。余道：從此加功，便能加人一等。〈徙榻〉云(2)：「得月又愁多受露，迎風還恨不當花。」〈洗硯〉云：「願將臟得涓涓滴，灑遍人間沒字碑(3)。」〈詠風〉云：「欲吹山作地，能送海升天。」〈種花〉云：「垂頭不語還遮面，新種花如新嫁娘。」

【箋注】

(1)余旻：余敏，字秋農。江蘇上元（今南京）人。嘉慶元年歲貢生。精天文算法，尤工詩詞。有《群玉山房集》。

(2)徙榻：移動坐臥用具。

(3)沒字碑：指為功業隆重或德行穢敗而難以文字狀述者所立的沒有文字的碑。

五〇

　　吾鄉倪春岩司馬廷謨有吏才(1)，兩宰桐城，謳歌載道。詩亦清新拔俗。尹文端公督兩江時(2)，最為賞識。尹公晚年，好平章肴饌之事(3)，封篆餘閒(4)，命余遍嘗諸當事羹湯，開單密薦(5)。余因得終日醉

餉，頗有所稱引；惟於春岩治具之日(6)，攢眉不薦。蓋春岩但知靡費金錢，而平素不曾訓迪庖人故也(7)。春岩知之，作書與余，末署「菜榜劉蕡」四字(8)。余為大笑。今年來金陵，讀《隨園詩話》，喟曰(9)：「何獨無我？豈詩榜亦作劉蕡乎？」余因索其從前呈獻尹公之詩。云：「都已遺失。」惟抄近作數首見寄。余讀之，歎曰：「此護世城中美膳也(10)，加入一等矣。」〈辛丑元旦〉云：「斗柄才回欲曙天，歲朝風物喜澄鮮。閏隨蓂莢推重午(11)，人共梅花老一年。椒酒莫辭元日醉，爐香猶篆昨宵煙。江城柳色看初動，已覺春光到眼前。」〈上元觀燈〉云(12)：「羅綺香風拂面來，星橋燈火滿樓臺。十分桂魄如春曉(13)，萬朵蓮花不水開。寶馬傾城金作絡，彩虹匝地錦成堆。縱難一閏元宵夜，玉漏何須故故催？」〈紅梅〉云：「東風為汝洗鉛華，又點胭脂學畫家。似笑絳桃無骨格，卻憐紅杏少橫斜。新妝照水窺明鏡，薄醉當春鬥綺霞。蜂蝶未知芳信早，清高到底是梅花。」余年過六十，屢次戒詩，而屢有吟詠，因自號「詩中馮婦」(14)，正可對「菜榜劉蕡」。聞者驩然。

【箋注】

(1)倪春岩：倪廷謨。見本卷四五注(2)。

(2)尹文端：尹繼善。見卷一・一〇注(3)。

(3)平章：品評。

(4)封篆：舊時官署于歲暮年初停止辦公之稱。官印多為篆文，停止辦公即不用印，故名。

(5) 密薦：秘密推薦。

(6) 治具：備辦酒食。

(7) 訓迪：教誨啟迪。

(8) 劉蕡：見卷五・七四注(3)。

(9) 喈（jiè）：嘆惜。

(10) 護世城：佛教四天王所居之處，相傳護世城雨美膳。

(11) 萱英：唐・王勔〈百合花賦〉：「比萱英之能連，引芝芳而自擬。」此處喻閏月。重午：端午。意指閏五月。

(12) 上元：元宵節。

(13) 桂魄：月亮。

(14) 馮婦：古男子名，善搏虎。《孟子・盡心下》：「晉人有馮婦者，善搏虎，卒為善士。則之野，有眾逐虎。虎負嵎，莫之敢攖。望見馮婦，趨而迎之；馮婦攘臂下車。眾皆悅之，其為士者笑之。」後用以指重操舊業的人。

五一

余門生談羽儀之孫、名晉者(1)，年少工詩，而累於病，遂潛心岐黃之術(2)。其〈送友〉云：「登程偏遇還鄉客，拈筆愁吟賦別詩。」〈聞笛〉云：「未向江頭尋驛使，先聽玉笛《落梅花》。」〈三十自壽〉云：「蕭、曹勳貴由刀筆(3)，李、杜功名非甲科(4)。」皆有風致，而身份亦高。

【箋注】

(1)談羽儀：見卷五・六八注(1)。談晉：清江蘇上元（今南京）人。餘如上。

(2)岐黃：為岐伯與黃帝二人的合稱，相傳為醫家之祖。

(3)蕭曹：西漢・蕭何和曹參。早年都是沛縣的官吏，後來成為相國。刀筆：指掌文案的官吏。

(4)甲科：指進士。李白、杜甫均非進士。

五二

　　史梧岡好禪(1)，不甚作詩，而往往有新意。〈游仙〉云：「佛函佛笈記曾談(2)，大地如球繞看三。天外有天君到否？梅花都不異江南。」　「水雲淒冷到初冬，避盡春來蝶與蜂。最是花神不安處，海棠無福見芙蓉。」他如：「弱水到今如有力(3)，好浮花片海西來。」「且放蟾蜍光一個(4)，與他蝴蝶破黃昏。」俱可誦。

【箋注】

(1)史梧岡：史震林。見卷一三・一七注(1)。禪：指修持佛學。

(2)佛函佛笈：佛家書函典籍。

(3)弱水：古水名。古人認為水弱不能載舟，故名。

(4)蟾蜍：月亮的代稱。

五三

紀曉嵐先生在烏魯木齊數年(1)，辛卯賜環東歸(2)。畜一黑犬，名曰「四兒」，戀戀隨行，揮之不去，竟同至京師。途中，守行篋甚嚴，非主人至前，雖僮僕不能取一物。一日，過七達坂，車四輛，半在嶺北，半在嶺南，日已曛黑，不能全度。犬乃獨臥嶺巔，左右望而護視之。先生為賦詩曰：「歸路無煩汝寄書，風餐露宿且隨予。夜深奴子酣眠後，為守東行數輛車。」「空山日日忍饑行，冰雪崎嶇百廿程。我已無官何所戀，可憐汝亦太癡生！」後被人毒死，先生為塚祀之，題曰「義犬四兒之墓」。

【箋注】

(1) 紀曉嵐：紀昀（1724-1805），字曉嵐，號石雲，又號春帆。清直隸獻縣人。乾隆十九年進士。自編修累官侍讀學士。以姻家盧見曾案漏言，戍烏魯木齊，釋還後再授編修。後為四庫全書館總纂。官至協辦大學士，加太子太保。諡文達。有《紀文達公集》、《閱微草堂筆記》。

(2) 賜環：放逐之臣，遇赦召還。

五四

余幼時，曾見人抄女子趙飛鸞〈怨詩〉十九首(1)。其人家本姑蘇，賣與某參領家作姜(2)，正妻不容，發配家奴，故悲傷而作。首章云：「誰憐青鬢

亂飄蓬？馬上琵琶曲又終。嫁得傖夫雙足健(3)，漫言夫婿善乘龍(4)。」味其詞，蓋旗廝之走差者也。餘詩不甚記憶。其最詼諧者，如云：「炕頭不是尋常火，馬糞如香細細添。」「俗子不知人意懶，挨肩故意唱秧歌。」

【箋注】

(1) 趙飛鸞：未詳。

(2) 參領：清武官名。滿、蒙、漢八旗及護軍營、前鋒營等皆置有參領，位在都統之下，佐領之上。

(3) 傖夫：指貧賤的粗漢。

(4) 乘龍：比喻得佳婿。

五五

關中史舒堂褒官雲南(1)，有句云：「掬露連衣濕，奔泉雜驥鳴。」〈山行〉云：「斜照垂鞭影，輕陰襯馬蹄。」頗能寫行役之意。因運銅過白下(2)，投詩一冊而去。

【箋注】

(1) 史舒堂：史褒，字善揚，號舒堂。陝西朝邑人。乾隆三十五年舉人。五十六年任雲南恩樂縣知縣。

(2) 白下：代稱南京。

五六

余十二歲,與張星指^{應辰}侍郎同受知于王交河先生(1),入泮。張後為翰林前輩。今六十四年矣,其子雲璈孝廉(2),以遺稿索序。錄其〈督學江西夜坐〉云:「丁冬遞響到簾櫳,何處鳴號萬竅風?夜色似年難得曉,燈光如豆不成紅。沉憂觸撥千端集,舊事雲煙一笑空。饑鼠繞床揮不去,睡鄉未許夢魂通。」其他佳句,如:「簾影日移直,樹枝風撼鳴。」「綠樹鳥棲連影動,好花風送隔林香。」「樹外青山才一角,屋頭明月恰當中。」「最貪早起通宵月,先看黃河隔岸山。」皆集中精華也。

【箋注】

(1)張星指:張映辰(1712-1763),字星指,號藻川、香樂居士。浙江仁和人。雍正十一年進士。乾隆間官終副都御史。有《露香書屋詩集》。王交河:王蘭生。見卷一二・二七注(3)。

(2)張雲璈:字仲雅,號簡松居士。浙江仁和人。乾隆三十五年舉人。官湘潭知縣。有《簡松草堂集》。

五七

余與吾鄉柴行之同庚(1)。十八歲時,柴與其表兄張靜山見訪(2),珊珊玉貌,彼此酣嬉,致相得也。逾年,張侍其尊人官平陸署中,離桂林二百里。余雖到廣西,竟不得見。從此永訣。今年在西湖,靜山

之女因余係父執(3)，與女弟子孫碧梧姊妹到湖樓相
訪(4)。談論之餘，方知故一詩人也。有〈病起〉一首
云：「風逼簾櫳睡起遲，春寒無計可支持。雙眉慵掃
因新病，一卷叢殘剩舊詩。雪霽庭梅初破凍，日長堤
柳暗抽絲。年來憂思憑誰訴？獨有妝臺明鏡知。」

【箋注】

(1)柴行之：柴景高。與袁枚同齡。見卷九‧五一注(3)。

(2)張靜山：清杭州諸生。其女張秉彝（字性全）、張鈺
　　（字子玉）為袁枚的女弟子。

(3)父執：父親的朋友。

(4)孫碧梧：孫雲鳳。見卷二‧三一注(2)。妹為孫雲鶴。見
　　卷一○‧二三注（12）。湖樓：指孫嘉樂的杭州西湖寶
　　石山莊，是袁枚晚年主持湖樓詩會的場所。

五八

杭州汪秋御秀才繩祖性倜儻好客(1)，其室程慰
良(2)，女姍女妠(3)，一家能詩。屢次書來，招余
遊西湖，而中年抱病，遽卒。僅傳其〈雪彌勒〉云：
「摶雪居然壞佛誇(4)，白毫現處絕纖瑕。雲中塋徹
鬟穿雹(5)，掌上玲瓏塔聚沙。顯相別開嚴淨界，笑
拈還有霧淞花(6)。日光應照琉璃室，隔盡諸塵寂眾
譁(7)。」又，〈題聽秋圖〉云：「月窟高於絳樹
庭(8)，桂叢誰占一枝馨。年來我是傷秋客，每遇秋風
最怕聽。」

【箋注】

(1)汪秋御：汪繩祖。見卷一二・二五注(1)。

(2)程慰良：見卷一二・二五注(1)。

(3)女姍：汪繩祖前室女汪姍。見卷一二・二五注(2)。女姍：程慰良女汪姍。見卷一二・二五注(3)。此處各標點本為「其室程慰良女姍。女姍一家能詩」，誤。

(4)塿：同塑，塑造。

(5)鬘（mán）：纓絡之類裝飾品。

(6)霧淞：寒冷天，霧滴碰到在零度以下的樹枝等物時，再次凝成白色鬆散的冰晶，叫「霧淞」。通稱樹掛。

(7)諸塵：佛教語。指色、聲、香、味、觸五塵。

(8)絳樹：神話傳說中的仙樹。

五九

張星指先生〈吊韓蘄王〉云(1)：「臥虎早能知俊傑(2)，跨驢誰復識王公(3)？」或詠〈淮陰侯〉云(4)：「早知結局終烹狗(5)，悔不功成再釣魚(6)。」兩用典作對，其巧相似。

【箋注】

(1)張星指：張映辰。見本卷五六注(1)。韓蘄王：宋・韓世忠。見卷一・一注(6)。

(2)臥虎：傳說梁紅玉當初在廟柱下見一虎蹲臥，後往復視之，乃一兵卒，問其姓名，為韓世忠。（宋・羅大經《鶴林玉露》）

(3)跨驢：韓世忠晚年因反對秦檜誤國被奪去要職，杜門謝客，跨驢攜酒，從一二小童漫遊西湖。

(4)淮陰侯：西漢·韓信。見卷五·五九注(5)。

(5)烹狗：韓信被害時曰：「果若人言，『狡兔死，良狗烹；高鳥盡，良弓藏；敵國破，謀臣亡。』天下已定，我固當烹。」(《史記·淮陰侯列傳》)

(6)釣魚：韓信早年曾在淮陰城下垂釣，有一位漂母見韓信饑餓，便供給他飯食，一連數十天。

考據之學，離詩最遠；然詩中恰有考據題目，如〈石鼓歌〉、〈鐵券行〉之類(1)，不得不徵文考典(2)，以侈侈隆富為貴(3)。但須一氣呵成，有議論、波瀾方妙，不可銖積寸累，徒作算博士也(4)。其詩大概用七古方稱，亦必置之於各卷中諸詩之後，以備一格。若放在卷首，以撐門面；則是張屏風、床榻於儀門之外，有貧兒驟富光景，轉覺陋矣。聖人編詩，先《國風》而後《雅》、《頌》，何也？以《國風》近性情故也。余編詩三十二卷，以七言絕冠首，蓋亦衣錦尚絅(5)，惡此而逃之之意。

【箋注】

(1)石鼓歌：指以石鼓為題材的詩歌。石鼓，東周初秦國刻石。形略像鼓，共有十個，上刻籀文四言詩。唐·韓愈、宋·蘇軾皆有此題。鐵券行：以古鐵券丹書為題材的詩歌。鐵券，是封建帝王頒發給功臣、重臣的一種帶

有獎賞和盟約性質的憑證。最早見於漢初。金章宗完顏璟曾有〈鐵券行〉詩，已佚。

(2)考典：考證典實。

(3)侈侈（chǐ）：繁多貌。

(4)算博士：用以譏嘲詩文中好使用數目字的人。《朝野僉載》卷六：「駱賓王文好以數對，如『秦地重關一百二，漢家離宮三十六』，號為算博士。」

(5)絅（jiǒng）：罩在外面的單衣。《禮記‧中庸》：「《詩》曰：『衣錦尚絅』，惡其文之著也。」

六一

丹徒女子王碧雲瓊年未笄而能詩(1)，與其兄賦〈掃徑〉云：「菊殘三徑懶徘徊(2)，楓葉飄丹積滿苔。正欲有心呼婢掃，那知風過替吹開。」頗有天趣。又：「鳥語亂殘夢，雞聲送曉風。」「夕陽不在山，春煙生木末(3)。」俱佳。夢樓侍講之女孫也(4)。

【箋注】

(1)王碧雲：王瓊，字碧雲，晚號愛蘭老人。清江蘇丹徒人。詩與兄王豫齊名。有《愛蘭軒集》、《愛蘭詩話》。未笄（jī）：指女子未成年。

(2)三徑：東漢‧趙岐《三輔決錄》：「蔣詡歸鄉里，荊棘塞門，舍中有三徑，不出，唯求仲、羊仲從之遊。」後因以「三徑」指歸隱者的家園。

(3)木末：樹梢。

(4)夢樓：王文治。見卷二‧三○注(1)。

六二

　　余少時詠〈落花〉云：「此去竟成千古恨，好春還待一年看。」弟子湯敬輿和云(1)：「落去儘憑童子掃，飛來還望主人看。」余大歎賞，以為青出於藍(2)。

【箋注】

(1)湯敬輿：未詳。

(2)青出於藍：青從藍草中提煉出來，但顏色比藍草更深。《荀子·勸學》：「青，取之於藍而青於藍；冰，水為之而寒于水。」後用以比喻學生勝過老師，或後人勝過前人。

六三

　　廣信太守張竹軒朝樂見訪(1)，自誦其〈無題〉云：「小院落花初過雨，空樓歸燕又斜暉。」「若非鸞鏡應無匹(2)，或對芙蓉竟有雙(3)。」〈閨中雜詠〉云：「紅了桃花綠了水，春光不管未歸人。」俱妙。江西有疑獄控部者(4)，奉旨交制府審辦，疊訊不服。其囚云：「得見張某官來，囚死無怨。」已而公果從都中來，為平其事。方知循吏故是詩人(5)。

【箋注】

(1)張竹軒：張朝樂。見卷一四·一○○注(2)。

(2)鸞鏡：南朝宋·范泰〈鸞鳥詩〉序：「昔罽賓王結罝峻

卯之山，獲一鸞鳥……三年不鳴。其夫人曰：『嘗聞鳥見其類而後鳴，何不懸鏡以映之！』王從其意。鸞覩形悲鳴，哀響沖霄，一奮而絕。」

(3) 芙蓉：喻美貌。

(4) 疑獄：疑難案件。

(5) 循吏：守法循理的官吏。

六四

　　曹星湖明府詩(1)，清新可喜，近蒙寄示。錄其佳句云：「竹聲隨雨至，花影送晴來。」「霜濃皴地面(2)，樹禿減風聲。」「花是當窗宜密種，草非礙道莫輕芟(3)。」皆可存也。余性伉爽(4)，坐車中最怕下簾。曹有句云：「平生眼界嫌遮蔽，風雪何妨一面當。」與鄙懷恰合。

【箋注】

(1) 曹星湖：曹龍樹（1739-1804），字松齡，號星湖。江西星子人。乾隆三十六年舉人。官如皋知縣、江寧江防同知、蘇州督糧同知。有《星湖詩集》。

(2) 皴（cūn）：皺縮，凍裂。

(3) 芟（shān）：除去。

(4) 伉（gāng）爽：剛直豪爽。

六五

　　嘉興吳澹川臥病揚州(1)，其族弟_魯暮橋親為稱藥量水(2)。澹川贈詩，有「生我父母知我子，骨肉待我救我死」之句。亡何，來金陵，誦暮橋佳句，如：「愁多甜酒苦，客久故鄉生。」「花影殿春色(3)，雨聲生夏寒。」「雲影溪留住，秋聲雁送來。」皆倩秀可喜。又見贈云：「詞臣循吏老煙蘿，天遣湖山付嘯歌。官似樂天辭政早，仙如列子出遊多(4)。千年蠹飽神仙字，四季花開安樂窩(5)。想見日餐雲母粉(6)，不知江上有風波。」

【箋注】

(1)吳澹川：吳文溥。見卷四・三注(3)。

(2)吳魯：字暮橋。清浙江嘉興人。有《秋筠館詩鈔》。

(3)殿：居後而出眾。

(4)樂天：白居易。見卷一・二〇注(6)。列子：即列禦寇，戰國時鄭國人。或以為先於莊子。主張清靜無為，被道家尊為前輩。此處皆以前人喻指袁枚生活性情。

(5)蠹：蠹魚。唐・段成式《酉陽雜俎》續集卷二：「諷嘗言於道者，吁曰：『君固俗骨，遇此不能羽化，命也。』據《仙經》曰：蠹魚三食神仙字，則化為此物，名曰脈望。』」此指讀書之樂。安樂窩：宋・邵雍自號安樂先生，隱居蘇門山，名其居為「安樂窩」。遷洛陽天津橋南後仍用此名。後用以代指安靜舒適的住處。

(6)雲母：礦石名。可供藥用。喻指美食。按：古代煉丹家稱雲母為八石之一，服食家列之為上品仙藥。相傳八仙中之何仙姑即是服食雲母粉，之後白日飛昇，位列仙班。故此處應是以此比喻袁枚如世外神仙般逍遙，不知人間幾度風波。

六六

　　程藹人孝廉_{元吉}(1)，晴嵐太史之子(2)，年少工詩。詠〈蝴蝶〉云：「小雨苔痕新掠過，午晴花氣亂飛來。」〈即事〉云：「滿院秋聲催落日，一庭黃葉聚詩人。」

【箋注】

(1)程藹人：程元吉，字藹人。清江南安東（治今江蘇漣水縣）人。嘉慶十年進士。官中書舍人。

(2)晴嵐太史：程沆，字瀣亭、少泉，號琴南、晴嵐。清江南安東人，居山陽。乾隆二十八年進士。翰林庶吉士，散館授編修。太史，翰林俗稱。

六七

　　壬子春，余在杭州，錢塘曹江廬明府以小照屬題(1)。卷中詩甚多，余獨愛吳嵩梁一首(2)。詢之，云是西江高才生也。癸丑春，王萝亭給諫書來(3)，云：「有詩人吳某南來，索書為介。」余大喜，掃榻以待。又遲半年，始從揚州來，人果偶儻。讀所著作，以未窺全豹為恨。忽於除夕前七日五鼓，夢蘭雪來，誦其舊句，數聯俱超妙，而以〈不寐〉一聯為稍遜。言未終，惺惺欲醒，而佳句亦沉沉漸忘。余亦驚怖，如健步捕亡人，苦相捉留，而竟冥然逝矣。僅記〈不寐〉云：「不倒喜傳丹訣好(4)，將衰愁見聖人難。」晨起錄出，覺二句未嘗不佳，而終不如前所誦

之超超玄箸也(5)，為悶悶者久之。因思入海尋針，針非不在海底也，然而不可尋矣；探湯求雪，雪非不在湯中也，然而不可求矣。天仙化人之句，未嘗不在人心也。然而蘭雪不能知，我亦不能再夢矣。文字之奇，一至於此。

【箋注】

(1) 曹江籙：見卷一四・九六注(1)。

(2) 吳嵩梁（1766-1834）：字蘭雪，一字子山，號石溪老漁。江西東鄉人。嘉慶五年舉人。以內閣中書官貴州黔西知州，晚任國子監博士。工詩，善書畫。有《香蘇山館詩鈔》、《香蘇山館文集》、《石溪舫詩話》、《東鄉風土記》、《廣陵小草》、《再生小草》等。

(3) 王蔚亭：王友亮。見卷六・六六注(3)。

(4) 丹訣：煉丹術。

(5) 超超玄箸：謂言辭高妙，不同凡俗，超然出塵。玄，原版為元，避康熙諱。

六八

　　吾鄉孫誦芬舍人_{傳曾}(1)，性耽吟詠，余久採其佳句入《詩話》矣。今春寄其詩來，屬為評定。再錄其〈秋夜〉云：「滿林空翠淡煙遮，秋入深宵爽氣加。人靜莎蟲悲砌月(2)，燭殘點鼠齧瓶花(3)。洗心只合依三竺(4)，開卷殊難遍五車(5)。光範一書原不上(6)，未須哀怨感琵琶(7)。」〈初夏〉云：「粉蝶時依草，蛛絲慣戀花。」俱妙。

【箋注】

(1)孫誦芬：孫傳曾。見卷一二‧七五注(1)。

(2)莎蟲：又名絡緯。俗稱紡織娘、絡絲娘。

(3)點鼠：小黑鼠。

(4)三竺：浙江杭州靈隱山飛來峰東南的天竺山，有上天竺、中天竺、下天竺三座寺院，合稱「三天竺」，簡稱「三竺」。

(5)五車：《莊子‧天下》：「惠施多方，其書五車。」後用以形容讀書多，學問淵博。

(6)光範：光範門，唐中書省門。朝臣上書可在此處等候。

(7)感琵琶：唐憲宗元和十年，白居易因上書請示嚴緝刺殺宰相武元衡的兇手，得罪權貴，貶為江州司馬。次年秋夜，詩人送客溢浦口，遇琵琶歌女，有感於琵琶女的天涯淪落及自身的坎坷遭遇，揮筆寫下了著名長詩〈琵琶行〉。

六九

口頭話，說得出便是天籟(1)。誦芬〈冬暖〉云(2)：「草痕回碧柳舒芽，眼底翻嫌歲序差。可惜輕寒重勒住，不然開遍小桃花。」黃蛟門〈竹枝〉云(3)：「自揀良辰去踏青，相邀女伴盡娉婷。關心生怕朝來雨，一夜東風側耳聽。」范瘦生有句云(4)：「高手不從時尚體，好詩只說眼邊情。」又某有句云：「階前不種梧桐樹，何處飛來一葉風？」「貪着夜涼窗不掩，秋蟲飛上讀書燈。」

【箋注】

(1)天籟：指詩文天然渾成，得自然之趣。

(2)誦芬：孫傳曾。見卷一二・七五注(1)。

(3)黃蛟門：黃以旂，字蛟門。嘉慶朝江寧府學增生。貧
　　甚，常為童子師，自給。冬無裘，夏無帷幕，至三十餘
　　年。嘗作詩數千篇。道光六年卒，年六十五。有《憶書
　　軒稿》。

(4)范瘦生：范起鳳。見卷六・二三注(1)。

七〇

　　杭州胡滄來濤隱於橋桃師史之術(1)，詩筆甚清。
余每到杭州，必相款洽。不幸年未五十而亡。錄其
〈車遙遙〉云：「別酒初行第一尊，征夫結束車在
門。別酒匆匆三酌過，征夫出門車上坐。天涯萬里車
遙遙，山程驛店柳花飄。向暮停車侵曉發，人在車中
長白髮。依依相伴不相離，唯有車前故鄉月。勿恨當
時造轂人(2)，行與不行由君身。門前芳草年年長，
幾時草上歸輪響？」其他佳句，如：〈雲共庵〉云：
「夕陽明似畫，僧貌古於松。」〈雪霽〉云：「山容
帶粉消難盡，簷淚如珠滴未乾。」〈湖上〉云：「湖
波驟長連宵雨，山霧徐收過午風。」〈落葉〉云：
「辭柯早帶新霜色(3)，委砌空含舊雨情(4)。」俱極
清妙，置之樊榭集中(5)，幾不可辨。

【箋注】

(1) 胡滄來：胡濤，字滄來，號葑唐。清浙江仁和人。不習舉子業，善治生，性慷慨，重然諾。詩清樸有味，絕去藻飾。有《古歡堂詩集》。橋桃：漢代魯地人，居塞上，善畜牧。師史：漢代周地人。經商致富。

(2) 轂：車輪的中心部位。借指車。

(3) 柯：枝條。

(4) 委砌：落在臺階上。

(5) 樊榭：屬鴞。見卷三・六一注(1)。

七一

　　孫碧梧女子有句云(1)：「簷前綠墮鶯偷果，簾外紅翻燕掠花。」張瑤瑛女子有句云(2)：「蟲飛成陣知新暖，花瓣穿櫺識暮春。」二人風調相似。

　　張嫁王甥健荐(3)。甥來隨園，張在家〈聞子規〉云：「小院春深綠樹肥，閨人任爾自高飛。渡江休去歌新曲，尚有秦淮客未歸。」又有句云：「野店未過先見旆，茅庵將近便聞鐘。」「守貧似病醫無益，習靜如禪悟卻難。」〈九月桂〉云：「瞥見有花疑八月，遲開故意近重陽。」俱可傳也。

【箋注】

(1) 孫碧梧：孫雲鳳。見卷二・三一注(2)。

(2) 張瑤瑛：見卷一〇・二五注(1)。

(3) 王健荐：見卷八・一一注(2)。

七二

有人以某巨公之詩(1)，求選入《詩話》。余覽之倦而思臥，因告之曰：「詩甚清老，頗有工夫；然而非之無可非也，刺之無可刺也，選之無可選也，摘之無可摘也。孫興公笑曹光祿『輔佐文如白地明光錦，裁為負版袴；非無文采，絕少剪裁』是也(2)。」或曰：「其題皆莊語故耳(3)。」余曰：「不然。筆性靈，則寫忠孝節義，俱有生氣；筆性笨，雖詠閨房兒女，亦少風情。」

【箋注】

(1)巨公：大人物。

(2)孫興公：孫綽。曹光祿：曹毗。均見卷一二・五四注(1)。《世說新語・文學第四》原文是：「孫興公道：『曹輔佐才如白地明光錦，裁為負版綺，非無文采，酷無裁製。』」負版袴（kù）：差役、勞動者的套褲。

(3)莊語：莊重語言。

七三

康熙間，叔父健磐公訪戚鎮江(1)，寓某鐵匠家，與其妻張淑儀有文字之知(2)，彼此暗投箋札(3)，唱和甚歡，而終不及於亂。微言挑之，則正色曰：「妾故老秀才某之女，幼嗜文墨，父亡，為媒者所誑，誤嫁賤工，一字不識。彼方熾炭，我自吟詩，為此鬱

鬱。得遇君子，聆音識曲，使我幾句荒言，得傳播于士大夫之口足矣。至於情欲之感，『發乎情止乎禮義』可也(4)。」再三言，則涕泣立誓，以來生為訂。健磐公心敬之，不忍強也。歸家後，誦其佳句云：「懶妝撩鬢易，私泣拭痕難。」送健磐公歸云：「三月桃花憐妾命，六橋煙柳夢君家。」逾兩年，再過京口，訪之，則鐵鋪不開，全家不知何往矣。後二十年，在粵中，又遇一劉鐵匠者，不能作字，而能吟詩。每得句，教人代寫。〈月夜聞歌〉云：「朱欄幾曲人何處？銀漢一泓秋更清。笑我寄懷仍寄跡，與人同聽不同情。」健磐公嘗笑謂余曰：「同一鐵匠也，使張女當初得嫁劉某，便稱嘉偶矣。」

【箋注】

(1)健磐公：袁鴻。見卷一‧九注(1)。袁樹及女詩人袁棠之父。

(2)張淑儀：如上。餘未詳。

(3)箋札：書信。

(4)「發乎情」句：語出〈詩大序〉。

七四

客冬(1)，香亭在杭州歸(2)，得詩一冊，示余。〈湖樓觀雪〉云：「壓白萬山巔，襯黑一湖水。」余以為首句人人能道，次句古人所無，非親歷者不知。又，「樹隱放湖寬」，五字亦妙。

【箋注】

(1)客冬：去年冬天。

(2)香亭：袁樹。見卷一・五注(3)。

七五

　　錢塘陳文水孝廉洰設帳於香亭家(1)，性愛苦吟，詩境高潔。為錄其〈吳山西爽閣〉云：「傑閣憑虛起，登臨好是閒。涼秋半城樹，殘雨一湖山。道侶淡相對(2)，詩人去不還。江聲、樊榭俱有西爽閣詩。茲遊太寂寞，覓徑返柴關(3)。」〈湖村晚步〉云：「幾折湖村路，身閒興自幽。蟲聲多在草，野色半依樓。樹有瓜棚倚，池惟菱葉浮。農人荷鋤返，三五話涼秋。」〈題天竺寺〉云：「求心不可得，慧日正東升(4)。澗道百泉響，山光一路清。偶因松篁轉，忽見宮殿生。入拜觀音像(5)，無言恰有情。」又：「殘雨飛遙甸(6)，晴雷走斷雲。」「我持一筇逸(7)，山為六朝忙(8)。」皆佳句也。或云：「『為』字改『笑』字，更有味。」

【箋注】

(1)陳文水：陳洰，字文水。浙江錢塘人。乾隆五十四年舉
　　人。有《晚香齋吟草》。設帳：設館授徒。

(2)道侶：道士僧侶。

(3)柴關：柴門。

(4)慧日：佛教語。指普照一切的法慧、佛慧。

(5)觀音：佛教菩薩名。慈悲的化身，救苦救難之神。

(6)遙甸：遙遠的原野。

(7)筇（qióng）：筇竹手杖。

(8)六朝：三國吳、東晉和南朝的宋、齊、梁、陳，相繼建都建康（吳名建業，今南京市），史稱為六朝。

七六

　　金陵張香岩秀才培(1)，以《秋雨齋詩》見示。年甫弱冠，而詩筆甚清。〈晚過通濟寺〉云：「半壁殘秋月，藤蘿繞寺斜。鼯鼪驚客至(2)，踏落數枝花。」〈懷秦楞香〉云：「皓月人千里，清風酒一樽。無端下林葉，深夜暗敲門。」〈夜夢游秦淮〉云：「雨餘山色浮天遠，月下潮聲泊岸多。醉後不知身是夢，半橋疏柳聽漁歌。」其人玉貌珊珊，殆亦風情不薄者耶(3)？

【箋注】

(1)張香岩：張培。見卷一二·七四注(1)。

(2)鼯鼪（wúshēng）：指鼯鼠與鼬鼠一類動物。

(3)殆：乃。

七七

　　周青原舍人（1），一家能詩。余已錄其室沈氏（2）、其子之桂之詩矣（3）。今春，其幼子之桐亦以詩來（4），殆不減謝家昆玉也（5）。〈和鈕牧村〈元夕招飲即送赴皖上〉〉云：「移賓作主是今朝，綠酒行珍折柬邀（6）。江館雪泥傳彩筆（7），桃花紅雨送春潮。笛吹驪唱成三弄（8），月滿瓊樓第一宵。笑指煙江襟帶水，皖公山色正相招（9）。」余愛其音節清蒼。其他如：「江空風任來三面，舟小人如聚一床。」真能寫坐小船光景。〈立秋〉云：「日斜殘暑催應去，人瘦新涼得更多。」〈明妃怨〉云（10）：「妾未承恩想報恩，女兒身願犯邊塵。只憐照影黃河水，恰比君王照妾真。」就館邗江，其主人非解文墨者，又有句云：「百卷書堆繡閣寬，故園花事未闌珊。如何苦抱湘靈瑟（11），來向齊王殿上彈（12）？」莊穆堂有押「床」字句云：「岸平山似排千笠，波穩人如臥一床。」與周語意相同。

【箋注】

（1）周青原：周發春。見卷四・七四注（1）。

（2）沈氏：未詳。本卷一九錄詩二首。

（3）周之桂：見卷一二・四六注（4）。

（4）周之桐：字琴材。上元人。乾隆五十四年拔貢。有《延青閣詩鈔》、《鏡璣詞鈔》。

（5）昆玉：稱人兄弟的敬詞。《南史・謝晦傳》：「時謝琨風華為江左第一，嘗與晦俱在武帝前，帝目之曰：『一時頓有兩玉人耳！』」

(6) 折東：謂裁紙寫信。

(7) 雪泥：雪泥鴻爪。比喻事情過後遺留下的痕跡。

(8) 驪唱：告別的歌。三弄：古曲名。即梅花三弄。

(9) 皖公：山名。又名潛山、天柱山。在今安徽省潛山縣西
　　 北。漢武帝曾封為南嶽。

(10) 明妃：王昭君。見卷二・三六注(5)。

(11) 湘靈瑟：此指高雅樂器。湘靈，湘水女神。一說為舜
　　 妃，即湘夫人。

(12) 齊王殿：指戰國時齊威王殿。借用《戰國策・鄒忌說琴
　　 諫齊王》典。

七八

　　偶過僧寺，見山水一幅，上題云：「鴛鴦湖上惜
無山，煙雨樓頭獨倚欄。兩眼放開無著處，不如自己
畫來看。」其人姓陳，名情(1)，不知何許人也。

【箋注】

(1) 陳情：未詳。

按：眼前有水未必同時有山，但詩中畫中可山水俱備，此即
　　 無中生有，此有即未必不應有、未必不可有之有，此處
　　 無而未必彼處無，由此及彼，化無為有，或化有為無，
　　 此所謂藝術重組、藝術構思法之一。

七九

　　長洲女孟文輝(1)，適震澤秀才王慕瀾(2)，詩思清妙。今錄其〈秋日〉云：「遠樹蟬聲秋意濃，捲簾拂拂度金風。繡餘無事消長夜，獨數秋花深淺紅。」〈秋夜〉云：「秋夜月明風細，淡淡碧雲天際。此時無限愁心，那更莎蟲鳴砌(3)！」「北榻羲皇夢醒(4)，南山雨過雲停。一派洞庭秋色，滿窗月透疎櫺。」俱妙。

【箋注】

(1) 孟文輝：字浩軒。清江蘇長洲人。諸生王慕蘭室。有《晚香樓小草》。

(2) 王慕瀾：如上。餘未詳。

(3) 莎蟲：又名絡緯。俗稱紡織娘、絡絲娘。

(4) 羲皇：指伏羲氏。古人想像羲皇之世其民皆恬靜閒適，故隱逸之士自稱羲皇上人。

八〇

　　甲辰春，余過南昌，讀謝太史蘊山〈題姬人小影〉詩而愛之(1)，已採入《詩話》矣。忽忽八九年，先生觀察南河，余寄聲問安，並訊佳人消息。先生答書云：「姬姓姚，名秀英(2)，字雲卿，吳縣人。生而娬嫿賢淑(3)，持家之餘，兼通書史。」〈維揚郡齋看桃花〉云：「何須種核海邊求？錦浪掀空艷欲流。

綠綻枝頭風乍暖，紅看簾外雨初收。仙源只許劉郎
問(4)，佳實寧容曼倩偷(5)？頮面他年作光悅(6)，
花前暗囑一樽酬。」〈遊百花洲〉云：「小苑牆低弱
柳長，綺羅香散綠池塘。花洲一曲吳江夢，仿佛風
迴響屧廊(7)。」〈姑蘇上塚〉云：「不到山塘十五
年，舊時女伴話依然。雙親奠醊悲泉路，一弟零丁又
各天。」〈清江即事〉云：「碧雲暮合望儂來，官舫
銀燈驛路催。底事多愁兼善病，探春懶上禹王臺？」
「不信前身是月華，浮雲夫婿宦為家。廿年行遍江南
路，又看淮壖雪作花(8)。」夫人無子，為先生納簉
室盧氏(9)，生一子，而躬自撫養之。故先生掌教白
鹿書院，以詩寄云：「米鹽淩雜必躬親，那得偷閒寫
洛神(10)？小婦持家如大婦，故人織素勝新人。十年
出入肩常並，百里雲山夢更真。屈指歸期槐夏過，雲
香屋名看擁桂輪新(11)。」余按：莊姜因無子而美愈
彰(12)，馬后因無子而賢愈顯(13)。有子無子，何須
掉罄(14)？余幼有句云：「花如有子非真色，詩到無
題是化工。」又云：「脈望成仙因食字(15)，牡丹無
子始稱王。」

【箋注】

(1)謝蘊山：謝啟昆。見卷一四・三二注(1)。

(2)姚秀英：姚雲卿，字秀英。清江蘇吳縣人。謝啟昆側
室。

(3)姽嫿（guǐhuà）：嫻靜美好貌。

(4)劉郎：指陶淵明〈桃花源記〉所說「南陽劉子驥」。

(5) 曼倩：東方朔。見卷八‧九〇注(5)。舊題班固撰《漢武
故事》一書說：東方朔是太白金星下凡，「下游人中，
以觀天下」。王母娘娘的蟠桃三千年一結果，東方朔就
曾偷了三次。

(6) 頮（huì）面：洗臉。

(7) 響屧廊：春秋時吳王宮中的廊名。遺址在今江蘇省蘇州
市西靈巖山。相傳吳王建廊，虛其下。令西施步屧繞
之，則有聲。

(8) 淮壖（ruán）：指淮水邊餘地。

(9) 簉室：妻以外所娶女子。

(10) 洛神：代稱美女。

(11) 桂輪：月亮。

(12) 莊姜：春秋時齊國公主，嫁衛莊公，美而無子。

(13) 馬后：漢明帝劉莊的皇后，伏波將軍馬援的三女兒，無
子而母儀天下，諡號明德。

(14) 掉罄：急躁厭煩。

(15) 脈望：見本卷六五注(5)。

一

　　辛亥端陽後二日，廣西劉明府大觀袖詩來見(1)。方知官桂林十餘年，與比部李松圃、岑溪令李少鶴諸詩人(2)，皆至好也。席間談及廣西官況清苦，獨宰天保三年(3)，為極樂世界。其地離桂林二千餘里，乾隆四年，改土歸流(4)，方設府、縣。歲有三秋，獄無一犯。每月收公牒一二紙，胥吏辰來聽役，午即歸耕。縣中無乞丐、倡優、盜賊，亦不知有檳榔、海菜、綢緞等物。養廉八百金(5)，而每歲薪、米、雞、豚，皆父老兒童背負以供。月下秧歌四起，方知桃源風景，尚在人間。劉〈率郡人種花〉云：「鋤雲植嘉卉，人力助天工。此樂真吾有，分春與眾同。暮煙生遠水，樵唱散遙空。領得山中趣，橫琴坐遠風(6)。」〈甘棠渡〉云：「渡頭溪水繫漁船，細雨濛濛叫杜鵑。花片打門春已暮，牧童猶枕老牛眠。」

【箋注】

(1)劉大觀：字正孚，號松嵐。清直隸丘縣（今山東章丘）人。僑居揚州。乾隆四十二年拔貢。乾隆四十五年任廣西永福知縣，五十一年任天保知縣。歷官山西河東道，署布政使。有《玉磬山房集》。

(2)李松圃：李秉禮。卷六・七五注(5)。李少鶴：李憲喬。見卷六・五九注(2)。

(3)天保：縣名。治所即今廣西德保縣。

(4)改土歸流：指改土司制為流官制，取消土司世襲制度，設立府廳州縣，由中央政府派遣有一定任期的流官進行管理。

(5) 養廉：清制，官吏于常俸之外，規定按職務等級每年另給銀錢，曰「養廉銀」。

(6) 橫琴：用春秋時宓子賤彈琴而治典。見卷七・一五注(2)。

二

吾鄉安樂山樵著《燕蘭小譜》(1)，皆南北伶人之有色藝者(2)。蓋在古人《南部煙花錄》、《北里志》之外(3)，別創一格。余采一二，以備佳話。其節義可風者，如張柯亭為某明府所暱(4)，某以罪被誅。柯亭在戲場，奔赴市曹，一慟幾絕。詩美之云：「樹覆巢傾事可哀，感恩相伴逐輿臺(5)。不知金鳳分飛後，曾為東樓一慟來(6)。」徐雙喜身長(7)，嘲之云：「阿那多姿柳帶牽，臨風搖颻玉樓前。若教嫁作曹交婦(8)，縱不齊眉也及肩。」〈嘲留鬚而復剃者〉云：「兒童瞥見多相笑，西子麻胡兩失真(9)。」贈最佳者云：「如意館中春萬樹，一時都讓鄭櫻桃(10)。」

【箋注】

(1) 安樂山樵：吳長元，字太初，號西湖安樂山樵。清浙江仁和人。有《燕蘭小譜》、《宸垣識餘》、《斜川集訂誤》。

(2) 伶人：歌舞戲曲演員。

(3) 南部煙花錄：一名《大業拾遺記》，舊本題唐・顏師古撰。屬流俗偽作之書。北里志：唐筆記小說，孫棨撰。作者為僖宗時人。曾官侍御史及中書舍人。

(4)張柯亭：張鳴玉，字柯亭。江蘇長洲（今蘇州市）人。乾隆四十六年入都。曾演《小青題曲》。

(5)輿臺：泛指操賤役者，奴僕。

(6)「不知」二語：《燕蘭小譜》原注「優童金鳳，為嚴世蕃所愛」。

(7)徐雙喜：江蘇長洲人。曾演《玉環醉酒》。

(8)曹交：《孟子》中所提到的人物，身長九尺四寸。

(9)西子：美女西施。麻胡：謂貌醜而多鬚者。

(10)鄭櫻桃：十六國時後趙人。以貌美得石虎寵愛，立為天王皇后。一說為石虎孌童。後用為男寵之典。

三

　　趙秋谷有《海漚小譜》(1)，半載天津妓名。〈贈仙姬〉八首最佳，摘其尤者，云：「晚涼新點麴塵紗(2)，半月微明絳縷霞。不忘當筵強索飲，春腮初放小桃花。」「新蟬嘒嘒送斜陽(3)，小蝶翩翩過短牆。記得臨行還却坐，滿頭花映讀書床。」

【箋注】

(1)趙秋谷：趙執信。見卷五·二九注(2)。

(2)麴塵：亦作「麴塵」。酒麴上所生菌。因色淡黃如塵，亦用以指淡黃色。

(3)嘒嘒（huì）：象聲詞。蟬鳴聲。

四

孔子論詩，但云「興觀群怨」(1)，又云「溫柔敦厚」(2)，足矣！孟子論詩，但云「以意逆志」(3)，又云「言近而指遠」(4)，足矣！不料今之詩流，有三病焉：其一填書塞典，滿紙死氣，自矜淹博。其一全無蘊藉，矢口而道，自誇真率。近又有講聲調而圈平點仄以為譜者，戒蜂腰、鶴膝、疊韻、雙聲以為嚴者(5)，栩栩然矜獨得之秘。不知少陵所謂「老去漸於詩律細」(6)，其何以謂之律？何以謂之細？少陵不言。元微之云(7)：「欲得人人服，須教面面全。」其作何全法，微之亦不言。蓋詩境甚寬，詩情甚活，總在乎好學深思，心知其意，以不失孔、孟論詩之旨而已。必欲繁其例，狹其徑，苛其條規，桎梏其性靈，使無生人之樂，不已傎乎！唐齊已有《風騷旨格》(8)，宋吳潛溪有《詩眼》(9)：皆非大家真知詩者。

【箋注】

(1) 興觀群怨：《論語・陽貨》：「子曰：『小子何莫學夫詩？詩可以興，可以觀，可以群，可以怨。』」這是孔子提出的詩歌功用觀。興，指感發志意。觀，指考見得失。群，指和合群居。怨，指利於諷諫。

(2) 溫柔敦厚：《禮記・經解》篇，托言孔子曰：「其為人也，溫柔敦厚，《詩》教也。……溫柔敦厚而不愚，則深於《詩》者也。」這是孔子對詩歌言志抒情的一種特定的道德規範。

(3) 以意逆志：《孟子・萬章上》：「故說詩者，不以文

害辭，不以辭害志。以意逆志，是為得之。」逆，即
「迎」的意思。這是孟子提出的閱讀和理解詩歌作品的
原則。

(4) 言近而指遠：《孟子‧盡心下》：「言近而旨遠者，善
言也。」這是談君子的修養，後被移用為對詩歌語言與
思想感情關係的一種規範。指，同「旨」。

(5) 蜂腰：謂五言詩一句之中，第二字不得與第五字同聲，
否則兩頭粗，中央細，猶如蜂腰。鶴膝：指五言詩第
一句末字，不得與第三句末字同聲。否則兩頭細，中央
粗，好像鶴膝。疊韻：一是指用同樣的韻腳，寫多首詩
篇；二是指兩字韻母相同。雙聲：指兩字聲母相同。清
李重華《貞一齋詩說》：「疊韻如兩玉相扣，取其鏗
鏘；雙聲如貫珠相聯，取其宛轉。」

(6) 少陵：唐‧杜甫。

(7) 元微之：唐‧元稹。見卷一‧二○注(11)。所引詩句，
題為〈見人詠韓舍人新律詩，因有戲贈〉。服，原為
「伏」；須，原為「能」。

(8) 齊己：唐僧。見卷一二、二○注(2)。

(9) 吳潛溪：不知何據。北宋‧范溫撰《潛溪詩眼》。范
溫，字元實，號潛溪。

五

　　乾隆辛未，余送黃文襄公至浦口(1)，見隨行一
員，疑為把總，與之談，方知戊午同年，姓福，名
安，字仁山(2)。品端而性爽，遂成莫逆。累官至贛
南道。率其幼子來隨園作別，余止而觴之，嗣後不通
消息矣。庚戌春間，余掃墓杭州，歸見几上有詩扇一

柄，云是祭陵欽差圖大人留贈。初不知為誰，閱札，
方知即當年福公之子圖敏(3)，字時泉，官禮部侍郎。
事隔四十餘年，尚能念舊。欲修書作謝，而公竟卒于
路，為淒然者久之。扇上詩云：「憶昔兒時此地過，
卌年重到鬢雙皤(4)。先生歸日應驚笑，來唱〈皇華〉
即是他(5)。」

【箋注】

(1)黃文襄：黃廷桂（1691-1759），字丹崖。漢軍鑲紅旗
　　人。乾隆時，官至陝甘總督、武英殿大學士，封三等忠
　　勤伯。卒諡文襄。

(2)福安：字仁山。鑲黃旗滿洲人。乾隆三年舉人。任江南
　　淮安府知府、江西廣信府知府、河南河陝汝道。

(3)圖敏：字時泉。滿洲鑲黃旗人。乾隆三十七年進士。改
　　庶吉士，授編修。歷官內閣學士。有《時泉百一草》。

(4)卌（xì）：四十。

(5)皇華：《詩經‧小雅》中的篇名。後為奉命出使或出使
　　者的典故。

六

　　乾隆庚戌，金陵風雅，於斯為盛。吾鄉孫補山宮
保為總督(1)，滄州李寧圃翰林為知府(2)，涇陽張荷
塘孝廉宰上元(3)，遼州王柏崖廩生為典史(4)，西江
陶瑩明經為茶引所大使(5)，盱眙毛俟園孝廉為上元
廣文(6)，隨園唱和，殆無虛日。諸公詩，《詩話》

中已採入矣。近又得俟園〈游邢園〉一絕云:「一溪春水一橋橫,寵柳嬌花夾岸迎。儂自過橋閒處立,放開來路讓人行。」此所謂詩外有詩也。俟園因余愛誦其詩,故見贈云:「水惟善下能成海,山不矜高自極天。」又云:「誰云智慧能消福?不信窮愁始著書。」

【箋注】

(1)孫補山:孫士毅。見卷八‧三六注(1)。

(2)李寧圃:李廷敬。見卷一六‧六三注(2)。

(3)張荷塘:張五典。見卷三‧七八注(1)。

(4)王柏崖:王光晟。見卷一六‧一九注(2)。

(5)陶瑩:如上。餘未詳。

(6)毛俟園:毛藻。見卷二‧二六注(1)。

七

王春溪明府在濟南(1),三月三日與李子喬諸人(2),夜泛大明湖,分得「南」字。王吟云:「久客風塵倦,今宵酒意酣。相隨賢有七,剛值日重三。新月如鈎上,明湖似鏡涵。濛濛煙水裏,幽夢到江南。」子喬讀而笑曰:「君得毋將官江南乎?」已而榮選新陽,人驚為詩讖(3)。戊申入闈齒痛(4),有句云:「易牙思妙術(5),鑿齒鮮良方(6)。」一時主司簾官(7),俱稱其典雅。

【箋注】

(1) 王春溪：王應奎，字春溪。山東諸城人。乾隆五十二年
　　進士。任新陽知縣、常州府通判，官至刑部河南司員外
　　郎。（據《道光崑新兩縣誌》、道光十四年《諸城縣續
　　志》）

(2) 李子喬：李憲喬。見卷六・五九注(2)。

(3) 詩讖（chèn）：謂所作詩無意中預示了後來發生的事。

(4) 入闈：此指科舉考試時作為監考人員進入考場。

(5) 易牙：人名。又稱狄牙、雍巫。春秋時齊桓公寵臣，長
　　於調味。

(6) 鑿齒：古代傳說中的野人。此兼指磨利牙齒。

(7) 簾官：科舉時代，鄉試會試時的考官，分內簾官與外簾
　　官。在外提調、監試等謂之外簾官；在內主考、同考謂
　　之內簾官。

八

　　近時，兄弟怡怡者(1)，多不概見。休寧戴友衡
孝廉詠〈黃山連理松〉云(2)：「獅子峰前連理松，
柯交葉互碧重重。為憐同氣難分剖，縱使風來不化
龍(3)。」殊有寄託。又，〈江上竹枝〉云：「欲雨不
雨江上霞，青帘茅屋酒人家。長年閣槳不歸去(4)，淡
月一叢蘆葦花。」亦頗清妙。惜未中年，遽亡。其師
吳竹橋太史為余誦之(5)。

【箋注】

(1)怡怡：特指兄弟和睦的樣子。

(2)戴友衡：戴寅光，字右衡。休寧和村人。乾隆五十三年順天榜舉人。（據《道興休寧縣誌》）

(3)化龍：《岱覽》卷十一載：相傳泰山小天門有秦時五大夫松。萬曆三十年泰山起蛟，其中二株遂失所在。以為化龍去。此處反用。

(4)閣：安放，擱置。

(5)吳竹橋：吳蔚光。見卷一・四一注(3)。

九

蕪湖令陳岸亭湛深禪理(1)，詩故清曠。錄其〈憶梅〉云：「春心忽忽在花先，盼到花時倍惘然。一夜梨雲空有夢(2)，二分明月已如煙。傳來芳訊知何日，別後嬋娟近一年。愁絕西溪三百樹，冷香飛不到窗前。」「巡遍簷牙十二時，紅羅白紵渺難知。相思雪海應同漲，一笛江城忍便吹？何遜官忙開閣少(3)，陸郎路遠寄書遲(4)。斷煙細雨相思苦，擬作逋仙寄內詩(5)。」

【箋注】

(1)陳岸亭：陳聖修，字念祖，號岸亭。浙江山陰人，山西平樂籍。乾隆二十五年舉人。官雲南通判、蕪湖知府。

(2)梨雲：《墨莊漫錄》卷六引唐・王建〈夢看梨花雲歌〉：「薄薄落落霧不分，夢中喚作梨花雲。」後用為狀雪景之典。

(3)何遜：見卷三・四三注(6)。何遜好詠梅。曾在揚州參予梅閣聯吟。

(4)陸郎：陸凱，字敬風。三國時吳郡吳人。與范曄相友善，曾折梅相送：「江南無所有，聊寄一枝春。」

(5)逋仙：宋・林逋。見卷一・五四注(9)。

　　詩家百體，嚴滄浪《詩話》(1)，臚列最詳，謂東坡、山谷詩，如子路見夫子，終有行行之氣(2)。此語解頤。即我規蔣心餘能剛而不能柔之說也(3)。然李、杜、韓、蘇四大家，惟李、杜剛柔參半，韓、蘇純剛，白香山則純乎柔矣。

【箋注】

(1)嚴滄浪：宋・嚴羽。見卷二・八注(3)。

(2)行行：剛強負氣貌。《論語・先進》：「子路，行行如也；冉有、子貢，侃侃如也。子樂。」此處所記嚴羽語，為〈答出繼叔臨安吳景仙書〉中語意。

(3)蔣心餘：蔣士銓。見卷一・二三注(2)。

一一

　　陳去非云(1)：「揚子雲好奇(2)，惟其好奇，所以不能奇。」陸放翁云：「後人不知杜詩所以妙處，但以有出處為工，其去杜也愈遠。」余愛二人之言，

故摘錄之。

【箋注】

(1)陳去非：陳與義，字去非，號簡齋。宋洛陽人。為江西
詩派三宗之一。有《簡齋集》。此處所引有誤，應為陳
師道語意。陳師道，見卷三‧六六注(6)。

(2)揚子雲：揚雄。見卷三‧五八注(4)。

一二

　　東坡詩云：「惆悵東闌一枝雪(1)，人生能得幾
清明？」此偷杜牧之「砌下梨花一堆雪，明年誰倚
此闌干」句也(2)。然風調自別。有人說歐公好偷韓
文者(3)，劉貢父笑曰(4)：「永叔雖偷，恰不傷事
主(5)。」亦妙語也。

【箋注】

(1)闌：欄杆。

(2)杜牧之：唐‧杜牧。

(3)歐公：宋‧歐陽修。韓：唐‧韓愈。

(4)劉貢父：宋‧劉攽。見卷五‧三四注(5)。

(5)事主：指原作者。

一三

　　晁以道問邵博(1)：「梅二詩，何如黃九(2)？」邵曰：「魯直詩到人愛處，聖俞詩到人不愛處。」其意似尊梅而抑黃。余道：兩人詩，俱無可愛。一粗硬，一平淺。

【箋注】

(1) 晁以道：晁說之，字以道，一字伯以。宋濟州巨野人。官無極知縣、徽猷閣待制兼侍讀。工詩，博通五經。有《儒言》、《晁氏客語》、《景迂生集》。邵博：字公濟。宋洛陽人。高宗紹興八年賜同進士出身。官至左朝散大夫知眉州。有《西山集》、《邵氏聞見後錄》。 此處所引，為邵博用蘇東坡語意。葉夢得《石林燕語》卷八記東坡語云：「凡詩須做到眾人不愛可惡處，方為工。」不愛處，指不知其好在何處。

(2) 梅二：梅堯臣（行第為二）。見卷四・一七注(2)。黃九：黃庭堅（行第為九）。見卷一・一三注(6)。

一四

　　盧全〈月蝕詩〉(1)，有「官爵及董秦」之句(2)。人疑藩將董秦來降(3)，賜名李忠臣，現在貴官，盧全不應譏之。姚寬《西溪叢話》以為「董秦」者(4)，漢之幸臣董賢、秦宮也。此說似有理。

【箋注】

(1) 盧全：見卷三・一七注(2)。

(2) 董秦：即董賢、秦宮。董賢，漢雲陽人。賢以貌美，得哀帝寵倖，遷為光祿大夫，貴傾朝廷。秦宮，東漢大將軍梁冀嬖奴，官至太倉令，威權大震。

(3) 董秦：李忠臣，本姓董，名秦。唐幽州薊人。少從軍，肅宗時以戰功賜姓名。代宗時歷汴州刺史、同中書門下平章事、封西平郡王。貪殘好色，不識書。朱泚反，偽署司空、兼侍中。及敗，伏誅。

(4) 姚寬：字令威，號西溪。宋越州嵊縣人。任尚書戶部員外郎、樞密院編修官。精天文曆算，工詞章。有《西溪集》、《史記注》、《西溪叢話》等。

一五

　　癸卯春，余游黃山，見絕壁之上刻「江麗田先生彈琴處」(1)。疑是古之仙家者流，不復相訪。今辛亥三月間，宣州參戎楊公大壯同一琴客江某來(2)，道其姓氏，蓋即麗田先生。余驚喜，往訪。見骨格清整，白鬚飄然，隱天都峰下五十餘年，終身不娶。有貴客過者，必逾垣而避。洵異人哉！楊誦其〈詠古梅〉云：「托根幽谷不知年，霧鎖雲封得自全。」蓋自況也。楊與之過陵陽，作絕句云：「山城重駐有前緣，再到陵陽二月天。笑指宦囊無別物，一船書畫一神仙。」

【箋注】

(1) 江麗田：江嗣玨（jué），字兼如，號麗田。黃山歙縣江村人。清雍正、乾隆年間隱士。明末抗清志士江天一後裔。有《麗田琴譜》、《龍峰剩稿》等。

(2)楊公：楊大壯。見卷一六・三八注(2)。

一六

　　余刻《詩話》、《尺牘》二種，被人翻板，以一時風行，賣者得價故也。近聞又有翻刻《隨園全集》者。劉霞裳在九江寄懷云(1)：「年來詩價春潮長，一日春深一日高。」余戲答云：「左思悔作〈三都賦〉(2)，枉是便宜賣紙人。」

【箋注】

(1)劉霞裳：袁枚弟子。見卷二・三三注(2)。

(2)左思：見卷一・一五注(3)。此用洛陽紙貴典。

一七

　　今州縣大堂有〈戒石箴〉，曰：「爾俸爾祿，民膏民脂。下民易虐，上天難欺。」人但知為宋高宗語也(1)。後讀張端義《貴耳集》(2)，方知是蜀王孟昶語(3)。本二十四句，而高宗摘取之。猶云「清慎勤」三字，今奉為聖經賢傳；而不知司馬昭訓長史之言(4)。見《三國志》。

【箋注】

(1)宋高宗：即趙構，字德基。徽宗第九子。靖康二年即位于南京。後渡江南奔，建行都于臨安，史稱南宋。一

度任用岳飛、韓世宗等抗金名將。為求和，與秦檜設計收諸大將兵權，殺害岳飛，割地稱臣于金。在位三十六年。

(2) 張端義：字正夫，晚號荃翁。宋鄭州人。工詩賦小詞。

(3) 孟昶：見卷二・五九注(3)。

(4) 司馬昭：三國魏河內溫人。官至相國，專擅國政。後晉爵晉王。死後數月，子炎代魏稱帝，建晉朝，追尊為文帝。

一八

余在沭陽署中，賦〈落花〉詩，已五十四年矣。今秋，門人方甫參携其尊甫《碧濤居士詩》來(1)，蓋當時和余之作。中一首云：「獨對園林感不支，殘紅零落滿階墀。《明妃曲》唱離鄉日(2)，金谷魂消墮地時(3)。一夜雨偏添別恨，數聲鶯尚戀空枝。殷勤好向風前約，莫負春來隔歲期。」又：「玉漏愁聽三月雨，金鈴誰護五更風？」「山鳥解人憐惜意，故含花片往來飛。」皆佳句也。讀之，想見其為人。在當時不急急以詩來見，其高雅可知。甫參在余門二十餘年，亦遲至今年七月，方袖詩來。豈非風騷顯晦，亦有一定之時耶？先是，碧濤弱弟子雲(4)，以詩受業余門，尚在甫參之前，亦未言及乃兄之能詩。余《詩話》中載子雲詩甚多，今裁知其淵源有自云。碧濤，諱正溶，新安人。

【箋注】

(1) 方甫參：如上。餘未詳。尊甫：對他人父親的敬稱。碧潯居士：方正溶，字碧潯。清安徽歙縣人。工詩。有《落花》詩三十韻，膾炙人口。

(2) 明妃曲：明妃，漢元帝宮人王嬙，字昭君。宋・王安石有《明妃曲》。

(3) 金谷：指西晉・石崇所築的金谷園。在今河南洛陽西北。石崇愛妾綠珠美而艷，善吹笛。趙王司馬倫專權，欲奪綠珠，崇堅拒不許，綠珠墜樓自殺。

(4) 弱弟：幼弟。子雲：方正澍。見卷一・四五注(6)。

一九

香奩詩(1)，至本朝王次回(2)，可稱絕調。惟吾家香亭可與抗手(3)。錄其〈無題〉云：「回廊百折轉堂坳，阿閣三層鎖鳳巢(4)。金扇暗遮人影至，玉扉輕借指聲敲。脂含垂熟櫻桃顆，香解重襟豆蔻梢。倚燭笑看屏背上，角巾釵索影先交。」「一簾花影拂輕塵，路認仙源未隔津。密約夜深能待我，喫虛心細善防人。喜無鸚鵡偷傳語，剩有流鶯解惜春。形跡怕教同伴妒，囑郎見面莫相親。」「碧桃花下訪臨邛(5)，含笑開門有病容。帶一分愁情更好，不多時別興尤濃。枕衾先自留虛席，衣鈿遲郎解內重。親舉纖纖偎頰看，分明不是夢中逢。」「惺惺最是惜惺惺(6)，擁翠偎紅雨乍停。念我驚魂防姊覺，教郎安睡待奴醒。香寒被角傾身讓，風過窗櫺側耳聽。天曉餘溫留不得，隔宵密約重叮嚀。」其他佳句，如：「他日悲歡

憑妾命，此身輕重恃郎心。」「常防過處留燈影，偏易行來觸瑟聲。」「勸君莫結同心結，一結同心解不開。」皆妙。余戲謂：「詩中境界，非親歷者不知。然阿兄雖親歷，亦不能如此之細膩風光也。」

近又見詒庭張觀察亦工此體(7)。〈無題〉云：「真珠樓翠倚香帷，赤玉闌干白玉墀。人與桃花爭一面，春將柳葉鬥雙眉。畫裙繡鳳晨風舉，寶鏡盤龍夜月移。珍重瀛壺無限好(8)，文鸞端合占瓊枝(9)。」「每從夢裏說相思，夢好翻嫌入夢遲。去後情懷憑酒遣，來時歡喜有燈知。羊權縮地真無術(10)，張碩逢仙更有期(11)。一樹夭桃濃着色，梳粧樓上繡簾垂。」其他佳句，如：「常啟鏡奩如對月，應知蝶夢不離花。」「不敢當庭愁月掩，未曾却扇怕花羞。」「水搖鬢影疑釵墜，身比花香惹蝶親。」

觀察又有〈山窗〉一絕云：「空階入夜雨蕭蕭，剔盡銀燈漏轉遙。為怕客中聽不得，小窗先日剪芭蕉。」亦七絕中之姜白石也(12)。觀察名裕穀，中州名臣儀封先生之曾孫。

【箋注】

(1)香奩詩：又稱艷體詩。見卷一・三一注(2)。

(2)王次回：王彥泓。見卷一・三一注(1)。

(3)香亭：袁樹。見卷一・五注(3)。

(4)阿閣：四面都有簷霤的樓閣。

(5)臨邛：漢・司馬相如早年投奔臨邛縣令王吉，在卓王孫家遇到卓文君，後二人成婚。此處以臨邛代指意中人。

(6)「惺惺」句：聰明人愛惜聰明人。意謂性格、才能或境遇相同的人相互愛惜、同情。

(7)張詒庭：張裕穀。見卷一五・七七注(1)。

(8)瀛壺：即瀛洲，傳說中的仙山。

(9)文鸞：鳳凰之類的神鳥。瓊枝：喻指美女。

(10)羊權：字道輿。泰山人。梁簡文帝時黃門侍郎。傳說九嶷山仙女萼綠華夜降于羊權丹室，贈浣布巾和金玉條脫各一，從此一月六過其家。

(11)張碩：（仙女杜蘭香）於洞庭包山降張碩家，蓋修道者也。蘭香降之三年，授以舉形飛化之道，碩亦得仙。（見《太平廣記》卷第六十二）

(12)姜白石：南宋・姜夔。見卷四・一六注(1)。

二〇

　　梁山舟侍講以書名重海內(1)。余過其家，見箋絹塞滿兩屋(2)。余笑云：「君須有彭祖八百年之壽(3)，才還清此債。」梁為一笑，賦詩自懺云：「誓墓歸來王右軍(4)，暮年都付代書人。小生那敢希前哲，只合從人役苦辛。」「可笑塗鴉逾四紀(5)，半生白日此中頹。書家縱有淩煙閣(6)，恥把千秋托麝煤(7)。」「我自無心結蛇蚓(8)，錯傳韋陟五雲如(9)。世間到底無真賞，認煞題名一字書(10)。」「從來得失寸心知，無佛稱尊或有之。未必西家勝東宅，却教屈了效矉施(11)。」「手未支離眼未昏，業緣欲斷竟何因？從今誓齾工倕指，懶作供官設客人(12)。」語似謙而實傲。

【箋注】

(1) 梁山舟：梁同書。見卷三・三二注(3)。

(2) 箋絹：專作書畫的絲織品。

(3) 彭祖：傳說中的人物。姓籛，名鏗，陸終氏之子。自堯時舉用，歷夏至殷末，八百餘年。因封于彭，故稱。傳說他善養生，有導引之術，活到八百高齡。

(4) 誓墓：《晉書・王羲之傳》：「時驃騎將軍王述少有名譽，與羲之齊名，而羲之甚輕之，由是情好不協……述後檢察會稽郡，辯其刑政，主者疲于簡對。羲之深恥之，遂稱病去郡，于父母墓前自誓曰：『……自今之後，敢渝此心，貪冒苟進，是有無尊之心而不子也。』」

(5) 塗鴉：唐・盧仝〈示添丁〉詩：「忽來案上翻墨汁，塗抹詩書如老鴉。」後因以「塗鴉」比喻書畫或文字稚劣。多用作謙詞。紀：十二年為一紀。

(6) 淩煙閣：封建王朝為表彰功臣而建築的繪有功臣圖像的高閣。

(7) 麝煤：即麝墨。泛指名貴香墨。

(8) 蛇蚓：比喻書寫的文字。

(9) 韋陟：字殷卿。唐京兆萬年人。宰相韋安石子。襲封郇國公。官至吏部尚書。陟在書牘上所署「陟」字如五朵雲。時人慕仿之，稱為五雲體。

(10) 一字書：謂短札。

(11) 「未必」二語：用東施效顰典。為模仿別人的謙語。

(12) 工倕（chuí）：倕，古巧匠名。相傳堯時被召，主理百工，故稱工倕。《莊子・外篇・胠篋》：「攦工倕之指，而天下始人有其巧矣。」設客：宴請賓客。

二一

吾鄉多閨秀，而莫盛于葉方伯_{佩蓀}家(1)。其前後兩夫人、兩女公子、一兒婦，皆詩壇飛將也。先娶周夫人_{暎清}(2)，〈甲戌聞捷〉云：「雙眉欲展意猶驚，起聽銅鉦屋外聲。不惜雕梁驅乳燕，泥金帖子掛題名(3)。」「秦家上計動經年(4)，閨夢何由向日邊？今日離情暫拋却，知君身到大羅天(5)。」〈春蠶詞〉云：「蠶生戢戢滿庭隅(6)，但願蠅無鼠也無。大婦裹鹽呼小婦，前村趁早聘狸奴(7)。」「典衣買葉不論錢，要趁晴明乍暖天。却似靈和殿前柳(8)，春來三起又三眠(9)。」〈令阿緗入學〉云：「低鬟憐阿姊，與汝亦齊肩。且令拋針線，相隨共簡編(10)。雙行知宛轉，坐詠愛清圓。試看俱成誦，今朝若個先？」其他佳句，如：〈都門即景〉云：「搗杏新添調酪碗，嘗瓜不惜買冰錢。」〈首夏〉云：「花因辭樹偏多態，鳥為催春已變聲。」〈夏日臥病〉云：「小倦何心燒白术，薄陰有信近黃梅。」〈柳綿〉云：「乍從野水官橋見，只傍鞭絲帽影飛。」

繼娶李夫人_{含章}(11)，〈刺繡詞〉云：「朝繡長短橋，暮繡東西嶺。生不識西湖，道是西湖景。羅稀不受針(12)，縑密不容線(13)。繡好有人知，繡苦無人見。」〈夏晝〉云：「午樓風暖試輕紗，語燕聲中日未斜。滿地綠陰簾不捲，遊絲飛上蜀葵花。」〈長沙節署感賦〉云：「廿年詠絮鳴環地(14)，今日隨君幕府開。_{時外攝中丞事。}畫閣乍迎新使節，春風猶憶舊

粧臺。殊恩象服慚難稱（15），遺愛棠陰待補栽（16）。聞道江城興頌美（17），如冰樂令又重來（18）。」夫人為吾同年李鶴峰之女。鶴峰曾撫湖北，故有感而作也。〈萬固寺〉云：「山寺不知路，忽聞流水聲。溪隨巖石轉，塔與白雲平。古木上無際，幽禽時一鳴。松根堪小憩，試汲碧泉清。」〈題李白詩後〉云：「千仞翔孤鳳，高歌一代中。在天猶被謫，入世豈能容？膽落高驃騎（19），恩深郭令公（20）。再回唐社稷，諸將莫言功。」〈望楎兒不至〉云：「濟南秋八月，接汝數行書。報說重陽日，能廻上谷車（21）。已驚楓落後，又到雪飛初。何事歸期誤？臨風一倚閭（22）。」二篇皆一氣呵成，真唐人高手也。其佳句，如：〈詠始皇〉云：「車載轀輬山有鬼（23），舟行縹渺海無仙。」〈望岱〉云：「海外天光明野馬，寰中人影動蜉蝣。」〈並頭蕙蘭〉云：「風靜謝庭群從集（24），月明湘浦二妃歸（25）。」〈重至都門〉云：「每歷舊遊疑隔世，暫休征斾當還家（26）。」〈常州道中〉云：「路已近家翻覺遠，人因垂老漸知秋。」又，〈兩兒下第〉云：「得失由來露電如，老人為爾重踟躕。不辭羽鎩三年翮（27），可有光分十乘車。四海幾人雲得路，諸生多半壑潛魚。當年蓬矢桑弧意（28），豈為科名始讀書？」見解高超，可與《三百篇》並傳矣。

其女公子令儀〈春陰〉云（29）：「碧窗人起怯春寒，小立閒庭露未乾。牆外杏花階下草，引人長倚碧闌干。」〈舟夜〉云：「小艇低昂睡不成，夜深猶自促歸程。滿窗涼月白于雪，船底忽聞魚籰聲（30）。」

〈初夏偶成〉云：「躑躅花開暮雨餘，送春天氣此幽
居。棋枰半取殘篆補，詩草時尋退筆書(31)。節序關
心殊苦樂，韶華過眼有乘除。年來怕上蘇堤望，愁見
垂楊綠映裾。」其佳句，如：〈村景〉云：「帆影多
從窗隙過，溪光合向鏡中看。」〈偶成〉云：「多病
階前時曬藥，畏寒牕外亦垂簾。」

其長媳長生(32)，吾鄉陳句山先生之女孫
也(33)。〈春曉〉云：「翠幕沉沉不上鉤，曉來怕
看落花稠。紙窗一線橫斜裂，又放春風入畫樓。」
〈太真春睡圖〉云(34)：「秘殿春寒倚繡茵，君
前底事效橫陳？馬嵬更有長眠處，也傍梨花一樹
春。」〈寄外〉云：「弱歲成名志已違，看花人
又阻春闈(35)。兩上春官，以回避不得與試。縱教裘敝
黃金盡，敢道君來不下機(36)？」「頻年心事托冰
紈(37)，絮語煩君仔細看。莫道閨中兒女小，燈前
也解憶長安(38)。」〈春日信筆〉云：「軟紅無數欲
成泥，庭草催春綠漸齊。窗外忽聞鸚鵡說，風箏吹落
畫簷西。」〈春園偶賦〉云：「賣餳聲裏日初長，春
滿閒庭花事忙。樓外軟風鶯夢暖，籬邊疏雨蝶衣涼。
碧桃重似垂頭睡，紅藥殘如半面妝。看盡韶光應不
倦，題詩長倚小廻廊。」其佳句，如：〈磜石道中〉
云：「樹遠作人立，山深疑雨來。」〈春夜〉云：
「濕雲壓樹暝煙重，淡月入簾花氣幽。」〈聞家大人
旋里〉云：「去郡定多遮道吏(39)，還山已是杖鄉
人(40)。」

余舊詠〈西施〉，有云：「妾自承恩人報怨，捧

心常覺不分明。」自道得題之間，載入集中。今讀陳夫人〈題《捧心圖》〉云：「眉鎖春山斂黛痕，君王猶是解溫存。捧心別有傷心處，只恐承恩却負恩。」與余意不謀而合。

　　方伯次媳周星薇(41)，亦工吟詠，少年早夭，以故詩多失傳。僅錄其〈悼鸚鵡〉云：「羽毛纔就慘奇霜，敲斷銀環恨渺茫。連日誦經知有意，昨宵說夢已非祥。綠衣原自藏金屋，丹詔何年下玉皇？應伴飛瓊充鳥使(42)，綵霞深處任廻翔。」

　　陳夫人之妹淡宜(43)，亦工詩。〈都中寄姊〉云：「鶺原分手隔天涯(44)，風雨聯床願尚賒(45)。兩地空煩詩代簡，三春祗有夢還家。病多漸識君臣藥(46)，別久愁看姊妹花。他日相思勞遠望，五雲深處是京華。」

【箋注】

(1) 葉佩蓀（1731-1784）：字丹穎，號閒汕，又號辛麓。浙江歸安人。乾隆十九年進士。官至湖南布政使。有《易守》、《慎余齋詩鈔》。

(2) 周暎清：字皖湄。清浙江歸安人。有《梅笑集》、《織雲樓詩合刻》。

(3) 泥金帖子：用泥金塗飾的箋帖。唐以來用於報新進士登科之喜。

(4) 上計：戰國、秦、漢時地方官於年終將境內戶口、賦稅、盜賊、獄訟等項編造計簿，遣吏逐級上報，奏呈朝廷，借資考績，謂之上計。

(5) 大羅天：道教所稱三十六天中最高一重天。此處喻官

位。

(6)戢戢（jí）：密集貌。

(7)狸奴：貓的別稱。

(8)靈和殿：南朝齊武帝時所建殿名。五代・李存勗《歌頭》詞：「靈和殿，禁柳千行，斜金絲絡。」

(9)三眠：指檉柳（即人柳）的柔弱枝條在風中時時伏倒。《三輔故事》：「漢苑中有柳狀如人形，號曰人柳，一日三眠三起。」

(10)簡編：指書籍。

(11)李含章：字蘭貞。清雲南晉寧人。湖南巡撫因培女。有《繁香詩草》。

(12)羅：稀疏而輕軟的絲織品。

(13)縑：雙絲織的淺黃色細絹。

(14)詠絮：見卷二・五三注(8)。此處指隨父吟詩。鳴環：指身上佩帶的環珮碰擊有聲。

(15)象服：古代后妃、貴夫人所穿的禮服，上面繪有各種物象作為裝飾。

(16)棠陰：喻惠政或良吏的惠行。

(17)輿頌：民眾的議論。

(18)樂令：樂廣，字彥輔。三國魏末西晉初南陽淯陽人。官至尚書令。樂有海內重名，時人謂之「冰鏡」。

(19)高驃騎：指唐・高力士。見卷一二・六八注(2)。

(20)郭令公：指郭子儀。見卷一一・四注(3)。少時曾犯法，李白為之救免。

(21)上谷：古郡名。在今河北境內。

(22)倚閭：倚門而望。謂父母望子歸來之心殷切。

(23)輼輬（wēnliáng）：古代的臥車。亦用做喪車。

(24)謝庭：晉太傅謝安門庭。世人以「謝庭蘭玉」比喻能光耀門庭的子侄。

(25)二妃：指傳說中舜之妻娥皇女英。死後成為湘水之神。

(26)征旆（同旆pèi）：指官吏遠行所持的旗幟。

(27)羽鎩：鎩羽，摧落羽毛。比喻不得志。翮（hé）：鳥的翅膀。此喻人的才能。

(28)蓬矢桑弧：古時男子出生，以桑木作弓，蓬草為矢，射天地四方，象徵男兒應有志于四方。後用作勉勵人應有大志之辭。

(29)葉令儀：字淑君。清歸安人。佩蓀女，錢慎室。有《花南吟榭遺草》。

(30)魚籪（duàn）：插在水裏，阻擋魚類，以便捕捉的竹柵欄。

(31)退筆：用舊的筆。

(32)陳長生：字嫦笙，一字秋穀。清錢塘人。太僕寺卿兆崙孫女。廣西巡撫歸安葉紹楏室。有《繪洗聲閣詩稿》。

(33)陳句山：陳兆崙。見卷一‧五○注(1)。

(34)太真：楊貴妃，小字玉環。賜號太真。唐蒲州永樂人。姿質豐艷，善歌舞，通音律。天寶四載進冊貴妃。其三姊分封韓國、虢國、秦國夫人，堂兄楊國忠操縱朝政。安史之亂起，隨玄宗西逃蜀中至馬嵬驛，禁軍迫玄宗與妃訣，遂縊死於佛室。

(35)春闈：明清京城會試，均在春季舉行，故稱春闈。猶春試。

(36)「縱教」二語：《戰國策‧秦策一》：（蘇秦）說秦王書十上而說不行。黑貂之裘弊，黃金百斤盡，資用乏絕，去秦而歸……歸至家，妻不下紝，嫂不為炊，父母不與言。這裏反用此典。

(37)冰紈：潔白的細絹。此指絹上文字。

(38)「莫道」二語：反用杜甫「遙憐小兒女，未解憶長安」語意。

(39)遮道：猶攔路。指送行。

(40)杖鄉：《禮記‧王制》：「六十杖於鄉。」謂六十歲可拄杖行於鄉里。古代一種尊老禮制。後作為六十歲的代稱。

(41)周星薇：清浙江烏程人。同知葉紹棻室。

(42)飛瓊：指仙女。

(43)淡宜：應是錢淡宜，名令嘉，陳長生的小姑，袁枚誤以為「妹」。（見郭沫若《讀隨園詩話札記‧五三》）

(44)鶺原：《詩‧小雅‧常棣》：「脊令在原，兄弟急難。」脊令，即鶺鴒。後即以「鶺鴒在原」比喻兄弟友愛之情。

(45)賒：指情緒殷切。

(46)君臣藥：《神農本草經》說：「藥有君、臣、佐、使，以相宣攝。」明代何伯齋說：「大抵藥之治病，各有所主，主治者，君也；輔治者，臣也。」

二二

　　聞芷方伯精研《易》理(1)，不屑為詞章之學；然偶爾揮毫，皆超雋不凡。有〈雁字〉二十首(2)，為尹文端公所賞(3)。錄三首，云：「綠章可待乞天公(4)，箋奏遙傳碧落中。不斷數行如曳白(5)，有何羈怨慣書空(6)？斜陽閃背金泥燦(7)，霽雪梳翎玉筯工(8)。最是關山飛欲倦，數行小草最匆匆。」「來憑月勒去風支(9)，紀錄春秋特筆垂。鴛闕聯班

曾視草(10)，龍湫絕頂好臨池(11)。揮成欲獻〈淩雲賦〉(12)，過去難摹沒字碑(13)。最後失群餘片影，西風吹散碎金詞(14)。」「點染天池付雁王，祇今真種更飄揚。將斜復整迴波秀，漸遠如無削牘忙(15)。體變八分猶鳥跡(16)，天開一畫本鴻荒。銀河秋老稀烏鵲，錦字重勞訊報章(17)。」

【箋注】

(1)閒芷：即葉佩蓀。見本卷二一注(1)。

(2)雁字：成列而飛的雁群。群雁飛行時常排成「一」或「人」字，故稱。

(3)尹文端：尹繼善。見卷一・一〇注(3)。

(4)綠章：即青詞。舊時道士祭天時所寫的奏章表文，用朱筆寫在青藤紙上，故名。此喻雁字。

(5)曳白：空白。

(6)書空：雁在空中成列而飛，其行如字，故稱。

(7)金泥：以水銀和金粉為泥，作封印之用。

(8)玉筯：書體名。指秦李斯所創之小篆。

(9)月勅：月娥的勅令。風支：風神的支使。

(10)鸞闕：疑應為「鸞闕」，指宮闕。視草：指詞臣奉旨修正詔諭一類公文。

(11)龍湫：上有懸瀑下有深潭謂之龍湫。

(12)淩雲賦：漢武帝好神仙，司馬相如奏〈大人賦〉，帝大悅，「飄飄有淩雲之氣，似遊天地之間意。」（見《史記・司馬相如傳》）

(13)過去：指某個時間、某種狀態已經消逝。

(14)碎金：比喻精美簡短的詩文。

(15)削牘：古時削薄竹木成片，用以書寫。有誤則刮去重
　　寫，謂之「削牘」。後用以泛稱書寫、撰述。

(16)八分：漢字書體名。字體似隸而體勢多波磔。

(17)錦字：指前秦‧蘇蕙寄給丈夫的織錦回文詩。

二三

　　琴柯公子見贈四律(1)，余已梓入《續同人集》
矣。茲又錄其〈寒山即事〉云：「山寺不知路，微聞
清磬音。松崖春寂寂，石屋晝陰陰。幽坐見空色，寒
流無古今。披襟成小住，只愧俗緣深。」又填《金縷
曲》寫懷云：「挨過酴醾節(2)，怪春來畫樓燈影，幾
番輕別。孤館懨懨簾不捲(3)，怕放楊花飛入，定添
了安仁鬢雪(4)。憔悴天涯人一個，料青衫不為琵琶
濕(5)。思往事，計何拙！　　尋春偶傍欄干立，又侵
階茸茸細草，染成愁碧。沾盡落紅三月雨，不見去年
蝴蝶。定怪我遊蹤未歇。幾度問春春不應，遣深更杜
宇低低說(6)。羈枕畔，正愁絕。」

【箋注】

(1)琴柯：葉紹楏，字琴柯，號謹墨、振湘。浙江歸安人。
　　葉佩蓀子。乾隆五十八年進士。授編修。官河南道監察
　　御史、工科給事中、大理寺少卿、廣西巡撫等。恬淡寡
　　欲。詩宗唐人，兼工倚聲，旁通象緯音韻之學。有《謹
　　墨齋詩鈔》、《觀象權輿》。

(2)酴醾（túmí）：本是酒名，後作花名，因為顏色相似。
　　《全唐詩》卷八六六載〈題壁〉詩：「禁煙佳節同遊

此，正值醅釀夾岸香。」

(3)悄悄：幽深，悄寂。

(4)安仁：潘岳。見卷一○‧二四注(4)。

(5)「憔悴」二語：用唐‧白居易〈琵琶行〉「同是天涯淪落人」和「江州司馬青衫濕」語意。

(6)杜宇：鳥名。又名杜鵑、子規。相傳為古蜀王杜宇之魂所化。春末夏初，常晝夜啼鳴，其聲哀切。

二四

支公云(1)：「北人學問，如顯處觀月。」言其博而寡要(2)，今之考據家也。「南人學問，如牖中窺日(3)，約而能明。」今之著作家也。《世說》稱：「王平北相對使人不厭(4)，去後亦不見思。」我道是梅聖俞詩(5)。「王夷甫太鮮明(6)。」我道是東坡詩(7)。「張茂先我所不解(8)。」我道是魯直詩(9)。

【箋注】

(1)支公：東晉‧支遁。見卷三‧五一注(7)。

(2)寡要：簡明扼要。

(3)牖中：窗間。

(4)王平北：王乂，字叔元。西晉琅邪臨沂人。曾任平北將軍。

(5)梅聖俞：宋‧梅堯臣。見卷四‧一七注(2)。

(6)王夷甫：王衍，字夷甫。王乂子。西晉琅邪臨沂人。妙善玄言，義理不安，隨即更改，時人稱為「口中雌黃」。官至尚書令、司空、太尉。太鮮明：過於精明。

(7)東坡：即宋・蘇軾。

(8)張茂先：西晉・張華。見卷一六・四七注(13)。

(9)魯直：宋・黃庭堅。見卷一・一三注(6)。

二五

　　宋太祖曰(1)：「李煜好個翰林學士(2)，可惜無才作人主耳！」秀才郭麐〈南唐雜詠〉云(3)：「我思昧昧最神傷(4)，予季歸來更斷腸(5)。作個才人真絕代，可憐薄命作君王！」

【箋注】

(1)宋太祖：趙匡胤。世為涿州人，生於洛陽。仕後周，恭帝顯德七年，發動陳橋兵變，建立宋朝。先後攻滅荊湖、後蜀、南漢、南唐諸國。在位十七年。

(2)李煜：字重光，號鍾隱。五代時南唐後主。在位十五年。國亡後被俘至汴京，封違命侯。後為宋太宗鴆殺。善屬文，工書畫，能音樂，尤以詞名。

(3)郭麐：見卷一二・八三注(2)。

(4)昧昧：沉思貌。

(5)予季：我的小兒。《詩經・魏風・陟岵》：「予季行役，夙夜無寐。」

二六

　　余好詩如好色，得人佳句，心不能忘。近又得王孝廉苣〈偶過行宮賦詩〉云(1)：「街子似嫌春

不去(2)，平明催掃繡球花。」方扶南〈過周公瑾墓〉云(3)：「一事不如張子布(4)，墓前飛過白頭翁(5)。」汪易堂賦〈野樹〉云(6)：「散才幸免搜林斧(7)，留得清陰與路人。」劉悔庵〈偶成〉云(8)：「小蝶過牆如使至(9)，短筇在手當孫扶。」又曰：「通宵玩月寧知旦，排日聞歌直到秋。」吾鄉王星望先生有句云(10)：「蕭綱斷酒二百日(11)，王奐長齋十一年(12)。」

【箋注】

(1) 王芑：疑指王芑孫，字念豐，號惕甫、鐵夫。江蘇長洲人。乾隆五十三年召試舉人。官華亭教諭。久客京師。有《淵雅堂集》。

(2) 街子：猶街卒。

(3) 方扶南：方世舉。見卷三・三五注(3)。周公瑾：周瑜，字公瑾。三國吳廬江舒人。少與孫策為友，助策在江東建立孫氏政權。後與張昭共輔孫權，任前部大都督。曾率軍與劉備合力破曹軍於赤壁。拜偏將軍，領南郡太守。擬取蜀，病卒。

(4) 張子布：張昭。見卷四・四四注(2)。

(5) 白頭翁：《江表傳》曰：曾有白頭鳥集殿前，（孫）權曰：「此何鳥也？」（諸葛）恪曰：「白頭翁也。」張昭自以坐中最老，疑恪以鳥戲之，因曰：「恪欺陛下，未嘗聞鳥名白頭翁者，試使恪復求白頭母。」（《裴注三國志・吳書十九》）

(6) 汪易堂：汪蒼霖。見補遺卷一・四一注(2)。

(7) 散才：平庸之才。

(8) 劉悔庵：劉曾。見卷二・二八注(1)。

(9)使：使者。

(10)王星望：見卷一二・四八注(3)。

(11)蕭綱：梁簡文帝。見卷一五・二八注(6)。其〈答湘東
　　王書〉曰：「吾自至都以來，意志忽忱，雖開口而笑，
　　不得真樂，不復飲酒垂二十旬。」

(12)王奐：字道明。南朝齊琅邪臨沂人。曾任尚書右僕射，
　　出為雍州刺史。征蠻失利，後為寧蠻長史裴叔業所殺。
　　李商隱〈上河東公第二啟〉：「二百日斷酒，有謝蕭
　　綱；十一年長齋，多慚王奐。」

二七

　　孟子曰：「盡信書，不如無書。」此是晚年悟道
之言。若早見及於此，則捐階焚廩(1)，舜不告而娶
之說，俱付之齊東野語而已矣(2)。即如葛伯以七十里
諸侯(3)，而奪童子之黍肉，此是惡丐行徑，湯遣一小
卒擒之足矣(4)，安用起兵以征之哉？余嘗謂：書中最
可信者，莫如《尚書》、《論語》。然《尚書》開口
便稱「粵若稽古帝堯」(5)，則其相隔必有千百年。若
相離不遠，史官必不稱「粵若稽古康熙、稽古順治」
也。《論語》稱陳成子、魯哀公，都是孔子亡後二人
之謚法(6)，可見《論語》之傳述，亦去聖人亡後百十
年，後追述其言。能無所見異詞、所聞異詞之慮哉？
一管仲也(7)，而忽貶忽襃，若出兩口。子路往見丈
人(8)，至則行矣；子路不仕無義一節說話，是向何人
饒舌？亦猶趙盾假寐(9)，鉏麑觸槐死矣(10)，所嘆不
忘恭敬等語，是何人聽得？師曠瞽矣(11)，何以見王

子晉火色不壽(12)。此種疑竇,不一而足。故嘗有句云:「雙眼自將秋水洗,一生不受古人欺。」

【箋注】

(1) 捐階焚廩:捐階,除去階梯。焚廩,燒糧倉。《孟子‧萬章上》:「父母使舜完廩,捐階,瞽瞍焚廩。」意謂:父母叫舜去整修穀倉,抽去了梯子,父親瞽瞍放火焚燒穀倉。

(2) 齊東野語:《孟子‧萬章上》載孟子弟子咸丘蒙(齊人)問及舜為天子,堯率諸侯北面稱臣之說是否屬實,孟子答道:「此非君子之言,齊東野人之語也。」後以「齊東野語」比喻道聽塗說、不足為憑之言。

(3) 葛伯:葛國諸侯。葛是夏末的諸侯國,其故地在今河南寧陵縣(一說在今葵丘縣東北)。所謂奪童子黍肉,見《孟子‧滕文公下》。

(4) 湯:成湯,殷商開國君主。契的後代,子姓,名履,又稱天乙。

(5) 粵若:發語詞。用於句首以起下文。稽古,考察古事。

(6) 謚法:稱號。

(7) 管仲:春秋時期齊國名相。見卷三‧七六注(2)。

(8) 子路:孔子弟子。見補遺卷一‧六○注(3)。此處所述,見《論語‧微子第十八》。

(9) 趙盾:即趙宣子,謚號宣孟,亦稱趙孟。春秋時晉國執政。《左傳‧宣公二年》:(晉靈公)猶不改,宣子驟諫,公患之,使鉏麑賊之。晨往,寢門闢矣,盛服將朝,尚早,坐而假寐。麑退,嘆而言曰:「不忘恭敬,民之主也。賊民之主,不忠。棄君之命,不信。有一於此,不如死也。」觸槐而死。

(10) 鉏麑:春秋時晉國力士。

(11)師曠：字子野。春秋時晉國人，晉平公時樂師，傳說生
　　而盲，善辨音律，以聲音辨吉凶。

(12)王子晉：一稱王子喬，傳為春秋周靈王太子。以直諫被
　　廢。相傳好吹笙作鳳凰鳴。後成仙。火色不壽：面呈紅
　　色，不長壽。《逸周書》卷九：「王子曰：『……吾聞
　　汝知人年之長短，告吾。』師曠對曰：『汝聲清汗，汝
　　色赤白，火色不壽。』」

二八

　　海虞女子吳靜定生氏(1)，嫁項生肇基而寡。婦扃
戶自經，姑救之曰：「我在，汝不得死。」婦泣而誌
之。越二年，姑亡，婦又自經，叔母救之曰：「姑與
夫未葬，汝不得死。」婦乃復生。遂析家財為三，分
其叔、季，葬舅姑與夫，而不食死，年二十六。婦生
時，好觀《綱鑒》。吳竹橋太史為之立傳(2)，錄其
〈詠史〉云：「不學何須詆霍光(3)，托孤寄命報先
王。匡、張、孔、馬多經術(4)，青史於今若個芳？」
「更有名儒莽大夫(5)，紫陽書法勝南、狐(6)。當年
奇字人爭問(7)，曾識『綱常』二字無(8)？」

【箋注】

(1)吳靜：字定生。清昭文（今江蘇常熟市）人。吳棟才
　　女。項肇基室。有《飲冰集》。

(2)吳竹橋：吳蔚光。見卷一‧四一注(3)。

(3)霍光：西漢人。見卷一‧一六注(2)。

(4)匡張孔馬：即匡衡、張禹、孔光、馬宮。《漢書》卷

八十一有〈匡張孔馬傳〉。班固最後評論說:「咸以儒宗居宰相位,服儒衣冠,傳先王語,其醖藉可也,然皆持祿保位,被阿諛之譏。」

(5) 莽大夫:指漢代揚雄。見卷三・五八注(4)。揚雄本仕漢朝,王莽稱帝時,仕莽為大夫。

(6) 紫陽書法:指宋・朱熹(別名紫陽)的史筆。朱熹與其門人撰《通鑑綱目》,用春秋筆法辨名分正綱常。朱熹曾貶斥揚雄「是一腐儒」。見《朱子語類》。南狐:春秋時代齊史官南史、晉史官董狐的合稱。皆以直筆不諱、忠於史實著稱。

(7) 「當年」句:《漢書・揚雄傳》載,揚雄多識古文奇字,劉棻曾向揚雄學奇字。

(8) 綱常:「三綱五常」的簡稱。封建時代以君為臣綱,父為子綱、夫為妻綱為三綱,仁、義、禮、智、信為五常。

二九

蔣心餘太史自稱「詩仙」(1);而稱余為「詩佛」,想亦廣大教主之義(2)。弟子梅沖為作〈詩佛歌〉云(3):「心餘太史不世情(4),獨以詩佛稱先生。先生平生不好佛,攢眉入社辭不得。佛之慈悲罔不包,先生見解同其超。佛之所到無不化,先生法力如其大。一聲忽作獅子吼,喝破炎摩下方走(5)。天上地下我獨尊,雙管兔毫一隻手(6)。人間遊戲撒金蓮(7),急流勇退全其天。小倉山居大自在,一吟一詠生雲煙。有時披出紅袈裟(8),南天門邊縛夜叉(9)。八萬四千寶塔造,天魔龍象爭紛拏。有時敷

坐如善女(10)，低眉微笑寂無語。天外心從何處歸？
鵲巢于頂相爾汝(11)。眼前指點說因由，千山頑石皆
點頭。三唐兩宋攝其總，四大海水八毛孔(12)。一
心之外無他師，六合以內皆佈施。先生即佛佛即詩，
佛與先生兩不知。我是如來大弟子(13)，夜半傳衣
得微旨(14)。放膽為作〈詩佛歌〉，願學佛者從隗
始(15)。」

【箋注】

(1) 蔣心餘：蔣士銓。見卷一・二三注(2)。

(2) 教主：原指某一宗教的創始人，或教中地位最高的人。
　　此喻在詩歌界所處地位。唐・張為撰《詩人主客圖》，
　　以白居易為廣大教化主。見宋・計有功《唐詩記事・張
　　為》。

(3) 梅沖：字抱村、抱蓀，號培翌、培翼。梅瑴成孫。江蘇
　　上元人，一作安徽宣城人。嘉慶五年舉人。有《然後知
　　齋問答》、《莊子本義》諸集。

(4) 不世：非一世所能有，罕有。多謂非凡。

(5) 獅子吼：喻佛教聲威。《景德傳燈錄》：佛初生，「分
　　手指天地，作獅子吼聲：『上下及四維，無能尊我
　　者。』」炎摩：佛教語。梵語Yama的音譯。欲界六天
　　之第三天，亦稱夜摩天。為充滿歡樂之光明世界，亦為
　　亡者所欲往生之所。其後逐漸演變為地獄之主，即閻魔
　　王。

(6) 兔毫：用兔毛製成的筆。亦泛指毛筆。

(7) 金蓮：喻纖足秀步。

(8) 袈裟：佛教僧尼的法衣。以下數語形容其豪爽放浪的性
　　情。

(9) 夜叉：佛經中一種形象醜惡的鬼，勇健暴惡，能食人，

後受佛之教化而成為護法之神，列為天龍八部衆之一。

(10)善女：指信佛的女子。以下數語形容其慈祥隨和的一面。

(11)頂：頭頂。《景德傳燈錄》：「昔如來在雪山修道，芻尼（野鵲子）巢於頂上，佛既成道，芻尼受報。」爾汝：指彼此親昵的稱呼，表示不拘形跡，親密相處。

(12)「四大」句：佛法修煉的一種境界。

(13)如來：佛的別名。梵語意譯。「如」，謂如實。「如來」，即從如實之道而來開示真理的人。又為釋迦牟尼的十種法號之一。

(14)傳衣：謂傳授師法或繼承師業。

(15)隗始：《史記·燕召公世家》：「燕昭王……卑身厚幣以招賢者……郭隗曰：『王必欲致士，先從隗始。況賢於隗者，豈遠千里哉！』於是昭王為隗改築宮而師事之。樂毅自魏往，鄒衍自齊往，劇辛自趙往，士爭趨燕。」後因以「隗始」用作以禮招賢的典故。郭隗，戰國時燕國人。昭王欲報齊仇，問計于郭隗。隗以「千金市馬」為喻說昭王。昭王乃為隗築宮，待以師禮。築黃金臺以招賢者。

三〇

金陵小市，買得水精方印(1)，從橫二寸七分(2)，上鐫十六字云：「好學忘老，存心對天；行樂一世，傳名千年。」印質不甚瑩徹，而陽文篆書甚蒼勁(3)，語句亦可愛。

【箋注】

(1)水精：水晶。無色透明的結晶石英，是一種貴重礦石。

(2)從橫：即縱橫。

(3)陽文：器物或印章上凸起的花紋或文字。

三一

洞庭山人徐堅(1)，字友竹，工丹青篆刻，兼能詩，與余交三十餘年矣。今春相遇姑蘇，以《絸園詩》見示。〈紅橋暮泛〉云：「春風一棹渚煙開，雨洗平皋淨碧苔(2)。薄暝花光辭松竹，夕陽人影散樓臺。鄰船歌吹移燈去，野店魚蝦入饌來。轉眼寒梅便零落，共拚酩酊莫催回。」〈東行〉云：「驅人名利路何窮，嘆息勞勞來往同。取次相逢不相識，鞭絲帽影各匆匆。」〈抵家〉云：「換得輕舠越滸關(3)，此身真個到家山。家山畢竟風光好，久住人偏看等閒。」其他佳句，如：「秋風不顧征衣薄，夜雨還同別淚多。」「此際柴門深夜火，幾人團坐望歸人。」

【箋注】

(1)徐堅：見卷四·五注(4)。

(2)平皋：水邊平展之地。

(3)輕舠：輕快的小舟。滸關：即今江蘇吳縣西北滸墅關。
　　地當運河交通要衝。

三二

友竹與秋帆尚書至好(1)。又嘗小住揚州汪令聞家(2)。汪故余戚也。爾時宴飲酣嬉，髮無二色；而今則彼此皤然，年垂八十矣。班荊道故(3)，不覺淒然。其族姪龍飲尤聰俊(4)，賞鑒書畫，一時無兩，不幸中年化去。其詩亦散失，但記其〈無子〉警句云：「空費醫錢九千萬，阿嬌金屋總無兒。」

【箋注】

(1)秋帆：畢沅。見卷二・一三注(4)。

(2)汪令聞：汪廷璋，字令聞，號敬亭。揚州鹽商，原籍安徽歙縣稠墅。乾隆第二次南巡時，獲賜御書「福」字，受賞奉宸苑卿銜。袁枚堂妹袁棠嫁揚州汪家。

(3)班荊道故：用荊鋪在地上，坐下來談說別後情景。見卷一六・四七注(4)。

(4)汪龍飲：未詳。

三三

白下秀才司馬章(1)，字石圃，風神瀟灑，年少多情，與周麟官校書有三生之約(2)，而格于家範，乃撰《雙星會》曲本，以舒結轖(3)。余錄其《辛亥記遊・浪淘沙》云：「春到鳳城中，游運方通。閒來指點過橋東。記得當時心醉處，蛛網塵封。　人去翠樓空，聚散匆匆。今年花似舊時容。可惜如花人已去，欲折誰同？」又《南柯子》云：「渡口傳桃葉(4)，

溪頭說范雲（5）。笑他街市語紛紛，都把文郎情事作新聞。　　心結愁千縷，人歸瘦幾分。內人不解問殷勤，今日眉頭真個為誰顰？」又《臨江仙》云：「午睡昏沉偏戀枕，夢魂尋到天涯。幾回夢得到卿家：知郎新病渴，親試六班茶（6）。　　斂笑問儂何好事，將人譜入琵琶，噥噥低語怨郎差。覺來嫌夢短，紅日已西斜。」

【箋注】

(1) 司馬章：字石圃。清江寧（今南京）人。諸生。有《雙曲會》、《花間樂》，合刻為《種石山房二種曲》（乾隆五十七年刊本）。

(2) 周麟官：未詳。校書：妓女的雅稱。三生：佛教語。指前生、今生、來生。

(3) 結轖：將轖連結起來。比喻心中鬱結不暢。轖，用皮革纏疊而成的車旁障蔽物。

(4) 桃葉：借指所愛戀的女子。

(5) 范雲：字彥龍。南朝梁南鄉舞陰人。齊武帝、明帝時內史，梁武帝時官至尚書右僕射。與沈約、王融、謝朓等相友善。詩被評為「清便宛轉，如流風回雪」。

(6) 六班茶：茶名。唐・馮贄《雲仙雜記・換茶醒酒》：「樂天方入關齋，禹錫正病酒。禹錫乃饋菊苗虀、蘆菔鮓，換取樂天六班茶二囊以醒酒。」

三四

　　老友何獻葵刺史（1），喜談詩，而不輕作。常云：「詩無生趣，如木馬泥龍，徒增人厭。」嘗住隨園，

得「梅子肥時落地輕」七字，卒亦懶于成章也。其長
子春巢工填詞(2)，余已載入《詩話》矣。今年獻葵
亡，春巢乞余志墓，袖近作見示。〈秦淮感舊〉云：
「十年不作白門遊(3)，忽把孤帆卸石頭(4)。聞說
舊人都不在，春風愁上十三樓(5)。」「迢迢一水遠
通江，郎去潮來妾倚窗。羨煞載郎船上槳，隨波來去
總雙雙。」〈千金亭〉云(6)：「空亭千古對平波，
野渡斜陽猶客過。莫怪無人留一飯，報恩人少受恩
多。」〈贈釣叟〉云：「萍開風起水生紋，一葉飄然
泛夕曛。魚在綠波竿在手，船頭開坐看秋雲。」他
如：「湖邊客到花先笑，樹裏僧歸路半陰。」「閒
雲未必忘舒卷，流水何曾管是非？」「雨足田車開架
樹，日斜耕犢穩馱人。」皆佳句也。其次子蘭庭〈懷
兄〉云(7)：「遠漏聲聲滴，寒宵故故長。遙思千里
客，不覺九迴腸。月白鴉翻樹，燈昏鼠墜梁。布衾頻
轉側，有夢到錢塘。」〈重到〉云：「門巷重來認未
差，昏黃月色淡雲遮。生憎一幅湘簾影，不隔鶯聲只
隔花。」〈放舟〉云：「茅屋疏籬綠水灣，泉聲入澗
響潺湲。篙師莫怪蒲帆滿，有客推篷愛看山。」其佳
句，如：「插新花似延佳客，讀舊書如遇故人。」
「百歲開懷能幾日？一生知己不多人。」「煙平疑積
水，燈遠若孤星。」俱妙。

　　春巢在金陵得端硯，背有劉慈絕句云(8)：「一寸
干將切紫泥(9)，專諸門巷日初西(10)。如何軋軋鳴機
手，割遍端州十里溪。」跋云：「吳門顧二娘為製斯
硯(11)，贈之以詩。顧家于專諸舊里。時康熙戊戌秋

日。」後晤顧竹亭(12)，云：「顧二娘製硯，能以鞋尖試石之好醜，人故以『顧小足』稱之。」春巢因調《一剪梅》云：「玉指金蓮為底忙？昔贈劉郎(13)，今遇何郎(14)。墨花猶帶粉花香，製自蘭房，佐我文房。　　片石摩挲古色蒼，顧也茫茫(15)，劉也茫茫(16)。何時携取過吳閶(17)？喚起情郎，弔爾秋娘(18)。」

【箋注】

(1) 何獻葵：何廷模。見卷一一‧二六注(1)。

(2) 何春巢：何承燕。見卷一一‧二六注(1)。

(3) 白門：江蘇省南京市的別名。六朝皆都建康(今南京市)，其正南門為宣陽門，俗稱白門，故名。

(4) 石頭：即石頭城，又名石首城。故址在今江蘇省南京市清涼山。

(5) 十三樓：泛指供遊樂的名樓。

(6) 千金亭：在江蘇淮安市淮陰區碼頭鎮即韓信故里境內。韓信被封為楚王後，為報當年漂母一飯之恩，欲送漂母千金。留下「一飯千金」佳話。

(7) 何蘭庭：何承薰(勳)，字蘭庭。清浙江杭州人。何廷模次子。官陝西長安縣知縣、陝西漢中府知府、陝西按察使(署)。

(8) 劉慈：字康成。四川巴縣人。雍正十年舉人。官將樂縣令。此處疑有誤，所引詩句應為黃任作〈贈顧二娘〉(見黃任《秋江集》卷二)。黃任，見卷四‧四九注(1)。

(9) 干將：古劍名。相傳春秋吳有干將、莫邪夫婦善鑄劍。後泛稱利劍。

(10) 專諸：春秋時刺客。吳國堂邑（今江蘇省六合縣）人。

(11) 顧二娘：本姓鄒，適顧啟明。俗稱顧親娘，亦稱顧二娘。清初吳門（今江蘇蘇州）人。丈夫早逝，公爹顧德麟傳授其技藝，成為清朝康雍乾年間精製端硯的一代名匠。

(12) 顧竹亭：未詳。

(13) 劉郎：指劉慈。

(14) 何郎：春巢自指。

(15) 顧：顧二娘。

(16) 劉：劉慈。

(17) 吳閶：借指吳地，今蘇州一帶。

(18) 秋娘：代指顧二娘。

三五

　　如皋女子石氏^{學仙}，戊辰進士石公^{為崧}之女也(1)。適彰德太守沙公次子又文(2)，善書畫，工琴棋。皋邑剪彩貼絨花鳥，自學仙始。著有《冰蓮繡閣詩抄》。〈過故居〉云：「風廻玉笛夕陽斜，誰傍山陽譜《落花》(3)？喜得春回梁上燕，不曾飛到別人家。」〈答吳門女子感懷〉云：「蘭思蕙怨惺惺語，柳絮春風字字新。自古傷心同此病，深愁多付有才人。」又有熊澹仙者(4)，幼穎悟，妙解聲律，適陳氏，配非其偶，鬱鬱不樂之意，時形諸吟詠。〈見蝶〉云：「曉露零香粉，春風拂畫衣。輕紈原在手(5)，未忍撲雙飛。」〈村女〉云：「柔桑枝上聽鳴鳩，曉起提筐過翠疇。

借問誰家春夢好，半窗紅日未梳頭。」〈紅樹〉云：
「老樹經霜色更鮮，半竿斜日影前川。漁郎指點煙波
外，錯認桃源二月天。」〈感舊〉云：「刺繡餘閒就
塾時(6)，也從花裏謁名師。貪看夜月憎眠早，倦挽春
雲上學遲。琴案屢吟秋柳句，錦箋頻寫落花詩。而今
回憶皆塵夢，悵望當年舊董帷(7)。」調《蝶戀花·詠
刺繡美人》云：「二八紅閨春似水，幾日金針，拋却
奩箱裏。貪睡朦朧慵不理，簾前鸚鵡頻催起。　　手
展鮫綃重着意(8)，鴛譜拈來，幾朵花爭麗。繡到雙飛
私自喜，背人笑向紅窗倚。」

【箋注】

(1) 石學仙：清江蘇如皋人。進士為崧女。諸生沙又文室。
　　有《冰蓮繡閣詩鈔》。石為崧：字五中。江蘇如皋人。
　　康熙二十七年進士。曾官戶部貴州司員外郎。

(2) 沙公：沙漢鼇，字亦夒，號東海。如皋人。康熙五十九
　　年任徐州訓導。歷官杭州府同知、彰德知府。沙又文：
　　如上。餘未詳。

(3) 山陽：此指江蘇淮安山陽縣。

(4) 熊澹仙：熊建，字商珍，號澹仙，又號茹雪山人。清江
　　蘇如皋人。有《澹仙詩文詞鈔》。

(5) 輕紈：指紈扇。

(6) 塾：舊時私人設立的進行教學的地方。

(7) 董帷：《漢書·董仲舒傳》：「（董仲舒）下帷講誦，
　　弟子傳以久次相授業，或莫見其面，蓋三年不窺園，其
　　精如此。」後因以「董帷」指授課之處。

(8) 鮫綃：指毛帕、絲巾。

三六

句容駱氏，相傳為右丞之後(1)，故大家也。有秋亭女子名綺蘭者(2)，嫁于金陵龔氏，詩才清妙。余《詩話》中錄閨秀詩甚多，竟未採及；可謂國中有顏子而不知(3)。辛亥冬，從京口執訊來，自稱女弟子，以詩受業。〈遊西湖〉云：「渺渺平湖漠漠煙，酒樓斜倚綠楊前。南屏五百西方佛(4)，散盡天花總是蓮。」〈春閨〉云：「春寒料峭乍晴時，睡起紗窗日影移。何處風箏吹斷線？飄來落在杏花枝。」〈雲根山館題壁〉云：「寂寂園林日未斜，一庭紅影上窗紗。主人難免花枝笑，如此開時不在家。」〈對雪〉云：「登樓對雪懶吟詩，閒倚欄干有所思。莫怪世人容易老，青山也有白頭時。」四首一氣卷舒，清機徐引(5)，今館閣諸公能此者(6)，問有幾人？

【箋注】

(1) 句容：縣名。治今江蘇省句容市華陽鎮。清屬江寧府。右丞：指駱賓王。見卷一二・五六注(3)。

(2) 駱綺蘭，字佩香，號秋亭。清江蘇句容人。龔世治室。早寡無子，移家丹徒，食貧自守。博通經籍書史，工詩，善畫。有《聽秋軒詩集》。

(3) 顏子：即顏回，亦稱顏淵。見卷五・七九注(3)。《後漢書・黃憲傳》：「子國有顏子，寧識之乎？」原為喻指黃憲。

(4) 南屏：南屏山，橫亙于西湖南岸。有淨慈寺、興教寺等形成的佛寺群落，晨鐘暮鼓，故又被稱為「佛國山」。

(5) 清機：清淨的心機。

（6）館閣：指翰林院，其官員掌編修國史及草擬制誥等事務。

三七

山左任城東關外有泉，相傳李白浣筆處也。上有祠堂，祀太白及賀監（1）、少陵三賢（2）。乾隆辛亥，沈清齊觀察啟震葺而新之（3），土中得詩碣，署「木蘭山人劉浦題」，不知何時人。其詞曰：「蘚蝕殘碑枕廢池，開元吟客剩荒祠（4）。空庭古柏吹風處，秋草寒泉落日時。誰採澗毛修冷寺（5）？我沽村酒讀遺詩。唐宮漢寢無人記，獨有才名到處知。」未幾，巡漕使者和希齋琳閣學入都（6），河帥李香林尚書祖餞于祠中（7）。希齋和云：「太白樓臨杜老池，此間合祀有專祠。林泉竟屬先生地，風雅剛逢我輩時。梁繞驪歌將進酒，壁留鴻爪共題詩。他年重過應相訪，直與三公作舊知。」香林云：「當年浣筆有清池，此日名泉葺舊祠。花竹新栽遊賞地，歌筵初敞餞行時。標題不亞羲之序（8），重修浣筆泉，和希齋作記。賡韻如吟白也詩。文水堂前風月好，幾人惆悵為心知。」漕帥管公翰珍云（9）：「謫仙人去剩空池，剔蘚疏泉認古祠。宦跡已沉靈武後（10），筆花猶及盛唐時。入門合進臨波酒，立石重摹出土詩。拊景漫增興廢感，好將觴詠記新知。」中丞惠公齡云（11）：「女牆東處甃方池，上有雲煙罨古祠。誰向寒泉談舊跡？空餘文藻憶當時。低徊不少飛觴飲，感慨爭留過客詩。拍檻欲狂呼太白，

要從曠世結心知。」進士顧禮琥云(12)：「仙在高樓月在池，池光千載抱遺祠。幸逢元老重開宴，轉惜先生不並時。綠水瀾洄沉彩筆，舊碑林立待新詩。吳都狂客今初到(13)，未要尋常賀令知。」轉運阿公林保云(14)：「謫仙遺跡剩荒池，合祀于今拜古祠。蓋世才名猶在耳，斯人重聚復何時？難尋縹緲神仙路，誰補蒼茫客恨詩？愧我毫端塵未浣，空憑流水寄心知。」陳公蘭森云(15)：「泗水源流故有池(16)，泉開浣筆闢叢祠。風雲餘墨人千古，仙聖同龕祀一時。勝地從今頻集讌，殘碑自昔紀題詩。漫言興寄形骸外，大雅欣逢盡舊知。」觀察沈公啟震云：「源分泗水闢方池，座列三賢葺舊祠。人地廢興原有數，主賓今古宛同時。新移竹影亭前畫，細辨苔痕壁上詩。樽酒落成兼送別，高情留與後來知。」諸詩俱各清妙，輯而存之，後世想見聖世昇平，公卿風雅矣。

【箋注】

(1) 賀監：唐‧賀知章嘗官秘書監，晚年自號秘書外監，故稱。

(2) 少陵：指唐詩人杜甫。杜甫常以「杜陵」表示其祖籍郡望，自號少陵野老，世稱杜少陵。

(3) 沈清齊：沈啟震，字位東，號青齋(一作齊)。桐鄉人。乾隆庚辰二十五年舉人，三十四年中正榜。三十七年由內閣中書入直，官至運河道。有《慎一齋詩集》。

(4) 開元：唐玄宗年號。

(5) 澗毛：《左傳‧隱公三年》：「澗溪沼沚之毛。」杜預

注：「毛，草也。」後因以「澗溪毛」指山澗中的草。
省作「澗毛」。

(6)和希齋：和琳，鈕祜祿氏，字希齋。滿洲正紅旗人。和
珅弟。乾隆時由筆帖式官至四川總督。赴貴州鎮壓苗民
起事，卒於軍。諡忠壯。和珅誅，追革公爵。有《芸香
堂詩集》。

(7)李香林：李奉翰。見卷二・三五注(1)。祖餞：設酒宴送
行。

(8)羲之序：指《蘭亭序》。東晉穆帝永和九年三月三日，
王羲之與謝安、孫綽等四十一人，在山陰(今浙江紹興)
蘭亭「修禊」，會上各人作詩，並由羲之作序。

(9)管幹珍：見補遺卷一・四〇注(3)。

(10)靈武：今甘肅靈武縣。至德元載七月，杜甫得知肅宗在
靈武即帝位，便隻身投奔，途中為安史叛軍所俘，次年
春天脫險後赴靈武，麻鞋見天子，被任為左拾遺，又因
上疏被貶為華州司功參軍。後棄官西行，離開朝廷。

(11)惠齡：見卷一一・五注(5)。

(12)顧禮琥：字西金。吳縣人。為諸生時，歲科試四冠。乾
隆四十九年進士。河督李奉翰聞其名，延致幕府。奏授
泉河通判，陞上北河同知。卒年五十六。

(13)狂客：賀知章晚年狂放縱誕，自號「四明狂客」。此處
為作者自稱。

(14)阿林保：舒穆祿氏，字雨窗，號適園。滿洲正白旗人。
乾隆三十一年考中筆帖氏。官長蘆鹽運使、湖南巡撫、
閩浙總督、兩江總督。諡敬敏。有《適園詩錄》。

(15)陳蘭森：廣西臨桂人。東閣大學士陳宏謀長孫。乾隆
二十二年進士。曾官江西建昌府學使。

(16)泗水：春秋時孔子在泗上講學授徒。此以「泗水」指儒
學傳統。

三八

　桐城汪稼門先生云(1)：「歐陽公〈醉翁亭〉連用『也』字(2)，仿唐人杜牧〈阿房宮賦〉『開妝鏡也』、『棄脂水也』(3)；杜牧又仿漢人邊孝先〈博塞賦〉『分陰陽也』、『象日月也』(4)。不知詩亦有之，〈牆有茨〉三章，均用『也』字，〈桑扈〉三章，均用『矣』字，〈樛木〉三章，均用『之』字，〈緇衣〉三章，均用『兮』字。又如〈螽斯〉三章，首句不易一字，〈桃夭〉、〈兔罝〉皆然。〈漢廣〉三章，末句不易一字，〈麟趾〉、〈騶虞〉皆然。」此論，古人所未有。先生守蘇州，廉聲為一時冠。然公餘不廢吟詠。〈游棲霞山成六韻〉云：「探幽臨勝地，慰我廿年思。高節明僧紹(5)，鴻文江總持(6)。寒雲封舊宅，古蘚覆殘碑。佛法青松護，泉源白鹿知。春催花信早，僧訝客來遲。欲採長生藥，靈崖有紫芝。」〈詠敝帶〉云(7)：「人情交久情愈真，肯輕舍舊復圖新？凡物關心亦類此，低徊臨別尤酸辛。憶我初年通仕籍，帶下雙雙垂影帛(8)。左垂刀佩共堅貞，右拂玉環同潔白。學製慚無奪錦才(9)，戔戔拘束準繩來(10)。但期順下如流水，豈肯隨風着點埃。無那星霜歷顙領，神采漸與當時異。綢繆莫擷繭騰花(11)，闇淡徒存雞肋意(12)。為憑染人施力罩(13)，濃於河畔草拖藍。翻舊從新費裁剪，化兩為一懲奢貪。重加矜惜風塵外，相依仍作脛衣帶(14)。裙履風流我自慚，腰肢瘦損君應怪。篋中伸縮有誰知，蘇州猶似霍州時。慚愧香山恩意厚(15)，搜腸難

續〈故衫〉詩。香炧光銷伴岑寂(16)，俯視帶垂增閱
歷。物理從來有菀枯(17)，人心底事勞欣戚？溫涼異
態春復春，惟我與汝臭味親。慇懃什襲藏諸笥(18)，
留作衰年老故人。」

【箋注】

(1) 汪稼門：汪志伊（1743-1818），字稼門。安徽桐城人。
　　乾隆三十六年舉人。充四庫館校對，授山西知縣，累擢
　　浙江布政使，官至湖廣總督。有《近腐齋集》。

(2) 歐陽公：宋・歐陽修。

(3) 杜牧：見卷一・三一注(5)。

(4) 邊孝先：邊韶，字孝先。東漢陳留浚儀人。以文章知
　　名，教授數百人。桓帝時官太中大夫、北地太守、尚書
　　令，後為陳相，卒官。

(5) 明僧紹：字休烈，一字承烈。南北朝平原郡鬲縣（今山
　　東德州市）人。先祖為百里奚之子孟明，遂以明為姓。
　　有儒術，舉秀才。後隱居金陵攝山（棲霞山）二十餘
　　年。南朝齊永明初徵聘為國子監博士，不就。

(6) 江總持：江總。見卷一三・二三注(6)。

(7) 敝帶：破舊腰帶。特指與公服配用的腰帶。

(8) 彯（piāo）帛：飄動的絲帶。

(9) 奪錦：《新唐書・文藝傳中・宋之問》：「武后游洛南
　　龍門，詔從臣賦詩，左史東方虯詩先成，后賜錦袍，之
　　問俄頃獻，后覽之嗟賞，更奪袍以賜。」

(10) 戔戔（jiān）：指淺狹。

(11) 綢繆：情意殷切。繭騰花：梁・沈約〈謝齊竟陵王賚母
　　赫國雲氣黃綾裙襦啟〉曰：「竊以積絲成綵，散繭騰
　　花，巧擅易水之間……」意為言女工之妙。

(12)雞肋：雞的肋骨。比喻無多大意味、但又不忍捨棄之事物。

(13)染人：指從事染布帛的工匠。罩：長，深。

(14)脛（jìng）衣：罩在褲子外面用以禦寒或保護褲子的無腰褲。

(15)香山：唐‧白居易。有〈故衫〉詩。

(16)香灺（xiè）：指香燭燈芯的餘燼。

(17)菀（yù）枯：指榮枯。亦喻指榮辱、優劣等。

(18)慇懃：情意懇切。什襲：重重包裹，謂鄭重珍藏。

三九

鮑步江之女茝香居士，名之蕙(1)，適丹徒張翊和(2)，合刻《清娛閣集》，丐余為序。舸齋游廣陵，鮑寄云：「秣陵僧院廣陵船，幾日遊蹤附彩箋。懷渴得梅濃較酒，詩狂乘興樂於仙。二分新月扶殘醉，四美佳辰媚少年。珍重宵深風露冷，征衫多半未裝綿。」張和云：「卅載休言歲月虛，縹緗差擬茂先車(3)。鬢絲理為茶煙濕，眉嫵成從墨瀋餘(4)。到處勝游常背汝(5)，得來佳句轉先余。何年始踐誅茅願(6)？同向湖山賦遂初(7)。」又，〈即事〉云：「夜雨催歸直到明，草痕新與漲痕平。朝曦十里空濛路，雙櫓飛如小燕輕。」二人才調相匹，故知秦嘉、徐淑(8)，不得擅美於前。

【箋注】

(1) 鮑步江：鮑皋。見卷一·四○注(5)。鮑之蕙：字芷（zhǐ）香（茞香）。清江蘇丹徒人。同知張鉉室。有《清娛閣吟稿》。

(2) 張翙和：張鉉，字翙和，號舸齋。清丹徒人。貢監。官理問。

(3) 縹緗：指書卷。縹，淡青色；緗，淺黃色。古時常用淡青、淺黃色的絲帛作書囊書衣，因以指代書卷。茂先車：西晉文學家張華的載書車。《晉書·張華傳》：「（張華）雅愛書籍，身死之日，家無餘財，惟有文史溢於机篋。嘗徙居，載書三十乘。」張華，見卷一六·四七注(13)。

(4) 眉嫵：謂眉樣嫵媚可愛。墨瀋：墨汁。

(5) 背汝：離開你。

(6) 誅茅：芟除茅草。引申為結廬安居。

(7) 賦遂初：晉代孫綽作〈遂初賦〉，反映作者樂於隱居生活，後因以「賦〈遂初〉」借指辭官隱居。

(8) 秦嘉、徐淑：東漢隴西人。《玉臺新詠》有嘉〈贈婦詩〉三首，嘉妻徐淑答詩一首，敘夫婦惜別互矢忠誠之情，為歷代所傳誦。

四○

　　滿洲伊小尹湯安(1)，相國永公之從子(2)，幼即工詩，來作江防司馬。〈春郊即事〉云：「春郊攬轡值新晴，騎馬悠悠自在行。雪滿溝塍占歲稔(3)，煙浮村落覺寒輕。清風似剪能裁柳，黃犢初肥好勸耕。猶

有村氓知禮數(4)，春醪肯為使君傾(5)。」謝余餽肉云：「捧來西子饡俱美，製自東坡肉亦尊(6)。」

【箋注】

(1)伊小尹：伊湯安，拜都氏，字小尹，號耐圃。滿洲正白旗人。乾隆三十六年舉人。官處州知府、嘉興知府，累擢至內閣學士。工詩。修《嘉興府志》。

(2)從子：侄兒。

(3)歲稔（rěn）：年成豐熟。

(4)村氓：泛指鄉民，農人。

(5)春醪（láo）：春酒。

(6)東坡肉：宋·蘇軾貶黃州時，曾戲作〈豬肉頌〉詩。後肴饌中有所謂「東坡肉」，本此。

四一

西江曹星湖龍樹(1)，大宗伯地山同年之侄也(2)。出知如皋，與余未識面，而時時以詩往來。〈勸農〉云：「九陌千疇繡錯開(3)，停輿蔭借綠雲槐。羨渠扶杖迎官者，白髮飄蕭領隊來。」「農忙翻為看官閒，戴白垂髫喜動顏(4)。莫道使君耕未曉(5)，使君來也自田間。」「鴉鬟小女學當家(6)，阿母教同坐績麻。觸目新紅春似海，抽身偷戴滿頭花。」〈桃葉渡〉云：「小艇盈盈隔(7)，紅樓處處家。昔時花映水，今日水流花。」數首皆有芬芳悱惻之情(8)。

【箋注】

(1) 曹星湖：曹龍樹。見補遺卷二·六四注(1)。

(2) 地山：曹秀先。見卷一五·六九注(3)。大宗伯，清代稱
　　禮部尚書。

(3) 繡錯：色彩錯雜如繡。

(4) 戴白：頭戴白髮，形容人老。亦代稱老人。垂髫：指兒
　　童或童年。髫，兒童垂下的頭髮。

(5) 使君：州郡長官。

(6) 鴉鬟：色黑如鴉的丫形髮鬟。

(7) 隔：分開。

(8) 芬芳悱惻：見卷六·四三注(1)。

四二

　　乾隆戊午科，余與阿廣庭相公(1)，同出四川鄧遜
齋先生之門(2)。榜下一別，於今五十四年矣。公出將
入相，以忠勳爵至上公，而余乞養還山，賣文為活。
先生常向人云：「我門生不多，而一文一武，足勝人
千百。」余聞之赧然(3)。哭先生有句云：「共說師門
原不忝(4)，敢云文武竟平分？」詩載集中。後公在杭
州，勾當公事，托今觀察方次耘馳檄見招(5)，而余適
游武夷，無由進謁。今年冬，奇麗川撫軍陛見(6)，
公在宮門，垂問余甚殷。奇公於路上吟一絕見寄云：
「中侍傳宣遞膳牌(7)，平明待詔立金階。白頭宰相關
心甚，問了黃河問簡齋(8)。」

【箋注】

(1) 阿廣庭：阿桂（1717-1797），字廣庭，號雲崖，章佳氏。滿洲正藍旗人。乾隆三年中舉。曾任兵部主事、戶部郎中、吏部員外郎，官至協辦大學士兼吏部尚書。

(2) 鄧遜齋：鄧時敏，字遜齋，號夢巖。四川廣安望溪鄉姚坪人。雍正十年舉人，乾隆元年進士。入翰林授編修，遷侍講、江南宣諭化導使，累轉侍講學士、通政司副使，官至大理寺正卿。年老後乞休，返鄉卒於家，誥授通奉大夫。（《宣統廣安州新志‧人物志》）

(3) 赧（nǎn）然：慚愧臉紅貌。

(4) 不忝：不辱，不愧。

(5) 方次耘：方受疇，字來青，號次耘（一說字次耘，號來青）。清上元人。方觀承之姪。官至直隸總督。

(6) 奇麗川：奇豐額。見卷一‧五四注(2)。陛見：謂臣下謁見皇帝。

(7) 中侍：指宮中的侍從官。

(8) 簡齋：袁枚。

一

　　余不信孔子刪《詩》之說，而又不料茅鹿門之選八大家(1)，至今奉為定例也。嘗有句云：「詩亡原只存三百，文古何曾止八家？」

【箋注】

(1)茅鹿門：茅坤，字順甫，號鹿門。明湖州府歸安人。嘉靖十七年進士。歷任青陽、丹徒知縣，廣西兵備僉事、大名兵備副使。編《唐宋八大家鈔》。有《白華樓藏稿》、《玉芝山房集》。

二

　　張古香太守之詩(1)，余已摘入《詩話》矣。其子玉階孝廉詩筆清于乃翁(2)。〈花殘〉云：「花殘一樹繫愁思，斷送春光是雨絲。我是主人花是客，縱留他住不多時。」〈過趙北口〉云(3)：「連天春水晚煙浮，一曲紅欄映碧流。絕似江南好風景，跨驢人去又回頭。」

【箋注】

(1)張古香：張照。見卷一・二四注(5)。

(2)張玉階：張應田，字伯耕。清江南婁縣(今上海市松江)人。張照子。乾隆三十三年蔭戶部員外郎，歷湖南衡永郴桂道。玉階，疑為號，待考。

(3)趙北口：即今河北安新縣東趙北口。當西淀東口，為諸淀之水所匯。

三

金陵嚴翰鴻(1)，雖行賈嶺南，而性篤風義(2)。余孤甥汪蘭圃將之肇慶(3)，缺於路資，余托嚴挈之以行，一路彼此倡和。〈晚泊〉云：「酒旗挑出屋簷斜，古木蕭疏掛落霞。吹笛牧童歸競渡，滿頭多插野山花。」

【箋注】

(1)嚴翰鴻：如上。餘未詳。

(2)風義：猶情誼。

(3)汪蘭圃：汪庭萱。見卷一○‧六三注(1)。

四

姚姬傳太史言(1)：國初有懷寧逸老汪梅湖先生(2)，隱居不仕，詩格甚高；而本朝諸採詩者，竟未收錄，殊可惜也！其〈田家雜詠〉云：「戴勝鳴中園(3)，社燕棲故巢。田田壟水白，秧針日以高。即事欣有賴，襟顏舒鬱陶(4)。余其理閒策，步過林塘坳。」「艓子小如葉(5)，沿溪泛藻蘋。繫纜甫植杖，柴門見主賓。主賓匪異人(6)，左右一二鄰。科跣各真率(7)，貌簡情乃親。須臾挈酒榼，肴核亦具陳。共言禾苗好，瞥眼當食新。」「風日美襟度，釣溪理綸竿。芳餌投文漪(8)，修鱗逝駛湍。眾山一色碧，獨鳥孤光寒。夕陽冥水村，新月上林端。暢好詠

而歸，無魚何所嘆？」「寒月挾秋氣，孤燈耿清影。
寥寥天宇曠，迢迢夜漏永。魚罾響轆轤，雞窗啄筶
筶（9）。遙聞犬吠聲，行人楓葉冷。」〈秋懷〉云：
「村靜日當午，雞鳴三兩聲。籬花催野菊，鄰釜熟香
秔。讀史數行淚，看天萬種情。浮雲爾何意，只傍隴
頭生（10）？」〈晚步〉云：「春雨晚來歇，殘陽湖
上峰。人家煙漠漠，田疃水淙淙。小步林塘路，時聞
山寺鐘。幽情屬何許，古道牛羊蹤。」詩境清遠，是
陶、韋家數（11）。又有〈寄周櫟園侍郎〉三首（12），
因櫟園往訪不值故也。想見當時亦名動公卿云。

【箋注】

(1) 姚姬傳：姚鼐。見卷一○・九三注(1)。

(2) 汪梅湖：汪之順（1621-1677），字禹行，號平子。明
末清初安徽懷寧人。順治二年後隱于梅湖。有《梅湖詩
鈔》、《梅湖草堂近詩刪》輯本。

(3) 戴勝：鳥名。狀似雀，頭有冠，五色如方勝（一種首
飾），故稱。

(4) 鬱陶：憂思積聚貌。

(5) 艓（dié）子：小船。

(6) 異人：他人。匪，同非。

(7) 科跣：露著頭，赤著足。

(8) 文漪：多變的波紋。

(9) 雞窗：書齋。筶筶（xǐng）：漁具總稱。亦指貯魚的竹
籠。

(10) 隴頭：隴山。借指邊塞。

(11) 陶韋：晉・陶淵明和唐・韋應物。田園詩具有代表性。

(12)周櫟園：周亮工。見卷三·一四注(1)。

五

人常言：某才高，可惜太狂。余道：非也。從古高才，有過顏子與孔明者乎(1)？然而顏子則有若無，實若虛矣(2)。孔明則勤求啟誨，孜孜不倦矣。曾贈德厚庵云(3)：「不數袁羊與范汪(4)，更從何處放真長(5)？驥雖力好終須德，人果才高斷不狂。」又有人言：某天分高，可惜不讀書；某精明，可惜太刻。余又道：非也。天分果高，必知書中滋味，自然篤嗜。精明者，知其事之徹始徹終，當可而止，必不過於搜求；搜求太苦，必致自累其身。故嘗云：「不讀書，便是低天分；行刻薄，真乃大糊塗。」

【箋注】

(1)顏子：顏回。見卷五·七九注(3)。孔明：諸葛亮，字孔明。三國蜀琅邪陽都人。東漢末避亂隆中，躬耕讀書，自比管仲、樂毅，有「臥龍」之稱。出而為劉備主要謀士，任軍師將軍、丞相。後輔佐劉禪，封武鄉侯。曾東和孫權，南平諸郡，北爭中原。最後病卒于五丈原軍中。

(2)虛：謙虛。

(3)德厚庵：未詳。

(4)袁羊：袁喬，字彥升，一作彥叔，小字羊。東晉陳郡陽夏人。博學有文才。初拜佐著作郎。桓溫引為司馬、江夏相。晉明帝女兒廬陵公主曾說袁羊是「古之遺狂」。

（見《世說新語‧排調》）范汪：字玄平。東晉南陽順陽人。曾任吏部尚書，徐、兗二州刺史。後從桓溫北伐，以失期免為庶人。屏居吳郡，從容講肄，不言枉直。（見《晉書》列傳第四十五）

(5) 真長：《晉書‧卷七十五》：「劉惔，字真長，沛國相人也。」「惔少清遠，有標奇，與母任氏寓居京口，家貧，織芒屩以為養，雖華門陋巷，晏如也。人未之識，惟王導深器之。後稍知名，論者比之袁羊。惔喜，還告其母。其母，聰明婦人也，謂之曰：『此非汝比，勿受之。』又有方之范汪者。惔復喜，母又不聽。及惔年德轉升，論者遂比之荀粲。尚明帝女廬陵公主。」

六

　　唐待士大夫(1)，失之太厚。選官有小選者，凡流外官，兵部禮部舉人，得自主之。又念嶺南、黔中人離長安太遠，遣御史郎官就其近地，設為南選、東選(2)，以選官。是移粟以就民也。見《選舉志》。凡使外國者，許其舉州縣十員，為遠行之費，以便其私，謂之「私覿官」。白居易作學士，自稱家貧，求兼領戶曹(3)，上許之。守杭州時，餘俸太多，存貯庫中，後官亦不便領用，直至黃巢之亂(4)，裁用為兵餉。家居後，郡僚太守，猶為之造橋栽樹：不已過乎？余嘗讀《長慶集》而嘲之曰：「滿口說歸歸不肯(5)，想緣官樂是唐朝。」

【箋注】

(1)士大夫：指官吏或較有聲望、地位的知識份子。

(2)南選：唐高宗時，因桂廣交黔等地，可選任土人為官，但有時所選不當，於是就派郎官御史為選補使，去選取適當人才，稱為南選。東選：唐太宗貞觀元年，因歲旱穀貴，命潼關以東應選者集於洛陽，就近銓選，謂「東選」。

(3)戶曹：地方官府屬曹。

(4)黃巢：唐曹州冤句（今山東曹縣西北）人。乾符二年率衆起義。自稱黃王後，號沖天大將軍，年號王霸，置官屬，衆至十餘萬。轉戰中原及江南、嶺南，渡淮北上，攻克洛陽、長安後，即皇帝位，國號大齊。退出長安後東進，失利，屢敗，不屈自殺。

(5)歸：歸隱或歸居田園。

七

　　士各有志：邴原與鄭康成同里(1)，而不肯師康成。人尤之(2)，原曰：「人有登山而採玉者，有入海而求珠者，各寶其寶，不必同也。」余故有詩云：「丁少微(3)，陳希夷(4)，兩個神仙有是非。蘇子瞻(5)，程伊川(6)，兩賢胸中各不然。可惜不見尼山老(7)，狂狷中行盡和好(8)。」

【箋注】

(1)邴原：字根矩。東漢末北海朱虛人。與管寧俱以操尚稱，孔融為北海相，舉為賢良。後歸依曹操，累遷五官將長史。閉門自守，非公事不出。鄭康成：漢・鄭玄。

見卷一・四六注(24)。

(2)尤：責備。

(3)丁少微：宋道士。亳州真原人。隱華山潼谷，與陳摶齊
　　名。年百餘歲。康強無疾。太宗召赴闕。留數月。遣還
　　山。

(4)陳希夷：陳摶，宋道士。字圖南，號扶搖子。亳州真源
　　人。舉進士不第，遂絕意仕途，隱于武當山、華山。
　　宋太宗太平興國中兩至京師，為帝所重，賜號「希夷先
　　生」。其學說為理學發端。

(5)蘇子瞻：蘇軾。見卷一・二五注(4)。

(6)程伊川：程頤，字正叔。北宋洛陽伊川人。世稱伊川先
　　生。理學家、教育家。歷官汝州團練推官、西京國子監
　　教授。與其胞兄程顥共創「洛學」，為理學奠定基礎。

(7)尼山老：指孔子。尼山，在山東曲阜縣東南，連泗水、
　　鄒縣界。

(8)狂狷中行：《論語・子路》：「子曰：『不得中行而與
　　之，必也狂狷乎！狂者進取，狷者有所不為也。』」　狂
　　狷，指志向高遠的人與拘謹自守的人。中行，行為合乎
　　中庸之道的人。

八

　　偶理舊書，得尹似村斷句云(1)：「有月燈常緩，
多餐睡偶遲。愁添雙鬢雪，怕憶少年時。」蓋是似村
在京師寄詩囑批，余就其五律一首，摘而存之者也。
又摘其〈贖出典裘〉斷句云：「老妻見故衣，開箱色
先喜。姬人持熱升，殷勤熨袖底。無奈縐痕深，熨之
不肯起。」獨寫性靈，清妙乃爾。嗚呼！似村為尹文

端公第六子(2)，祖、父宰相，兄、弟皆侍郎、尚書，而似村自號「殿試秀才」，不就官職，賦詩種竹，以林泉終。豈非漢之張長公一流人乎(3)？「殿試秀才」者，以丁卯科試，諸生鬧場，上惡之，親自監試，似村獨蒙欽取故也。熨斗名「熱升」，見《庶物異名疏》(4)。

【箋注】

(1) 尹似村：慶蘭。見卷二‧三七注(1)。

(2) 尹文端：尹繼善。見卷一‧一〇注(3)。

(3) 張長公：張摯，字長公。西漢南陽堵陽人。張釋之子。官至大夫，免。以不能取容於當世，終身不仕。

(4) 庶物異名疏：明‧陳懋仁撰。匯輯物名之異者，為之箋疏。

九

閩中楊鏡村太守(1)，歷任三吳，判獄如神，人亦風流儒雅。中年得狂易之疾(2)。余常鬱鬱，閔天道之無知(3)。今秋，其子學基以詩來(4)，風格雋永：方信善人之有後也。〈吳門雜詠〉云：「岩桂香飄艷素秋，石湖風靜水悠悠。洞簫吹出山頭月，兩岸輕煙半未收。」「廻塘夜火刺船行(5)，銀燭高燒水榭明(6)。兩岸採菱歌不絕，木蘭舟上又吹笙。」「行春橋畔水雲涼，萬頃琉璃映夕陽。霧縠衫輕紈扇薄(7)，捲簾低喚賣花郎。」見贈云：「獨佔詞壇五十秋，坡

仙老去尚風流（8）。滄桑幾見歸來鶴，花柳常停不繫舟。到處逢迎多士女（9），半生疏懶薄公侯（10）。天教享盡才人福，飽看溪山至白頭。」

【箋注】

（1）楊鏡村：楊燦，字鏡村，號質亭。福建邵武人。乾隆二十一年舉人。初權江南上元縣。遷常州、蘇州知府。

（2）狂易：精神失常。

（3）閔：憂慮。

（4）楊學基：福建邵武人。候選布政司理問。以弟兆璜貤贈朝議大夫、廣平知府。

（5）刺船：撐船。

（6）水榭：建築在水邊或水上，供人們遊憩眺望的亭閣。

（7）霧縠（hú）：薄霧般的輕紗。

（8）坡仙：宋・蘇軾號東坡居士，文才蓋世，仰慕者稱之為「坡仙」。此比袁枚。

（9）士女：青年男女才俊。

（10）公侯：泛指有爵位的貴族和官高位顯的人。

諸升之文思繁富（1），三赴北闈（2），不售（3）。高翰起司馬贈以詩云（4）：「中原非爾力，患或在才多。」諸旋中庚辰榜眼。辛亥十月，胡少司馬希呂督學金陵（5），為予誦之。諸名重光。

【箋注】

(1)諸升之：諸重光，字申之，號桐嶼。浙江餘姚人。乾隆
二十五年庚辰一甲二名進士（榜眼）。授編修。官至辰
州知府。有《二如亭詩集》。

(2)北闈：明清科舉制對順天（今北京市）鄉試的通稱。

(3)不售：指考試不中。

(4)高翰起：高瀛洲。見卷五・二一注(1)。

(5)胡希呂：胡高望，字希呂，號崑圃，又號豫堂。浙江仁
和人。乾隆二十六年一甲二名進士。授編修。官至都察
院左都御史。諡文恪。

一一

　　杭州多閨秀，有張夫人者，美而賢。郎主喜狎
邪，張不能禁，而慮其染惡疾也，規以詩云：「此去
湖山汗漫遊(1)，紅橋白社更青樓(2)。攀花折柳尋常
事(3)，只管風流莫下流。」

【箋注】

(1)汗漫：形容漫遊之遠。

(2)紅橋白社：紅橋，橋名。在江蘇省揚州市。白社，地
名。在河南省洛陽市東。此泛指各地。青樓：指妓院。

(3)攀花折柳：喻狎妓。

一二

有某公課士(1)，以〈賦得「蜻蜓立釣絲」〉限「蜻」字、七排四十韻(2)。人以為難。余笑曰：「此之謂鼠穴尋羊，蜂窠唱戲；非以詩學教人之道也。若以多為貴，則豈不知徐樂傳名(3)，一書已足；阮咸作掾，三語猶多乎(4)？」

【箋注】

(1)課士：考核士子的學業。

(2)七排：七言排律。

(3)徐樂：西漢右北平無終人。辨知達理，善為文辭。漢武帝時，與嚴安、主父偃俱上書言世務。帝召見，拜郎中。

(4)阮咸：見卷一四・八○注(4)。《晉書・阮瞻傳》載，阮瞻見王戎，「戎問曰：『聖人貴名教，老莊明自然，其旨同異？』瞻曰：『將無同。』戎咨嗟良久，即命辟之。時人謂之『三語掾』。」掾，即掾吏，指幕府官，官府中佐助官吏的通稱。史書上多認為「三語掾」出自阮瞻，即阮咸之子。

一三

浦柳愚山長云(1)：「詩生於心，而成於手；然以心運手則可，以手代心則不可。今之描詩者，東拉西扯，左支右吾，都從故紙堆來，不從性情流出：是以手代心也。」吳西林處士云(2)：「詩以意為主人，

以詞為奴婢。若意少詞多，便是主弱奴強，呼喚不動矣。」二說皆妙。

【箋注】

(1)浦柳愚：浦銑。見卷一〇・六七注(3)。

(2)吳西林：吳穎芳。見卷五・五七注(1)。

一四

金陵莊秀才元燮(1)，弱不勝衣，少年旖旎(2)。作〈無題〉云：「鬢雲撩亂不曾梳，先向池邊飼碧魚。露滴翠荷擎不定，戲分小妹當珍珠(3)。」可謂詩如其人。

【箋注】

(1)莊元燮：字穆堂。清江蘇江寧人。庠生。工詩。

(2)旖旎：溫存柔美。

(3)分：分給。

一五

李香林尚書愛才如命(1)。督南河時，詩弟子陳熙從州倅薦用至銅沛同知(2)。而公移督河東矣，猶書扇寄之，云：「握手河梁別緒縈(3)，忍驚月珣已頻更(4)。語憑尺素書難盡(5)，意似層波去又生。風

靜珠湖應有夢(6)，雲橫岱岳總關情(7)。水窗此夕君
何處(8)？重展鸞箋對短檠(9)。」又，尚書在蘭陽行
館，〈題竹〉云：「干霄修竹自漪漪，十載相違每繫
思。笑我塵勞鬖鬖改，羨君青翠尚如斯。」亦復有纏
綿之旨。昔人云：「不俗即仙骨，多情乃佛心。」其
公之謂歟！

【箋注】

(1)李香林：李奉翰。見卷二·三五注(1)。

(2)陳熙：見卷一·五注(2)。州倅：知州的輔佐官。同知：
　　府、州以及鹽運使的副職。

(3)河梁：橋梁。借指送別之地。

(4)月琯：古代用來預測節氣變化的玉管。《晉書·律曆志
　　上》：「黃帝作律，以玉為管，長尺，六孔，為十二月
　　音。」

(5)尺素：小幅的絹帛。古人多用以寫信或文章。

(6)珠湖：在江西高郵境內，亦稱高郵湖。

(7)岱岳：指山東泰山。

(8)水窗：臨水的窗戶。

(9)鸞箋：小幅彩色紙張。常供題詠或書信之用。短檠：小
　　燈。

一六

　　涇縣，古宣州所屬，故多詩人，梅宛陵之後(1)，
本朝愚山先生(2)，其最著者也。近日涇邑孝廉趙元

一帥與其弟琴士(3)，俱工吟詠。丁未秋，在丹徒廣文署中(4)，以詩集見示，余為加墨而去，今五年矣。今冬寄《偉堂詩鈔》來，凡余所甲乙者、商榷者，無不降心相從，虛懷若谷，宜其造詣之進而彌上也。錄其〈宿焦山寺〉云：「海國秋初到，山堂氣更清。林昏星有影，江定夜無聲。設席臨嘉樹，論詩對短檠。依然留臥榻，一枕百蟲鳴。」〈焦山頂觀月出〉云：「為看月上海門東，洞口盤紆石磴崇。行到雙峰多竹樹，不知身在大江中。」〈青山晚泊〉云：「倒捲長江白浪飛，幽巖鐘磬靜禪扉。秋風極浦雁初下(5)，暮雨空山僧未歸。漢上估檣千樹密(6)，洲前漁火一星微。明朝更約齊安過(7)，載酒題詩赤壁磯(8)。」他如：「夕陽低野樹，秋水斷河橋。」「秋深海國梧桐老，夜靜關山鼓角清。」俱不愧唐人音節。

【箋注】

(1)梅宛陵：宋‧梅堯臣。宣州宣城（今屬安徽）人，因宣城古名宛陵，故世稱梅宛陵。見卷四‧一七注(2)。

(2)愚山先生：施閏章。見卷二‧七八注(2)。

(3)趙元一：趙帥，字元一，號偉堂。安徽涇縣人。乾隆三十年舉人。官安肅知縣。工詩，為袁枚弟子。有《偉堂詩鈔》。趙琴士：趙紹祖，字繩伯，號琴士。安徽涇縣人。廩生。道光元年舉孝廉方正。主講池州秀山、太平翠螺兩書院。有《通鑑注商》、《新舊唐書互證》、《琴士詩文鈔》等。

(4)廣文：儒學教官。

(5)極浦：遙遠的水濱。

（6）估檣：指商船。

（7）齊安：郡名。治所在黃岡縣（今湖北新洲縣）。

（8）赤壁磯：在黃岡縣城漢川門外，屹立江干，截然如壁，山石盡成紅色。

一七

　　蔡侍郎觀瀾守江寧時（1），私宰之禁甚嚴。余不以為然。一日，余在府署，蔡公坐堂收呈，有回民之黠者（2），具呈請釋牛犯（3）。其狀首云：「為恩足以及禽獸，而功不至於百姓事。」蔡遣家人謂余曰：「君原勸我貴人賤畜，今果惹回民之嗔。然其狀詞，文理甚佳，須君替我強詞奪理。」余書五絕於紙尾云：「太守非牛愛，心原愛老農。耕牛耕滿野，百姓豈無功？」黠回無詞而退。太守牛禁，亦因之稍寬。

【箋注】

（1）蔡觀瀾：字瞻亭。清福建漳浦人。禮部侍郎蔡世遠第三子。欽賜舉人。歷江西道御史、刑部員外郎。按：此處似有誤。據文意應為蔡長澐，字巨源，號克齋。清福建漳浦人。禮部侍郎蔡世遠次子。廩生。以優行薦授江南太倉知州、江寧知府，陞至兵部侍郎。

（2）黠：聰慧。

（3）牛犯：私宰耕牛的犯人。

一八

　　余宰江寧時，門下士談毓奇為刻《雙柳軒詩文集》二冊(1)。罷官後，悔其少作(2)，將板焚毀。後《小倉山房集》中，僅存十分之三。辛丑清明，遊雨花臺，謁方正學祠(3)，夜夢有古衣冠者，揖余而言曰：「子詩人也，〈懷古〉有：『燕王北下金川日(4)，行到《周官》第幾章？』此詩刪之可也。又有句云：『江山忽見開燕闕(5)，風雨原難對孝陵(6)。』此二句甚佳，如何可刪？」余唯唯。其人言畢，有儀從呼唱而去。余次日語人。或曰：「此莫非正學先生乎？」

　　人有訾余《詩話》收取太濫者。余告之曰：「余嘗受教于方正學先生矣。嘗見先生手書〈贈俞子嚴溪喻〉一篇云：『學者之病，最忌自高與自狹。自高者，如峭壁巍然，時雨過之，須臾溜散，不能分潤。自狹者，如甕盎受水，容擔容斗，過其量則溢矣。善學者，其如海乎！旱九年而不枯，受八州水而不滿。無他，善為之下而已矣。』書法《爭坐位》(7)，筆力蒼堅。余道：先生精忠貫日，身騎箕尾(8)，何妨高以自待，狹以拒人哉？然而以此二字，諄諄示戒，則其平日之虛懷樂善可知。余與先生，無能為役；然自少至老，恰惡此二字，竟與先生有暗合者。然則《詩話》之作，集思廣益，顯微闡幽，寧濫毋遺：不亦可乎？」

【箋注】

(1) 談毓奇：談羽儀。見卷五・六八注(1)。

(2) 少作：年輕時的作品。

(3) 方正學：方孝孺，字希直，一字希古。明浙江寧海人。洪武時召至京，任漢中府教授。蜀獻王聞其賢，聘為世子師，名其屋為「正學」，因稱正學先生。建文帝時，召為侍講學士。燕王朱棣起兵入南京，自稱效法周公輔成王，召使起草詔書。孝孺怒問「成王安在？」並擲筆於地，堅不奉命。遂被殺害。祠在浙江省寧海縣城西南躍龍山上。

(4) 金川：金川門位於南京城北，因金川河由此出城，故名。明惠帝四年六月，燕王朱棣兵犯金川門，谷王橞及李景隆叛，開門納燕兵，都城遂陷。

(5) 燕闕：燕京。此指燕王朱棣封地。

(6) 孝陵：明太祖陵，在今南京市東北鍾山南面。

(7) 爭坐位：唐・顏真卿書法。此指方孝孺手書效法此帖。

(8) 騎箕尾：此指青雲直上。箕尾，二星名。

一九

　　近學郊、島詩者最少(1)；獨蔣亭給諫(2)，於無意中往往似之。〈秋蟲〉云：「直使孤燈死，常催白髮生。」又：「瘦篁腰刻字(3)，古樹腹藏人。」「風多螢貼樹，月出鷺巡堤。」皆孟、賈集中佳句。〈在閘河水淺〉云：「不勞畫地還成獄，且喜窺天尚有窗。」何其苦也！〈及渡江得順風〉云：「大江東去月西走，獨客南歸風北來。」又何其樂也！詩人善體

物情，往往如是。

【箋注】

(1)郊島：唐・孟郊（見卷三・六五注(3)）、賈島（見卷
　　九・九四注(2)）。

(2)菑亭：王友亮。見卷六・六六注(3)。

(3)瘦篁：瘦竹。

二〇

　　余性通脫(1)，遇繁禮飾貌之人(2)，輒以為苦。
嘗詠〈桐花〉云：「桐花恰也清香甚，瑣碎無人肯耐
看。」

【箋注】

(1)通脫：通達灑脫。

(2)繁禮飾貌：禮節繁雜，外貌過分修飾。

二一

　　程蓴江晚甘園(1)，屋甚少，而春間遊女甚多。主
人請余作對聯，余提筆云：「好花美女有來時(2)；明
月清風沒逃處。」主人喜其貼切。

【箋注】

(1)程蓴江：程茂，字蓴江。清淮安安東籍，世居山陽。附
　　貢生。在淮安珠湖曲江樓之南建晚甘園，四面環水，樓
　　臺山石花木皆為一時之勝。有《吟暉樓遺文》、《晚甘
　　園詩》、《曲江樓制藝》。

(2)好花：嘉慶本作「時花」，據民國本改。

二二

　　香亭以余年衰(1)，勸勿遠出遊山。余書六言絕句
與之云：「看書多擷一部(2)，遊山多走幾步。倘非廣
見博聞，總覺光陰虛度。」

【箋注】

(1)香亭：袁樹。見卷一‧五注(3)。

(2)擷（xié）：摘取。

二三

　　新陽明府王春溪向余云(1)：「歲丁酉，課徒山
中(2)，夏日偶以陶詩『中夏貯清陰』命題(3)。有
族弟名如山者，結句云：『夜深微雨過，積翠滴成
音。』余賞其作意，而嫌有鬼氣。不逾月，病卒。因
哭之曰：『難忘翠滴成音句，是我尋簹腹痛時。』益
嘆詩讖之說(4)，非漫然也。」余因記壬申入都，遇

雪途中，有句云：「僕夫與主人，麻衣無短長。」後
五月而丁先君憂(5)。己酉秋，余與金姬同患病(6)，
先一月得句云：「好夢醒難尋枕上，落花扶不上枝
頭。」已而自嫌不祥。劉霞裳曰(7)：「先生非花也，
其應在金夫人乎？」已而果然。

【箋注】

(1) 王春溪：見補遺卷三・七注(1)。

(2) 課徒：教育學生。

(3) 中夏：指農曆五月。後亦指盛夏。所引此句見陶淵明
〈和郭主簿詩二首〉。

(4) 詩讖：謂作詩無意中應驗。

(5) 丁先君憂：遭逢父親喪事。

(6) 金姬：袁枚夫人。蘇州人。與袁枚相依約三十年。

(7) 劉霞裳：袁枚弟子。見卷二・三三注(2)。

二四

　　金陵吳思忠字孝侯(1)，善畫工詩，受知于錢南浦
觀察(2)。〈宿別峰庵〉云：「別峰庵結焦山西，庵外
諸峰無與齊。雙眼攝盡大江色，入門頓覺青天低。月
光欲上水氣白，送閫門酒傾玻璃(3)。不辭酩酊歡清
夜，好與檻前松鶴棲。」〈檢黃鹿岩遺稿〉云：「愴
無兒祭荒涼墓，幸有人抄失散詩。」又，〈偶興〉
云：「床頭剩有宣和紙(4)，寫我當時看過山。」

【箋注】

(1)吳思忠：字靖陳，一字葢臣，號孝侯。清江蘇江寧人。貢生。居金陵閘白塔巷。羅洰畫弟子。工書善畫，詩筆雄奇。卒年八十餘。有《青溪草堂詩集》。

(2)錢南浦：錢九府，字相書，號南浦。河南密縣人。乾隆三十三年舉人。欽賜國子監學錄。善畫竹，以詩名。有《南浦集》。

(3)送鬮（jiū）：拈鬮。任取事先做好記號的紙片或紙團，以決定得什麼或做什麼。

(4)宣和：宋徽宗趙佶年號。

二五

　　尹文端公公子大半徂謝（1），去年尹太夫人亡百日，而十二公子又亡。五郎晴村作青州都統（2），〈哭弟〉云：「吾家駿足望騰驤（3），底事青年竟夭亡？百日從親歸地府（4），九原先我侍高堂。枯荊每見花枝折（5），倦鳥何堪羽翼傷！才隔一程成永別，余出京之次日。阿兄能不淚千行？」可謂情文雙至。文端公在九泉，亦必嘆賞。

【箋注】

(1)尹文端：尹繼善。見卷一・一○注（3）。徂謝：死亡。

(2)晴村：慶霖。見卷四・五八注（1）。

(3)駿足：喻賢才。騰驤（xiāng）：奔騰。

(4)地府：迷信說法，人世之外，另有世界，設有百官，專管鬼魂，稱為地府。又稱陰間。

(5) 荊：荊枝。喻兄弟骨肉同氣連枝。南朝梁‧吳均《續齊諧記》：京兆田真兄弟三人共議平均分財，惟堂前一株紫荊樹，議斫分為三，其樹遂枯。明日田真見之大驚，悲不自勝，不復解樹，樹應聲榮茂。兄弟相感，家和財旺。

二六

何春巢向余云(1)：「沙竹嶼(2)，如皋寒士，性孤傲不群，應試不售，遂棄書遠遊，足跡遍天下。其所推重者，惟先生一人。」誦其〈秋齋〉云：「小庭人寂猗蘭開(3)，獨對幽香一舉杯。薄暮閒雲不成雨，冷風吹月上簾來。」〈山居〉云：「飯罷鐘聲已斷煙，偶來閒倚寺門前。夕陽暝色行人絕，空見群峰亂插天。」又，〈讀《隨園詩話》〉云：「瓣香好下隨園拜(4)，安得黃金鑄此人(5)？」

【箋注】

(1) 何春巢：何承燕。見卷一一‧二六注(1)。

(2) 沙竹嶼：如上。餘未詳。

(3) 猗蘭：茂美的蘭草。亦喻情操高潔之士。

(4) 瓣香：喻崇敬的心意。

(5)「安得」句：唐‧詩人貫休〈古意六首〉之四：「幾擬以黃金，鑄作鍾子期。」金‧元好問〈論詩絕句〉云：「論功若準平吳例，合著黃金鑄子昂。」

二七

余老矣，最喜人說少年舊事。何蘭庭句云(1)：「回思慈母悲今日，最愛山僧說幼時。」為之擊節(2)。何又有〈江樓看雨〉云：「狂風驟雨逼蕭晨(3)，萬里煙波失遠津。穩坐西窗憑几望，幾多浪裏着忙人？」詩外有詩，深得風人之旨(4)。〈游理安寺〉云：「不信客從山外入，恰疑僧在樹頭歸。」亦真境也。蘭庭幼時，其父西舫許我為婿，後以路遙不果，惜哉！

【箋注】

(1)何蘭庭：見補遺卷三‧三四注(7)。

(2)擊節：形容十分讚賞。

(3)蕭晨：淒清的秋晨。

(4)風人：即詩人。

二八

熊澹仙女子(1)，不止能詩，詞賦俱佳。以所天非解事者(2)，故詠〈螢火〉云：「水面光初亂，風前影更輕。背燈兼背月，原不向人明。」作〈廣怨賦〉云：「文采遭傷，久矣人皆欲殺；蛾眉致妒，何能我見猶憐？」〈聞笛賦〉云：「三更不寐，遙知思婦情深；十指俱寒，想見高樓獨倚(3)。」

【箋注】

(1)熊澹仙：熊璉。見補遺卷三・三五文及注(4)。

(2)所天：舊稱所依靠的人。此指丈夫。

(3)高樓獨倚：唐・趙嘏〈長安秋望〉：「長笛一聲人倚樓」。

二九

《周易》曰：「同聲相應，同氣相求。」《毛詩》曰：「求其友聲。」杜少陵曰：「文章有神交有道。」皆不期其然而然者也。故余嘗謂文字之交，比骨肉妻孥猶為真摯，非雲泥所能判(1)，關山所能隔者。如惠制府瑤圃、法學士時帆諸公(2)，都已載入《詩話》。近又得何水部道生、劉舍人錫五二賢焉(3)，抱英絕之才，而獨惓惓於隨園(4)，各贈長律數首，以篇幅稍長，故另刻《續同人集》中。而其所心醉之句，有不忍不標而出之者。如劉云：「閒來志怪都根理，語必驚人總近情。」余道第二句，直指心源(5)，包括小倉山六十四卷《全集》，較勝他人作序萬語千言矣。何云：「願署隨園詩弟子，此生端不羨封侯。」矜寵一至於斯，使我顏汗！擬作〈山右二賢歌〉以美之；而年衰才盡，未敢落筆也。

【箋注】

(1)雲泥：雲在天，泥在地。比喻兩物相去甚遠，差異很大。

(2)惠瑤圃：惠齡。見卷一一・五注(5)。法時帆：法式善。
　　見卷一一・一五注(7)。

(3)何道生（1766-1806）：字立之，一字蘭士。山西靈石
　　人。乾隆五十二年進士。歷工部主事、員外郎、郎中、
　　御史、九江知府、寧夏知府。有《雙藤書屋詩集》。劉
　　錫五：字受茲，又字澄齋。山西介休人。乾隆四十六年
　　進士。改庶吉士，授編修。歷官武昌知府。有《隨俟書
　　屋詩集》。

(4)惓惓（quán）：念念不忘。

(5)心源：猶心性。佛教視心為萬法之源，故稱。

　　余行路喜水而惡陸，聞明日站遠，則夜眠不安。
偶見楊次也先生有句云(1)：「車平終日臥，路遠隔
宵愁。」可謂先得我心。昔人〈罵蚊〉云：「滿腹經
營飽膏血，可知通夜不眠人？」又：「山在鄰家樹上
青。」皆能道人意中事。

【箋注】
(1)楊次也：楊守知。見卷一・一一注(2)。

三一

　　吳江朱坤隱於市廛(1)，有詩，號《琴思集》。
中可採者，如〈哭弟〉詩一絕云：「尋飴索哺淚雙

流(2)，隨少隨多與即休。剩有半盤梨栗在，可憐攜去祭墳頭。」〈旅中送春〉云：「旅人從此賦歸兮，落絮飛花襯馬蹄。鶯到今朝聲不惜，垂楊陰裏盡情啼。」五言絕云：「極憐春意好，隨月入花陰。上有雙棲蜨(3)，行來亦小心。」又：「花霧着人微似濕，柳風吹面不生寒。」皆可誦也。

【箋注】

(1)朱坤：字載平。清吳江人。家貧，教授不足自給，賣字以補家用。有《琴思集》。市廛：指店鋪集中的市區。

(2)飴（yí）：飴糖或甘美的食品。

(3)蜨（dié）：同「蝶」。

三二

仁和俞作梅(1)，號天羹，有〈潮州竹枝詞〉云：「榕樹如郎姜女蘿，朝朝牽掛在枝柯。根鬚着處成連理，只是怪他頭腦多。」又，〈即事〉一絕云：「笏竹園林朱槿笆，銀環穿耳小蠻娃(2)。見人躲入牆陰去，觸墮簪頭金鳳花。」

【箋注】

(1)俞作梅：字天羹。清浙江仁和人。諸生。有《筧東草廬吟稿》。

(2)笏（lè）竹：一種有刺而堅硬的竹。俗稱刺竹。也稱勒竹。蠻娃：稱我國南方少數民族的女娃。

三三

吳江女史汪玉軫(1)，有詩才，〈偶成〉云：「夜靜更闌猶未眠，薰爐香燼不生煙。且推窗看中庭月，影過東牆第幾磚？」「風飄柳絮雨飄花，多少新愁上碧紗。借問過牆雙蛺蝶，春光今在阿誰家？」

【箋注】

(1)女史：對知識婦女的美稱。汪玉軫：字宜秋，號小院主人。清江蘇吳江人。陳昌言室。工詩善畫。丈夫貧窮外出，乃獨自操持家務，賣文為生，撫養五兒。有《宜秋小院詩詞鈔》。

三四

王葑亭〈夜行〉云(1)：「殘星雞口落，初日馬頭高。」鄭德基〈夜行〉云(2)：「蝶夢來驢背，雞聲隔隴頭。」

【箋注】

(1)王葑亭：王友亮。見卷六・六六注(3)。
(2)鄭德基：見下一則詩話。

三五

詩家紅袖多，青衣少(1)。然鮑亨、殷冑作楊素家奴(2)，未嘗非名士。白下有鄭德基者(3)，穆太守僕

也。〈梅雨〉云:「窗前一夜聽梅雨,曉看堂前生碧苔。正惜滿城花落盡,偏教殘蕊燕銜來。」〈馬嵬〉云(4):「馬嵬坡下草萋萋,過客停車望欲迷。知是太真身死處,馬蹄何忍踏香泥?」〈朝天寺〉云:「朝天山下川流急,短艇孤篷趁順風。絕頂不知還有寺,白雲深處一聲鐘。」〈上元無月〉云:「星橋火樹滿街紅,微雨疎風過碧空。想是嫦娥開夜宴,雲簾深鎖廣寒宮。」〈除夕〉云:「今夜不眠非守歲,防他有夢到家鄉。」〈棧道〉云:「馬盤絕頂青霄近,人到中天萬壑低。」「澗水勢催群石走,浮雲如擁亂山行。」〈與友黃鶴樓分袂〉云(5):「我如黃鶴去,君似白雲留。」〈贈隱者〉云:「讀書豈必皆觀國,學佛何須定出家?」

【箋注】

(1)青衣:此指地位低下的男子。

(2)鮑亨、殷冑:隋代人。《隋書‧楊素傳》:「時素貴寵日隆⋯⋯家僮數千,後庭妓妾曳綺羅者以千數。第宅華侈,制擬宮禁。有鮑亨者,善屬文,殷冑者,工草隸,並江南士人,因高智慧沒為家奴。」楊素:字處道。隋弘農華陰人。以功高封越國公,掌朝政。多權略智詐。參與楊廣奪宗陰謀。煬帝立,拜太子太師,封楚國公。

(3)白下:古地名。在今南京市西北。

(4)馬嵬:在陝西省興平縣。唐安史之亂,玄宗奔蜀,在馬嵬驛被迫賜楊貴妃(太真)死,葬於馬嵬坡。

(5)分袂:離別。

三六

　　從來閨秀及方外詩之佳者(1)，最易流傳。余編
《隨園詩話》，閨秀多而方外少，心頗缺然。方坳塘
觀察過訪山中(2)，談及禪僧智朗(3)，號漁陸，上
元人，性至孝，母歿出家，住持理安。〈歸省母墓〉
云：「風木驚心二十年，偷生只為學金仙。誰知杖錫
歸來日(4)，荒草叢中化紙錢。」「蓬鬢荊釵苧布裙，
夕陽影裏淚紛紛。趨前欲訊重泉恨，吹過西風一片
雲。」〈改葬〉云：「別後匆匆掩一棺，多年淺土忍
重看？故衣斷線痕猶在，靜樹搖風骨已寒。西崦可憐
通夜夢(5)，南陔空說潔晨餐(6)。慈恩欲報終難報，
徙向平原意少安。」又，泰州光寺僧西林有句云(7)：
「黃花野徑僧歸寺，紅樹村莊人倚樓。」亦有畫意。

【箋注】

(1) 方外：世俗之外。此指僧道。

(2) 方坳塘：方昂。見補遺卷二・一五注(1)。

(3) 智朗：號漁陸。清江蘇上元（今南京）人。住持理安
　　寺。

(4) 杖錫：拄著錫杖。謂僧人出行。

(5) 西崦：指崦嵫山。傳說中的日落處。

(6) 南陔：《詩・小雅》篇名。六笙詩之一，有目無詩。
　　《詩・小雅・南陔序》：「〈南陔〉，孝子相戒以養
　　也。」後用為奉養和孝敬雙親的典實。

(7) 僧西林：圓能（1740-1803），字西林，一字墨庵，晚號
　　香雨道人。清興化（今屬江蘇）張氏。年十七至泰州，

依光孝炳一師。後為總持。年六十，退居興化瓢庵。善書法，工畫蘭竹。有《香雨樓詩鈔》。

三七

　　吾鄉金秀才霖(1)，眼旁青色，自號青眼山人，幕游金陵，執贄隨園(2)，搨漢印百方而去。詩古峭可喜。〈西塞山〉云(3)：「志和揮手去(4)，冷落少微星(5)。蓑笠高風遠，魚龍夜氣腥。江雲走虛白(6)，石壁斷空青(7)。獨有金湖月，年年照翠屏。」〈江浪餘生歌贈萬別駕〉云(8)：「海莊別駕量如海，生死關頭氣不改。飆風促浪高百尺，別駕氣穩如鼎鼐(9)。風狂浪急船不支，舵工水師無所為。排風挾浪未頃刻，磅礴一聲桅下垂。從人狂叫齊涕泣，船尾向天如壁立。別駕遲徊步慢移，顧謂諸君莫惶急。以手指浪浪即摧，江上風迴水倒開。斯須江水幾及膝，艇子怳從天上來。嗟哉海莊性篤厚，先喚從人上岸走。筍輿無恙亦相隨，有如嫂溺能援手(10)。回眸獨剩檣梢動，片舫低昂浪輕送。歸來歌嘯月滿樓，蛟龍影滅秋江空。」他如〈郊外〉云：「宿雲平接地，新漲遠浮天。」〈畫鷹〉云：「風邊秋影靜，堂下鳥聲空。」〈夜坐〉云：「花影一庭蟲四壁，江聲千里月三更。」〈春冷〉云：「鳥聲著意試空谷，雲影有心低漢江。」皆妙。

【箋注】

(1)金霖：號青眼山人。清浙江錢塘人。諸生。

(2)執贄：古代禮制，謁見人時攜禮物相贈。執，持；贄，所攜禮品。

(3)西塞山：在浙江省湖州市西。唐・張志和垂釣處。

(4)志和：張志和。見補遺卷一・二二注(3)。其《漁父》詞云「西塞山前白鷺飛」。

(5)少微星：喻指處士，即有才德而隱居不仕的人。

(6)虛白：虛空潔白。

(7)空青：指青色的天空。

(8)萬別駕：名海莊。別駕，此為府通判的別稱。餘未詳。

(9)鼎鬲：鼎和鬲。古代兩種烹飪器具。

(10)嫂溺：《孟子・離婁上》：「嫂溺不援，是豺狼也。男女授受不親，禮也；嫂溺，援之以手者，權也。」溺：沉于水，水淹。

三八

番人最重銅鼓(1)，即剝蝕而聲碰碰者，可易牛千頭。相傳為諸葛亮征蠻所鑄，不知《後漢書・馬援傳》已載之矣。余丙辰至粵，金中丞得鼓二面(2)，命余作賦，大加稱賞，即命刻廣西志書中。甲辰歲，余重游桂林，閱省志藝文一門，國朝首載此賦。且驚且感，題一絕云：「五十年前〈銅鼓賦〉，自家披覽自家憐。不圖灘水《崇文目》(3)，竟冠熙朝第一篇(4)。」

【箋注】

(1) 番人：指少數民族。

(2) 金中丞：金鉷。見卷一‧九注(2)。

(3) 崇文目：即《崇文總目》，是宋代第一部有解題的官修藏書目錄，也是我國現存最早的一部國家藏書目錄。

(4) 熙朝：興盛的朝代。此指清朝。

三九

劉掞字文白(1)，湖北沔陽州人。少穎悟，過目成誦。比長，剛正不阿。能驅鬼怪，有某氏女為怪所迷，自稱丁相公。劉訪知是野廟木偶，執而柳之，怪遂絕。詩亦清老。錄其〈新堤〉云：「鼓枻晨光裏(2)，灣環一港通。林鳩猶喚雨，檣燕欲凌風(3)。帆影江煙外，人家水氣中。誰憐穠李樹(4)，如雪吐晴空。」他如：〈過白湖〉云：「微波不動處，新月自然生。」〈詠月〉云：「宿樹鴉聲定，侵窗花影移。」俱妙。

【箋注】

(1) 劉掞（yàn）：字文白，號蟄庵。湖北沔陽州（治今湖北仙桃市西南沔城）人。乾隆三十年拔貢第一。和珅欲令出門下，劉掞遂拂袖歸。掌聚奎書院，成就甚衆。有《春秋蒙求》、《禮記存疑》、《玩草園詩集》等。（光緒二十年《沔陽州志‧儒林》）

(2) 鼓枻（yì）：劃槳。謂泛舟。

(3) 檣燕：船桅杆間飛翔的燕子。

(4)穠李：華美的李花。

四〇

　　余今歲約女弟子駱綺蘭同遊西湖(1)。余須看過梅花方出行，而綺蘭約女伴先往；及余到湖樓，則已先一日歸矣。見壁上題詩，詠〈秋燈〉云：「獨坐影為伴，閒窗對短檠(2)。照人雖冷淡，觀我自分明。焰小知風急，光寒避月盈。欲挑還住手，無語聽殘更。」〈秋扇〉云：「暑消新雨後，人困晚涼天。」余愛其清妙，即手錄以歸。

【箋注】

(1)駱綺蘭：見補遺卷三・三六注(2)。

(2)短檠：小燈。

四一

　　方藕堂維翰與程魚門因詩交好(1)，遂結婚姻。後藕堂補官杭州，年四十無子。其夫人為置一妾，而藕堂于役吳興(2)，竟未知也。歸後驚喜，賦詩謝內云(3)：「中年華髮漸成絲，羞對紅妝入繡帷。冀我免為今伯道(4)，知君曾讀古〈螽斯〉(5)。剛逢燈月交輝夜，乍見衾裯與抱時(6)。良願早符燕姞夢(7)，春蘭花發正盈墀(8)。」又，〈芍藥〉云：「豐臺十里春

如夢，風軟沙平感舊遊。悔自南來消息斷，一年春盡一回頭。」

【箋注】

(1) 方藕堂：方維翰，字藕堂，一字南屏，號種園、藕船主人。清順天大興（今北京）人。官浙江石門知縣。書畫詩章均佳。程魚門：程晉芳。見卷一・五注(1)。

(2) 于役：行役。謂因兵役、勞役或公務奔走在外。

(3) 內：稱妻。

(4) 伯道：晉・鄧攸。見卷九・一六注(2)。

(5) 螽斯：《詩經》篇名。《詩・周南・螽斯序》：「螽斯，后妃子孫眾多也，言若螽斯不妬忌，則子孫眾多也。」後用為多子之典實。

(6) 衾裯：被褥床帳。借指侍奉寢臥等事的婢妾。

(7) 燕姞：春秋時鄭文公妾。嘗夢天使賜蘭，後生穆公，名之曰蘭。詳《左傳・宣公三年》。後用以泛指姬妾。

(8) 盈墀：滿階。

四二

武臣能文，皆太平盛事。「公侯干城」(1)，見於〈周南〉；「卻縠悅禮樂而敦《詩》、《書》(2)」，見於《左傳》。余游貴池齊山，見壁上鐫岳武穆詩云(3)：「年來塵土滿征衣，偶得閒吟上翠微。好水好山看不盡，馬蹄催趁月明歸。」想見名臣落筆，自然超妙，不止曹景宗之能諧「競病」也(4)。近余又得

二人焉：鎮江都統陽公儉齊_{春保}(5)，〈登北固山用唐
人孫魴韻〉云：「古屋倚蒼冥，岧嶢聳地形(6)。波
連湘浦闊(7)，山抱潤城青(8)。遠樹迷江驛，寒煙淡
晚汀。故人不可見，嵐翠滿空庭。」〈詠敝裘〉云：
「自是一腔春意滿，故教兩袖盡開花。」可稱趣絕。
松江提督陳公樹齋_{大用}(9)，〈閱兵皖江登大觀亭〉
云：「浩浩長江天際橫，地連吳楚一波平。蒼茫草樹
迷遙浦，歷落帆檣趁晚征。斜日墮城千堞迥，漁燈點
水亂星生。不知多少英雄事，都付潮聲徹夜鳴！」
〈寄懷程也園〉云：「今宵夜氣劇清寒，底事逡巡欲
睡難。明月滿庭花樹靜，料應詞客也憑欄。」兩公位
登極品，而風貌秀整，謙若書生；皆蒙其先來見訪。
《毛詩》曰：「惟其有之，是以似之(10)。」其斯之
謂歟？

【箋注】

(1) 干城：比喻捍衛或捍衛者。《詩·周南·兔罝》：「赳
　　赳武夫，公侯干城。」

(2) 郤穀（hú）：春秋時晉國人。晉文公時大夫。以其悅禮
　　樂而敦詩書，被趙衰薦為中軍之將。見《左傳·僖公
　　二十七年》。

(3) 岳武穆：岳飛，字鵬舉。宋相州湯陰人。農家出身。徽
　　宗時從軍，以功升遷，屢破金兵。後因高宗與秦檜力主
　　和議，被迫班師，解兵權，入獄，以「莫須有」罪名殺
　　害。孝宗時追諡武穆，寧宗時追封鄂王。

(4) 曹景宗：字子震。新野（今河南境內）人。南北朝時期梁
　　朝名將。嗜酒好色，部下殘橫。一次勞軍宴上，韻字只
　　剩「競病」二字，曹景宗揮筆而就：「去時兒女悲，歸

來笳鼓競。借問行路人，何如霍去病？」(《南史·曹景宗列傳》)

(5)陽儉齊：陽春，原名陽春保，號儉齊（本卷六六作儉齋），庫雅拉氏。清滿洲正白旗人。由閒散襲佐領，曾任鑲黃旗蒙古副都統、烏魯木齊領隊大臣、京口副都統，充阿克蘇辦事大臣，官至內閣侍讀學士。

(6)岩嶢：山勢高峻貌。

(7)湘浦：在今湖南岳陽市東北城陵磯，即洞庭湖水入長江處。

(8)潤城：指潤州城。即今江蘇鎮江。

(9)陳樹齋：陳大用，字樹齋。清江蘇華亭人。一作甘肅寧夏人。世襲一等子爵。官松江提督。書法趙松雪。英威儒雅，一身兼之。(《皇清書史》卷八、《國朝耆獻類徵初編》卷二九八)

(10)「惟其」二語：出自《詩經·小雅·裳裳者華》。意謂：只因好人有德行，所以後人能繼承。

四三

余年十八，受知于浙督程公元章(1)，送入萬松書院肄業。離家二十里，夜不能歸，輒借榻湖州沈謙之、永之寓所(2)。後永之同舉戊午鄉榜，官至糧道，晚年結兒女姻親。而謙之以一孝廉，中年捐館(3)，深可悲也！今春，其子東橋寄《竹翠溪堂詩集》來(4)，讀之，想見當年謦咳(5)。〈即席贈嚴崧瞻進士〉云：「萍浮梗泛得相親，酒賦琴歌不厭頻。君莫傷時悲不遇，世間多少布衣人！」〈釣臺〉云：「王氣終應在

茂陵(6)，菟肩麥飯記飄零(7)。故交貧賤如相忘，帝座何由犯客星(8)？」二詩皆有寄託，足以風世。又，〈謝僧餉茶〉云：「幽絕精藍莫記名(9)，到門惟有老僧迎。烹茶不是在山水，那得一杯如許清？」五言如：「雕隨遠山沒，帆帶夕陽飛。」「離情花落後，春病雨聲中。」「水闊疑無岸，雲昏不辨山。」皆佳句也。東橋，名鼎生。

【箋注】

(1) 程元章：見卷一四·二九注(2)。

(2) 沈謙之：沈榮儁（1707-1746），字謙之，號檞師。浙江歸安人。乾隆元年舉人。以詩文名於時。有《宗經集》、《竹翠溪館詩集》。沈永之：沈榮昌。見卷九·一二注(1)。

(3) 捐館：拋棄館舍。死亡的婉辭。

(4) 沈東橋：沈鼎生，字承風，號東橋。清歸安人。隱居竹墩，志行高潔。

(5) 謦（qǐng）咳：借指談笑，談吐。

(6) 茂陵：漢武帝劉徹的陵墓。在今陝西省興平縣東北。

(7) 菟（tù）肩：植物名。屬葵類，可食。《後漢書·馮異傳》：「及至南宮，遇大風雨，光武引車入道傍空舍，異抱薪，鄧禹爇火，光武對竈燎衣。異復進麥飯菟肩。」

(8) 客星：特指東漢隱士嚴光。《後漢書·嚴光傳》：「（光武帝）復引光入，論道舊故……因共偃臥，光以足加帝腹上，明日太史奏，客星犯御座甚急。帝笑曰：『朕故人嚴子陵共臥耳。』」

(9) 精藍：僧舍。

四四

東橋設帳永之家(1)，教其幼女全寶(2)，即許配阿遲者，年才十五，娟好閒靜，即已能詩。〈寄侄女音保〉云：「與君分手忽經年，長自關心望日邊。幾欲寄書魚雁少，今朝纔得劈雲箋(3)。」「淨几明窗喜不支，曾同硯席日親師。而今遠隔三千里，憶否春風並坐時？」〈即事〉云：「首夏天光照眼明(4)，綠楊芳草雨初晴。清陰繞徑渾如畫，閒面窗前聽鳥聲。」嘻！三首一氣卷舒。阿遲與之同年，尚不能作一韻語。豈吾家詩事，將來不傳於兒，要傳兒婦耶？

【箋注】

(1)設帳：指設館授徒。

(2)沈全寶：浙江歸安人。從小許配給袁枚之子阿遲。餘未詳。

(3)雲箋：有雲狀花紋的紙。此指裁紙寫信。

(4)首夏：初夏。指農曆四月。

四五

壬子三月，余與吳門陳斗泉秀才(1)，同遊天台。斗泉與余步月云：「作合在山水(2)，南橋風景清。灘聲亂人語，岩月隱江城。共有煙霞癖(3)，誰憐羈旅情？來朝理筇屐(4)，華頂撥雲行。」又，〈雜詠〉云：「一行紆回渡翠厓，杳無人跡落蒼苔。白雲抹斷

丹臺路，知是前峰雨欲來。」斗泉善畫，雅得二王神韻，故詩中亦含畫意。

【箋注】

(1)陳斗泉：陳栻，字涇南，一作景南，號斗泉。清吳縣（江蘇蘇州）人。以文學翰墨知名於時。

(2)作合：指做媒介。

(3)煙霞癖：謂酷愛山水成癖。

(4)筇屐（qióngjī）：竹杖和木鞋。指旅遊器具。

四六

余每下蘇、杭，必採詩歸，以壯行色，性之所耽，老而愈篤。近有聞風而來，且受業者。蔣莘(1)，字于野，年才十九。〈游古寺〉云：「山外野僧家，孤龕半落霞(2)。磬聲流樹杪，鈴語繞簷牙。波靜魚近鏡，香消佛散花。我來無別事，應許問楞伽(3)。」〈山行〉云：「村古藤為瓦，溪幽樹作橋。」〈佛手〉云：「天下援非易，楊枝灑未忘(4)。有心擎法界(5)，彈指過秋光。」〈表忠觀〉云：「鐵券已分唐土地(6)，璽書曾奉宋春秋(7)。」皆妙。其弟名蔚(8)，字起霞，年才十六。〈落梅曲〉云：「一樹幽花世外姿，依依水淺月斜時。無端玉骨飄零甚，不怨東風恰怨誰？」「神山昨夢夜逡巡，花底聞吹紫玉聲。三叩素扉人不見，滿庭殘雪落無聲。」〈詠王半山〉云(9)：「竟使紅羊成小劫(10)，幾同白馬害群

賢(11)。」〈偶成〉云：「細雨一簾飛燕子，春寒幾日又花朝。」兩昆季皆未易才也(12)。起霞愛趙雲松詩(13)，題七古一章，奇橫譎詭，惜篇長，不能備錄；為錄稿寄與雲松。

【箋注】

(1) 蔣莘：字覺夫，號于野。清江蘇長洲人。諸生。有《水竹居詩集》。

(2) 龕：供奉神佛或神主的石室或小閣子。

(3) 楞伽：指《楞伽經》。南朝宋天竺僧求那跋陀羅譯。

(4) 楊枝：指楊枝水，佛教喻稱能使萬物復蘇的甘露。

(5) 法界：佛教語。梵語意譯。通常泛稱各種事物的現象及其本質。按：可約二義解：或指世間萬物，一切諸法，佛教有「十法界」之說；或指諸法之真實體性。

(6) 鐵券：即鐵契。古代皇帝頒賜功臣授以世代享受某種特權的憑證。

(7) 璽書：指皇帝的詔書。

(8) 蔣蔚：一作蔣徵蔚，字起霞，一字應質，號蔣山。清江蘇長洲人。國子生。有《經學齋詩集》。（據《清稗類鈔‧知遇類‧阮文達知蔣徵蔚》、民國二十二年《吳縣誌》）

(9) 王半山：王安石。見卷一‧四六注(2)。罷相後辭官定居江寧（今南京），在城東燕雀湖畔建園林，去城七里，去蔣山亦七里，故名為半山園。晚號半山。

(10) 紅羊劫：指國難。古人以為丙午、丁未是國家發生災禍的年份。丙丁為火，色紅；未屬羊，故稱。

(11) 白馬：唐末，朱全忠殺宰相裴樞等三十餘人于滑州白馬驛，令投屍於河。此處用「紅羊白馬」詠王安石變法，失之偏頗。

(12)昆季：兄弟。長為昆，幼為季。

(13)趙雲松：趙翼。見卷二・三三注(3)。

四七

　　吳門戈小蓮培(1)，吾家侄婿也。詩筆清矯(2)。〈天平山〉云：「不辨翠微色，蒼茫夕照濃。澗喧爭一水，寺近鎖千峰。煙隔雲間月，聲傳花外鐘。近人歸去後，只有白雲封。」〈無題〉云：「可奈相逢處，翻生落漠愁(3)。人前渾不語，留意在雙眸。」〈繡毯〉云：「團團微雨濕，片片春風冷。蝴蝶窗外來，飄搖亂花影。」

【箋注】

(1)戈小蓮：戈襄（1765-1827），一名宙襄，字小蓮。清江蘇元和人。博覽經史諸子，才華雋異。有《半樹齋文集》。

(2)清矯：謂詩文清峻。

(3)落漠：冷落，潦倒。

四八

　　少年之詩，往往有句無篇，能通體完密者最少。京口左墉(1)，字蘭城，年纔弱冠(2)，而風格清穩(3)。〈舟過無錫〉云：「梁溪山色好，向晚放舟

行。名酒分泉味，吳歌雜櫓聲。人家多近水，楊柳半
遮城。遙見斜陽裏，長堤一線平。」〈湖樓〉云：
「夜靜披衣坐，湖光浸滿身。遠山微有月，近岸寂無
人。舟小漁成市，村孤樹作鄰。碧天涼似水，鐘鼓報
清晨。」〈秦淮〉云：「客中無酒醉花朝，騎馬閒行
過板橋。蝶影亂飛芳草路，歌聲爭送白門潮（4）。重尋
舊院人何在，空對斜陽恨未消。惟有春來堤上柳，年
年煙雨換長條。」通首音節清蒼。

【箋注】

(1)左墉：字蘭城。清江蘇丹徒人。王文治弟子，駱綺蘭的
　　表弟。有《雲根山館詩集》。

(2)弱冠：舊稱男子二十歲或二十幾歲的年齡為弱冠。

(3)清穩：清新穩健。

(4)白門：南京的別稱。

四九

　　徐心梅秀才^{備經}住洞庭西山（1）。辛丑，余游石
公、飄渺二峰，宿其家凡七日。徐手錄隨園詩成帙。
己雖不多作，而落筆甚超。〈題一輪上人禪定圖〉
云：「我來看薔薇，高僧正清課（2）。相對寂無言，相
看惟對坐。不見天花飛（3），但見金輪墮（4）。月出三
生來，鐘殘一世過。即此是禪機，如來不說破（5）。」

【箋注】

(1)徐心梅：徐備經，字心梅。清江蘇吳縣人。諸生。洞庭
　　西山：即今江蘇吳縣西南太湖中西洞庭山。

(2)清課：指佛教日修之課。

(3)天花：佛教語。天界仙花。

(4)金輪：佛教語，此為喻太陽。

(5)如來：佛的別名。

五○

　　虞山陳葉宮^{聲和}(1)，少年才思艷發，余嘗謂可與
楊蓉裳抗手(2)。惜年未三十，兩耳不聰，想亦學力苦
思之故耶。〈賀沈芷生領解〉云(3)：「沈郎才調領
群仙，手種秋香到月邊。未必重來無我分，已將此着
讓君先。榜頭喜得真名士，吳下喧傳最少年。莫到旗
亭誇畫壁，《霓裳》留奏大羅天(4)。」沈善歌，故
調之。〈聞景秋浦訃〉云：「知否相思不暫停，兩番
詩句重叮嚀。苦無人寄封仍在，還想君歸讀與聽。」
二詩，可謂不着一字，自得風流。佳句如：〈長干
塔〉云：「人影長空落，風聲絕頂驕。」〈送弟就婚
黃平〉云：「遠遊憐汝小，出贅苦家貧(5)。」〈韓
侯釣臺〉云(6)：「王楚王齊無寸土，微時翻有釣魚
臺(7)。」

【箋注】

(1)陳葉宮：陳聲和。見卷一一‧二五注(5)。

(2)楊蓉裳：楊芳燦。見卷一・二八注(17)。

(3)領解：謂鄉試中舉。

(4)「莫到」句：用唐・王昌齡、高適、王之煥「旗亭畫壁」聽歌典。大羅天：道教所稱三十六天中最高一重天。喻殿試得中。

(5)出贅：男子到女家就婚，成為女家的一員。

(6)韓侯：指漢淮陰侯韓信。曾先後封齊王、楚王。見卷五・五九注(5)。

(7)微時：卑賤而未顯達的時候。韓信早年曾在淮陰城下釣魚。見卷一三・三七注(7)。

五一

余過太倉，秋帆尚書之從子曉山孝廉裕曾苦留小住(1)，至藏匿行李，不許上船。甚矣！主人之尊賢禮士，綽有家風也！示我〈春詞〉四首，云：「細雨空庭長綠苔，梅花零落杏花開。叮嚀侍女逢春社(2)，高捲珠簾待燕來。」「春光淡蕩愛新晴，高樹鶯啼曉夢驚。紅日滿窗人未起，隔牆風送賣花聲。」「自把雙眉桂葉描，曉妝成後最無聊。春來女伴多相問，繡閣新添線幾條？」「滿目山川似畫屏，綠楊芳草水邊亭。花時獨愛熏香坐，懶逐鄰姬去踏青。」

【箋注】

(1)秋帆：畢沅。見卷二・一三注(4)。曉山：畢裕曾，字曉山。江蘇鎮洋人。畢沅侄兒。乾隆五十四年舉人。官直隸豐潤知縣。家學淵源，善書工詩。

(2)春社：古時於春耕前祭祀土神，以祈豐收，謂之春社。

五二

　　近日閨秀能詩者，往往嫁無佳偶，有天壤王郎之嘆⑴。惟吾鄉吳小谷明府之女柔之，適狄小同居士⑵；紹興潘石舟刺史之女素心⑶，適汪潤之解元：皆彼此唱和，如笙磬之調。小同幕遊在外，吳寄云：「伊人蹤跡又天涯，小別無端感歲華。千里迢遙此寒夜，一般清瘦共梅花。孤桐入爨聲難辨⑷，美玉求沽願久賒。不為封侯緣底事，紀游詩卷向誰誇？」小同答之，有「幾行新句機中錦⑸，一瓣幽香雪後花」之句。潘〈寄外〉云：「瘦影新痕楊柳枝，杏花十里送春時。須知吟詠無閒筆，那向妝臺更畫眉。」〈哭姊〉云：「采筆長辭詠絮人⑹，硯池妝閣久生塵。瑤階明月空如水，更有何人立滿身？」俱一時傳誦。

【箋注】

⑴天壤王郎：南朝宋‧劉義慶《世說新語‧賢媛》：「一門叔父，則有阿大、中郎；群從兄弟，則有封、胡、遏、末。不意天壤之中，乃有王郎！」王郎：指晉‧王凝之。這原是謝道蘊埋怨其丈夫王凝之的話。後比喻對丈夫不滿意。

⑵吳柔之：字小裝。清浙江錢塘人。明府吳小谷玉墀女，狄小同妻。狄小同：清錢塘人。一生未仕，常作幕賓在外。

(3)潘素心：字虛白、佩蘭，號若耶女史。清浙江山陰人。
　　知州汝炯女。詹事汪潤之（兩園）妻。有《不櫛吟
　　稿》。

(4)孤桐：琴的代稱。爨：灶。

(5)機中錦：指晉・竇滔妻蘇蕙所作織錦回文《璇璣圖》。
　　見卷一四・五注(4)。

(6)詠絮：見卷一○・三六注(5)。

五三

　　吾鄉詩多浙派，專趨宋人生癖一路。惟小同以明
七子風格救之(1)。〈溫州感舊〉云：「十載曾遊地，
三秋悵別時。郗生仍入幕(2)，謝客舊題詩(3)。潮落
沙痕在，舟輕塔影移。霜華今夜白，偏惹鬢邊絲。」

【箋注】

(1)小同：指狄小同。見上一則詩話。明七子：見卷一・三
　　注(3)。

(2)郗生：《晉書・郗超傳》：「謝安與王坦之嘗詣（桓）
　　溫論事，溫令超帳中臥聽之。風動帳開，安笑曰：『郗
　　生可謂入幕之賓矣。』」此處作者自比。

(3)謝客：謝靈運。見卷四・二九注(1)。

五四

余過山陰，宿徐小汀秉鑒家七日(1)。小汀，乃貴州方伯紫亭同年之子也。抄詩見示。錄其〈陪劉石帆昆季西園雅集〉云：「名園高會啟郇廚(2)，詩興還隨酒興俱。人雅不關居有竹，鳥鳴疑喚客提壺(3)。分爭旗鼓憑三雅(4)，領袖詞壇有二蘇(5)。惆悵柴桑陶處士(6)，秋風匹馬獨馳驅。」其他佳句，如：「萬山迎暮靄，一雁下斜陽。」「杏花欲破春將半，竹影初圓月正中。」「但使故人長聚首，不妨十日石尤風(7)。」皆可愛也。其友人施漢一政亦耽吟詠(8)，蔣心餘弟子也(9)。〈在僧院懷蔣〉云：「雲煙飄忽此生浮，去住無端我欲愁。鎮日蕭蕭僧院雨，輕風瑟瑟竹床秋。射師示的弓猶在(10)，戰馬聞鉦旆未收。三十年來生老病，不堪回首識荊州(11)。」五言佳句如：「月明孤棹遠，波動小橋移。」「驚電招雷至，殘更帶雨移。」七言如：「殘照有餘留水面，淡煙無際到山腰。」

【箋注】

(1) 徐小汀：徐秉鑒，字小汀。清浙江山陰人。諸生。有《秋蕙軒吟草》，北京大學圖書館藏。

(2) 郇廚：唐代韋陟，襲封郇國公。性侈縱，窮治饌羞，廚中多美味佳餚。見《新唐書‧韋陟傳》。後因以「郇公廚」稱膳食精美的人家。

(3) 提壺：亦作「提壺蘆」。或作「提胡蘆」。鳥名。即鵜鴣。

(4) 三雅：泛指酒器。見卷一六‧二八注(2)。

(5)二蘇：指宋・蘇軾與蘇轍兄弟。此喻石帆兄弟。

(6)陶處士：指晉・陶淵明。

(7)石尤風：傳說古代有商人尤某娶石氏女，情好甚篤。尤遠行不歸，石思念成疾，臨死嘆曰：「吾恨不能阻其行，以至於此。今凡有商旅遠行，吾當作大風為天下婦人阻之。」後為逆風、頂頭風之別稱。

(8)施漢一：施政，字漢一。清浙江山陰人。諸生。

(9)蔣心餘：蔣士銓。見卷一・二三注(2)。

(10)射師：主射的官。

(11)識荊州：李白〈與韓荊州書〉：「白聞天下談士相聚而言曰：『生不用封萬戶侯，但願一識韓荊州。』何令人之景慕一至於此耶！」韓荊州即韓朝宗，曾為荊州長史，喜識拔後進，為時人所重。後因以「識荊」為初次識面的敬詞。

五五

　　沈石田畫蠶一筐(1)，題云：「題詩勸爾多餐葉，二月吳氓要賣絲(2)。」徐文長畫葡萄(3)，題云：「滿腹珠璣無處賣(4)，閒拋閒擲亂籐中。」

【箋注】

(1)沈石田：沈周。見卷三・一七注(1)。

(2)吳氓：吳地百姓。唐・聶夷中〈田家〉首句為「二月賣新絲」。

(3)徐文長：徐渭。見卷六・三〇注(1)。

(4)珠璣：珠玉。喻美好的詩文繪畫。此處兼喻葡萄和文采。

五六

　　余編《詩話》，為助刻資者，畢弇山尚書、孫田_{慰祖}司馬也(1)。畢公詩，採錄甚多；而孫君不幸早卒。余向其家昆仲搜得遺稿二卷(2)。〈歲暮感懷〉云：「雪積千重鎖翠霞，寒宵戢影悵摶沙(3)。雲中怕聽回峰雁，風裏驚聞過市車。慣趁慵身勤剗草(4)，強扶凍足去尋花。捲簾小閣熏香坐，更向晴窗曬畫叉。」〈杏花〉云：「十里輕紅罨畫樓，柳絲牽雨作春愁。催花一片東風起，村裏人歸壓滿頭。」調寄《意難忘‧贈人》云：「日暮雲遮，聽聲聲孤雁，點點棲鴉。添香燒馝馞(5)，拈韻鬥尖叉(6)。風蕭索，月橫斜。臨別轉含嗟。憶舊遊不如歸去，我亦久離家。　　湘江未許乘槎。漫挑燈夜坐，同話桑麻。輕盈低竹葉，屈曲小梅花。三盞酒，一杯茶。這清味堪誇。恨殺了片帆早掛，腸斷天涯。」

【箋注】

(1) 畢弇山：畢沅。見卷二‧一三注(4)。孫稆（lǚ）田：孫慰祖，字稆田。浙江杭州錢塘人。監生。乾隆四十八年議敘四川敘州府筠連縣知縣。（據華東師範大學出版社《清代官員履歷檔案全編》）司馬：指府同知。

(2) 昆仲：稱人兄弟。

(3) 戢（jí）影：匿跡；隱居。摶沙：捏沙成團。比喻聚而易散。

(4) 剗（chǎn）草：鏟草。

(5) 馝馞（bìbó）：香氣濃鬱。

(6) 尖叉：詩中險韻的代稱。

五七

華亭吳鈞詩云(1)：「籐梢橘刺罥煙鬟(2)，芍藥捎裙露未乾(3)。昨夜剪刀尋不着，曉來橫在竹欄杆。」思致幽雋，於艷體中(4)，獨闢一境。吳蓋吳松四布衣之一也。

【箋注】

(1)吳鈞：字陶宰，號玉田生。江蘇華亭（今上海市松江）人。工詩詞篆刻，好搜秘笈。乾隆間在世。年逾五十卒。有《鼠樸詞》、《獨樹園詩》。

(2)罥（juàn）：掛，繞。

(3)捎裙：拂裙。喻花枝。

(4)艷體：又稱香奩體。見卷一・三一注(2)。

五八

汪研香司馬攝上海縣篆(1)，臨去，同官餞別江滸(2)，村童以馬攔頭獻。某守備賦詩云：「欲識黎民攀戀意(3)，村童爭獻馬攔頭。」「馬攔頭」者，野菜名，京師所謂「十家香」也。用之贈行篇，便爾有情。

【箋注】

(1)汪研香：汪廷昉。改名汪廷�，字曉山。休寧城西人。乾隆四十二年拔貢。乾隆五十六年以蘇州府同知攝上海知縣。攝：兼職。篆：指做官任職。

(2)江滸：江邊。

(3)攀戀：攀住車馬，不勝依戀。常用於表示對良吏的眷
　　戀。

五九

　　余蕭客詠〈病馬〉云(1)：「旋毛腹下一千
里(2)，死骨人間五百金(3)。」汪墨莊詠〈老
馬〉云(4)：「末路料難逢伯樂(5)，壯心猶想出邯
鄲(6)。」

【箋注】

(1)余蕭客（1732-1778）：字仲林，號古農。清江蘇吳縣
　　人。有《文選紀聞》、《雜題》、《選音樓詩拾》。

(2)「旋毛」句：《齊民要術》：「兩邊生逆毛入腹帶者，
　　行千里。」

(3)「死骨」句：戰國時，燕昭王欲求賢才，郭隗以買千里
　　馬為喻，說古代有君王懸賞千金買千里馬，三年後得一
　　死馬，用五百金買下馬骨，於是不到一年，得到三匹千
　　里馬。（《戰國策・燕策一》）

(4)汪墨莊：疑指汪宣禮，字蓉塢，號節庵。安徽歙縣人。
　　經營墨業，為清代四大墨莊之一。

(5)伯樂：春秋秦穆公時人，姓孫，名陽，以善相馬著稱。
　　《莊子・馬蹄》：「及至伯樂，曰：『我善治馬』」後
　　喻指有眼力，善於發現、選拔、使用出色人才者。

(6)邯鄲：東漢末年，曹操攻克邯鄲，佔領鄴城。這個時期
　　興起建安文學。曹操吟出了「老驥伏櫪，志在千里」名
　　詩句。

六○

詩寫雛姬情態易(1)，寫雛伶情態難(2)。吳玉松進士客河南學使幕(3)，〈席上贈顧伶〉云：「舞隊《大垂手》(4)，歌曹小比肩(5)。問年羞不語，笑指十三弦(6)。」「吳苑折垂楊(7)，驅車向大梁(8)。恐傷孤客意，只道不思鄉。」讀之，覺是兒可愛。

【箋注】

(1) 雛姬：未成年女子。

(2) 雛伶：少年藝人。此指少年女伶。

(3) 吳玉松：吳雲，字玉松，號潤之。江蘇長洲人。乾隆五十八年進士，改庶吉士。官至彰德知府。有《醉石山房詩文鈔》。

(4) 大垂手：古舞名。又為樂府雜曲歌辭名。

(5) 小比肩：《海錄碎事》卷七，記載了一個夫婦相愛、寸步不離的故事，時人號為比肩人。死後冢上生雙梓、常宿雙鴻。後子與妻亦相慕，吳人呼為小比肩。

(6) 十三弦：唐宋時教坊用的箏均為十三根弦，因代指箏。

(7) 吳苑：泛指我國東南一帶園林。

(8) 大梁：戰國魏都。在今河南省開封市西北。隋唐以後，通稱今開封市為大梁。

六一

「白水遙連郭，青山直到門。」畏壘山人詩也(1)。「野水白連郭，亂山青到門。」王子乘詩

也(2)。二詩各臻其妙。然觀楊誠齋「江欲浮天去，山疑渡水來」(3)，則又瞠乎後矣(4)！

【箋注】

(1)畏壘山人：徐昂發，榜姓管，字大臨，號綱庵。江蘇崑山人，原籍長洲。康熙三十九年進士，官編修。曾提督江西學政。工詩，善駢體文。有《畏壘筆記》、《畏壘山人詩集》。

(2)王子乘：未詳。

(3)楊誠齋：宋・楊萬里。見卷一・二注(1)。

(4)瞠乎後：乾瞪著眼，落在後面趕不上。《莊子・田子方》：「夫子奔逸絕塵，而回瞠若乎後矣！」

六二

虞山蔣文恪公入相後(1)，門生滿天下。而從前官至學士，尚未持文衡也(2)。己未初次分房(3)，得予與裘文達公(4)。故嘗向公戲引南漢劉鋹語云(5)：「若聚飲同門，枚當執梃(6)，為門生之長。」公為莞然。公家子弟多貴顯，無以詩名者。今年過常熟，見公孫旭亭居士，詩才倜踢（原刊本為傷，疑誤）(7)。錄其〈閨怨〉云：「花朝又屆好良時，病骨蕭疏強自支。鸚鵡不知人去後，窗前猶自背郎詩。」「獸火金盆仔細添(8)，繽紛瑞雪壓斜簷。江梅又送春消息，只管沉沉下繡簾。」佳句如：「風透疏牕燈易盡，涼生薄被腳先知。」「銀漢遠涵秋水淡，小樓斜受夕陽多。」俱妙。

【箋注】

(1)蔣文恪：蔣溥。見卷一·六五注(24)。

(2)文衡：謂判定文章高下以取士的權力。評文如以秤衡物，故云。

(3)分房：清代科舉考試，南闈和北闈的同考官都分為十八房，分住東西經房，負有分房閱卷之責，故稱。

(4)裘文達：裘曰修。見卷一·六五注(17)。

(5)劉鋹（chǎng）：五代時南漢國君。在位十三年，史稱後主。後降宋，封恩赦侯、衛國公。按：此處所戲引，出自《宋史》，原文是：太宗將討晉陽，召近臣宴，鋹預之，自言：「朝廷威靈及遠，四方僭竊之主，今日盡在坐中⋯⋯臣率先來朝，願得執梃為諸國降王長。」太宗大笑，賞賜甚厚。

(6)執梃：手執梃杖。指持梃作儀衛前導。

(7)蔣旭亭：清江蘇常熟人。餘未詳。倜踢（tìtáng）：灑脫不凡。

(8)獸火：做成獸形的炭。亦泛指炭或炭火。

六三

　　蔣于野^莘〈初夏〉云(1)：「小山如畫仿眉青，已潤莓苔雨乍晴。滿戶風來潮未退，捲簾飛入兩蜻蜓。」詠〈殘柳〉云：「無物可為長壽客，多情難作後凋身。」陳春華^暉見贈云(2)：「花無可戀香難捨，書有何讐校不休？」余謂校讐二字，能如此分開用，可稱妙手。又，詠〈春信〉云：「天上若無雙鯉至(3)，人間那有萬花知？」亦善做信字。與蔣生皆少

年，詩筆如此，他時何可限量？

【箋注】

(1)蔣于野：蔣莘。見本卷四六注(1)。

(2)陳春華：陳暉。江蘇江寧人。乾隆五十一年舉人。

(3)雙鯉：代指書信。

六四

　　心梅又有〈秋山〉一首(1)，云：「秋山靜自古，空翠滿衣裳。矯首看雲岫(2)，支筇過草堂(3)。風清松子落，水動藕花香。中有岩阿樂(4)，欲言意已忘。」〈田家〉云：「今年春雨足，歡聲動茅屋。新婦助插秧，小兒拾桑落。烏鬼船頭忙(5)，團桑籬下綠。」「老翁沽酒猶未來，門前野花笑自開。」俱有王、孟逸趣(6)。

【箋注】

(1)心梅：徐備經。見本卷四九注(1)。

(2)雲岫：語本晉·陶潛〈歸去來辭〉：「雲無心以出岫。」後因用「雲岫」指雲霧繚繞的峰巒。

(3)支筇：拄竹杖。

(4)岩阿：山的曲折處。指幽居。

(5)烏鬼：鸕鷀的別名。繩繫其頸，可使之捕魚。

(6)王孟：指唐詩人王維和孟浩然。

六五

宋軼才中丞(1)，為丁巳翰林前輩，在京中，與予比鄰而居，兩家眷屬往返，如姻婭然(2)。後內遷少司農而卒。其公子思仁、思敬(3)，俱與予交好。今年在蘇，有持其女孫詩來者，讀之清妙。〈焚香〉云：「一剪清香午夜焚，都梁迷迭靜中分(4)。為憐紫玉成煙去(5)，約住簾鈎護篆雲(6)。」佳句如：「綠濃新雨後，紅墮晚風初。」「風聲到樹葉初墮，月色窺牕漏正長。」皆可愛。女名靜娟，字守一(7)，好觀史鑑，住蘇州平橋。

【箋注】

(1)宋軼才：宋邦綏，字逸才，號況梅、曉巖。江蘇長洲（今蘇州）人。乾隆二年進士。官湖北巡撫、廣西巡撫，至戶部侍郎。

(2)姻婭：有婚姻關係的親戚。

(3)宋思仁：字藹若，號汝和。清長洲人。邦綏子。諸生。官四川簡州知州、山東泰安知府、濟南督糧道。精畫竹蘭，好鑑古，善篆刻。有《有方詩草》、《廣輿吟稿》、《泰山述記》、《橐餘存稿》。宋思敬：字儼若，號秋崖。清長洲人。思仁弟。少嘗與其兄問業于崑山夏大易。亦工詩，善畫蘭。

(4)都梁：澤蘭的別名。此指香氣。迷迭：常綠小灌木。有香氣，佩之可以香衣，燃之可以驅蚊蚋、避邪氣，莖、葉和花都可提取芳香油。

(5)紫玉：紫色寶玉。古代以為祥瑞之物。

(6)篆雲：指盤香的如雲煙縷。

(7)宋靜娟：字守一。宋邦綏孫女。蘇州人。袁枚女弟子。
　曾參加湖樓詩會。

六六

　　陽儉齋先生詩(1)，已採入《詩話》矣。近又見麗
川中丞贈陽一律(2)，奇偉可愛。非中丞不能作，非陽
公不能當也。詩云：「玉關雙啟動風雷，儒將新從瀚
海回。座上舉杯軍令肅，馬前得句陣雲開。劍留回紇
人煙外(3)，筆帶單于地影來(4)。公駐回部，多紀其事。移
節江南春正好，太平風景供詩才。」

【箋注】

(1)陽儉齋：見本卷四二注(5)。

(2)麗川：奇豐額。見卷一・五四注(2)。

(3)回紇（hé）：西北地方回回民族。

(4)單于：指匈奴。

六七

　　青陽兩詩弟子：一陳蔚(1)，一沈正侯也(2)。二
人有五絕句，皆天籟而不自知其佳。余為表而出之。
陳〈春閨〉云：「春來花滿枝，春去花散飛。幾度花
開落，栽花人未歸。」沈〈村晚即事〉云：「身安萬
事閒，日落一村靜。攜兒向月明，壁上看人影。」皆

絕妙天籟，非粗心者所知。

【箋注】

(1)陳蔚：見卷二•二三注(1)。

(2)沈正侯：見卷八•二○注(1)。

六八

方明府_{於禮}從京師來(1)，說高麗國史臣朴齊家以重價購《小倉山房集》及劉霞裳詩(2)，竟不可得，怏怏而去。亡何，金畹香秀才來(3)，又說此事，與前年方公_{維翰}所云相同，但使者姓名不同耳。余按：史稱新羅國請馮定撰《黑水碑》(4)，吐谷渾有《溫子昇文集》(5)。外夷慕化，往往有之，況高麗原有箕子之餘風乎(6)？霞裳聞之，喜賦詩曰：「劉邠何幸侍歐公(7)？姓氏居然海外通。蟬附高枝聲易遠，鶯初調舌語難工。毛萇詩自傳門下(8)，闞澤名疑在月中(9)。多謝蠻姬能識曲，弓衣繡勝碧紗籠(10)。」

【箋注】

(1)方於禮：方維翰。見補遺卷四•四一注(1)。

(2)高麗國：朝鮮歷史上的王朝（西元918-1392年）。我國習慣上多沿用「高麗」來指稱朝鮮或關於朝鮮的物產。劉霞裳：見卷二•三三注(2)。

(3)金畹香：金格，又名埕，字壽峰、式度，號耐雲、畹香、壽封。清江蘇常熟人。有《耐雲遺稿》。

（4）新羅國：朝鮮半島上的一個古代王國。馮定：字介夫。唐婺州東陽人。官至左散騎常侍。所著《黑水碑》、《畫鶴記》傳入新羅和西蕃。新舊唐書有傳。

（5）吐谷渾：古鮮卑族的一支。溫子昇：字鵬舉。北魏濟陰冤句人。官至諮議參軍。博學善文章。文筆傳於江南，為梁武帝所稱，又遠傳至吐谷渾。今有《溫侍讀集》明輯本。

（6）箕子：名胥餘。商代人。封子爵。紂暴虐，箕子諫而不聽。比干被殺，箕子佯狂為奴，為紂所囚。周武王滅商，釋放箕子。《史記・宋微子世家第八》：「武王既克殷，訪問箕子。……於是武王乃封箕子於朝鮮而不臣也。」

（7）劉邠：劉放。見卷五・三四注（5）。歐公：歐陽修。見卷四・四七注（1）。

（8）毛萇：西漢趙人。毛亨授以《詩詁訓傳》。世稱小毛公。曾任河間獻王博士。時言《詩》有齊、魯、韓三家。平帝元始五年，《毛詩》置博士，列于學官。魏晉以後，三家詩均亡，唯《毛詩》獨盛。

（9）闞澤：三國吳會稽山陰人。貧而好學，博覽群籍，兼通曆數。官至中書令、太子太傅。《太平御覽》引《會稽先賢傳》曰：闞澤年十三，夢見名字炳然在月中。

（10）弓衣：裝弓的袋。歐陽修《六一詩話》：「蘇子瞻學士，蜀人也。嘗于瀆井監得西南夷人所賣蠻布弓衣，其文織成梅聖俞〈春雪〉詩。」碧紗籠：為唐・王播詩以人重的典故。見卷一・三〇注（13）。

一

　　如皋汪楚白之子為霖(1)，字春田，家故富饒，而性愛風雅。作部郎時，曾隨駕射箭，得中二枝，上喜，賜以花翎。出守思恩府(2)。平生喜讀余詩，有「先生宗白我推袁(3)，萬古心香共此源」之句。〈登獨秀峰〉云：「拔地超天起一峰，當空高插碧芙蓉。絕無依倚成孤立，細繹磨厓識舊封(4)。躋級數登三百六，群山遙列幾千重。我來頂上憑欄望，萬戶炊煙暮靄濃。」〈遊棲霞〉云：「乘興尋秋日日來，提壺携硯上高臺。有官到底難捐俗，畢竟斜陽喝道回。」〈厭雨〉云：「竟同惡客驅還至，却共閒愁滅復生。」

【箋注】

(1) 汪楚白：汪之珩，字楚白，號璞莊。清江蘇如皋人。博覽經傳，尤工詩。詩見於《甲戌春吟文園六子詩》。輯《東皋詩存》。汪為霖（1763-1822）：字傳三，號春田。清江蘇如皋人。貢生。歷比部郎中、湖廣奉天司、鎮安知府、督糧道等。有《小山泉閣詩存》、《春田簡翰》。

(2) 思恩府：唐置州，明升為府。清屬廣西省。

(3) 白：唐・白居易。

(4) 磨厓：山崖石壁上鑴刻的文字。舊封：以往的疆域分界或領地。

二

　　庚辰，余就醫薛生白家(1)，遇趙君曾益(2)，談論甚洽，忽忽三十餘年。今年，趙官湖北，忽寄詩來，且云故是尹文端公弟子(3)。尹三公子秉臬楚南時(4)，曾寄詩云：「相國江南開府日，栽培桃李卅餘年。只今老去叨三釜(5)，敢忘文成割半氈(6)。廉使愛才垂下問，書生薄命負前緣。囊中一卷風簷草(7)，手澤于今尚宛然(8)。」其詩一氣呵成，允推老手。其他佳句，如：「小閣飛花春欲去，幼時熟境夢常來。」「茅掀屋角添虛白，土缺牆頭見遠青。」皆妙。

【箋注】

(1)薛生白：薛雪。見卷二・一九注(1)。

(2)趙曾益：未詳。

(3)尹文端：尹繼善。見卷一・一〇注(3)。

(4)尹三公子：慶玉。見卷四・三二注(1)。秉臬：謂執掌刑法。

(5)三釜：喻指菲薄的俸祿。釜：古量器。六斗四升為一釜。《莊子・雜篇・寓言第二十七》：「曾子再仕而心再化，曰：『吾及親仕，三釜而心樂；後仕，三千鍾而不洎親，吾心悲。』」

(6)半氈：《南史・江革傳》：「朓（謝朓）嘗行還過候革，時大寒雪，見革弊絮單席，而耽學不倦，嗟歎久之，乃脫其所著襦，並手割半氈與革充臥具而去。」後用為顧惜寒士之典。

(7)風簷：指科舉時代的考試場所。

(8)手澤：前輩的遺墨。

三

何蘭庭、張香岩同余遊天台(1)，何有句云：「燈前笑向妻孥別，遇著桃花便不歸。」張在斑竹贈妓云：「勸儂莫向天台去，恐被桃花留住君。」香岩之兄月樓寄弟云(2)：「故園亦有桃千樹，莫戀天台久不回。」三人共用桃花事(3)，而皆有風趣。狄小同亦有句云(4)：「天台山下征人路，不為求仙也再來。」

【箋注】

(1)何蘭庭：見補遺卷三・三四注(7)。張香岩：張培。見卷一二・七四注(1)。

(2)張月樓：張士堂，字月樓。清江蘇上元（今南京）人。詩人張培兄。布衣。（見本卷七○）

(3)桃花事：南朝劉義慶《幽明錄》載，漢明帝時，劉晨、阮肇上天台山採藥，在大桃樹下結識兩個妙齡女子，樂而忘返，一住半年。後歸鄉知已歷七世。這便是與陶淵明武陵桃源並行的天台桃源故事。

(4)狄小同：見補遺卷四・五二文及注(2)。

四

錢林，字曡如(1)，吾鄉璵沙先生之幼女也，年未及笄(2)。〈偶成〉云：「獨坐西窗下，蕭蕭雨不

成。芭蕉三兩葉，多半作秋聲。」〈落花〉云：「覓路乍迷三里霧，含情如怨五更風。」皆佳句也。曇如生時，家中夢有嚴大將軍來，及墜地，娟好妍靜，兆乃大奇。其五兄名枚者(3)，戊申孝廉，生於鎮江觀察署中。是日，適余到署，觀察即以我名賜之，長有父風。〈題孟廟〉云：「楊墨風交煽(4)，儀秦辨復騰(5)。斯文天未喪，夫子道相承。浩氣中能養，微言絕更興。齊、梁無地主(6)，周、孔有雲仍(7)。功業尊同禹，經綸小試滕(8)。介應班柳下(9)，醇目過蘭陵(10)。七國知矜式(11)，千秋肅豆登(12)。秩宗昭祀典(13)，廟貌仰觚稜(14)。畫壁前朝古，豐碑歷代增。巖巖泰山色(15)，相對各崚嶒(16)。」又，〈無題〉云：「蕩漾愁心已倦排，明明月又入空齋。寄將眼淚惟清簟(17)，付與針箱有舊釵。腸到九迴偏未斷，人難再得始為佳。無端十一年間事，次第隨風入酒懷。」

【箋注】

(1) 錢林：字曇如。清浙江錢塘人。福建布政使錢琦女，巡檢汪瑚室。

(2) 及笄（jī）：稱女子年滿十五。笄，髮簪。

(3) 錢枚：見卷一四・一〇一注(4)。

(4) 楊墨：楊朱、墨翟生活在孟子之前，其學說與儒家鼎峙而立。孟子批判楊墨，維護了孔子的學說。

(5) 儀秦：戰國時著名縱橫家蘇秦與張儀。蘇秦字季子。戰國時東周洛陽人。遊說六國合縱禦秦，所謂合縱。張儀是魏國人。主張六國分別與秦國結盟，所謂連橫。

(6) 地主：指地主之儀。謂當地的主人對來客接待的禮節和飲食餽贈等情誼。孟子見齊宣王、梁惠王，困于齊梁之間，受到冷落。

(7) 雲仍：遠孫。《爾雅・釋親》：「晜孫之子為仍孫，仍孫之子為雲孫。」此指後繼者。

(8) 小試滕：指孟子的學說小加試驗于滕國。滕，西周分封的諸侯國名。在今山東省滕縣一帶。

(9) 班：排列。柳下：名惠，魯國人，先於孔子。孟子稱他為「聖之和者也」（《孟子・萬章下》）。後世譽稱他「和聖」。

(10) 蘭陵：此指荀子。見卷二・一五注(2)。

(11) 七國：指戰國時秦、楚、燕、齊、韓、趙、魏七國。矜式：敬重和取法。

(12) 豆登：古代盛器，亦用作祭器。

(13) 秩宗：古代掌宗廟祭祀的官。

(14) 觚（gū）稜：比喻言行方正剛烈。

(15) 巖巖：高大。

(16) 崚嶒：高聳突兀。

(17) 清簟（diàn）：竹編涼席。

五

吳興幼女嚴靜，甫九齡，善書，兼工墨竹。莆田吳荔娘題云(1)：「繡閣遙鄰墨妙亭(2)，開簾煤麝動芳馨(3)。晴牎書破洪兒紙(4)，誰識金鑾未十齡(5)。」「琅玕嬝嬝影縱橫(6)，千尺寒梢一筆成。

我看丹青先比較，此君風韻却輸卿。」「賦茗才華總角年(7)，揮毫風致自翩翩。他時理棹苕溪上(8)，好結香閨翰墨緣。」荔娘，年亦十有四。

【箋注】

(1)吳荔娘：字絳卿。清福建莆田人。拔貢陳蔚側室。有《蘭陂剩稿》。

(2)墨妙亭：在浙江吳興舊湖州府署內。宋熙寧五年，孫覺（莘老）任吳興太守時，築亭收藏境內自漢以來古文遺刻，故名墨妙亭。

(3)煤麝：即麝煤、麝墨，含有麝香的墨。後泛指名貴的香墨。

(4)洪兒紙：《童子通神錄》：姜澄十歲時，父苦無紙，澄乃燒糠燼竹為之，以供父。澄小字洪兒，鄉人號「洪兒紙」。

(5)金鑾：《雲仙雜記》卷三：「樂天女金鑾，十歲，忽書《北山移文》示家人。」後借指幼女。

(6)琅玕：形容竹之青翠，亦指竹。

(7)賦茗：南朝宋文學家鮑照的妹妹鮑令暉有文才，撰〈香茗賦〉。總角：指童年。

(8)苕溪：水名。有二源：出浙江天目山之南者為東苕，出天目山之北者為西苕。兩溪合流，由小梅、大淺兩湖口注入太湖。夾岸多苕，秋後花飄水上如飛雪，故名。

六

余中年以後，遇妓席無歡。人疑遁入理學，而不知看花當意之難也(1)。偶讀祝芷塘一絕(2)，為之莞

然。詞云：「自笑眉愁遞酒波，厭厭長夜奈卿何(3)？摩登伽自無神咒(4)，不是阿難定力多(5)。」

【箋注】

(1)當意：稱意，合意。

(2)祝芷塘：祝德麟。見卷五・三〇注(1)。

(3)厭厭：無聊。

(4)摩登伽：摩登伽女，古印度摩登伽種的淫女。梵語指遊民。此指妓女。

(5)阿難：阿難陀，梵語的譯音。意譯歡喜、慶喜。佛經說他是釋迦十大弟子之一。二十五歲出家，隨侍釋迦二十五年。定力：佛教語。五力之一。止息散亂之心，以斷除情欲煩惱的禪定之力。

七

柳依依者，乩仙也(1)。自言維揚女子(2)，歸方氏，年才十八，遇亂被虜，絕水漿七日，誓死全貞，竟得脫免。書《黃金縷》一闋云：「身裹絮棉難着枕，淡月補腮，亂寫飛花影。莫怪青春歸步緊，枝頭杜宇聲聲請。」又書一絕云：「歸去虛空踏月行，五銖衣重白雲輕(3)。自從飲得銀河水，吐向毫端一色清。」

【箋注】

(1)柳依依：字靈和。明末清初江蘇揚州人。歸方氏。隨夫侍翁官浙東，夫死守貞，時年十八。越三載城破被虜，

絕食七日卒。時為順治二年。（據《清代畫史增編》卷二十九）乩仙：做迷信活動扶乩時請托的神靈。

(2) 維揚：揚州的別稱。

(3) 五銖：亦稱「五銖服」、「五銖衣」。傳說古代神仙穿的一種衣服，輕而薄。

八

　　張若瀛詩，好遊戲(1)。詠〈眼鏡〉云：「終日耳邊拉短繂，何時鼻上卸長枷？」聞者皆笑。〈贈兄竹杖〉云：「珍重提携竹一枝，枯筇也有化龍時(2)。須知手足關心切，不待顛危始助持。」恰有意義。〈眼鏡〉結句云：「天涯莫道無同調，磨麵驢兒是一家。」

【箋注】

(1) 張若瀛：字映沙。安徽桐城人。乾隆年間任直隸撫寧知縣、順天南路府同知。

(2) 枯筇（qióng）：枯竹。此喻年老人。亦雙關竹手杖。

九

　　真州方又暉〈春詞〉云(1)：「鬢含蟬翼影依微，酒暈紅潮落翠衣。妬殺梁間新燕子，向人只管學雙飛。」又暉少時絕美，今氄氄矣(2)，〈以所歡讓人〉

云(3):「老大啼春真強舌,甘將喬木讓新鶯。」

【箋注】

(1)方又暉:方仕煌,字又輝,號晴巖。安徽歙縣人,儀真籍。嘉慶三年舉人。工小楷。

(2)鬑鬑(lián):鬚髮稀疏貌。

(3)所歡:情人。

　　湘潭張紫峴九鉽年十三(1),登采石太白樓作歌(2),人呼「太白後身」。中有數聯云:「乾坤浩蕩日月白,中有斯人容不得(3)。空攜駿馬五花裘,調笑風塵二千石(4)。自從大雅久沉淪(5),獨立寥寥今古春。待公不來我亦去,樓影蕭蕭愁殺人。」果有青蓮風味。〈將發蓼城寄蔡芷衫〉云(6):「寒雲隨落葉,渺渺上征衣(7)。淮水正東下,離鴻猶北飛。逢人得消息,入夢見依稀。尺素聊憑寄,梁園亦倦歸(8)。」〈弔西征戰士〉云:「裹來馬革心原壯,熏作檀香骨未枯(9)。昨夜魂隨驃騎出,過河還殺五單于(10)。」

【箋注】

(1)張紫峴(xiàn):張九鉽(1721-1803),字度西,號紫峴、陶園。湖南湘潭人。乾隆二十七年舉人。歷官江西南豐、峽江、南昌,廣東始興、保昌、海陽等縣知縣。有《陶園詩集》、《陶園文集》等。

(2)采石:指采石磯。在安徽省馬鞍山市長江東岸,為牛渚

山北部突出江中而成。相傳為李白醉酒捉月溺死之處。有太白樓、捉月亭等古跡。

(3) 斯人：指李白。

(4) 二千石：漢代郡守的別稱。此處作為地方行政長官的泛稱。

(5) 大雅：指《詩經・大雅》一類閎雅淳正的詩篇。唐・李白〈古風〉之一：「大雅久不作，吾衰竟誰陳？」

(6) 蓼城：古縣名。西漢置，治今山東利津縣南。蔡芷衫：見卷三・一二注(9)。

(7) 渺渺：悠遠貌。

(8) 梁園：西漢梁孝王所建的東苑。故址在今河南省開封市東南。園林規模宏大，方三百餘里，宮室相連屬，供遊賞馳獵。此借指遊賞勝地。

(9) 馬革：即馬革裹屍，用馬皮把屍體包裹起來。謂英勇作戰，誓死疆場。檀香：香木名。木材極香。寺廟中用以燃燒祀佛。

(10) 單于：漢時匈奴君長的稱號。

　　陳豹章有別業在廬江(1)，曰小磔山莊。依山結屋，吟嘯其中，作一聯云：「王伯輿終當為情死(2)；孟東野始以其詩鳴(3)。」〈山莊〉云：「薙草誅茅鳳嶺東(4)，幾灣流水小橋通。慈菇葉潤簷牙雨(5)，粳稻花香屋角風。不斷情根連理木，暫羈行腳寄居蟲。比鄰晨夕時相過，桑柘陰間載酒筒。」

【箋注】

(1)陳豹章:陳蔚。見卷二‧二三注(1)。別業:即別墅。本宅外另建的園林住宅。

(2)王伯興:王廞,字伯興。東晉琅邪臨沂人。歷司徒左長史。應兗州刺史王恭之命起兵三吳,後王恭罷兵中止,王廞大怒,率兵伐恭而敗,不知所在。《世說新語‧任誕》:「王長史登茅山,大慟哭曰:『琅邪王伯興,終當為情死!』」

(3)孟東野:孟郊。見卷三‧六五注(3)。韓愈〈送孟東野序〉:「唐之有天下,陳子昂、蘇源明、元結、李白、杜甫、李觀,皆以其所能鳴。其存而在下者,孟郊東野始以其詩鳴。」

(4)薙(tì)草:除草。

(5)慈姑:亦稱「茨菰」。可作食用和藥用。

一二

　　將軍魁林(1),提兵塞外,別其兄傅公云:「君去松林莫回首,夕陽天外有孤鴻。」同年成城謫戍塞外(2),寄詩家人云:「令威縱有歸來日(3),只恐人民半已非。」讀者皆為愴然。

【箋注】

(1)魁林:奎林,字直方,一字瑤圃,號雲麓,富察氏。清滿洲鑲黃旗人。忠勇公傅恒從子。官至成都將軍,封一等武勇公,兼一等男。諡武毅。有《幽棲堂吟稿》。

(2)成城:見卷一二‧四二注(1)。

（3）令威：即丁令威。傳說中的神仙名。晉‧陶潛《搜神後
　　　記‧丁令威》：「丁令威，本遼東人，學道於靈虛山。
　　　後化鶴歸遼，集城門華表柱……徘徊空中而言曰：『有
　　　鳥有鳥丁令威，去家千年今始歸。城郭如故人民非，何
　　　不學仙塚纍纍。』遂高上沖天。」

一三

　　山東道上，妓女最多，佳者絕少；過客題詩壁上
者亦多，佳者亦少。獨有無名氏末二句云：「最是低
眉可憐處，在山泉水本來清（1）。」用心慈厚，深得風
人意旨（2）。

【箋注】

（1）「在山」句：杜甫〈佳人〉：「在山泉水清，出山泉水
　　　濁。」
（2）風人：詩人。

一四

　　前朝山陰祁忠憫公彪佳（1），少年美姿容，夫人亦
有國色，一時稱為「金童玉女」。後殉國難，赴池而
死。余遊寓山，為公讀書之地，遺像猶存。園中竹上
或題詩云：「孤忠願逐水波清，聞說降幡豎石城。龍
種已潛寧惜死，豸冠端坐儼如生（2）。一拳石聳含雲
氣（3），四負堂開照月明（4）。今日豐碑傍古岸，苔斑

猶似舊縱橫。」末書「嶽峰」二字(5)，不知何人所作。旁又有無名氏在竹上刻三字云：「此人通。」

【箋注】

(1) 祁忠憫：祁彪佳（1602-1645），字弘吉，號虎子。明末清初浙江山陰人。天啟二年進士。官興化府推官、右僉都御史。清兵陷杭州，絕食死。諡忠敏。有《祁彪佳集》。

(2) 豸冠：古代御史等執法官吏戴的帽子。此代指御史。

(3) 一拳石：祁彪佳在山陰縣寓山之麓所建寓園名石。

(4) 四負堂：祁彪佳殉節處。

(5) 嶽峰：疑為羅醇仁，字濟英，號嶽峰。四川合州人。乾隆十年進士。性孝友。弟守仁卒於浙江甯海任，拮据歸其喪。少讀書高嶽山，文名噪巴蜀。好搜古，耳目所曆，靡不研探。有《嶽峰集》（引詩待考）。（乾嘉間《合州志·卷十·人物》）

一五

壬子三月，余游石梁上方廣寺(1)，壁上有詩云：「萬山圍處泉聲急，竹樹森森碧漢齊。兩寺雲分峰上下，一橋水并澗東西。潭深白日雷霆起，秋老蒼松鶴鶴棲。欲向洞天尋舊跡，未離塵網路多迷。」又五古一首，太長不能備錄，摘其尤佳者，如：「人從澗底行，步步踏泉脈。岩同狻猊蹲(2)，怒欲攫人食。幸憑腰腳健，渾忘衣履濕。雖非深冬時，仿佛飛殘雪。」末署「沃洲外史陸以誠題」(3)。余歸後訪之，方知新

昌教官也。悔過新昌，竟未一訪。

【箋注】

(1)上方廣寺：為浙江中東部天台山開山第一古寺，東晉始建，初屬石橋寺（又稱石梁寺），因在石橋之側。

(2)狻猊（suānní）：即獅子。

(3)陸以誠（xián）：字和仲（咸仲），號小酉。浙江海鹽人。乾隆四十二年拔貢。與兄以謙齊名。官新昌縣訓導。有《毛詩草木鳥魚本旨》、《沃洲剡谿草》、《和仲詩集》等。

一六

有醫者扇上畫李鐵拐(1)，求劉霞裳題(2)。劉調之曰：「星冠霞佩踏雲行，足跛猶嫌路不平。修到神仙無妙藥，世間何處覓醫生？」

【箋注】

(1)李鐵拐：又稱鐵拐李，道教八仙之一。相傳名叫李凝陽，或李玄。生而有足疾，西王母點化升仙，封東華教主，授以鐵拐，遊歷人間，解人危難。

(2)劉霞裳：袁枚弟子。見卷二‧三三注(2)。

一七

同年徐芷亭方伯〈荊州懷古〉云(1)：「英雄爭戰幾時休，巨鎮天開楚上游。月夜與誰遊赤壁？江

山從古重荊州。帆檣影帶巫陽雨(2)，草樹聲含鄂渚
愁(3)。憑弔興亡已陳跡，嚴城畫角動人愁。」此詩通
首雄偉，而選《越風》者，改第四句為「伯圖何處問
孫劉(4)」，是點金成鐵矣。余嘗謂：一切詩文，總須
字立紙上，不可字臥紙上。人活則立，人死則臥。用
筆亦然。徐之原句是立，改句是臥：識者辨之。

【箋注】

(1) 徐芷亭：徐垣，字紫庭，號芷亭。順天大興籍，浙江山
   陰人。乾隆四年進士。官至湖北布政使。荊州：在三國
   時包括南陽、南郡、江夏、零陵、武陵、桂陽、長沙七
   郡，約相當於今天湖北、湖南兩省，廣西、貴州、河南
   的一部分。

(2) 巫陽：即巫山。

(3) 鄂渚：相傳在今湖北武昌黃鶴山上游三百步長江中。隋
   置鄂州，即因渚得名。世稱鄂州為鄂渚。

(4) 伯圖：稱霸的雄圖。伯，通「霸」。孫劉：三國吳主孫
   權和蜀主劉備的並稱。荊州是孫劉爭奪的戰略重地。

一八

　　青陽吳文簡公名裏，字七雲。《錫老堂詩集》(1)，
半多應制之作。其佳者，如：〈雨花庵〉云：「黃花
應笑客，白髮未還家。」〈送徐澄齋出使琉球〉云：
「嗣王冊命今三錫(2)，使者才名第一流。」〈金山〉
云：「海氣籠天橫北固(3)，江濤捲雪走東洋。」

【箋注】

(1)吳襄（1661-1735）：字七雲，號懸水。安徽青陽人。康熙五十二年進士。官至禮部尚書。謚文簡。有《錦老堂詩鈔》。

(2)嗣王：繼位之王。三錫：古代帝王尊禮大臣所給的三種器物。

(3)北固：山名。在今江蘇省鎮江市東北。有南、中、北三峰。北峰三面臨江，形勢險要，故稱「北固」。與鎮江西北的長江島嶼金山相映，同為京口壯觀。

一九

陳明經_捷字露書(1)，文簡公高弟也(2)。〈五溪〉云：「幾家帘影人沽月，一路鈴聲馬踏冰。」頗能得其師承。

【箋注】

(1)陳捷：字露書。安徽青陽人。康熙五十五年府貢。通經學，治《易》尤精。著《九華山志》。

(2)文簡公：即吳襄。見上一則詩話注(1)。高弟：高才弟子。

二〇

子臣弟友，做得到便是聖人；行止坐臥，說得著便是好詩。余嘗過橋下，則船篷便有須臾之黑，上山

轉幾個彎，則路便峻。徐詵若秀才有句云(1)：「犬吠知逢市，篷陰識過橋。」又云：「但覺路幾曲，不知身漸高。」「只因新水綠，愈覺夕陽紅。」徐〈阻風燕子磯〉云：「隔澗歸來踏淺沙，森森古木亂啼鴉。野人問我居何處，笑指孤篷即是家(2)。」劉曾〈詠雪〉云(3)：「塔頂松尖消也未，呼童先為出門看。」皆眼前實事，而何以人不能道耶？

【箋注】

(1) 徐詵若：未詳。

(2) 孤篷：即孤舟。

(3) 劉曾：見卷二・二八注(1)。

二一

真州太常卿施朝幹(1)，字鐵如，與余有世誼。自幼吟詩，熟精《文選》，于漢魏源流，最為淹貫(2)。〈聞曲〉云：「琵琶弦急對秋清，彈出關山離別情。借問黃河東去水，幾時流盡斷腸聲？」真唐人高調也。余尤愛其〈倚枕〉詩，有「平世受凡才」五字(3)，真乃包括「十七史」。試觀三國、南北朝人才，略差一籌，立形優拙。何也？用人之際，那容濫竽(4)？不比太平時，尸位者多也(5)。又有句云：「山水清音自幽獨，英雄末路即文章(6)。」

【箋注】

(1)施朝幹：字培叔，號鐵如。江蘇儀徵人。乾隆二十八年進士。官太僕寺卿、宗人府丞。有《陵陽集》。

(2)淹貫：深通廣曉。

(3)平世：太平之世。與「亂世」相對。

(4)濫竽：比喻沒有真才實學的人。典出《韓非子・內儲說上》。

(5)尸位：謂居位而無所作為。

(6)末路：失意潦倒的境地。

二二

　　姜西溟老而未遇(1)，揆敘〈送行〉云(2)：「青衫難作還鄉客(3)，白髮偏欺下第人。」姚啟聖尚書〈述懷〉云(4)：「千里波濤孤枕上，萬家饑溺夢魂中。」一悲一壯。

【箋注】

(1)姜西溟：姜宸英。見卷九・八六注(3)。

(2)揆敘：字愷功，號惟實居士。正黃旗滿洲人。大學士明珠子。成德弟。康熙三十五年由二等侍衛授侍讀，官至左都御史。謚文端。雍正二年，追奪其官，削謚。有《隙光亭雜識》、《益戒堂詩集》等。

(3)青衫：借指失意的官員。借指微賤者的服色。泛指官職卑微。

(4)姚啟聖（1624-1683）：字熙止，號憂庵。浙江會稽人。康熙二年八旗鄉試第一。曾官廣東香山知縣、福建布政使、兵部尚書。有《憂畏軒集》。

二三

麗川方伯〈和高青丘〈梅花詩〉〉九首(1)，《詩話》第二卷中，僅載數聯。今見全璧，為再錄二首，云：「枝頭何處認輕痕，霜亦精神雪亦溫。一徑曉風尋舊夢，半林寒月失孤村。吟情欲鏤冰為句(2)，離恨應敲玉作魂。寄語溪橋橋上客，莫從香裏誤柴門。」「點額誰教入漢宮(3)，凍雲合處路難通。朧朧斜照月疑路，瓣瓣擎來雪又空。無夢不隨流水去，有香只在此山中。松間竹外誰知己？地老天荒玉一叢。」謝蘊山觀察〈種梅〉詩風調(4)，亦與奇公相埒(5)。詞云：「修得多生到此花，不分山墅與官衙。惜春如命恒支俸(6)，種樹成圍便是家。香色都空寒徹骨，栽培要厚玉生芽。他年留作甘棠愛(7)，何用詩籠壁上紗(8)？」

【箋注】

(1) 麗川：奇豐額。見卷一‧五四注(2)。

(2) 鏤冰：雕刻冰塊。常以喻徒勞無功。

(3) 點額：《太平御覽》卷三十引《雜五行書》：「宋武帝女壽陽公主人日臥于含章殿簷下，梅花落公主額上，成五出花，拂之不去。皇后留之，看得幾時。經三日，洗之乃落。宮女奇其異，競效之，今梅花妝是也。」

(4) 謝蘊山：謝啟昆。見卷一四‧三二注(1)。

(5) 相埒：相等。

(6) 俸：俸祿。即薪金供給。

(7) 甘棠：代指循吏的美政和遺愛。見卷九‧三三注(15)。

(8)「何用」句：用唐代「碧紗籠」詩以人重的典故。見卷
　　一・三〇注(13)。

二四

　　紅粉能詩者多(1)，青衣能詩者最少(2)。近江寧
陳方伯有侍者陳鵬(3)，投詩求見。〈端午〉云：「羈
遊當令節(4)，隨俗采蘭芽。鑄盡平生錯，飄零何處
家？吟看松雨細，醉倚竹風斜。插艾兒時事(5)，而今
兩鬢華。」又：「殘蟬過雨急，疏磬度風遲。」亦五
言佳句。詢其踪跡，故是舊家子弟。字儀庭，號賓來，武昌
人也。

【箋注】

(1)紅粉：借指美女。

(2)青衣：此指地位低下的人。侍從差役一類。

(3)陳方伯：陳奉茲，字時若，號東浦。江西德化人。乾隆
　　二十五年進士。曾為江寧布政使九年。陳鵬：字儀庭，
　　號賓來。清江西德化人。即陳方伯之姪。此以為武昌
　　人，意在避諱（據《批本隨園詩話》）。

(4)羈遊：羈旅無定。

(5)插艾：古代端午節的一種風俗。《歲時廣記・端午・插
　　艾花》引宋・呂原明《歲時雜記》：「端五京都士女簪
　　戴，皆剪繒楮之類為艾，或以真艾，其上裝以蜈蚣、蚰
　　蜒、蛇蠍、草蟲之類。」

二五

金載羹、聚升昆季(1)，俱有清才。載羹〈燕子〉云：「呢喃似說綠楊晴，雙剪參差拂水輕。銜得海棠花入壘(2)，畫梁紅雨落無聲。」聚升〈水煙〉云：「舟向小溪浮，橫空練不收(3)。人喧知近岸，櫓響辨行舟。鳥去棲何處？螢飛入遠流。須臾煙滅後，明鏡一輪秋(4)。」〈晚起〉云：「菜市聲喧眠最穩，餅師叫過日將西。小童已報黃粱熟，倦倚藜床聽鳥啼(5)。」一名忠鼎，一名忠萃。

【箋注】

(1)金載羹：金忠鼎，字載羹。金聚升：金忠萃，字聚升。餘未詳。昆季：兄弟。

(2)壘：巢，窩。

(3)練：白絲織品。這裏形容水煙景象。

(4)明鏡：喻月亮。

(5)藜床：藜莖編的床榻。泛指簡陋的坐榻。

二六

余幼作〈無題〉詩云：「淚珠洗面將毫染(1)，詩句焚灰和酒吞。」胡稚威見而賞之曰(2)：「此少年頗有詩膽。」余自笑二句皆鑿空，首句用李後主事(3)，尚可拉扯；至次句，則全是杜撰矣。不料今年偶翻張泌《妝樓記》載(4)：姚月華女子慕楊達之詩(5)，讀

數過，便燒灰和酒吞之，謂之「款中散」。又，牛應貞女夢裂書而食之(6)，每食一部，則文體一變。楊巨源序其集曰《遺芳》(7)。方知用典，竟有無心而暗合者。

【箋注】

(1) 毫：毛筆。

(2) 胡稚威：胡天游。見卷一・二八注(1)。

(3) 李後主：南唐後主李煜。見補遺卷三・二五注(2)。此指李後主填詞抒亡國之痛。

(4) 張泌：字子澄。淮南人，一說常州人。仕南唐，李煜時任監察御史、內史舍人等。歸宋後，仍入史館。按：所引內容一說為元・伊世珍《琅嬛記》所載。

(5) 姚月華：唐女詩人。少失母，隨父寓揚子江，見鄰舟書生楊達詩，命侍兒乞其稿。達立綴艷詩致情，自後屢相酬和。《全唐詩》收其詩六首。楊達：未詳。所謂「和酒吞」，亦見《琅嬛記》。

(6) 牛應貞：唐代牛肅長女，弘農人楊唐源之妻。生活于唐貞元、元和年間。十三歲時，能誦佛經二百餘卷、儒經子史數百卷。年二十四卒。（見《太平廣記・牛肅女》）

(7) 楊巨源：字景山。唐河中人。貞元五年進士。官太常博士、禮部員外郎、國子司業。《全唐詩》收其詩一卷。

二七

　　鐵冶亭侍郎選《長白山詩》(1)，皆滿洲已故之人，命余校勘。余摘其句之佳者，如：國柱〈伊犁〉

云(2)：「舉頭惟有日，過此便無關。」觀補亭保〈路行〉云(3)：「雲氣常隨馬，秋聲半在山。」「冥心契道妙，謝客養苔痕。」福增格云(4)：「陰厓春色減，廢寺夕陽多。」伊福訥云(5)：「落葉聚空巷，饑烏投遠林。」寨音布云(6)：「風定樹猶怒，日高霜尚飛。」鄂文端云(7)：「山果隨風墜，秋花出葉開。」「一杖立斜日，滿園飛落花。」皆妙。

冶亭侍郎，典試江南，先有人抄其兩絕句來，云：「鎮日丹鉛笑未遑(8)，書生習氣總荒唐。文魔字債輪番應，客到時閒客去忙。」「不信煙霞癖已成(9)，閒遊到處結鷗盟(10)。同行盡道山中好，多少山人喜入城(11)。」後冶亭入場(12)，于開門放水菜時(13)，即托監臨以詩幅見寄(14)。佳句如：「水落魚龍依岸近，天高星斗上船紅。」「秋懸野色明沙觜(15)，天縱江聲到石頭。」「愁裏逢春驚老至，中年得女當兒看。」俱妙。

【箋注】

(1)鐵冶亭：鐵保，姓覺羅氏。後改棟鄂，字冶亭，號梅庵。滿洲正黃旗人。乾隆三十七年進士。官至兩江總督、吏部尚書，降洗馬，賜三品卿銜。有《梅庵詩鈔》、《應制詩》、《玉門詩鈔》。

(2)國柱：博爾濟吉特氏。滿洲鑲黃旗人。雍正八年襲一等子爵，乾隆十三年調前鋒侍衛。隨協辦大學士傅恒攻大金川，剿準葛爾，隨兆惠收喀什噶爾等地。奉派築伊犁城。升馬蘭總兵。繼調雲南楚雄鎮總兵。卒於軍。（詳《國朝耆獻類徵初編》卷二百八十七）

(3)觀保：見卷一〇·八四注(4)。

(4)福增格：字贊侯，一字松巖，姓伊爾根覺羅氏。清隸滿洲正黃旗。累官盛京兵部侍郎，廣州將軍。有《酌雅齋詩集》。

(5)伊福訥：字兼五，一字肩吾，號抑堂。滿洲鑲紅旗人。雍正八年進士。歷官御史。輯《白山詩選》。

(6)寨音布：未詳。

(7)鄂文端：鄂爾泰。見卷一・一注(7)。

(8)丹鉛：指點勘書籍用的朱砂和鉛粉。亦借指校訂之事。

(9)煙霞癖：謂酷愛山水成癖。

(10)鷗盟：謂與鷗鳥為友。比喻隱退。

(11)山人：此指住在山區的人。

(12)入場：進入考場。

(13)水菜：指新鮮蔬菜。

(14)監臨：指科舉制度中鄉試的監考官。

(15)沙觜：一端連陸地、一端突出水中的帶狀沙灘。

二八

夢謝山侍郎詩亦奇偉(1)，惜多累句(2)。由中年俎謝(3)，未盡其才故也。惟〈廣武原〉一首最佳(4)。詞云：「秋高廣武原，日落斷雲奔。天地一龍鬥，風塵千里昏。平沙生朔氣，殘壘駐征魂。撥馬尋遺跡，荒郊戰骨存。」

【箋注】

(1)夢謝山：夢麟（1728-1758），西魯特氏，字文子，號謝

山、瑞占、午堂、柳塘等。蒙古正白旗人。乾隆十年進士。授檢討，官至戶部侍郎。有《太谷山堂集》。

(2) 累句：病句。

(3) 殂（cú）謝：去世。

(4) 廣武原：在今河南省滎陽縣東北廣武山上。黃河自廣武原西北向東北而流。秦末楚、漢相爭，戰于滎陽，廣武山東西兩頭分別為楚、漢王城舊地。

二九

余與鰲滄來交好(1)，常許寄其曾祖于襄勤公詩來(2)，而至今未到。余于《白山詩選》中，得其〈登萬壽閣〉云：「古寺荒涼草木平，十年人到倍傷情。滿城黃葉飛秋色，虛閣寒濤夾雨聲。賦稅何勞頻仰屋(3)，關山行看會休兵。依然故國音書絕，潦倒風塵白雁橫。」〈聞笛〉云：「繚繞飛空短笛聲，高天露下共淒清。愁來江漢人何處，望裏關山月倍明。萬里孤雲隨絕漠，十年羸馬更長征。誰知一曲終宵怨，霜雪無端兩鬢生。」二首皆唐音。

【箋注】

(1) 鰲滄來：鰲圖。見卷一・五五注(4)。

(2) 于襄勤：于成龍。見卷一・五五注(1)。

(3) 仰屋：《梁書・南平王偉傳》：「恭每從容謂人曰：『下官歷觀世人，多有不好歡樂，乃仰眠床上，看屋梁而著書，千秋萬歲，誰傳此者？』」後用來形容苦思冥想的樣子。

三〇

英夢堂相公(1)，生有詩骨，吐屬不同。〈除夕〉云：「老趣隨時異，流光過眼非。善忘心轉暇，遲聽語因稀(2)。臘酒催拈管(3)，春燈照掩扉。不干兒輩事，鞍馬六街飛。」〈出郊〉云：「隔宵意先樂，今日出郊行。風定有禽語，雪消添雨聲。當春山氣重，入夜客身輕。預擬重來日，垂楊聽早鶯。」

【箋注】

(1)英夢堂：英廉。見卷三‧一五注(1)。

(2)遲聽：聽覺遲頓。

(3)拈管：捏筆，取筆。指題詩。

三一

德少司空齡在京師(1)，每見余詩，必加稱許。托張宏勳棟時時致意(2)。因隔內外城，終不得一見。近見其詩，不在夢堂相公之下。〈劍州道中〉云：「武連坡下亂煙生，劍閣峰頭夕照明。一鳥不喧寒瀨寂(3)，滿山黃葉馬蹄聲。」〈琉璃河口占〉云：「白髮蒼顏老侍臣，又隨豹尾踏芳塵(4)。琉璃河畔毿毿柳(5)，應識三朝扈蹕人(6)。」

【箋注】

(1)德齡：字松如，姓鈕祜錄。滿洲鑲黃旗人。康熙五十四年進士。雍正間歷任內閣學士、湖北巡撫等，乾隆間官

盛京工部侍郎、盛京禮部侍郎等。少司空，工部左右侍
郎別稱。

(2) 張宏勳：張棟。見卷一〇・六二注(1)。

(3) 寒瀨（lài）：寒涼湍急的水。

(4) 豹尾：借指天子屬車，即豹尾車。

(5) 毿毿（sān）：垂拂紛披貌。

(6) 扈蹕：隨侍皇帝出行至某處。蹕，指帝王的車駕或行幸
之處。

三二

余與香岩遊天台(1)，小別湖樓，已一月矣，歸來
几上堆滿客中來信，花事都殘(2)。香岩有句云：「案
前堆滿新來札，牆角開殘去後花。」又，〈別西湖〉
云：「看來直似難忘友，想去還多未了詩。」一片性
靈，筆能曲達(3)。

【箋注】

(1) 香岩：張培。見卷一二・七四注(1)。

(2) 花事：關於花的情事。春季百花盛開，故多指遊春看花
等事。

(3) 曲達：婉曲表達。

三三

　　詩有寄託便佳。管松年秀才落第(1)，詠〈梳妝〉云：「聞說梳妝要入時，不嫌傅粉更塗脂。寄聲虢國夫人道(2)，淡掃蛾眉恐不宜。」祝芷塘太史在長安(3)，詠〈燕〉云：「野店江村少是非，芹泥春暖試烏衣(4)。如何楚楚紅襟燕，但向雕梁高處飛。」小門生汪秀峰（原空上雨字，據民國本加）詠〈蚊〉云：「乍停紈扇便成團，隱隱雷聲夜未闌。漫道紗櫥涼似水，明中易避暗中難。」

【箋注】

(1)管松年：見卷一一・三三注(7)。

(2)虢（guó）國夫人：唐・楊貴妃三姐的封號。杜甫《虢國夫人》詩云：「却嫌脂粉污顏色，淡掃蛾眉朝至尊。」

(3)祝芷塘：祝德麟。見卷五・三〇注(1)。

(4)芹泥：燕子築巢所用的草泥。

三四

　　有人抄吳江三女詩來：一王素芬夢蘭〈宮詞〉云(1)：「寂寞空庭鎖綠苔，長門何日為君開(2)？淚珠滴地成鹽汁，底事羊車引不來(3)？」「宴罷臨春悵落暉(4)，名花無主自芳菲。穿簾怕見尋香蝶，故向愁人作對飛。」袁湘佩蘭貞〈春閨〉云(5)：「數竿修竹傍溪栽，零落殘紅帶雨開。正是春愁無奈處，賣花聲

過小橋來。」陸蘭垞素心〈即事〉云(6)：「曲折籬牆傍水開，落紅一雨點蒼苔。芹泥滿地日初暖，燕子一雙花外來。」更有姚棲霞者(7)，幼即能詩，年十七而卒。其父岱摘其詩中「燕剪剪春愁不剪，翻含愁入小窗來」之句，抄存一冊，名曰《剪春集》。〈晚涼〉云：「影移深樹亂鴉啼，目送殘陽漸漸低。江有意流涼月去，雲無心托暮山棲。」〈寄懷鄰姊〉云：「秋老江關落木初，登樓凝望渺愁余。遙山雨洗螺痕淡(8)，只恐愁眉更不如。」〈臨終〉云：「永夜沉沉更漏遲，無眠起坐強支持。意中多少難言事，盡在低聲喚母時。」「浮生修短總虛花，幻跡拚歸夢裏家。試問牕前今夜月，照人還得幾回斜？」他如〈黃梅〉云：「晴還疑雨昏昏過，天亦如人黯黯愁。」皆係不祥之言。

【箋注】

(1) 王夢蘭：字素芬。太倉諸生吳德彝妻，吳偉業孫媳。清江蘇吳江人。有《三十六鴛鴦吟舫存稿》。

(2) 長門：漢宮名。後以「長門」借指失寵女子居住的寂寥淒清的宮院。

(3) 羊車：宮中用羊牽引的小車。《晉書·后妃傳上·胡貴嬪》：「（晉武帝）常乘羊車，恣其所之，至便宴寢。宮人乃取竹葉插戶，以鹽汁灑地，而引帝車。」後常用為宮人得寵或失寵的典故。

(4) 臨春：閣名。南朝陳後主時建。此為泛指。

(5) 袁蘭貞：字湘佩。清江蘇吳江人。

(6) 陸素心：字蘭垞。清浙江平湖人。武康舉人徐熊飛妻。博學工詩。有《碧雲軒詩鈔》。

（7）姚棲霞：清江蘇吳江人。布衣姚岱女。性端淑，質尤聰
　　慧。年十七，以瘵疾殞。有《剪愁吟》，或作《剪春
　　集》。

（8）螺痕：喻青山影跡。

三五

　　詩有天籟最妙。尹似村〈偶成〉云（1）：「嬌兒呼
阿爺，樹上捉蝴蝶。老眼看分明，霜粘一黃葉。」陳
竹士〈山中口占〉云（2）：「酌酒松樹陰，醉臥雲深
處。人閒雲不閒，松邊自來去。」

【箋注】

（1）尹似村：慶蘭。見卷二・三七注（1）。

（2）陳竹士：陳基，字竹士。清江蘇長洲人。諸生。游袁枚
　　之門。有詩數千首，蔣榮渭輯為《味清堂詩鈔》。口
　　占：謂作詩文不起草稿，隨口而成。

三六

　　松江李硯會刻其亡姊一銘心敬及子婦歸懋儀佩珊二
人詩（1），號《二餘集》，曹劍亭給諫為之作序（2）。
一銘嫁常熟歸氏，早卒；懋儀乃一銘所生，仍歸李
氏。集中〈晚眺〉云：「垂柳斜陽外，如眉媚態生。
因憐雙黛薄（3），羞對遠山橫。」懋儀〈贈玉亭四姑
于歸〉云（4）：「聞道雲英下九天（5），翠蛾新掃倍生

妍（6）。定知茂苑無雙士（7），始配瑤華第一仙。玉鏡曉妝花並笑，金樽夜泛月同圓。徵蘭他日符佳夢（8），應見雲芝茁玉田（9）。」「詠絮清才擬謝家（10），神爭秋水貌爭花。雞晨問寢常携手，雨夜聯詩共品茶。君在瀟湘吟水月，我歸江海玩煙霞。萍踪重聚知何日？回首鄉關感歲華。」〈夜泊〉云：「曠野秋清夜寂寥，明星幾點望迢遙。雙輪歷礫繞停響（11），又向江頭聽暮潮。」〈送糧艘出海〉云：「無事量沙成萬斛（12），但聞挾纜遍三軍（13）。」雄偉絕不似閨閣語。劍亭有女洪珍，詠〈月中桂〉云：「萬古此秋色，一天生異香。」亦有奇氣，惜不永年。

【箋注】

(1) 李硯會：李心耕，字春圃，號研龠（同治十一年《上海縣誌》）。清江蘇松江人。李宗袁次子。官刑部郎中，終湖南岳州知府。李一銘：李心敬，字一銘。清上海人。梧州知府李宗袁女。浙江布政使常熟歸朝煦妻。有《蠹餘草》。歸懋儀：字佩珊。清常熟人。巡道歸朝煦女，上海監生李學璜妻。有《繡餘吟》。

(2) 曹劍亭：曹錫寶。見卷一六·五七注(1)。

(3) 雙黛：女子雙眉。

(4) 于歸：出嫁。

(5) 雲英：傳說中的仙女。借指佳偶。

(6) 翠蛾：女子細而長曲的黛眉。

(7) 茂苑：古苑名。又名長洲苑。故址在今江蘇省吳縣西南。後亦作蘇州的代稱。

(8) 徵蘭：謂取驗于蘭。以稱人有貴子。

(9)雲芝：靈芝。玉田：傳說中產玉之田。楊伯雍于無終山
　　汲水作義漿，有一人就飲，送石子一斗，云種之可產美
　　玉，後當得佳婦。（晉・干寶《搜神記》）

(10)詠絮：用東晉・謝道韞女子詠雪之典。見卷二・五三
　　注(8)。

(11)歷碌：車輪聲。

(12)量沙：《南史・檀道濟傳》：「道濟時與魏軍三十餘戰
　　多捷，軍至歷城，以資運竭乃還。時人降魏者具說糧食
　　已罄，於是士卒憂懼，莫有固志。道濟夜唱籌量沙，以
　　所餘少米散其上。及旦，魏軍謂資糧有餘，故不復追，
　　以降者妄，斬以徇。」後以「量沙」為安定軍心，迷惑
　　敵人之典。

(13)挾纊（kuàng）：披著綿衣。亦以喻受人撫慰而感到
　　溫暖。《春秋左傳・宣公十二年》：「冬，楚子伐
　　蕭。……申公巫臣曰：『師人多寒。』王巡三軍，拊而
　　勉之。三軍之士，皆如挾纊。」

三七

　　余第五女，嫁六合汪氏(1)，家信來云：松江廖織
雲女史(2)，汪氏戚也，索余《詩話》，願來受業。余
問其門楣，方知是合肥令廖古檀之女(3)，素以詩畫擅
長，嫁馬氏而寡。古檀有《鹽香軒詩話》。故是風雅
門風。以畫冊見貽。題〈白桃花〉云：「五更風雨惜
穠春(4)，曉起看花為寫真(5)。雙頰斷紅渾不語(6)，
可憐最是息夫人(7)。」〈杏花〉云：「社後春將
鬧(8)，風吹蕊欲肥。美人簾外立，初試水紅衣。」
織雲札來云：其表姊徐磐山莊煮亦工詩畫(9)，愛隨園

詩，有私淑之心（10）。何松江閨秀之多，而老人佛緣
之廣耶？

【箋注】

(1) 六合：即今江蘇六合縣。

(2) 松江：即今上海市松江縣。廖織雲：廖雲錦，字蕊珠，
　　一字織雲，號錦香居士。清清浦（今上海市青浦縣青浦
　　鎮）人。合肥知縣景文次女。華亭馬姬本妻。有《織雲
　　樓稿》、《仙霞閣詩草》。

(3) 廖古檀：廖景文。見卷一四・五七注（13）。

(4) 穠春：穠芳的春天。

(5) 寫真：指對事物的真實反映，猶寫照。

(6) 斷紅：謂稍抹胭脂，婦女的一種淡妝。

(7) 息夫人：春秋時期息國國君的夫人。見卷一一・一八
　　注（5）。

(8) 社：此指春社。古時於春耕前祭祀土神，以祈豐收，謂
　　之春社。

(9) 徐磬山：徐莊肅，字磬山。清上海奉賢才女。王夢樓女
　　弟子。婁縣訓導徐祖鎏繼室。有《剪水山房詩鈔》。

(10) 私淑：私自敬仰而未得到直接的傳授。

三八

　　自余作《詩話》，而四方以詩來求入者，如雲而
至。殊不知詩話，非選詩也。選則詩之佳者，選之而
已；詩話必先有話，而後有詩。以詩來者千人萬人，
而加話者，惟我一人。搜索枯腸，不太苦耶？松江太

守李寧圃先生寄三友人詩來(1)，余以此言復之。而過後擷看，見其佳者，又不能自已。錄張鳳揚翽〈夜泊〉云(2)：「榜歌聲起欲黃昏(3)，初月微茫漏白痕。小泊夜深燈火暗，一叢林影數家村。」〈過商州〉云(4)：「重關已過數峰西，繞盡羊腸踏盡梯。滿耳水聲千澗曲，四圍山色一城低。」李振聲東皋〈早發〉云(5)：「宵征雞未唱，夢醒客猶慵。殘月留高樹，深山隱曙鐘。煙團鴉背重，雪襯馬蹄鬆。漸覺晨光動，郵亭過幾重。」〈舟中〉云：「暮煙入城郭，燈火乍依稀。遠水唧天盡，孤雲抱月飛。簞涼知露重，酒醒覺風微。坐待東方白，輕橈破浪歸。」

【箋注】

(1)李寧圃：李廷敬。見卷一六・六三注(2)。

(2)張鳳揚：張翽（huì），字鳳颿，號桐圃。甘肅武威人。乾隆三十四年進士。歷官江西廬陵知府、湖北荊宜道。充貴州鄉試副考官。晚游秦隴楚蜀，凡遇山川古跡，皆志以詩。有《念初堂詩集》。

(3)榜歌：船夫所唱的歌。

(4)商州：即今陝西商州市。

(5)李振聲：李東皋，字振聲。餘未詳。

三九

同年許紅橋朝謂余曰(1)：「余在粵東有句云：『天低冬日猶堪畏，梅早春風不待催。』頗覺真切。

〈過儀真〉云：『蘆飛兩岸白，雁叫一天秋。』自謂佳矣。偶見僧玉峰有句云(2)：『蘆花兩岸白，江水一天秋。』自愧不如僧之高渾。」又云：「有友呼僮烹茶，僮酣睡。厲聲喝之，僮驚撲地。因得句云：『跌碎夢滿地。』五字奇險，酷類長吉(3)。」

【箋注】

(1) 許紅橋：見卷一三・一四注(1)。

(2) 僧玉峰：源瀚，字覺海，號玉峰。崑山（今屬江蘇）人。住持海鹽天寧寺，力主鼎新。乾隆十六年南巡，敕賜墨寶、《心經》各一。有《水雲集》。

(3) 長吉：唐李賀。見卷一・一六注(6)。

四〇

京口張石帆工詩(1)，尤善歌詩，每詩成，必拍板高吟，聽者神移。嘗與鮑步江論生平得意詩(2)。鮑以〈宿焦山〉對(3)，云：「水光終夜曉，海氣不成秋。」張亦以〈宿焦山〉對，云：「煙鳥去無盡，風潮來不知。」

【箋注】

(1) 張石帆：張曾，字殿武。江蘇鎮江丹徒人。乾隆十三年前後在世。布衣。詩筆清華。游京師，館大學士英廉家三載。與鮑皋、余京有「京口三詩人」之稱。有《石帆山人集》。

(2) 鮑步江：鮑皋。見卷一・四〇注(5)。

（3）焦山：在江蘇鎮江市區東北的長江中，因漢末著名學者焦光隱居山中而得名。又因滿山樹木蔥蘢，宛如江中浮玉，亦名浮玉山。

四一

荊溪任繡懷錦者（1），〈看紅葉〉云：「放棹西湖發浩歌（2），詩情畫意兩如何？莫嫌秋老山容淡，山到秋深紅更多。」結二句，為老年人吐氣。

【箋注】

（1）任繡懷：任錦心，字岫懷（一作繡懷），號懶真。清江蘇荊溪人。有《懶真集》。（據錢仲聯主編《清詩紀事》）

（2）放棹：行船。

四二

端陽水嬉，姑蘇最盛：千船鱗列，歌吹喧闐；然嬉遊者意不在龍舟也。汪比部秀峰詩云（1）：「暖日烘雲景物新，衣香鬢影漾芳津（2）。少年綺扇篷窗下，不看龍舟只看人。」又，〈夜午〉云：「半規明月印緦紗，酒醒鄉思更覺賒（3）。堪笑西風無賴甚，吹人殘夢落誰家？」秀峰，婺州人，生長杭州，家素饒裕，慕顧阿瑛、徐良夫之為人（4），愛交名士，少即與吾鄉杭、厲諸公交往（5）。晚刻本朝《閨秀詩》一百卷。趙

雲松贈詩云(6)：「論交及見諸前輩，刻集能傳眾美人。」

【箋注】

(1)汪秀峰：汪啟淑（1728-1800），字慎儀，號秀峰，又號訒庵，一號悔堂。清安徽歙縣人，僑居杭州小粉場。官工部都水司郎中、兵部職方司郎中。有《訒庵詩存》、《于役新吟》、《酒簾唱和詩》、《販書偶記》、《水曹消暇錄》、《粹掌錄》等。

(2)芳津：指潤澤的皮膚。

(3)賒：指情緒的殷切、高漲。

(4)顧阿瑛：顧瑛。見卷三・六〇注(1)。徐良夫：徐達佐。見卷三・六〇注(1)。此處所謂顧、徐之風，是指蓄積書史，廣開壇坫之風。

(5)杭、厲：杭世駿（見卷三・六四注(1)）、厲鶚（見卷三・六一注(1)）。

(6)趙雲松：趙翼。見卷二・三三注(3)。

四三

壬子春，余在西湖，徐謹庵大樁以詩來謁(1)。有佳句云：「燕語只因尋舊壘，鶯啼却為別春風。」「自能免俗方知樂，總不關心便是仙。」「世間亦有閒于我，江上輕雲水上鷗。」俱可愛也。又有陳春嘘昶明府(2)，誦其〈寶石湖樓與明太守夜飲〉云(3)：「畫樓窈窕鏡波清，良會無多趁晚晴。北海有容天下量(4)，西湖端為我曹生(5)。梅花香泛杯中酒，楊柳

絲牽醉裏情。飲罷不須燒燭照，捲簾春月萬山明。」

【箋注】

(1)徐謹庵：徐大檆（yún），號謹庵。清杭州人。試用布政司理問，署衢州峽口同知。

(2)陳春噓：陳昶，字春噓。清江蘇常州人。官浙江桐鄉、秀水、餘姚知縣，皆有惠政。學問淹博，通曉書畫。有《挹秋軒遺稿》。

(3)寶石：寶石山位於西湖北裏湖北岸，「寶石流霞」為西湖十景之一。明太守：明保，字希哲。滿洲正紅旗人。和珅繼母的堂弟。漕督嘉謨之子。（據《批本隨園詩話》）一說鑲藍旗人。乾隆五十五年任杭州知府。

(4)北海：《後漢書‧孔融傳》：融為北海相，世稱孔北海。「性寬容少忌，好士，喜誘益後進。」唐李邕任北海太守，重義愛士，人稱李北海。此代指明太守。

(5)曹：等輩。

四四

　　近得鄂筠亭敏守杭州〈修禊西湖詩〉(1)，首唱云：「修禊三春好，風花二月天。黃堂無底事(2)，白髮有諸賢。筆濯西湖水，花搖鷟嶺煙。風光徵往事，不減永和年(3)。」一時作者如雲。四十年來，風流歇絕。今年，余在湖樓，招女弟子七人作詩會。太守明希哲先生保從清波門打槳見訪(4)，與諸女士茶話良久，知是大家閨秀，與公皆有世誼，乃留所坐玻瓈畫船、繡褥珠簾，為群女遊山之用。而獨自騎馬

還衙。少頃，遣人送華筵二席、玉如意七枝(5)，及紙筆香珠等物，分贈香閨為潤筆(6)。一時紳士艷傳韻事，以為昔日筠亭太守所未有也。汪解元潤之夫人潘素心賦排律三十韻(7)，其略曰：「欲話天台勝，西湖折簡忙(8)。傳經來繡谷(9)，設帳指山莊。雲母先生座(10)，金釵弟子行(11)。詞宗新染翰，郡伯遠貽筐(12)。白璧光如許，紅裙禮未將。天當桐葉閏，閏四月。人豈竹林狂？來者七人。畫舫玻璨嵌，輕簪翡翠粧。逍遙孤嶼外，容與斷橋旁(13)。送別憑圓月，催歸帶夕陽。千秋傳韻事，佳話在錢塘。」孫臬使女雲鳳(14)，亦有「羲之虛左推前輩，坡老留船泛夕暉」之句(15)。太守有十二金釵，能琴者名悟桐，能詩者名袖香，最小者名月心：會前一日，皆執贄余門(16)。

【箋注】

(1)鄂筠亭：鄂敏。見卷三・六〇注(10)。修禊：古代民俗於農曆三月上旬的巳日（三國魏以後始固定為三月初三）到水邊嬉戲，以祓除不祥，稱為修禊。

(2)黃堂：古代太守衙中的正堂。借指太守。

(3)永和：東晉穆帝司馬聃的年號。此指王羲之為會稽山陰蘭亭修禊而書寫《蘭亭序》的永和九年。

(4)明希哲：明保。見上一則詩話注(3)。

(5)玉如意：玉石器物。供玩賞。

(6)潤筆：指送給作詩文書畫之人的報酬。

(7)汪潤之：字雨園。浙江錢塘人。乾隆五十四年解元，嘉慶六年進士。官少詹事。潘素心：見補遺卷四・五二注(3)。

(8)折簡：裁紙寫信。

(9)繡谷：花木似錦的的山谷。

(10)雲母：指雲母竹做的坐具。

(11)金釵：指女弟子。

(12)貽筐：指送食品。《詩經・周頌・良耜》：「或來瞻女，載筐及筥。」元・楊仲弘〈橘中篇〉：「上充國家賦，下貽筐筥謀。」

(13)容與：從容閒舒貌。

(14)臬使：即按察使。孫雲鳳：見卷二・三一注(2)。

(15)虛左：尊敬地空出左邊的座位，古代以左為尊。坡老：宋蘇東坡。喻稱袁枚。

(16)執贄：古代禮制，謁見人時攜禮物相贈。

四五

潘石舟明府(1)，素心女子之父也，作官有惠政，詩亦清逸。摘其〈市居〉云：「人聲春社散，月色夜航開。」〈鎮遠〉云：「頭纏白布苗人語，馬踏黃花使者來。」〈貴陽〉云：「十五洞蠻依阿畫(2)，八千里路召奢香(3)。」〈吳山〉云：「江上風帆湖上酒，總輸高頂坐觀人。」

【箋注】

(1)潘石舟：潘汝炯，字石舟。浙江紹興人。乾隆三十年拔貢。歷任江西臨川、信豐、廣昌等縣知縣，官至廣西上思州知州。工古文辭。有《石舟文剩》。

(2)阿畫：元順元宣撫司（治今貴州貴陽）宣撫使，以征伐功
　　加龍虎大將軍，封順元羅甸侯，卒追封濟國公。《元
　　史》載：「順元等處軍民宣撫使阿畫以洞蠻酋黑衝子子
　　昌奉方物來觀。」《明史》載：「自蜀漢時，濟火從諸
　　葛亮南征有功，封羅甸國王。後五十六代為宋普貴，傳
　　至元阿畫，世有土於水西宣慰司。」阿畫、阿畫應同指
　　一人。

(3)奢香：見卷四・二〇注(3)。

四六

　　吳下女子葛秀英(1)，字玉貞，秦澹園鏊之簉
室(2)，母夢吞梅花而生，幼時有老尼見而驚曰：「此
青玄宮道貞女也。」勸其出家，父母不許。及長，
適秦秀才，二年而卒，年才十九。秦為刻其《澹雲樓
詩》。〈春夜〉云：「碧羅衫子怯餘寒，花向閒階帶
月看。我與嫦娥原約定，不教辜負好闌干。」又有句
曰：「人間盡是埋憂地，除卻蓬萊莫寄身(3)。」味
其詞，其超凡而去宜也。尤長於詞，《詠楊花・減字
木蘭花》云：「柳棉如許，攪碎春魂飄泊去。風約萍
開，一半相逢在水涯。　　漫天飛舞，簾外斜陽黏忽
住。詠絮無才，孤負東風為送來。」《聽雨・桂殿
秋》云：「衣袂冷，上高樓，繁雲遮斷碧山頭。小牕
獨坐聽秋雨，荷葉芭蕉各自愁。」

【箋注】

(1)葛秀英：字玉貞。清江蘇句容人。無錫秦鏊側室。工詩

善奕。有《澹香樓集》。

(2)篷室：舊時男子在妻以外娶的女子。

(3)蓬萊：蓬萊山。古代傳說中的神山名。亦常泛指仙境。

四七

顏鑒堂希源有《百美新詠圖》(1)，邵無恙駰亦有《歷代宮闈雜詠圖》(2)，皆乞余為序。余衰老才盡，作散駢兩體文以應之。錄卷中詩之有意趣者。總題，則呂燕昭云(3)：「娉婷玉貌是耶非，絕代風姿見亦稀。我欲呼來談往事，春風盡化彩雲飛。」孫方僅云(4)：「天生佳麗盡堪傳，遺臭流芳本較然。漫說貞淫編失次，〈新臺〉猶列〈柏舟〉前(5)。」分題，則鑒堂題〈楚蓮香〉云(6)：「高捲湘簾出艷粧，不關花氣自聞香。蝶蜂也似纏頭客，亂逐遊蹤上下狂。」〈薛瑤英〉云(7)：「衣着龍綃穩稱身(8)，鳳鸞吟作滿堂春。可知憔悴西秦道，曾有當時握手人？」無恙題〈啟母〉云(9)：「候野歡歌謝未遑(10)，八年三過感臺桑(11)。宮闈欲換唐虞局(12)，生得佳兒嗣夏王。」〈妲己〉云(13)：「百尺璇臺帝寵新(14)，牝雞莫漫怨司晨(15)。宮中也愛歌〈樛木〉(16)，曾許宜生進美人(17)。」又，詠〈朱希真〉云(18)：「袖中空有生花筆，嘉偶常稀怨偶多(19)。」詠〈魯仲子〉云(20)：「倘教掌上文都有，世上應無誤嫁人。」用意皆翻空出新。又，詠〈齊姜〉云(21)：「伯業全開一醉中，美人殺妾遣英雄。如何盡迂嬴隴

返(22)，不見齊姜入晉宮？」余嘗疑晉文不迎齊姜，猶漢高之不封紀信也(23)。恐姜竟先亡，信或無子耶？鑒堂官鹽大使，蓋隱於下位者也。〈與王甥天津分舟〉云：「甥舅欣同一葉舟，渭陽往事記悠悠。想因載得離情重，故使分開兩處愁。」〈山塘驛〉云：「竹屋夜燈青，山窗秋月白。驛夫多故人，笑認曾來客。」

【箋注】

(1) 顏鑒堂：顏希源，字鑒堂，號問渠。廣東連平人。嘉慶三年任江蘇儀徵知縣。有《百美新詠》。

(2) 邵無恙：邵飄（帆）。見卷八‧五六注(3)。

(3) 呂燕昭：字仲篤，號玉照。河南新安人。乾隆三十六年舉人。歷官江寧知府。有《福堂文集》、《福堂詩集》。

(4) 孫方僅：未詳。按：人民文學出版社本、鳳凰出版社本均將以上兩個作者名誤認為詩題。（據集腋軒藏版《百美新詠圖傳》）

(5) 新臺：《詩經‧邶風》篇目，諷刺衛宣公為兒子聘娶齊女，霸為己有。柏舟：《詩經‧鄘風》第一篇，舊說多認為是共姜守節不嫁自誓之作。此篇放在〈新臺〉篇後。其實〈新臺〉篇前亦有一篇與此篇同題之作。

(6) 楚蓮香：唐天寶年間都中名妓。《開元天寶遺事》載：「蓮香每出處之間，則蜂蝶相隨，蓋慕其香也。」

(7) 薛瑤英：唐鳳翔岐山人，中書侍郎元載寵姬，仙姿玉質，善為巧媚。元載擅權不法，長惡不悛，眾怒上聞，帝賜自盡。

(8) 龍綃：衣名。一襲無一二兩，元載以寵姬薛瑤英不勝重衣，故求之外國。

(9)啟母：即夏禹的妻子塗山氏長女，因兒子名啟，故稱。

(10)未遑：沒有時間顧及。

(11)臺桑：傳說禹娶塗山氏之女處。此句詠大禹治水三過家門而不入事蹟。

(12)唐虞：唐堯與虞舜的並稱。亦指堯與舜的時代，古人以為太平盛世。

(13)妲己：商王紂寵妃。有蘇氏女，己姓。紂伐有蘇氏，有蘇氏獻女。得紂寵，助紂為虐。武王滅商，殺之。

(14)璇臺：飾以美玉的高臺。本為夏天子的臺名。

(15)牝雞司晨：母雞報曉。舊時貶喻女性掌權，所謂陰陽倒置，將導致家破國亡。

(16)樛木：指《詩經・周南・樛木》。樛木，枝向下彎曲的樹。此篇以樛木受葛藟纏繞，比君子常得福祿相隨，為婚禮祝福之歌。

(17)宜生：散宜生，商周之際人。西伯姬昌被紂囚禁，散宜生與閎天等獻美女、名馬給紂，營救西伯。後佐武王滅商。

(18)朱希真：馮夢龍《情史》：「朱希真，小字秋娘，建康府朱將仕女也。年十六，適同邑商人徐必用。徐頗解文義，商久不歸，希真作閨怨詞，調寄《鷓鴣天》。」（另見葉申薌《本事詞》）

(19)嘉偶：美好姻緣。怨偶：謂不和睦的夫妻。

(20)魯仲子：《左傳・隱公元年》：「宋武公生仲子，仲子生而有文在其手，曰『為魯夫人』，故仲子歸于我。」

(21)齊姜：春秋時齊國人。齊桓公之宗女。晉文公重耳為公子時，出亡齊國，桓公以齊姜妻之。重耳安于齊，趙襄等欲行，謀於桑樹下，蠶妾在樹上，聞其謀，以告齊姜，齊姜殺之，並勸重耳出行。重耳不肯，齊姜與舅犯謀，灌醉重耳，載之離齊返晉。後公子悟，鼎力治國，

自立為晉文公。

(22)嬴隗：即懷嬴、季隗。懷嬴，春秋時秦穆公女，先為晉
惠公太子圉妻，後晉文公重耳入秦，穆公又使重耳納
之。季隗，春秋時狄國人，赤狄，隗姓。嫁重耳，生伯
儵、叔劉。

(23)紀信：見卷一·四七注(5)。

四八

女弟子金纖纖〈病起〉詩云(1)：「碧梧移影上林
扉(2)，西院無人曉日微。病起名香聞不得，花間小立
當熏衣。」

【箋注】

(1)金纖纖：金逸，字纖纖。清江蘇長洲人。諸生陳基妻。
卒年二十五。有《瘦吟樓集》。

(2)林扉：指山林中的屋舍。

四九

芷塘太史携夫人及女公子(1)，掃外舅李鶴峰中丞
之墓(2)，五律後四句曰：「女小隨娘拜，爺言要汝
聞。生前多酌我，莫把酒澆墳。」〈望雨〉云：「曉
傍霞窗度綺朝(3)，夜搴月幌候清宵(4)。無端聽得
蕭蕭響，却是桐花滿院飄。」此二詩，經許多詩流看
過(5)，忽而不取。余獨手錄之，取其真而有味。

【箋注】

(1)芷塘：祝德麟。見卷五・三〇注(1)。

(2)李鶴峰：李因培。見卷二・四九注(2)。

(3)綺朝：光色絢麗的早晨。

(4)月幌：月光照耀的帷薄。

(5)詩流：各種品類的詩人。

五〇

　　洪稚存在史館(1)，得一詩人，必通書相告。今春，盛稱蜀中翰林張船山問陶之才(2)，倣青田〈二鬼詩〉(3)，作〈兩生行〉送張還蜀云：「一生居坊南，一生住坊北。車聲馬聲不得停，十里路中常若織。我馬見君馬，鳴聲一何高。君僮與我僮(4)，望著手即招。我來時多子來少，馬繫寺門僮醉倒。青天如磨旋不休，醉裏有時來壓頭。心癡直欲走天外，下瞰日月方開眸。朝沽三升暮盈斗，吸盡東西兩坊酒。朝衣典盡百不憂(5)，尚有身上青羔裘。一生皇然開笑口，那著酒錢街上走？一生無聊想更奇，酒盡伏舐壚邊泥。有時忽下床，有時忽出門。人來雪裏衣盡白，疑是送酒柴桑人(6)。幕天席地原無礙，十萬人中兩人醉。醉中分手亦不辭，淚墮黃公酒壚內(7)。君不見：長安莫復輕酒人(8)，酒人腹裏饒經綸(9)。容卿百輩等閒事，爛醉尚復噓《陽春》(10)。一篇我作臨行曲，馬帶離聲僮欲哭。從此長安少一生，酒星只照南頭

屋。」船山答云：「讀君〈兩生行〉，涕笑一時作。黑夜關門讀不休，打窗奇鬼爭來攫。懷詩急走心茫然，遠登雲棧如登天。人言彼上即吾上，藏詩可以經千年。莫驚鬼奪詩，我為公呵護。且復立斯須(11)，和此好詩去。是時下界冬已殘，風狂雪虐天漫漫。一生牽衣愁欲絕，一生和詩嘔出血。城南萬柳禿無枝，天詔酒星綰離別。重讀〈兩生行〉，如見兩生情。句句若吾語，大痛難為賡。翩然一躍入杯底，繞地萬人呼不起。雙丁兩陸偏同時(12)，萬古聲名今日始。酒星抱月來，擲入兩生杯。兩生驚起糟邱臺(13)，歡呼轟作隆冬雷。忽聞門外征馬語，兩僮泣下紛如雨。馬聲高朗童聲低，似訴兩生離別苦。一生聞之悲，一生聞之喜。兩生悲喜人不知，天外浮雲地中水。君不見：開天盤古氏，其情最可憐。九州莽莽無人煙，獨坐獨行一萬年。又不見：上帝生平亦孤寂，舉酒招人人不得。九天費盡百神謀，僅奪唐朝一長吉(14)。兩生把盞同軒眉(15)，居然日日相追隨。一生偶送一生去，臨歧何必吞聲悲？我馬莫憐君馬獨，君僮莫向我僮哭。雲天萬里好聯吟，共把長空當詩屋。」

【箋注】

(1)洪稚存：洪亮吉。見卷七·二一注(4)。

(2)張船山：張問陶（1764-1814），字仲冶，號船山、藥庵退守。四川遂寧人。乾隆五十五年進士。任御史、吏部郎中、山東萊州知府。卒于蘇州。詩稱一代名家，沈鬱空靈，自出新意。有《船山詩草》。

(3)青田：劉基，字伯溫。元明間浙江青田人。助朱元璋北定中原，建立明朝。以弘文館學士致仕。通經史，精

象緯，工詩文，與宋濂並為一代文宗。有《郁離子》、
《覆瓿集》、《犁眉公集》等。

(4) 僮：僮僕。

(5) 朝衣：上朝時穿的禮服。

(6) 柴桑：晉・陶潛故里在江西九江柴桑。《藝文類聚》引
《續晉陽秋》曰：「陶潛嘗九月九日無酒，宅邊菊叢中
摘菊盈把，坐其側，久，望見白衣至，乃王弘送酒也。
即便就酌，醉而後歸。」

(7) 黃公酒壚：魏晉時王戎與阮籍、嵇康等竹林七賢會飲之
處。南朝宋劉義慶《世說新語・傷逝》：「王濬沖為
尚書令，著公服，乘軺車，經黃公酒壚下過。顧謂後車
客：『……今日視此雖近，邈若山河。』」後用為朋友
聚會、傷逝憶舊之辭。

(8) 長安：以唐舊都代稱當朝京城。

(9) 經綸：指治理國家的抱負和才能。

(10) 陽春：泛指高雅曲調。

(11) 斯須：片刻。

(12) 雙丁兩陸：雙丁，指三國魏・丁儀、丁廙兄弟兩人。兩
陸，指晉・陸機、陸雲兄弟。所謂「魏世重雙丁，晉朝
稱二陸」，此處用來比洪、張二友。

(13) 糟邱臺：指釀酒之處。

(14) 長吉：唐・李賀。見卷一・一六注(6)。傳說李賀將死
時，有緋衣人來，謂「帝成白玉樓，立召君作記。」

(15) 軒眉：猶揚眉。形容得意。

五一

　　閨秀金兌詩（1），已採入《詩話》矣。今又寄其母毛仲瑛<small>毅</small>詩來（2），風格清老，足見淵源有自。〈新晴〉云：「雨歇千林後，晴開二月天。斷霞明極浦（3），新綠上平田。野水失溪岸，遠山橫暮煙。忽聞高閣外，幾樹已鳴蟬。」又，〈春深〉云：「山窗殘夢破，滿樹落花飄。」

【箋注】

（1）金兌：見補遺卷二‧四四注（1）。

（2）毛仲瑛：毛毅（jué），字仲瑛。清江蘇長洲人。諸生金鳳翔室。有《蔬影居遺稿》。（《國朝閨秀正始集》卷九）

（3）極浦：遙遠的水濱。

五二

　　余與吳門蔣元葵進士為己未同年（1）。家業甚富，而中道零落。其子升吉（2），人尤瀟灑，長於填詞。余到蘇州，必主其家。其第三女猶孩也。後三十年，族侄孫<small>鴻魁</small>寄其詩來，讀之，不愧謝家風味（3）。〈落花〉云：「春夢無憑冷夕陽，萬花飄落最堪傷。馬嵬坡遠空垂淚（4），金谷樓高枉斷腸（5）。吹去未能忘故態，飛來猶自帶餘香。東皇早去鉛華盡（6），蜂蝶徒勞過粉牆。」〈寄蘭如姊〉云：「水國重陽近，蒼涼院

宇空。千林飄落葉，一雁下西風。念遠書難寄，登高目易窮。遙思故園菊，香滿小樓東。」《送妹·調賣花聲》云：「剩得幾多春，十二時辰。滿庭飛絮糝花茵。添陣潺潺簾外雨，深院黃昏。　　獨坐掩重門，愁倒芳樽，便無離別也銷魂。明日那堪南浦去(7)，又送行人。」

【箋注】

(1) 蔣元葵：蔣應焻，原名煮，字元揆。江蘇吳縣人。乾隆七年進士。官內閣中書。有《元揆詞集》。

(2) 蔣升吉：未詳。

(3) 謝家：晉太傅謝安，嘗於雪天與子侄集會論文賦詩。見卷二·五三注(8)。此處用典以喻蔣應焻家，且特指蔣第三女。

(4) 馬嵬坡：唐·楊貴妃自縊處。

(5) 金谷樓：西晉·石崇愛妾綠珠在金谷園墜樓自殺。

(6) 鉛華：比喻落花。

(7) 南浦：南面的水邊。常用稱送別之地。

五三

戊戌仲春，西泠女子小卿同妹右卿將之楚(1)，再遇皖江，泊大觀亭下(2)。小卿登亭賦詩，右卿病，不克偕，倚枕而和，錄稿於亭壁。至今十餘年，不知何家閨秀。小卿云：「入楚才逢此壯觀，春雲樹杪見朱欄。空亭啼鳥山花早，古殿無人暮雨寒。正苦浮家

吊湘水，那能分淚寄長安？<small>時兄官關中。</small>小喬況復愁敧
枕(3)，每到登臨放眼難。」右卿云：「晚泊蓬萊江上
寒(4)，高亭煙樹雨初殘。今朝萬壑雲中見，昨日孤舟
天際看。小病支離空悵望，何時風月倚闌干？片帆西
去重回首，寄語青山興未闌。」魯星村過而和云(5)：
「空亭遊覽尋常事，不意香閨有二難(6)。」

【箋注】

(1) 西泠：此指浙江杭州西湖西泠橋一帶。小卿、右卿：未
　　詳。

(2) 大觀亭：舊址在安徽省安慶市大觀亭街大觀亭小學內，
　　始建于明嘉靖元年。為皖江第一風景名勝。

(3) 小喬：三國吳・周瑜之妻。後用以泛指美人。此處喻作
　　者的妹妹右卿。

(4) 蓬萊：以仙境喻指大觀亭。

(5) 魯星村：魯璵。見卷三・三七注(2)。

(6) 二難：謂兄弟皆佳，難分高低。

五四

　　胡小霞者(1)，會稽女子，名雲英，嫁趙連
城(2)。夫婦能詩。〈誡婢〉云：「寶鴨篆煙消(3)，
呼奴理茶具。泥飲人未歸(4)，陣陣紗窗雨。」二十字
中，深情無限。歿後，趙郎仿元相〈雜憶〉詩云(5)：
「孤燈破壁照黃昏，白雨瀟瀟擾夢魂。憶得夜深同倚
檻，花梢一捻尚留痕。」

【箋注】

(1)胡小霞：胡雲英，字小霞。清浙江會稽人。趙連城室。
　　有《環梅小住遺草》。

(2)趙連城：未詳。

(3)寶鴨：即香爐。因作鴨形，故稱。

(4)泥飲：猶痛飲。

(5)元相：唐‧元稹。見卷一‧二〇注(11)。

五五

　　余少時游吳山(1)，見道士才八九歲，踞案上，與
五六十翁下棋，輒勝。心怪而問之。或曰：「此天生
次國手也。」姓錢，名選(2)，字仲舉。此後，余官
京師，與道士別六十餘年矣。今年游吳山，道士亦白
髮蒼蒼，出詩見示。〈寄張處士〉云：「聞說先生負
郭居，小橋曲巷路何如？稻花蟹大客常滿，竹葉酒香
詩有餘。九月山中秋水落，三年海上雁聲疏。知君自
是神仙裔，何日來看玉局書(3)？」有陳道士名真濂
者(4)，來訪之，贈句云：「花影不愁雙履破，江光都
被一窗收。」〈詠棋〉云：「始交猶兩立，既接不俱
生。」余謂此二道人俱善弈，又工詩，亦奇。

【箋注】

(1)吳山：杭州人俗稱城隍山。位於錢塘江北岸，西湖東南
　　面，是西湖群山延伸進入市區的成片山嶺。春秋時期，
　　這裏是吳國的南界。

(2) 錢選：字仲舉，一字一清，號枕山。清海寧人。為吳山
重陽庵道士。通天文步算，于儒書尤研究不懈。為詩真
摯，汪沆亟賞之。（民國十一年《海寧州志稿》）

(3) 玉局：棋盤的美稱。

(4) 陳真濂：字清遠，號丹泉。清海寧路仲里人。道士。住
吳山清修道院，後移居火德廟。洪飲，善詩。

五六

西泠詩會，有女弟子某，國色也。香岩必欲見
之(1)，着家奴衣，隨余轎步往。值其病，廢然而返。
後信來，招我談詩，香岩喜，仍易服跟轎，冒大雨
走五里許，值其家座上有識香岩者，香岩望見大驚奔
還，衣服盡濕，身陷坎窞(2)。乃賦詩自嘲云：「聽說
凌波有洛神(3)，思量覿面喚真真(4)。誰知兩次成虛
往，始信三生少夙因。紅粉得知應笑我，青衣着盡不
如人。襄王那有陽臺夢(5)，空惹巫山雨一身。」

【箋注】

(1) 香岩：張培。見卷一二・七四注(1)。

(2) 坎窞（dàn）：坑穴。喻險境。

(3) 洛神：傳說中的洛水女神，即宓妃。後詩文中常用以指
代美女。曹植〈洛神賦〉：「體迅飛鳧，飄忽若神。凌
波微步，羅襪生塵。」

(4) 真真：唐・杜荀鶴《松窗雜記》：「唐進士趙顏于畫工
處得一軟障，圖一婦人甚麗，顏謂畫工曰：『世無其人
也，如可令生，余願納為妻。』畫工曰：『余神畫也，

此亦有名曰真真，呼其名百日，晝夜不歇，即必應之，應則以百家綵灰酒灌之，必活。』顏如其言……遂呼之活，下步，言笑如常。」後以「真真」泛指美人。

(5)襄王：宋玉〈高唐賦〉記載，楚襄王遊雲夢之臺時，夢見巫山神女，神女離去前對襄王說：「妾在巫山之陽，高丘之阻。旦為朝雲，暮為行雨，朝朝暮暮，陽臺之下。」後用此神人相愛故事，常在古詩文中來代稱男女相愛。

五七

余丙辰入都，猶及見中州少司農呂公耀曾(1)，長髯鶴立，望而知為正人。後五十餘年，公曾孫仲篤來宰上元(2)，未幾，其叔樹村亦從介休來(3)，與余交好。已採其詩入《詩話》矣。近又得仲篤〈登金山〉云(4)：「山自中央出，江從萬里來。秋生揚子渡，人上妙高臺(5)。鐵甕潮聲落(6)，金陵霽色開。中泠泉莫辨(7)，汲取試螺杯。」〈泛舟城南〉云：「野水蒹葭外(8)，飄然一泛舟。波光淩日動，人影帶煙流。自得莊周意(9)，能消宋玉愁(10)。快談忘夜短，長嘯入高秋。」二首，皆不落宋、元以後。其他佳句，如：〈和樹村〉云：「三徑已荒虛北望(11)，片帆無恙喜南來(12)。」〈寓齋即事〉云：「汾水南來能到海(13)，華山西去欲齊天(14)。」仲篤，名燕昭。

仲篤又有〈夜坐〉云：「秋入暮天碧，衣沾白露冷。不知山月高，先見梧桐影。」筆意高超，有「羚羊掛角」之意(15)。

【箋注】

(1) 呂耀曾（1679-1743）：字宗華，號樸巖。河南新安人。康熙四十五年進士。仕康、雍、乾三朝，官終戶部倉場侍郎。有《橫山詩草》、《使黔草》、《白燕詩集》。

(2) 呂仲篤：呂燕昭。見本卷四七注(3)。按：此處有誤。呂燕昭應為呂耀曾孫，而非曾孫。其父呂肅高，為呂耀曾長子。

(3) 呂樹村：呂公滋，字樹村，號碩亭。河南新安人。乾隆三十七年進士。山西介休臨縣知縣。以疾告歸，遍遊名山大川。結交袁枚、張開東諸詩人。有《碩亭詩草》、《春秋本義》。

(4) 金山：又名金鰲山、浮玉山。原在今江蘇鎮江市西北長江中，清道光中始與南岸陸地相連。

(5) 妙高臺：金山妙高峰的平臺，又名曬經台，「妙高」是梵語「須彌」之意譯。宋元佑僧佛印鑿崖為之，高逾十丈，上有閣。

(6) 鐵甕：指鐵甕城，京口（今鎮江）北固山前的一座古城。為三國時孫權所築。

(7) 中泠：泉名。在今鎮江市西北金山下的長江中。相傳其水烹茶最佳，有「天下第一泉」之稱。今江岸沙漲，泉已沒沙中。

(8) 蒹葭：兩種水草名。

(9) 莊周：即莊子，戰國時思想家，宋國蒙（今河南商丘縣）人。嘗為蒙漆園吏。後居家講學、著書。今存《莊子》。

(10) 宋玉：見卷一四·四三注(5)。

(11) 三徑：見補遺卷二·六一注(2)。

(12) 無恙：沒有憂患。多作問候語。

(13) 汾水：即今山西汾河。中游自今清徐縣至介休縣之間與

下游入黃河口處，歷代略有變遷。

(14)華山：五嶽之一。在陝西省華陰市南，北臨渭河平原，屬秦嶺東段。又稱太華山。

(15)羚羊掛角：見卷二・八注(3)。

五八

「恩怨」二字，聖人不諱。故曰：「以直報怨，以德報德。」是怨未嘗不報也。漢蓋勳怨蘇正和(1)，後蘇受誣，勳救之，蘇因此來謝。勳拒不見，曰：「我為國家，非為君也。」怨之如故。使正和有當殺之罪，勳必殺之。不然，如蘇模棱(2)、劉仁軌(3)，匿怨沽名，豈正人哉！偶讀奇麗川方伯題盧湘艖《美人寶劍圖》一絕(4)，不覺心花怒開。詩云：「美人如玉劍如虹，平等相看理亦同。筆上眉痕刀上血，用來不錯是英雄。」

【箋注】

(1)蓋勳：東漢敦煌廣至人。曾任漢陽長史、討虜校尉、京兆尹。反對宦官專權、董卓亂政，強直不屈。蘇正和：東漢甘肅武都人。任涼州從事。曾審查武威太守並治其罪。

(2)蘇模棱：蘇味道，唐趙州欒城人。高宗乾封進士。武周聖歷初以鳳閣舍人、檢校侍郎同鳳閣鸞臺平章事。《舊唐書・蘇味道傳》：「味道善敷奏，多識臺閣故事，然而前後居相位數載……嘗謂人曰『處事不欲決斷明白，若有錯誤，必貽咎譴，但摸棱以持兩端可矣。』時人由是號為『蘇摸棱』。」「摸棱」今作「模棱」。

(3)劉仁軌:唐汴州尉氏人。著名軍事將領,官至左相。劉
　　仁軌主持政事後,當初陷害過他的袁異式却被他兩次提
　　拔,御史評說此為「矯枉過正」。而後來對壓制過他的
　　李敬玄又公報私仇,上奏使其接替自己鎮守西北邊防,
　　陷人之所不能,覆徒貽國之恥。

(4)奇麗川:奇豐額。見卷一‧五四注(2)。盧湘艖:盧元
　　琰,號湘艖。拔貢。餘未詳。

五九

　　凡地必須親歷,方知書史之訛。相傳:禹王《岣
嶁碑》在衡嶽者為真(1)。余甲辰十月,親至衡山之
巔,見山有粗石一塊,長四尺許,篆刻此文,並非碑
也;且有斧鑿新痕,轉不如山下李邕所書《嶽麓寺
碑》之古(2)。李碑雖斷,背有邕跋語百餘字,如「庭
前無訟,堂上有琴」之句,極古雅。被明人以醜劣行
書,纍鐫其上(3),殊可惡也!相傳:江西南昌城隍廟
有吳王孫權銅鼎。余親至鼎下觀之,乃後五代楊氏太
和年民間所鑄(4),記姓名而已。字陽文歪斜,非孫
權所鑄。《廣輿記》載:廣西桂林府開元寺有褚遂良
《金剛經碑》(5)。余到寺相尋,僅存焦土,中屹然一
碑,乃後五代楚王馬殷之弟馬賓所書(6),非褚公也。
字小楷,亦不甚工。又載:天台石梁長數十丈,人不
能過。余往觀,石梁長不滿三丈,闊二尺,厚二丈有
餘,山頂瀑布三條,衝梁而下。初行者或未免目眩;
山僧及輿夫過往如飛。橋尾有前明鄭妃小銅殿一座,
高不滿七尺,平平無奇。石上鐫云:「冰雪三千丈,

風雷十二時。」二語殊切。少陵詩稱(7)：「若耶溪，雲門寺，布襪青鞋從此始。」似是一大名勝。壬子三月，余慕而往遊，山在平地，數峰高丈許，溪流不及鏡湖。深悔為少陵詩所誤。蓋少陵亦係耳聞，並未親到也。

【箋注】

(1) 岣嶁（gǒulǒu）碑：即禹碑。原在湖南省衡山縣雲密峰，早佚。昆明、成都、紹興及西安碑林等處皆有摹刻。字似繆篆，又似符籙。相傳為夏禹所寫，實為後世偽託。

(2) 李邕：見卷三‧三六注(4)。嶽麓寺：在湖南長沙嶽麓山上。

(3) 羼鐫：混雜鐫刻。

(4) 楊氏：此指五代十國時之南吳楊氏政權。太和為南吳睿帝楊溥在位時之年號。

(5) 褚遂良：唐杭州錢塘人。太宗時官至中書令。高宗時封河南郡公，任尚書右僕射，世稱「褚河南」。工書法，為唐初四大書法家之一。

(6) 馬殷：唐末五代時楚國創建者。許州鄢陵人。後梁時封楚王，後唐時封楚國王。馬賨：疑應為「馬賨（cóng）」，唐末五代時許州鄢陵人。馬殷弟。後從楊行密，數建戰功。行密德之，厚禮遣歸馬殷，殷表為節度副使。仕終靜江軍節度使。

(7) 少陵：唐‧杜甫。所引詩句，題為〈奉先劉少府新畫山水障歌〉。文字小有出入。

六〇

和韻詩(1)，有因難而見巧者。張止原居士在蘇州作〈白桃花〉詩(2)，第八句用「今」字韻。一時和者數十人，押「今」字無一佳者，余亦知難而退。不料劉霞裳和云(3)：「劉郎去後情懷減(4)，不肯紅粧直到今。」余誇為獨絕。使作者不姓劉，亦妙，而況其姓劉乎？使不押「今」字，恐反無此巧妙也。顧伴蘗孝廉澍有句云(5)：「化去蝶魂終帶粉，重來人面竟消紅。」亦妙。

【箋注】

(1)和韻：謂依照別人詩的原韻作詩。

(2)張止原：張復純。見卷一一·四〇注(1)。

(3)劉霞裳：袁枚弟子。見卷二·三三注(2)。

(4)劉郎：指東漢·劉晨。見卷三·三二注(9)。

(5)顧伴蘗：顧澍，字伴蘗。浙江錢塘人。乾隆五十一年舉人，官湖北蘄州知州。歷任沙陽、西陵、大冶、應城等知縣。有《金粟影庵存稿》、《隨山書屋詩存》、《玉山堂詩課》。

六一

沈謙之在蔣樹存先生家文燕(1)，坐客王虛舟、杜雪川、沈艅翁、徐葆光等共七人(2)。沈有句云：「松老固應三徑在(3)，竹深只合七賢來(4)。」申笏山在都中(5)，立春後三日，與胡稚威、周元木、姚念茲等

共十人小集(6)。申有句云：「春風簾外剛三日，舊雨樽前恰十人(7)。」

【箋注】

(1) 沈謙之：沈榮儁。見補遺卷四・四三注(2)。蔣樹存：蔣深。見卷六・一一一注(2)。文燕：文讌。賦詩論文的宴會。

(2) 王虛舟：王澍。見卷三・六八注(4)。杜雪川：「雪川」似應為「雲川」）。杜詔。見卷七・六五注(1)。沈綸翁：沈樹本。見卷四・三四注(2)。徐葆光：見卷六・三七注(5)。

(3) 三徑：指歸隱者的家園。見卷二・三一注(4)。

(4) 七賢：以魏晉間竹林七賢喻指七位賢人。《晉書・嵇康傳》：「所與神交者，惟陳留阮籍，河內山濤，豫其流者，河內向秀，沛國劉伶，籍兄子咸，琅邪王戎，遂為竹林之遊，世所謂竹林七賢也。」

(5) 申笏山：見卷一・六六注(11)。

(6) 胡稚威：胡天游。見卷一・二八注(1)。周元木：周大樞。見卷七・一四注(2)。姚念茲：姚汝金。見卷一・二四注(3)。

(7) 舊雨：老友的代稱。見卷五・一注(2)。

六二

金陵有二詩人：一蔡芷衫元春(1)，一燕山南以筠(2)。蔡專主風格渾古，燕專尚心思雕刻：兩家不可偏廢也。余偶作〈消夏十二題〉，和

者甚多，而讀山南詩，為之叫絕。〈補竹〉云：「小樓西畔曲欄東，新舊琅玕補幾叢(3)。天向牆頭加倍綠，日從窗上不教紅。有林便入真高士，乍到還欵是醉翁。畢竟心空能解事，進門先帶一身風。」〈采蓮〉云：「兒女也知香解暑，不爭蓮子只爭花。」〈辭客〉云：「就是嫦娥辭不去(4)，囑他來也要黃昏。」能句句不脫「消夏」二字，如此構思，李長吉真欲嘔出心頭血矣(5)！

一時同作者：曹言路〈辭客〉云(6)：「非關隱者逃名久，惟恐郎官帶熱來。」〈把釣〉云：「胸無得失渾忘我，影有浮沉一任他。」〈曝書〉云：「怡羨便便人曬腹，郝隆比我善收藏(7)。」金紹鵬〈辭客〉云(8)：「竹儘許看休問主，座毋邊集致揮蠅。」陳文富〈補竹〉云(9)：「忽看林外牕全隱，似覺籬邊徑轉深。」羅春霆〈試香〉云(10)：「風怕不來煙怕出，湘簾捲處兩躊躕。」王光晟〈待月〉云(11)：「莫怪嫦娥遲出海，從來怕見早眠人。」俱妙。

毛俟園詠〈臨帖〉云(12)：「窗開濃綠裏，紙展硬黃時(13)。」〈把釣〉云：「為貪臨水去，不羨得魚歸。」陶怡雲〈待月〉云(14)：「疑有樹遮簾預捲，要迎風坐榻頻移。」〈曝書〉云：「開函忽見乾蝴蝶，藏自何年記得無？」王孔翔〈待月〉云(15)：「松徑日斜移榻早，水亭燈上放簾遲。」岳樹仁尤長於結句(16)，〈待月〉云：「徘徊不見姮娥面，樹密牆高最惱人。」〈把釣〉云：「忽見水中添一影，始知客到把頭回。」〈避蚊〉云：「營緣有隙爭先

入(17)，鑽刺無功更亂嘩。還是青蠅知去就(18)，不來水竹野人家。」

凡學琴者，先和絃必彈「仙」、「翁」二音。山南有句云：「有缺未能成雅樂，不修那得到仙翁。」正喻夾寫(19)，一巧至此。又有〈消寒〉九首，余錄其〈袖手〉云：「嚴寒無事不蹉跎，有手難伸喚奈何。伏案書頻將口揭，吟詩墨亦倩人磨。雖然善舞情都減，未免旁觀事太多。欲折梅花還忍俊，空從樹下一婆娑。」〈糊牕〉云：「驚飄小雪沙沙響，醜替寒家事事遮。小女戲將針刺破，要從隙裏嗅梅花。」〈曝背〉云(20)：「曬倦坐幾頭近膝(21)，生寒愁把面朝天。衰年自笑難擔荷，梅影松痕壓一肩。」余幼時畏冷，以口揭書，被先生呵責；剛糊一牕，被小妹以針刺破之。山南詩真，所以可愛。

芷衫有少陵之風。詠〈古道〉云：「九折原通蜀，千盤復向秦。可憐嘶老馬，長此怨離人。冰雪關河氣，風塵閱歷身。年年楊柳發，猶自傍前津(22)。」又〈古臺〉云：「項王空戲馬(23)，劉表但呼鷹(24)。」〈古松〉云：「鶴巢知幾換，龍氣欲盤空。」

【箋注】

(1)蔡芷衫：蔡元春。見卷三・一二注(9)。

(2)燕山南：燕以均。見卷三・一二注(8)。

(3)琅玕：指翠竹。

(4)嫦娥：指月亮。

(5) 李長吉：唐・李賀。《新唐書》：「母使婢探囊中，見所書多，即怒曰：『是兒要嘔出心乃已耳！』」

(6) 曹言路：見卷六・八注(3)。

(7) 郝隆：晉・郝隆七月七日出日中仰臥。人問其故，答曰：「我曬書。」蓋自謂滿腹詩書也。

(8) 金紹鵬：字雄山。清江寧人。諸生。有足疾，而品學端粹。詩文一揮而就。

(9) 陳文富：字子彰。清江寧人。嘉慶九年舉人。官東河知縣，改教諭。

(10) 羅春霆：清江寧諸生。工詩。

(11) 王光晟：見卷一六・一九注(2)。

(12) 毛俟園：毛藻。見卷二・二六注(1)。

(13) 硬黃：紙名。以黃檗和蠟塗染，質堅韌而瑩徹透明，便於法帖墨蹟的響搨雙鉤。

(14) 陶怡云：陶渙悅。見卷一二・七一注(5)。

(15) 王孔翔：王麟生。見卷一四・一八注(6)。

(16) 岳樹仁：見補遺卷二・四八注(3)。

(17) 營緣：夤緣。鑽營。

(18) 青蠅：蒼蠅。亦喻指讒佞。

(19) 正喻夾寫：見卷一二・四六注(1)。

(20) 曝背：以背向日取暖。

(21) 幾：幾乎。

(22) 津：渡口。

(23) 項王：項羽滅秦後，自立為西楚霸王，定都彭城，于南山上，構築崇臺，以觀戲馬，名戲馬臺。

(24) 劉表：三國劉表喜歡玩鷹，在襄陽城東漢水東岸築呼鷹臺，高數層，又名景升臺。

六三

丙辰，余薦鴻詞入都，宣州同徵士梅華谿_{兆頤}最為交好(1)。時先生年六旬，而余才弱冠。因先生授館于文穆公家(2)，以詩獻公，蒙公獎許。至今五十七年矣，詩不省記。其時所教文穆公子數人，皆孩也，其第八子鏐有兒名沖者(3)，以詩文受業于余。才氣橫溢，常嫌其鴻文無範。半年，從新安歸，以詩來，學力大進。〈蕪湖遇順風〉云：「江行已三日，不遲亦不快。知我將他行，乃示神通大。一聲天樂鳴波中，高浪挾我淩長空。不知兩岸孰鞭叱，一齊倒走如飛龍。洲渚玲瓏樹疏密，層層遮抱如相恤(4)。好峰十里早揖迎，轉瞬已嗟交臂失(5)。中流撫掌同笑歌(6)，天公今日賜太多。我謝天公賜不領，誤我好景當如何？」〈題畫〉云：「青峰如野人，常愛擁簑笠。蒼然翠滿身，雲開影猶濕。」又，佳句如：「心逐野僧依寺定，夢如芳草入春多。」「書聲出寺清於梵(7)，松影來牎信似潮。」俱佳。

【箋注】

(1)梅華谿：梅兆頤，字淑伊，號華谿。安徽宣城人。庠生。乾隆元年召試博學鴻詞。有《春秋紀事本末》、《花溪詩文集》。

(2)文穆公：梅轂成（1682-1764），字玉汝，號循齋。安徽宣城人。幼承家學，精天文、數學。康熙五十四年進士。官至左都御史。諡文穆。有《增刪算法統宗》、《赤水遺珍》等。

(3)梅鏐：字既美，號石居、青溪。清宣城人。諸生。梅

沖：見補遺卷三・二九注(3)。

(4)相恤：體恤，憐憫。

(5)交臂：表示相距很近。

(6)撫掌：拍手。多表示高興、得意。

(7)梵：指誦唱佛經。

六四

　　癸巳年，余與蔣心餘、金棕亭遊揚州建隆寺(1)，與老僧夢因分韻(2)，賦〈送春〉詩，忽忽二十年矣。猶記其〈探梅〉云：「扶筇踏遍千峰秀(3)，忽見溪梅橫數枝。却怪天寒開未足，想逢月閏故還遲。深棲岩壑塵應遠，歷盡冰霜氣不衰。花落漫隨流水去，出山只恐世人知。」〈登金山〉云：「一葉乘風白浪堆，維舟獨上妙高臺(4)。亂雲時復生虛壁，疑有蒼龍聽法來。」今年，渡江與趙偉堂學博游焦山(5)，見其徒孫巨超以詩見示(6)，追憶疇昔(7)，不覺悽愴。蓋儒釋三人都已化去。而巨超詩筆清超，想見宗風。見贈云：「廿年前遇古邗溝(8)，復見雙峰雪滿頭。天下騷壇名獨佔(9)，越中山水屢重遊。詩成只恐蛟龍聽，事往空驚歲月流。相約黃梅時雨節，携筇還上竹間樓。」〈山居〉云：「簾捲西風雨乍晴，閒憑小閣聽流鶯。白雲無事長來往，莫怪山僧不送迎。」其他斷句，則：「一條簾捲牎前月，幾點星搖樹裏天。」「露濃疑是雨，花墮不因風。」

【箋注】

(1) 蔣心餘：蔣士銓。見卷一·二三注(2)。金棕亭：金兆燕。見卷五·一七注(3)。

(2) 夢因：復顯，字夢因，號雪廬。俗姓張。浙江海鹽人。乾隆時主揚州建隆寺。善畫山水，工詩。有《雪廬詩草》。

(3) 扶筇：拄杖。

(4) 妙高臺：見本卷五七注(5)。

(5) 趙偉堂：趙士英，字鼎望，號偉堂。清昆明人。學博：即學官，府郡置經學博士各一人，掌以五經教授學生。

(6) 巨超：清恒，字巨超，號借庵。清桐鄉（今屬浙江）陸氏。主焦山定慧寺。有《借庵詩鈔》。

(7) 疇昔：指往事或以往的情懷。

(8) 邗（hán）溝：也稱邗水、邗江、邗溟溝等。春秋時吳王夫差為爭霸中原，引江水入淮以通糧道而開鑿的古運河。

(9) 騷壇：詩壇。

六五

　　巨超之外，又有僧碧巖、悟霈者(1)，〈柳枝詞〉云：「春風遊子唱離歌，楊柳其如送別何。畢竟不知攀折苦，長條更比去年多。」〈海雲樓坐雨〉云：「曉來細雨落潮初，閒客江城興豈孤？隔院漏聽蓮葉轉，壓欄花倩竹枝扶。山亭銘碣殘餘晉，海國風濤怒入吳。不是陰霾阻歸棹，何能信宿此蓬壺(2)！」

【箋注】

(1)碧岩：祥潔，字碧岩。清休寧（今屬安徽）人。主焦
　　山十年，移錫湖州弁山。能詩，其作品收入《國朝詩
　　選》。悟霈：字古岩。清丹徒（今屬江蘇）黎氏。主乳
　　山萬壽。後遷紹興雲門。詩才敏捷，格調清超。有《擊
　　竹山房集》。

(2)蓬壺：即蓬萊。古代傳說中的海中仙山。

六六

　　焦山釋擔雲(1)，海鹽人，能詩。初至焦山，謂人
曰：「此我舊居之地。」人不之信，後遊五州山(2)，
見壁間〈宋故宮〉詩云(3)：「玉殿塵埋王氣終，鳳
凰已去鳳林空。西湖歌舞浮雲外，南渡江山落照中。
古寺有僧吟夜月，野花無主泣春風。劫灰五百餘年
後，暮草荒煙思不窮。」曰：「我之舊作也。」山僧
驚異。告曰：「此焦山僧朗月之詩，寂去已三十三
年矣，其風度語言，與君相似。」後示寂焦山枯木
堂(4)。詩稿散失。

【箋注】

(1)釋擔雲：如上。餘未詳。

(2)五州山：在江蘇鎮江丹徒縣西三十里。《鎮江府志》：
　　「相傳登山絕頂，望見五州，故名，梁武帝幸此，輦道
　　尚存。」

(3)宋故宮：此指宋徽宗時在杭州鳳凰山所建華陽宮。

(4)示寂：佛教語。稱佛菩薩及高僧身死。寂即梵語「涅

槃」的意譯。言其寂滅乃是一種示現，並非真滅。焦山枯木堂：鎮江焦山定慧寺西有海雲堂，又名枯木堂。法成禪師（字枯木）所造。

六七

圓津庵在河南內邱縣南官道旁。康熙間，呂光祿謙恒曾過其庵(1)，題詩云：「花界濃陰日影微，倦途偶憩發清機(2)。長松匝院僧初飯，曲磴環亭鳥自飛。廿載重來如有悟，百年強半漸知非。路旁車馬勞勞者，磅礴誰能一解衣(3)？」後其子耀曾奉命使黔(4)，又題詩云：「昔侍嚴親此地過，重來風木恨如何？隨行人憶當年少，相去時驚廿載多。戶外松陰仍冪歷(5)，籬邊菊影自婆娑。追思往事渾如夢，敢以〈皇華〉續〈蓼莪〉(6)？」乾隆甲申，其孫燕昭赴河南(7)，過其庵，見壁上墨跡猶新。和云：「驛柳參差曉翠勻，尋幽蕭寺不辭頻。非關此地林泉勝，猶見先人手澤新(8)。風木興懷追往事，鶯花如舊正陽春(9)。他年重過長安道，取次紗籠拂壁塵(10)。」事隔百年，詩題三代，亦德門佳話也。

【箋注】

(1) 呂謙恒：字天益，號澗樵。河南新安人。康熙四十八年進士。官至光祿寺卿。有《青要山房詩選》。

(2) 清機：清淨的心機。

(3) 磅礴：箕坐。兩腿張開坐着，形如簸箕。元・金灝〈竹深處〉詩：「淨掃蒼苔夜留客，解衣磅礴興無窮。」

(4)呂耀曾：見本卷五七注(1)。

(5)羃（mì）歷：濃深籠罩貌。

(6)皇華：《詩經・小雅・皇皇者華》，寫使臣在奉使途中
　秉承國君之明命，重任在身，充滿忠貞自守的心情。蓼
　莪：《詩經・小雅・蓼莪》，抒發不能終養父母的痛極
　之情。

(7)呂燕昭：見本卷四七注(3)。燕昭應為呂謙恒曾孫。

(8)手澤：指先人或前輩的遺墨、遺物等。

(9)鶯花：鶯啼花開。泛指春日景色。

(10)紗籠：謂以紗蒙覆壁上題詠的手跡，表示懷念和崇敬。
　　見卷一・三〇注(13)。

六八

　　香亭癸未同年太常寺少卿戴璐(1)，字蔮塘，〈送
徐溉餘、夏渠莊赴伊犁〉云：「朝衫乍脫理征輅(2)，
惜別無端折柳條。廊望方期偕出谷(3)，壯游何意遠題
橋(4)？路逾蔥嶺書憑雁(5)，人到榆關學射雕(6)。回
首槐陰同調盛(7)，晨星細數最魂消。」香亭稱其音節
近唐人，為余誦之。

【箋注】

(1)香亭：袁樹。見卷一・五注(3)。戴璐：字敏夫，號蔮
　塘，一號吟梅居士。浙江歸安人。乾隆二十八年進士。
　官太常寺少卿。有《秋樹山房集》、《吳興詩話》。

(2)征輅：遠行的車。

(3)廊望：遠望。出谷：從幽谷出來。常喻指境遇好轉或職

位升邊。

(4)題橋：漢·司馬相如初離蜀赴長安，曾于成都城北升仙橋題句於橋柱，自述致身通顯之志。後以「題橋柱」比喻對功名有所抱負。

(5)葱嶺：即今帕米爾高原與喀喇崑崙山脈的總稱。

(6)榆關：泛指北方邊塞。

(7)槐陰：《舊唐書·吳湊傳》：「官街樹缺，所司植榆以補之，湊曰：『榆非九衢之玩。』亟命易之以槐。及槐陰成而湊卒，人指樹而懷之。」《周禮·秋官》注：槐之言懷也。懷來人於此。

六九

　　觀補亭總憲㿸(1)，與弟德定圃尚書㿸(2)，昆季皆丁巳翰林(3)，前余一科。觀督學皖江，適余宰江寧，每秋闈到省(4)，必長夜深談。余服其明達，有古大臣風，勗以尹文端公(5)，而先生意猶未愜，其胸襟可想。德公少余一歲，風采奕奕。都門別後十餘年，丁丑天子南巡，余以迎駕故，握手宮門，遂成永訣。今抄得觀公〈送人守杭州〉云：「當年使節小勾留，惜別時時作夢遊。何日移家鄰葛嶺(6)，幾人出守得杭州？文忠遺跡詩千卷(7)，武穆精靈土一坏(8)。惟有孤山林處士，梅花開落不曾休。」德公〈春曉燕郊〉云：「初日出嶺晨霞明，一鞭款段春郊行(9)。煮茶野店試新汲，叱犢隔林聞曉耕。前溪浩淼新漲滿，遠塢斷續荒雞鳴。盤山尺咫望不到，浮嵐暖翠生遙情。」

壬戌，余與曾南村尚增、黃笠潭樹綸(10)，同以翰林外用。補亭戲品題云：「黃如鹿，只宜野放，不宜鞍轡，非百里才(11)。曾如象，宜馱寶瓶(12)，排班午門，官不離身。君有治才，肯受驅駕，遇孫陽伯樂(13)，頗堪千里，而其心終在深山大澤間。」後果如其言。

【箋注】

(1) 觀補亭：觀保。見卷一〇·八四注(4)。

(2) 德定圃：德保（1719-1789），字仲容，一字懷玉，又字潤亭，號定圃，又號龐村。姓索綽絡氏。滿洲正白旗人。居吉林。乾隆二年進士。官至禮部尚書。五主禮部順天鄉試。有《樂賢堂詩鈔》。

(3) 昆季：兄弟。長為昆，幼為季。

(4) 秋闈：指科舉秋試。

(5) 尹文端：尹繼善。見卷一·一〇注(3)。

(6) 葛嶺：杭州名勝。相傳為晉代葛洪煉丹處，位於寶石山和棲霞嶺之間，登此可俯瞰西湖。

(7) 文忠：蘇軾，諡文忠。曾任杭州知州，疏浚西湖，建築蘇堤。

(8) 武穆：岳飛諡號武穆。墓在杭州西湖棲霞嶺下。

(9) 款段：馬行遲緩貌。

(10) 曾南村：曾尚增。見卷五·六注(1)。黃笠潭：黃澍綸，字沛宇，號笠潭，一作竺潭。湖南善化人。乾隆四年進士。選庶吉士，改安徽繁昌知縣。六年致仕歸。晚著《靜軒銘》。（《詞林輯略》卷四、《光緒善化縣誌》卷二三、《國朝耆獻類徵初編》卷三三四）

(11) 百里：借指縣令。

(12)寶瓶：佛教語。尊稱盛佛具法具的瓶器。清代朝賀，皇帝大駕的儀仗隊中有導象，上載寶瓶。

(13)孫陽伯樂：見補遺卷四・五九注(5)。

七〇

　　白下布衣張士堂(1)，字月樓，詠〈七夕〉云：「聞說今宵會女牛，多情我代數更籌(2)。不知自嫁天孫後(3)，此是千秋第幾秋？」「銀漢迢迢月影橫，人間天上不分明。如何際此團圓樂，不聽雲中笑語聲？」張道渥司馬亦有句云(4)：「待無天地緣方盡，修到神仙會也難。」

【箋注】

(1)張士堂：見本卷三注(2)。

(2)更籌：古代夜間報更用的計時竹籤。借指時間。

(3)天孫：即織女星。

(4)張道渥（1757-1829）：字水屋，一字封紫，號竹畦。清山西浮山人。官兩淮通判、四川崇化監州、蔚州知州。有《水屋剩稿》。

七一

　　京口詩人，皆奉夢樓先生之教(1)，詩多清雅，有世子申生小心清潔之意(2)。高君青士風雅妍靜(3)，

耽於道教，而性愛吟詩，近亦出余門下。〈過蘭若看菊〉云：「秋事在僧房，詩人覓晚香。沉沉三徑月，淡淡一庭霜。地僻宜花瘦，僧閒笑蝶忙。東籬莫漫採，留取作重陽。」〈淨慈寺訪超塵上人〉云(4)：「湖灣凡幾曲，幽折到南屏(5)。蘿暗欲無路，松陰落滿庭。自縫雲水衲(6)，手寫《妙蓮經》。一笑相逢處，前山煙靄青。」又：「濤寒響逼歌喉細，茶暖香分酒色濃。」「竹影暗移僧舍午，水聲涼送客衣秋。」亦佳句也。

【箋注】

(1) 夢樓：王文治。見卷二‧三〇注(1)。

(2) 世子：太子，帝王和諸侯的嫡長子。申生：春秋時晉國人，獻公太子。有賢名。後祭于曲沃，歸胙於公。驪姬置諸宮六日，陰置毒胙中，誣其下毒欲害獻公，乃自殺。《國語‧晉語一》：「優施曰：『必于申生。其為人也，小心精潔，而大志重，又不忍人。』」按：「清潔」應為「精潔」。

(3) 高青士：高雲，字青士。清丹徒人。與妻王素襟皆工吟詠，時相唱和。有《雲笈山房合集》。

(4) 淨慈寺：位於杭州西湖南岸，初名「慧日永明院」，始建於後周顯德元年。

(5) 南屏：南屏山，綿延橫亙于西湖南岸。

(6) 雲水衲：僧衣。僧人如雲彩或河水般四處參學所穿的僧衣。

七二

　　壬子(1)，余因相士之言不驗(2)，重遊天台，舟泊燕子磯，遇唐柘田明府仁植(3)，談詩竟日。將坐船讓我，而己換小舟，尾予而行。別後見寄云：「神仙劫後百無憂，風雨橫江放膽遊。公借儂船儂借福，大家安穩到瓜洲(4)。」「支筇重到女仙家(5)，笑殺桃源洞口花。劉、阮有知應艷羨(6)，輸公兩度吃胡麻。」

【箋注】

(1)壬子：乾隆五十七年。袁枚七十七歲。

(2)相士：舊時以談命相為職業的人。壬子春，誤傳袁枚已故。

(3)唐柘田：唐仁植。見卷一四・一〇一注(1)。

(4)瓜洲：鎮名。在江蘇省邗江縣南部、大運河分支入長江處。與鎮江市隔江斜對，向為長江南北水運交通要衝。

(5)筇：竹杖。

(6)劉阮：東漢・劉晨、阮肇。見卷三・三二注(9)。相傳劉阮至天台山采藥迷路，遇二仙女，邀至家中，吃胡麻飯，睡前行夫婦之禮，蹉跎半年始歸。

七三

　　「生面果能開一代(1)，古人原不佔千秋。」此余贈趙雲松詩也(2)。「作宦不曾逾十載，及身早自定千秋。」此雲松見贈詩也。近至揚州書院，見壁上有秀

才吳楷集余第一句(3)，配趙之第二句，作對聯贈掌教雲松，天然雅切。聞吳君亦美少年，惜其病，未得一見。

【箋注】

(1)生面：新的境界或形式。

(2)趙雲松：趙翼。見卷二・三三注(3)。

(3)吳楷：字一山，號秋竹。江蘇儀徵人。諸生。乾隆三十年召試，欽賜舉人。內閣中書。有《含薰詩》三卷、《丹橘林詩》二卷。

七四

近日山西多詩人，余已將何、劉兩公詩(1)，載入《續同人集》矣。今又有胥明府諱繩武者(2)，讀《小倉山房文集》見寄云：「不為韓柳不歐蘇(3)，真氣行間辟萬夫(4)。所說盡如人意有，此才豈但近時無？掃除理障言皆物(5)，遊戲文心唾亦珠。喜是名山藏未得，傳抄今已遍寰區(6)。」「聲名在世任推排，自擅千秋著述才。天為斯文留此老(7)，我思親炙待將來(8)。風迴海上波爭立，春到人間花怒開。比擬先生一枝筆，迂儒禿管枉成堆(9)。」

【箋注】

(1)何劉：何道生與劉錫五。見補遺卷四・二九注(3)。

(2)胥繩武：字燕亭。山西鳳臺人。乾隆四十二年拔貢。任江西萍鄉縣知縣。

(3)「不為」句：韓柳，唐·韓愈、柳宗元；歐蘇，宋·歐
　　陽修、蘇軾。以此四人之詩文與袁枚比較。

(4)辟：抵擋。

(5)理障：佛教語。謂由煩惱邪見等理惑，障礙真知、真
　　見。後指詩作中陷於說理而少情趣的現象。

(6)寰區：天下，人世間。

(7)斯文：指文學。

(8)親炙：謂親受教育薰陶。

(9)迂儒：迂腐的儒生。

七五

　　署江寧令汪君蒼霖(1)，常為枚道某藩瑤華主人之
賢(2)，能詩工畫，愛士憐才；惜枚路遠年衰，不及
見天人眉宇(3)，為今生恨事。忽慶大司馬桂以《聽泉
圖》屬題(4)，展卷，見其畫筆高妙，直逼雲林(5)，
詩亦唐人高調。其詞曰：「主人愛幽僻，坐石聽鳴
泉。入耳宛寂若(6)，會心應泠然(7)。屬余為寫照，
結想羲皇前(8)。衣綃靜以古，骨相清且妍。胸襟澹秋
水，氣宇和春煙。寫來奈筆拙，佈置慚周全。拈花眼
前理(9)，指月空中禪。似聞空際音，朱琴彈古弦。
臨流發深省，聽響通真詮(10)。何必奏絲竹？即景真
雲仙。嘗聞謝幼輿(11)，合置丘壑間。君兼知仁樂，
而藉圖畫宣。我性本疏曠，山水思靜便。安得常賡
歌(12)，同樂堯時天(13)？」

【箋注】

(1) 汪蒼霖：見補遺卷一‧四一注(2)。

(2) 瑤華主人：弘旿，字卓亭，號恕齋，一號醉迂，別號瑤華道人，又號一如居士。清宗室。滿洲人。能詩，工書畫。有《聽泉圖》、《板橋僧舍圖》等。著《恕齋集》、《瑤華道人詩鈔》。

(3) 天人：仙人。

(4) 慶桂：見卷四‧六注(5)。

(5) 雲林：指倪瓚。見卷一六‧三六注(3)。

(6) 寂若：寂靜。若，助詞。形容詞詞尾。

(7) 泠然：清越激揚。

(8) 義皇：即伏義氏。指上古。

(9) 拈花：佛教語。喻心心相印，會心。

(10) 真詮：禪理真諦，亦泛指最真實的意義或道理。

(11) 謝幼輿：謝鯤，字幼輿。西晉陳郡陽夏（今河南太康）人。好老莊，善奏琴，寄跡山林。晉顧愷之曾繪謝鯤像，將其畫在石巖裏，云「此子宜置在丘壑中」。

(12) 賡歌：酬唱和詩。

(13) 堯天：指帝王盛德和太平盛世。

一

余在山陰，徐小汀秀才交十五金買《全集》三部(1)，余歸如數寄之。未幾，信來，說信面改「三」作「二」，有摳補痕，方知寄書人竊去一部矣。林遠峰云(2)：「新建吳某夜被盜(3)，七人明火執仗，捆縛事主，甚鬧，最後有美少年，盛服而至，翻擷架上，見宋板《文選》、《小倉山房詩集》各一部。笑曰：『此富兒能讀隨園先生文，頗不俗；可釋之。』手兩書而去。」余按唐人載李涉遇盜一事(4)，仿佛似之。至於竊書者，則又古人所無。方藕船明府云(5)：高麗進士李承熏、孝廉李喜明、秀才洪大榮等(6)，俱在都中購《隨園集》，問余起居、年齒甚殷。嘻，余愧矣！

【箋注】

(1) 徐小汀：徐秉鑒。見補遺卷四・五四注(1)。

(2) 林遠峰：林鎬，字遠峰，自號雙樹生。清福建龍巖州人。國子監生。有《雙樹生詩草》。

(3) 新建：縣名。治所即今江西南昌市。

(4) 李涉：唐洛陽人。自號清溪子。官太子通事舍人、峽州司倉參軍、太學博士。曾夜過九江皖口遇盜，聞說是李涉博士，盜請他題詩，李遂題：「暮雨蕭蕭江上村，綠林豪客夜知聞。他時不用逃名姓，世上如今半是君。」盜喜，厚贈拜別。

(5) 方藕船：方維翰。見補遺卷四・四一注(1)。

(6) 高麗：朝鮮歷史上的王朝（918-1392）。我國習慣上多沿用來指稱朝鮮。李承熏：乾隆四十二年首次來華，

四十七年再次來華，隨父進貢北京，入天主教。後因回
國秘密傳教被當政者處死。李喜明：未詳。洪大容：
字德保，號湛軒、洪之。朝鮮時代的哲學家、自然科
學家。乾隆年間曾隨朝貢使團來到中國。著有《湛軒
書》。

二

　　那鑒堂澄為常中丞鈞之第四子(1)，牧通州時，
入山見訪。長身玉立，書氣迎人(2)。入都後，寄近
作來，讀之，如接謦咳(3)。〈步耕堂韻〉云：「縱
步高崗望禁城(4)，襟懷豁處念俱清。樹排盤磴野花
滿(5)，水瀉深溝新漲平。追想風塵為俗吏，何如耕鑿
謝浮名。尋幽莫恨無同調，且喜心知共此行。」〈悼
亡〉云：「謝家風味最難忘(6)，不愛濃粧愛淡粧。惜
福如何偏減算，生憎檢點舊衣箱(7)。」「尋常小別尚
依依，況復長眠竟不歸。杯酒墓門空一奠，白楊風冷
紙錢飛。」

【箋注】

(1)那鑒堂：那澄，字鑒堂。清滿洲鑲紅旗人。監生。官山
　　東曹州范縣知縣、江蘇通州直隸州知州、步軍統領衙門
　　員外郎、浙江寧紹台道。（華東師範大學出版社《清代
　　官員履歷檔案全編》）常鈞：葉赫那拉氏。滿洲鑲紅旗
　　人。雍正四年由繙譯舉人授內閣中書。官至湖南巡撫。
　　精繪事，畫虎尤妙。
(2)書氣：儒雅風度。

(3) 謦（qǐng）咳：借指談笑，談吐。

(4) 禁城：指宮城。

(5) 盤磴：盤曲而上的石級。

(6) 謝家：見補遺卷五‧五二注(3)。

(7) 生憎：最恨。

三

　　毛大瀛^{海客}妻某氏(1)，能詩。初婚時，毛贈云：「他日香閨傳盛事，鏡臺先拜女門生。」妻笑曰：「要改一字。」毛問何字。曰：「『門』字改『先』字方妥。」毛大笑。後寄毛家信云：「出門七年，寄銀八兩。兒要衣穿，女要首飾。『巧婦不能為無米之炊』，此之謂也。至於年年被放，妾面增羞(2)；此皆妾命不齊，累卿如此。夫復何言？」

【箋注】

(1) 毛大瀛（1735-1800）：初名思正，字又甡，一字又長，號海客。清江蘇寶山人。諸生。善屬文，工詩。官四川簡州知州。有《醉嘯軒吟稿》、《戲鷗居詩鈔》。

(2) 被放：捨棄。妾面增羞：宋‧錢易《南部新書‧丁卷》：「杜羔妻劉氏善為詩。羔累舉不第，將至家，妻先寄詩與之曰：『良人的的有奇才，何事年年被放回？如今妾面羞君面，君若來時近夜來。』」

四

　　吾鄉陳叔毅先生名曾齮(1)，阮亭高弟子也(2)。與湯西厓、姜西溟同時(3)，而至今無人知者。嚴司馬守田寄抄稿來(4)。〈東阿道上〉云(5)：「嵐光到眼忽清虛，不負吟情兀短驢(6)。石井泉澆行客飯，水田衣掛老僧廬。兩頭雲幄張無數(7)，四面煙鬟畫不如(8)。盡日小車行百里，坐看山色臥看書。」先生尤長於言情。〈好風〉云：「輕軀細馬獨徘徊，自把絲鞭不敢催。足鐙巧將新月隱，面羅剛被好風開。花如欲折心還怯，路到分歧意屢猜。夫婿不教相伴去，阿誰扶下繡鞍來？」〈哭姜〉云：「水晶簾下玉蘢蔥(9)，十樣新蛾畫未工(10)。留得青銅三尺鏡，更無人影在當中。」「半枝樺燭夜熒熒，記得歸遲掩曲屏。比玉能溫比花活，最難忘是夢初醒。」「避人洗手作羹湯，不遣郎知試教嘗。直到加餐方笑問，阿儂果否勝廚娘？」

【箋注】

(1) 陳曾齮（yì）：字叔毅。浙江仁和人。諸生。清初名流，屢游京都。有《澌冰集》。

(2) 阮亭：王士禎。見卷一·五四注(1)。

(3) 湯西厓（崖）：湯右曾。見卷三·一○注(10)。姜西溟：姜宸英。見卷九·八六注(3)。

(4) 嚴守田（1748-1799）：字歷亭，號穀園。浙江仁和人。乾隆三十六年舉人。官至江南候補府同知。有《待松軒詩存》、《歷亭詩鈔》。

（5）東阿：縣名。今屬山東。

（6）兀：獨。

（7）雲幄：狀如帳幔的雲。

（8）煙鬟：喻雲霧繚繞的峰巒。

（9）玉蘢葱：發飾，即玉簪。

（10）新蛾：婦女新畫的細眉。

五

　　太常卿伊雲林先生朝棟(1)，素未識面，托王葑亭給諫寄稿商榷(2)，詩多雋逸。〈喜葑亭移居相近〉云：「借得輕車載具遷，宣南坊地雁秋天(3)。桑林我已淹三宿(4)，花徑君初拓一廛(5)。雲抹樓頭宵共月，煙銷井口曉分泉。素心晨夕經過數，佳事應圖主客傳。」〈歸舟〉云：「殘月唧帆影，長江一葦迴。煙寒瓜步樹(6)，潮走海門雷(7)。六代銷波底(8)，三山落酒杯(9)。儒生仗忠信，涉險興悠哉。」其子秉綬進士(10)，見寄云：「魯靈光殿蜀峨嵋(11)，猶在寰中見未期。早歲誦詩同尚友(12)，逢人問訊當親師。名園藏得三山勝(13)，妙筆兼將五色持。聞道朱顏映梅萼，幾時來訪鄭當時(14)？」

【箋注】

（1）伊雲林：伊朝棟（1729-1807），原名桓瓚，字用侯，號雲林。福建寧化人。乾隆三十四年進士。官刑部主事、浙江道監察御史、光祿寺卿。有《雲林詩鈔》、《賜硯

齋詩鈔》、《南窗叢記》。

(2) 王蔚亭：王友亮。見卷六・六六注(3)。

(3) 宣南坊：今北京宣武門外騾馬市大街以南，東至潘家河沿，西至教子胡同一帶統稱為「宣南坊」。

(4) 淹：逗留。三宿：《後漢書・襄楷傳》：「浮屠不三宿桑下，不欲久生恩愛，精之至也。」

(5) 一廛（chán）：泛指一塊土地，一處居宅。

(6) 瓜步：地名。在江蘇六合東南。有瓜步山，山下有瓜步鎮。

(7) 海門：海口。內河通海之處。

(8) 六代：指三國吳、東晉和南朝之宋、齊、梁、陳。

(9) 三山：在江蘇省江寧縣西南。一名護國山。晉王濬伐吳時至此處。

(10) 伊秉綬（1754-1815）：字組似，號墨卿。福建寧化人。乾隆五十四年進士。官刑部主事、廣東惠州知府、揚州知府。有《留春草堂詩草》。

(11) 魯靈光殿：漢景帝子魯恭王所建的宮殿。故址在今山東省曲阜市東。後用來比喻碩果僅存的人或事物。見卷四・二六注（7）。

(12) 尚友：上與古人為友。

(13) 名園：指隨園。園在江寧城北，依小倉山麓。

(14) 鄭當時：西漢人。喜結交名士，請謝賓客。見卷九・一一注(3)。此處比袁枚。

六

彭太守賷酒饋葛筠亭(1)，路上為僕人所覆，葛調以詩云：「食指而今笑不靈(2)，黃堂佳釀剩空瓶(3)。分甘特教貽『三雅』(4)，束帶忙傳接『五經』(5)。徐氏聖賢來有信(6)，阮家兄弟去無形(7)。路傍破甄公休問，對菊依然我獨醒。」余為其友何南園刻詩(8)，葛又謝云：「蒐得遺編帶淚刊，憐才出自大賢難。鑒空遇物無逃影(9)，花好逢春立改觀。恩到九原知己少(10)，名留千載夜臺安(11)。從今不羨方三拜(12)，賞識應同及第看(13)。」余尤愛其〈弔馬湘蘭〉云(14)：「天教命薄為官妓，人實誰堪作丈夫？」

【箋注】

(1) 賷(jī)：帶，送。葛筠亭：葛國玢，字筠亭。清江蘇上元人。貢生。工詩善書畫。

(2) 食指：即食指動。預兆將有口福。語出《左傳·宣公四年》：「楚人獻黿於鄭靈公。公子宋與子家將見。子公之食指動，以示子家，曰：『他日我如此，必嘗異味。』及入，宰夫將解黿，相視而笑。公問之，子家以告。及食大夫黿，召子公而弗與也。子公怒，染指於鼎，嘗之而出。」

(3) 黃堂：指知府、太守。古時稱太守的廳堂為黃堂。

(4) 分甘：謂分享甘美之味，亦以喻慈愛、友好、關切等。三雅：指酒器。見卷一六·二八注(2)。

(5) 束帶：整飾衣服，表示端莊。五經：指酒器。《侯鯖錄·酒經》：「陶人之為器，有酒經焉。……書云酒一經或二經，至五經焉。他境人有遊於是邦，不達其義，

聞五經至，束帶迎於門，乃知是酒五瓶為五經焉。」

(6) 徐氏聖賢：指美酒。《三國志·魏書·徐邈傳》：「徐邈字景山，燕國薊人也。……魏國初建，為尚書郎。時科禁酒，而邈私飲至於沈醉。校事趙達問以曹事，邈曰：『中聖人。』達白之太祖，太祖甚怒。度遼將軍鮮於輔進曰：『平日醉客謂酒清者為聖人，濁者為賢人，邈性修慎，偶醉言耳。』」

(7) 阮家兄弟：《太平御覽》引《後魏書》曰：「阮孚性機辯，好酒，貌短而秀。周文帝偏所眷雇，常於室內置酒十瓶，餘一斛，上皆加帽，欲戲孚。孚適入室，見即警喜曰：『吾兄弟輩甚無禮，何為竊入王家，匡坐相對？宜早還宅也！』因持酒歸，周文撫手大笑。」另，《北史》載為元孚行迹。

(8) 何南園：何士顒。見卷一·三七注(1)。

(9) 鑒：明鏡。

(10) 九原：迷信謂人死後的去處。

(11) 夜臺：指陰間，迷信謂人死後靈魂所到的地方。

(12) 方三拜：《北夢瑣言》卷六：「詩人方干，亦吳人也。王龜大夫重之，既延入內，乃連下兩拜，亞相安詳以答之，未起間，方又致一拜，時號『方三拜』也。」

(13) 及第：科舉應試中選。因榜上題名有甲乙次第，故名。

(14) 馬湘蘭：馬守真。見卷九·二一注(1)。

七

對聯之佳者，或題禪堂云(1)：「無法向人說；將心替汝安。」佛座云(2)：「大護法不見僧過(3)；善知識能調物情。」題春冊云(4)：「一陰一陽之謂道；

此時此際難為情。」題戲臺云：「做戲何如看戲樂；下場更比上場難。」題書齋云：「無求便是安心法；不飽真為卻病方。」或見贈云：「天上何曾有山水；人間樂得做神仙。」

【箋注】

(1)禪堂：猶禪房。僧堂。佛徒打坐習靜之所。

(2)佛座：安置佛像之臺。

(3)護法：護持佛法。

(4)春冊：有關性生活的畫冊。

八

　　李青蓮〈嘲魯儒〉(1)，有「未行先起塵」之句。余少時詠霧（上二字嘉慶本無，此據民國本）云：「張眸始識青盲苦(2)，對面如同學究談(3)。」有童子某嘲其師云：「褒衣大袑方矩步(4)，腐氣沖天天亦懼。」有太白〈嘲魯儒〉之意。

【箋注】

(1)李青蓮：唐‧李白。

(2)青盲：俗稱青光眼。症狀為視力逐漸減退，漸至失明，但眼的外觀沒有異常。

(3)學究：指迂腐淺陋的讀書人。

(4)褒衣大袑（shào）：寬上衣，大褲襠。古代儒者的裝束。

九

劉知幾云(1):「有才無學,如巧匠無木,不能運斤(2);有學無才,如愚賈操金(3),不能屯貨。」余以為詩文之作意用筆,如美人之髮膚巧笑,先天也;詩文之徵文用典(4),如美人之衣裳首飾,後天也。至於腔調塗澤(5),則又是美人之裹足穿耳,其功更後矣!

【箋注】

(1)劉知幾:字子玄。唐徐州彭城人。高宗永隆進士。前後修史近三十年,主張秉筆直書,以為史家須具才、學、識三長。著《史通》。

(2)運斤:揮動斧頭砍削。喻施展技藝。

(3)愚賈:愚笨的商人。

(4)徵文:引證成文。

(5)塗澤:修飾容貌。猶化妝。

一○

武林女士王槵影姮(1),嫁虹橋居士麟徵,詩才清麗。詠〈懶貓〉云:「山齋空豢小狸奴,性懶應慚守敝廬。深夜持齋聲寂寂,寒天媚竈睡蓬蓬(2)。花陰滿地閒追蝶,溪水當門食有魚。賴是鼠嫌貧不至,不然誰護五車書?」〈曉色〉云:「殘星天上淡將落,冷露花間滴未晞(3)。」〈落花〉云:「正值鶯啼春樹曉,那堪雨歇綠陰生!」

【箋注】

(1) 武林：舊時杭州的別稱，以武林山得名。王樨（xī）影：王姮（héng），字樨影，號月函。清仁和（今杭州）人。西灣女，諸生顧虹橋妻。工畫花鳥。有《繡餘詠稿》。

(2) 蘧蘧（qú）：悠然自得貌。

(3) 晞：乾。

一一

　　唐時汪倫者，涇川豪士也(1)，聞李白將至，修書迎之，詭云：「先生好游乎？此地有十里桃花。先生好飲乎？此地有萬家酒店。」李欣然至。乃告云：「『桃花』者，潭水名也，並無桃花。『萬家』者，店主人姓萬也，並無萬家酒店。」李大笑，款留數日，贈名馬八匹、官錦十端，而親送之。李感其意，作〈桃花潭〉絕句一首。今潭已壅塞。張惺齋炯題云(2)：「蟬翻一葉墜空林，路指桃花尚可尋。莫怪世人交誼淺，此潭非復舊時深。」惺齋乃詩人梢園_{汝霖}司馬之子(3)，落筆綽有家風。

【箋注】

(1) 汪倫：唐涇縣人。李白游涇縣桃花潭，常醞美酒以待。白贈其詩：「桃花潭水深千尺，不及汪倫送我情。」涇川：一作涇溪，又名賞溪。此指涇川流經的涇縣（今安徽涇縣）。

(2)張惺齋：張炯，字季和，號惺齋。清安徽宣城人。

(3)張韜（tāo）園：張汝霖。見卷六・八五注(1)。

一 二

　　滿洲嵩孝廉，別字雨韭(1)，聞其玉樹臨風(2)，為長安才子之冠。陶怡雲歸(3)，誦其〈懷隨園〉云：「名從五十年前盛，交在三千里外論。」余從未通書，而蒙其推挹如此，以未見其人為恨，賦詩報謝云：「蒹葭倚玉知何日(4)？風雨懷人各一天。」

【箋注】

(1)嵩雨韭：嵩齡，字雨韭。清滿洲鑲黃旗人。舉人。官工部郎中、禮部員外郎。

(2)玉樹臨風：南朝宋・劉義慶《世說新語・言語》：「謝太傅問諸子姪：『子弟亦何預人事，而正欲使其佳？』諸人莫有言者。車騎答曰：『譬如芝蘭玉樹，欲使其生於階庭耳。』」後以「玉樹」稱美佳子弟。杜甫〈飲中八仙歌〉：「宗之瀟灑美少年，舉觴白眼望青天，皎如玉樹臨風前。」

(3)陶怡云：陶渙悅。見卷一二・七一注(5)。

(4)蒹葭倚玉：《世說新語・容止》：「魏明帝使后弟毛曾與夏侯玄共坐，時人謂蒹葭倚玉樹。」蒹葭，荻與蘆葦，喻微賤、貌醜。玉樹，喻品貌之美。此處用為自謙借別人光的意思。

一三

余冬月渡江過永濟寺(1)，有人題壁云：「梵宇沉沉裊篆煙(2)，人能到此即為仙。犬心尚且閒如許，鎮日如來殿外眠(3)。」末署云：「倘隨園老人過此見之，不以為野狐禪否(4)？」末署「松嵐」二字，不知何許人。

【箋注】

(1)永濟寺：位於南京燕子磯，面臨大江，緣崖結構。

(2)梵宇：佛寺。

(3)如來：佛的別名。又為釋迦牟尼的十種法號之一。按：佛有別號，又有通號，別號即該尊佛之特德所成就之佛名，如正法明如來、釋迦牟尼佛等；通號即十號，為諸佛所共有，十號分別為：佛世尊、如來、無上士、調御丈夫、應供、正遍知、天人師、善逝、世間解、明行足。

(4)野狐禪：禪宗對一些妄稱開悟而流入邪僻者的譏刺語。《五燈會元·馬祖一禪師法嗣·百丈懷海禪師》載，有老人參百丈禪師，云昔住此山，因錯對一語，五百生墮野狐身。

一四

葑亭給諫之次子王鳳書(1)，年十七，孔翔之弟也(2)。〈無題〉云：「倚舟春思正徘徊，恰值仙郎覿面來(3)。待要郎看還似怯，半窗斜掩半窗開。」〈北

渡〉云：「北過黃河不見山，誰知此地有峰巒？抬頭絕似人離久，分外搴簾要細看(4)。」又：「村僻犬驚車轍響，地高鳥近屋簷飛。」句亦佳。

【箋注】

(1) 蔚亭：王友亮。見卷六‧六六注(3)。王鳳書：王鳳生，字竹嶼。清婺源漳溪人。王友亮第三子。誥授中憲大夫。曾任歸德府知府、浙江溫台直隸玉環同知、嘉興府同知、河南河北兵備道。有《江聲帆影閣集》、《滄江感舊集》。（據光緒九年《婺源縣誌》，名為王鳳生。）

(2) 王孔翔：王麟生。見卷一四‧一八注(6)。

(3) 覿面：迎面。

(4) 搴：撩起。

一五

詠折花者，潘蘭如云(1)：「風枝露蕊夜初開，金剪商量密處裁(2)。為贈美人才折汝，也應笑入手中來。」揚州汪坤云(3)：「手折花枝翠黛顰，殷勤欲寄遠征人。明知到日應憔悴，即此梅花見妾身。」

【箋注】

(1) 潘蘭如：潘瑛。見卷一六‧五五注(1)。

(2) 商量：估量。

(3) 汪坤：字至元，號玉屏。清江蘇甘泉人。原籍旌德。嘗在揚州結吟香詩社。有《忍冬盦詩集》。

一六

畫家有讀畫之說。余謂畫無可讀者，讀其詩也。偶過書鋪，懸楊椒山詩一幅(1)，云：「飲酒看書四十年，烏紗頭上即青天。男兒欲畫淩煙閣(2)，第一功名不愛錢。」又見薄仲文竹筆筒上雕一詩云(3)：「山外清江江外沙，白雲深處有人家。船頭不是仙源近，那得飛來數片花？」又，笪江上題畫云(4)：「雲歸忽帶雨幾點，木落又添山一峰。」

【箋注】

(1)楊椒山：楊繼盛，字仲芳，號椒山。明保定府容城人。嘉靖二十六年進士。官南京吏部主事、兵部員外郎、刑部員外郎。因上疏劾仇鸞，被貶狄道典史，又上疏劾嚴嵩十大罪，下獄被害。有《楊椒山集》。

(2)淩煙閣：古代為表彰功臣而建築的繪有功臣圖像的高閣。

(3)薄仲文：未詳。

(4)笪江上：笪重光（1623-1692），字在辛，號江上外史。人稱「笪江上」。句容人。順治九年進士。官御史。工詩文書畫，名重一時。

一七

近今夫婦能詩者，《詩話》中已載數人。茲又得孫子瀟妻席佩蘭、字韻芬者(1)，〈南歸題上黨官署〉云(2)：「一回頭處一淒然，弱質曾經住兩年。呼婢留

心檢粧合，莫教人拾舊花鈿(3)。」「雨後棠梨片片殘，飛來和淚濕闌干。一花一草尋常見，到得離時卻耐看。」〈春遊〉云：「放槳如飛落日遲，並船想見好花枝。春遊學得新興髻，明日梳頭更入時。」〈惜春〉云：「十樹花開九樹空，一番疎雨一番風。蜘蛛也解留春住，宛轉抽絲網落紅。」〈陸行〉云：「脫卻風波踏地平，穿將珠顆數郵程。明明馬鐸車前響，錯認閨中鐵馬聲(4)。」〈酸酒〉云：「個中滋味誰嘗遍？下第才人被放官(5)。」〈哭安兒〉云：「一杯涼醁奠靈床，滴向泉臺哭斷腸。誰是酒漿誰是淚？教兒酸苦自家嘗。」安兒年五歲，能誦唐詩。爺出對云：「水如碧玉山如黛(6)。」應聲曰：「雲想衣裳花想容(7)。」亦奇兒也。

【箋注】

(1) 孫子瀟：孫原湘。見卷一一·二五注(3)。席佩蘭：字韻芬，一字道華，又字浣雲。清江蘇昭文人。吉士孫原湘妻。工詩善畫。有《長真閣集》。

(2) 上黨：縣名。治所即今山西長治市。

(3) 花鈿：用金翠珠寶製成的花形首飾。

(4) 鐵馬：簷鈴。懸於簷間的鈴，風吹發聲。

(5) 下第：科舉時代考試不中者曰下第，又稱落第。放官：免官。

(6) 「水如」句：明·薛蕙〈江南曲〉句。

(7) 「雲想」句：唐·李白〈清平調〉句。

一八

　　吾杭高怡園景藩觀察之季女淡仙韞珍(1)，詩才清妙，不愧家風。〈詠小青〉云(2)：「朱門黃土恨年年，草掩孤山墓可憐。消盡紅香如逝水，生來薄命敢違天？梨花春夢瀟瀟雨，柳色秋風漠漠煙。多謝檀郎能瘞玉(3)，芳魂流落聖湖邊(4)。」〈除夕與淡人郎君同作〉云(5)：「殘年已過春三日，一歲猶餘話半宵。」淡人〈湖上晚歸〉云：「荒村犬吠路冥冥，移上天邊幾個星。山月未高湖面黑，漁燈一點浦煙青。歸來遠樹低飛鳥，遮住橫橋半截亭。隔水人家看不見，但聞笑語出寒汀(6)。」〈客中〉云：「病後吟詩多感舊，醉中無夢不還家。」與淡仙琴瑟甚調，而淡仙早卒，可悲也！高公甲辰進士，余丁巳年主其家三月。後為銘墓，以報其德。

【箋注】

(1)高怡園：高景藩，見補遺卷一·五一注(1)。高淡仙：高韞珍，字澹仙。清杭州錢塘人。有〈孤山弔小青詩〉。

(2)小青：馮小青，名玄。傳為晚明揚州人，嫁為杭州馮生妾。工詩詞，解音律，為大婦所妒，徙居孤山別業。淒怨成疾，命畫師畫像自奠而卒。

(3)檀郎：見卷八·六八注(7)。瘞（yì）玉：指埋葬已故的美女。

(4)聖湖：即杭州西湖。漢時，金牛見湖中，人言明聖之瑞，遂稱明聖湖。

(5)淡人：王金英。見卷一·五注(4)。

(6)寒汀：清寒冷落的小洲。

一九

士風卑諂，太史某惡而刺以詩，中有「吮癰舐痔」字樣(1)。余規之云：「下愚所為，賢者非特不為，亦不能知。譬如鳳凰翔於千仞，下界有蛣蜣轉糞之蟲(2)，鳳凰未必知也。王公貴人，辱詈其僕從(3)，在僕從未必辱，而自己反損威重矣。原壤(4)，狂士也，故孔子以杖叩之。蔡經(5)，半仙也，故麻姑以鞭笞之。其他庸惡之徒，其能受聖人之杖、仙人之鞭也哉？所謂『孔子家兒不知罵，曾子家兒不知怒』(6)，即此意也。」

【箋注】

(1) 吮癰（yōng）：《漢書·佞幸傳》：「文帝嘗病癰，鄧通常為上嗽吮之。」舐痔：《莊子·列禦寇》：「秦王有病召醫，破癰潰痤者得車一乘，舐痔者得車五乘。所治癒下，得車愈多。」此處用以形容卑屈媚上的齷齪行為。

(2) 蛣蜣（jiéqiāng）：屎殼郎。常把糞滾成球形，產卵其中。

(3) 辱詈（lì）：辱罵。

(4) 原壤：春秋時魯國人。孔子之故舊。其母死，孔子助其治喪，原壤登柩而歌。又曾踞坐以待孔子。孔子責其無行。《論語·憲問》：「原壤夷俟。子曰：『幼而不孫弟，長而無述焉，老而不死，是為賊！』以杖叩其脛。」

(5) 蔡經：東漢吳郡吳人。從王方平習道，得道離家。一次見麻姑（道教女仙）時，意念中想讓麻姑以手撓背，王立平察知其意，便使人牽經鞭之。（據葛洪《神仙傳·

麻姑傳》）

(6)曾子：曾參。見卷一六‧三五注(5)。漢‧劉向《說苑‧
雜言》：「孔子家兒不知罵，曾子家兒不知怒，所以然
者，生而善教也。」

　　凡古人用雙字者，如依依、潺潺、悠悠、匆匆之
類，指不勝屈。唐、宋名家，從無單用一字者。近今
詩人貪押韻，又貪疊韻(1)，遂不得已而往往單用之，
此大謬也！作者當以為戒。

【箋注】

(1)疊韻：此指賦詩多篇用相同韵腳。

二一

　　吳太史竹橋寄鮑銘山詩來（1）。其人幕遊客
死（2），屬余采數語入《詩話》中。〈秋夕〉云：「颯
颯長廊落葉聲，霞光黯淡照簾旌（3）。芙蓉泣露秋塘
晚，絡緯吟風小院清（4）。好夢似雲回首散，新愁如水
逐潮生。無端觸眼驚陳跡，洗馬茫茫此際情（5）。」他
如：「人間不夜皆因月，天上無情豈是仙？」「網欹
屋角漁人散，犬吠橋邊野棹還（6）。」「滿苑落花剛客
到，小樓聽雨又春深。」俱佳。

【箋注】

(1)吳竹橋：吳蔚光。見卷一・四一注(3)。鮑銘山：鮑捷勳，字元侶，號銘山、司竹吏。清江蘇常熟人。工書畫，尤善墨竹。有《養木居詩集》、《安雅居吟稿》。

(2)幕遊：指離鄉當幕友，在地方軍政官署中協助辦理文案、刑名、錢穀等事務。

(3)簾旌：簾端所綴之布帛。亦泛指簾幕。

(4)絡緯：即莎雞，俗稱絡絲娘、紡織娘。夏秋夜間振羽作聲，聲如紡線，故名。

(5)洗馬：官名。本作「先馬」。為東宮官屬，職如謁者，太子出則為前導。

(6)野棹：指鄉村小船。

二二

雍正間，孫文定公作總憲(1)，李元直作御史(2)，陳法作部郎(3)：三人巘巘自立(4)，以古賢相期，京師號曰「三怪」。余出孫公門下，採其行略(5)，為作神道碑(6)。後與李公子憲喬交好(7)，為撰墓誌。惟陳公觀察淮揚時，余宰沭陽，隸其屬下，親承風采，平易可親。及河帥白公被罪(8)，公獨以一疏保之，致革職戍邊。信異人哉！僅記其〈臥病〉詩云：「高臥新秋及暮秋，酒場文社廢交遊。蕭疏鬢髮愁潘令(9)，清瘦形骸笑隱侯(10)。盡日閒書留枕畔，經時殘藥貯床頭。世情肯信吾真懶？奈是維摩疾未瘳(11)。」公字世垂，貴州人，癸巳進士。

【箋注】

(1)孫文定：孫嘉淦。見卷四‧九注(3)。

(2)李元直（1686-1758）：字象山，號愚村。山東高密人。康熙五十二年進士。改庶吉士，授編修，歷官御史。剛氣逼人，直言敢諫。被讒左遷，告歸。

(3)陳法：字世垂，號定齋、聖泉。貴州安平人。康熙五十二年進士。由檢討、刑部郎中累官直隸順德知府。乾隆間官至直隸大名道。有《明辨錄》、《易箋》、《內心齋稿》等。

(4)嶷嶷（nì）：形容道德高尚。

(5)行略：生平事蹟的梗概。

(6)神道碑：指墓碑上記載死者事蹟的文字，為文體的一種。

(7)李憲喬：見卷六‧五九注(2)。

(8)白公：白鍾山，字毓秀，號玉峰。清漢軍正藍旗人。官河東、江南河道總督。歷任兩河四十餘年中，無重大事故。卒諡莊恪。只在乾隆十年，河決江南陳家浦，被劾，責令賠補。

(9)潘令：晉‧潘岳。見卷一〇‧二四注(4)。

(10)隱侯：南朝梁‧沈約的諡號。見卷三‧四三注(6)。沈約〈與徐勉書〉描述自己的老態：「百日數旬，革帶常應移孔；以手握臂，率計月小半分。」後孳生出成語「沈郎腰瘦」。宋‧蘇軾〈次韻王鞏顏復同泛舟〉有「沈郎清瘦不勝衣」詩句。

(11)維摩：維摩詰。佛經中人名。見卷四‧三三注(2)。瘳（chōu）：病癒。

二三

金孝廉有句云(1):「病身對妾莊如客。」黃野翁有句云(2):「老眼看燈大似輪。」此二句,正可作對。

【箋注】

(1)金孝廉:似指金虞。見卷六・九二注(1)。

(2)黃野翁:指黃野鴻。見卷三・六八注(1)。

二四

黃蛟門〈寄張香岩〉云(1):「接到手書偏不發,先從函外看平安。」又有句云:「浣衣池淺春無雨,糴米人歸屋有煙(2)。」金陵有此詩人,而予不知。

【箋注】

(1)黃蛟門:黃以旂。見補遺卷二・六九注(3)。張香岩:見卷一二・七四注(1)。

(2)糴(dí):買進穀物。

二五

余園中種芭蕉三十餘株,每早採花百朵,吸其露,甘鮮可愛。恐漢武所謂金莖仙掌(1),未必有此味也。以一盤飛送香亭(2)。渠謝詩云:「初日瞳瞳燦

曉霞(3)，敲門驚起樹棲鴉。平頭奴子飛箋送(4)，一盒芭蕉帶露花。」「叮嚀開盒便須餐，略緩須臾露已乾。從古成仙在頃刻，莫教福薄走金丹。」「莊周何必賦〈逍遙〉(5)？一飲醍醐萬念消(6)。分與全家兒女吃，也呼雞犬上煙霄(7)。」「不是神仙已是仙，兄鋤明月弟耕煙。更期三萬六千日，再乞瓊漿共上天。」

【箋注】

(1)金莖仙掌：相傳漢武帝使人塑金人承露盤，以求取天降玉露，而獲長生。班固〈西都賦〉云：「抗仙掌以承露，擢雙立之金莖。」

(2)香亭：袁樹。見卷一・五注(3)。

(3)瞳瞳：日初出漸明貌。

(4)平頭奴子：不戴冠巾的奴僕。

(5)莊周：即莊子。見補遺卷五・五七注(9)。莊寫有〈逍遙遊〉。

(6)醍醐（tíhú）：比喻美酒。

(7)雞犬：相傳漢淮南王劉安與八公服丹後升天，餘下丹藥被雞犬所食，也成仙上天。

二六

乾隆庚寅，余在杭州，訪蔣苕生太史(1)，聞寓湖州太守張公處(2)，即具名紙往投。蔣未見，乃有一峨冠者，拱手出。心知是太守，素無交，而其意甚

親，未免愕然。太守笑曰：「先生不識我耶？我早識先生，並識先生之夫人貌作何狀，令姊貌作何狀，歷歷如繪。」余益驚，問故。太守曰：「當年公作翰林(3)，住前門外橫街。我年九歲，與公陸氏二甥同在蒙館讀書。塾師放學後，嬉遊公家。公姊及夫人梳頭，常在旁，手進梳篦。公過，猶呼餅餌啖我。公竟忘耶？」余謝曰：「事實未忘，不料昔日聖童(4)，今為公祖也(5)。惜二甥早亡矣！」相與唏噓者久之。從此遂別，更二十年，公子惠堂孝廉來(6)，權知溧水，又是余改官江南第一次捧檄之所(7)，重重春夢，思之憮然！其前事蹟，已作七古一篇贈蔣，梓入集中矣。今年衰，不能再贅，乃作一聯贈惠堂云：「後我卅年(8)，同為南國親民宰；通家兩代(9)，曾見而翁上學時。」蓋實敘平生佳話，非敢挾長也。

【箋注】

(1)蔣苕生：蔣士銓。見卷一・二三注(2)。

(2)張公：未詳。

(3)翰林：指當年袁枚在翰林院任庶吉士。

(4)聖童：指特別聰明、才能非凡的兒童。《後漢書・循吏列傳第六十六》：「任延字長孫，南陽宛人也。年十二，為諸生，學于長安，明《詩》、《易》、《春秋》，顯名太學，學中號為『任聖童』。」

(5)公祖：對知府以上地方官的尊稱。

(6)張惠堂：乾隆年間舉人。曾代理江蘇溧水縣知縣。

(7)捧檄（ㄒㄧ）：用東漢人毛義為奉養母親而出任官職的典故。見《後漢書・劉平等傳序》。

(8)卌（xì）年：四十年。

(9)通家：猶世交。

二七

　　張毅齋琰(1)，香岩秀才之兄也(2)，有絕句云：「板橋一望雨初晴，映水紅欄分外明。底事簾前香不散？晚風吹過賣花聲。」〈聞鶯〉云：「高士有情頻側耳(3)，香閨無夢亦關心(4)。」

【箋注】

(1)張毅齋：張琰，號毅齋。清上元（今南京）人。

(2)張香岩：張培。見卷一二・七四注(1)。

(3)「高士」句：《詩・小雅・伐木》：「伐木丁丁，鳥鳴嚶嚶。出自幽谷，遷於喬木。」後以「鶯遷」指登第，或為升擢、遷居的頌詞。

(4)「香閨」句：唐・金昌緒〈春怨〉：「啼時驚妾夢，不得到遼西。」

二八

　　庚戌冬，余有感於相士壽終七六之言(1)，戲作生挽詩，招同人和之。不料壬子春，竟有傳余已故者。信至蘇州，徐朗齋孝廉邀王西林、林遠峰諸人(2)，為位以哭，見挽云：「名滿人間六十年，忽聞騎鶴上青

天。騷壇痛失袁臨汝(3)，仙界爭迎葛稚川(4)。著作自垂青史後，彭殤早悟黑頭先(5)。望風不敢吞聲哭，但祝遲郎繼後賢(6)。」余讀之，笑曰：「昔范蜀公誤哭東坡(7)，有淚無詩。今諸君誤哭隨園，有詩無淚。然而淚盡數行，詩留千古矣。」

【箋注】

(1) 相士：舊時以談命相為職業的人。

(2) 徐朗齋：徐鑅慶。見卷七・一〇三注(1)。王西林：王汝翰，字西林。清江寧（今南京）人。諸生。（《清代傳記叢刊・續詩人徵略》）林遠峰：林鎬，後改名寶，字乾生，號遠峰、雙樹生。清福建龍巖人。有《雙樹生詩草》。

(3) 袁臨汝：晉・袁宏的父親袁勖曾任臨汝縣令，人稱袁臨汝，稱袁宏為袁臨汝郎。袁宏，字彥伯。有逸才。此處以袁臨汝代稱袁枚。

(4) 葛稚川：葛洪，字稚川，號抱朴子，人稱「葛仙翁」。東晉丹陽句容縣（今江蘇省句容縣）人。博覽典籍，尤好神仙導養之法。曾為句漏令。有《抱朴子》、《神仙傳》等書。

(5) 彭殤：猶言壽夭。彭，彭祖，指高壽；殤，未成年而死。

(6) 遲郎：指袁枚之子阿遲，學名袁文瀾。

(7) 范蜀公：范鎮，字景仁。宋成都華陽人。累封蜀郡公。蘇軾被貶黃州時，曾因春夏間多瘡患及赤目，數月閉門不出，傳者遂云物故。范鎮得聞，傷心痛哭。

二九

　　金紹鵬秀才病跛(1)，而詩才清妙，居南門外，甚遠。余作詩會，輒肩輿迎之(2)。〈炙硯〉云：「凍合端溪冷倩烘(3)，炙來欣趁暖爐紅。煙雲氣吐陽春外，鐵石心回方寸中。冰釋恰如蘇地脈，筆耕才得展田功。更誇文陣通兵法，即墨城堅仗火攻(4)。」〈糊窗〉云：「素楮晶瑩賽越綾(5)，書窗面面霽輝凝。不教故紙遮雙眼，自有清光透一層。弄影待看梅襯月，敲詩好映雪挑燈。白生虛室神先爽(6)，篇展《南華》几試憑(7)。」〈呵筆〉云(8)：「中書也感吹噓力(9)，崛強全消聽指揮。」

【箋注】

(1) 金紹鵬：見補遺卷五・六二注(8)。

(2) 肩輿：抬著轎子。

(3) 凍合：猶言冰封。端溪：溪名。在廣東省高要縣東南。產硯石。倩：疾速。

(4) 即墨：即墨侯，硯的別名。據宋・蘇易簡《文房四譜・硯譜》載，唐人文嵩曾以硯擬人作〈即墨侯石虛中傳〉曰：「上利其器用，嘉其謹默，詔命常侍御案之右，以備濡染，因累勳績，封之即墨侯。」後因用以稱硯。

(5) 素楮（chǔ）：指白紙。楮皮可制皮紙，故以楮代紙稱。

(6) 白生虛室：即虛室生白。謂人能清虛無欲，則道心自生。《莊子・人間世》：「瞻彼闋者，虛室生白，吉祥止止。」

(7) 南華：《南華真經》的省稱。即《莊子》的別名。

(8)呵筆：天寒筆凍，噓氣使解。

(9)中書：毛筆的別稱。見唐‧韓愈所作寓言〈毛穎傳〉。

　　林竹溪皖〈柳絮〉云(1)：「一春從未見渠開(2)，只見紛紛點翠苔。忙殺嬌癡小兒女，閒庭捧手待飛來。」懷寧勞崇煦云(3)：「笑指半鈎飛破鏡，戲拋雙釧疊連環(4)。」「好夢易離歡喜地，春晴難到兩三天。」俱眼前語，而拈出便新。

【箋注】

(1)林竹溪：林皖，號竹溪。餘未詳。

(2)渠：它。

(3)勞崇煦：字竹如。清安徽懷寧人。有《壽樗堂詩稿》。

(4)釧：臂鐲。喻月。

三一

　　壬子冬過淮，嚴司馬歷亭守田(1)，席間誦孫相國士毅〈領兵赴臺灣〉云(2)：「自笑陳琳檄未工(3)，也曾磨盾學從戎。夢驚猛拱濤頭白(4)，渴飲官屯戰血紅(5)。元請一丸封已足(6)，頗遺三矢盼猶雄(7)。感恩何處酬豪末(8)？願得浮江比阿童(9)。」〈南征〉云：「巒城襟帶接重洋(10)，

上下思文景物荒(11)。寅霧蛟涎工撏日(12)，丁
男鴉嘴慣耕霜(13)。入雲阪洞盤千折，夾道翁茶
網四張。土人呼「官」為「翁茶」，出入結網為轎。最是馬前煩
慰勞，檳榔滿橫當壺漿。」「裒帶居然遍百蠻(14)，
洱河恩許唱刀環(15)。文淵蹟已埋銅柱(16)，定遠心
原戀玉關(17)。二月花濃黃木渡(18)，三年香染紫宸
班(19)。只因妖鳥巢猶在，夢繞羅平未肯還(20)。」

【箋注】

(1) 嚴歷亭：嚴守田。見本卷四注(4)。

(2) 孫士毅：見卷八・三六注(1)。乾隆五十二年，臺灣林爽
文反，孫士毅以閩省海道相接，備兵潮州。王師渡海，
欲派粵兵前赴。次年，臺灣平。（見《清史列傳》）

(3) 陳琳檄：《三國志・魏志・王粲傳》：「軍國書檄，多
琳瑀所作也。」裴松之注引三國魏・魚豢《典略》：
「琳作諸書及檄，草成呈太祖。太祖先苦頭風，是日疾
發，臥讀琳所作，翕然而起曰：『此愈我病。』數加厚
賜。」後因以「陳琳檄」泛指檄文。陳琳，字孔璋。東
漢末廣陵人。曾依袁紹，後歸曹操。拜司空軍謀祭酒，
管記室。軍國檄書，多出其手。官至門下督。

(4) 猛拱：指乾隆三十四年，派清軍赴雲南，循戛鳩江而
進，取道猛拱、猛養，水師沿江順流而下，與緬甸軍大
戰，收復猛拱。此年，孫士毅曾隨大學士傅恆督師雲
南。

(5) 官屯：乾隆三十三年，清軍曾同犯邊的緬甸軍在老官屯
一帶進行過血戰，損失慘重。

(6) 一丸封：漢・王元說隗囂以兵守函谷關東拒劉秀：「今
天水完富，士馬最強……元請以一丸泥為大王東封函谷
關，此萬世一時也。」見《後漢書・隗囂傳》。後用為

守險拒敵的典實。

(7)三矢:指戰國趙・廉頗一飯三遺矢事。此以廉頗雖老尚
可一用自比。

(8)毫末:毫毛的末端。比喻極其細微。

(9)阿童:王濬,字士治,小字阿童。西晉弘農湖人。曾大
造舟船,率軍攻吳,燒斷吳人所置橫江鐵鎖,直取建
康。官至撫軍大將軍。卒諡武。此以王濬軍功激勵自己
赴臺平叛。

(10)樂城:在今河北石家莊東南樂城縣境。

(11)「上下」句:《尚書・虞書・堯典》:「昔在帝堯,聰
明文思,光宅天下。」《詩經・周頌・思文》:「思文
后稷,克配彼天。立我烝民,莫匪爾極。」《書》以文
思稱堯,《詩》以思文歌后稷,皆言其表裏。以文德治
天下,以農事開國。景物荒:指風物荒遠之地。

(12)寅霧:寅時(指凌晨三點至五點鐘)之霧。蛟涎:蛟龍
的口液。形容霧。捧:遮蔽。

(13)丁男:成年男子。鴉嘴:鴉嘴鋤。

(14)裘帶:輕裘博帶。古代達官貴人的服飾。百蠻:古代南
方少數民族的總稱。

(15)洱(ěr)河:即今雲南省的西洱河。刀環:《漢書・李
陵傳》:「立政等見陵,未得私語,即目視陵,而數數
自循其刀環,握其足,陰諭之,言可歸還也。」環、還
同音,後因以「刀環」為「還歸」的隱語。

(16)文淵:後漢馬援之字。見卷二・一九注(2)。銅柱:銅
製的作為邊界的柱形標志。《後漢書・馬援傳》:「嶠
南悉平。」李賢注引晉顧微《廣州記》:「援到交阯,
立銅柱,為漢之極界也。」

(17)定遠:指班超,字仲升。東漢扶風安陵(今陝西咸陽東
北)人。家貧,不甘為官傭抄書,投筆從戎,橫行異

域。擊匈奴，退月氏。任西域都護，後封定遠侯，衣錦
而歸。玉關：漢武帝置。因西域輸入玉石時取道於此而
得名。漢時為通往西域各地的門戶。故址在今甘肅敦煌
西北小方盤城。

(18)黃木渡：即指黃木灣，在今廣東廣州市東南。

(19)紫宸班：宮廷朝班。

(20)羅平：州名。治所即今雲南羅平縣。

三二

　　汪汝弼^{夢岩}〈送春〉云(1)：「子規啼急客情牽，
斄尾花中罷綺筵(2)。飛到楊花春似夢，立殘斜日草
如煙。消愁心緒憑杯酒，看好韶光待隔年(3)。我亦
欲歸歸未得，數聲長笛暮江天。」又：「夕陽在樹蟬
聲遠，涼月墜簾花影生。」皆妙句。其見贈詩，已入
《同人集》。

【箋注】

(1)汪汝弼：字夢岩。河南夏邑人。嘉慶十年進士，改庶吉
　　士。官臨清知府。

(2)斄（lán）尾花：指芍藥花。

(3)韶光：美好的時光，常指春光。

三三

余遊天台,離家半載,歸後見几上有書一封,署名杜情海(1),不知何許人也。其略云:「惟才人能慕才人,而或關山間隔,貧無以聚糧;駒隙流光,命有如朝露。至於題碑揮涕,抱書嗚咽,詞客有靈,實增遺憾。竊每念及,耿耿終宵。海于海內才人,留意多矣。惟公則才大如天,惟僕則情深如海。自聞名以來,不知何以低徊思慕,朝夕不置(2)。豈三生之說(3),原有可徵;而一代之才,自應作合耶?僕常有句云(4):『除狂幾欲死,不殺定相憐。』倘或相見有阻,而小杜清魂一縷,蕩天入地,有不與劫灰俱滅者。所憑青眼(5),鑒此丹誠。」余因其詩有奇氣,姑錄之,待訪其人。

【箋注】

(1)杜情海:未詳。

(2)不置:不止。

(3)三生:即三生石。本指佛教輪回宿命之說。後作為因緣前定的典故。

(4)作合:《詩·大雅·大明》:「文王初載,天作之合。」僕:謙詞。自稱。

(5)青眼:指知心朋友。

三四

　　余作令六年，曾作〈俗吏篇〉數首，存集中。今讀錢竹初明府〈吏不可為〉六章(1)，覺從前吏治，尚不至此，特錄之，以俟采風者。其詞曰：「雞初鳴，偵大府(2)。鼓聲隆隆，銜尾疾進如群鼠。坐左箱(3)，日亭午(4)。饑不得餐輪轉肚，口燥脣乾噤無語。須臾手版如葉飛(5)，曰公不遑詰旦來(6)。如是者再四，乃得側身入謁升其階。『無恒暘雨乎(7)？民不疾苦乎？』口之所諮非所圖(8)，以色示退僂而趨(9)。歸告其賓朋，今日上官遇我殊。」〈參謁〉「若者縣緊望(10)，若者賦上中(11)，肥瘠揣而知，窶數藏其胸(12)。問吏何所有，一絲一粟民膏脂。交親緼裦來(13)，白著顏忸怩(14)。所愛權錙銖(15)，所畏揮沙泥。山中麋鹿川中魚，竟陵四盡古有徒(16)。取彼以與此，海波之瀾乃自濡(17)。令公喜，令公怒，朱提有神作人語(18)。」〈饋遺〉「官如大魚吏小魚，完糧之民其沮洳(19)。官如虎，吏如貓，具體而微舐人膏。二月絲，八月穀；婦出門，雞登屋。五刑之屬郵麗事(20)，役情追呼罪其罪。心所不怒強威之，投籤鏗然厭且憨。坐堂皇，鞭其尻(21)，役以皮肉更錢刀。彼縱不苦我則勞，署上上考何足高(22)。」〈催科〉(23)「強者盜，懦者賊；明者劫，暗者竊。盜不易捕賊易得，豺狼伏莽鼠跳壁。此輩民之蟊，五毒宜懲凶。及觀號呼慘，肢體與我同。所起由饑寒，刑之不可止。單辭鞫徒煩(24)，得情無足喜。穿窬內荏而色厲(25)，取非其有賢充類(26)。迺知天下之賊難盡

求，竊鉤者誅竊國侯(27)。」〈鞠賊〉「晨起罷盥漱，
僮來促官書。官書日幾何，堆案二尺餘。刊章匡以
花(28)，急遞插以羽(29)。歲月加封檢，字句乏黶黬
(30)。披之兩眸眊(31)，朱墨手倦舉。算事耶？
算丁耶？甲乙丙者著令耶(32)？決事之比紛如麻。
需頭辭卑累而上(33)，得一大諾自天降(34)。宣底
駢(35)，緘其狀(36)。符火速，竿作櫝(37)，尾
加恫喝晬已熟，大胥之叱守令如叱僕(38)。」〈判
牘〉(39)「樂莫樂兮見故人，苦莫苦兮對惡賓。胸隔
千里萬里貌強親，唯唯諾諾不敢嗔。銜杯引手，睨
蔭不走(40)，使看核下嗹不得腐(41)，嬈腦填腸泄
且嘔(42)。何如還鄉獨處扃門庭(43)，所不願見者
叩不應(44)。」〈酬賓〉

【箋注】

(1) 錢竹初：錢維喬。見卷九‧八一注(3)。

(2) 大府：公府，官府。

(3) 箱：廂房。

(4) 亭午：正午。

(5) 手版：即笏。古時大臣朝見時，用以指畫或記事的狹長
板子。

(6) 不遑：「不遑暇食」的略語。沒有時間吃飯。形容工作
緊張、辛勤。詰旦：清晨。

(7) 暘雨：《尚書‧洪範》：「曰雨、曰暘。」唐‧孔穎達
疏：雨足則思暘，暘久則思雨。又：「曰狂，恒雨若；
曰僭，恒暘若。」行為狂妄，就像淫雨不停；做事錯
亂，就像久晴不雨。

(8)諮：讚歎。

(9)僂：使身體彎曲，表示恭敬。

(10)若者：或者。縣緊望：指縣等級，一般按其所在戶口的多寡、經濟開發程度劃分。

(11)賦上中：指田賦的等級。

(12)窶（jù）數：《釋名・釋姿容》曰：「窶數猶局縮，皆小之意也。」

(13)交親：親戚朋友。縕褭：以亂麻為絮的袍子。古為貧者所服。

(14)白著：元・陳世隆《北軒筆記》：「受者非惠，與者如棄，謂之白著。」

(15)錙銖（zīzhū）：錙和銖。比喻微小的數量。

(16)竟陵四盡：《梁書・魚弘傳》：魚弘……歷南譙、盱眙、竟陵太守。常語人曰：「我為郡，所謂四盡：水中魚鱉盡，山中麞鹿盡，田中米穀盡，村裏民庶盡……」

(17)自濡：自我沾潤。

(18)朱提：借用為白銀的代稱。因產於今雲南昭通縣境內之朱提山，故稱。

(19)沮洳（jùrù）：低濕之地。

(20)五刑：指五種治理百姓的法律。郵麗事：謂依法、按事實施加刑罰。《禮記・王制》：「凡制五刑，必即天論，郵罰麗於事。」

(21)尻：臀部。

(22)上考：謂官吏考績列為上等。

(23)催科：催收租稅。租稅有科條法規，故稱。

(24)單辭：指訴訟中無對質無證據的單方面言辭。鞠（jū）：審訊。

(25) 穿窬（yú）：挖牆洞和爬牆頭。指偷竊行為。

(26) 充類：謂用同類事物比照類推。《孟子‧萬章下》：「夫謂非其有而取之者，盜也。充類至義之盡也。」

(27) 侯：為諸侯。

(28) 匡：邊框。

(29) 羽：插羽毛以示迅急。

(30) 黝黭（zhǐzhǔ）：草書的筆勢。

(31) 眊：眼睛失神，視物不清。

(32) 著令：書面寫定的規章制度。

(33) 需頭：指章奏空出首幅，以供詔旨批答之用。累：連續，屢次。

(34) 大諾：指公文的核批畫行。諾，表示同意。

(35) 宣底：詔書的底本。駢：羅列。

(36) 緘：閉口不言。

(37) 竿牘：作書札。

(38) 大胥：官名。樂官之屬。

(39) 判牘：批閱公文。

(40) 視蔭：觀察日影。

(41) 肴核：肉類和果類食品。

(42) 嬈腦：嬈惱，煩擾。

(43) 扃：關閉。

(44) 不譍：不應聲。

三五

乾隆己丑，今亞相劉崇如先生出守江寧(1)，風聲甚峻，人望而畏之。相傳有見逐之信(2)，鄰里都來送行。余故有世誼(3)，聞此言，偏不走謁，相安逾年。公托廣文劉某要余代撰〈江南恩科謝表〉，備申宛款(4)。方知前說，都無風影也。旋遷湖南觀察。余送行有一聯云：「月無芒角星先避(5)，樹有包容鳥亦知。」不存稿，久已忘矣。今年公充會試總裁，猶向內監試王㘸亭誦此二句(6)。王寄信來云，故感而志之。

【箋注】

(1)劉崇如：劉墉（1720-1805），字崇如，號石庵。山東諸城人。乾隆十六年進士。歷官陝西按察使、湖南巡撫、內閣學士、禮部尚書、體仁閣大學士，加太子太保。有《石庵詩集》。

(2)見逐：驅逐我。

(3)世誼：世代交往之情。

(4)宛款：委宛誠懇。

(5)芒角：謂放射光芒。喻人的鋒芒。

(6)內監試：官名，掌糾察閱卷事。會試以御史充任。王㘸亭：王友亮。見卷六・六六注(3)。

三六

　　新安王太守顧亭先生(1)，看《隨園詩話》有得，頓改從前之作。〈養生潭觀魚〉詩云：「客亦知魚樂，相將坐小舟(2)。水深清見底，沙淨白疑浮。得食依行棹，成群戲涉流。夕陽橫斷岸，紅蓼幾枝秋(3)。」恰有唐人風味。

【箋注】

(1) 王顧亭：王廷言，字寓之，一字顧亭。文德塚子。清婺源人。知河曲州，升順德知府，侯補巡道，授中憲大夫。有《自娛草》。

(2) 相將：相共。

(3) 紅蓼：蓼的一種。多生水邊，花呈淡紅色。

三七

　　人問：「詩要耐想。如何而耐人想？」余應之曰：「『八尺匡床方錦褥，已涼天氣未寒時(1)。』『狎客淪亡麗華死，他年江令獨來時(2)。』『燭花漸暗人初睡，金鴨無煙恰有香(3)。』『夢裏不知涼是雨，醒來微濕在荷花(4)。』『僧館月明花一樹，酒樓人散雨千絲(5)。』五言如：『夜涼知有雨，庵靜若無僧(6)。』『問寒僧接杖，辨語犬銜衣(7)。』皆耐想也。」

【箋注】

(1)「八尺」聯：唐・韓偓〈已涼〉詩。匡床，安適方正的床。「匡床」一作「龍鬚」，指龍鬚草席墊。

(2)「狎客」二語：五代・王渙〈惆悵詩〉之九。狎客：陪伴權貴遊樂的人。麗華：張麗華。見卷六・一一一注(7)。江令：江總。見卷一三・二三注(6)。

(3)「燭花」二句：宋・秦覯〈和王直方夜坐〉詩。金鴨，一種鍍金的鴨形銅香爐。

(4)「夢裏」二句：宋・陳與義〈雨過〉詩。

(5)「僧館」聯：疑為集句聯。宋・錢昭度〈酒樓〉詩：「長憶錢塘江上望，酒樓人散雨千絲。」

(6)「夜涼」聯：宋・潘閬〈夏日宿西禪院〉詩。

(7)「問寒」聯：唐・唐求〈山東蘭若遇靜公夜歸〉詩。

三八

唐薛能笑杜少陵不敢作荔支詩(1)，香山有之而不佳(2)，自作一首，誇云：「不愧不負。」而不知庸淺已甚，可笑也！能詩最佳者(3)，詠〈蜀柳〉云：「高出軍臺遠映橋(4)，賊兵曾斫火曾燒。風流性在終難改，依舊春來萬萬條。」

【箋注】

(1)薛能：唐汾州人。武宗會昌六年進士。官嘉州刺史、工部尚書。癖於詩，日賦一章。有《江山集》、《許昌集》。杜少陵：杜甫。其實杜甫在〈解悶十二首〉中詠過荔枝。

(2)香山：白居易。

(3)能：指薛能。

(4)軍臺：傳遞軍報和文書的郵驛。

三九

余九歲時，偕人遊杭州吳山，學作五律，得句云：「眼前三兩級，足下萬千家。」至今重遊此山，覺童語終是真語。又，〈偶成〉云：「月因司夜終嫌冷(1)，山到成名畢竟高。」亦似有先知之意(2)。

【箋注】

(1)司夜：主管夜間的報時。

(2)先知：認識事物在眾人之前。

四〇

詩如射也，一題到手，如射之有鵠(1)，能者一箭中，不能者千百箭不能中。能之精者，正中其心；次者中其心之半；再其次者，與鵠相離不遠；其下焉者，則旁穿雜出，而無可捉摸焉。其中不中，不離「天分學力」四字。孟子曰：「其至爾力，其中非爾力(2)。」至是學力，中是天分。

【箋注】

(1)鵠（gǔ）：箭靶的中心。泛指靶子。

(2)「其至」二語：意謂射得到靠你的力氣，射得中就不只是靠你的力氣了。郭沫若認為，這把孟子的話恰恰講反了，「力」才是天分，「中」要憑學習。（見《讀隨園詩話札記・五九》）

四一

　　康節先生有三不出之戒(1)，謂風不出，雨不出，大寒暑不出也。余七十後，惟暑不出。過中秋裁出，此定例也。今年八月八日，太守松雲李公新修莫愁湖成(2)，招余往飲，且云：「能為莫愁破例否？」余答云：「老僧入定，聞鈸鈯聲便要破戒(3)，況莫愁乎？」即往赴之。適王顧亭太守見訪(4)，不值(5)，追至湖上，口號以贈云(6)：「似鏡湖光一葉橫，白頭遙認是先生。盧家尚具神通力(7)，竟把閒雲引出城。」

【箋注】

(1)康節：邵雍。見卷九・五二注(9)。

(2)李公：李堯棟，字東采，號松雲、伯和。浙江山陰（今紹興）人。乾隆三十七年進士。任江寧知府時曾營建莫愁湖郁金堂、湖心亭、賞荷亭等。莫愁湖：位於南京水西門外，相傳南齊時洛陽少女莫愁曾居湖濱，因而得名。六朝時這裏還是長江的一部分，唐時叫橫塘，後來由於長江和秦淮河的河道變遷而逐漸形成了湖泊。公園

面積四十七頃，其中湖面三十三公頃，周長五公里，清
代被稱為「金陵第一名勝」。

(3) 釵釧：釵簪與臂鐲。泛指婦人的飾物。

(4) 王顧亭：王廷言。見本卷三六注(1)。

(5) 不值：沒遇到。

(6) 口號：即隨口吟詩。

(7) 盧家：指莫愁女家。南朝梁武帝〈河中之水歌〉：「河
中之水向東流，洛陽女兒名莫愁……十五嫁為盧家婦，
十六生兒字阿侯。」

四二

　　新安胡葆亭有句曰(1)：「千里雄心空似驥(2)，
百年衰族可無鳩(3)？」余愛其典雅。後其子雪蕉比部
〈聞鶯〉云(4)：「細雨乍移江上舫，好春又放故園
花。」方知胡氏詩學傳家，淵源有自。雪蕉有弟岳見
贈云(5)：「隨口篇章皆絕調，及門弟子總傳人。」郭
頻伽秀才見贈云(6)：「生不佞人何況佛，事惟欠死
恐成仙。」呂仲篤讀《隨園詩話》(7)，贈云：「大
海自能含萬派，名山真不負千秋。」范瘦生讀《隨園
集》(8)，贈云：「有筆有書有音節，一朝兼者一先
生。」

【箋注】

(1) 胡葆亭：清徽州婺源人。餘未詳。

(2) 驥：駿馬。曹操〈步出夏門行・龜雖壽〉：「老驥伏

櫪，志在千里；烈士暮年，壯心不已。」

(3)無鳩：不得安寧。鳩，鳥名。借來與上句「驥」對偶。《左傳・襄公十六年》：宣子曰：「匄在此，敢使魯無鳩乎？」

(4)胡雪蕉：胡永煥，字奎耀，號雪蕉。婺源清華人。乾隆五十二年會魁，賜進士。工部營繕司兼都水司主事。著有詩文集、叢話、古文鈔。（光緒九年《婺源縣誌》卷二十）

(5)胡岳：未詳。

(6)郭頻伽：郭麐。見卷一二・八三注(2)。

(7)呂仲篤：呂燕昭。見補遺卷五・四七注(3)。

(8)范瘦生：范起鳳。見卷六・二三注(1)。

四三

余不信風水之說。人言：「黃巢、李闖(1)，俱因毀墓而敗，非風水之驗否？」余道：「此等逆賊，雖不毀其墳，亦必敗也。」因口號一詩，以曉世人云：「寄語形家莫浪驕(2)，《葬經》一部可全燒。汾陽祖墓朝恩掘(3)，依舊榮華歷四朝。」

【箋注】

(1)黃巢：見補遺卷四・六注(4)。李闖：李自成。明陝西米脂人。農民起義軍首領。稱號闖王。初屢起屢敗，繼以「迎闖王，不納糧」為號召，率眾下洛陽、破開封、占襄陽、據西安，建國號大順。後攻入北京，旋為清軍所敗。退至湖北九宮山遇害。

(2)形家：舊時以相度地形吉凶，為人選擇宅基、墓地為業的人。也稱堪輿家。

(3)汾陽：郭子儀。見卷一一・四注(3)。朝恩：魚朝恩。唐瀘州瀘川人。大宦官，屢監軍事。操縱朝政，求取無厭。曾暗中派人挖掉郭子儀父親的墓穴。郭子儀以他的寬容更得到朝廷的信任，先後輔助四朝國君。

四四

余訪京中詩人于洪稚存(1)。洪首薦四川張船山太史(2)，為遂寧相國之後(3)，寄〈二生歌〉見示，余已愛而錄之矣。追憶乾隆丙辰，薦鴻博入都，在趙橫山閣學處(4)，見美少年張君名顧鑒者(5)，彼此訂杵臼之交(6)，疑與船山有瓜葛，寄信問之，不料即其尊人也(7)。垂六十年，忽通芳訊，知故人官至太守，尚無恙，且有子不凡，為之狂喜。蒙以詩稿見寄，名曰《推袁集》，尤足感也。聞亦玉樹臨風，兼仲容之姣(8)。有秀水金筠泉_{孝繼}(9)、無錫馬雲題_燦(10)，俱願與來生作姜。船山調之曰：「飛來綺語太纏綿，不獨嫦娥愛少年。人盡願為夫子姜，天教多結再生緣。累他名士皆求死，引我癡情欲放顛。為告山妻須料理，典衣早蓄買花錢。」「名流爭現女郎身，一笑殘冬四座春。擊壁此時無妒婦(11)，傾城他日盡詩人。只愁隔世紅裙小，未免先生白髮新。宋玉年來傷積毀(12)，登牆何事苦窺臣？」余聞而神王(13)，亦戲調之曰：「夫妻喻友從蘇、李(14)，賢者憐才每過情。但學房星兼二體(15)，心期何必待來生？」

【箋注】

(1) 洪稚存：洪亮吉。見卷七・二一注(4)。

(2) 張船山：張問陶。見補遺卷五・五〇注(2)。

(3) 遂寧相國：張鵬翮（1649-1725），字運青，號寬宇。四川遂寧人。康熙九年進士。官刑、戶、吏各部尚書，加太子太傅銜，拜文華殿大學士。卒謚文端。

(4) 趙橫山：趙大鯨。見卷四・七注(1)。曾任侍講學士，故稱閣學。

(5) 張顧鑒（1721-1797）：字鏡千，號冰亭。係張鵬翮之曾孫、張船山之父，善詩。

(6) 杵臼之交：杵：舂米的木棒；臼：石臼。比喻交朋友不計較貧富和身份。《後漢書・吳祐傳》：「時，公沙穆來遊太學，無資糧，乃變服客傭，為祐賃舂。祐與語，大驚，遂共定交於杵臼之間。」

(7) 尊人：此指父親。

(8) 仲容之姣：見卷二・三三注(2)。

(9) 金筠泉：金孝繼，一作孝楫，字筠泉。清浙江仁和人，家于秀水。布衣。不永其年。曾「告其所親，願化作絕代麗姝，為船山執箕帚」。

(10) 馬雲題：馬燦。清無錫人。曾贈詩云：「我願來生作君婦，只愁清不到梅花。」因船山夫人有「修到人間才子婦，不辭清瘦似梅花」之句。

(11) 擊壁：蘇軾的好友陳慥，字季常，好賓客，其妻柳氏以兇悍嫉妒聞名。每當陳季常宴客，如有歌伎在場，柳氏則以杖擊壁，客皆散去。

(12) 宋玉：見卷一四・四三注(5)。宋玉〈登徒子好色賦〉：「東家之子，增之一分則太長，減之一分則太短，著粉則太白，施朱則太赤……然此女登牆窺臣三年，至今未許也。」

(13)神王：謂精神旺盛。王，通「旺」。

(14)蘇李：漢・蘇武（見卷三・四一注(3)）與李陵（見卷三・四注(16)）的並稱。二人友誼篤厚，以屬和贈答詩見稱。

(15)房星：星宿名。南二星君位，北二星夫人位。

四五

　　王濯亭廷取別駕(1)，顧亭太守之弟也(2)。有〈瓶花〉一首，云：「一枝濃艷膽瓶中，習習春生几席風。莫怪無根易凋謝，人情只愛眼前紅。」余道：此詩與翁承贊〈詠僧寺牡丹〉相同(3)。其詞云：「爛漫香風引貴游，高僧閒步亦遲留。可憐殿角長松色，不得王孫一舉頭(4)。」均有寄託可喜。別駕又有〈文殊臺〉詩(5)，云：「文殊臺上日初曛，翠影嵐光看不分。片石尚堪容獨坐，坐寒三十六峰雲。」〈東溪山莊〉有句云：「剩有好山供望眼，自來勝事屬閒身。」俱可愛也。

【箋注】

(1)王濯亭：王廷取。見卷一六・五七注(2)。

(2)顧亭：王廷言。見本卷三六注(1)。

(3)翁承贊：字文堯，一作文饒，晚年號狎鷗翁，又號螺江釣翁。唐福建福唐縣人，祖籍京兆（今陝西西安市）。乾寧三年進士。累官秘書郎、右拾遺。有《晝錦堂詩集》。

(4)王孫：王的子孫。後泛指貴族子弟。

(5)文殊臺：在黃山文殊院前，相傳曾為文殊菩薩坐息之處。

四六

法時帆學士造詩龕(1)，題云：「情有不容已，語有不自知。天籟與人籟(2)，感召而成詩。」又曰：「見佛佛在心，說詩詩在口。何如兩相忘，不置可與否？」余讀之，以為深得詩家上乘之旨。旋讀其〈淨業湖待月〉云(3)：「緩步出柴門，天光隔橋瀠(4)。溪雲沒酒樓，林露滴茶籠。秋水忽無煙，紅蔘一枝動。」又：「摳衣踏蘚花，滿頭壓星斗。溪行忽有阻，偃蹇來醉叟(5)。攘臂欲扶持，枕湖一僵柳。」此真天籟也。又，〈讀稚存詩奉柬〉云(6)：「盜賊掠人財，尚且有刑辟(7)。何況為通儒，靦顏攘載籍(8)。兩大景常新(9)，四時境屢易。膠柱與刻舟(10)，一生勤無益。」此笑人知人籟而不知天籟者。先生于詩教，功真大矣。〈詠荷〉云：「出水香自存，臨風影弗亂。」可以想其身份。又曰：「野雲荒店誰沽酒，疎雨小樓人賣花。」可以想其胸襟。

【箋注】

(1)法式善：見卷一一・一五注(7)。詩龕（kān）：存放詩畫的小閣。法式善家築詩龕三間，積聚己作及人所投贈，皆懸龕中，人稱「詩龕先生」。

(2)天籟：指詩文天然渾成得自然之趣。人籟：指人力精工製作的作品。

(3)淨業湖：位於北京北城淨業寺旁，北通玉泉，南達三海，源頭活潑，湖水常年澄淨。

(4)潝：雲氣騰湧貌。

(5)偃蹇（jiǎn）：困頓貌。

(6)稚存：洪亮吉。見卷七・二一注(4)。

(7)刑辟：刑法。

(8)覥顏：面容羞愧。攘：掠取。

(9)兩大：兩者並大。

(10)膠柱：膠住瑟上的弦柱，以致不能調節音的高低。比喻固執拘泥，不知變通。刻舟：指刻舟求劍，喻拘泥成法，固執不知變通。

四七

余與和希齋大司空(1)，全無介紹，而蒙其矜寵特隆。在軍中與福敬齋、孫補山兩相國(2)、惠瑤圃制府(3)，各有寄懷之作，已刻《倉山集》中。茲又從黃小松司馬處(4)，得其〈西招春詠〉云：「莫訝春來後，寒容轉似添。小窗欣日色，大漠渺人煙。風怒沙能語，山危雪弄權。花稀名不識，何處聽啼鵑？藏中入春，風雪轉盛。」〈中秋德慶道中〉云：「山峻肩輿緩，征人夜未休。久忘家萬里，驚見月中秋。去歲姜肱被(5)，今宵王粲樓(6)。喜成充國計，含笑解吳鈎(7)。」〈春夜〉云：「銀釭閃閃漏迢迢(8)，風送邊聲助寂寥。殘月印窗天似曉，寒雞叫月夢偏遙。頻年客況當春好，一味鄉心易鬢彫。莫以沐猴譏項

氏(9)，夜行衣錦笑班超(10)。」三詩，雖吉光片羽，而思超筆健，音節清蒼。方知皋、夔、周、召(11)，本是詩人；非真有才者，不能憐才也。〈寄隨園〉詩自注云：「當在弟子之列。」與小松札中，又有「久思立雪」之語。虞仲翔得此知己(12)，真可死而無憾。但未知八十衰年，今生尚能一見否？思之黯然！

【箋注】

(1)和希齋：和琳。見補遺卷三・三七注(6)。

(2)福敬齋：福康安，富察氏，字瑤林，號敬齋。滿洲鑲黃旗人。清高宗孝賢皇后侄。歷閩浙、兩廣、雲貴總督。後卒於軍中。孫補山：孫士毅。見卷八・三六注(1)。

(3)惠瑤圃：惠齡。見卷一一・五注(5)。

(4)黃小松：黃易（1744-1802），字小松，號秋盦。清浙江錢塘人。官山東運河同知。嗜金石，工詩畫，善填詞，精于摹印。有《小蓬萊剩稿》、《秋盦遺稿》等。

(5)姜肱被：《後漢書・姜肱傳》：「肱與二弟仲海、季江，俱以孝行著聞。其友愛天至，常共臥起。」後因以「姜被」指兄弟和兄弟之情。

(6)王粲樓：東漢末，王粲多年避戰亂流寓荊州，在襄陽居住期間，常愛登襄城東南角的角樓，難抑思鄉之情，寫下〈登樓賦〉。襄陽人將此樓稱為王粲樓或仲宣樓。後以此代指奔走他鄉、懷念故土。

(7)充國計：漢宣帝時，西羌叛，趙充國受詔至金城，圖上方略。因上屯田十二策。（《漢書・趙充國傳》）吳鈞：兵器，形似劍而曲。春秋吳人善鑄鈎，故稱。後也泛指利劍。

(8)銀釭（gāng）：銀白色的燈盞、燭臺。漏：古代計時器。即漏壺。

(9) 項氏：指項籍。見卷五・六四注(2)。《史記・項羽本紀》：「人言楚人沐猴而冠耳，果然。」

(10) 班超：見本卷三一注(17)。

(11) 皋夔：皋陶和夔的並稱。傳說皋陶是虞舜時刑官，夔是虞舜時樂官。後常借指賢臣。周召：周成王時共同輔政的周公旦和召公奭的並稱。兩人分陝而治，皆有美政。

(12) 虞仲翔：三國人虞翻。見卷二・四二注(3)。因犯孫權，被謫戍交州。後孫悔悟，邀虞還都。虞此時已逝。《藝文類聚》卷四十引《虞翻別傳》曰：「死以青蠅為弔客，天下一人知己者，足以不恨。」按此知己者，指孫策。

四八

　　余春間返故鄉掃墓，洞庭朱碼東成入山見訪(1)，不值，題壁云：「五十年前父母官，於今八十享清閒。斯民不放袁公去，留得青天在此間。」「四壁琳琅少女辭，山陰應接頗如之。那堪更讀童君畫(2)？絕筆梅花絕筆詩。童二樹素未識面，畫梅贈先生，題詩未竟而卒。先生加跋，懸諸壁間。」追余至吳門，於山塘相見，又見贈云：「叨作兼葭倚(3)，名園紀勝遊。笙歌今北海，圖畫古營丘(4)。健合扶紅袖，閒宜伴白鷗。公應是萱草(5)，相對日忘憂。」詠物詩難在不脫不粘，自然奇雅。碼東詠〈玉簪花〉云(6)：「瑤池昨夜開芳宴，月姊天孫喜相見(7)。醉裏遺簪直等閒，香風吹落墮人間。醒來笑向阿母索，起跨青天白羽鶴。移時搜到野人家，乃知狡獪幻作花。煙中便欲搔頭去，翠袖紛披

寶髻斜。」

【箋注】

（1）朱硯東：朱成，字聖和，號硯東，一作潤東。清江
　　　蘇吳縣人。監生。官廣西縣尉。工詩，善寫蘭。有
　　　《一百四十四峰山房集》。

（2）童君：童鈺。見卷二・七八注（1）。

（3）蒹葭倚：見本卷一二注（4）。

（4）「笙歌」二語：以宋・李營丘畫比喻隨園山水。李成，
　　　字咸熙。宋北海營丘人。人稱李營丘。懷才不遇，嗜酒
　　　喜吟詩，並寓興於畫，所畫山水極工，時稱古今第一。

（5）萱草：俗稱金針菜、黃花菜。古人以為種植此草，可以
　　　使人忘憂，因稱忘憂草。

（6）玉簪花：多年生草本植物。花色白如玉，未開時如簪
　　　頭。常借指美人。

（7）月姊：月中仙子，嫦娥。天孫：傳說中的織錦仙女，織
　　　女星。

四九

　　湘潭張紫峴（1），老詩人也，於硯東為前輩，仿其
體，題渠所畫墨蘭云：「公孫大娘舞劍器（2），顛旭得
之為草書（3）。硯東兼二妙，寫作幽蘭圖。縱橫豈有
形與模，天工人巧相與俱。湘妃愁春隔煙水（4），古雲
含雨一千里（5）。霓裳玉珮慵斜倚（6），來降紙窗素瓷
裏（7）。對之微笑忽通靈，澹無言說天純青。心苞意萼
謝俗墨，九畹闢盡畦與町（8）。我欲置之九嶷峰巔四千

丈(9)，不可采兮但遙望。」

【箋注】

(1) 張紫峴：張九鉞。見補遺卷五・一〇注(1)。

(2) 公孫大娘：盛唐舞蹈家。見卷一五・五八注(2)。

(3) 顛旭：唐書法家張旭。見卷一〇・二九注(2)。以上二句喻畫蘭的高妙技藝。

(4) 湘妃：舜二妃娥皇、女英。見卷一・二一注(5)。此以喻所畫蘭的神韻。

(5) 含雨：嘉慶十四年刊《隨園詩話》隨園藏版及此後各版本均錯為「念雨」，後面的「千里」也錯為「十里」。此據張九鉞《紫峴山人全集》詩集卷二六〈題朱礀東畫蘭〉一詩校改。

(6) 霓裳：飄拂輕柔的舞衣。

(7) 素瓷：白色瓷器。

(8) 九畹：《楚辭・離騷》：「余既滋蘭之九畹兮，又樹蕙之百畝。」王逸注：「十二畝曰畹。」一說，田三十畝曰畹。見《說文》。後即以「九畹」為蘭花的典實。

(9) 九嶷：在湖南寧遠縣南。《山海經・海內經》：「南方蒼梧之丘，蒼梧之淵，其中有九嶷山，舜之所葬，在長沙零陵界中。」

五〇

詠桃源詩，古來最多，意義俱被說過，作者往往有疊床架屋之病(1)，最難出色。朱礀東來誦黃岱洲^{其仁}〈過桃源〉一絕云(2)：「桃源盤曲小山河，一洞深

深鎖薜蘿(3)。行過溪橋雲密處，但聞花外有漁歌。」
淡而有味。《滄浪詩話》所謂作詩不貴用力(4)，而貴
有神韻：即此是也。

【箋注】

(1)疊床架屋：比喻重復累贅。

(2)朱碢東：朱成。見本卷四八注(1)。黃岱洲：黃其仁，字
　　岱洲。餘未詳。

(3)薜蘿：薜荔和女蘿。兩者皆野生植物，常攀緣于山野林
　　木或屋壁之上。此處借指隱者住所。

(4)滄浪詩話：南宋・嚴羽著。此書提倡神韻，並非首創。
　　錢鍾書《管錐編》對神韻說推源溯流，可參閱。

一

余九日登紫蔭山(1)，見人題句云：「巾子峰前木葉稀(2)，登高望遠思依依。天寒海氣連雲白，風緊城烏作陣飛。紅豆裁書難寄遠(3)，黃花插帽事多違(4)。年來浪跡東西道，慚愧天涯老布衣。」末題「陳濂」二字(5)。訪之，乃余甥婿陳文水孝廉之三弟也(6)。又，〈游石門樓〉云：「山風吹松雲，岩石明齒齒(7)。猿啼兩三聲，行人盡東視。娟娟山上月，照見山下寺。洞門猶未關，待我遊屐至。」他若：「秋聲江甸雨(8)，寒色海門煙(9)。」「月冷初浮水，星稀欲近人。」皆清絕也。

【箋注】

(1)紫蔭山：未詳。應與下文所說的巾子峰同屬一座山。

(2)巾子峰：在杭州錢塘門外。舊志云在梵天院後，形如巾幘。《西湖勝跡事實》云在壽星寺後。

(3)紅豆：紅豆樹、海紅豆及相思子等植物種子的統稱。其色鮮紅，文學作品中常用以象徵愛情或相思。

(4)黃花：菊花。

(5)陳濂：未詳。與卷一〇・三〇陳濂非一人。疑為陳希濂。錢塘人。嘉慶三年舉人。有《瀲水草堂詩集》。待考。

(6)陳文水：陳泅，字文水，號螺峰。清浙江錢塘人。乾隆五十四年舉人。有《螺峰草堂集》。

(7)齒齒：排列如齒狀。

(8)江甸：江南。

(9)海門：海口。內河通海之處。

二

峽江飛來峰寺僧澄波(1)，告何數峰云(2)：「丙寅，有閨秀戴蘊玉偕郎君某詣潯州府署省父(3)，坐飛來亭題詩(4)，詩成泣下。有句云：『白猿自悟當年事，見說持環返上宮。』人多不解。比至潯州而亡。疑其前身，或猿女耶(5)？」

【箋注】

(1) 飛來峰寺：即峽江寺，在廣東清遠峽山上。僧澄波：善弈。餘未詳。

(2) 何數峰：何青，字數峰，號覺翁。安徽歙縣人。乾隆間附監生。嘉慶初以軍勞官廣東清遠、香山、西寧、饒平、澄海知縣。有《遂初堂詩集》、《黃山同遊詩草》。

(3) 戴蘊玉：一作韞玉，字西齋。清浙江歸安（今湖州市）人。廣西思恩知府永椿女。同知錢塘陳淞妻。有《西齋遺稿》。潯州：治所在今廣西桂平東南。

(4) 飛來亭：指峽江寺飛泉亭。

(5) 猿女：傳說洛中有美女袁氏，與秀才孫恪結為夫妻，鞠育二子。後見舊日門徒僧惠幽，遂將訶陵胡人所施碧玉環子獻僧，與孫恪及二子訣別，裂衣化為老猿，追嘯者躍樹而去。（《太平廣記》卷四百四十五引《傳奇・孫恪》）

三

二童子放風箏，一童得風，大喜；一童調之曰：「勸君莫訝東風好，吹上還能吹下來。」我深喜之。蓋即孟子所謂「趙孟之所貴，趙孟能賤之」之意(1)。

【箋注】

(1) 趙孟：即春秋時晉國的執政大臣趙盾，孟是他的字。引語見《孟子‧告子上》。意謂：趙孟能把爵祿給人而讓他尊貴，也能把爵祿奪回而讓他卑賤。——指別人給與的尊貴，不是真正的尊貴。真正的尊貴在於自己的仁義修養。

四

余至吳門，四方之士送詩求批者，每逢佳句，必向人稱說，非要譽於後進也。掌科許穆堂嫌太邱道廣(1)，見贈一律云：「先生天下望，眉宇照人清。老至通姻婭(2)，兒時識姓名。風流蘇玉局(3)，書卷鄭康成(4)。可惜憐才過，揄揚誤後生(5)。」余道：史稱龐士元稱許人才(6)，往往有過其分。老人竟犯士元之病，行將改之。

【箋注】

(1) 許穆堂：許寶善。見卷一〇‧六〇注(1)。太邱道廣：東漢‧陳寔，字仲弓。潁川許人。曾為太丘長，世稱陳太丘，交遊甚廣。《後漢書‧許劭傳》：「太丘道廣，廣則難周。」

(2)姻婭：有婚姻關係的親戚。

(3)蘇玉局：宋・蘇軾，曾任玉局觀提舉，後人遂以「玉局」稱蘇軾。

(4)鄭康成：東漢・鄭玄。見卷一・四六注(24)。

(5)揄揚：稱引，讚揚。

(6)龐士元：龐統，字士元，號鳳雛。漢末襄陽人。劉備謀士，與諸葛亮並為軍師中郎將。《三國志・蜀書・龐統傳》：「今拔十失五，猶得其半，而可以崇邁世教，使有志者自勵，不亦可乎？」

五

　　遊南明寺(1)，見歸愚先生有對聯云(2)：「瓶添澗水盛將月；衲掛松梢惹得雲(3)。」未知是成語(4)，或先生所撰耶？是夕，風雨暴作，樓柱盡搖。余有句云：「樓搖松樹頂，人臥海潮中。」

【箋注】

(1)南明寺：通稱大佛寺，位於浙江省新昌縣西南的南明山。創建於東晉永和年間，原名石城寺，宋朝初改名寶相寺，清初又叫做南明寺。

(2)歸愚：沈德潛。見卷一・三一注(3)。

(3)衲：僧衣。因其常用許多碎布拼綴而成，故稱。

(4)成語：指集現成詩文語。此處所引即取自唐・韓偓〈贈僧〉詩。

六

京口尼能詩(1)，王碧雲女子贈云(2)：「仙子傳來古雪篇，步虛聲裏絳雲仙(3)。遙知靜對梅花月，鶴聽禪經立晚煙。」

【箋注】

(1) 京口：古城名。在今江蘇鎮江市。

(2) 王碧雲：未詳。

(3) 步虛：道士唱經禮贊。亦指道家傳說中神仙的淩空步行。絳雲仙：指天帝居處的仙人。

七

直隸遷安縣定例(1)，入學八名，而應試者不過六七人。知縣胡公作宰(2)，忽有馬夫，著紅布履來告假。問何事。曰：「明日要赴縣考。」胡公大笑，口號以贈云(3)：「紅鞋著腳煤磨硯，馬糞熏衣筆換鞭。」

【箋注】

(1) 遷安縣：今河北省唐山市遷安。

(2) 胡公：胡淳。貴州修文縣人。乾隆七年舉人。任盧龍、遷安知縣。

(3) 口號：隨口吟詩。

八

　　金賢村太守潢(1)，性倜儻(2)，通音律，有四姬人，俱善歌，常偕至隨園度曲吹簫，太守親為按板：殆古所云風流人豪者耶！籍係宛平，臨入都時，年逾六十。〈留別〉云：「何因執手涕淒然(3)？只為分攜各暮年。嘆我已辭歡喜地，多君還上孝廉船(4)。關山滿目新行李，兒女隨身舊管弦。此後隨園花滿日，夢魂還到小倉巔。」

【箋注】

(1) 金賢村：如上。餘未詳。待考。疑為金潢，正白旗漢軍人。監生。曾任杭州駐防協領、貴州安順府通判、貴陽府通判。

(2) 倜儻：豪爽灑脫而不受世俗禮法拘束。

(3) 執手：握手。

(4) 多：稱讚。孝廉船：用晉吳郡人張憑舉孝廉典（丹陽尹劉惔派人從船上找到他，舉薦為太常博士）。意謂褒美才士。詳見南朝宋・劉義慶《世說新語・文學》。

九

　　程魚門入翰林後(1)，寄詩云：「四十年才為後輩，交遊若此古來稀。頭銜入手誠清絕，書局羈身未易歸(2)。老景真如冬景淡，梅花又共雪花飛。輸他居士山牕鶴(3)，鎮日從容立釣磯。」嗚呼！魚門家本富商，交結文人，家資蕩盡，直至晚年成進士，作部

郎,四庫館議敘,才得翰林,分校春闈(4),可謂有志者事竟成。然而遽卒於秋帆中丞署中(5),可悲也!

【箋注】

(1)程魚門:程晉芳。見卷一‧五注(1)。

(2)書局:官府編書的機構。亦以稱其官吏。

(3)居士:稱有德才而隱居不仕或未仕的人。

(4)春闈:唐宋禮部試士和明清京城會試,均在春季舉行,故稱春闈。猶春試。

(5)秋帆:畢沅。見卷二‧一三注(4)。

懷寧諸生勞竹如(1),詩人也。少年喪偶,里中有陳氏女,美亦能詩,遣媒說之。女窺見竹如,欣然願嫁。兩人已目成矣(2),為里中富人強聘去。女臨行,寄勞生云:「聞說乘鸞許上天(3),幾番臨鏡自疑仙。不知淪謫緣何事,便隔蓬山路幾千(4)。」「夢見文簫私語時(5),想花心事要花知。分明匣底雙珠在,不忍還君祗淚垂。」

【箋注】

(1)勞竹如:勞崇煦。見補遺卷六‧三〇注(3)。

(2)目成:通過眉目傳情來結成親好。

(3)乘鸞:比喻求得佳偶。

(4)蓬山:即蓬萊山。相傳為仙人所居。

(5)文簫：唐太和末，書生文簫寓紫極宮，一日遊西山，與
　　吳彩鸞相遇，因約俱歸。（見《江西通志》）

一一

　　余幼時同赴童子試者，有申君南屏_{發祥}（1），權
奇倜儻（2），有溫庭筠之風（3）。代人赴考，致遭斥
革；而終成進士，外出為令。見寄云：「隨園居士今
方朔（4），遊戲人間作歲星。落筆便同天馬下（5），無
人不踞竈觚聽（6）。略施鴻爪覘為政（7），妙用詼嘲當
說經。笤鳳鞭鸞三十載（8），又叨剪拂到頹齡（9）。」
寄此詩時，官已報罷，掌教清江。余未及答，而君已
卒。

【箋注】

(1)申南屏：申發祥，字南屏。清浙江錢塘人。諸生。永寧
　　縣試用知縣。有《蓬廬生詩稿》、《秀峰集》。

(2)權奇倜儻：奇譎非凡，豪爽灑脫。

(3)溫庭筠：見卷二‧六注（4）。

(4)方朔：東方朔。見卷八‧九〇注（5）。其為人詼諧善辯，
　　相傳為歲星化身。

(5)天馬：天馬行空。比喻才氣橫逸，不受拘束。

(6)竈觚：《太平御覽》卷一八六引《莊子》：「仲尼讀
　　《春秋》，老聃踞竈觚而聽。」觚，指竈臺的邊角。

(7)鴻爪：指行蹤。見卷八‧五二注（4）。覘（chān）：觀
　　看。

(8)笤鳳鞭鸞：比喻處世奇特不凡。

(9)剪拂：修整擦拭。比喻推崇，讚譽。頹齡：衰老之年。

一二

　　壬子春，與趙偉堂廣文游焦山(1)，遇詩僧巨超(2)，茶話良久，采其詩入《詩話》。今春，慶大司馬奉旨到江南(3)，勾當公事，渡江之便，拉同游焦山。別後，巨超寄詩云：「曾向金鰲汗漫遊(4)，西風久已別荊州(5)。忽陪天使臨香界(6)，卻怪神仙也白頭。海內山川蒙一盼，人間聲價重千秋。須知未滿山靈願(7)，不把琴尊作小留(8)。」

【箋注】

(1)趙偉堂：趙士英。見補遺卷五‧六四注(5)。廣文：指清苦閒散的儒學教官。

(2)巨超：清恒。見補遺卷五‧六四注(6)。

(3)慶大司馬：慶桂。見卷四‧六注(5)。

(4)金鰲：比喻臨水山丘。此指焦山。汗漫：形容漫遊之遠。

(5)荊州：古九州之一。指湖北荊山至湖南衡山一帶。此為改用「識荊」典。見補遺卷四‧五四注(11)。

(6)香界：指佛寺。

(7)山靈：山間出產的珍異食物。

(8)琴尊：琴與酒樽，為文士悠閒生活用具。

一三

　　山陰胡稚威天游曠代奇才（1），丙辰同舉鴻博（2），終身紆鬱而亡（3）。余初抄其駢體文三十篇，為楊蓉裳纂取去（4）。乃於別處搜得〈烈女李三行〉一篇，初嫌太長，難入《詩話》；然一序一詩，俱古妙，不忍聽其煬沒（5），今刻續集，不妨載之。其序曰：「女李三者，河南鹿邑縣人。父某業田，嘗以隱事與邑大豪相恨疾。豪陰謀殺之，使客陽與親，召之酒而藥以飲，遂發病。心知豪所為，將死，女從母泣於前。某齘齒切吒（6），曰：『何泣？若非我子也（7）！且吾為人殺，幸有兒，俟壯，或行能復仇。若渺子莞稚（8），無望也，恨終不吐矣！』女時年十餘，聞父言，晝夕憤傷，時時蓄報豪志。更數歲，益長，日誓鬼神，往祝某墓，願魂魄相助，挾利刃，候道上，期乘便刺豪。豪出入乘馬，從僮奴彪彪然（9），勢不得逞。去，丐人為詞（10），屢訴有司、大吏咸遍（11），列於官者三年矣，一人無肯白其事者（12）。女甚恨，曰：『此曹雖官人（13），實盜隸耳！徒知探金錢，取醉飽；何能為直冤痛者乎？』遂辭其母，當奔往京師。鹿邑到京師二千里，女孤弱無相攜挈，暮托逆旅（14），主人或怪其獨來，疑有他，固不內（15），往往伏草間。既至，將擊登聞鼓自訟，數為吏所闌（16）。以陳于刑部、都察院，交格之（17），一如有司、大吏在河南者。久之，會有新任令於鹿邑者，頗強直任事。女聞，乃走還。令方升車出，遮前大呼，且涕且陳，伍伯箠驅不能動（18）。令以某死久

歲月，且無驗，意其未信。更詰將死時語，及奔京師狀，乃受牒（19），縛鞫客與豪（20），皆自窮服。令已論正豪罪，未即決，豪死牢戶中。豪家滋憎女甚，謗為嘗受污。有邑公子獨心知女賢，請聘之。其母與長老媒嫗皆勸之行，矢不許（21）。及母卒殯埋，悉召宗族、親戚、里鄰，告之曰：『吾痛父見害，楚毒幾十年（22），幸得雪仇。而名為人垢，忍不早就死者，傷無兄弟終奉老母。今吾事大已，其將有所自明。』室而掩之，遂自絞也。於是豪子暮拍之笑，視其面，倜猶生然。將舉刀斷之，有血激諸口，類噴怒者。豪子駭仆不能動，左右亟扶負歸，亦竟得疾以死。女死康熙中，至今且五十載。歲戊午，予居長安，始聞。感當世無能文章揚洗昭暴之（23），使家說戶唱，相與勉勸。乃撰述其事，歌而係之，曰：『大海何漫漫，千年不能移。太山自言高，精衛唧石飛（24）。朝見精衛飛，暮見精衛飛，吐血填作堰（25），一旦成路蹊。豈惟成路蹊，崔嵬復崔嵬。女面潔如玉，女身濯如脂。十四頗有餘，十五十六時。婀娜環春風，明月初徘徊。門中姊與姑，鄰舍雜姥婆（26）。人笑女無聲，人歡女長啼。昔昔重昔昔（27），破痛不得治。有似食大鯁（28），禍喉連脅臍。阿母喚不應，步出中闔閨（29）。女身亦非狂，女心亦非癡。向母問阿爺，阿爺誰所屍（30）？昨者門前望，裂眼寧忍窺？爺仇意妍妍，走馬東西街。我無白揚刃，斷作雙虹霓。磨我削葵刀，三寸久在懷。一心願與仇，血肉相齏虀（31）。仇人何陸梁（32），挾隊健如羍（33）。前者為饑狼，後者為怒豸。小雀抵黃鵠，徒恐哺作

糜。大聲呼縣官，縣官正聾蚩。宛轉太守府，再三中
丞司。堂皇信威嚴，隸卒森柴崖。安知坐中間，一一
梗與泥。何由腐地骨，鬼笑回牙歔（34）？孤小不識
事，聞人說京師。京師多貴官，列坐省與臺。頭上鐵
柱冠，獬廌當胸棲（35）。獬廌角嶽嶽（36），多望能
矜哀（37）。局我頭上髮，縫我當射衣。手中何所將？
血帛斑斕絲。帛上何所書？繁霜慘濛埋。細軀誠艱
難，要當自防支。女弱母所憐，請母毋攀持。今便辭
母去，出門去如遺。是月仲冬節，殺氣爭驕排。層冰
塞黃河，急霰穿矛錐。大風簸天翻，行人色成灰。夜
黑不見掌，深林抱枯枝。三更叫鴟鵝（38），四更嗥狐
狸；五更道上行，躑躅增羸饑。舉頭望長安，盤盤鳳
凰陴（39）。下著十二門，通洞縱橫開。持我帛上書，
鬻我囊中袿（40）。跪伏御史府，廷尉三重埡（41）。
尚書更峨峨，峨峨唱驪歸（42）；頭上鐵柱冠，獬廌當
胸棲。獬廌即無角，豈與群羊齊？李女倚柱嘯，白日
凋精輝。結怨彌中宵，中宵盛辛悲。有地何博博，有
天何垂垂；高城不為崩，高陵不為阤（43）。為遣明府
來，明府來何遲！長跪向明府，淚落江東馳。女今千
里還，女憂終身罹（44），女誠不敢紿（45），願官無
見疑。父冤信沉沉，沉沉痛無期。一日但能爾（46），
井底生朝曦。死父地下笑，生仇市中剮（47）。顧此弱
賤軀，甘從釜鬵炊。語終難成聲，聲如繫庀糜。明府
大嗟嘆，嗟嘆仍歔欷。翻翻洞庭波，洞庭非淵洄；嶄
嶄邛崍阪（48），九折無險巇。我今為汝尸（49），汝
去行得知。爺仇意妍妍（50），舉家忽驚摧。勢似宿疹

發，驟劇無由醫。同時惡少年，驅至如連雞(51)。銀
鐺押領頭(52)，畢命填牢陛。有馬空馬鞍，永別街
西馗(53)。叩頭謝明府，搦骨難相貽(54)。昔為羝
乳兒(55)，今為箭還躮(56)。遙遙望我里(57)，我
屋荒薽萊(58)。寡母倚門唏(59)，唏於杞梁妻(60)。
女去母啖柏，啖柏今成飴(61)。雖則今成飴，母悲
轉難裁(62)。女顏昔如玉，女髮何祁祁(63)，女口
含朱丹，女手垂春荑(64)。哭泣親塵沙，面目餘瘢
劙(65)；宛宛閨中存，羸瘠疑病羆(66)。姑姊看女
來，簪笄不及施；鄰姥看女來，左右相呼攜。各各
自流涕，一尺紛漣洏。鄰姥少別去，媒媼從容來；
三請得見女，殷勤致言辭。公子縣南居，端正無匹
儕(67)。金銀列兩箱，纖䋈不勝披。身當作官人，
華榮灼房幃。頗欲得賢女，賢女勝姜姬(68)。回面
答媒媼，身實寒且微。無弟無長兄，老母心偎依。所
願事力作，澀指縫裙鞋。安得隨他人，乖違母恩慈？
母年風中燈，女命霜中葵。須臾母大病，死父相尋
追。棺槨安當中，起墳遂成堆。一一營事託，姑姊可
前來。為我喚長老，長老升堂階；為我召鄉鄰，鄉鄰
麇如圍。十歲隨爺娘，幼小惟癡孩。十五唧沉冤，灌
鼻承醇醨(69)。二十行報仇，報仇苦且危。三年走大
梁(70)，趙北燕南陲(71)。女行本無伴，女止亦有
規。皎皎月光明，不墮濁水湄。斑斑錦翼兒，耿死安
能翳(72)？自此旋入房，重闔雙雙扉。朱繩八九尺，
掛向梁間頹(73)。鮮鮮桂華樹，華好葉何奇；葳蕤揚
芳馨(74)，生在空山隈。烈火燒崑岡(75)，三日夜

未衰。大石屋言言(76)，小石當連耋(77)。蕭芝泣蕙
草，萬族合一煤。燒出白玉姿，皎雪光皚皚。玉以為
女墳，將桂墳上栽。夜有大星辰，其光何離離(78)；
錯落桂樹間，千年照容徽(79)。』」

【箋注】

(1)胡稚威：胡天游。見卷一‧二八注(1)。

(2)鴻博：科舉考試博學鴻詞科的省稱。

(3)紆鬱：屈抑、憂愁、氣憤等在心裏積聚不得發洩。

(4)楊蓉裳：楊芳燦。見卷一‧二八注(17)。

(5)燬沒：湮沒；消失。

(6)齘(xiè)齒：咬緊牙齒，一種病態。切叱：急切斥責。

(7)若：你。

(8)眇子煢稚：藐小、孤單、幼弱。

(9)彪彪然：威猛貌。

(10)丐人：乞求人。

(11)有司：官吏。古代設官分職，各有專司，故稱。

(12)白：申白冤屈。

(13)此曹：這類人。

(14)逆旅：旅店。

(15)不內：不接納。

(16)闌：阻攔。

(17)交格：拒絕。

(18)伍伯：亦作「伍百」。役卒。多為輿衛前導或執杖行
　　刑。箠驅：鞭打驅趕。

(19)牒：指訟辭。

(20)縛鞠（jū）：拘捕審訊。

(21)矢：發誓。

(22)楚毒：痛苦。

(23)昭暴：顯揚，披露。

(24)精衛：古代神話中鳥名。《山海經·北山經》：「發鳩之山，其上多柘木。有鳥焉，其狀如烏……名曰精衛，其鳴自詨。是炎帝之少女名曰女娃，女娃遊於東海，溺而不返，故為精衛，常銜西山之木石，以堙於東海。」

(25)堀（ōu）：墳墓。

(26)姥婆：老婦。

(27)昔昔：夜夜。

(28)大鯾：堵塞。

(29)閨閫：指閨房。

(30)所屍：猶所害死。

(31)虀虀（jīní）：指粉身碎骨。

(32)陸梁：囂張，猖獗。

(33)犛（máo，亦讀lí）：野牛。

(34)牙欻：謂切齒而怒。

(35)獬廌（xièzhì）：傳說中的異獸。一角，能辨曲直，見人相鬥，則以角觸邪惡無理者。此指古代御史大夫等執法官戴的獬豸冠。

(36)嶽嶽：挺立貌。

(37)矜哀：哀憐。

(38)鴚（gē）鵝：即天鵝。

(39)陴（pí）：借指城牆。

(40)袿：婦女的上服。

(41)墀（chí）：臺階。

(42)唱驛：舊時顯貴出行，隨從的騎卒在前面吆喝開道，令行人迴避。

(43)阤（yǐ）：崩塌。

(44)罹：遭遇禍難。

(45)紿（dài）：欺詐。

(46)能爾：如此，這樣。指昭雪。

(47)刲（kuī）：殺，指執行死刑。

(48)邛崍：邛崍山，在四川省滎經縣西。

(49)尸：主持。

(50)妍妍：抗辯貌。

(51)連雞：縛在一起的雞。

(52)銀鐺：應為「銀鎯」，鐵鎖鏈。拘繫罪犯的刑具。

(53)馗（kuí）：四通八達的大路。

(54)貽：贈送。

(55)羘乳：公羊產乳。喻不可能發生之事。

(56)鞯：箭袋。

(57)里：故里，家鄉。

(58)薼（pí）菜：指野草。

(59)唏：哀嘆。

(60)杞梁妻：春秋齊大夫杞梁之妻。或云即孟姜。齊莊公四年，齊襲莒，杞梁戰死，其妻迎喪于郊，哭甚哀，遇者揮涕，城為之崩。後演為孟姜女哭長城的傳說故事。

(61)飴：甘美食品。

(62)裁：削減。

(63)祁祁：盛貌。

(64)春荑：春茅的嫩芽，白嫩柔潤。

(65)瘢劙（lí）：刀割的疤痕。

(66)黧癗：又黑又瘦。病羆：帶病的羆熊。

(67)匹儕（chái）：同伴。

(68)姜姬：指齊姜。見補遺卷五・四七注(21)。《詩・陳風・衡門》：「豈其取妻，必齊之姜？」後因以借指名門官宦人家的女兒。

(69)醇醯（xī）：純醋。此處指如用酷刑般痛苦難堪。

(70)大梁：古地名。即今開封市。

(71)趙北：即今山西趙城縣北。燕南：即古國北燕之南。

(72)瞖：遮蓋。

(73)頹：墜。

(74)葳蕤：華美貌。

(75)崑岡：古代對崑崙山的別稱。

(76)言言：高大貌。

(77)連犙（chái）：連車。

(78)離離：明亮貌。

(79)容徽：美好的容顏。

一四

句曲女史(1)，孔靜亭退庵太僕之幼女(2)，王孔翔公子之室也(3)。敷腴窈窕(4)，有大家風。辛亥春，隨其姑潘夫人來園看花，家人交口譽之。性尤愛靜，工詩。記其〈寄外〉云：「一別看看數月期，

孤燈獨坐淚如絲。多情最是天邊月，兩地離愁總得知。」「欲寫相思寄錦箋，徘徊無語倚窗前。勸君莫失芙蓉約（5），辜負香衾獨自眠。」皆性靈獨出。今年六月，忽詠〈殘荷〉云：「丰姿昨夜尚堪誇，開落無端恨轉加。早識今番摧太急，不如前日不開花。」孔翔訝為不祥。七月間，竟以產難亡。古人所云詩讖，其信然耶？孔翔哭以詩云：「怕見秋塵點鏡臺，深閨依舊綺窗開。有時忘卻人長往，疑是歸寧尚未回（6）。」

【箋注】

(1) 句曲女史：孔氏，清句曲（今江蘇句容縣）人。餘未詳。女史，對知識婦女的美稱。

(2) 孔靜亭：疑指孔毓文，字肩吾。江蘇句容人。乾隆十九年進士。官至太僕寺少卿。

(3) 王孔翔：王麟生。見卷一四・一八注(6)。

(4) 歟腴：喜悅貌。窈窕：嫻靜，美好。

(5) 芙蓉約：指美好的約會。

(6) 歸寧：已嫁女子回娘家看望父母。

一五

　　婺源施蘭皋少有清才（1），惜弱冠即棄儒就賈（2），然性頗愛詩，因王孔翔秀才以詩來見（3）。記其〈新涼〉云：「才聽梧桐一葉聲，瀟瀟秋氣滿江城。羅衣著體初驚薄，羽扇搖時便覺輕。繞榻清風侵

簟冷(4)，當階皓月照窗明。詩吟長夜誰為伴？啾唧寒蛩四壁鳴(5)。」〈冬夜晚步〉句云：「柳疎宜月上，水淺覺橋高。」又，〈秋懷〉云：「高梧帶雨綠侵窗。」七字亦佳。

【箋注】

(1)施蘭皋：清江西婺源人。如上。餘未詳。

(2)就賈：從商。

(3)王孔翔：王麟生。見卷一四‧一八注(6)。

(4)簟：供坐臥鋪墊用的葦席或竹席。

(5)寒蛩：秋天的蟋蟀。

一六

　　蔣于野受業師邵晴巖曉〈題美人春睡圖〉云(1)：「幾分春色上花枝，雲鬢慵梳睡起遲。鸚鵡簾前空學語，夢中情事自家知。」閨情詩，古人最多，易於重複，余愛其結句七字蘊藉，得古人所未有。又，〈樓中〉佳句云：「但得讀書原是福，也能藏酒不為貧。」亦妙。

【箋注】

(1)蔣于野：蔣莘。見補遺卷四‧四六注(1)。邵晴巖：邵曉，字晴巖。餘未詳。

一七

　　甲寅花朝前一日(1)，余赴友人三游天台之約，買棹渡江，在舟中接到福敬齋、孫補山兩公相(2)、和希齋大司空(3)、惠瑤圃中丞見懷詩札(4)，情文雙至。竊念四貴人中，惟孫公同鄉，惠公曾通芳訊，若福、和二公，則雲泥迴隔矣，而何以略分憐才，一至於此。因將來札、來詩潢治一冊，題曰《四賢合璧》，以為光耀。裝成後，又接貝勒瑤華主人寄懷二律(5)，俱為讀《小倉山房詩集》，愛而矜寵之也。因枚有答和之作，故將原唱俱載入《全集》中。茲但錄奇麗川中丞題冊後云(6)：「飛騎急於風，詩筒逐驛筒。遙從三藏外(7)，傳入萬花中。落筆成仙句，開函見上公(8)。從知諸大將，同日憶山翁。」阿雨窗轉運題云(9)：「白髮隨園老，詩名鮑謝如(10)。寸心千古事，萬里四函書。文采層霄上，交親舊雨餘(11)。虹裝歸棹穩，珍重此璠璵(12)。」太湖司馬德臥雲福題云(13)：「天下龍門啟，摳衣入恐遲。上公爭仰鏡，萬里各裁詩。翰墨連環重(14)，聲名絕域知(15)。即看留合璧，文采盛於斯。」

【箋注】

(1)花朝：舊俗以農曆二月十五日為「百花生日」，故稱此日為「花朝節」。

(2)福敬齋：福康安。見補遺卷六・四七注(2)。孫補山：孫士毅。見卷八・三六注(1)。

(3)和希齋：和琳。見補遺卷三・三七注(6)。

(4) 惠瑤圃：惠齡。見卷一一‧五注(5)。

(5) 瑤華主人：弘旿。見補遺卷五‧七五注(2)。貝勒，為滿洲、蒙古貴族的爵號，位在郡王下、貝子上。

(6) 奇麗川：奇豐額。見卷一‧五四注(2)。

(7) 三藏：佛教經典的總稱。分經、律、論三部分。

(8) 上公：太白星。喻指袁枚。

(9) 阿雨窗：阿林保。見補遺卷三‧三七注(14)。

(10) 鮑謝：南朝詩人鮑照和謝靈運的並稱。

(11) 舊雨：老友的代稱。

(12) 璠璵：美玉。比喻美德賢才。

(13) 德臥雲：德福，字臥雲。清滿洲旗人。任蘇州府太湖水利同知。

(14) 連環：連結成串的玉環。

(15) 絕域：極遠之地。

一八

　　近日滿洲風雅，遠勝漢人，雖司軍旅，無不能詩。福建將軍魁敘齋倫以指畫墨菊(1)，題云：「淡中滋味意偏長，每愛秋英引巨觴(2)。興到指頭塗抹際，墨香還道是花香？」

【箋注】

(1) 魁敘齋：魁倫，字敘齋，完顏氏。清滿洲正黃旗人。官四川建昌鎮總兵、福州將軍、福建巡撫等。工畫能詩。

(2) 巨觴：大酒器。指暢飲。

一九

　　揚州張椿齡先生(1)，字鏡莊，立堂孝廉之父也(2)。〈詠桐〉云：「春去花始開，秋來葉早落。何日作瑤琴(3)，自訴妾命薄？」此二十字，覺詠桐者古未有也。

【箋注】

(1)張椿齡：字鏡莊。清揚州府儀徵人。餘未詳。

(2)張立堂：見補遺卷二・四六注(1)。

(3)瑤琴：用玉裝飾的琴。《後漢書・蔡邕傳》：「吳人有燒桐以爨者，邕聞火烈之聲，知其良木，因請而裁為琴，果有美音，而其尾猶焦，故時人名曰『焦尾琴』焉。」

二〇

　　上海女士朱文毓于歸王氏(1)，〈撫孤甥〉云：「母死誰憐汝？相攜更痛心。呱呱啼不止，猶是姊聲音。」此即元遺山「阿姨懷袖阿娘香」之意(2)。吳蘭雪〈到家祝母壽〉云(3)：「母曰兒歸好，連朝鵲噪頻。還將生日酒，醉汝到家人。」周琬〈到家見母〉云(4)：「要見慈親急步行，隔牆先已識兒聲。升堂姊妹一齊問：幾日扁舟出石城(5)？」吳夫人〈調蘭雪〉云(6)：「滿身蝴蝶粉，知是看花回。」四詩，皆天籟也。

【箋注】

(1) 朱文毓：字秀甫，號旦華。清上海人。水部副郎朱朝源季女。琅琊諸生王鈺室。有《旦華樓草》。于歸：出嫁。

(2) 元遺山：元好問，見卷二·三八注(4)。所引詩句見〈姨母隴西君諱日作〉。

(3) 吳蘭雪：吳嵩梁。見補遺卷二·六七注(2)。

(4) 周琰：魏周琰，字旭棠，一字竹君。江蘇興化人。雍正元年應京試成進士，籍江都籍，榜名周琰。官至湖北巡撫。乾隆二十六年革職。有《充射堂集》。

(5) 石城：代指南京。

(6) 吳夫人：吳蘭雪的夫人。

二一

江右多宗山谷(1)，而揚州轉運曾賓谷先生獨喜唐音(2)，素未識面，蒙以詩就正。〈曉行〉云：「白雲瀚在地(3)，遠望一川水。行入水雲中，霏霏收不起。」〈秋夜宿萬壽寺〉云：「旛動微風來(4)，虛堂一鐘悄。階前瘦蛟影(5)，斜月在松杪(6)。」〈長生殿〉云(7)：「夕殿螢飛星漢流，芙蓉香冷鴛鴦愁。嬌姿侍夜玉階立，月下相看淚痕濕。世緣安得如牛女(8)，萬古今宵會河渚。生生世世比肩人，牛女在天聞此語。可憐私語人不知，臨邛道士為傳之(9)。」結句尤蘊藉。

【箋注】

(1) 山谷：宋・黃庭堅。見卷一・一三注(6)。

(2) 曾賓谷：曾燠（1759-1830），字庶蕃，號賓谷。江西南城人。乾隆四十六年進士。官至貴州巡撫。有《賞雨茅屋詩集》。

(3) 滃：彌漫。

(4) 旛：指供佛的幢幡。

(5) 瘦蛟：指松影。

(6) 杪（miǎo）：樹梢。

(7) 長生殿：唐華清宮殿名，即集靈台。唐・白居易〈長恨歌〉：「七月七日長生殿，夜半無人私語時。」

(8) 牛女：牛郎織女。

(9) 臨邛道士：用白居易〈長恨歌〉「臨邛道士鴻都客，能以精誠致魂魄」典。曾為唐玄宗、楊貴妃傳語。臨邛，今四川邛崍。

二二

　　謝蘊山觀察公子學墉(1)，年才十二，〈送灶〉云：「忽聞爆竹亂書聲，香黍盛盤酒正盈。莫向玉皇言善惡，勸君多食膠牙餳(2)。」

【箋注】

(1) 謝蘊山：謝啟昆。見卷一四・三二注(1)。學墉：未詳。

(2) 餳（xíng）：用麥芽或谷芽熬成的飴糖。傳說竈王嫌貧愛富，祭竈時用糖粘住口便不能向玉皇說壞語。

二三

　　《荀子》云(1)：「善為《易》者不占，善為詩者不說。」唐賢相楊綰能詩(2)，終身不以示人，即此意也。杭州太守李曉園先生(3)，政聲卓越，而于文翰之事，謙讓不遑(4)。偶見方藕堂明府處對聯(5)，瘦挺可愛，而不署姓名。其友姚秋槎誦其〈詠裙帶魚〉云(6)：「瀟湘六幅已成塵(7)，尺練誰教棄水濱？試較瘦肥量帶孔，蛟宮應有細腰人。」

【箋注】

(1) 荀子：見卷二・一五注(2)。此處所引二語，意謂：善於研治《詩》的人不作解說，善於研治《易》的人不占卦。

(2) 楊綰：見卷六・一〇〇注(5)。

(3) 李曉園：李日普，字曉園，號南園。清漢軍正藍旗人。歷任會稽知府、杭州知府等。

(4) 不遑：沒有閒暇。

(5) 方藕堂：方維翰。見補遺卷四・四一注(1)。

(6) 姚秋槎：姚興潔，字香南，號秋槎。安徽桐城人。穎悟好學。鄉試五薦不中，慨然去之。吳楚間所至有聲譽。乾隆六十年，單騎從軍。後任鳳凰廳同知，授辰沅永靖兵備道。裙帶魚：海產魚的一種，即帶魚。

(7) 瀟湘六幅：唐・李群玉〈贈美人〉：「裙拖六幅瀟湘水，鬢染巫山一段雲。」

二四

　　李滄雲給諫粢與余為三十年前之交(1)。今年信來，舊論詩，情文雙至。見贈七古一章，已采入《同人集》矣。茲錄其〈曉發信陽〉云：「朝暾隱隱逗晴霞，秋色微茫路正賒(2)。渡口馬如鳧浴起，入山人共鳥行斜。療饑但欲新嘗麵，子野前輩喜食麵，故及之。解渴何須浪削瓜？最喜郵程纖翳淨(3)，風光佳處便停車。」〈岳陽樓〉云：「高樓峭起枕寒流，俯瞰長天萬頃秋。雲氣遠連山影動，浪花時蹴日光浮。毫芒不辨千峰樹(4)，芥末難分一葉舟。領取晴和景正好，重陽風雨再勾留(5)。」

【箋注】

(1) 李滄雲：李粢，字滄雲。江蘇長洲人。乾隆三十七年進士。歷官順天府丞。有《惜分陰齋詩鈔》。給諫，六科給事中的別稱。

(2) 賒：遠。

(3) 纖翳：微小的障蔽。多指浮雲。

(4) 毫芒：比喻極細微。

(5) 勾留：挽留。

二五

　　木元虛賦海後(1)，詠海詩佳者甚少。近日奇麗川中丞云(2)：「一片魚龍氣，茫茫匯萬川。誰能量

尺寸？天獨與周旋。包括如斯耳(3)，虛空本自然。舉頭人共見，何必問張騫(4)？」杭州轉運阿雨窗林保云(5)：「絕頂淩滄海，雙眸萬里馳。兩潮分晝夜，一氣混華夷(6)。腳底虹梁直，樽前雨勢奇。恬波通貢道(7)，巨艦集風旗。」二公各有兩首，而余以為孟浩然、杜少陵詠洞庭，俱只一首，故割愛而刪之。

【箋注】

(1)木元虛：西晉人木華。見卷五·三〇注(6)。

(2)奇麗川：奇豐額。見卷一·五四注(2)。

(3)如斯：如此。耳，語助詞。

(4)張騫：見卷一·一二注(6)。傳說天河與海通，張騫奉命出使西域河源，乘槎經月，到一城市，見織女牽牛。（南朝梁·宗懍《荊楚歲時記》）

(5)阿雨窗：林保。見補遺卷三·三七注(14)。

(6)華夷：指中國和外國。

(7)恬波：平息波瀾。貢道：向朝廷進貢所經的道路。

二六

余過嘉興，邢魯堂璵太守遺詩箋一束(1)。讀之，知其學杜最深。〈灌花〉云：「殘月睡鴉起，鳴蛩猶聒耳。披衣到欄前，幽花向人喜。經旬雨未沛，土脈乾無似。呼童轉轆轤，取此清泠水。繞根微微灌，侵表徐及裏。急遽少成功，俟沃方容止。澆花使花知，培植非盡美。譬如飲酒人，中自具微理。初飲漸

醺然，不使傷性始。鯨吸與牛飲，豈是天全子？」
〈臨川道中〉云(2)：「十里平隄野色攢，柳條殘露
尚團團。忽看白鳥雙飛起，知有漁舟下淺灘。」〈醴
泉客次〉云(3)：「短後衣衫劍佩橫，三千里外錦官
城(4)。多情今夜關山月，纔照征人第一程。」〈登
庾樓〉云(5)：「巖疆曾飲當年馬(6)，繡壤閒耕此日
牛(7)。」

【箋注】

(1) 邢魯堂：邢璵，字魯堂。陝西涇陽人。貢生。乾隆
　　五十八年任浙江嘉興知府。

(2) 臨川：今江西省臨川縣。

(3) 醴泉：今陝西禮泉縣。

(4) 錦官城：今四川成都市。

(5) 庾樓：相傳晉‧庾亮所建。在今江西九江市內。

(6) 巖疆：邊遠險要之地。

(7) 繡壤：指田間的土埂和水溝。因其交錯如文繡，故稱。

二七

　　山陰邵壽民葆祺(1)，即蘇州太守厚庵先生之孫
也(2)。厚庵名大業，與余同官。而壽民從未謀面，
年才二十四，已舉孝廉，讀余《詩話》，見寄云：
「奇才不料人還在，妙論都如我欲言。賴有奚囊收拾
盡(3)，世間多少未招魂。」

【箋注】

(1)邵壽民：邵葆祺（1771-1827），字壽民，號嶼春。順天大興人。嘉慶元年進士。官吏部稽勳司員外郎。有《橋東詩草》。

(2)厚庵：邵大業。見卷八・三二注(1)。

(3)奚囊：唐・李商隱〈李長吉小傳〉：「每旦日出，與諸公遊，恒從小奚奴，騎距驢，背一古破錦囊，遇有所得，即書投囊中。」後因稱詩囊為「奚囊」。此喻《隨園詩話》。

二八

　　松江女史莊燾(1)，廖織雲之戚也(2)。〈季春歸家〉云：「孤帆乍卸夕陽西，青粉牆邊柳線低。正是內街新雨過，鬱金裙上浣春泥。」〈詠牡丹〉云：「幾番厄雨殿春開(3)，艷影招搖洛浦廻。昨夜月明人靜候，舞風疑有珮聲來。」

【箋注】

(1)莊燾：徐莊燾。見補遺卷五・三七注(9)。

(2)廖織云：廖雲錦。見補遺卷五・三七注(2)。

(3)殿春：春季的末尾。指農曆三月。

二九

文以情生，未有無情而有文者。韻因詩押，未有無詩而先有韻者。余雅不喜人以一題排挨上下平作三十首，敷衍湊拍(1)，滿紙浮詞(2)，古名家斷無此種。至於上用「秋」字，下用「花」字，如秋月秋雲、桃花桂花之類，連綿數十首，是作類書《群芳譜》，非詠詩也。

【箋注】

(1)湊拍：拼湊。

(2)浮詞：虛飾浮誇的言詞。

三〇

余少時自負能古文，而苦無題目；娶簉室多不愜意(1)。故集中有句云：「論文頗似昇平將(2)，娶妾常如下第人(3)。」不料晚年，四方索文者如痲，不勝其苦。故又有句云：「徵銘索序兼題跋，忙殺人間冷應酬。」

【箋注】

(1)簉室：舊時稱妾。

(2)昇平：太平。

(3)下第：指科舉時代考試不中。

三一

　　三十年前，徐椒林參府在廬州(1)，與余及蔣心餘二人最交好(2)，常以船載薰蘭千本(3)，為隨園遍栽山中，花開如雪。為人權奇倜儻。余敘其行事，作〈相逢行〉贈之。後陞任貴州，竟成永訣。今春，余過嘉興，其子雙桂秋山(4)，宰秀水，述及交情，彼此悲喜。索乃翁詩稿，得其〈自普洱寄兒〉云(5)：「萬里當關日，葭灰報小陽(6)。三冬稱足用，一線莫虛長。瘴癘身偏健，欃槍氣已藏(7)。上林好春色，努力看花香。」〈題淮陰侯廟壁〉云(8)：「一飯尚思酬母德(9)，三齊寧忍背君恩(10)？」秋山有父風，〈題泗亭驛〉云(11)：「天子功成一劍中，故鄉雞犬識新豐(12)。英雄未有無情者，老淚尊前唱《大風》(13)。」

【箋注】

(1)徐椒林：徐紹。見卷八‧一〇注(1)。

(2)蔣心餘：蔣士銓。見卷一‧二三注(2)。

(3)本：指草木一棵或一叢為一本。

(4)徐秋山：徐雙桂，字潤民，號秋山。清江蘇元和人。任保寧知府。

(5)普洱：府名，治所即今雲南普洱哈尼族彝族自治縣。

(6)葭灰：葭莩之灰。古人燒葦膜成灰，置於律管中，放密室內，以占氣候。某一節候到，某律管中葭灰即飛出，示該節候已到。小陽：小陽春，指夏曆十月。

(7)欃槍：喻邪惡勢力。

(8)淮陰侯：漢淮陰侯韓信。見卷五・五九注(5)。

(9)一飯：《史記・淮陰侯列傳》：「信釣於城下，諸母漂，有一母見信饑，飯信，竟漂數十日……漢五年正月，徙齊王信為楚王，都下邳。信至國，召所從食漂母，賜千金。」

(10)三齊：秦亡，項羽以齊國故地分立齊、膠東、濟北三國，皆在今山東東部，後泛稱「三齊」。韓信平定齊地後，被封為齊王。後被劉邦呂后殺害。

(11)泗亭驛：又名泗水驛，在今江蘇沛縣城區南隅。劉邦稱帝前曾為泗水亭長。

(12)新豐：漢・劉邦定都關中後，因其父思念故里，便仿照家鄉豐地佈局，在驪邑縣重築新城，改名新豐，治所即今陝西臨潼縣東北陰盤城。此處以地名代指劉邦。

(13)大風：指劉邦的《大風歌》。

三二

近人薛西原〈詠月〉云(1)：「何處焚香下階拜？有人私語並肩行。」雖走西崑一路(2)，而幽雋獨絕。是即「月出皎兮，佼人僚兮」之餘音(3)。

【箋注】

(1)薛西原：疑指薛蕙，字采君，號西原。明亳州（今屬安徽）人。

(2)西崑：宋初詩歌流派。見卷一・一三注(6)。

(3)「月出」二語：《詩經・陳風・月出》中句。佼人，美人。僚，美好的樣子。

三三

常熟縣試，詩題是〈野舍時雨潤〉(1)。某童有一聯云：「青沾沾酒肆，紅滴賣花籃。」吳竹橋太史拔為第二(2)。長洲縣試童子詩，題是〈綠滿窗前草不除〉。陳竹士基有一聯云(3)：「秀色三分雨，春痕一抹煙。」祝芷塘給諫見之(4)，拔為第七。二人並非看卷之人，而皆與縣官交好，故能愛才如此。否則，此詩亦被輕輕點過矣。竹士，即金纖纖之夫也(5)。結縭五年(6)，互相唱和。余到杭州一月，歸，纖纖竟死。先是，纖纖有書上我云：「此日碧雲秋雁，奉一函於明月樓中；他時絳帳春風(7)，當雙拜於海棠花下。」余到蘇，果受其一拜，遂成永訣。故弔以一聯云：「雙拜花前，已償負笈從遊願(8)；五年燈下，未了抽簪勸學心(9)。」竹士在吳江，纖纖寄詩云：「紙樣羅衣秋樣瘦，那能禁得水天涼？」其伉儷之篤可想。

【箋注】

(1) 時雨：應時的雨。

(2) 吳竹橋：吳蔚光。見卷一·四一注(3)。

(3) 陳竹士：陳基。見補遺卷五·三五注(2)。

(4) 祝芷塘：祝德麟。見卷五·三〇注(1)。

(5) 金纖纖：金逸。見補遺卷五·四八注(1)。

(6) 結縭（lí）：結婚。

(7) 絳帳：為師門、講席的敬稱。見卷二·六〇注(2)。

(8) 負笈：背着書箱。指遊學求師外地。

(9)抽簪：謂棄官引退。古時作官的人須束髮整冠，用簪連
　　冠於髮，故稱引退為「抽簪」。

三四

　　余所到必有日記，因師丹之老而善忘也(1)。其
耳受佳句，亦隨記帶歸。翰林前輩沈篔師先生_{榮仁}詠
〈墨床〉云(2)：「誰云貪墨無休日，到底磨人有倦
時。」詠〈鷺鷥〉云：「豈有諸君推甲乙(3)？可憐公
子最風標(4)。」周去華云(5)：「愁生肺腑登臨少，
貧入衣冠慶弔疏(6)。」慶似村云(7)：「竹因風靜平
安久，花為春寒富貴遲。」王雲上云(8)：「舊紗簾
額寒先入，新粉牆頭月更明。」劉熙秀才聞高麗國人
來索余詩(9)，並及霞裳詩(10)，故贈劉詩云：「驥
尾得名雖較易(11)，人心所好本來公。」龔雲洲秀才
〈領落卷〉云(12)：「囊底尚存無效藥，掌中慣畫不
靈符。」張瑤英女子謝余索詩稿云(13)：「露沾桃
柳千株樹，次第春風到女蘿。」畢慧珠女子〈感事〉
云(14)：「一樣春風分冷暖，桃花含笑柳含愁。」

【箋注】

(1)師丹：西漢末大臣。字仲公。琅邪東武（今諸城縣）
　　人。老年時善忘。
(2)沈篔師：沈榮仁，字勉之，號篔師。浙江歸安人。雍正
　　元年進士。翰林院編修。
(3)甲乙：等級，次第。
(4)風標：形容優美的姿容神態。

(5)周去華：未詳。

(6)慶弔：慶賀與弔慰。亦指喜事與喪事。

(7)慶似村：慶蘭。見卷二·三七注(1)。

(8)王雲上：王岱。見卷六·一一注(1)。

(9)劉熙：號春橋。清江蘇松江人。諸生。王文治弟子。

(10)劉霞裳：見卷二·三三注(2)。

(11)驥尾：《史記·伯夷列傳》：「顏淵雖篤學，附驥尾而行益顯。」司馬貞《索隱》：「蒼蠅附驥尾而致千里，以喻顏回因孔子而名彰。」後用以喻追隨先輩、名人之後。

(12)龔雲洲：未詳。

(13)張瑤英：一作張瑤媖。見卷一○·二五注(1)。

(14)畢慧珠：畢慧，字智珠，號蓮汀。清江蘇鎮洋人。尚書畢沅女。（見《國朝閨秀正始集》卷十四）

三五

　　女伶虞四官拜姚秋槎居士為師(1)，觀其演《跌霸》一齣，贈云：「壯士至今休說項(2)，美人千古最憐虞(3)。」後度為女道士，號空翠庵主人。姚又贈一《探春令》云：「幾番花信暗相催，早自三春暮。杜鵑啼罷東風懶，看滿徑堆紅雨(4)。　　年年此際歸何處？驀地拋人去。曩斜陽煙外，一寸遊絲(5)，怎繫得韶光住(6)？」

【箋注】

(1)虞四官：戲曲女演員。餘未詳。姚秋槎：見本卷二三注(6)。

(2)項：指楚霸王項羽。見卷五・六四注(2)。

(3)虞：項羽愛姬，姓虞。見卷八・一七注(1)。

(4)紅雨：喻落花。

(5)遊絲：飄動着的蛛絲。

(6)韶光：美好的時光，常指春光。

三六

　　劉霞裳夢中得一聯云(1)：「星搖似醉愁他墮，手舉難扶笑我低。」醒後續二句云：「安得仙雲生袖底，御風飛到斗牛西(2)？」我以為醒語終不如夢語。

【箋注】

(1)劉霞裳：見卷二・三三注(2)。

(2)斗牛：星座名。二十八宿中的斗宿（俗稱南斗）和牛宿。

三七

　　雲貴總督楊應琚(1)，字秋水，有賢名。入相後，以緬甸僨事(2)，致晚節不終。吾嘗以南朝吳明徹相比(3)，殊不愧也。其孫女瓊華(4)，嫁江寧方伯永

公泰之子明新。明受業隨園,而女之父重英、號山齋者,與余有舊。山齋參贊軍務,兼侍父疾,被緬匪虜去。其子鶴圖,監禁二十餘年。余過泰州,瓊華以〈寄弟〉詩見示,云:「否泰關天意(5),乘除運莫爭(6)。弟兄愁失散,身世感零丁。往者家逢難,潢池盜弄兵(7)。韜鈐煩上相(8),絕域播威名。寵錫從丹禁(9),旌旗事遠征。七擒功未就(10),五丈病先生(11)。鳳詔吳江下,先大人秉臬吳門。金鞍洱海行(12)。監軍隨虎帳,付藥聽雞聲。畫角悲風起,明星大野傾。雄師誰控馭,小醜敢縱橫。孤壘知難守,彎弓竟不鳴。迷途傷李廣(13),嚙雪感蘇卿(14)。馬革餘生在,魚書萬里驚。天恩猶肆赦,疑獄幸從輕。季弟偏膺難,鶴圖坐獄多年。艱危志不更。珠憐沉漢水(15),劍恐落豐城(16)。雁影縈離思,鶺原憶舊情(17)。竚看邀雨露,頭角再崢嶸。」

【箋注】

(1) 楊應琚:字秋水。漢軍正白旗人。雍正七年,由蔭生授戶部員外郎。曾任閩浙、陝甘、雲貴總督,授東閣大學士。乾隆三十二年因與緬甸軍作戰失誤致敗被處死。

(2) 僨(fèn)事:敗事。

(3) 吳明徹:南朝陳秦郴人。曾為陳車騎大將軍、南兗州刺史。後為北周徐州總管梁士彥擊敗,被俘,卒于長安。

(4) 楊瓊華:清漢軍正白旗人。按察使重英女,舉人明新妻。其父于乾隆三十三年隨將軍明瑞進剿緬甸被執,訛傳已降,實抗節不屈,緬人囚之僧寺越二十一年。瓊華素服持齋,時遣人周卹其弟,時稱孝友。

（5）否泰：《易》的兩個卦名。天地交，萬物通謂之「泰」；不交閉塞謂之「否」。後常以指世事的盛衰，命運的順逆。

（6）乘除：比喻人事的消長盛衰。

（7）潢池：《漢書‧循吏傳‧龔遂》：「海瀕遐遠，不霑聖化，其民困於飢寒而吏不恤，故使陛下赤子盜弄陛下之兵於潢池中耳。」後因以「潢池弄兵」謂叛亂，造反。亦省作「潢池」。

（8）韜鈐：借指用兵謀略。

（9）寵錫：帝皇的恩賜。丹禁：指帝王所住的紫禁城。

（10）七擒：諸葛亮征南蠻，七縱七擒孟獲。此處以古寓今。

（11）五丈：五丈原，在今陝西省岐山縣南，斜谷口西側，渭水南岸。相傳蜀漢諸葛亮六出祁山曾在此駐軍屯田，相持百餘日後，病卒於此。此處用來指祖父帶病出征。

（12）洱海：湖名。古稱葉榆澤。在雲南省大理市、洱源縣間。因其形如耳得名。

（13）李廣：漢將軍李廣。見卷五‧三一注（2）。元狩四年，李廣從大將軍衛青伐匈奴，因迷失道，引刀自剄。這裏用來喻指祖父被賜死。

（14）蘇卿：指漢蘇武。見卷三‧四一注（3）。喻指父親被虜。

（15）「珠憐」句：比喻損失良才可哀。唐‧錢起〈泰階六符賦〉：「珠沉漢水，無巨蚌之虧盈。」

（16）「劍落」句：傳說龍泉、太阿兩寶劍沉埋豐城（今江西境內，古屬楚地）獄底，後常以「豐城獄」喻埋沒人才的地方。

（17）鴒原：《詩‧小雅‧常棣》：「脊令在原，兄弟急難。」脊令，也寫作「鶺鴒」。後因以「鴒原」謂兄弟友愛。

三八

余聞人佳句，即錄入《詩話》，並不知是誰何之作。甲寅三月，余遊華亭，張夢喈先生飲余古藤花下(1)，其郎君興載耳語曰(2)：「家姊願見先生。」余為愕然。已而搴簾出拜，執弟子之禮，方知《詩話補遺》第一卷中，曾載其所作〈秋信〉等詩故也。貌亦莊姝。其母夫人汪佛珍詩(3)，久採入《詩話》第四卷中。始信風雅淵源，其來有自。其姑佛繡嫁姚氏(4)，亦才女也。〈不寐〉云：「欹枕閒吟夢境空，殘燈閃閃影朦朧。梧桐不管人惆悵，翻盡銀塘一夜風(5)。」他如：「一徑泥香飛燕子，滿甌茶熟亂松聲(6)。」「何須地僻心方靜，才覺身閒夢亦清。」俱妙。

【箋注】

(1)張夢喈：見卷四・六九注(1)。

(2)張興載：見卷四・六九注(4)。其姊，即張玉珍。見補遺卷一・二六(1)。

(3)汪佛珍：見卷四・六九注(1)。

(4)張佛繡：字抱珠。清江蘇青浦人。進士張梁女，諸生姚惟邁妻。有《職思居詩鈔》。

(5)銀塘：清澈明淨的池塘。

(6)甌：盆盂一類的瓦器。

三九

人仗氣運,運去則人鬼皆欺之。每見草樹亦然,其枝葉暢茂者,蛛不敢結網,衰弱者,則塵絲灰積。偶讀皮日休詩(1):「水痕侵病竹,蛛網上衰花。」方知古人作詩,無處不搜到也。

【箋注】

(1)皮日休:見卷二・四注(4)。所引詩題為〈臨頓為吳中偏勝之地陸魯望居之不出郛郭曠若郊墅余每相訪款然惜去因成五言十首奉題屋壁〉。

四○

顧寧人云(1):「古不用銀。」余頗不以為然。近讀張籍〈送南遷客〉詩云(2):「海國戰騎象(3),蠻州市用銀(4)。」以「用銀」與「騎象」對說,可知中國騎馬不騎象(5),用錢不用銀矣。

【箋注】

(1)顧寧人:顧炎武。見卷三・七注(2)。

(2)張籍:唐詩人。見卷九・八六注(4)。

(3)海國:近海地域。

(4)蠻州:唐置,治所即今貴州開陽縣。

(5)中國:泛指中原地區。

四一

白太傅因李留守相公見過(1)，池上泛舟，話及翰林舊事，因贈詩云：「同時六學士，五相一漁翁(2)。」余己未翰林，亦有兩相三尚書(3)。為之憮然(4)。

【箋注】

(1)白太傅：唐・白居易。李留守：唐・李程，字表臣。隴西人。德宗貞元十二年進士，又登宏辭科。敬宗初，以吏部侍郎同平章事。武宗時，為東都留守。見過：謙辭。猶來訪。原詩題為〈李留守相公見過池上泛舟舉酒話及翰林舊事因成四韻以獻之〉。

(2)五相：指李程、王涯、裴垍、李絳和崔群。元和中與白居易均為翰林學士。漁翁，作者自謂。

(3)兩相：指莊有恭協辦大學士、程景伊文淵閣大學士。三尚書：裴曰修為禮刑工三部尚書、沈德潛為禮部侍郎加尚書銜。另一尚書未詳何人。

(4)憮（wǔ）然：悵然失意貌。

四二

吳蘭雪〈瞻園坐月〉云(1)：「林塘幽絕似山家(2)，坐轉欄陰月未斜。仙鶴一雙都睡著，冷香吹遍綠梅花。」徐朗齋〈宿泰山〉云(3)：「亂石長松路不分，數聲鐘磬隔林聞。山中夜半燒殘燭，自起開窗照白雲。」二詩真清絕矣！

【箋注】

(1)吳蘭雪：吳嵩梁。見補遺卷二‧六七注(2)。

(2)山家：此指道家。

(3)徐朗齋：徐鑅慶。見卷七‧一〇三注(1)。

四三

　　陳少陽與歐陽徹救李綱而死(1)，廟在丹陽。乾隆庚申，廟為火所焚，獨神像不動，袍笏依然。余過其地，見壁上題云：「兩宮消息正茫茫(2)，廟算徒聞罷李綱(3)。不信九門司虎豹(4)，獨留三疏動風霜。衣冠白晝悲東市(5)，松柏青磷照北邙(6)。過客漫增桑梓感(7)，里居從古說丹陽。」又云：「草野詎干興復計(8)？公卿無奈諫書稀。」余讀而愛之。末書「於震字一川」五字(9)。方知即二十年前負詩來謁，自稱不蒙許可，即要投江死者也。專工明七子一體(10)，未免鳴鉦擂鼓，見賞者稀。然佳處不可泯沒。見贈云：「聲名若不逢元晏(11)，詞賦何由重洛陽？」〈圖峰秋望〉云(12)：「岸走濤聲吞象嶺(13)，樹浮天影出狼山(14)。」〈延慶寺〉云：「地迥人煙浮水氣，樓高木葉下秋聲。」頗皆雄健。至若〈九江〉云：「商女至今歌《白紵》(15)，征人幾度換朱顏。」則稍和緩，且降格而為之。其人亡已二十餘年，憐其一生苦志，為理而存之。

【箋注】

(1) 陳少陽：陳東，字少陽。宋潤州丹陽人。以貢入太學。高宗即位，被召往南京，適李綱復罷相，因上書乞留綱，因以語激怒高宗，與歐陽徹同斬於市。歐陽徹：一作歐陽澈，字德明。宋撫州崇仁人。布衣。高宗時，徒步至行在，伏闕上書，指斥宰臣主和誤國，遂與太學生陳東同時被害。李綱：字伯紀，號梁溪。宋邵武人。徽宗政和二年進士。高宗建炎元年，因力主抗金，為相僅七十五日即罷。

(2) 兩宮：指被金人押在金故都黃龍府的徽、欽二帝。

(3) 廟算：朝廷或帝王對戰事進行的謀劃。

(4) 九門：禁城中的九種門。古宮室制度，天子設九門。後用以稱宮門。

(5) 東市：漢代在長安東市處決判死刑的犯人。後以「東市」泛指刑場。

(6) 北邙：即邙山。因在洛陽之北，故名。東漢、魏、晉的王侯公卿多葬於此。後亦借指墓地或墳墓。

(7) 桑梓：借指鄉親父老。

(8) 詎干：豈能干預。此謂反語。

(9) 於霆：見卷三・六九注(1)。

(10) 明七子：見卷一・三注(3)。

(11) 元晏：西晉・皇甫謐。見卷一・四六注(33)。左思作〈三都賦〉，構思十年，賦成，不為時人所重。及皇甫謐為作序，推薦給張華，於是豪富之家爭相傳寫，洛陽紙價因之昂貴。

(12) 圌（chuí）峰：即圌山，在江蘇鎮江市。形勢險要。

(13) 象嶺：象山，在今江蘇丹徒縣東北長江南岸。

(14) 狼山：即今江蘇南通市南狼山。附近即長江。

(15)商女：指歌女。白紵：樂府吳舞曲名。

四四

　　郭頻伽秀才寄小照求詩(1)，憐余衰老，代作二首來，教余書之。余欣然從命，並札謝云：「使老人握管，必不能如此之佳。」渠又以此例求姚姬傳先生(2)。姚怒其無禮，擲還其圖，移書嗔責。余道：此事與岳武穆破楊幺歸(3)，送禮與韓、張二王，一喜一嗔，人心不同，亦正相似。劉霞裳曰(4)：「二先生皆是也：無姚公，人不知前輩之尊；無隨園，人不知前輩之大(5)。」

【箋注】

(1)郭頻伽：郭麐。見卷一二・八三注(2)。

(2)姚姬傳：姚鼐。見卷一○・九三注(1)。

(3)岳武穆：即岳飛。楊幺：本名太。宋鼎州龍陽人。高宗建炎四年從鍾相起事。後眾推為首，稱大聖天王。結寨於洞庭湖一帶，屢挫官軍。岳飛率部招捕，幺負固不服，為牛皋擒殺。《宋史・岳飛傳》：「初，飛在諸將中年最少，以列校拔起，累立顯功，世忠、俊不能平……飛聞命即行，遂解廬州圍，帝授飛兩鎮節，俊益恥。楊幺平，飛獻俊、世忠樓船各一，兵械畢備，世忠大悅，俊反忌之。」

(4)劉霞裳：見卷二・三三注(2)。

(5)大：大度量。

四五

　　丙辰同召試者，宣州梅兆頤先生(1)，館文穆公家(2)，年六十許，和藹樸誠，與余為忘年交。今甲子已週(3)，訪其遺稿不可得，近才獲其〈遊敬亭山〉云(4)：「春色忽云暮，蓊然萬木齊(5)。命駕越市塵(6)，扶杖尋岩棲。白雲停陰嶺，清流貫長溪。碑碣撫殘賸，臺榭憑高低。好花磴旁出，時鳥林間啼。古人不可作，勝地無荒蹊(7)。恐如桃花源，再至漁舟迷。」

【箋注】

(1)梅兆頤：見補遺卷五・六三注(1)。

(2)文穆公：梅轂成。見補遺卷五・六三注(2)。

(3)週：指一個循環的時間。此指六十年。

(4)敬亭山：在安徽省宣州市北，水陽江西岸。歷代文人謝朓、李白、白居易等均曾來此遊覽吟詠。尤以李白〈獨坐敬亭山〉詩著名。

(5)蓊然：草木茂盛貌。

(6)命駕：命人駕車馬。謂立即動身。

(7)荒蹊：草穢叢生的道路。

四六

　　尹似村公子(1)，亡後無子。余《詩話》中有意多存之。今又在破簏中檢得其〈哭松兒〉二首，云(2)：

「呻吟不聽有兒音，說起生前感倍深。忍病怕投良藥苦，佯歡且慰阿爺心。悠悠短夢今朝醒，小小孤魂何處尋？葬汝劉家邱墓側，添衣調食自能任。<small>劉乃余之乳母。</small>」「東西未辨合遊嬉，天性偏生解孝思。繞膝常將梨棗奉，午眠低喚幔簾垂。看栽花竹攜鋤立，愛弄圖書學父為。老淚拋殘作達語(3)，詩人多半見兒遲。<small>末句諷隨園。</small>」〈和梅岑〈憶舊〉〉云：「一聲欸乃蕩歸艭(4)，別淚交流灑大江。<small>乙酉北上，梅岑送至浦口。</small>共喜人眠茅店榻，怕聽雞唱五更窗。攀楊難繫征車遠，代面全憑尺鯉雙(5)。記得分岐春二月(6)，翠濃驛路正幢幢(7)。」「偶逢花市也閒行，老去風懷總不情(8)。舊雨關心推大弟(9)，青雲得路讓諸兄。女為兒子姬為友，竹作屏風書作城。自笑未能除結習，與人爭處是詩名。」

【箋注】

(1)尹似村：慶蘭。見卷二·三七注(1)。

(2)簏（lù）：竹編的盛器。

(3)達語：達觀之語。

(4)艭（shuāng）：小船。

(5)代面：謂以書信或詩文代替面談。

(6)分岐：離別。

(7)驛路：大道。幢幢（chuáng）：形容青山綠樹籠覆之狀。

(8)不情：不合情理。薄情。

(9)舊雨：指舊友。

四七

四十年前，余讀鍾伯敬〈慰人落第〉云(1)：「似子何須論富貴？旁人未免重科名。」以為佳絕。不料甲寅七月，偶翻唐詩，姚合〈送江陵從事〉云(2)：「才子何須藉富貴？男兒終竟要科名。」鍾先生如此偷詩，傷事主矣(3)。

【箋注】

(1)鍾伯敬：鍾惺，字伯敬，號退谷。明湖廣竟陵人。萬曆三十八年進士。歷官南京禮部主事，官至福建提學僉事。與同鄉譚元春評選《唐詩歸》、《古詩歸》，以此得名。其詩矯浮淺之風，而幽深孤峭流於鑱削。時稱「竟陵體」。另有《隱秀軒集》、《名媛詩歸》等。落第：科舉考試未被錄取。

(2)姚合：見卷一·五注(5)。

(3)事主：指原作者。

四八

青衣鄭德基詩云(1)：「春風二月氣溫和，麥草初長綠滿坡。牧豎也知閒便好(2)，橫眠牛背唱山歌。」又，〈詠簾內美人〉云：「到底春光遮不住，還如竹外看梅花。」此二首，皆天籟也。余命阿通代為評點(3)，竟忽略看過，終竟詩學不深。

【箋注】

(1)鄭德基：見補遺卷四・三四注(2)。青衣，此指差役。

(2)牧豎：牧奴。

(3)阿通：袁枚的嗣子。見卷八・四三注(5)。

四九

〈學記〉曰(1)：「不學博依，不能安詩。」「博依」注作「譬喻」解。此詩之所以重比興也。韋正己曰(2)：「歌不曼其聲則少情(3)，舞不長其袖則少態。」此詩之所以貴情韻也。古人東坡、山谷(4)，俱少情韻。今藏園、甌北兩才子詩(5)，鬥險爭新，余望而卻步，惟於「情韻」二字，尚少弦外之音。能之者，其錢竹初乎(6)？惜近日學仙，不肯費心矣。

【箋注】

(1)學記：《禮記》篇名。

(2)韋正己：未詳。宋・宋祁撰《宋景文筆記・雜說》：「歌者不曼其聲則少和，舞者不長其袂則寡態，左顧者不能右盼，勢不兼也。」

(3)曼：延長。

(4)東坡、山谷：宋・蘇軾和黃庭堅。

(5)藏園、甌北：蔣士銓（見卷一・二三注(2)）；趙翼（見卷二・三三注(3)）。

(6)錢竹初：錢維喬。見卷九・八一注(3)。

五〇

　　余親家蔣梅厂三子(1)，有「河東三鳳」之稱(2)。其長子莘之詩(3)，久入《詩話》。今春再過蘇州，其弟蔚、夔又以詩來(4)。蔚詠〈周孝侯射虎歌〉云(5)：「將軍射虎如射牛，白額橫死南山頭。將軍縛賊如縛虎，枉說使君兼文武。銜命往討齊萬年(6)，忠孝之道難兩全。草中狐鼠何足盡？英雄受制嗟可憐。援兵四絕鼓不止，按劍一呼創者起。猛虎入檻何能為？五千健兒同日死。吁嗟乎！於菟之氣能食牛(7)，烈士豈解為身謀？不然縛虎莫縛賊，依舊射獵南山頭。」〈苦雨〉云：「別館深嚴作總持(8)，焚香掃地坐裁詩。朝來嵐氣衝簾入(9)，正是山樓雨過時。」夔〈春陰〉云：「綠波知共板橋平，香霧霏霏濕落英。寒暖難憑三月候，溟濛未定片時晴。山齋客過苔仍合，水國潮多草亂生。差喜疏疏添逸響(10)，幾回細雨和茶鐺(11)。」他如：「田中乍熟狙公芋(12)，溪上低開鹿女花(13)。」亦工。

【箋注】

(1)蔣梅厂（ān）：蔣曾煊，字德融，號梅厂。清長洲人。袁枚長女成姑嫁蔣氏，故稱親家。

(2)河東三鳳：《舊唐書·薛收傳》：元敬，隋選部侍郎邁子也。有文學，少與收及收族兄德音齊名，時人謂之「河東三鳳」。收為長雛，德音為鸑鷟，元敬以年最小為鵷雛。此處移用於蔣氏三兄弟。

(3)蔣莘：見補遺卷四·四六注(1)。

(4) 蔣蔚：見補遺卷四・四六注(8)。蔣夒：字希甫，號青荃。清江蘇長洲人。一作元和人。諸生。官浙江布政司理問。有《青荃集》。

(5) 周孝侯：周處。見卷一・四六注(32)。

(6) 齊萬年：西晉時人。氐族首領。反晉稱帝，屯兵梁山（今陝西乾縣西北）。建威將軍周處以五千兵進擊，救兵不至，力戰而死。

(7) 於菟（wūtú）：虎的別稱。

(8) 總持：佛教語。謂持善不失，持惡不生，具備眾德。

(9) 嵐氣：山中霧氣。

(10) 差喜：較喜。

(11) 茶鐺（chēng）：煎茶用的釜。

(12) 狙公芧：《莊子・齊物論》：「狙公賦芧（xù橡子），曰：『朝三而暮四。』眾狙皆怒。曰：『然則朝四而暮三。』眾狙皆悅。」狙公，古代喜養猿猴者。此處《隨園詩話》各版本均誤「芧」為「芋」。

(13) 鹿女花：傳說鹿女足跡，皆生蓮花。鹿女，佛經中所說的仙女。

五一

丙辰冬月，余年二十一歲，初識吳江李蕁溪_{光運}于長安小市(1)，《詩話》中曾載其見贈五律一首。今甲寅秋，六十年矣，其子會恩秋試來園(2)，讀其詩，喜蕁溪之有子。〈弔韓蘄王〉云(3)：「枉為君王賦式微(4)，中原不復望旌旗。廉頗披甲心猶壯(5)，魏絳和戎事已非(6)。誰使渡江來白馬(7)，竟忘行酒有青

衣(8)。千秋遺恨無人識，回首琴臺一雁飛。」〈詠雪〉云：「鋪平萬戶白如海，只有炊煙一縷青。」〈新竹〉云：「秉節初終才挺幹，入林先後漸忘形。」

【箋注】

(1) 李蓴溪：李光運。見卷八·八二注(1)。長安：唐以後用作都城的通稱。

(2) 會恩：李紫綸，字會恩，一字燮臣。清江蘇吳江人。諸生。有《萬葉堂詩鈔》。

(3) 韓蘄（qí）王：宋·韓世忠。見卷一·一注(6)。

(4) 式薇：《詩經·邶風》篇名，《毛詩序》認為是黎侯為狄所逐，流亡於衛，其臣作此詩勸他歸國。「式薇，式薇，胡不歸？」這裏喻指蒙塵塞外的徽、欽二帝。

(5) 廉頗：戰國時趙國人。趙惠文王時為將，後升上卿。屢立戰功，老當益壯。失意後奔魏居大梁，老死于楚。此喻韓世忠。

(6) 魏絳：春秋時晉國人。任下軍主將時，力主和戎族，稱和戎有五利。後諫悼公居安思危，晉復強。此處用來指南宋主和派。

(7) 「誰使」句：相傳靖康之變，徽宗第九子康王（高宗趙構）質于金，僥倖得脫，奔竄疲困，假寐于崔府君廟中，夢神人語，驚覺，白馬在側，躍馬南馳。既渡河而馬不復動，下視之，則為泥馬。

(8) 「竟忘」句：用晉懷帝被俘受辱典。《晉書·孝懷帝紀》：「劉聰大會，使帝著青衣行酒。侍中庾珉號哭，聰惡之。」明·李贄《焚書·宋統似晉》：「徽欽雖北轅，與懷愍青衣行酒，跣足執蓋，實大徑庭。」

五二

　　君子不以人廢言。嚴嵩《鈐山堂集》頗有可觀(1)，如：「捲幔忽驚山霧入，近村長聽水禽啼。」「沙上柳松煙霽色，水邊樓閣雁歸聲。」皆可愛也。又，阮大鋮有句云(2)：「露涼集蟲語，風善定螢情。」後五字頗耐想。

【箋注】

(1)嚴嵩：見卷七・五九注(5)。

(2)阮大鋮：見卷八・五八注(1)。

五三

　　海剛峰嚴厲孤介(1)，而詩卻清和。嘗見鷲峰寺壁上有〈贈竹園隱者〉云(2)：「寂寂江村路，何煩命駕過(3)。羊求忘地遠(4)，松竹到門多。野外常無酒，田間別有歌。洗杯深酌處，落日在滄波。」末書「海瑞」二字，筆力蒼秀。

【箋注】

(1)海剛峰：海瑞，字汝賢，號剛峰。明廣東瓊山人。回族。嘉靖二十八年舉人。曾任戶部主事、應天巡撫。敢言直諫，銳意興革。摧抑豪強，力行清丈，推行一條鞭法。官至吏部右侍郎。有《海剛峰集》。孤介：耿直方正，不隨流俗。

(2)鷲峰：即鷲嶺，又名靈鷲峰、飛來峰。在今浙江杭州市

西靈隱寺前。

(3) 命駕：命人駕車馬。謂立即動身。

(4) 羊求：漢高士羊仲、求仲的並稱。漢‧蔣詡歸隱後，屏
　　絕交遊，只與鄰人羊仲、求仲二人往來。

五四

　　余少時讀《會真記》（1），嫌元九薄倖（2），題
云：「疑他神女愛行雲（3），故把鴛鴦抵死分。秋雨臨
邛頭雪白（4），相如終不棄文君。」程魚門恪守程、朱
之學（5），批云：「此詩斷不可存。」余唯唯否否，
而終不能割愛。後讀唐太常寺參軍秦貫所撰〈鄭恒及
夫人崔氏合祔墓誌〉（6），方知唐人小說，原在有無之
間，不必深考。余題詩用意深厚，故可勿刪。

【箋注】

(1) 會真記：又名《鶯鶯傳》，唐‧元稹所著傳奇，敍述張
　　生與崔鶯鶯的愛情悲劇故事。自宋以來認為是元稹自
　　敍，張生即元稹化名。

(2) 元九：即元稹，排行第九。見卷一‧二○注(11)。

(3) 神女：謂巫山神女。戰國楚‧宋玉〈高唐賦序〉：「旦
　　為朝雲，暮為行雨。」相傳赤帝之女名姚姬，未嫁而
　　卒，葬於巫山之陽，楚懷王游高唐，晝寢，夢與其神相
　　遇，自稱「巫山之女」。此處喻指元稹另有所歡。

(4) 臨邛：今四川邛崍，漢‧卓文君家鄉。此處用司馬相如
　　終未離棄卓文君故事，諷刺元稹薄情。

(5) 程魚門：程晉芳。見卷一‧五注(1)。程朱：宋代理學家

程顥、程頤兄弟和朱熹的合稱。

(6) 合祔：合葬。〈唐故滎陽鄭府君夫人博陵崔氏合祔墓誌〉載：「府君諱遇（一作恒），字行甫，皇試太常寺協律郎，文業著於當時，禮義飾於儒行。」「夫人博陵崔氏，令門清族，慶餘承善，四德兼備，六親雍和……母儀內則，動靜可師。」見《全唐文》卷七九二、《唐代墓誌彙編》大中一三九。

五五

　　同年許紅橋朝(1)，一字光庭，詩學放翁。歿後，其子小橋攜父詩來謁，無力付梓，摘其〈柳州舟次〉云：「山戰火龍看野燒，水喧銅鼓渡驚灘。」〈虎邱〉云：「渡口日斜人散影，柳梢風靜鳥啼煙。」〈雁字〉云：「殺青須仗摩天翮(2)，飛札疑追逐日人(3)。」〈江上〉云：「敗蘆藏艇炊煙出，古樹翻鴉落葉頻。」〈雜詠〉云：「牛後難防燒尾火，馬前還怕打頭風。」「蹄輕驕馬嘶風立，聲澀荒雞撲雪啼。」〈隨大府勸農〉云：「風翻穭稗皆垂頸(4)，人仰旌旗盡舉頭。」又有〈謝孝子詩〉。孝子會稽人，名振宗，以申父冤故，袖鐵椎，打碎天安門內石獅子，投冤狀，發黑龍江充軍，而父冤卒白，亦異人也！詩長，不備錄。

【箋注】

(1) 許紅橋：許朝。見卷一三・一四注(1)。

(2) 殺青：古人校書，初書於刮去青皮的竹簡上，改定後再

書於絹帛。後因泛稱繕成定本或校刻付印為「殺青」。

(3) 追日人：指古代神話人物，夸父追日，道渴而死，棄其
　　杖，化為鄧林。

(4) 穤秠：亦作「罷亞」，稻名。

五六

　　余集中有〈佳兒歌〉，為同年李竹溪棠之子燧作
也(1)。三十餘年，問消息不得。今年在杭州遇李婿陳
鴻舉(2)，為仙居令，誦其近日句云：「體因慣病翻忘
藥，人不工詩亦自窮。」嗚呼！才則猶是也，而近狀
可想矣。

【箋注】

(1) 李竹溪：李棠。見卷八・三○注(7)。李燧：見卷九・
　　四二注(3)。

(2) 陳鴻舉：直隸河間府獻縣人。乾隆四十五年進士。官浙
　　江仙居、金華知縣。

五七

　　余在虞山(1)，竹橋太史來(2)，誦其代松雲太守
贈翮如小詞云(3)：「野芳浜水明如鏡(4)，忽然照見
驚鴻影(5)。來也抑何遲，今宵莫反而(6)。　　芳名
才兩字，摹盡真風致。醉眼倒還顛，疑同美少年。翮如
男妝。」

【箋注】

(1) 虞山：在今江蘇常熟市西北，一名海隅山、海巫山。

(2) 竹橋：吳蔚光。見卷一・四一注(3)。

(3) 松雲：李堯棟。見補遺卷六・四一注(2)。翩如：未詳。
　　似為女伶。

(4) 浜（bāng）水：小河水。

(5) 驚鴻：形容美女輕盈優美的舞姿。

(6) 反而：副詞。表示跟上文意思相反或出乎預料之外。

五八

　　人但知詩之新秀者難，而不知詩之奇闢者尤
難(1)。鎮江張秉鈞平伯〈游老人峰〉云(2)：「空洞
足誤踏，崩一成眾響。歷險雖十里，炫奇已百賞。」
蘇州楊一鴻儀吉〈過積溪〉云(3)：「路轉孤村明，橋
橫一溪渡。雷雨晴亦驚，蛟龍凍猶怒。」嘉興戴光曾
〈宿淨慈寺〉云(4)：「月色下平地，人影上茅屋。湖
上諸螺峰(5)，環拱如匍匐(6)。」又，〈常山〉云：
「纜從山脊牽雲去，舟向波中卷雪來。」皆奇峭可
喜。

【箋注】

(1) 奇闢：奇特，異常。

(2) 張秉鈞：字平伯，號峴西。江蘇丹徒人。乾隆四十八年
　　舉人。有《萱壽堂同懷詩集》，與其弟秉銳詩合編。

(3) 楊一鴻：字儀吉。江蘇吳縣人。乾隆四十八年舉人。有

《隨安堂詩鈔》。

(4) 戴光曾：字松門，號水松、穀原。浙江嘉興人。嘉慶間貢生。

(5) 螺峰：山形如青螺的峰巒。

(6) 匍匐：謂倒仆伏地；趴伏。

五九

　　秀州詩人吳文溥(1)，別十五年，今秋忽來，詩已付梓，讀之，轉多窒礙，不如從前之明秀：信境遇之累人，而師友之功不可少也。錄其新句之可愛者，如：「竹裏不知屋，水邊聞有雞。」「問徑花相引，開門鳥亂啼。」「風靜溪逾響(2)，雲來樹欲移。」皆佳。又一絕云：「酒後客來重酌酒，飛花留客送殘春。主人醉倒不相勸，客轉持杯勸主人。」

【箋注】

(1) 吳文溥：見卷四・三注(3)。

(2) 逾：更加。

六〇

　　錢璵沙先生公子名枚者(1)，其初生時，適余到，故仿蔡中郎以名與顧雍故事(2)。後舉孝廉，詩才清妙。〈策馬〉云：「策馬關門外，蒼茫未識塗。一鞭

殘照下，回首白雲孤。路險愁冰滑，身欹待樹扶。自
憐儂太瘦(3)，髀肉本來無(4)。」〈過常州〉云：
「節過白露寒猶淺(5)，岸近丹陽水漸低(6)。」

【箋注】

(1)錢璵沙：錢琦。見卷三・二九注(6)。錢枚：見卷一四・
　　一○一注(4)。

(2)蔡中郎：蔡邕，見卷一四・五二注(3)。顧雍：字元
　　嘆。三國吳吳郡吳人。曾任大理奉常、尚書令，官至丞
　　相。《裴注三國志・吳書》：《江表傳》曰：雍從伯喈
　　學，專一清靜，敏而易教。伯喈貴異之，謂曰：「卿必
　　成致，今以吾名與卿。」故雍與伯喈同名（「邕」通
　　「雍」），由此也。

(3)儂：我。

(4)髀（bì）肉：大腿上的肉。「髀肉復生」，為自嘆壯志
　　未酬，虛度光陰之辭。

(5)白露：二十四節氣之一。每年在陽曆九月八日前後。

(6)丹陽：即今江蘇丹陽市。在常州西。

六一

　　太湖有東西洞庭七十二峰，奇秀可愛。官其地
者，事簡民淳，最為樂土。司馬德臥雲先生福招余往
遊(1)，小住三日。適司李程前川思樂執贄門下(2)。
表侄張碧川琴在幕中(3)，出〈新月〉、〈梅花〉兩
詩稿見示。想見僚屬多才，主賓風雅，可謂不負此湖
山矣。德公詠〈新月〉云：「一線晶光上畫欄，漫疑

素魄本非團(4)。微開玉女奩中鏡(5)，半吐嫦娥臼裏丸(6)。曲曲黛眉如淡掃，明明青眼似相看。愛他坐到西山晚，忘卻深閨翠袖寒。」又：「漫收兔魄含全璧(7)，深隱雲鬟只半粧。」〈梅花〉云：「瘦態每宜輕霧後，殘粧最愛晚香餘。」程前川〈新月〉云：「剛同翠黛新描後(8)，好比秋波乍轉餘(9)。」「蚌珠才吐仍銜口(10)，寶鏡方開未出奩。」張碧川〈新月〉云：「似竟怕為天曉別，誰能留到夜深看？」「斗宿自明如昨夕(11)，樓臺先得尚依稀。」「無多時別仍相見，若太分明豈乍逢？」〈梅花〉云：「那防觸撥香盈袖，忍掃橫斜影上階。」俱佳。

【箋注】

(1) 德臥雲：德福。見本卷一七注(13)。司馬，官名。即府同知。

(2) 程前川：程思樂，字北野，號前川。清江蘇常熟人。有《前川詩稿》、《對山堂詩稿》、《詠梅詩鈔》。司李，官名。即司理，獄官。執贄：古代禮制，謁見人時攜禮物相贈。

(3) 張碧川：名琴。餘未詳。

(4) 素魄：指月光。

(5) 奩：古代盛梳妝用品的器具。

(6) 臼：泛稱搗物的臼狀容器。相傳月中有搗藥臼。晉·傅咸〈擬〈天問〉〉：「月中何有？玉兔搗藥。」

(7) 兔魄：月亮的別稱。

(8) 翠黛：眉的別稱。

(9) 秋波：比喻美女的眼睛目光，形容其清澈明亮。

(10)蚌珠：喻月光。珠蚌，喻指明月。

(11)斗宿：二十八宿之一。俗稱南斗，共六星。亦指北斗星。

六二

　　蔣于野莘從余遊洞庭兩山(1)，吟興頗豪，多紀遊之作。其〈登莫釐峰〉云(2)：「草深蒸霧濕，地曠受風多。叢樹陰猶轉，飛禽影不過。」〈望太湖〉云：「山都包水內，浪欲拍天浮。」〈宿石公山禪院〉云(3)：「百尺丹梯削翠屏(4)，下蟠曲磴透瓏玲(5)。峰頭礙足前無路，洞腹穿雲上有亭。天闊湖光千頃白，更深佛火一燈青。我來不敢吟高調，多恐蛟龍出水聽。」又，〈和德司馬〈新月〉〉，有「時剛落日半稜多」七字(6)，亦未經人道。

【箋注】

(1)蔣于野：蔣莘。見補遺卷四・四六注(1)。

(2)莫釐峰：即莫釐山，又名胥母山。即今江蘇蘇州市西洞庭東山。

(3)石公山：在今江蘇吳縣西南太湖中。

(4)丹梯：指高入雲霄的山峰。

(5)曲磴：彎曲的石臺階。

(6)稜：山的稜角。

六三

提督楊愷(1)，儀徵武進士也。通識懿文(2)，康熙間受知聖祖，召入南書房(3)，與何義門、蔣南沙諸前輩(4)，同校書史。後提督兩湖。晚年歸老。具盛饌招余文讌。壁掛一器，形如喇叭，長二丈許，糊以黑紗。指示余曰：「此軍中所用順風耳也。將軍與軍師有密謀則用之。相離甚遠，其語只二人聞，他人不聞也。」壁上見許登瀛觀察贈一聯云(5)：「天祿校書名進士(6)，岳陽持節老將軍(7)。」殊切。

【箋注】

(1) 楊愷：楊凱，字賡起，號江亭。江蘇儀徵人。康熙四十八年武進士。官湖廣提督、河南河北鎮總兵。（見《道光重修儀徵縣誌》）

(2) 懿文：華美的文章。

(3) 南書房：在北京故宮乾清宮西南隅，本清康熙帝早年讀書處。後選調翰林或翰林出身之官員到裏面當值，除應制撰寫文字外，並遵照皇帝旨意起草詔令，一度成為發佈政令的地方。

(4) 何義門：何焯。見卷五·八一注(2)。蔣廷錫：見卷二·四七注(1)。

(5) 許登瀛：字滄亭。清江南歙縣（今屬安徽）人。監生。官湖廣寶慶知府、衡永郴桂四郡觀察使。

(6) 天祿：漢代閣名。後亦通稱皇家藏書之所。

(7) 岳陽：今湖南岳陽市。

六四

紅蘭主人有句云(1)：「西嶺生雲將作雨，東風無力不飛花。」其僕和福有句云(2)：「一雙白鳥東飛急，知是西山暮雨來。」

【箋注】

(1)紅蘭主人：岳端。見卷六・二五注(1)。

(2)和福：未詳。

六五

溧陽狄夢松夢中得句云(1)：「眾鳥歸來托，繁林得所天。」初不解所謂。後會試場題與前詩意相合。韻限「天」字，即用夢中句。試官以其詩暗合聖意(2)，遂入選，旋官翰林。

【箋注】

(1)狄夢松：字文濤。江蘇溧陽人。乾隆五十八年進士。官順天鄉試同考官、湖南學政、糧儲道、貴州按察使。

(2)聖意：帝王的旨意。因舊稱「所天」亦指君主或儲君。

六六

顧仙根，興化人也(1)，有〈買僕〉詩云：「我家得一僕，人家失一子。同是父母心，還當慎驅使。」

可稱仁言。

【箋注】

(1)顧仙根：字藕怡，一字金香。清江蘇興化人。有《藕怡
詩鈔》。

六七

　　湖北蒲圻縣萬羊庵，有吳荊山尚書題壁五律(1)，
內有「翻」字、「恩」字。和者如雲。褚筠心學士視
學其地(2)，有「魚版空王法(3)，鶯花造物恩。」
又：「去路原來路，君恩是佛恩。」吳白華侍郎有
「小鳥踏花翻」之句(4)，押「翻」韻極新。盧元琰湘
艖過其地(5)，云：「斷雲千樹暝，殘照一鴉翻。」

【箋注】

(1)吳荊山：吳士玉。見卷四‧三四注(3)。

(2)褚筠心：褚廷璋，字左莪，號筠心。江蘇長洲人。乾隆
二十八年進士。官至翰林院侍讀學士。性鯁直，不阿權
勢。以詩名。有《筠心書屋詩鈔》。

(3)魚版：佛教法器。又稱木魚、木魚鼓、魚鼓。空王：佛
教語。佛的尊稱。佛說世界一切皆空，故稱「空王」。

(4)吳白華：吳省欽（1730-1803），字沖之，號白華。江
蘇南匯人。乾隆二十八年進士。歷四川、湖北、浙江學
政，官至左都御史。有《白華初稿》。

(5)盧元琰：見補遺卷五‧五八注(4)。

六八

　　奇中丞於蘇藩任內(1)，考紫陽書院，〈鼠鬚為筆〉題(2)。諸生課卷三百餘本，絕少佳句。止有黃一機「揮毫驚紙齧，起草憶燈窺」二句(3)，為一時之冠。

【箋注】

(1)奇中丞：奇豐額。見卷一·五四注(2)。藩：明清時指布政使。

(2)紫陽書院：即蘇州紫陽書院，院址今蘇州中學。

(3)黃一機：清江蘇蘇州人。諸生。

六九

　　盧湘艖拔貢(1)，朝考被斥(2)，捐州判，赴皖需次(3)。〈自嘲〉云：「不為折腰吏，權作磕頭蟲。」

【箋注】

(1)盧湘艖：盧元琰。見補遺卷五·五八注(4)。

(2)朝考：清代科舉制度。凡新科進士引見前，由皇帝再考試一次，稱朝考。

(3)需次：舊時指官吏授職後，按照資歷依次補缺。此指捐資求得州判職位。

七〇

　　吳門多閨秀，近又得袁麗卿_{椒芳}〈病起〉云(1)：「月照欄杆影半斜，夜涼如水裌衣加(2)。經旬臥病紗窗裏，孤負一欄指甲花。」「猶自懨懨懶下樓，憑欄閒弄玉搔頭(3)。今朝風自來西北，東面珠簾可上鈎？」汪宜秋_{玉軫}〈中秋無月〉云(4)：「擬向嫦娥訴幽恨，昏昏月又不分明。」〈雪〉云：「窗外竹梢三兩个，壓低漸近碧欄杆。」金纖纖_逸〈和同人集耘勉齋〉云(5)：「綠綺攜來橫膝上(6)，夜涼彈醒水仙花。」〈病起〉云：「鸚鵡不知人病久，朝朝樓上喚梳粧。」又，〈贈某女士〉云：「謝家飛絮蘇家錦(7)，如此才真未見來。」余以為此句是纖纖自道。

【箋注】

(1) 袁麗卿：袁椒芳，字麗卿。清蘇州人。隨園私淑弟子。有《拾香樓稿》。

(2) 裌衣：有面有裏，中間不襯墊絮類的衣服。

(3) 玉搔頭：即玉簪。古代女子的一種首飾。

(4) 汪宜秋：汪玉軫。見補遺卷四・三三注(1)。

(5) 金纖纖：金逸。見補遺卷五・四八注(1)。

(6) 綠綺：相傳為漢・司馬相如的一張琴，他曾操此琴彈奏《鳳求凰》曲。後成為琴的代稱。

(7) 謝家飛絮：見卷一〇・三六注(5)及補遺卷五・五二注(3)。蘇家錦：指前秦蘇蕙贈給丈夫的織錦回文《璇璣圖》。見卷一四・五注(4)。

七一

　　錢塘項墉_{金門}在吾鄉大開壇坫(1)，一時風雅之士，歸之如雲。余到杭州，必主其家(2)。讀其〈謝胡蔚塘招遊湖上〉云：「閒於翹足鷺，樂似聚頭魚。」〈落葉〉四句云：「客徑夜隨寒雨墮，僧窗晴帶白雲飄。繞坡屑窣過群鹿(3)，臨水蕭疏抱一蜩(4)。」不愧老手。

【箋注】

(1)項墉：字金門，號秋子。清浙江錢塘人。貢生。侯選同知。有《春及草堂詩集》。壇坫（diàn）：指文人集會之所。

(2)主：寓居。

(3)屑窣（sū）：象聲詞。此喻落葉聲。

(4)蜩（tiáo）：蟬。

一

　　鰲滄來刺史從太倉寄近作見示(1)。〈菜花〉云(2):「繞村種菜春環屋,鋪地黃金人住家。若論生材求濟世,萬花都合讓斯花(3)。」〈偶成〉云:「薄宦頻年鬢欲斑(4),平生心在水雲間。天憐衰吏無他樂,許看東南一帶山。」想見襟懷,不愧名臣之後。

【箋注】

(1)鰲滄來:于鰲圖。見卷一・五五注(4)。

(2)菜花:指油菜花。一至二年生草本植物。花黃色,結角果,種子可以榨油,為我國主要油料作物及蜜源作物之一。

(3)斯:此。

(4)薄宦:卑微的官職。有時用為謙辭。

二

　　雍正癸丑,余年十八,受知於吾鄉總督程公元章(1),送入萬松書院肄業(2)。其時掌教者為楊文叔先生(3),諱繩武,癸巳翰林,豐才博學,蒙有國士之知。後掌教鍾山,而余適宰江寧,時時過從。先生歸道山后(4),音問遂絕,今五十年矣。甲寅春,其孫儀吉孝廉以詩一冊見示(5)。讀之,細膩工整,不愧家風,嘆德門之有後。〈諸葛墓〉云:「沔水東流繞定軍(6),秋風遙拜臥龍墳。大星磊落淪荒土,八陣

縱橫隔暮雲。共說公才真十倍，可憐天意竟三分。憑高欲下沾襟淚，籌筆樓高日又曛(7)。」〈旅思〉云：「十度月圓猶作客，一年秋到倍思家。」〈弔劉司戶〉云(8)：「宦寺豈容操國柄？文章原不重科名。」〈落第出都〉云：「葵藿但知傾曉日(9)，芙蓉何敢怨秋風(10)？」孝廉名一鴻。

【箋注】

(1)程元章：見卷一四·二九注(2)。

(2)萬松書院：在杭州西湖鳳凰山萬松嶺。明清時為浙江最高學府。

(3)楊文叔：楊繩武。見卷二·六〇注(1)。

(4)道山：舊時稱人死為歸道山。

(5)楊儀吉：楊一鴻。見補遺卷七·五八注(3)。

(6)沔水：即今漢江及湖北武漢市以下長江。定軍：定軍山，在今陝西勉縣（菜園子）東南，北依沔水。東漢建安二十四年黃忠斬夏侯淵於此。山下有諸葛亮墓。

(7)籌筆樓：籌筆驛樓，在四川省廣元市北八十里。相傳諸葛亮出師，嘗駐軍運籌於此。

(8)劉司戶：指唐劉蕡。見卷五·七四注(3)。

(9)葵藿：指葵。葵性向日。古人多用以比喻下對上赤心趨向。

(10)芙蓉：荷花的別名。唐·高蟾〈下第後上永崇高侍郎〉：「芙蓉生在秋江上，不向東風怨未開。」

三

江寧李大紳(1)，號榕莊。〈護蘭〉詩云：「似離故土非其性，才到人家便作難。」「移置幾番遭僕恚(2)，愛憐真當養兒看。」二聯殊有風趣。

【箋注】

(1)李大紳：字佩書、警斾，號藥塘、榕莊。江蘇上元人。乾隆四十九年貢生。有《紅蕾軒集》、《蟲吟集》、《且存草》。

(2)恚（huì）：怨恨。

四

廣西羅城縣(1)，國初為煙瘴之地。于清端公自記《年譜》云(2)：「同去僕從，死亡殆盡。余族弟秋江濤署羅城尉(3)，賦詩云：『簇簇奇峰列畫屏，萬山遙護一城青。地因太險田無稅，跡可留仙石有靈。北嶺曉鐘催曙色，西江秋月冷煙汀。參軍未處邊陲慣，蠻語還須仔細聽。』『屋後青山舞鳳凰，簷前奇石學鴛鴦。挈瓶沽酒向墟寺，吹角引牛歸牧場。抱社兩株榕樹古(4)，沿城一帶棗花香。誅茅蓋起三層屋(5)，珍重行人指法堂(6)。』」

【箋注】

(1)羅城縣：即今廣西羅城仫佬族自治縣。

(2)于清端公：山西永寧人于成龍。見卷一·五五注(1)。

(3) 于秋江：于濤，字秋江。清山西永寧人。歷官羅城尉。

(4) 社：社壇。封土為社，各栽種其土所宜之樹，以為祀社
　　神之所在。

(5) 誅茅：芟除茅草。常指結廬安居。

(6) 法堂：審理訴訟案件的公堂。

五

　　吳江徐君星標善弈秋之技(1)，予既為銘墓。其
子山民達源、媳吳珊珊瓊仙俱工詩(2)。山民〈春曉〉
云：「廿四番花算不清(3)，黃鶯杜宇總春聲。傷心只
有芭蕉葉，愁雨愁風過一生。」珊珊詠〈螢火〉云：
「月黑誰攜星一點，風高吹上閣三層。蒲葵撲墮知何
處(4)，笑問檀郎見未曾(5)？」〈夜坐聞笛〉云：
「粧樓風影夜蕭蕭，檢點牙籤倦欲拋(6)。何處一聲長
笛起？隔簾吹月上花梢。」

【箋注】

(1) 徐星標：徐璇，字星標。清江蘇吳江梨里人。袁枚撰
　　《徐君星標墓誌銘》。弈秋：秋，人名，因善於下棋，
　　所以稱為弈秋。《孟子‧告子》：「弈秋，通國之善弈
　　者也。」

(2) 徐山民：徐達源，字無際，號山民。清江蘇吳江人。翰
　　林院待詔。工詩古文，善畫墨梅。廣交遊。有《新詠
　　樓詩集》、《紫藤花館文稿》。吳珊珊：吳瓊仙，字珊
　　珊。清江蘇吳江人。監生義倫女，待詔徐達源妻。有
　　《寫韻樓集》。

(3)廿四番花：即二十四番花信風。自小寒至穀雨，凡四
　　月，共八個節氣，一百二十日，每五日一候，計二十四
　　候，每候應以一種花的信風。

(4)蒲葵：指蒲葵扇。

(5)檀郎：見卷八・六八注(7)。

(6)牙籤：指書籍。

六

　　真州鄭鴻(1)，字秋影，張南坨之侍史也(2)。能
詩，偶以醉失歡，遠走京師，竟致客死，年僅二十。
員帆山抄其遺詩(3)，囑張石民追寫小像(4)。詩云：
「閉門卻到夕陽斜，自笑茅簷小小車。偏是西風最多
事，書聲偷送到鄰家。」石民寫像畢，題云：「青年
誰與頰添毫(5)，惜爾生前未我遭。老去見花都懶畫，
多情還寫鄭櫻桃(6)。」

【箋注】

(1)鄭鴻：字秋影。清江蘇真州人。餘未詳。

(2)張南坨：張錫德，字南仲、南頌，號南坨、慎庵。江蘇
　　華亭人。乾隆副貢生，官青陽教諭。有《慎庵詩集》。
　　侍史：古時侍奉左右、掌管文書的人員。

(3)員帆山：員大敦，號帆山子。清江蘇儀徵人。

(4)張石民：張四教，本名源，字宣傳，號石民。本秦（今
　　陝西）人，占籍甘泉（今江蘇揚州）為諸生。工仕女、
　　山水、花鳥。尤善潑墨作巨石。乾隆三十二年追仿華嵒
　　像逼肖。

（5）頰添毫：《世說新語・巧藝》：晉・顧愷之為裴楷畫像，在頰上添了三根毫毛。人問其故，顧曰：「裴楷俊朗有識具，正此是其識具。」

（6）鄭櫻桃：東晉列國後趙石季龍所寵愛的優僮。此喻鄭鴻。

七

杭州沈清任觀察（1），余門下門生也。中年殂謝（2）。余求其詩不得，僅錄其《沁園春》一闋云：「天放憨僧（3），行腳打包，還歸故鄉。笑六十年來，電光倏忽；三生石上（4），夢影荒唐。小住為佳，長行不得，從此舟車不用忙。生花眼、借一編在手，字字行行。　吾家老屋頹牆，只糊壁人兒費忖量。看鄂渚書來（5），歸舟待泊；錦官收散（6），花事終場（7）。鶴髮朝梳，金經夜課（8），隨分生涯自主張。閒中趣，寫梅花數點，也送清狂。」

【箋注】

（1）沈清任：字萊友，一字莘田，號澹園，又號疥憨。浙江仁和（今杭州）人。乾隆十七年進士。官至川東道。引疾歸里，以書畫自娛，尤工寫梅。

（2）殂謝：去世。

（3）憨僧：此為自稱。

（4）三生石：傳說人有前生、今生、來生。詩文中常用為前因宿緣的典實。

（5）鄂渚：相傳在今湖北武昌黃鶴山上游三百步長江中。隋

置鄂州，即因渚得名。世稱鄂州為鄂渚。

(6)錦官：成都的別稱。

(7)花事：關於花的情事。春季百花盛開，故多指遊春看花
　　等事。

(8)金經：指佛道經籍。

八

　　甲子年，余過宏濟寺(1)，見西林相公題壁詩(2)，已錄登《詩話》。甲寅阻風，又至寺中，默默七代孫某抄鄂公父子詩來(3)，皆五六十年前事，余為之愴然。再錄相公一絕云：「山扉石徑上人家(4)，小住清涼引妙車(5)。欲挽江聲迴樹杪，可憐那岸是繁華。」其時，公子容安隨行(6)，年尚幼，後總督兩江，重遊此寺，讀先人之作，題贈默默云：「少小經行處，江山感舊因。君能重會面，我是再來人。問法心無住，趨庭跡已陳(7)。燃燈覽題句，忍淚對青春。」

【箋注】

(1)宏濟寺：即永濟寺。位於南京燕子磯。

(2)西林：鄂爾泰。見卷一・一注(7)。

(3)默默：宏濟寺僧。見卷九・六五。

(4)上人：對僧人的尊稱。

(5)妙車：佛家語。指美好的車乘。

(6)鄂容安：見卷一・四五注(1)。

（7）趨庭：《論語・季氏》：「（孔子）嘗獨立，鯉趨而過庭。曰：『學詩乎？』對曰：『未也。』『不學詩，無以言。』鯉退而學詩……」後因以「趨庭」謂子承父教。

九

金陵水月庵有僧鏡澄（1），頗能詩。閉戶焚修（2），名場竟不知有此人，殊可敬也。〈惜桐〉云：「獨樹作僧伴，摧枯傷我情。從今茅屋下，無處聽秋聲。」〈落葉〉云：「落葉寒生徑，冬蔬秀滿畦。要將茅舍補，試看稻堆齊。窗破宜糊紙，牆穿合補泥。春風待來歲，也有燕雙棲。」

【箋注】

（1）鏡澄：清金陵水月庵僧。能詩，每成輒焚其稿。袁枚甚賞其作，吳澹川嘗勸澄往謁，澄曰：和尚自作詩，不求先生知。先生自愛和尚詩，非愛和尚。不往。（見《雨般秋雨庵隨筆》）

（2）焚修：焚香修行。

一〇

蘇州胡眉峰見贈云（1）：「青山供養忘機客（2），紅粉消磨用世才（3）。」泰州孫虎山_{廷颺}云（4）：「名到驚人何況早，生當並世不嫌遲（5）。」

松江劉春橋熙云(6)：「看花興致憐才性，此是先生未了緣。」上海李林松仲熙云(7)：「真才子必得其壽，謫仙人未免有情。」淮上程藹人元吉云(8)：「風流何減白居士(9)，天下不名元魯山(10)。」又：「有福不離花世界，無愁常喜竹平安。」皆可誦也。

【箋注】

(1) 胡眉峰：胡量，字元謹，號眉峰。清江蘇長洲人。原籍上海。晚年僑寓揚州。有《海紅堂詩鈔》。見贈：贈送給我。

(2) 忘機：消除機巧之心。常用以指甘於淡泊，與世無爭。

(3) 紅粉：借指美麗女性。

(4) 孫虎山：孫廷颺，字虎山，號淩滄。清江蘇泰縣人。諸生。有《淩滄詩鈔》（嘉慶十六年刻）、《聽秋軒詩鈔》。

(5) 並世：同時代。

(6) 劉春橋：劉熙，號春橋。清江蘇松江人。王文治弟子。

(7) 李林松：字仲熙，號心庵。上海人。以乾隆六十年舉人聯捷進士。曾觀政戶部，典試廣東、廣西。經術邃深，尤精漢學，為文亦不落恒蹊。有《周易述補》、《通韻便覽》等。（同治十一年刊《上海縣誌》）

(8) 程藹人：程元吉。見補遺卷二·六六注(1)。

(9) 白居士：唐香山居士白居易。

(10) 元魯山：元德秀，字紫芝。唐河南人。少孤，事母孝。登進士第。歷官邢州南和尉、龍武錄事參軍、魯山令。後隱居。天下高其行，稱元魯山。不名：不直呼其名，表示優禮或尊重之意。

女弟子席佩蘭(1)，詩才清妙，余嘗疑是郎君孫子瀟代作(2)。今春到虞山訪之(3)，佩蘭有君姑之戚，縞衣出見，容貌媟婋(4)，克稱其才。以小照屬題，余置袖中，即拉其郎君同往吳竹橋太史家小飲(5)。日未暮，而見贈三律來。讀之，細膩風光。方知徐淑之果勝秦嘉也(6)。其詩云：「慕公名字讀公詩，海內人人望見遲。青眼獨來幽閣裏，縞衣無奈澣粧時。蓬門昨夜文星照(7)，嘉客先期喜鵲知。願買杭州絲五色，絲絲親自繡袁絲(8)。」「深閨柔翰學塗鴉，重荷先生借齒牙(9)。漫擬劉公知道韞(10)，直推徐淑勝秦嘉。解圍敢設青綾障？執贄遙賽絳帳紗(11)。聲價自經椽筆定，掃眉筆上也生花。」「南極文昌應一身(12)，幸瞻藜杖拜星辰(13)。一編早定千秋業，片語能生四海春。詩格要煩裁偽體，畫圖敢自秘丰神？問公參透拈花旨(14)，可是空王座下人(15)？」佩蘭小照幽艷，余老矣，不敢落筆，帶至杭州，屬王玉如夫人為之佈景(16)，孫雲鳳、雲鶴兩女士題詩詞(17)，余跋數言，以志一時三絕云。

【箋注】

(1)席佩蘭：見補遺卷六・一七注(1)。

(2)孫子瀟：孫原湘，見卷一一・二五注(3)。

(3)虞山：在今江蘇常熟市西北。

(4)縞衣：白絹衣裳。媟婋（wǒnuǒ）：俗作婀娜。柔媚之貌。

(5)吳竹橋：吳蔚光。見卷一・四一注(3)。

(6)徐淑、秦嘉：見補遺卷三・三九注(8)。

(7)蓬門：以蓬草為門。指貧寒之家。

(8)袁絲：袁盎，見卷一・六五注(12)。此處代指袁枚。唐・李賀〈浩歌〉：「買絲繡作平原君，有酒惟澆趙州土。」後用為對人的敬仰的典故。

(9)齒牙：稱譽，說好話。宋・蘇軾〈與王荊公書〉之二：「願公少借齒牙，使增重於世。」

(10)劉公：指劉柳，字叔惠。東晉南陽人。少登清官，歷尚書左右僕射。任會稽太守時，嘗專程與會稽王凝之寡妻謝道韞會見，對道韞風韻詞理深為嘆服。

(11)執贄：古代禮制，謁見人時攜禮物相贈。絳帳：為師門、講席之敬稱。

(12)南極文昌：南極，指南極老人星。文昌，文曲星。喻文才蓋世之人。

(13)藜杖：用藜的老莖做的手杖。

(14)拈花：佛教語。即拈花一笑，以心傳心。

(15)空王：佛教語。佛的尊稱。

(16)王玉如：見補遺卷一・二一注(2)。

(17)孫雲鳳：見卷二・三一注(2)。孫雲鶴：見卷一〇・二三注(12)。兩姊妹均為袁枚女弟子。

一二

余三月間，到狄小同家(1)，柔之夫人挈女兒出見(2)，年才十四，而詩筆清雅，字亦工秀。〈贈樓氏姊〉云：「巧鬢梳成斂翠蛾(3)，芳姿自惜性偏和。婀

娜不效楊家舞（4），婉轉猶能薛氏歌（5）。瓊樹朝朝臨日見（6），蓮花步步踏春過。誰家種玉人僥倖（7），得伴新鶯附蔦蘿（8）？」

【箋注】

（1）狄小同：見補遺卷四·五二注（2）。

（2）柔之：吳柔之。見補遺卷四·五二注（2）。

（3）翠蛾：婦女細而長曲的黛眉。

（4）楊家舞：指唐·楊玉環善舞。

（5）薛氏歌：唐蜀妓薛濤，能詩，洞曉音律。

（6）瓊樹：喻美姿。

（7）種玉：用晉·干寶《搜神記》楊公徐氏典。楊公遇神人後種石生玉，得白璧五雙，以聘徐氏為婚。後以「種玉」比喻締結良姻。

（8）蔦（niǎo）蘿：蔦與女蘿。兩種蔓生植物的合稱。比喻關係親密，寓依附攀緣之意。

一三

余飲孫雲鳳家（1），飯米粗糲，而價甚昂，知為家奴所紿（2）。歸寓，適有送白粲者（3），以一斛貽之（4）。雲鳳不受，札云：「來意已悉。」蓋疑老人以米傲之也。余殊覺掃興，即題其札尾云：「一囊脫粟遠相貽，此意分明粟也知。底事堅辭違長者？閨中竟有女原思（5）。」雲鳳悔之，寄《賀新涼》一詞以自訟云（6）：「傍晚書來速，道原思抗違夫子，公然辭粟。

已負先生周急意，敢又書中相瀆(7)。況贄禮未修一束。我是門牆迂弟子，覺囊中所賜非常祿。不敢受，勞往復。　　寸箋自悔忽忽肅(8)，或其間措辭下筆，思之未熟。本借湖山供笑傲，何意翻多怒觸？披讀處，難勝踖踧(9)。無賴是毫端，今以前愆(10)，仍付毫端贖。容與否？望批覆！」

【箋注】

(1)孫雲鳳：見卷二‧三一注(2)。

(2)紿（dài）：欺詐。

(3)白粲：白米。

(4)貽（yí）：贈送。

(5)原思：原憲，字子思。孔子弟子。原思擔任孔子家的總管，孔子給他小米九百斗，原思推辭不收。《論語‧雍也》：「原思為之宰，與之粟九百，辭。」

(6)自訟：猶自責。

(7)瀆：輕慢。

(8)忽忽：輕率。

(9)踖踧（jícù）：恭敬而又局促不安。

(10)前愆（qiān）：以前的過失。

一四

嘗讀劉長卿〈重過曲江〉詩云(1)：「何事最傷心？少年曾得意。」蓋唐時進士登科，多同遊曲江之故。余甲辰到廣西，蒙撫軍吳樹堂先生飲余于八桂

堂(2)，是五十年前金震方中丞拜表薦余處(3)。追憶少時恩知，為之淒絕，一坐竟不忍起(4)。口號一律云：「森森八桂翠參天，此處曾經謁大賢。知己平生人第一，白頭重到路三千。薦章海內猶存稿，往事風中已化煙。夢自難尋腸自轉，幾回欲起又留連。」當年留別中丞七排十二韻，僅記一聯云：「萬里闕前修薦表(5)，百官座上嘆文章。」

【箋注】

(1)劉長卿：字文房。唐河間人。一說宣城人。玄宗天寶進士。官監察御史、睦州司馬，終隨州刺史。世稱劉隨州。長於五言詩，自稱「五言長城」。曲江：即曲江池，在今陝西西安市東南曲江鎮一帶。唐開元中為都中第一遊賞勝境。亦為皇帝賜宴臣僚和進士登第賜宴之地。天祐以後池水枯竭，遂廢。

(2)吳樹堂：吳垣。見卷一〇・六六注(2)。

(3)金震方：金鉷。見卷一・九注(2)。拜表：上奏章。

(4)一坐：指全部在座的人。

(5)闕：指京城、宮廷。

一五

余過馬嵬(1)，前後題詩八首，自謂發揮盡矣。近見祝芷塘給諫題云(2)：「元之政事廣平參(3)，誰蠱君心逸欲耽(4)？若使開元初載入，也同鐘鼓樂〈周南〉(5)。」「不作河東妒女津(6)，九原粉黛有餘

春(7)。美人自恨西方少，身死猶教美別人。」第一
首猶是拙集「但使姚崇還作相，君王妃子共長生」之
意。第二首專指土人取塚土敷面，可去瘢痕之說。可
謂斬新日月(8)。

【箋注】

(1)馬嵬：在陝西省興平縣。唐安史之亂，玄宗奔蜀，途次
　　馬嵬驛，衛兵殺楊國忠，玄宗被迫賜楊貴妃死，葬於馬
　　嵬坡。

(2)祝芷塘：祝德麟。見卷五・三○注(1)。

(3)元之：姚崇。見卷一一・一三注(2)。廣平：宋璟，見卷
　　八・八七注(5)。

(4)耽：沉湎。

(5)周南：《詩經・周南・關雎》：「窈窕淑女，鐘鼓樂
　　之。」

(6)妒女津：即妒婦津。傳說晉・劉伯玉妻段氏甚妒忌，聞
　　伯玉誦〈洛神賦〉，懷恨欲為水神，投水而死。後因稱
　　其投水處為妒女津，婦人渡此津，必壞衣毀妝，否則風
　　波大作。事見唐・段成式《酉陽雜俎》。

(7)九原：九泉。古指人死後去處。

(8)斬新：嶄新，全新。

一六

　　虞山邵松阿先生為其孫婦作傳云(1)：「婦姓趙，
名同曜，字洵嫻(2)。幼時學諸姑禮佛，及讀《論語》
『攻乎異端』(3)，啞曰(4)：『吾初以為西方聖人，

今乃知鑄一大錯也！』其敏悟如此。愛作詩，案置王禮堂、趙雲松及隨園三人詩(5)，謂松阿曰：『兒以為西莊學富，雲松識高，至隨園先生，則各體兼該(6)，學識雙到矣。』」余聞之，甚慚。因記芷塘給諫見贈云：「我讀君詩如讀史，能兼才學識三長。」與其言相合，然祝公是老作家，而洵嫻一弱女子，竟聆音識曲，尤難得哉！年二十餘，以娩難亡。詠〈七夕〉云：「拜罷雙星後(7)，穿針上畫樓。一鈎今夜月，萬古此時秋。玉露閒階濕，金風小院幽。更深人未臥，何處笛聲愁？」詠〈鏡〉云：「照人空見影，是我總非真。」〈菊花〉云：「經霜秋正老，帶月夜初長。」

【箋注】

(1) 邵松阿：邵齊熊，初名炳，字方虎，號耐亭、松阿。江蘇常熟人。乾隆十二年舉人。官內閣中書舍人。有《隱几山房詩鈔》。

(2) 趙同曤：字洵嫻。清江蘇常熟人。諸生邵廣融室。有《停雲樓稿》。

(3) 攻：治，攻讀。異端：非聖人之道，而別為一端。

(4) 喈（jiè）：嘆息。

(5) 王禮堂：王鳴盛。見卷九‧六七注(1)。趙雲松：趙翼。見卷二‧三三注(3)。

(6) 兼該：兼備。

(7) 雙星：牛郎星、織女星。

一七

崑山徐懶雲雲路秀才買書無錢(1)，而書賈頻至，乃自嘲云：「生成書癖更成貧，賈客徒勞過我頻。聊借讀時佯問值，知非售處已回身。乞兒眼裏來鴞炙(2)，病叟床前對美人。始嘆百城難坐擁(3)，從今先要拜錢神。」余幼時，有「家貧夢買書」之句，蓋實事也。今見徐生此詩，觸起貧時心事，為之慨然。徐又有句云：「風威兩岸荻，雪意一天雲。」

【箋注】

(1)徐懶雲：徐雲路，字起萬、企萬，號懶雲。清江蘇崑山人。歲貢生。好吟詠，善畫墨梅。

(2)鴞（xiāo）炙：謂炙鴞鳥為食。

(3)百城：喻指豐富的藏書。《魏書‧逸士傳‧李謐》：「丈夫擁書萬卷，何假南面百城。」

一八

祝芷塘〈詠藥〉云(1)：「嘗遍苦甘千百味，活人常少殺人多。」趙雲松〈憎蚊〉云(2)：「一蚊便攪人終夕，宵小由來不在多(3)。」程荊南〈席上〉云(4)：「名士庖廚官氣少(5)，山人冠履古風多。」吳蘭雪見贈云(6)：「三朝白髮題襟遍(7)，一代紅妝立雪多(8)。」四用「多」字，俱妙。余〈春日園中〉亦有句云：「晴日不愁遊女少，美人終竟大家多(9)。」

【箋注】

(1)祝芷塘：祝德麟。見卷五・三〇注(1)。

(2)趙雲松：趙翼。見卷二・三三注(3)。

(3)宵小：小人。

(4)程荊南：程夢湘，見卷七・四六注(3)。

(5)官氣：官僚習氣。

(6)吳蘭雪：吳嵩梁。見補遺卷二・六七注(2)。

(7)題襟：謂詩文唱和抒懷。

(8)立雪：北宋儒生楊時、游酢往見其師程頤，值頤瞑目久坐，二人侍立不去，頤既覺，門外雪已盈尺。事見《宋史・道學傳二・楊時》。後以「立雪」為敬師篤學之典故。

(9)大家：古指卿大夫之家。

一九

虞山趙氏多才，有名同鈺、字子梁者(1)，疑是洵嫻女士之兄(2)。詩善言情，〈題若冰妹小照〉云：「憶得深閨未嫁年，阿兄把卷妹隨肩。小紅剛報酴醾放(3)，草草梳妝到最先。」〈山塘〉云：「春風油壁過山塘(4)，雙眼迷離詫艷妝。我亦多情祝飛絮，要他吹上繡衣裳。」〈采菱〉云：「草草盤頭便出湖，水雲深處笑相呼。儂家不是貪多得，風信明朝知有無？」〈消夏〉云：「掃眉深淺費工夫，雲髻高低索婢扶。插過珠蘭餘幾朵，不知還夠餉人無(5)？」又，〈對鏡〉起句云：「憔悴竟如此，非君我莫知。」可

稱超絕；惜下半首稍平，故不錄。其室人屈婉仙亦能
詩(6)，〈七夕〉云：「花自輕盈露自淒，碧闌干外玉
繩低(7)。不知何處凡烏鵲，僥倖雲霄一夜棲。」

【箋注】

(1) 趙同鈺：一作趙同珏，字良伯，號子梁。清江蘇常熟
人。諸生。官教諭。與席世昌、席煜、孫原湘稱虞山四
才子。有《鄰淬閣詩集》。

(2) 趙洵嫻：趙同曜。見本卷一六注(2)。

(3) 酴醾：花名。暮春開花。

(4) 油壁：古人乘坐的一種車子。因車壁用油塗飾，故名。

(5) 餉人：指送飯食的人。

(6) 屈婉仙：屈秉筠，字婉仙。清江蘇常熟人。趙同鈺妻。
有《韞玉樓集》。

(7) 玉繩：星名。常泛指群星。

二〇

　　纖纖亡後(1)，竹士〈過婦家有感〉云(2)：「愁
聽花鈴語繡幃，封題如故笑言違(3)。傷心小女無知
識，繞膝詢姑何日歸。」「新秋已報海棠開，可奈
塵生舊鏡臺。莫怪見花拼一慟，去年曾折一枝來。」
「旅魂蟲語警秋心，小病奄奄奈夜深(4)。記汝當年珍
惜意，露涼不敢立花陰。」〈題纖纖小照〉云：「繡
幕茶煙碧散絲(5)，分明桐院比肩時。千呼不下卿何
忍，一一如生我尚疑。絮語曲欄邀月證，尋詩深夜怯

花知。可憐病後伶俜甚(6)，莫怪珊珊玉步遲(7)。」
又句云：「仙原暫謫留難住(8)，事太傷心淚轉無。」

【箋注】

(1)纖纖：金逸。見補遺卷五・四八注(1)。

(2)竹士：陳基。見補遺卷五・三五注(2)。

(3)封題：書札的代稱。

(4)奄奄：衰弱不振。

(5)繡幪：絲繡帷幕。

(6)伶俜（pīng）：孤單，凋零。

(7)珊珊：緩慢移動貌，常用以形容女子步態。

(8)仙原：仙界。婉稱死後的去處。

二一

　　吳江閨秀汪宜秋〈春夜〉詩云(1)：「坐愁換過燭三條，纔向妝臺卸翠翹(2)。只恐眠遲難早起，明朝記得是花朝(3)。」〈掃墓〉云：「略慰九原思子意(4)，今朝弱息挈孫來。病軀只恐難重到，家事從頭訴一回。」〈夜坐〉云：「貪涼白啟綠窗紗，風細爐煙縷縷斜。急把殘燈遮護好，方纔結得一雙花(5)。」〈病起〉云：「手戰愈增書格弱(6)，目昏翻厭紙窗明。不知春是何時去，綠滿簾櫳夏景成。」〈題玉函女士小照〉云：「空階策策墮梧桐(7)，怨笛清砧斷續風(8)。只恐嫦娥也愁絕，良宵深閉廣寒宮(9)。」宜秋家赤貧，夫外出五年，撐拄家務，撫養五兒，俱以

針黹供給(10)，而有才如此。

【箋注】

(1)汪宜秋：汪玉軫。見補遺卷四·三三注(1)。

(2)翠翹：古代婦人首飾的一種。狀似翠鳥尾上的長羽。

(3)花朝：舊俗以農曆二月十五日為「百花生日」。

(4)九原：指人死後的去處。

(5)花：指燈花。

(6)書格：一種文具。書寫時用以支臂，使腕不著紙，以防墨污。

(7)策策：象聲詞。

(8)清砧：指捶衣聲。

(9)廣寒宮：月中宮殿名。

(10)針黹（zhǐ）：做針線活。

二二

趙子梁〈詠白牡丹〉云(1)：「斷無富貴能安素(2)，莫笑花枝愛著緋(3)。」陳秋史爕〈白雁〉云(4)：「平沙夜月空留影，遠水蘆花何處灘？」

【箋注】

(1)趙子梁：趙同鈺。見本卷一九·注(1)。

(2)安素：安于白身。素，謂平民或無功名無官職的身分。

(3)著緋：穿紅色的官服。指當中級官員。

(4)陳秋史：陳燮，字叔理，號秋史。清江蘇吳江黎里人。
　　監生。候補刑部司獄。

二三

　　老友徐靈胎度曲嘲時文及題墓詩(1)，余已載《詩
話》中。甲寅八月，其子榆村燨送其兒秋試(2)，又
度曲贈我云：「千山萬水，裝點了吳越規模(3)。天
地又躊躇(4)，須生個奇才異質，風雅超殊。放在中
間，空前絕後，著出些三教同參萬古書(5)。更不讓他
才華埋沒，又把月中丹桂(6)，天街紅杏(7)，閬苑瓊
株(8)，一一都教攀住。略展經綸(9)，便使那萬戶黎
民，爭稱慈父。才許他脫卻朝衫，芒鞋竹杖(10)，歷
盡了層巒疊嶂，游遍了四海五湖。方曉得花月神仙，
詩文宗主。贏得隨園才子，處處家家個個呼。端的是
菩薩重來(11)，現身說法，度盡凡夫。咱也乞灑楊枝
一滴(12)，洗淨塵心，跳出迷途。」

【箋注】

(1)徐靈胎：徐大椿。見卷一二·五〇注(1)。時文：時下流
　　行的文體。舊時對科舉應試文體的通稱。

(2)徐榆村：徐燨（燨），字鼎和，號榆村。清江蘇吳江
　　人。工詩文，擅寫雜劇傳奇。有《寫心劇》。

(3)吳越：泛指江蘇南部和浙江北部、東部一帶。

(4)躊躇：反復思量。

(5)三教：指儒家的施教內容，包括六德、六行、六藝，
　　合稱「三教」。　佛教傳入我國後，亦稱儒、道、釋為

「三教」。

(6)月中丹桂：指及第、登科。《晉書·郤詵傳》：「武帝
　於東堂會送，問詵曰：『卿自以為何如？』詵對曰：
　『臣舉賢良對策，為天下第一，猶桂林之一枝，崑山之
　片玉。』」唐·周墀〈賀王僕射放榜〉詩：「雖欣月桂
　居先折，更羨春蘭最後榮。」

(7)天街紅杏：指權要賞識、舉薦者。唐·高蟾〈下第後上
　永崇高侍郎〉詩：「天上碧桃和露種，日邊紅杏倚雲
　栽。」

(8)閬苑瓊珠：指翰林院任職，才華卓著。

(9)經綸：指治理國家的抱負和才能。

(10)芒鞋竹杖：指歸居田園。

(11)菩薩：佛教名詞。原為釋迦牟尼修行而未成佛時的稱
　號，後泛用為對大乘思想的實行者的稱呼。此處喻指人
　們崇拜的偶像。

(12)楊枝一滴：楊枝水，佛教喻稱能使萬物復蘇的甘露。
　《晉書·佛圖澄傳》：「勒（石勒）愛子斌暴病死……
　乃令告澄。澄取楊枝沾水，灑而呪之，就執斌手曰：
　『可起矣！』因此遂蘇。」

二四

　　余雅不喜元遺山論詩(1)，引退之〈山石〉
句(2)，笑秦淮海「芍藥薔薇」一聯為女郎詩(3)。是
何異引周公之「穆穆文王」(4)，而斥后妃之「采采
卷耳」也(5)。前於《詩話》中已深非之。近見毛西
河與友札云(6)：「曾游泰山，見奇峰怪崿(7)，拔地

倚天；然山澗中杜鵑紅艷，春蘭幽香，未嘗無倡條冶
葉(8)，動人春思。此泰山之所以為大也。大家之詩，
何以異此？」其言有與吾意相合者，故錄之。

【箋注】

(1) 元遺山：元好問。見卷二‧三八注(4)。此處指〈論詩
　　三十首〉。

(2) 退之：唐‧韓愈。見卷一‧一三注(1)。

(3) 秦淮海：北宋‧秦觀。見卷一‧五六注(7)。此處指元
　　好問〈論詩絕句〉：「有情芍藥含春淚，無力薔薇臥曉
　　枝。拈出退之山石句，始知渠是女郎詩。」

(4) 穆穆文王：《詩經‧大雅‧文王》中句。此詩描述周朝
　　奠基者文王姬昌的美德。

(5) 采采卷耳：《詩經‧周南‧卷耳》中句。舊說此詩寫后
　　妃懷周文王。

(6) 毛西河：毛奇齡。見卷二‧三六注(3)。

(7) 崿：山崖。

(8) 倡條冶葉：指輕柔多姿的枝條和艷麗的樹葉。

二五

　　採詩如散賑也(1)，寧濫毋遺(2)。然其詩未刻稿
者，寧失之濫。已刻稿者，不妨于遺。

【箋注】

(1) 散賑（zhèn）：為賑濟災民而分發糧食、財物。

(2) 濫：過度。指不妨貪多求全。遺：遺漏。

二六

上海明經王梅嶼坤培(1)，淹雅能文(2)，秋試屢薦不售(3)，賦詩云：「蓬鬢依然絕世姿，敢將新樣畫蛾眉？鴛鴦欲繡偏難繡，腸斷廻針欲刺時。」較之唐人「苦恨年年壓金線，為他人作嫁衣裳(4)」，更覺深婉。

【箋注】

(1) 王梅嶼：王坤培，字元載，號梅嶼。清江蘇上海人。附貢生。

(2) 淹雅：猶淵博。

(3) 不售：指考試不中。

(4) 「苦恨」二語：見唐詩人秦韜玉〈貧女〉詩。按：此二詩似無可比，當與朱慶餘〈近試上張籍水部〉詩對照。

二七

乾隆乙卯春，予遊吳下，海上書生王仲堅鈺寄洛花十六株為壽(1)，系詩云：「不羨安期棗似瓜(2)，不須丹鼎煉黃芽(3)。稱觴何物堪同獻(4)？洛下飛來第一花。」「數叢淺碧間深紅，艷重香多薄日烘。自笑傾心同小草，也隨桃李領春風。」署名稱「私淑弟子仲堅(5)」。于余素未謀面，而傾倒若此。且華女史朱秀甫文毓(6)，其室人也，亦工吟詠。前已采其〈撫孤甥〉詩，茲復錄其〈春暮〉云：「春去分明有淚

痕，絲絲微雨灑黃昏。殘紅落地無人管，蝴蝶飛來也斷魂。」〈瓶中海棠〉云：「酒後輕紅暈玉肌，百花誰及海棠姿？綠窗晝靜嫌無伴，拗取名花當侍兒。」

【箋注】

(1) 王仲堅：王鈺，字式如，一字仲堅。清上海人。王坤培仲子。監生。能詩，為袁枚所稱。洛花：洛陽花的省稱。特指牡丹。

(2) 安期：仙人名。即安期生。秦、漢間齊人，一說琅琊阜鄉人。曾賣藥海上。後成仙。《史記·封禪書》：「臣嘗遊海上，見安期生，安期生食巨棗大如瓜。」

(3) 黃芽：古養生名詞。指丹鼎內所生芽狀物，亦稱黃丹。

(4) 稱觴：舉杯祝酒。

(5) 私淑：私自敬仰而未得到直接的傳授。

(6) 朱秀甫：朱文毓。見補遺卷七·二〇注(1)。

二八

平江卜蕙堦日亨〈閒居〉詩云(1)：「翛翛松竹絕塵喧(2)，小築青山郭外村。無數落花浮水面，盡隨鷗鳥到柴門。」〈偶成〉云：「一窩青箬買茶回(3)，忙煮清泉試幾盃。推戶恐驚啼鳥去，捲簾喜見落花來。鄰翁只護穿籬筍，稚子爭偷拂檻梅。詩債為愁多負卻，海棠開到牡丹開。」二詩，不減放翁。

【箋注】

(1)卜蕙堦：卜日亨，字蕙堦。清湖南平江人。餘未詳。

(2)翛翛（xiāo）：象聲詞。亦指高或長貌。

(3)青箬：雨具。即青箬笠，箬竹葉或篾編製的笠帽。

二九

《如皋志》：「淳熙中，東孝里莊園有紫牡丹一本(1)，無種而生。有觀察見，欲移分一株，掘土尺許，見一石，題曰：『此花瓊島飛來種(2)，只許人間老眼看。』遂不敢移。自後鄉老誕日，值花開時，必宴於其下。有李嵩者(3)，三月八日生，自八十看花，至一百九歲。」

【箋注】

(1)淳熙：宋孝宗年號。東孝里：在今江蘇如皋市丁堰鎮東郊。

(2)瓊島：此指傳說中的仙島。

(3)李嵩：宋臨安錢塘人。少為木工。後為李從訓養子。歷光宗、寧宗、理宗三朝畫院待詔。工畫人物，尤長於界畫。

三○

　　鄭魚門_{志鑰}先生督學江南(1)，清廉愛士，所識拔皆一時名流，沈文慤公亦出門下(2)。偶到金陵，游莫愁湖，有句云：「我來湖上愁難了，不信當年有莫愁。」已而落職。行至西湖，〈別諸門生〉云：「此後相逢明月夜，定知相憶在西湖。」亡何，竟歸道山(3)，停柩湖上。人皆以為詩讖。

【箋注】

(1)鄭魚門：應為鄭任鑰，字惟啟，號魚門。福建侯官人。康熙四十五年進士。曾任翰林院侍講學士、湖南布政使、副都御史。（見《侯官縣鄉土志》）

(2)沈文慤：沈德潛。見卷一・三一注(3)。

(3)道山：舊時稱人死為歸道山。

三一

　　王元章〈西湖〉詩云(1)：「湖邊欲買三間屋，問遍人家不要詩。」近有以詩干人而索值者(2)，余戲書此以示之。

【箋注】

(1)王元章：王冕，字元章。元末浙江諸暨人。畫家，詩人。入明，授諮議參軍。此處所引應為房皞〈別西湖〉詩句。房皞，名一作灝，號白雲子。元臨汾人。有詩名。

(2)干人：干謁人。對人有所求而請見。

三二

有漢西門袁某賣麪筋為業(1)，〈詠雪和東坡〉
云：「怪底六花難繡出(2)，美人何處著針尖。」又，
杭州縫人鄭某有句云(3)：「竹榻生香新稻草，布衣不
暖舊綿花。」二人皆賤工也，而詩頗有生趣。

【箋注】

(1)漢西門：指南京漢西門。

(2)六花：雪花。雪花結晶六瓣，故名。

(3)縫人：指製衣之人。

三三

禮親王世子檀樽主人(1)，年少多才。客春(2)，
托桐城吳種芝太史索和〈紅豆〉詩(3)，余尚未答。
今春，又托尤水村以詩索序(4)，讀之，美不勝收。
姑錄其〈火盆〉十二韻云：「熔鑄因良冶，圍圓制作
嚴。候移暄冷易，匠巧實華兼。熾炭熔拳石，飛灰散
白鹽。獸環分四角，銅耳露雙尖。箸撥金莖小(5)，箝
挑玉腕纖。非鐺茶可沸，象鼎器無嫌。刺繡依秋閣，
裁衣傍錦幨(6)。暮霜凝北戶，疏雪灑南簷。密室春先
到，沉檀爇更添(7)。冰壺初解凍，書案漸生炎。微覺
披裘煥，無煩裹手拈。蕭條人靜後，試捲却寒簾。」
以仄韻而能整練若此，是何許才力耶！

【箋注】

(1) 檀樽主人：昭槤（1776-1830），字汲修（級修），號檀樽主人。清宗室。嘉慶間授散秩大臣，襲禮親王爵。能詩，尤熟悉清代掌故。有《嘯亭雜錄》。

(2) 客春：去年春天。

(3) 吳種芝：吳貽詠，字惠連，號種芝。安徽桐城人。乾隆五十八年一甲一名進士。官吏部主事。以文名，詩多新句。有《芸暉館詩集》。

(4) 尤水村：尤蔭。見卷九・五八注(2)。曾客禮親王邸，授昭槤以畫法。

(5) 箸：此指鐵筷子，火筷子。金莖：花名。喻炭火花。

(6) 幨（chān）：床帳。

(7) 沉檀：指沉香木和檀木。爇（ruò）：指燃燒。

三四

　　閨秀王貞儀字德卿(1)，宣化太守王者輔之女也(2)。隨其父謫戍塞外，〈過潼關〉云：「重門嚴柝鑰(3)，盤嶺踞咽喉。白日千巖俯，黃河一線流。」〈登岱〉云：「谷雲蒸萬岫，海日浴三宮(4)。」女嫁宣城詹枚(5)，〈辰沅道中〉云：「霧氣昏崖底，猿聲咽樹間。」俱有奇傑之氣，不類女流。同里余秋農秀才贈詩云(6)：「修到詹何定幾生(7)，吟紅閨裏有雙聲。六朝山色分眉翠，九折黃流沁骨清。海徼宏篇饒健氣(8)，鶯花小製亦多情(9)。自慚同住烏衣巷(10)，不識西鄰道韞名(11)。」

【箋注】

(1) 王貞儀：字德卿。清江蘇江寧人。宣化知府王者輔孫女、王錫琛女。宣城詹枚妻。有《德風亭集》。（見《清代閨閣詩人徵略》）

(2) 王者輔：字觀顏，號惺齋。康熙年間生於安徽天長北鄉。因薦舉擢用，官廣東海豐知縣、宣化知府、惠州知府、嘉應（今梅州市）知州。在任布衣蔬食，不事上官，以廉直為怪，有怪尹之稱。因觸犯權貴入獄，曾被發往甘肅隨軍效力，又因辦案差錯，謫戍吉林。（見《嘉慶備修天長縣誌稿》）

(3) 柝鑰：泛指防備、鎮守。

(4) 三宮：宋・潘自牧《記纂淵海》卷六引《茅君內傳》：「岱宗之洞，周廻三千里，名曰三宮空洞之天。」

(5) 詹枚：清安徽宣城人。諸生。餘未詳。

(6) 余秋農：余旻。見補遺卷二・四九注(1)。

(7) 詹何：《韓非子》中人物。戰國時楚國人。善術數。此代指詹枚。

(8) 海徼：謂近海地區。

(9) 鶯花：鶯啼花開。泛指春日景色。

(10) 烏衣巷：在今南京市秦淮河南。三國吳時在此置烏衣營，以士兵著烏衣而得名。

(11) 道韞：晉詠雪才女謝道韞。見卷一〇・三六注(5)。此處代指王貞儀。

三五

　　余壬戌外用，走辭首相鄂文端公(1)，蒙公留飯，論當代名臣，公少所許可。雖以楊江陰、尹望山之賢(2)，公意未滿也。余再三問。公曰：「汝此去惟有河督顧用方_琮一人耳(3)。富貴不能淫，威武不能屈，人稱為鐵牛，我許為鐵漢。汝往見之，但告以是我門生，渠必異目相視。」余到清江，走謁，覺丰采溫肅，果饒道氣。諄諄以勿好名為戒。未幾，公移節濟寧，遂永訣矣。今五十餘年，長安趙碌亭先生寄手卷來(4)，乃公在夢中懷余座主留松裔少宰詩也(5)。原唱云：「歲晚偏多興，寒山畫不成。松披雲半嶺，人立月三更。飄渺金臺遠(6)，潺湲濟水清。扁舟風雪夜，似聽叩門聲。」吾師和云：「有夢憑誰寄？新詩畫裏成。信隨秋雁遠，魂想御風輕。飲水心常淡，觀河笑比清。《陽春》雖強和，終讓鳳凰聲(7)。」詩成，會稽王祺為作畫(8)，余加跋後，仍送還。碌亭，松裔先生之戚也。

【箋注】

(1)鄂文端：鄂爾泰。見卷一・一注(7)。

(2)楊江陰：楊名時，字賓實，號凝齋。江蘇江陰人。康熙三十年進士。官至禮部尚書。尹望山：尹繼善。見卷一・一○注(3)。

(3)顧用方：顧琮（1685-1754），字用方，伊爾根覺羅氏。清滿洲鑲黃旗人。官至河道總督。剛正孤㷊，有顧鐵牛之稱。有《靜廉堂詩文集》。

(4)趙碌亭：趙佩德，號碌亭。清滿洲人。官侍御。留松裔

親戚。

(5) 留松裔：留保，完顏氏，字松裔。清滿洲正白旗人。欽賜進士。官禮部、吏部、工部侍郎。

(6) 金臺：指古燕都北京。

(7) 陽春：古歌曲名。此喻高雅詩作。鳳凰聲：《列仙傳》曰：「蕭史教弄玉吹簫，作鳳凰聲。」歐陽修〈贈杜默〉：「杜默東土秀，能吟鳳凰聲。」

(8) 王祺：字祉叔。清杭州人。善畫山水，一時稱絕。

三六

詩有通首平正，無可指摘，而絕不招人愛。晉人稱王安北相對不厭(1)，去後人亦不思是也。唐霍王元軌有賢名(2)。或問人：「霍王何長？」其人曰：「無長。」問者愕然。乃答曰：「人必有所短也，而後見所長。霍王無所短，又何所見其長？」二事，皆可參悟。

【箋注】

(1) 王安北：指王坦之，東晉太原晉陽人。死後追贈安北將軍。《世說新語・賞譽第八》：「謝太傅道安北：『見之乃不使人厭，然出戶去不復使人思。』」

(2) 元軌：李元軌，唐高祖第十四子。《舊唐書・列傳・高祖二十二子》：（元軌）在徐州，唯與處士劉玄平為布衣之交。人或問玄平王之長，玄平答曰：「無長。」問者怪而復問之，玄平曰：「夫人有短，所以見其長。至於霍王，無所不備，吾何以稱之哉？」

三七

新安王太守_{廷言}偶過隨園(1)，見園丁斫竹補籬，因得句云：「惜花須記把籬編。」苦難於對。一日，獨酌無聊，忽得「嗜酒不妨和影醉」七字，急書以示余。余覽之，擊節不已(2)。因記范味醇〈旅思〉云(3)：「夢醒挑燈抱影眠。」亦佳。皆本於六朝「閒行影自隨」五字也。

【箋注】

(1)王廷言：見補遺卷六·三六注(1)。

(2)擊節：打拍子。形容十分讚賞。

(3)范味醇：未詳。

三八

伊公子_{繼昌}字述之(1)，小尹太守公子也(2)。年少，而詩筆甚佳。今春余過邗江(3)，出詩見示。〈霜信〉云：「莫道堅冰意尚遲，新寒料峭已霜期。橋頭可驗惟人跡，鏡裏難期是鬢絲。涼夜豐山鐘暗遞(4)，悲風絕塞草先知。楓林染遍如花樣，消息傳來又幾時？」

【箋注】

(1)伊繼昌：字述之，邦都氏。清滿洲正白旗人。官藩司。

(2)小尹：伊湯安。見補遺卷三·四〇注(1)。

(3)邗江：在今揚州市。

(4)豐山：大山。草木深茂之山。

三九

大興方介亭_{維祺}(1)，藕船主人之弟也(2)。過隨園見訪，適余已赴蘇州，蒙其題壁云：「白門繫纜月初生，欲訪隨園坐待明。若使當年戀斗米(3)，安能此地駐長庚(4)？著書久讀知風格，好句遙傳見性情。人到蓬山還隔面(5)，追公直下潤州城(6)。」

【箋注】

(1)方介亭：方維祺，字介亭，號春之。清直隸順天大興人。有《方維祺書信集》。

(2)藕船主人：方維翰。見補遺卷四・四一注(1)。

(3)斗米：用陶淵明不為五斗米折腰典。

(4)長庚：即金星，太白星。喻指袁枚。

(5)蓬山：即蓬萊山。相傳為仙人所居。喻指小倉山隨園。

(6)潤州：今江蘇鎮江市。

四〇

杭州李堂字允升(1)，不事舉業，為人權葆店事(2)。余到杭州，以詩求見，年才弱冠(3)，貌亦溫雅。記其〈早秋即事〉云：「鎮日柴扉掩綠陰，久

拋雙屐罷登臨。入秋病鶴惟耽睡，經雨涼蟬欲廢吟。
揀墨試磨新得研，焚香閒撫舊修琴。謙師煮茗通三
昧(4)，興好頻攜短策尋。」佳句如：「雨聲初到樹，
寒氣欲侵衣。」「蘋牽花片聚，水齧樹根虛。」「凍
解空池梅有影，雪鋪幽砌月無痕。」皆清雅可誦。

【箋注】

(1)李堂：字允升，號西齋。清浙江錢塘人。布衣。有《蓬
　窗剪燭集》、《冬榮草堂詩文集》。

(2)葠（shēn）店：人參店。

(3)弱冠：稱男子二十歲或二十幾歲的年齡為弱冠。

(4)謙師：宋僧。曾在杭州西湖南屏山麓淨慈寺。與蘇東坡
　同時人。為治茶能手，稱「點茶三昧手」。三昧：奧
　妙，訣竅。

四一

　　華公子岑松(1)，秋槎明府之子也(2)。〈西湖雜
詩〉云：「人穿柳絮如沖雪，船傍梨花半入雲。」
「花壓玉樓春至早，月留金管夜歸遲(3)。」

【箋注】

(1)華岑松：未詳。

(2)秋槎：華瑞璜，字秋槎。清江蘇無錫人。監生。官浙江
　臨海、里安、象山知縣，擢同知，署台州知府。去官
　後，僑居杭州西湖。

(3)金管：指金屬製的吹奏樂器。代指音樂。

四二

松江陳花南_韶官居理問(1)，而卜居西湖梅莊，置身吏隱之間(2)。有〈君山尋浮遠亭〉詩云(3)：「不識君山路，偏尋浮遠亭。江濤廻岸白，樹色接城青。樵響來何處？禪扉靜不扃(4)。娟娟修竹裏，何日讀《黃庭》(5)？」

【箋注】

(1)陳花南：陳韶，字九儀，號花南，一作華南。清青浦（今屬上海市）人。以四庫館學生議敘理問。歷台州、烏鎮、紹興府同知。善畫山水，工詩。有《花南詩集》、《梅莊小志》。理問：明清時為布政使司直屬官員之一。掌勘核刑名。

(2)吏隱：謂不以利祿縈心，雖居官而猶如隱者。

(3)君山：指今江蘇江陰市北君山。此處有浮遠堂。

(4)不扃：不關閉。

(5)黃庭：指《黃庭經》，道教上清派的重要經典。

四三

吳門樊紹堂善隸書(1)，能畫，工篆刻，年三十而亡。詩稿散失，僅記其〈別隨園〉一絕云：「西向倉山謁我師，離魂渺渺有誰知(2)？真空悟徹三千界(3)，待索靈根再學詩(4)。」

【箋注】

(1) 樊紹堂（1761-1794）：字硯雲。清長洲（今江蘇蘇州）
　　人。喜賦詩，善丹青。人頗珍重。

(2) 離魂：指遊子的思緒。

(3) 真空：佛教語。一般謂超出一切色相意識界限的境界。
　　按：即般若空慧。

(4) 靈根：性靈，智慧。

四四

　　康熙己卯，史胄斯宮詹公典試浙江(1)，子文靖
公年十八(2)，讀書京邸，宮詹令遲歲觀場(3)，不必
亟亟(4)。文靖公必欲觀光，私求其母彭太夫人。彭
述宮詹之意，且笑曰：「無力措辦考具。」文靖公偷
拔太夫人金簪去，曰：「辦卷燭足矣。」太夫人佳其
志，許之。遂領鄉薦(5)。次年，入翰林。宮詹公督
學浙西，聞捷音，因事出意外，口占七律寄云：「垂
髫何意著先鞭(6)？且喜書香得再延。事業千秋今日
始，聲名一夕滿城傳。登科豈足榮鄉里？稽古還須及
少年(7)。律己貴嚴人欲恕，昔人明訓有遺編。」從此
食祿六十四年，官至相國。家有牙牌云(8)：「六部尚
書，八省總督。」載余撰神道碑中(9)。

【箋注】

(1) 史胄斯：史夔，字胄司，號耕巖。江蘇溧陽人。康熙
　　二十一年進士。官詹事府詹事。詩品頗高。有《鳥蹥

集》、《章臺集》、《扶胥集》等。

(2)文靖：史貽直。見卷四・四一注(3)。卒諡文靖。

(3)遲歲：過幾年。觀場：指赴鄉試。

(4)亟亟：急迫。

(5)鄉薦：唐宋應試進士，由州縣薦舉，稱「鄉薦」。後世稱鄉試中式為領鄉薦。

(6)垂髫（tiáo）：指童年。

(7)稽古：考察古事。

(8)牙牌：象牙腰牌。宋元以後為官員身份證。

(9)神道碑：指墓碑上記載死者事蹟的文字，為文體的一種。

四五

　　學然後知不足。張月樓〈自懺〉云(1)：「自家謾詡便便腹(2)，開卷方知未讀書。最羨兩隄楊柳樹，看他越老越心虛。」

【箋注】

(1)張月樓：見補遺卷五・三注(2)。自懺（chàn）：自我懺悔。指認識了錯誤或罪過而感到痛心。

(2)謾詡（xǔ）：不要誇耀。便便：腹部肥滿貌。此指讀書多。

四六

　　胡進士_森字香海(1)，掌教真州(2)。西江人也，而不染西江派(3)，以詩見示。〈真州城東水邊〉云：「人事難謝絕，我心清且閒。開門送客去，傍水看花還。溪岸春三月，漁家屋半間。橋邊有釣石，分坐聽潺湲(4)。」〈舟中〉云：「新月看欲上，水程行未休。雁聲沙際起，山色暝中收。心遠偶思畫，身閒時在舟。忘情羨漁者，垂釣坐溪頭。」俱有王、孟遺音(5)。

【箋注】

(1)胡森：字香海，號三木居士。江西南城人。乾隆五十四年進士。官廣東羅源知縣。不愜上官意，托疾乞休。主講粵華、鶴山各書院。有《三木居士集》、《香海詩集》。

(2)真州：今江蘇儀徵市的別稱。

(3)西江派：明初江西以劉崧為代表的詩歌流派。又稱江右詩派。此派講究辭藻，而骨格卑弱。

(4)潺湲：流水聲。

(5)王孟：唐田園詩名家王維和孟浩然。

四七

　　壬寅(1)，余遊天台，〈留別送者琴典史齊公子〉云：「七十年華千里路，勸儂還要再來遊。」自

分無再來之事，而不料庚戌春(2)，又到天台矣。乙酉(3)，余年五十，題嵇二公子詩云：「者番一別儂衰矣(4)，此後難禁三十年。」亦自料必無八十之壽也。及至乙卯(5)，而又見公子于錫山。屈指計之，剛三十年。

【箋注】

(1)壬寅：乾隆四十七年。

(2)庚戌：乾隆五十五年。

(3)乙酉：乾隆三十年。

(4)者番：這番，這次。

(5)乙卯：乾隆六十年。

四八

湖南龍陽女史趙玉畦〈湖上泛舟〉云(1)：「魚鱗江上碧煙開(2)，月影蕭蕭度樹來。一片漁歌何處起？蘆花深處小船回。」

【箋注】

(1)趙玉畦：趙孝英，字玉畦。清湖南龍陽人。有《春圃小草》、《梅花小閣詩鈔》。女史，對知識婦女的美稱。

(2)魚鱗：形容水波。

四九

丹徒張舸齋之父名堂(1)，字季升，號南原，生有清才，三十歲卒。舸齋以遺稿見示。錄其〈晚宿丁角村舍〉云：「夕暉將斂照，歸鳥亦依林。平野煙光合，孤村樹色深。倦投茅舍宿，醉拊瓦盆吟。一夕安眠好，來朝向碧岑(2)。」〈青山莊〉云：「平泉草木徒誇麗(3)，金谷樓臺已作塵(4)。剩有斜陽七層塔，天風時復送鈴聲。」〈春日雨霽〉云：「新月未生影，餘春猶作寒。」〈夜過雲陽〉云：「秋聲夾岸荻葦動，夜氣入舟衾簟涼。」俱妙。

【箋注】

(1) 張舸齋：張鉉，字舸齋。清江蘇丹徒人。以優質授理問。有《飲淥山堂詩集》。張堂：如上。餘未詳。

(2) 碧岑：青山。

(3) 平泉：平泉莊。唐‧李德裕別墅。在今河南伊川縣北梁存溝。

(4) 金谷：金谷園。西晉‧石崇所建別廬。在今河南孟津縣東南鳳凰臺南。

五○

長洲秀才蔣硯畬耕堂(1)，少有才名，惜不永年而卒。臨終，以詩稿三冊，付其門人陳竹士(2)，中多佳句，如：〈欲雪〉云：「昨夜風高振林薄(3)，蕭蕭颯颯濤聲作。曉來飢雀啄空簷，寒雲一片松梢落。」

〈郭外晚眺〉云:「初晴攜杖去,郭外望斜暉。野曠寒山出,天清遠樹微。晚煙依水聚,歸鳥背雲飛。寂寞江村暮,人家早掩扉。」佳句如〈得陳紅橋楚中書〉云:「江衙吏散鼉鳴鼓(4),山閣燈寒虎叩門。」亦雋。

【箋注】

(1)蔣硯畬(yú):蔣耕堂,字硯畬,一作硯廬。清江蘇長洲人。有《慕陶廬詩鈔》。

(2)陳竹士:陳基。見補遺卷五·三五注(2)。

(3)林薄:交錯叢生的草木。

(4)江衙:臨江官署。鼉(tuó):揚子鰐。

五一

　　前輩宋軼才司農(1),在京師同作翰林,比鄰而居,今已僊去廿餘年矣(2)。春間,小住姑蘇,其郎君藹若觀察執子姪禮來見(3),並以司農《紅杏齋詩集》屬余作序。因錄其〈灣泲道中〉云:「別路離懷慘不舒,四郊風物自蕭疏(4)。遠山到眼青無數,一片晴光落筍輿(5)。」「炊煙如線路如弓,水面吹來楊柳風。舞盡榆錢飛盡絮,菜花黃殺野田中(6)。」

【箋注】

(1)宋軼才:宋邦綏。見補遺卷四·六五注(1)。官至戶部侍郎。清代以戶部司漕糧田賦,故稱司農。

(2)僊去:去世。死的婉辭。

(3)宋藹若：宋思仁。見補遺卷四·六五注(3)。

(4)蕭疏：清麗。

(5)筍輿：竹轎。

(6)殺：同「煞」。表示程度極深。

五二

　　近體詩有前用「花」字(1)，後用「葩」字者，皆名手所無也。初學人不可不知。凡他用韻字義之犯重者，皆可類推。

【箋注】

(1)近體詩：一稱今體詩。見卷五·四〇注(2)。

五三

　　有人好自贊其詩者，人以為嫌。袁陶村云(1)：「勿怪也。彼自己不贊，尚有何人肯贊耶？」又有人常露官氣者，人以為嫌。陶村云：「勿怪也。彼除官外，一身尚有何物耶？」其言頗雋，故錄之。

【箋注】

(1)袁陶村：袁文典（1726-1816），字儀雅，號陶村。雲南保山人。乾隆二十一年舉人。官廣西學正。有《陶村詩鈔》。

五四

　　田涵齋<small>文龍</small>宰長洲(1)，政聲廉明。其父香泉先生<small>名玉</small>以武職告老(2)，就養署中，終日跨驢虎邱、石湖間，賞花玩月，而民間無絲毫瓜李之嫌(3)。其清風高節，可以想見。有《附蓬小草》，涵齋屬余序而梓之。如〈虎邱燕集〉云：「喧喧歌吹趁時遊，雲斂天香正及秋。清客舫依沿岸樹，美人簾卷傍山樓。但看七里花成市，肯信三生石點頭(4)？自是江南佳麗地，吳儂知樂不知愁(5)。」〈渡江即事〉云：「不知帆席轉，祇訝市橋移。」〈金山夜月〉云：「風定鈴無語，江流月有聲。」〈海昌塔廟思歸〉云：「長魚跋浪飛寒雨(6)，宿鳥驚林墮折枝。」〈暮投寒莊旅店〉云：「遙從寒水孤村外，一角青旂認酒家(7)。」〈樂安莊讌集〉云：「林塘得雨鯈魚戲(8)，麥隴連雲布穀飛。」〈春興〉云：「紅杏埭長迴蛺蝶(9)，綠楊牆短出鞦韆。」「寬盃酌酒愁心醉，大字抄詩笑眼花。」俱有夷猶自得之趣(10)。其〈晉秩自喜〉有云(11)：「少有大言身許國，老無恆產宦為家。」更足以想見其胸次矣。

【箋注】

(1)田涵齋：田文龍，字涵齋。清直隸大興人。官長洲知縣。

(2)田香泉：田玉（1703-1789），字存璞，號香泉。直隸大興人。乾隆十九年進士。官至杭州府都司。有《附蓬小草》。（見柯愈春《清人詩文集總目提要》）

（3）瓜李：用「瓜田李下」典。比喻容易引起嫌疑的地方。

（4）石點頭：相傳晉末高僧竺道生曾於蘇州虎邱寺立石為徒，講《涅槃經》。至微妙處，石皆點頭。

（5）吳儂：吳地人。

（6）跂：分。

（7）青旂（qí）：青旗。酒店標誌。

（8）鰷（tiáo）魚：一種生於淡水中的小白魚。

（9）埭（dài）：堵水的土壩。

（10）夷猶自得：從容自得。

（11）晉秩：進升官職或等級。

五五

　　吳江周秉中尚書元理（1），余戊午同年，宰清遠時，余過其邑，小住三日，極為款洽。後官直隸總督，內遷大司空，而芳訊從茲杳然矣（2）。近訪得其孫名霱、字朗宇者（3），年才弱冠，詩筆清嘉。得其〈新粧〉詩云：「新粧時樣髻盤鴉（4），六幅裙拖越女紗（5）。戲罷秋千身怯怯，倩郎插好鬢邊花。」「深院重簾日影斜，當春桃李鬥芳華。小姑笑拍肩頭問，開否新栽豆蔻花（6）？」又，〈以美人畫障贈屠荻莊賀其納妾〉云：「綽約仙姿並藐姑（7），丹青好手苦為摹。他時打槳迎桃葉（8），如此人堪作樣無？」又，〈即事〉云：「好詩喜自無心得，小別愁從隔夜生。」

【箋注】

(1) 周秉中：周元理（1706-1782），字秉中。浙江仁和人。
乾隆三年舉人。官廣東萬州知州、直隸總督，至工部尚
書。

(2) 芳訊：對親友音問的美稱。

(3) 周霽（1774-1799）：字朗宇，號愚谷。清浙江仁和人。
僑居江蘇吳江。有《愚谷遺詩》、《半村居詩鈔》。

(4) 盤鴉：指婦女盤捲黑髮而成的頭髻。

(5) 六幅裙：用六幅布帛縫合而成的衣裙。唐詩人李群玉詩
云「裙拖六幅湘江水」。

(6) 豆蔻：多年生草本植物。高丈許，秋季結實，產嶺南。
詩文中常用以比喻少女。

(7) 藐姑：指仙女。《莊子‧逍遙遊》：「藐姑射之山，有
神人居焉，肌膚若冰雪，淖約若處子。」

(8) 桃葉：晉王獻之愛妾名。借指愛妾或所愛戀的女子。

五六

　　錫山吳省曾(1)，傳神名手也(2)，為尹文端公所
推重(3)。三十年前，為余寫《隨園雅集圖》，五人
神采如生。時挈其兒松厓名寶書者來見(4)，年才舞
象(5)。別二十餘年，相遇上元署中，知已入泮(6)。
詩才清雅，而尤長於詞。〈山行〉云：「匹練橫空
起(7)，光從樹杪分(8)。飛來千尺水，散作萬重雲。
鶴唳當風遠，琴聲隔浦聞(9)。此間堪寄傲(10)，載
酒一尋君。謂邵無恙明府。」〈梅花落〉云：「月痕初

掛鏡眉新(11)，又見冰梅落砌勻。愁煞江南春雨後，梨花庭院倚欄人。」嵇曼叔誦其〈詠蕉〉云(12)：「香階小步碧苔侵，葉葉芭蕉展綠陰。看取風前舒復卷，不知心裏又藏心。」詞如《更漏子》云：「嫩寒添，香霧頓，分付畫簾休捲。花漠漠，柳陰陰，夜長閒繡衾(13)。　　憐瘦影，慵開鏡(14)，又是去年春病。睡未足，酒初醒，黃鸝一兩聲。」《菩薩蠻》云：「無情流水催人去，多情花瓣留人住。今夜酒初闌(15)，教人去住難。　　明知成遠別，心事無憑說。欲道不相思，淚痕衣上滋(16)。」皆有柳屯田風味(17)。

【箋注】

(1)吳省曾：字身三。清江蘇無錫人。吳梓子。善貌人。年未五十卒。

(2)傳神：謂畫人像。

(3)尹文端：尹繼善。見卷一・一〇注(3)。

(4)吳松崖(厓)：吳寶書。見卷一五・八〇注(2)。

(5)舞象：學象舞。一種武舞。古代成童所學。此指成童之年。

(6)入泮：指科舉時代學童入學為生員。

(7)匹練：白絹。常以形容賓士的白馬、光氣、瀑布、水面、雲霧等。

(8)杪：樹梢。

(9)浦：河岸。

(10)寄傲：寄託曠放高傲的情懷。

(11)鏡眉：喻新月。

(12) 嵇曼叔：未詳。

(13) 衾：被子。

(14) 慵：懶。

(15) 闌：將盡。

(16) 滋：浸染。

(17) 柳屯田：柳永，字耆卿，原名三變，排行第七，世稱柳七。宋建州崇安人。仁宗景祐元年進士。官至屯田員外郎，世號柳屯田。善作歌詞，以慢詞為多，語言通俗，音律諧婉。有《樂章集》。

五七

余老矣，年來多不識面之交(1)。今秋，山右茹綸常容齋、陝西崔仰舜悟梅是也(2)。復有京江杜童子克俊者(3)，以詩見寄，云：「大雅於今孰典型？德星兼是老人星(4)。編成文字五千卷，名著乾坤一草亭。北固江聲流月去(5)，南徐山色向人青(6)。荷衣此日來趨謁，敢望高人啟性靈！」〈登月華山〉云：「孤磬驚飛鳥，微風送落花。」〈過擊竹山房〉云：「渡口梅花曾有信，門前松柏不知冬。」〈偕聞抱蕹抑庵訪蔡芷衫師不遇〉云：「忽憶停雲來二妙(7)，未邀明月作三人。」童子年甫十三，而詩已清妙如此。

【箋注】

(1) 識面：見過面。

(2) 茹綸常：名一作倫常，字文靜，號容齋。清山西介休

人。監生。有《容齋詩集》。崔仰舜：號悟梅。陝西人。餘未詳。

(3) 杜童子：杜克俊。清江蘇京江人。餘未詳。

(4) 大雅：《詩經》的組成部分之一。舊訓雅為正，謂詩歌之正聲。德星：古稱景星、歲星。喻指賢士。老人星：星名。借指高壽老人。按：老人星，或云壽星，《史記・天官書》云：「老人見，治安；不見，兵起。」故歷代史官若見老人星，必書於史冊，群臣甚至有上表賀瑞者，如西晉・傅玄、卞壺，北齊・邢子才皆有〈賀老人星表〉。

(5) 北固：山名。在今江蘇省鎮江市東北。

(6) 南徐：古州名。即今江蘇省鎮江市。

(7) 停雲：晉・陶潛〈停雲〉詩：「靄靄停雲，濛濛時雨。」因其自序稱「停雲，思親友也」，故後世多用作思親友之意。二妙：稱同時以才藝著名的二人。

五八

　　近時閨秀之多，十倍于古，而吳門為尤盛(1)。茲又得松陵嚴祿華蕊珠女士〈春日雜詠〉云(2)：「簾鎖爐香盡日垂，曲欄低亞坐題詩(3)。慈親指點桃花笑，憶否當年靧面時(4)？」「如煙小雨潤苔衣(5)，花塢風酣蛺蝶飛。最是無情隄畔柳，綰將春至放春歸(6)。」〈新秋〉云：「涼披薤簟捲簾遲(7)，鸚鵡催成《白雪》詩(8)。怪底憑欄魚忽聚，鬢花倒影入清池。」震澤王秋卿蕙芳〈病中和麗卿小姑詩〉云(9)：「長日慨慨坐小樓(10)，未開奩鏡懶梳頭(11)。負

他簾外初三月,眉樣教人畫一鈎。」〈送兄公之淮上〉云:「才唱鄰雞月尚明,夫君曉起送兄行。逍遙堂後風和雨(12),千萬今宵莫作聲。」「八公山下柳毿毿(13),漂母祠邊駐客驂(14)。屈指行程容易到,一千里路尚江南。」〈病夜〉云:「更殘又轉漏漫漫(15),瘦骨支離未得安。夢醒時聞兒學語,香微便覺夜生寒。垂頭一穗燈花吐,隔帳頻搓倦眼看。落月半鈎清似水,今宵孤負好闌干(16)。」吳江李鳳梧〈病起探春〉云(17):「輕寒惻惻雨如麻,病裏生涯事事賒(18)。起傍闌干探消息(19),春紅又到牡丹花。」其他佳句,如:「青知春樹發,紅漏夕陽深。」「點硯飛花初著雨,當窗高竹預迎秋。」皆楚楚可誦(20)。鳳梧為玉洲太史孫女(21),足徵淵源有自也。

【箋注】

(1)吳門:江蘇蘇州的別稱。

(2)嚴祿華:嚴蕊珠,字祿(一作綠)華。清江蘇元和(屬蘇州)人。諸生家綏女。年幼工詩,未嫁而夭。有《露香閣草》。

(3)低亞:低垂。

(4)靧(huì)面:洗臉。古代春日取花和雪水滌面,謂可使面生華容。

(5)苔衣:泛指苔蘚。

(6)綰:牽住。

(7)薤簟(xièdiàn):薤葉編織的席墊。

(8)白雪:古曲名。喻指高雅詩詞。

(9) 王秋卿：王蕙芳，字秋卿。清震澤（即今江蘇吳江縣）人。袁鴻室。有《秋卿遺稿》。

(10) 憊憊：精神委靡貌。

(11) 奩：古代盛梳妝用品的器具。

(12) 逍遙堂：蘇轍〈逍遙堂會宿二首並引〉：「轍幼從子瞻讀書，未嘗一日相舍。既壯，將游宦四方，讀韋蘇州詩，至『安知風雨夜，復此對床眠』，惻然感之，乃相約早退，為閒居之樂。」

(13) 八公山：在安徽省淮南市西。相傳漢淮南王劉安曾與八公登此山，故名。

(14) 漂母祠：在今淮安市蕭湖邊釣臺旁，為紀念救濟韓信的浣紗婦女漂母所建。參見卷一三·三七注(7)。客驂：旅途車馬。

(15) 漏：古代計時器。即漏壺。此指時刻。

(16) 闌干：此指星斗橫斜情景。

(17) 李鳳梧：清江蘇吳江人。李重華孫女。餘未詳。

(18) 惻惻：寒冷貌。賒：遲緩。

(19) 闌干：欄杆。

(20) 楚楚：清晰，動聽。

(21) 玉洲：李重華。見卷四·三九注(2)。

五九

南齊有才女韓蘭英(1)，獻〈中興頌〉者。吾家姪婦戴蘭英(2)，名與之同，而才貌雙絕，嫁從子□，□赴京兆試，卒於京師。蘭英年才二十餘，倮然婺

也(3)，教其孤阿恩，冀他日有陶、歐兩母之望(4)。

余為題其《秋燈課子圖》。蘭英賦長句謝云：「翁昔才名噪天下，惜墨南金重無價(5)。春三聞泛武林舟(6)，急命工師繪圖畫。杖朝今旦客繽紛(7)，欲乞題詞日不暇。辱承收錄付侍史(8)，頓釋從前心膽怕。一回瞻拜一回幸，五月頻煩三枉駕(9)。白門歸棹甫經旬(10)，兔毫躍起珊瑚架(11)。寄來展誦琳琅句，細楷高年真奇詫(12)。九天雲影忽下垂，千里河源驚直瀉。卷中差比無鹽齊(13)，林下慚非詠絮謝(14)。九齡稚子課未成，一盞秋燈責難卸。蒙公椽筆撰長歌，儼似蓮峰聳太華(15)。濫廁弟子十三行(16)，我較名姝有憑藉(17)。夫婿君家舊竹林，一脈師門非外借。倉山山色晚逾青，道遠楓江阻親炙(18)。讀盡丹鉛萬卷書(19)，弱草也沾時雨化。深閨寂處提唱稀(20)，擬託閒吟輒興罷。從今暗裏度金針(21)，絡繹抽思晝復夜。蟄音豈作許田易(22)？鴻藻翻同鄭璧假(23)。敢附齊代韓蘭英，終愧君家袁大捨(24)。」

【箋注】

(1) 韓蘭英：南朝齊吳郡人。宋孝武帝時，因獻〈中興賦〉受賞識。入齊後，武帝以為博士，教六宮書學。

(2) 戴蘭英：字瑤琴，一字瑤珍。清浙江嘉興人。新城袁知次子婦。後寡居蘇州。有《瑤珍吟草》。

(3) 儽然：頹喪貌。婺：美貌。

(4) 陶歐兩母：東晉‧陶侃幼年喪父，其母家教甚嚴。北宋‧歐陽修幼年喪父，其母鄭氏貧苦持家，曾傳「畫荻教子」佳話。見卷一‧六五注(25)及卷一一‧一注(1)。

(5) 南金：比喻南方的優秀人才。

(6) 武林：舊時杭州的別稱。

(7) 杖朝：《禮記・王制》：「八十杖於朝。」謂八十歲可拄杖出入朝廷。後用作八十歲的代稱。今旦：今日。一作令旦（吉日）。

(8) 侍史：侍奉左右、掌管文書的人員。

(9) 枉駕：屈駕。稱人來訪或走訪的敬辭。

(10) 白門：江蘇南京市的別名。

(11) 兔毫：指毛筆。珊瑚架：指筆架。

(12) 細楷：小楷字。

(13) 無鹽：無鹽女。見卷四・六三注(3)。為人貌醜而極有賢德。此專指德。

(14) 詠絮：指東晉才女謝道韞詠雪詩句。見卷二・五三注(8)。

(15) 太華：即西嶽華山，在陝西省華陰縣南。

(16) 濫廁：謂混充其間。十三行：謂袁枚十三女弟子。袁枚《十三女弟子湖樓請業圖・跋》：「十三人外，侍老人側而攜其兒者，吾家姪婦戴蘭英也。」

(17) 名姝：著名的美女。

(18) 親炙：謂親受教育薰陶。

(19) 丹鉛：指點勘校訂。

(20) 提唱：佛教禪宗說法時唱說宗要之稱。此喻吟誦詩文。

(21) 金針：比喻秘法、訣竅。

(22) 蛩音：蟋蟀聲。喻自己的吟詠。許田：春秋魯地，即許田邑，在今河南許昌東南。易：交換。

(23) 鄭璧：春秋時鄭伯的圭璧。此處用《左傳・桓公元年》「鄭伯以璧假許田」典。假：借。

(24)袁大捨：南朝陳後主叔寶的宮人袁大舍，因頗通翰墨，被任為女學士。後以此稱有才學的女子。

六〇

今人受業於師者，不過學干祿之文(1)，為科第起見。故科第既得，而得魚忘筌者(2)，往往有之。其他勢利之交，更無論矣。獨吾門下有兩君子焉：一韓廷秀(3)，字紹真，金陵人；一吳貽詠(4)，字種芝，桐城人。二人者，與余相識已久，無師弟稱。韓中庚戌進士，吳入癸丑翰林後，都來執贄稱師(5)。其胸襟迥不凡矣。余按：西漢惟于曼倩官廷尉後(6)，才北面迎師，學《春秋》。二賢可謂有古人風。韓〈題劉霞裳兩粵遊草〉云：「隨園弟子半天下，提筆人人講性情。讀到君詩忽驚絕，每逢佳處見先生。經年共領江山趣，一點真傳法乳清(7)。努力更成三百首，《小倉集》定不單行。」余道此詩，亦隨園派。所云「三百首」者，因余許其合《毛詩》之數，為代刻也。韓為人溫恭博學，宰廣西馬平縣，七日而亡。惜哉！吳現館禮親王家(8)。平日詩稿，尚未寄來。

【箋注】

(1)干祿：求仕進。

(2)得魚忘筌：比喻已達目的，即忘其憑藉。筌，亦作荃，捕魚器。《莊子・外物》：「荃者所以在魚，得魚而忘荃；蹄者所以在兔，得兔而忘蹄。」

(3) 韓廷秀（1744-1792）：字紹真，號介堂。江蘇江浦人。
　　乾隆五十五年進士。官陝西平利知縣、廣西馬平知縣。
　　有《雙牖堂集》。

(4) 吳貽詠：見本卷三三注(3)。

(5) 執贄：古代禮制，謁見人時攜禮物相贈。

(6) 于曼倩：于定國，字曼倩。西漢東海郯縣人。官至丞
　　相，封西平侯。

(7) 法乳：佛教語。喻佛法。謂佛法如乳汁哺育衆生。

(8) 禮親王：昭槤。見本卷三三注(1)。

六一

　　溧陽彭賁園先生(1)，因余有《詩話》之選，寄
其友京江許迺揚介山詩來(2)。因錄其〈見燕〉云：
「是向南飛向北飛，津亭楊柳易斜暉。此行倘過秦橋
岸(3)，只恐春歸我未歸。」〈冬日閒步〉云：「一路
看山出里門，殘冬天氣比春溫。隔籬犬吠生疏客，始
悟吟詩過別村。」又，九十三歲沈培齡文壂〈燕山寺〉
句云(4)：「夕陽人散郵亭冷，夜月僧歸石徑孤。」
〈石屋山〉云(5)：「紫電已飛爐焰熄，青山常在霸圖
休。」俱清妙可存也。

【箋注】

(1) 彭賁園：彭光斗。見補遺卷二・四注(1)。

(2) 許迺揚：字介山。清江蘇溧陽人，丹徒籍。諸生。有
　　《爐餘草》。

(3)秦橋：相傳秦始皇東游時所造的石橋。

(4)沈培齡：字家韲，號文樓。溧陽人。乾隆甲戌歲貢。晚
　　官涇縣訓導。歸已大韲，猶能適館授粲，神明不衰。年
　　九十四卒。（見嘉慶《溧陽縣誌》卷十三人物志儒林）

(5)石屋山：在今江蘇溧陽市南。相傳春秋時期吳王闔閭曾
　　讓歐冶子鑄劍於此。

六二

　　門下士孫蓮水秀才(1)，自山左歸，為余言學使
阮芸臺閣學(2)，風雅絕俗，愛士憐才。渠深感栽培
之恩(3)。並誦其〈小滄浪雅集詩〉云：「北渚離塵
鞅(4)，明湖浸翠微。濠梁宜客性(5)，山水願人歸。
樂趣莊兼惠(6)，吟情孟與韋(7)。孤亭復虛榭，徙倚
意無違(8)。」〈萊陽試院曉寒〉云：「渤澥陽和猶未
回(9)，曉聞昕鼓發輕雷(10)。山風入院旆初動(11)，
潮氣滿城關未開。昨夜清樽思北海(12)，何人博議
似東萊(13)？此時頗讓江南客(14)，官閣春深落古
梅。」余為欽遲不已(15)，惜乎未窺全豹。近復持衡
兩浙(16)，吾鄉多士，得一宗工(17)，當何如抃慶
耶(18)？

【箋注】

(1)孫蓮水：孫韶。見卷二‧二四注(1)。

(2)阮芸臺：阮元（1764-1849），字伯元，號芸臺。江蘇儀
　　徵人。乾隆五十四年進士。授編修。歷任山東、浙江學
　　政，浙江、河南、江西巡撫，湖廣、兩廣、雲貴總督，

官兵、禮、戶、工侍郎，終體仁閣大學士。卒諡文達。有《揅經室集》、《文選樓詩草》等。

(3)渠：他。

(4)北渚：北面的水涯。塵鞅：世俗事務的束縛。鞅，套在馬頸上的皮帶。

(5)濠梁：濠水之上。《莊子・秋水》記莊子與惠子游于濠梁之上，見鰷魚出遊從容，因辯論魚知樂否。後多用「濠上」比喻別有會心、自得其樂之地。

(6)莊兼惠：莊子與惠子。

(7)孟與韋：指唐詩人孟浩然與韋應物。皆善詠田園詩。

(8)徙倚：猶徘徊、留連。

(9)渤澥：即渤海。

(10)昕鼓：黎明鼓聲。

(11)斾（pèi）：泛指旌旗。勔：嘉慶本作重。此據民國本。

(12)北海：漢末魯國人孔融曾為北海相，時稱孔北海。見卷二・四二注(3)。融性寬容少忌，好士，喜誘益後進。後常用作典實，以喻好客。

(13)東萊：宋哲學家、文學家呂祖謙，字伯恭。祖籍山東東萊，人稱東萊先生。著有《東萊博議》。

(14)讓：推舉。

(15)欽遲：敬仰。

(16)持衡：持秤稱物。比喻公允地品評人才。

(17)宗工：猶尊官。亦猶宗匠，宗師。

(18)抃慶：拍手慶賀。

六三

秋帆尚書家(1)，一門能詩，自太夫人以下，閨閣俱工吟詠。余已摘所著，梓入《詩話》中。茲又得張恭人絢霄、號霞城者〈踏青詞〉云(2)：「平原芳草乍芊眠(3)，巷陌人家例禁煙。一陣風來聞笑語，綠楊樓外有秋千。」又，〈剪秋羅〉詩云：「半晌無言倚竹扉，繞叢蛺蝶故飛飛。秋來也有風如剪，裁出香雲作舞衣。」尚書長女智珠、號蓮汀者〈踏青詞〉云(4)：「綠窗今日下簾鈎，女伴相邀結勝遊。一樣春光分冷暖，桃花含笑柳含愁。」又，〈送春詩〉云：「韶光九十太匆匆(5)，芳徑香殘蝶影空。一縷遊絲無著處，也隨飛絮過牆東。」藻思芊綿(6)，皆不愧大家風範。其他佳句甚多，因《詩話》不能多載，別刻入諸女弟子集中。但老人未接風裁(7)，而邊蹈好為人師之戒，或未免為掃眉才子所笑耶(8)？霞城以子鄂珠貴(9)，誥封恭人，曲阜衍聖公□□(10)，其婿也。智珠善寫生，花卉新艷。閒居，與張恭人撰《三唐詩鈔》數十卷，嫁松江陳孝泳通政家(11)。

【箋注】

(1)秋帆：畢沅。見卷二・一三注(4)。

(2)張絢霄：字霞城，號望湖。清江蘇長洲人。尚書畢沅側室。有《四福堂稿》、《綠雲樓詩編》。恭人，明清四品官員之妻或母親、祖母的封號。

(3)芊眠：猶芊綿。草木蔓衍叢生貌。

(4)智珠：畢慧。見補遺卷七・三四注(14)。此處所錄詩與

補遺卷七・三四重複。詩題不同。

(5)九十：謂一季九十日。此指春季。

(6)芊綿：綿延不絕,富有文采。

(7)風裁：風度神采。

(8)掃眉才子：稱有文才的女子。唐・胡曾〈寄薛濤〉詩：
　　「掃眉才子知多少,管領春風總不如。」

(9)鄂珠：畢沅第三子。官湖南岳州府同知。

(10)衍聖公：應為七十三代衍聖公孔慶鎔,字陶甫,號冶
　　山。清曲阜人。夫人為畢沅第三女。

(11)陳孝泳：字廋言。婁縣人。乾隆十七年順天鄉試舉人。
　　曾官通政使副使,至光祿寺卿。畢慧嫁孝泳家陳憬。

六四

王孔翔秀才自都中歸(1),有添香女史馬翠燕
者(2),托其帶寄手札一函,詩詞三種。不料三千里
外,閨閣中猶爇隨園一瓣香(3),尤足感也。來札云：
「添香家本維揚,寄居京國。性耽文史,獲事才人。
雖三五年華(4),未工染翰(5),而四千鄉路,時切依
雲(6)。蓋以女子盡識韓康(7),黃金宜鑄賈島(8),
每恨不獲撰杖捧履(9),列弟子班也。郎主小山,寧
海查聲山之裔(10)。掃眉窗下,許捧盤匜(11),問
字燈前,得窺點畫。猶恨小倉山遠,大雅堂高,執業
有心,望塵無分。謹藉雙魚之便(12),用申積歲之
忱。附以塗鴉,敢求點鐵?先生樂育為懷,當不揮諸
門牆之外。謹呈舊作《鵲橋仙・七夕》詞云：『銀

灣斜掛(13)，金波徐展，天上人間今夕。黃姑渚畔路迢迢(14)，何處問支機消息？　　錦屏紅燭，玉窗羅襪，賸喜鵲橋不隔(15)。青鸞休促紫雲車(16)，且良夜倍相憐惜。』」

【箋注】

(1)王孔翔：王麟生。見卷一四・一八注(6)。

(2)馬翠燕：如上。餘未詳。

(3)爇（ruò）：焚燒。一瓣香：指師承或仰慕某人。此喻崇敬的心意。

(4)三五：指十五。

(5)染翰：指作詩文、繪畫等。

(6)依雲：靠着雲。形容極高。此處有仰求指教之意。

(7)韓康：《後漢書・逸民列傳》：「韓康字伯休，一名恬休，京兆霸陵人。家世著姓。常采藥名山，賣于長安市，口不二價，三十餘年。時有女子從康買藥，康守價不移。女子怒曰：『公是韓伯休那？乃不二價乎？』康嘆曰：『我本欲避名，今小女子皆知有我，何用藥為？』乃遁入霸陵山中。」此以「韓康」借指隱逸高士。

(8)鑄賈島：見卷九・九四注(2)。

(9)撰杖捧履：持手杖、捧鞋履。指侍奉長者。

(10)郎主：妻妾對夫主的稱呼。小山：查有圻，字止千，號小山。清浙江海寧人。查昇的曾孫。查聲山：即查昇。見卷六・八四注(3)。

(11)盤匜（yí）：古代盥洗器皿盤與匜的並稱。盤以承水，匜以注水。

(12)雙魚：指書信。

(13)銀灣：銀河。

(14)黃姑：本指牽牛星，因「姑」字從女，故訛稱織女星。

(15)喜鵲橋：民間傳說天上的織女七夕渡銀河與牛郎相會，喜鵲來搭成橋，稱鵲橋。

(16)青鸞：即青鳥。借指傳送信息的使者。

六五

　　夫婦能詩，古今佳話。近今如張舸齋之與鮑茝香(1)，尤其傑出者也。久載《詩話》中矣。今冬到京口，茝香出其母陳夫人逸仙詩(2)，方知為海門居士鼻之妻(3)，詩才英妙。盦具旁一日無筆硯，便索然不樂。〈南歸〉云：「一載團圞客帝京(4)，兒孫薦酒笑相傾。春風紫陌芳塵軟(5)，秋日金門步輦輕(6)。綬帶薄沾新雨露，自注：京中綬帶花極茂。郵籤重疊舊歸程(7)。朝朝盼斷南來雁，白髮何堪遠別情？」〈北河舟中〉云：「故國京華兩路賒(8)，人從雲水泊天涯。閒尋歸夢篷窗底，小艇撐來叫賣花。」「乍晴乍雨杏花天，帆帶斜陽柳帶煙。正是客心惆悵處，晚風檣尾燕翩翩(9)。」〈中秋憶姑〉云：「丹鳳城邊轉畫輪(10)，炷香遙祝北堂春(11)。故鄉一樣今宵月，應對清光憶遠人。」夫人抱此才，宜其子女俱以詩鳴。現任部郎雅堂居士(12)，其長子也。

　　夫人長女之蘭、季女之芬(13)，俱耽吟詠。今錄之蘭〈落葉〉云：「金飆何意太無情(14)，處處園林似落英。疏柳飄殘溝水急，(下缺)」

【箋注】

(1) 張舸齋:張鉉。見補遺卷三・三九注(2)。鮑苬(zhǐ)香:鮑之蕙。見補遺卷三・三九注(1)。

(2) 陳逸仙:陳蕊珠,字逸仙。清江蘇丹徒人。徵士鮑皋妻。

(3) 海門居士:即鮑皋。見卷一・四〇注(5)。

(4) 團團:團聚。

(5) 紫陌:指京師郊野的道路。芳塵:指落花。

(6) 金門:泛指宮門。步輦:一種用人抬的代步工具,類似轎子。

(7) 郵籤(qián):驛館驛船等夜間報時的更籌。

(8) 賒:遠。

(9) 檣尾:船桅杆尖。

(10) 丹鳳城:京城。畫輪:彩飾的車輪。

(11) 炷香:燒香。北堂:母親居室。

(12) 雅堂居士:鮑之鍾:見卷二・四九注(6)。

(13) 鮑之蘭(1751-1812):字畹芳。清丹徒人。太學生何澧室。有《起雲閣詩鈔》。鮑之芬:見卷一二・六四注(3)。

(14) 金飆:秋季急風。

六六

　　鎮江都統成警齋先生策見訪隨園(1),適余在揚州,未得一見。及余到京口,小住女弟子駱佩香家(2),先生晨夕過從(3),束修之使無日不往還(4)。

將其見贈諸詩，已刻入《同人集》矣。猶記其佳句，〈詠風箏〉云：「遇雨不妨收掌握，乘風仍可至雲端。」〈即景〉云：「深院飛花隨碧水，畫簾微雨近黃昏。」〈遠望〉云：「紅杏花嬌堪駐馬，綠楊絲細不遮樓。」〈偶成〉云：「醇醪飲久翻羨淡(5)，荼蓼嘗多轉覺甘(6)。」俱新妙可喜。

【箋注】

(1) 成警齋：成策，號警齋。曾任翰林院侍講學士、內閣學士兼禮部侍郎、正黃旗蒙古副都統、錦州副都統、盛京副都統等，乾隆四十八年任京口副都統。

(2) 駱佩香：駱綺蘭。見補遺卷三・三六注(2)。

(3) 過從：往來。

(4) 束修：饋贈的日常禮物。

(5) 醇醪（láo）：味厚的美酒。

(6) 荼蓼：荼和蓼。荼味苦，蓼味辛。

一

　　班史稱河間獻王云(1)：「夫惟大雅，卓爾不群。」蓋盛稱賢王之難得也。本朝文運昌明，天潢之裔(2)，皆說《禮》敦《詩》。前已載瑤華主人、檀樽世子詩矣(3)。今又接到豫親王世子思元主人詩文四冊(4)，殷殷請益。其好學虛懷之意，尤可敬也。錄其〈從軍行〉云：「拔劍請長纓，從軍古北平。黃雲迷野戍，白雪澹荒城。旗捲龍蛇影，弓爭霹靂聲。燕然勒銘者(5)，投筆本書生。」〈詠桂〉云：「月裏亭亭花發時，天香不散任風吹。繁條細蕊無心折，欲折還須第一枝(6)。」其他佳句，如〈觀瀑〉云：「氣噴青嶂雨，涼瀉碧天秋。」〈秋思〉云：「啼螿欲和相思韻(7)，兒女偏憐薄命花。」「草能蠲忿人宜佩(8)，花到將殘蝶競扶。」錄見贈一章，入《同人集》中，以志光寵(9)。記〈答謝瑤華主人〉七律，有二句云：「宗子久欽龍鳳質(10)，仙才多出帝王家。」可以移贈。

【箋注】

(1)班史：指《漢書》。因《漢書》為班固所作，故稱。河間獻王：劉德，西漢宗室。景帝第三子。修禮樂，好儒術，山東諸儒多從之遊。立為河間王。卒諡獻。

(2)天潢：皇族，帝王後裔。

(3)瑤華主人：弘旿。見補遺卷五・七五注(2)。檀樽世子：昭槤。見補遺卷八・三三注(1)。

(4)思元主人：裕瑞，字思元。清宗室。豫良親王修齡次子。封輔國公。工詩善畫。有《思元齋集》。（《清代

傳記叢刊・八旗畫錄》）

（5）燕然：古山名。即今蒙古境內的杭愛山。東漢永元元
　　　年，車騎將軍竇憲領兵出塞，大破北匈奴，登燕然山，
　　　刻石勒功，記漢威德。後用為邊塞建立功勳典。

（6）「欲折」句：用「折桂」典。謂科舉及第。見補遺卷
　　　八・二三注（6）。

（7）蜋：即寒蟬。

（8）蠲忿：消除忿怒。三國魏・嵇康〈養生論〉：「合歡蠲
　　　忿，萱草忘憂，愚智所共知也。」

（9）光寵：榮耀。

（10）宗子：皇族子弟。

二

　　又記瑤華主人〈賦得「寒梅著花未」〉一律
云（1）：「把手問鄉關（2），來時臘雪間。凍枝猶倔
強，老鐵可彎環（3）。數點先胎玉（4），千重對面山。
只應顏色好，無那鬢毛斑（5）。此興誰堪寄，何時夢得
閒？南樓明月共，東閣綺筵攀（6）。霜菊根難萎，煙蒲
綠早刪（7）。憑君勤懇意，消息慰孤鸞（8）。」末自跋
云：「此那東甫祭酒課士題也（9）。友人盧藥林請賦
之（10），因見諸人賦此題者，不過一首梅花詩而已。
如《隨園詩話》中所謂『相題行事』者（11），竟無一
人。因書此以質之倉山居士。」大道無形（12），惟在
心心相印耳，詩豈易言哉？

【箋注】

(1)瑤華主人：弘旿。見補遺卷五・七五注(2)。

(2)把手：握手。鄉關：猶故鄉。

(3)老鐵：喻指梅樹幹。

(4)先胎玉：喻指先露出的花苞。

(5)無那：無可奈何。

(6)綺筵：華麗豐盛的筵席。攀：摘花。回憶以前情景。

(7)煙蒲：煙霧籠罩的蒲草。

(8)鷗：白鷗。分佈於中國南部。此處喻人。

(9)那東甫：那彥成（1763-1833），章佳氏，字韶九，一字東甫。滿洲正白旗人。乾隆五十四年進士。歷乾、嘉、道三朝。工詩能書。諡文毅。課士：考核士子的學業。

(10)盧藥林：據清・俞蛟《春明叢說》，藥林工書，居京城。餘未詳。

(11)相題行事：指作詩必須審察詩題的內涵外延及其精神實質之所在，確定構思、命意，斟酌措詞、使典、佈局，能放能收而切當不移。

(12)大道：自然法則，最高原則。無形：不見形體，不露形跡。

三

　　檀樽主人又有〈遊香界寺〉詩云(1)：「暮天微雨歇，松子落深巖。石磴千峰逼，危橋夕照銜。秋聲驚客夢，涼意上吟衫。空際妙香發(2)，天花自不凡(3)。」〈黑蝶〉云：「譜翻別派寫滕王(4)，蟬翼

輕翾墮馬妝(5)。栩栩漆園才入夢(6)，果然身到黑甜鄉(7)。」佳句如〈秋柳〉云：「夕照村墟殘萬縷，東風樓閣憶三眠(8)。」〈寄人〉云：「燕臺十月清霜冷(9)，江上三春細雨多。」俱能獨寫性靈，迥非凡響。

【箋注】

(1)檀樽主人：昭槤。見補遺卷八·三三注(1)。

(2)妙香：佛教謂殊妙的香氣。

(3)天花：佛教語。天界仙花。

(4)滕王：李元嬰，唐高祖第二十二子。封滕王。善畫蝶，後人稱為滕派蝶畫祖師。能巧之外，曲盡情理。

(5)翾（xuān）：飛貌。墮馬妝：即墮馬髻。古代婦女髮髻名。為一種偏垂在一邊的髮髻。此喻蝶翅。

(6)漆園：指莊子，曾為漆園吏。《莊子·內篇·齊物論》：「昔者莊周夢為蝴蝶，栩栩然蝴蝶也。自喻適志與！不知周也。」

(7)黑甜鄉：夢鄉。形容酣睡。

(8)三眠：指檉柳的柔弱枝條在風中時時伏倒。見補遺卷三·二一注(9)。

(9)燕臺：指冀北一帶。

四

近日金陵多少年英俊之士，年逾弱冠，而落筆清妙者，有五人焉。一嚴小秋 文俊(1)，〈偶成〉云：

「無緣飄泊少人知，寓目園林任所之。有節竹能經雪壓，無根萍總受風欺。好花易惹遊人夢，衰柳難留宿鳥枝。獨步蒼苔添逸興，月明樓上聽吟詩。」又：「好山當戶青于畫，修竹盈窗綠上書。」「青山含月隱深樹，紅葉隨風飛半天。」一金桐軒德榮（2），〈春煙〉云：「細草如茵捲翠簾，林陰深處裊輕煙。遠山一角人難畫，新柳千行畫欲眠。花氣小窗風定後，鶯聲兩岸雨餘天（3）。劇憐薄暮長江外，罨靄全迷渡口船（4）。」「古寺迷離望不真，晴煙漠漠罩江村。漫山樹色濃無影，隔浦嵐光淡有痕。嫩綠池塘風蕩漾，晚花庭院月黃昏。碧紗賸有熏爐伴，繚繞餘香尚滿軒。」又：「秋生桐葉怯，涼到葛衣知（5）。」一莊穆堂元燮（6），〈閨情〉云：「錦幕低隨小院門，闌干深處月黃昏。醉褰翠袖拈花影（7），笑把銀燈照酒痕。好夢醒時雲鬢亂，濃香熏罷繡衾溫。更闌玉臂還同看（8），可有蛇醫舊印存（9）？」又：「月階坐久驚花夢，病頰秋深褪粉光。」「裏山雲似絮，遠牧馬如羊。」一司馬頮莽高（10），〈閨情〉云：「雲情靉靆畫樓西（11），呼婢熏香翠袖低。不識檀郎千里外（12），可曾聽見子規啼（13）？」〈訪白秋水不值〉云：「秋風吹我到君家，秋色猶存野菊花。料得高人行未遠，案頭杯有帶煙茶。」又：「酒醉一枕上，船過幾渡頭。」一王西林汝翰（14），〈再宿隨園〉云：「昔年身宿蕊珠宮（15），此日重披立雪風（16）。山鳥多情如識我，騷壇有主合依公（17）。花栽潘令開應早（18），琴對師襄鼓易工（19）。一几烏皮書萬

卷(20)，分明此景舊時同。」〈舟行有見〉云：「霧鬟煙鬢水上頭(21)，蘭橈斜倚蓼花洲(22)。眼波欲逐川流去，眉翠如含風色愁。細雨擬教檐燕寄(23)，閒情敢望珮珠投(24)？分飛八字帆何駛，還想前途一並舟。」又，〈春寒〉云：「人間富貴來多晚，天上陽和轉亦難。」「山翠濕沾帽，水風涼上衣。」「獨笑對花語，捲簾迎明月。」此五人者，離隨園不過二三里。老人不負住秀才村，故錄之，亦以勗其再進也(25)。

【箋注】

(1) 嚴小秋：嚴文俊（疑應為嚴駿生，據蔣學堅《懷亭詩話》），字小秋。上元（今南京）人。茂才。嘉慶年間曾與管同等結盎山詩會。有《粲花吟館詩鈔》。

(2) 金桐軒：金德榮，字桐軒。江蘇上元人。嘉慶二十四年舉人。官江華令。有《桐軒詩鈔》。

(3) 餘：未盡。

(4) 罨（yǎn）靄：煙霧覆蓋。

(5) 葛衣：用葛布製成的夏衣。

(6) 莊穆堂：莊元燮。見補遺卷四‧一四注(1)。

(7) 搴（qiān）：撩起。

(8) 更闌：更深夜殘。

(9) 蛇醫：蠑螈的別名，狀如蜥蜴，善於樹上捕蟬。

(10) 司馬頎莕：司馬高，字頎庵（莕）。清江蘇上元人。以諸生官虞城縣丞。

(11) 靉靆（àidài）：雲氣濃盛貌。

(12) 檀郎：見卷八‧六八注(7)。

(13) 子規：杜鵑的別名。常夜鳴，聲音淒切。

(14) 王西林：王汝翰。見補遺卷六·二八注(2)。

(15) 蕊珠宮：道教經典中所說的仙宮。此指隨園。

(16) 立雪：用「程門立雪」敬師篤學典。

(17) 騷壇：詩壇。

(18) 潘令：指晉·潘岳。見卷二·三一注(6)。此處代指袁枚。

(19) 師襄：春秋時魯國樂官，一說為衛國人。善鼓琴。

(20) 烏皮：指烏皮几，烏羔皮裹飾的小几案。古人坐時用以靠身。唐·杜甫〈將赴成都草堂途中有作〉詩之五：「錦官城西生事微，烏皮几在還思歸。」

(21) 霧鬢煙鬟：形容鬢髮美麗。

(22) 蘭橈：小舟的美稱。

(23) 檣燕：船桅杆上的燕子。杜甫〈發潭州〉有句「檣燕語留人」。

(24) 珮珠：比喻聲音婉轉圓潤。喻詩句。

(25) 勗（xù）：勉勵。

五

　　黃蛟門〈重到張香岩家〉云(1)：「不到華堂廿載餘，重來還認舊樓居。牆間半漬兒時墨，架上猶存校過書。滿院枇杷陰不改，侵階萱草茂于初。木公金母多情甚(2)，音問頻頻說久疎。」此詩，情文雙至。家亦近隨園。

【箋注】

(1)黃蛟門：黃以旂。見補遺卷二・六九注(3)。張香岩：張培。見卷一二・七四注(1)。

(2)木公金母：仙人名。木公，又名東王公或東王父。金母，西王母。喻指友人的雙親。

六

和余〈八十自壽〉詩者多矣，余最愛程望川宗落押「愁」字韻云(1)：「百事早為他日計，一生常看別人愁。」和「朝」字韻云：「八千里外常扶杖，五十年來不上朝。」將「杖朝」二字拆開一用(2)，便成妙諦。

【箋注】

(1)程望川：程宗洛（「落」，誤）。見卷七・一○二注(2)。

(2)杖朝：《禮記・王制》：「八十杖於朝。」謂八十歲可拄杖出入朝廷。

七

吾鄉方伯張松園朝緝先生(1)，受知於福敬齋公相、畢秋帆制府(2)，而氣局恢宏，槃槃大才(3)，亦與兩賢相似。口不談詩，而興到偶作，迥不猶人(4)。〈清明後一日和旭亭韻遲隨園不至〉云：「天亦多情

惜好春，故將春仲閏三旬(5)。花當極盛難評色，水到長流不染塵。偶泛煙波搖畫舫，每因詩酒盼才人。嫦娥忽掩今宵月，鬢影釵光看未真。」

方伯九姬，最愛者春芳葉氏，年將四旬，而風貌嫣然，似服仙家荀草者(6)。以扇索詩，余即席贈云：「一朵仙雲出畫堂，劉楨平視訝神光(7)。牡丹開到三春暮，終是群花隊裏王。」八人者皆不悅，而夫人讀而喜之。適余向方伯借車，夫人以肩輿相借(8)，因再續云：「偶向公孫借後車(9)，竟逢王母賜花輿。坐來似欲乘風去，想見天衣重六銖(10)。」

【箋注】

(1) 張松園：張朝繒。見卷九・四九注(1)。

(2) 福敬齋：福康安。見補遺卷六・四七注(2)。畢秋帆：畢沅。見卷二・一三注(4)。

(3) 槃槃（pán）：大貌。多指才能出眾。

(4) 猶人：謂如同別人。

(5) 春仲：夏曆二月。

(6) 荀草：《山海經・中山經》：「有草焉，其狀如蘵，而方莖黃華赤實，其本如橋本，名曰荀草，服之美人色。」

(7) 劉楨：見卷四・二九注(1)。曹丕設宴請「諸文學」，劉楨因在席上平視丕妻甄氏，以不敬之罪服勞役。

(8) 肩輿：轎子。

(9) 公孫：對貴族官僚子孫的尊稱。

(10) 六銖：佛、仙之衣為六銖衣。常借指婦女所著輕薄的紗衣。

八

　　溧陽王雲谷(1)，與余同寓蘇州銅局，代主人楊仁山款待甚殷(2)，誦其〈詠秋月〉云：「八月西風夜氣寒，桂花香冷露初漙(3)。中庭地白三更後，獨鶴與人相對看。」可謂清絕，不食人間煙火。

【箋注】

(1)王雲谷：王源，字雲谷。清溧陽人。能詩。工山水。曾館吳門菊花亭楊蓉坡齋中。

(2)楊仁山：未詳。

(3)漙（tuán）：露多貌。一說為露珠圓貌。

九

　　蘇州陳竹士秀才與余同遊四明(1)，一路吟詠甚多。見贈云：「神仙從古戀煙霞(2)，一首詩成萬口誇。到處探奇逢地主(3)，避人祝壽走天涯。生來不飲偏知酒，先生不飲，而嚴於評酒。老去忘情尚愛花。路走二千年八十，山遊不遍不歸家。」〈詠蠶〉云：「蠶娘辛苦說天晴，聽唱羅敷《陌上行》(4)。蓬底綠雲吹不斷，採桑風送剪刀聲。」〈湖莊〉云：「曉寒臨水重，春夢近花多。」〈錢塘江阻風〉云：「水能驅岸走，風不放潮歸。」皆妙。

【箋注】

(1)陳竹士：陳基。見補遺卷五·三五注(2)。四明：山名。
　　在浙江省寧波市西南。

(2)煙霞：泛指山水、山林。神仙，喻指袁枚。

(3)地主：當地的主人。指盡地主之誼。

(4)羅敷：古代美女名。美麗而堅貞，曾採桑於陌上。《陌
　　上行》古樂府，專詠羅敷。

　　己未(1)，座主留松裔諱保先生於諸門生中，待
余最厚(2)。乾隆七年，今上有保薦陽城、馬周之
旨(3)，公欲薦余，疏已定矣。余以親老家貧，苦辭而
出。今公去世已久，幸從趙碌亭先生處得公事略(4)，
為之立傳。又採錄其〈遊天台國清寺〉云：「風定幡
空月滿廊，悄然鈴鐸梵音長(5)。依依歸鳥尋巢語，淡
淡閒花帶露香。籟靜境隨雲共化，心空聲與色俱忘。
周圍緩步饒幽趣，微妙還須叩法王(6)。」〈西湖斷橋
殘雪〉云：「湖旁積雪景堪描，點綴春寒屬斷橋。絕
似錢塘蘇小小(7)，殘粧剩粉不曾消。」

【箋注】

(1)己未：乾隆四年。

(2)留松裔：留保。見補遺卷八·三五注(5)。座主，即舉
　　人、進士對本科主考官或總裁官之稱。

(3)陽城：字亢宗。唐北平人。家貧無書，求為寫書吏，晝

夜讀官書，經六年，無所不通。隱於中條山。遠近慕
其德行，多從之學。後德宗召為諫議大夫。詳《舊唐
書・隱逸傳・陽城》。馬周：字賓王。唐博州荏平人。
嗜學，善《詩》、《春秋》。舍中郎將常何家，貞觀五
年，為何條二十餘事，皆當世所切。太宗召之，拜監察
御史。詳《新唐書・馬周傳》。

(4) 趙碌亭：趙佩德。見補遺卷八・三五注(4)。事略：指人
的事蹟大略。

(5) 梵音：佛教謂作法事時的歌詠讚頌之聲。

(6) 法王：佛教對釋迦牟尼的尊稱。亦借指高僧。

(7) 蘇小小：南朝齊時錢塘名妓。南宋亦有蘇小小，同為錢
塘人。此處代指美女。

一二

今年二月，余小住真州(1)，京江女弟子駱佩香
遲余不至(2)，寄詩云：「柳外江波綠潑醅(3)，高
樓延倚首頻回。心憐春雨花朝過(4)，目盼先生桂楫
來(5)。新作羹湯儲夕膳，舊眠吟榻掃塵埃。真州底事
勾留久？不到寒閨舉酒杯。」

【箋注】

(1) 真州：今江蘇儀徵市。

(2) 駱佩香：駱綺蘭。見補遺卷三・三六注(2)。遲：等待。

(3) 醅（pēi）：指酒。

(4) 花朝：舊俗農曆二月十五「百花生日」。

(5) 桂楫：桂木船槳。亦指華麗的船。

一二

香亭弟家居八年(1)，有終老林泉之意。今歲因家事浩繁，治生無策，復作出山之雲(2)。恐余尼其行也(3)，不以相告。引見後，方知之。離別之際，黯然神傷：蓋余年八十，弟亦六十有六矣。別後，寄詩〈留別〉云：「不忍留行不送行，去留無計共傷情。明知衰朽深憐弟，怕以窮愁更累兄。未歷風波先破膽，欲言離別強吞聲。癡心五載仍尋約，還想重來事耦耕(4)。」「嶺嶠分襟昔已傷(5)，此行雙鬢更蒼涼。人當垂老何堪別，花到殘枝那得香？誓及來生情可想，會期他日夢偏長。殷勤苦囑雙眶淚，不許臨岐灑一行(6)。」

【箋注】

(1)香亭：袁樹。見卷一・五注(3)。

(2)出山：比喻出仕或擔任某種職務，從事某種事情。

(3)尼：阻攔。

(4)耦耕：泛指農事或務農。

(5)嶺嶠：泛指五嶺地區。

(6)臨岐：面臨歧路。指離別。

一三

乙卯二月，在揚州見巡漕謝香泉先生(1)，乃程魚門所拔士也(2)，倜儻不凡(3)。〈游泰山〉五古數

章，直追韓、杜（4），以篇長不能備載，僅錄其〈飛瀑崖〉云：「石罅中峰劈（5），飛潨曳練來（6）。自天張水樂（7），平地起風雷。題詠此間遍，幽夐眾妙該（8）。封巒經七二（9），御帳望中開。」又，〈跨虹橋南，見唐陶山勒石絕句，欣然如見故人，時唐宰荊溪，詩以寄之〉云（10）：「失喜陶山入望來（11），丹崖赤字獨徘徊。吟情正憶鳴琴暇（12），罨畫溪頭日幾回（13）。」陶山名仲冕。余讀之，方知楚南有此詩人，方以不得一見為恨。不料十月間，陶山宰吳江，忽以書至云，愛而不見，今秋以重價購余《全集》。方知天涯又得此知己也。以詩賜觀。〈掃墓〉云：「夢裏薔騰色笑微（14），九原長恨隔春暉（15）。羊腸細路通樵徑，馬鬣新阡隱石圍（16）。霧滿藤蘿侵屐濕，草枯蚱蜢傍衣飛。可憐身上拈殘線（17），遊子而今尚未歸。」余尤愛其五言十字云：「雲開如讓月，風定為留花。」

【箋注】

（1）謝香泉：謝振定（1753-1809），字一齋，號薌泉、香泉。湖南湘鄉人。乾隆四十五年進士。官京畿道監察御史，以懲治和珅家奴有名于京都。有《知恥齋集》。巡漕，巡漕御史，都察院派御史掌監漕運。

（2）程魚門：程晉芳。見卷一・五注（1）。

（3）倜儻：卓異，不同尋常。

（4）韓杜：唐韓愈、杜甫。

（5）石罅：石縫。

（6）飛潨（cóng）：飛騰的急流。

(7) 張：彈奏。水樂：指流泉所發出的悅耳聲響。

(8) 幽夐（xiòng）：幽深。該：具備。

(9) 「封巒」句：古代帝王祭天地的大典。在泰山上築土為壇，報天之功，稱封；在泰山下的梁父山上辟場祭地，報地之德，稱禪。《史記・封禪書》：「古者封泰山禪梁父者七十二家。」

(10) 唐陶山：唐仲冕（1753-1827），字六軹，號陶山。湖南善化人。乾隆五十八年進士。任江蘇荊溪、吳縣等縣知縣。官至陝西布政使。有《陶山詩文錄》。

(11) 失喜：喜極不能自制。

(12) 鳴琴：見卷七・一五注(2)。《呂氏春秋・開春論・察賢》：「宓子賤治單父，彈鳴琴，身不下堂而單父治。」

(13) 罨（yǎn）畫：色彩鮮明的繪畫。此處形容自然景物。

(14) 瞢騰：形容模模糊糊，神志不清。

(15) 九原：指人死後的去處。

(16) 馬鬣（liè）：馬鬃。此指墳墓封土的一種形狀。亦指墳墓。

(17) 殘線：用唐・孟郊詩〈遊子吟〉：「慈母手中線」典。

一四

陶山有二友：一何君煥(1)，一胡君大觀(2)，皆有詩來。何〈春望〉云：「池館依稀小謝家(3)，每憑朱檻玩春華。巢分院語東西燕，雨過枝添向背花。田樹短籬皆種芋，人歸村塢半收茶。漁童小結

罛罞網(4)，溪畔衝風一笠斜。」〈偶興〉云：「風愛約萍行別澗，花如扶檻睡春陰。」胡〈客中〉云：「鄉心秋雨集，旅況夜燈知。」〈登城樓〉云：「江浮鴨綠晴方好，山帶螺青雨後來。」二人詩，皆可入畫。

【箋注】

(1)何煥：字星田，號梅莊。清湖南寧鄉人。有《梅莊詩鈔》。

(2)胡大觀：未詳。

(3)池館：池苑館舍。小謝：稱南朝宋・謝靈運族弟謝惠連。

(4)罛罞（tīnglǐng）：小網。

一五

　　曹星湖龍樹(1)，江西孝廉，宰如皋，政尚寬和，邑多瑞應。乾隆癸丑春，有白烏集署(2)，星湖詩云：「曙色遙分小院東，繞棲畫戟又簾櫳(3)。哺成巢子頭先白，銜盡桃花口未紅。可到瑤池曾浴羽(4)？還疑雛鶴學迎風。生成一種幽閒性，莫怪丰標太不同(5)。」未幾，邑中麥有一莖二穗至八穗及連理者，又賦詩云：「四野農歌作美談，薦隨春韭賽隨蠶(6)。孿生也與人同孕，並種渾如玉出藍(7)。鐮趁日中陰瑣碎(8)，耞喧樹外畝東南(9)。何當寫入丹青裏，共慶民間帝澤覃(10)？」一時紳士和者千餘首。

星湖又有〈崇川夜舟〉云：「西風吹送一帆斜，樹杪危蹲幾箇鴉。兩岸沙灘明似畫，又添霜月與蘆花。」〈遊棲霞〉云：「晴日樹中疑雨至，隔江風裏有雲來。」真乃天機清妙。

【箋注】

(1) 曹星湖：曹龍樹。見補遺卷二・六四注(1)。

(2) 白鳥：白羽之鳥。古時以為瑞物。

(3) 畫戟：古兵器名，有彩飾。常作為儀飾之用。簾櫳：窗簾和窗牖。

(4) 瑤池：古代傳說中崑崙山上的池名，西王母所居。

(5) 丰標：風姿體態。

(6) 薦：指祭品。賽：酬報。舊時祭祀酬神之稱。

(7) 玉出藍：古傳好玉出藍田崑岡。

(8) 瑣碎：瑣細，零碎。形容雲影。

(9) 耞：即連枷。一種脫粒用的農具。

(10) 覃（tán）：深。

一六

揚州方立堂孝廉之父親樓居士(1)，有〈言詩〉一首云：「情至不能已，氳氤化作詩(2)。屈原初放日(3)，蔡女未歸時(4)。得句鬼神泣，苦吟天地知。此中難索解，解者即吾師。」數言恰有神悟。又，〈與王晴江進士集平山堂〉云(5)：「每逢登眺感遺踪，頓覺塵心似酒濃。不信但聽亭子上，迷人樓打醒

人鐘。」末首云：「江左風流聚一壇，無名終恐是方干(6)。」先生困于巾褐(7)，二句殊可傷也。又，〈贈朱草衣〉云(8)：「才高雙眼白，吟苦一肩高。」第二句，酷肖詩人窮相。

【箋注】

(1) 方立堂：方本，字立堂，別字笠塘。江蘇儀徵人。乾隆五十四年舉人。善楷書。性耽圖史，尤精音律。方緦（jiǎn）樓：方椿齡，字鏡莊，號繭樓。江蘇儀徵人。諸生。與朱草衣、王孟亭等切劘詩學，日事吟詠，頗窺堂奧。有《繭樓集》。

(2) 氤氳（yīnyūn）：古代指陰陽二氣交會和合之狀。

(3) 屈原：見卷一二・二二注(1)。

(4) 蔡女：蔡琰。見卷一二・八七注(7)。

(5) 王晴江：王元蘅，字元功，號晴江。江蘇上元人。康熙四十八年進士。平山堂：在今江蘇揚州市西北蜀岡上。宋建。多宋名人歐陽修、蘇軾等題詠。

(6) 方干：見卷七・四〇注(4)。

(7) 巾褐：頭巾和褐衣，古代平民的服裝。借指不第秀才的境遇。

(8) 朱草衣：朱卉。見卷三・一一注(4)。

一七

余在觀音門阻風(1)，偕小秋訪林鐵簫(2)，晚與諸詩人小集六松山莊。棲碧僧有句云(3)：「樹密聚啼鳥，庵荒住懶僧。」「天上若無難走路，世間那個不

成仙？」「有情山鳥啼深樹，無事閒僧掃落花。」董容庵有句云(4)：「麈尾儘聽前輩語(5)，春風先上酒人顏。」劉壽軒有句云(6)：「蓬門久盼高軒過(7)，蠟屐偏偕好雨來(8)。」棲碧僧夢人出對句云：「月出波微動。」僧答曰：「風生樹漸鳴。」

【箋注】

(1) 觀音門：在今江蘇南京市北。

(2) 小秋：嚴小秋。見本卷四注(1)。林鐵簫：林李。見卷一五·八〇注(1)。

(3) 棲碧僧：一葉，字棲碧，號是岸。清僧。住上元永濟寺。善繪竹菊，博學工詩。有《花笑軒集》。

(4) 董容庵：未詳。

(5) 麈（zhǔ）尾：古人閒談時執以驅蟲、撣塵的一種工具。清談時必執麈尾，相沿成習，為名流雅器，不談時，亦常執在手。

(6) 劉壽軒：未詳。

(7) 蓬門：以蓬草為門。指貧寒之家。高軒：高車。貴顯者所乘。亦借指貴顯者。

(8) 蠟屐：塗蠟的木屐。此指遊蹤。

一八

　　京江左蘭城嘗云(1)：「凡作詩文者，寧可如野馬，不可如疲驢。凡為士大夫者，寧可在官場有山林氣(2)，不可在山林有官場氣。」有味哉其言！

【箋注】

(1)左蘭城：左墉。見補遺卷四・四八注(1)。

(2)山林氣：指一種隱逸恬淡的風格。

一九

　　崑圃外孫訪戚于吳江之梨里鎮(1)，有聞其自隨園來者，一時欣欣相告，爭投以詩，屬其帶歸，採入《詩話》。佳句如邱筆峰〈野泛〉云(2)：「棹驚歸浦鴨(3)，犬吠過橋僧。」沈雲巢〈楊花〉云(4)：「夜月不知來去影，征衫偏點別離人。」屠荻莊〈醒庵分韻〉云(5)：「老衲一龕依古佛(6)，斜陽半壁戀詩人。」汝階玉〈即事〉云(7)：「寒憶衣裘春日典(8)，貧愁薪米閏年添。」

【箋注】

(1)崑圃：陸應宿，字崑圃，號小雲。袁枚二姐的長孫。諸生。曾被汪司馬子山聘為記室。有《負瓢集》、《入洛吟》。（見《筱雲詩集》）

(2)邱筆峰：邱岡，字崑奇，號筆峰。清江蘇吳江人。附監生。有《德芬堂集》。

(3)浦：泊船的水灣。

(4)沈雲巢：沈璟，字樹庭，號雲巢。吳江黎里人。嘉慶五年舉人。家貧，而尚風義。有《雲巢詩鈔》、《洞庭遊草》、《拂塵草》。

(5)屠荻莊：屠拱垣，原名掞，字藻庭，晚號荻莊。清吳江廩膳生。少以詩文自勵，中年後游幕皖江，業益進。有

《一粟齋詩稿》、《鮮燈漫筆》。

(6)老衲（nà）：年老的僧人。龕（kān）：供奉神佛的石室。

(7)汝階玉：字昆樹，號秋士。清江蘇吳江人。有《秋士詩鈔》、《廡下長語》、《亦我廬隨筆》。

(8)典：典押。

二〇

　　處州山水清佳(1)，而樸野已甚。余壬寅春遊雁宕山，過縉雲縣，見縣官訟堂養豬(2)，為之一笑。伊小尹太守到任後(3)，寄詩來云：「彈丸十邑宰官分(4)，四野誰歌挾纊溫(5)？山地畸零休論頃，人家三五便成村。清秋露冷猿啼樹，黑夜風號虎到門。利用厚生當務急(6)，就中俗吏恐難論。」又：「四面青山秋意早，一城紅葉市聲稀。」皆酷是處州光景。

【箋注】

(1)處州：今浙江麗水市。

(2)訟堂：審理訴訟案件的場所。

(3)伊小尹：伊湯安。見補遺卷三・四〇注(1)。

(4)彈丸：比喻地方狹小。

(5)挾纊（xiékuàng）：披着綿衣。亦以喻受人撫慰而感到溫暖。

(6)厚生：使人民生活充裕。

二一

　　族弟舒亭_知守大同(1)，寄詩冊屬余為序。余家有阿連(2)，而竟不知，殊自愧也！錄其〈施竹田丈招同泛湖訪恒上人〉云：「破曉重湖一望收，段家橋畔繫扁舟(3)。山寒無處不宜酒，木落有時還帶秋。煙景落誰佳句裏？好風吹我上方遊。慈雲佛火殊清絕(4)，始信花宮勝十洲(5)。」〈閒吟〉云：「倦枕餘閒午夢長，蕭蕭梧葉下虛廊。六時且喜得常靜，一雨便成如許涼。花鳥心情閒甲子(6)，湖山風月好家鄉。征程千里懷人處，回首旗亭又夕陽(7)。」又，〈遊圓通寺〉云：「路迴依樹曲，屋小抱山幽。」又，〈同嚴歷亭、江硯香送李寧圃從江寧移守松江，宴隨園聽孫嘯壑彈琴〉云：「六朝風景記當時，伯氏樽開酒敢辭(8)？珂馬聲嘶芳草渡(9)，江雲影入綠波池。喜無俗客開三徑(10)，別有清風響七絲(11)。即此仙源欣共到，芳亭倚遍夕陽遲。」其清妙不減樊榭(12)。

【箋注】

(1) 舒亭：袁知，字紓亭，號雪廬。浙江錢塘人。乾隆二十七年舉人。官至山西大同府知府，署雁平道。有《次立齋詩文集》。

(2) 阿連：指南朝宋詩人謝靈運從弟謝惠連。見卷一五‧二八注(12)。《宋書‧謝靈運傳》：「惠連幼有奇才，不為父方明所知。……（靈運）謂方明曰：『阿連才悟如此，而尊作常兒遇之。』」

(3) 段家橋：即今浙江省杭州市西湖斷橋的本名。

(4) 慈雲：西湖慈雲寺。

(5) 花宮：代指佛寺。所謂「釋波東流，湧為花宮」。十
　　洲：泛指仙境。

(6) 甲子：光陰。

(7) 旗亭：酒樓。懸旗為酒招，故稱。

(8) 伯氏：長兄。

(9) 珂馬：佩飾華麗的馬。

(10) 三徑：指歸隱者的家園。

(11) 七絲：指七弦琴。

(12) 樊榭：屬鴞。見卷三・六一注(1)。

二二

　　青衣鄭德基(1)，久選其詩入《詩話》矣。今秋從
邳州歸(2)，又送詩來。再錄其〈濠梁題壁〉云(3)：
「粉壁題詩半有無，好花看遍又非初。十年再到重游
路，似理兒時舊日書。」〈呈袁椒園先生〉云(4)：
「奔走天涯歲又闌，孤飛聊借一枝安(5)。琴除自賞知
音少，衣代人裁合體難。」吳江唐陶山明府席上(6)，
出青衣吳振邦、錢聖達兩人九月同游石湖登上方山
詩(7)，吳云：「短棹雙飛漾白蘋，平湖秋淡勝於
春。嶺懸一線雲邊路，客倚殘霞畫裏身。石洞黃花留
夕照，佛樓清磬送遊人。重尋舊日題詩處，蘚壁模糊
認不真。」錢云：「策杖登山最上頭，一湖帆影去來
舟。蘆花點白明如雪，楓葉烘丹畫出秋。落帽西風傳
塔語，如鈎新月掛鐘樓。招邀共舉茱萸會(8)，攜得雙
螯酒一甌(9)。」又有「紅蓼灘邊一釣人」，七字可繪

作小照。余謂詩有因貴而傳者，有因賤而傳者，如此等詩，出於士大夫之手，而不出於奴星(10)；則余反不採錄矣。

【箋注】

(1)鄭德基：見補遺卷四‧三四注(2)。

(2)邳州：治所在今江蘇邳縣西北艾山南舊邳縣。屬徐州府。

(3)濠梁：在安徽鳳陽縣東北，臨淮鎮西南東濠水上。莊子與惠子曾游于濠水之上。

(4)袁椒園：未詳。

(5)一枝：《莊子‧逍遙遊》：「鷦鷯巢于深林，不過一枝。」晉‧張華〈鷦鷯賦〉：「其居易容，其求易給，巢林不過一枝，每食不過數粒。」後用以比喻棲身之地。

(6)唐陶山：唐仲冕。見本卷一三注(10)。

(7)吳振邦：未詳。錢聖達：未詳。

(8)茱萸：植物名。香氣辛烈，可入藥。古俗農曆九月九日重陽節，佩茱萸能袪邪辟惡。唐‧王維〈九月九日憶山東兄弟〉詩：「遙知兄弟登高處，遍插茱萸少一人。」

(9)雙螯：指螃蟹。

(10)奴星：身為奴僕的小人物。

二三

　　昔曹子桓以金幣購孔融文章(1)，韓昌黎以光芒誇李、杜(2)：皆追慕古人，非生同時者也。四川李太史

雨村先生(3)，名調元，與余路隔七千里，素無一面，而蒙其抄得隨園詩，愛入骨髓。時方督學廣東，遂代刻五卷，以教多士(4)。生前知己，古未有也。二十年來，余雖風聞其說，終不敢信。今秋，先生寄信來，與所刻《隨園詩》、《童山集》。其最擅場者，以七古為第一。〈觀錢塘潮〉云：「八月十五錢塘潮，吳儂拍手相呼招(5)。士女雜坐列城下(6)，人聲反比潮聲高。江頭日上潮未起，漁子拏舟泊沙觜(7)。笳鼓乍鳴人競看，一齊東向滄溟指(8)。忽聞江上聲如雷，迢迢一線海門開。萬馬奔騰自天下，群龍踣跳隨波來(9)。潮頭十丈飛霜霰，水氣橫空撲人面。天為破碎城為搖，百萬貔貅初罷戰(10)。迨邐不聞市聲死(11)，群兒誇強弄潮水。小舸顛簸似浮萍，一時出沒煙波裏。我是人海中一粟，睹此目眩身跼蹐。明朝風靜渡錢塘，猶恐再遇靈胥纛(12)。」即此一首，可想見先生之才豪力猛矣。又，〈登峨嵋〉有句云：「但見雲堆平地上，始知身在半天中。」方知非有才者不能憐才。

【箋注】

(1)曹子桓：曹丕，字子桓。三國魏皇帝。沛國譙人。曹操次子。在位七年。性好文學，有《魏文帝集》。孔融：見卷二・四二注(3)。所謂購孔融文，見《冊府元龜》卷四十。

(2)韓昌黎：韓愈。見卷一・一三注(1)。韓詩〈調張籍〉：「李杜文章在，光焰萬丈長。」

(3)李雨村：李調元（1734-1803），字羹堂，又字贊庵、鶴洲，號雨村、墨莊。四川羅江人。乾隆二十八年進

士。歷官廣東提學使、直隸通永兵備道。有《童山詩文集》、《雨村詩話》等。

(4) 多士：指衆多的賢士。

(5) 吳儂：吳人。

(6) 士女：青年男女。亦泛指百姓。

(7) 挐舟：撐船。沙觜（zuǐ）：一端連陸地、一端突出水中的帶狀沙灘。常見於低海岸和河口附近。

(8) 滄溟：大海。

(9) 踣（bó）跳：跳躍。

(10) 貔貅（píxiū）：兩種猛獸，常用以比喻勇猛的戰士。

(11) 迨逯（hétà）：紛亂聚集。

(12) 靈胥：指春秋吳・伍子胥。見卷七・二一注(12)。相傳伍子胥死後為濤神，故稱。纛（dào）：軍旗。

二四

　　和希齋大司空(1)，為致齋公相之弟(2)，征苗功大，皇上加封伯爵。而公位愈尊，心愈下，寄書黃小松司馬云(3)：「袁簡齋聖世奇才，久思立雪。客中攜《小倉山集》一部，朝夕捧誦，虔等梵經，如親儀範(4)，云云(5)。」又寄隨園札云：「我輩當如生龍活虎，變化不測。宋儒之為道拘(6)，猶士大夫之為位拘也。讀先生之文，知先生之為人。以故願為弟子之心，拳拳不釋(7)。」嗚呼！此丙辰五月間公親筆也。不料至八月，而公竟薨於軍中(8)。余感知己恩深，傷心一慟。除賦詩哭公外，訪求公詩，僅得《西

招雜詠》十餘首。錄其〈中秋德慶道中〉云(9)：
「山峻肩輿緩，征人夜未休。久忘家萬里，驚見月中
秋。去歲姜肱被(10)，今宵王粲樓(11)。喜成充國
計(12)，含笑解吳鈎(13)。」〈答瑤圃中丞問客況〉
云：「遙想歸旌繞亂山，山容新沐簇煙鬟(14)。行人
雲際鬚眉露，恍駕鸞驂拾翠還(15)。」「山雲初起
電光斜，山雨吹來風力加。一霎小樓雲雨過，最高峰
上落梅花。」〈西招四時吟〉云：「莫訝春來後，寒
容似轉添。小窗欣日色，大漠渺人煙。風怒沙能語，
山危雪弄權。略存桃李意，塞上也爭妍。」「山陽
四五月，嫩綠傍溪生。草長剛盈寸，花稀不識名。開
窗紈扇廢，挾纊紵羅輕(16)。樹有濃陰處，都翻弦
索聲。藏中婦女，無論貴賤，多於樹陰連臂踏歌。」〈春夜〉
云：「銀釭閃閃漏迢迢(17)，風送邊聲助寂寥。殘月
印窗天似曉，寒雞驚夢酒初消。頻年客況春尤甚，一
片鄉心鬢易凋。莫以沐猴譏項氏(18)，夜行衣錦笑班
超(19)。」

【箋注】

(1) 和希齋：和琳。見補遺卷三·三七注(6)。

(2) 致齋：和珅，字致齋，鈕祜祿氏。清滿洲正紅旗人。由
護衛擢部侍郎兼軍機大臣，累官至文華殿大學士，封一
等公。弄權納賄，植黨營私。嘉慶中奪職下獄，責令自
盡，沒收家產。

(3) 黃小松：黃易。見補遺卷六·四七注(4)。

(4) 儀範：儀容，風範。

(5) 云云：為表示有所省略之詞。

(6)道：指思想體系、政治主張、禮教、道義等。

(7)拳拳：誠摯貌。

(8)薨（hōng）：死的別稱。古稱諸侯、高官之死。

(9)德慶：今廣東德慶縣。

(10)姜肱被：見補遺卷六・四七注(5)。

(11)王粲樓：見補遺卷六・四七注(6)。

(12)充國：趙充國，西漢隴西上邽人。善騎射，有謀略，熟知邊情。曾開邊用計，安定了河西羌人。

(13)吳鈎：兵器。

(14)煙鬟：喻雲霧繚繞的峰巒。

(15)鸞驂：仙人的車乘。拾翠：指遊春。

(16)挾纊：把絲綿裝入衣衾內，製成綿袍、綿被。

(17)銀釭（gāng）：銀白色的燈盞、燭臺。

(18)項氏：指項籍。見卷五・六四注(2)。

(19)班超：見補遺卷六・三一注(17)。

按：此則詩話與補遺卷六・四七有不少重複。

二五

　　趙子昂云(1)：「詩用虛字便不佳。」余按曹孟德亦有此論(2)。不知歌必曼其聲裁韻多(3)，舞不長其袖則態少：此《三百篇》中所以多「兮」字也。然唐人恰有詩曰(4)：「險覓天難問，狂搜海亦枯。不同文易賦，為著也之乎。」則又虛字不可多用之明證矣。

【箋注】

(1)趙子昂：趙孟頫，見卷一三・九注(17)。

(2)曹孟德：即曹操。

(3)曼：延長。裁：通「纔」，方始。

(4)唐人：指盧延讓。詩題為〈苦吟〉。字有異同。

二六

　　余曾詠〈夏姬〉云(1)：「國色當年出楚宮，自餐荀草泣東風(2)。誰知殺過三夫後，竟與巫臣共始終(3)。」後見宋孫奭《孟子》「伯夷目不視惡色」《疏》引《史記》云(4)：「晉殺巫臣而娶夏姬。」遂刪此詩。後考《史記》，並無此語。再按晁公武《讀書志》言(5)：孫奭《疏》兼取陸善經之說(6)，如云：「子莫執中，教人不可執中也(7)。」此解尤奇，而今本無之。蓋此《疏》乃邵武士人偽作(8)，見《朱子語錄》。

【箋注】

(1)夏姬：春秋時人。鄭穆公之女。初嫁子蠻，子蠻早死。再嫁御叔，亦死。姬與陳靈公等私通，其子徵舒射殺靈公。後楚申公巫臣娶姬奔晉。

(2)荀草：傳說中的香草。見《山海經》。

(3)巫臣：屈巫，春秋時楚國人。封于申，亦稱申公巫臣。楚共王二年，使齊返，及鄭，私娶夏姬奔晉。共王怨，滅其族。

(4) 孫奭：字宗古。宋博州博平人。官至兵部侍郎、龍圖閣
　　學士，以太子少傅致仕。有《經典徽言》、《五經節
　　解》等。

(5) 晁公武：字子止，號昭德先生。宋濟州巨野人。官至吏
　　部侍郎。編《郡齋讀書志》。

(6) 陸善經：唐吳郡吳人。博通經史。官終國子司業、集賢
　　殿學士。

(7) 執中：謂持中庸之道，無過與不及。

(8) 邵武：福建省內古舊縣名。

二七

　　漢平、勃安劉之功(1)，起兵誅諸呂(2)，不誅審
食其(3)。唐五王起兵復唐室，不誅諸武(4)，而徒誅
豎子無能為之二張(5)，宜其留後患也。余幼時嘗作詩
曰：「我為五王謀，興唐欲滅周(6)。全家誅產、祿，
遠謫辟陽侯(7)。」同學徐鑒元笑曰(8)：「君愛其貌
似蓮花耶(9)？」

【箋注】

(1) 平勃：指陳平、周勃。陳平，西漢河南陽武人。歸劉邦
　　後，任護軍中尉，為謀士。封曲逆侯。惠帝、呂后、
　　文帝時歷任丞相。呂后死，平與太尉周勃等合謀，誅諸
　　呂，迎立文帝。周勃，西漢泗水沛人。為人質直敦厚，
　　高祖以為可屬以大事。惠帝時，任太尉。呂后死，與陳
　　平定計誅諸呂，漢室以安。文帝立，拜右丞相。

(2) 諸呂：指呂后生前的親信相國呂產、上將軍呂祿等呂氏
　　集團。

(3) 審食其：見卷七·八七注(2)。

(4) 諸武：指以武承嗣和武三思為代表的武氏勢力。

(5) 豎子：對人的鄙稱。猶今言「小子」。二張：武則天的
　　男寵張昌宗、張易之兄弟。

(6) 周：武則天稱帝，改唐為周。

(7) 辟陽侯：審食其的封號。此代指二張。

(8) 徐鑒元：未詳。

(9) 貌似蓮花：《舊唐書·楊再思傳》：「又易之弟昌宗以
　　姿貌見寵倖，再思又諛之曰：『人言六郎面似蓮花；再
　　思以為蓮花似六郎，非六郎似蓮花也。』」

二八

　　陳季常作龜軒(1)。東坡詩云：「人言君畏事，欲
作龜頭縮。」非譏其懼內也。坡〈別季常〉云：「家
有紅頰兒，能唱綠頭鴨(2)。」是季常有妾矣。又曰：
「開門弄添丁，啼笑雜呱泣。」是季常有子矣。

【箋注】

(1) 陳季常：陳慥，字季常，號龍丘居士。宋眉州青神人。
　　少時使酒好劍，嘗與蘇軾論兵及古今成敗，自謂一世豪
　　士。稍壯折節讀書，然終不遇。龜軒：以龜命名朝東的
　　窗戶或有窗戶的長廊。取養生之義。

(2) 綠頭鴨：宋代曾流行的詞牌名，屬長調詞。代表作是晁
　　元禮的《綠頭鴨·詠月（晚雲收）》。

二九

余出門歸，必錄人佳句，以壯行色。嘉慶初元(1)，小住揚州，得許祥齡〈過篠園〉云(2)：「樓當曲處疑無地，竹到疏時始見天。」孫光甲〈紅葉〉云(3)：「偷來花樣山全改，費盡秋心樹不知。」汪蘭圃〈夜坐〉云(4)：「半夜月明烏鵲噪，一天風急斗星搖。」程贊寧〈金山〉云(5)：「不知風浪連天湧，只覺樓臺盡日浮。」〈江塔〉云：「曉風斷渡鈴先語，落日中流影漸斜。」鄭奇樹〈遣興〉云(6)：「花落有人常閉閣，風來無客自開門。」林遠峰〈登大觀臺〉云(7)：「遙看萬戶炊煙起，一個人家一朵雲。」嚴翰鴻〈舟行〉云(8)：「船頭水響知風順，林際鐘來識寺深。」顧雲亭〈大江遇風〉云(9)：「不信山頭還有岸，但看人面總無魂。」亦有七字甚佳者，如汪硯香之「開到桃花雨便多」、張紫珍之「雲壓炊煙勢不高」(10)，皆佳。

【箋注】

(1) 初元：皇帝登極改元，元年稱「初元」。

(2) 許祥齡：字蔬庵。江蘇甘泉人。業醫。嘉慶四年旅吳門，十七年與《鏡花緣》作者李汝珍結為至交。有《蔬庵詩草》。

(3) 孫光甲：未詳。

(4) 汪蘭圃：汪庭萱。見卷一○・六三注(1)。

(5) 程贊寧：程贊清（1761-1826），原名贊寧，字定甫，號靜軒。江蘇儀徵人。嘉慶七年進士。官至貴州按察使，調山西。有《藉綠軒詩集》。

(6) 鄭奇樹：字麗農，一字荔莊，號寧山。安徽歙縣人。乾隆三十五年舉人。官濟南府同知。有《寧山詩稿》。

(7) 林遠峰：林鎬。見補遺卷六·一注(2)。

(8) 嚴翰鴻：見補遺卷四·三。

(9) 顧雲亭：未詳。

(10) 汪硯香：見卷六·一九注(1)。張紫珍：疑為張鑣，字子貞，一作紫貞，號老薑。清揚州府江都人。布衣。善篆隸，喜畫山水。工詩。有《求當集》。

三○

　　石門孝女聞璞以無兄弟(1)，故不嫁，訓蒙養母，有齊嬰兒之風(2)。〈春暮〉云：「桃花落盡柳花飛，啼鴂聲中綠又肥(3)。愁絕新來雙燕子，簾前相對說春歸。」

【箋注】

(1) 聞璞：字楚璜。清浙江石門人。庫大使譽彥女。有《醉鶴樓集》。

(2) 齊嬰兒：漢·劉向《說苑·修文》：「孔子至齊郭門之外，遇一嬰兒挈一壺，相與俱行，其視精，其心正，其行端，孔子謂御曰：『趣驅之，趣驅之。』韶樂方作，孔子至彼，聞韶三月不知肉味。」

(3) 鴂（guī）：通稱杜鵑。

三一

　　錢塘徐紫珊詩未刻而人死矣(1)。有人記其〈過亡姬墓〉詩云：「傷心人出武林城(2)，隴上松間鳥雀聲。地下想來無日月，人間愁殺是清明。一杯冷酒梨花謝，二月春寒細草生。老淚無多收拾起，赤山橋畔聽彈箏。」〈贈謀吉地卜葬者〉云：「踏遍千山與萬山，尋龍不見又空還。算來此去無多路，只在靈臺方寸間(3)。」

【箋注】

(1) 徐紫珊：徐逢吉，字紫山，號紫珊老人。清浙江錢塘人。生平遠遊四方，晚年歸隱西湖。有《黃雪山房詩選》。

(2) 武林：指杭州。

(3) 靈臺方寸：指心胸。

三二

　　余在揚州，年家子方維璋、楊兆品兩郎舅(1)，各以詩來，皆翩翩少年。方〈踏春詞〉云：「一層層燦赤城霞(2)，亞字闌干曲曲遮。行過長堤忽回首，碧桃深處阿誰家？」〈虹橋修禊〉云：「名園此日小勾留，蕩漾春風意未休。風雨不來波不起，採蘭人上木蘭舟。」楊〈詠美人梳頭〉云：「低頭纏理髮鬖鬖(3)，待月臨風獨倚欄。偶墮鬢邊花點點，隔宵抹麗

不曾乾(4)。」「絲絲委地怕沾塵,忙握牙梳半欠身。如鑒髮光如玉指,未成雲鬢也憐人。」「蘭膏潤後綠油油,蜿若遊龍繞指柔。分付小鬟合雙鏡(5),要從三面看梳頭。」

【箋注】

(1)年家子:科舉時代稱同年登科者的晚輩。方維璋、楊兆品:未詳。郎舅:男子與其妻兄弟的合稱。

(2)赤城:傳說中的仙境。

(3)鬖鬖(sān):頭髮下垂貌。

(4)抹麗:即茉莉花。

(5)小鬟:代稱小婢。

三三

伶人天然官(1),色藝俱佳,而天性跳蕩,如野馬在御(2),蹀躞不能自止(3)。余贈云:「何必當筵舞鬢斜,但呼小字便妍華。萬般物是天然好,野卉終勝剪綵花。」「我欲憐卿先自憐,春蠶老去枉纏綿。摩挲便了三生願(4),與汝同超色界天(5)。」

【箋注】

(1)天然官:歌女。餘未詳。

(2)御:駕御。

(3)蹀躞(diéxiè):馬行貌。指躁動不安。

(4)摩挲:琢磨。

（5）色界天：佛教語。三界之一。在欲界之上，無色界之下。有精美的物質而無男女貪欲。

三四

　　古無別號，所稱「五柳先生」、「江湖散人」者（1），高人逸士，偶然有之，非若今之市儈村童，皆有別號也。作俑自史衛王家紈袴子弟（2），閒居無俚（3），創為「雲麓」、「十洲」之號，此後，好事者從風而靡（4）。前朝黃東發、本朝姜西溟兩先生辨之詳矣（5）。近日士大夫凡遇歌場舞席，有所題贈，必諱姓名而書別號，尤可噱也！伶人陳蘭芳求題小照（6），余書名以贈云：「可是當年陳子高（7）？風姿絕勝董嬌嬈（8）。自將玉貌丹青寫，鏡裏芙蓉色不凋。」「叔子何如銅雀妓（9）？古人諧語最分明。老夫自有千秋在，不向花前諱姓名。」

【箋注】

（1）五柳先生：晉・陶潛。宅邊有五柳樹，因以為號。江湖散人：唐・陸龜蒙別號。

（2）作俑：本謂製作用於殉葬的偶象，後因稱創始、首開先例為「作俑」。多用於貶義。史衛王：南宋・史彌遠。見卷五・二六注（4）。

（3）無俚：猶無聊。

（4）從風而靡：謂如風之吹草，草隨風傾倒。比喻仿效、風行之迅速。

（5）黃東發：黃震，字東發。南宋末慈溪人。姜西溟：姜宸

英，字西溟，號湛園，又號葦間。浙江慈溪人。康熙
二十六年探花，授編修，年已七十。

(6) 陳蘭芳：揚州戲班小旦。餘未詳。

(7) 陳子高：野史中人物。南朝會稽山陰人。美男子，如美
婦人。

(8) 董嬌嬈：漢代歌姬。後常用以稱美女。東漢‧宋子侯有
〈董嬌嬈〉詩。

(9) 叔子：晉‧羊祜。見卷一三‧五七注(3)。

三五

　　以詩受業隨園者，方外緇流(1)，青衣紅粉(2)，
無所不備。人嫌太濫。余笑曰：「子不讀《尚書大
傳》乎？東郭子思問子貢曰(3)：『夫子之門，何其雜
也？』子貢曰：『醫門多疾，大匠之門多曲木，有教
無類(4)，其斯之謂歟？』」近又有伶人邱四、計五亦
來受業(5)。王夢樓見贈云(6)：「佛法門牆真廣大，
傳經直到鄭櫻桃(7)。」布衣黃允修客死秦中(8)，臨
危，囑其家人云：「必葬我於隨園之側。」自題一聯
云：「生執一經為弟子；死營孤塚傍先生。」

【箋注】

(1) 方外：域外，邊遠地區。緇流：僧徒。

(2) 青衣：地位低下者。紅粉：美女。

(3) 東郭子思：春秋時人名。子貢：即端木賜。見卷四‧
五六注(1)。

(4) 有教無類：不論貴賤賢愚都給以教育。

（5）伶人：歌舞戲曲演員。邱四：未詳。計五：或為計五
　　官。見本卷三九注（6）。

（6）王夢樓：王文治。見卷二・三〇注（1）。

（7）鄭櫻桃：見補遺卷三・二注（10）。喻指少年歌舞藝人。

（8）黃允修：黃之紀。見卷三・四六注（1）。

三六

　　青浦邵明經西樵玘（1），余甲子分房之薦卷
也（2）。後三十年，〈過隨園〉云：「白首再投前薦
主，絳帷寧拒老門生（3）？」余讀而感焉，問其年，登
八十，家有園林，在朱家角。余甲寅到松江，順道訪
之，擬師生再作盤桓，而西樵歿矣！所鑴出遊山居詩
甚多，僅記其〈病足〉一聯云：「跬步疑分域（4），同
居悵各天。」〈梧巢〉云：「高樹送聲疑雨至，虛窗
弄影怯燈孤。」

【箋注】

（1）邵西樵：邵玘。見卷七・八五注（4）。明經，即對貢生的
　　尊稱。

（2）分房：清代科舉考試，南闈和北闈的同考官都分為十八
　　房，分住東西經房，負有分房閱卷之責，故稱。

（3）絳帷：猶絳帳。對師門、講席之敬稱。見卷二・六〇
　　注（2）。

（4）跬（kuǐ）步：半步。指極近的距離。分域：指劃分界
　　限，區域。

三七

山陰王梅卿女子(1)，能詩，精音律。自伊父被議歿後，煢煢無依(2)。余慮名門之女，竟至流落，故認為繼女，而教陳竹士秀才聘為繼室(3)。合巹後(4)，子固、叔姬雙雙歸寧(5)。梅卿獻詩，情詞悱惻。並云：「俟乾阿嬭百年之後，願持三年之服。」余感其天良，為之淚下。詩曰：「等閒扶上碧雲端，得遂依依膝下歡。風力盡催花絮墮，日光能破雪冰寒。迴生法試慈悲大，入骨恩深報答難。願化銜環雙喜鵲，為爺百歲報平安。」梅卿有詩稿百餘首，余選其尤佳者，交梓人刊入《閨秀集》中。竹士兩娶才女，先纖纖(6)，後梅卿，亦奇！梅卿初名雅三。

【箋注】

(1) 王梅卿：王倩，字雅三，號梅卿。清浙江山陰人。知縣王謀文女。諸生陳基妻。有《問花樓詩鈔》、《洞簫樓詞》。

(2) 煢煢（qióng）：孤零貌。

(3) 陳竹士：陳基。見補遺卷五・三五注(2)。

(4) 合巹（jǐn）：指舉行婚禮。

(5) 歸寧：指看望父母。《春秋左傳・宣公五年》：「冬，齊高固及子叔姬來。」凡諸侯之女，歸寧曰來。此為借用。

(6) 纖纖：金逸。見補遺卷五・四八注(1)。

三八

雅三父名謀文(1)，字達溪，為交河令。〈獄中寄女〉詩云：「尋常小別已牽愁，況我年衰作楚囚(2)。勸飲花前何日再？課詩燈下此生休。舟傾宦海真如夢，柝攪離魂又到秋(3)。料得閨中垂髮女，也應北望淚雙流。」此詩梅卿記之，而誦與余聽者也。

【箋注】

(1) 王謀文：字達溪。浙江山陰人。貢生。乾隆三十三年任介休知縣，四十八年任交河知縣時因侵貪案下獄。

(2) 楚囚：原指被俘的楚國人。此處借指獄囚。

(3) 柝（tuò）：巡夜人敲以報更的木梆。

三九

兩雄相悅(1)，如變風變雅(2)，史書罕見。余在粵東，有少艾袁師晉(3)，見劉霞裳而悅之(4)，誓同衾枕；忽為事阻，兩人涕泗漣如。余賦詩詠之。不料事隔十載，偕嚴小秋秀才游廣陵(5)，遇計五官者(6)，風貌儒雅，亦慕嚴不已，竟得交歡盡意焉。為嚴郎貧故，轉有所贈。余書扇贈云：「計然越國有精苗(7)，生小能吹子晉簫(8)。哺啜可觀花欲笑(9)，芳蘭竟體筆難描(10)。洛神正挾陳思至(11)，嚴助剛為宛若招(12)。自是人天歡喜事，老夫無分也魂消。」臨別，彼此灑淚。小秋作《離別難》詞云：「花落鳥

啼日暮，悲流水西東。悔從前意摯情濃。問東君仙境
許儂通。為底事玉洞桃花，才開三夕，偏遇東風？最
堪憐，任有遊絲十丈，留不住飛紅。　　春去也，五
更鐘。隔雲煙、十二巫峰。恨春波一色搖綠，曲江頭
明日掛孤篷。偏逢著杜宇啼時，將離花放，人去帷
空。斷腸處，灑盡相思紅淚，明月二分中。」

【箋注】

(1) 兩雄：兩男。

(2) 變風變雅：原指《詩經》國風、大雅、小雅的變調。此
喻指風氣。

(3) 少艾：形容年輕美麗。袁師晉：未詳。

(4) 劉霞裳：袁枚弟子。見卷二・三三注(2)。

(5) 嚴小秋：嚴駿生。見本卷四注(1)。

(6) 計五官：清代乾隆年間崑曲名伶。一作季賦琴，以字
行，藝名計五官。常熟人。揚州洪班小旦。

(7) 計然：春秋末葵丘濮上人，名研。一說姓辛，字文子。
南游于越，范蠡師事之。一說，計然為范蠡所著書名。
或說，即越大夫文種。

(8) 子晉：王子喬的字。見補遺卷三・二七注(12)。

(9) 哺啜：吃喝。《南史・王彧傳》：「景文非但風流可
悅，乃哺歠亦復可觀。」

(10) 芳蘭竟體：見卷一四・九八注(2)。

(11) 陳思：指陳思王曹植。見卷二・四七注(9)。著〈洛神
賦〉。

(12) 嚴助：西漢會稽吳人。本姓莊，避明帝諱，改嚴。漢武
帝時，從嚴助議，使以節發兵會稽，救東甌。建元中，
拜會稽太守。據說，嚴助是漢朝從平民中招攬的人才之

一。宛若：漢代女子名。《史記·孝武本紀》：「神君者，長陵女子，以子死悲哀，故見神于先後宛若。宛若祠之其室，民多往祠。」見神，即顯靈。先後，妯娌。

四〇

前人〈弔張江陵相公〉云(1)：「恩怨盡時方論定，封疆危日見才難。」張船山太史題其曾祖遂寧相國祠堂云(2)：「功名立後田園盡，恩怨消時俎豆公(3)。」余哭西林相公云(4)：「邊疆功過青天在，將相榮華碧水沉。」三詩意境，不謀而合。

【箋注】

(1) 前人：指明·王啟茂，字天根。湖北石首人。崇禎末，以明經薦，不就。詩題為〈謁張文忠公祠〉。張江陵：明張居正。見卷一四·九注(1)。

(2) 張船山：張問陶。見補遺卷五·五〇注(2)。遂寧相國：張鵬翮。見補遺卷六·四四注(3)。清代康熙、雍正朝名臣。雍正時曾追賠二萬兩銀。應為張問陶高祖。

(3) 俎（zǔ）豆：指祭祀、崇奉。

(4) 西林相公：鄂爾泰。見卷一·一注(7)。

四一

揚州巨商汪令聞(1)，余姻戚也。己卯、庚辰間，余及見其盛時，招致四方名士徐友竹、方南塘、曹學

賓諸公(2)，有琴歌酒賦之歡，然其徽言佳句(3)，
竟不傳也。今三十餘年矣，余過揚州，其孫號源波
者(4)，以詩來見。有句云：「高峰匿景畫如晦，野草
作花秋似春。」又云：「特地篷窗高捲起，不辭風露
為看山。」皆清峭可愛。問其近況，久不名一錢矣。
吁！家產盡而後詩人生，異哉！

【箋注】

(1)汪令聞：汪廷璋。見補遺卷三‧三二注(2)。

(2)徐友竹：徐堅。見卷四‧五注(4)。方南塘：方貞觀。見
　　卷八‧九〇注(1)。曹學賓：未詳。

(3)徽言：美言，善言。

(4)汪源波：未詳。

四二

　　李松雲太守修莫愁湖(1)，遊者題詠甚多。有姑蘇
名士朱滋年題三首云(2)：「亭臺好占水雲涯，水上雕
窗透碧紗。愛煞梁間雙燕子，棲來猶恐是盧家(3)。」
「傳神妙筆等分香，霧鬢雲鬟淺淡粧。道是洛神生劫
後，題詩合寫十三行(4)。」「玉勒金鞍幾輩過，看
詩人比看潮多。爭呼十五雙鬟女，教唱隨園《水調
歌》。」蓋牆上見余詩而作也。

【箋注】

(1)李松雲：李堯棟。見補遺卷六‧四一注(2)。

(2) 朱滋年：字潤木，一字樹堂，號樹齋。安徽當塗人。乾隆三十年拔貢生。官來安教諭。有《樹堂詩鈔》。

(3) 盧家：指莫愁女家。見補遺卷六・四一注(7)。

(4) 十三行：晉・王獻之所書〈洛神賦〉真跡，至南宋時僅存十三行字。故名。

四三

乾隆乙卯，秋闈榜發，主試劉雲房、錢雲巖兩先生入山見訪(1)。余告之曰：「今科第二名孫原湘(2)，余之詩弟子也。渠癸卯落第時，室人席佩蘭以詩慰之(3)，有『人間試官不敢收，讓與李、杜為弟子』之句。今孫郎出二公門下，唐錢、劉與李、杜並稱(4)，伊婦之詩，竟成讖耶？」二公大喜。余將此語札致佩蘭。渠覆書云：「讀先生札，夫婦笑吃吃不休，因蘭〈賀外〉詩，與老人心心相印也。」其詩載《女弟子集》中。

【箋注】

(1) 劉雲房：劉權之（1739-1818），字德輿，號雲房。湖南長沙人。乾隆二十五年進士。官至禮部尚書、體仁閣大學士。諡文恪。有《劉文恪公詩集》。錢雲巖：錢福胙（1763-1802），字爾受，一字錫嘉，號雲巖、芸館、竹房。浙江嘉興人。乾隆五十五年進士。官文淵閣校理、詹事府詹事、右春坊右庶子，提督福建學政。有《竹房遺詩》。

(2) 孫原湘：見卷一一・二五注(3)。

(3) 席佩蘭：見補遺卷六・一七注(1)。

(4) 錢劉：指唐・錢起、劉長卿。其詩均學王維，得清空工
致之韻，因以並稱。

四四

　　余憎人自稱別號，前已論之詳矣。偶翻《楊升
庵集》(1)，有〈譏別號〉詩，云：「曾子名參字未
傳(2)，如今別號轉紛然。子規本是能言鳥，恰又教人
喚杜鵑(3)。」

【箋注】

(1) 楊升庵：楊慎。見卷二・四二注(5)。

(2) 曾子：曾參。見卷一六・三五注(5)。

(3) 子規：《爾雅翼》：「其大如鳩，以春分先鳴，至夏尤
甚。……其鳴聲若『歸去』。」《說文》為子巂，《史
記》為秭鳺，《禽經》為子規，字雖異而名同；亦曰望
帝，亦曰杜宇，亦曰杜鵑，名異而實同。

四五

　　聖祖南巡(1)，偶覓《樂府解題》一書，出千
金，竟不可得。後見郭茂倩解樂府云(2)：「『砧』
者(3)，砆也。『山上山』者，出也。『大刀頭』，鐶
也。『破鏡飛上天』，半月也。言夫在何處，『山上
復有山』，已出門也。『何當大刀頭』，還期不過半

月。蓋隱語也。」余按：漢景帝時(4)，夏侯寬為樂府
令(5)。武帝乃立樂府採詩(6)。鄭樵云(7)：「樂府有
因聲而造歌者，有因歌而造聲者，亦有聲有歌者，無
聲無歌者。崔豹以義說名(8)，吳兢以事解目(9)，其
失傳一也。」

【箋注】

(1) 聖祖：即康熙帝玄燁。廟號聖祖。

(2) 郭茂倩：宋鄆州須城人。官河南府法曹參軍。通音律，
　　善漢隸。輯《樂府詩集》。

(3) 薰砧：古代處死刑，罪人席薰伏於砧上，用鈇斬之。
　　鈇、「夫」諧音，後因以「薰砧」為婦女稱丈夫的隱
　　語。《玉臺新詠·〈古絕句〉之一》：「薰砧今何在？
　　山上復有山。何當大刀頭，破鏡飛上天。」

(4) 漢景帝：劉啟。在位十六年。

(5) 夏侯寬：應是漢惠帝時人。郭茂倩說：「樂府之名，起
　　于漢魏。自孝惠帝時，夏侯寬為樂府令，始以名官。至
　　武帝，乃立樂府，采詩夜誦，有趙代秦楚之謳。」（見
　　《樂府詩集》卷九十）

(6) 武帝：劉徹。在位五十四年。見卷一五·九注(3)。

(7) 鄭樵：見卷一·一六注(8)。

(8) 崔豹：見卷一·一六注(9)。

(9) 吳兢：見卷一·一六注(9)。

四六

丁酉二月，陳竹士秀才寓吳城碧鳳坊某氏(1)。一夕，夢有女子傍窗外立，泣且歌曰：「昨夜春風帶雨來，綠紗窗下長莓苔。傷心生怕堂前燕，日日雙飛傍硯臺。」「東風幾度語流鶯，落盡庭花鳥亦驚。最是夜闌人靜後，隔窗悄聽讀書聲。」及曉，告知主人。主人泫然曰(2)：「此亡女所作。」

【箋注】

(1)陳竹士：陳基。見補遺卷五・三五注(2)。碧鳳坊：位處蘇州中心的觀前街。

(2)泫然：流淚貌。亦指流淚。

四七

余過觀音門(1)，有〈題燕子磯〉詩(2)，不知何人之作，雖刻畫「燕子」二字，有傷大方，然其苦心難沒。詩云：「滿岸蒹葭伴侶稀(3)，金陵化石影依依。潮回似欲銜泥去，浪急還疑貼水飛。絕似謝安高第在(4)，還猜杜甫片帆歸(5)。磯邊莫怪春風冷，歲歲蒼苔換羽衣。」又：「山峻喜添龍虎勢，臺空懶傍鳳凰飛。」

【箋注】

(1)觀音門：在今南京市北。明洪武中所建十六外郭門之一，當直瀆水入江之門，為歷代屯戍之處。

(2) 燕子磯：見卷八・五六注(1)。

(3) 蒹葭：即兼和葭兩種水草。出典于《詩經》後，有在水邊懷念故人的意思。

(4) 謝安：見卷一・五六注(4)。謝家為南京名族。此處暗用唐・劉禹錫「舊時王謝堂前燕」詩意。

(5) 杜甫：詩中多詠燕子，且有〈燕子來舟中作〉，因而聯想到杜甫。

四八

香亭在南安舟中書〈所見〉云(1)：「沿灘魚網列西東，十網扳來九網空。能狎風波無耐性，也難江上作漁翁。」又：「每到急流爭捷處，大船讓與小船先。」俱詩外有詩。

【箋注】

(1) 香亭：袁樹。見卷一・五注(3)。南安：此似指福建南安縣。

四九

乙卯春，余偕陳竹士遊四明(1)，渠〈路上〉詩云(2)：「風外潺潺識壩來，百夫纜曳客船廻(3)。波心一擲如飛弩(4)，怒把春江水劃開。」

【箋注】

(1)陳竹士：陳基。見補遺卷五・三五注(2)。四明：四明山，在今浙江東部，綿延嵊、上虞、餘姚、奉化、鄞等縣市。

(2)渠：他。

(3)曳：牽引。指拉縴。

(4)弩：用機械發箭的弓。此代指箭。

五○

梅卿與竹士別後寄余詩云(1)：「一春邗上侍清遊(2)，賞盡名花掃盡愁。明月招人騎白鶴，輕風先我別紅樓。」「無端小病孤清興，寄父原約送至蘇州，以病不果。獨唱驪歌上釣舟(3)。擬遣夢魂隨膝下，奈他潮水不西流。金陵在江之東。」

【箋注】

(1)梅卿：王倩。見本卷三七注(1)。與竹士為夫妻。

(2)邗(hán)：地名。亦水名（邗水、邗江）。在今江蘇揚州市西北。

(3)驪歌：離別之歌。

五一

王符《潛夫論》曰(1)：「脂蠟所以明燈，太多則晦；書史所以供筆，用滯則煩。」近今崇尚考據，吟

詩犯此病者尤多。趙雲松觀察嘲之云(2)：「莫道工師善聚材(3)，也須結構費心裁。如何絕艷芙蓉粉，亂抹無鹽臉上來(4)？」

【箋注】

(1)王符：字節信。東漢安定臨涇人。耿介不同俗，終生不仕。著《潛夫論》，以譏當時得失，議論治國富民之道。

(2)趙雲松：趙翼。見卷二・三三注(3)。

(3)工師：工匠。

(4)無鹽：戰國時齊宣王后鍾離春。見卷四・六三注(3)。

五二

詩空談格調，不主性情，楊誠齋道是「鈍根人所為」(1)。近又有每動筆專摹古樣者。不知鑄錢有范(2)，而人之求之者買錢不買范也。遺腹子祭墓(3)，備極三牲五鼎，而終不知乃翁之聲音笑貌在何所(4)，豈不可笑！

【箋注】

(1)楊誠齋：宋・楊萬里。見卷一・二注(1)。鈍根：佛教語。亦泛指缺少靈性。

(2)范：此處通「笵」、「範」。型範。俗稱模子。

(3)遺腹子：指懷孕婦人于丈夫死後所生的孩子。

(4)乃翁：指父親。

五三

六朝人稱詩之多而能工者沈約也（1），少而能工者謝朓也（2）。余讀二人之詩，愛謝而不愛沈。佛書性理，俱疊床架屋（3），至數十萬言，不若《論語》、《大學》數章之有味。記某有句云：「聞香知夢醒，見性覺經煩。」

【箋注】

（1）沈約：南朝梁詩人。見卷三·四三注（6）。

（2）謝朓：南朝齊詩人。見卷一·二二注（4）。

（3）疊床架屋：比喻重複累贅。

五四

初，相士胡文炳決我六十三而生子（1），七十六而考終。六十三果生阿遲，心以為神，故臨期自作〈生挽〉詩索和。不料過期不驗，乃又作〈告存〉詩以解嘲。奇麗川中丞撫蘇州（2），鑴白玉印見贈，一曰「倉山叟」，一曰「乾隆壬子第一歲老人」（3）。其見愛甚篤，而落想尤奇。

【箋注】

（1）胡文炳：清揚州相士。餘未詳。相士，舊時以談命相為職業的人。

（2）奇麗川：奇豐額。見卷一·五四注（2）。

（3）壬子：乾隆五十七年。

五五

余四妹嫁揚州汪氏(1)，以娩難亡。妹夫楷亭為梓《繡餘吟稿》。丙辰春，見女士程友鶴_雲著《綠窗遺稿》(2)，有硯巖老人序云(3)：「其詩不在家楷亭室人之下。」余讀之憮然(4)。〈詠蝴蝶〉云：「東風為剪五銖衣(5)，覓葉尋香伴亦稀。未必鄰家春獨好，如何偏欲過牆飛？」〈冬夜〉云：「簾垂小閣夜生寒，睡鴨香消漏已殘(6)。獨有梅花心耐冷，一枝和月上闌干。」斷句如：「柳飛三徑雪，花落一庭煙。」「一灣流水下孤鶩，幾點遠峰橫落霞。」俱佳。

【箋注】

(1) 四妹：指四堂妹袁棠，嫁汪孟珊（字楷亭）為繼室。見卷一○・三八注(1)。

(2) 程友鶴：程雲，字友鶴，號梅衫。清安徽歙縣人。有《綠窗遺稿》。

(3) 硯巖：汪堂，字硯巖。清安徽歙縣人。有《水香村墅詩》十二卷。

(4) 憮（wǔ）然：驚愕貌。

(5) 五銖衣：傳說古代神仙穿的一種衣服，輕而薄。

(6) 睡鴨：古代一種香爐。銅製，狀如臥着的鴨，故名。

五六

乾隆丙辰，余覓館京師(1)，蒙徵士蓬雲墀先生薦與河南張太守諱學林者司書記事(2)，聘定矣，以

路遠不果行。乃書扇贈云：「十年獨坐早知名，又見星軺奉使旌(3)。入謁過蒙追夙好(4)，先生任粵西，與家叔有舊。攀車無那動離情(5)。寒花偶有難開色，德水長流不斷聲(6)。此日漁陽禾正好(7)，期公一笑比河清(8)。」今又嘉慶丙辰矣，在揚州遇其孫□□，出前扇見示。詩雖不佳，而音塵若夢，乃錄而存之。

【箋注】

(1)覓館：尋找學館，教私塾。

(2)蕭雲墀：蕭駿。見卷四・六六注(2)。張學林：見卷四・六六注(10)。

(3)星軺（yáo）：使者所乘的車。亦借指使者。

(4)夙好：舊情。

(5)無那：無奈。

(6)德水：黃河的別名。此喻功德。

(7)漁陽：戰國燕置漁陽郡，秦漢治所在漁陽（今北京市密雲縣西南）。代指北京。

(8)一笑比河清：《宋史・卷三一六・包拯傳》：「拯立朝剛毅，貴戚宦官為之斂手，聞者皆憚之。人以包拯笑比黃河清。」

五七

鄭夾漈詆昌黎《琴操》數篇為《兔園冊子》(1)，語似太妄。然《羑里操》一篇(2)，文王稱紂為「天王聖明」，余心亦不以為然，與《大雅》諸篇不合，不

如古樂府之《琴操》曰：「殷道溷溷(3)，浸濁煩兮；炎炎之虐(4)，使我愆兮(5)。」其詞質而文。要知大聖人必不反其詞以取媚而沽名。余文集中辨之也詳。

【箋注】

(1)鄭夾漈（jì）：宋‧鄭樵。見卷一‧一六注(8)。昌黎：唐韓愈。見卷一‧一三注(1)。兔園冊子：唐‧杜嗣先奉蔣王李惲之命編《兔園策府》。借漢梁孝王「兔園」以名書。纂古今事分為四十八門，仿應科目策，自設問對，引經史為訓注，皆對偶駢儷之語。後世遂將通俗淺顯之書統稱為「兔園冊子」。

(2)羑（yǒu）里操：韓愈所作琴歌。羑里，古城名。在今河南湯陰北。羑水經城北東流。為殷紂王囚禁西伯（文王）的地方。

(3)溷溷（hùn）：亂，混濁。

(4)炎炎：權勢煊赫貌。

(5)愆（qiān）：罪過。此處指受冤辱。

五八

劉賓客詩云(1)：「集中惟覺祭文多。」余按：劉公本傳，七十七而薨(2)，宜其祭文之多也。今余年又過之，而平生樂道人之善，凡王侯、公卿及交厚者，不忍其湮沒，文集中碑誌、墓銘、哀詞之類，不止二三百首。在當日諸公必不料余為後死之人，而余亦不料天為諸公身後事，而使我後死也。嗚呼！

【箋注】

(1)劉賓客：唐‧劉禹錫。見卷一‧四二注(10)。

(2)薨（hōng）：死的別稱。古稱諸侯、高官之死。

五九

余雅不喜詩壇吟社之說，大概起於前明末年鴟張門戶之惡習(1)。李、杜、韓、蘇壇築何處？社結何方？惟劉文房有句云(2)：「遙聞詩將會河南。」以詩稱「將」，似為壇坫先聲(3)。

【箋注】

(1)鴟（chī）張：像鴟鳥張翼一樣。比喻囂張。門戶：指派別。

(2)劉文房：劉長卿。見補遺卷八‧一四注(1)。此處所引為劉長卿〈送孔巢父赴河南軍（一作皇甫冉詩）〉：「聞道全軍征北虜，又言詩將會南河。」

(3)壇坫（diàn）：本指會盟的壇台。後亦指文人集會或集會之所。

六〇

布衣劉南廬死四十年矣(1)，墓在通州。林鐵簫來(2)，誦其佳句云：「溪冷鹿馱紅葉雨，門閒犬有白雲心。」又曰：「茶烹雨裏煙俱濕，笑向風前齒亦涼。」鐵簫誦畢別去，不十日而病死於觀音門僧寺

中。余為葬於瑤坊門外,題石碣云「清故詩人林鐵簫之墓」。猶記其〈龍江關〉云:「一帶寒山入暮煙,風帆沙鳥尚依然。回思歲月如流水,再過江頭十五年。」

【箋注】

(1)劉南廬:劉芳。見卷一三‧一八文及注(1)。

(2)林鐵簫:林李。見卷一五‧八〇注(1)。

六一

　　「貌將花自許,人與影相憐(1)。」又:「欲語先為笑,將歸又轉身(2)。」此種綺語,非六朝人不能。唐人李建勳〈毆妓〉詩云(3):「當時心已悔,徹夜手猶香。」只此十字,勝羅虬之〈比紅〉百首遠矣(4)!

【箋注】

(1)「貌將」二語:晉‧劉琨〈胡姬年十五〉:「花將面自許,人共影相憐。」

(2)「欲語」二語:南朝梁‧王樞〈至烏林村見採桑者聊以贈之〉:「將去復回身,欲語先為笑。」

(3)李建勳:五代時廣陵人。官南唐中書侍郎、昭武軍節度使,以司徒致仕。

(4)羅虬:唐詩人。見卷一二‧八七注(5)。

六二

趙雲松觀察渡江見訪(1)，曰：「一幅蒲帆兩草鞋(2)，借名送考到秦淮(3)。老夫別有西來意，半為棲霞半簡齋(4)。」余請其小飲，以詩辭云：「靈山五百阿羅漢(5)，一個觀音請客難(6)。」

【箋注】

(1)趙雲松：趙翼。見卷二・三三注(3)。

(2)蒲帆：用蒲草編織的帆。

(3)秦淮：河名。流經南京，是南京市名勝之一。此借指南京。

(4)棲霞：棲霞山，在今南京市東北，上有千佛巖石窟，為中國目前所知南朝唯一的石窟。山上還有棲霞寺，南朝齊建。簡齋：袁枚的號。

(5)靈山：印度佛教聖地靈鷲山的簡稱。此處喻當時文壇詩苑。阿羅漢：佛教語。小乘的最高果位，應受人天供養的尊者。喻文壇詩苑名人。

(6)觀音：佛教菩薩名。慈悲的化身。此處喻袁枚。

六三

《瀟湘錄》(1)：「高宗患頭風(2)，宮人穿地置藥爐，有金色蝦蟇跳出，頭戴『武』字。」此杜詩所云「王母顧之笑」是也(3)，以為刺楊妃者(4)，誤。

【箋注】

(1)瀟湘錄：唐人小說。作者有說李隱，有說柳祥。

(2)高宗：唐高宗李治。

(3)杜詩：指杜甫〈奉同郭給事湯東靈湫作（驪山溫湯之東有龍湫）〉。原文為：「坡陀金蝦蟆，出見蓋有由。至尊顧之笑，王母不肯收。」

(4)楊妃：指楊貴妃楊玉環。

六四

　　余詠宋子京有句云(1)：「人不風流空富貴，兩行紅燭狀元家。」家香亭襲之(2)，贈張船山云(3)：「天因著作生才子，人不風流枉少年。」似青出於藍。余詠桂林山云：「奇山不入中原界，走入窮邊才逞怪。桂林天小青山大，山山都立青天外。」某太史襲之，作〈高黎貢山歌〉云：「巨靈開荒劃世界，奇峰驅出中原外。走入窮邊絕徼中(4)，掀天負地逞雄怪。」似青出於藍而不如藍。

【箋注】

(1)宋子京：宋祁。見卷一・四六注(13)。宋・魏泰《東軒筆錄》卷十五載：宋子京「晚年知成都府，帶《唐書》于本任刊修。每宴罷，盥漱畢，開寢門，垂簾，燃二椽燭，滕婢夾侍，和墨伸紙，遠近觀者，皆知尚書修《唐書》矣，望之如神仙焉。」

(2)香亭：袁樹。見卷一・五注(3)。

(3)張船山：張問陶。見補遺卷五・五〇注(2)。

(4)窮邊絕徼（jiào）：極遠的邊塞。亦作窮荒絕徼。

六五

　　潤筆之說(1)，始于陳皇后以黃金丐相如作〈長門賦〉(2)。而《北史》所載：高熲笑鄭譯草上柱國制詞曰「筆乾」是也(3)。宋湯思退草劉婉仙制詞(4)，高宗賜金數萬。君之於臣，尚且如此，則劉叉所攫者(5)，何足算哉？王安石知制誥(6)，以所得潤筆錢制中書省，欲表廉也。後祖無擇代其職(7)，盡取為公費。安石大怒，乃文致其罪而竄之。第古人以有韻者謂之文，無韻者謂之筆，見《文心雕龍》。故謝元善為詩(8)，任隨工於筆(9)，稱「任筆沈詩」(10)。又，劉孝綽「三筆六詩」(11)。皆見《南史》。

【箋注】

(1)潤筆：唐宋翰苑官草制除官公文，例奉潤筆物。後泛指付給作詩文書畫之人的報酬。

(2)陳皇后：阿嬌。見卷一五・四九注(6)。

(3)高熲（jiǒng）：隋渤海蓨人。北周時拜開府，功遷司馬，進位柱國。楊廣時拜太常卿，前後為相近二十年。「熲」，此書各版本誤為「穎」，據《北史》和《隋書》改。鄭譯：隋榮陽開封人。北周時以給事中士起家，累遷至內史上大夫，封沛國公。與楊堅有同學之舊，傾心結納。嘗奉詔參與撰律令。上柱國：官名，位極尊寵。制詞：詔書。筆乾：要求潤筆的戲語。

(4)湯思退：宋處州青田人。高宗紹興十五年中博學宏詞

科。以附秦檜，官至簽書樞密院事兼權參知政事。劉婉
仙：應為劉婉儀。

(5)劉叉：見卷一二・八七注(4)。

(6)王安石：見卷一・四六注(2)。

(7)祖無擇：宋蔡州上蔡人。仁宗寶元元年進士。英宗朝知
制誥，加龍圖閣直學士、權知開封府。神宗朝入知通
進、銀台司。王安石執政，諷求其罪，謫忠正軍節度副
使。

(8)謝元：謝朓。見卷一・二二注(4)。

(9)任隨：任昉。見卷二・七六注(4)。此處為「任隨」，不
知何據。

(10)任筆沈詩：沈約，南朝梁武康人。字休文。歷三代。以
詩名，時與任昉筆並稱。一說謝玄暉善為詩，任彥昇工
于筆，沈約兼而有之。

(11)劉孝綽：見卷一○・三六注(1)。所謂三筆六詩，指劉
孝綽三弟劉孝儀的文與六弟劉孝威的詩。

六六

嘗讀《古詩紀》(1)，而嘆六朝之末，詩教大衰，
凡吟詠者，皆用古樂府舊題，而語意又全不相合。甚
至二陸之仿《三百篇》(2)，傅長虞之〈孝經詩〉、
〈論語詩〉、〈周易、周官詩〉(3)，編抄經句，毫無
意味。其他，〈飲馬長城窟〉而並無一字及「馬」，
〈秋胡行〉而反稱堯、舜，尤可笑也！至於「妃呼
希」、「伴阿那」，則本來有音無樂矣。初唐陳子昂
起而一掃空之(4)。杜少陵、白香山創為新樂府(5)，

以自寫性情。此三唐之詩之所以盛也。

【箋注】

(1)古詩紀：古詩總集，原名《詩紀》，明代馮惟訥編。馮惟訥，字汝言，號少洲。山東臨朐人。嘉靖年間進士，官至江西左布政使。

(2)二陸：指晉‧陸機（見卷一○‧二○注(1)）、陸雲（見卷一○‧四六注(6)）兄弟。

(3)傅長虞：傅咸。見卷五‧一八注(5)。

(4)陳子昂：見卷九‧八三注(10)。

(5)新樂府：一種用新題寫時事的樂府體詩。雖辭為樂府，已不被聲律。此類新歌，創始于初唐，發展于李白、杜甫，至元稹、白居易更得到發揚光大，並確定了新樂府的名稱。參見卷一‧一六和二○。

六七

　　駱佩香孀居後(1)，詠〈月〉云：「不是嫦娥甘獨處，有誰領袖廣寒宮？」余喜其自命不凡，大為少婦守寡者生色。

【箋注】

(1)駱佩香：駱綺蘭。見補遺卷三‧三六注(2)。孀（shuāng）居：守寡。

一

六朝詩有足法者。寫景，則〈詠雨〉云：「細落疑含霧，斜飛為帶風(1)。」〈詠月〉云：「山明疑有雪，岸白不關沙(2)。」「雨住便生熱，雲晴時作峰(3)。」言情，則：「莫嫌春繭薄，猶有萬重絲(4)。」「若不信儂來，請看霜上跡(5)。」「攤門不安橫，無復相關意(6)。」又：「回黃轉綠無定期，世事反覆君所知(7)。」「人壽百年能幾何？後來新婦變為婆(8)。」

【箋注】

(1)「細落」二語：北齊・劉逖〈對雨有懷詩〉。「為」作「覺」。

(2)「山明」二語：北周・庾信〈舟中望月〉。

(3)「雨住」二語：北周・庾信〈喜晴〉。「時」作「即」。

(4)「莫嫌」二語：唐・皮日休〈和魯望風人詩〉。「嫌」作「言」。

(5)「若不」二語：無名氏〈子夜四時歌・冬歌〉：「塗濕無人行，冒寒往相覓。若不信儂時，但看雪上跡。」

(6)「攤門」二語：無名氏〈子夜歌〉。攤（lí），張開。

(7)「回黃」二語：無名氏〈休洗紅〉。

(8)「人壽」二語：無名氏〈休洗紅〉。「變」作「今」。

二

左思之才(1)，高於潘岳(2)；謝朓之才(3)，爽於
靈運(4)。何也？以其超雋能新故也。齊高祖云(5)：
「三日不讀謝朓詩，便覺口臭。」宜李青蓮之一生低
首也(6)。

【箋注】

(1)左思：見卷一・一五注(3)。

(2)潘岳：見卷一○・二四注(4)。

(3)謝朓：南朝齊詩人。見卷一・二二注(4)。

(4)靈運：南朝宋詩人謝靈運。見卷四・二九注(1)。爽，清
朗。

(5)齊高祖：高歡。東魏渤海蓨人。執東魏政十六年。死
後，其子高洋代東魏稱北齊帝，追尊為神武帝，廟號
高祖。此處應為梁高祖蕭衍（據宋・葉廷珪《海錄碎
事》）。蕭衍，南朝梁開國君主。在位四十八年，廟號
高祖。擅長文學，精樂律，善書法。

(6)李青蓮：唐・李白。李白〈秋登宣城謝朓北樓〉：「誰
念北樓上，臨風懷謝公。」

三

詩家兩題，不過「寫景、言情」四字。我道：
景雖好，一過目而已忘；情果真時，往來於心而不
釋。孔子所云「興、觀、群、怨」四字，惟言情者
居其三。若寫景，則不過「可以觀」一句而已。因

取閒時所錄古人言情佳句，如吳某云(1)：「平生不得意，泉路復何如？」贈友云：「乍見還疑夢，相悲各問年(2)。」寄遠云：「路長難計日，書遠每題年。無復生還想，還思未別前(3)。」七言如：「相見或因中夜夢，寄來都是隔年書(4)。」「重來未定知何日，欲別殷勤更上樓(5)。」「涼月不知人散盡，殷勤還下畫簾來(6)。」「餞雖難忍臨期淚，詩尚能傳別後情(7)。」「三尺焦桐七條線，子期師曠兩沉沉(8)。」「最怕酒闌天欲曉，知君前路宿何村(9)？」「願將雙淚啼為雨，明日留君不出城(10)。」「垂老相逢漸難別，大家期限各無多(11)。」「若比九原泉路隔，只多含淚一封書(12)。」

【箋注】

(1) 吳：民國本作「哭」。所引「平生」二語為唐・喬知之〈哭故人〉句。

(2)「乍見」二語：唐・司空曙〈雲陽館與韓紳宿別〉。

(3)「路長」四語：唐・李約〈從軍行〉。

(4)「相見」二語：唐・羅鄴〈途中寄友人〉。

(5)「重來」二語：唐・張喬〈九華樓晴望〉。

(6)「涼月」二語：未詳。唐・李玖《四丈夫同賦》：「春月不知人事改，闌垂光影照汙宮。」唐・鹿虔扆《臨江仙》：「煙月不知人事改，夜闌還照深宮。」宋・劉子翬《絕句送巨山二首》：「明月不知君已去，夜深還照讀書窗。」

(7)「餞雖」二語：未詳。

(8)「三尺」二語：唐・李山甫〈贈彈琴李處士〉。子期，春秋時楚國人鍾子期，善辨音律，伯牙的知音，子期死，伯牙不復鼓琴。師曠，見補遺卷三・二七注(11)。

(9)「最怕」二語：未詳。

(10)「願將」二語：明・齊景雲〈贈別傅生〉。

(11)「垂老」二語：唐・元稹〈贈樂天〉。

(12)「若比」二語：卷七・九三說為宋人詩。

四

　　或〈瘞旅客〉云(1)：「半面為君申一慟(2)，不知何處是家鄉。」無情之情，轉覺深遠。

【箋注】

(1)或：有人。瘞（yì）：埋葬。
(2)半面：指瞥見一面。

五

　　近時孫廷颺〈送客之楚〉云(1)：「落日蒼苔正晚鐘，送君聊復坐從容。亦知少駐終成別，畢竟權留勝再逢。黃葉亭空聽絡緯(2)，白蘋江冷夢芙蓉(3)。倘經回雁峰頭過(4)，珍重平安信一封。」此詩亦復情深。

【箋注】

(1) 孫廷颺：見補遺卷八・一〇注(4)。

(2) 絡緯：蟲名。即莎雞，俗稱絡絲娘、紡織娘。夏秋夜間振羽作聲，聲如紡線，故名。

(3) 芙蓉：荷花的別名。《楚辭・離騷》：「制芰荷以為衣兮，集芙蓉以為裳。」

(4) 回雁峰：在今湖南衡陽市南，居南嶽七十二峰之首。據說北雁南飛越冬，至此氣暖，不再南飛而北歸。

六

詩不能作甘言(1)，便作辣語(2)、荒唐語(3)，亦復可愛。國初閻某有句云(4)：「殺我安知非賞鑒，因人決不是英雄(5)。」〈詠漢高〉云(6)：「能通關內風雲氣，不諱山東酒色名。」「英雄本不羞貧賤，歌舞何曾損帝王？」可以謂之辣矣！或〈贈道士〉云：「煉成雲母堪炊飯，收得雷公當吏兵(7)。」或〈自述〉云：「我向大羅看世界(8)，世界不過手掌大。當時祇為上昇忙，不及提向瀛洲賣(9)。」可以謂之荒唐矣！

【箋注】

(1) 甘言：好聽的話。《國語・晉語一》：「又有甘言焉，言之大甘，其中必苦。」

(2) 辣語：潑辣放縱的語言。

(3) 荒唐語：荒誕離奇、不合常情的語言。

(4)閻某：閻爾梅。見卷七・四一注(3)。

(5)因：因襲，順應。

(6)漢高：漢高祖劉邦。

(7)雷公：神話中管打雷的神。

(8)大羅：道教所稱三十六天中最高一重天。

(9)瀛洲：傳說中的仙山。

七

宋人絕句有補采者，如：「人老簪花不自羞，花應羞上老人頭。醉中扶過平康里，十里珠簾半上鈎(1)。」「一百二十四門生，春風初長羽毛成。袞翁漸老兒孫小，他日知誰略有情(2)。」「暮鼓晨鐘自擊撞，關門敧枕有殘釭。白灰撥盡通紅火，臥聽蕭蕭雪打牕(3)。」「沙軟波清山路微，手持筇杖著深衣。白鷗不信忘機久，見我猶穿岸柳飛(4)。」「塚上為亭鬼莫嗔，塚頭人是塚中人。憑欄莫問興亡事，除卻虛空總是塵(5)。」「天一峰前是我家，滿床書籍舊生涯。春城戀酒不歸去，老卻碧桃無限花(6)。」「閒把羅衣泣鳳凰，先朝曾教舞衣裳。春來卻羨庭花落，得逐晴風出苑牆(7)。」

【箋注】

(1)「人老」四語：宋・蘇軾〈吉祥寺賞牡丹〉。

(2)「一百」四語：五代・王仁裕〈示諸門生〉。共八句，前後各取二語。

(3)「暮鼓」四語：宋‧蘇軾〈書雙竹湛師房〉。

(4)「沙軟」四語：宋‧司馬光〈獨步至洛濱二首〉。

(5)「塚上」四語：宋‧無名氏〈題塚上亭〉。

(6)「天一」四語：〈臨安旅邸壁間〉。作者未定。詩中多異字。

(7)「閒把」四語：唐末鄭谷〈長門怨〉。

八

　　每見今人知集中詩缺某體，故晚年必補作此體，以補其數，往往喫力而不討好。不知唐人：五言工，不必再工七言也；古體工，不必再工近體也；是以得情性之真，而成一家之盛。試觀李、杜、韓、蘇全集(1)，便見大概。

【箋注】

(1)李杜韓蘇：李白、杜甫、韓愈、蘇軾各成一家之盛，相比較而言，也各隨其所長、任其所短。

九

　　詩有見道之言(1)，如梁元帝之「不疑行舫往，惟看遠樹來(2)」，庾肩吾之「只認己身往，翻疑彼岸移(3)」：兩意相同，俱是悟境。王梵志云(4)：「昔我未生時，冥冥無所知(5)。天公忽生我，生我復何

為？無衣使我寒，無食使我饑。還你天公我，還我未生時。」八句是禪家上乘(6)。陳后山云(7)：「美人梳洗時，滿頭間珠翠(8)。豈知兩片雲，戴著幾村稅？」四語是《小雅》正風。

【箋注】

(1) 見道：洞徹真理；明白事理。

(2) 梁元帝：即蕭繹。見卷七・四五注(7)。

(3) 庾肩吾：南朝梁南陽新野人。庾信父。簡文帝時為度支尚書。投元帝后，官江州刺史。善為文，為宮體詩代表作家之一。明人輯有《庾度支集》。

(4) 王梵志：唐衛州黎陽人。約唐初數十年間在世。家業敗落，皈信佛教。喜作詩，多用村言俚語，唐時民間流傳甚廣。

(5) 冥冥：昏暗貌。

(6) 上乘：佛教語。即大乘。亦指上品、上等。

(7) 陳后山：陳師道。見卷三・六六注(6)。此處所引，應為唐・鄭遨或杜光庭詩，題為〈富貴曲〉。文字略有出入。

(8) 間：夾。

胡書巢太守官罷(1)，兩次捐復(2)，家資搜括已盡，第三次再捐。余寄宋人〈詠被虜女子〉詩云(3)：「到底不知顏色誤(4)，馬前猶自買胭脂(5)。」胡卒不聽以行，未及補官而卒。余為刻其《碧腴齋詩

集》，而葬之於金陵瑤坊門外。

【箋注】

(1)胡書巢：胡德琳。見卷二・一六注(2)。

(2)捐復：捐銀恢復受處分降革的原官。清代的一種弊政。

(3)宋人：為元・聶碧窗〈哀被擄婦〉詩。聶碧窗，江西人。元初為龍翔宮書記，後為京口天慶觀主。

(4)顏色：面容，姿色。

(5)胭脂：一種紅色化妝顏料。

一一

有童子作〈討蚊檄〉云(1)：「成群結隊，渾家流賊之形(2)；鼓翅高吟，滿眼時文之鬼(3)。」蓋憎其師之督責時文故也。語雖惡，恰有風趣。

【箋注】

(1)檄：聲討的文書。

(2)流賊：四處流竄的盜賊。

(3)時文：時下流行的文體。舊時對科舉應試文體的通稱。

一二

余曾兩題漂母祠(1)，後有所感，又作一首，云：「莫說英雄解報恩，也須早貴似王孫(2)。倘教漂母身

先死，誰輦千金到九原（3）？」

【箋注】

(1) 漂母祠：見補遺卷八·五八注（14）。

(2) 王孫：王公貴族子弟。

(3) 輦（niǎn）：載運。九原：墳墓。

一三

　　吾鄉厲太鴻與沈歸愚（1），同在浙江志館，而詩派不合。余道：厲公七古氣弱，非其所長，然近體清妙，至今為浙派者（2），誰能及之？如：「身披絮帽寒猶薄，才上籃輿趣便生（3）。」「壓枝梅子多難數，過雨楊花貼地飛。」「白日如年娛我老，綠陰似水送春歸。」〈入都會試途中除夕〉云：「荒村已是裁春帖（4），茅店還聞索酒錢。」「燭為留人遲見跋（5），雞防失旦故爭先（6）。」皆絕調也。

【箋注】

(1) 厲太鴻：厲鶚。見卷三·六一注（1）。厲鶚酷愛宋詩，上承陶謝，風格妍練幽雋，工于短章，拙於長篇，而力量不厚。沈歸愚：沈德潛。見卷一·三一注（3）。沈詩多以平正典雅為皈依，襲盛唐面目，而乏精警，少真氣，論詩主「格調」，倡溫柔敦厚之說。

(2) 浙派：形成於清中葉，發起人是浙西人朱彝尊。主要成員有查慎行、杭世駿、厲鶚、符曾、汪沆等人。推崇宋詩，注重學問，追求幽新境界。內容狹窄，愛用僻典。少數作品感情真摯，風格清新。

(3)籃輿：古代供人乘坐的交通工具，一般以人力抬著行走，類似後世的轎子。

(4)春帖：舊俗于立春日撰作的帖子詞。多為五、七言絕句。其體工麗。

(5)跋：謂燭燃盡。

(6)失旦：謂雞誤報曉。常用以比喻工作失職。

一四

　　唐人最重五律，所以劉長卿有「長城」之號(1)。近日吳門何豈匏錦專工此體(2)。〈聽鐵師彈琴〉云：「抱琴來幾年，孤寺夕陽天。往往輟殘課，泠泠調古弦(3)。未秋先落葉，無鑿忽鳴泉。自覺疏慵甚(4)，來聽輸鶴先。」通首一氣呵成，殊難得也。其他佳句如：「衣著舊棉重，腮糊新紙明。」「呈詩多越座(5)，避酒或憑欄。」皆是作詩，不是描詩(6)。

【箋注】

(1)劉長卿：見補遺卷八・一四注(1)。

(2)何豈匏：何錦，字子濯，號豈匏。清江蘇吳縣人。布衣。有《篋中草》。

(3)泠泠（líng）：形容聲音清越、悠揚。

(4)疏慵（yōng）：疏懶；懶散。

(5)越座：離開座位。

(6)描詩：謂寫詩無創造性，依傍、承襲古人。

一五

田實發進士〈詠曉鐘〉云(1)：「雨雲魂夢初驚後，名利心思未動前。」亦妙。

【箋注】

(1)田實發：見卷三·一六注(1)。

一六

揚州陳又群寔孫〈秋閨月〉云(1)：「欲眠初卷幔，月已到床前。因怯衾裯冷(2)，依然不敢眠。」又，〈遣興〉云：「遠山明向斜陽後，春睡濃於細雨時。」甘肅吳承禧有句云(3)：「收心強學人端坐，改字頻忘墨倒磨。」又曰：「卻笑山居人懶甚，落花不掃待風來。」

【箋注】

(1)陳又群：陳寔孫，字又群，號師竹。清江蘇如皋人。諸生。工詩，善書法。有《春草堂集》。

(2)衾裯（qīnchóu）：指被褥床帳等臥具。

(3)吳承禧：字太鴻，號小松。清甘肅狄道人。諸生。有《見山樓詩草》。

一七

乙卯春，余在揚州。巡漕謝香泉侍御移尊寓所(1)，有夢樓侍講、香岩秀才、歌者計賦琴(2)。門下士劉熙即席云(3)：「謝公清興軼雲霄(4)，賓館移尊慰寂寥(5)。地足騁懷寧厭小，客仍是主不須招。無邊煙景剛三月，蓋世才人聚一宵。定有德星占太史(6)，千秋高會續紅橋(7)。」「一枝玉樹冠群芳(8)，入座題襟興倍長(9)。從古佳人是男子(10)，見《後漢書》。於今問字有歌郎。計郎學詩於隨園。酒傾長夜真如海，燈照名花別有光。細數平生遊宴處，幾回似此最難忘？」

【箋注】

(1) 謝香泉：謝振定。見補遺卷九・一三注(1)。巡漕，巡漕御史，都察院派御史掌監漕運。

(2) 夢樓：王文治。見卷二・三〇注(1)。香岩：張培。見卷一二・七四注(1)。計賦琴：計五官。見補遺卷九・三九注(6)。

(3) 劉熙：見補遺卷七・三四注(9)。

(4) 軼(yì)：超絕。

(5) 移尊：移樽，舉杯飲酒。

(6) 德星：古以景星、歲星等為德星，認為國有道有福或有賢人出現，則德星現。太史：官名。掌管觀察天象、推算曆法。

(7) 紅橋：揚州橋名，為遊覽勝地之一。

(8) 玉樹：喻人的俊雅風流。

(9)題襟：抒寫胸懷。

(10)「從古」句：漢‧陸閎，建武中為尚書令，閎姿容如玉，光武見而歎曰：「南方固多佳人。」——出自謝承《後漢書》，已逸。

一八

離隨園數武(1)，地名小桃源，有東岳道院羽士徐景仙直青(2)，頗愛吟詠。〈溪上〉云：「野塘深柳夕陽斜，斷岸無人噪晚鴉。風滿綠荷香不定，蜻蜓飛上水蓂花(3)。」〈漫興〉云：「藥爐丹鼎伴閒身(4)，山似屏遮樹作鄰。自得桃源為地主(5)，不成仙也勝凡人。」他如：「鶴聲帶月啼蕭寺(6)，樹裏開山對蔣山(7)。」皆佳。

【箋注】

(1)數武：數步。

(2)徐景仙：徐直青，字景仙。清南京東岳道院道士。羽士，道士的別稱。

(3)水蓂（hóng）：水草名。花紅色或白色，可觀賞，花果可入藥。

(4)丹鼎：煉丹用的鼎。

(5)地主：當地的主人。

(6)蕭寺：佛寺。見卷四‧六六注(5)。

(7)蔣山：即鍾山。又名紫金山，在南京市東北。

一九

　　枚少時雖受知于傅文忠公(1)，而與福敬齋公相從未侔面(2)。前年，蒙其在西藏軍中通書問訊，見懷四詩，情文雙美。今年五月，在楚征苗薨逝。枚不禁泣下，賦二詩哭之。後見外孫陸崑圃代作四章(3)，更覺莊重，遂加潤色，遠寄京師，而自己所撰，又不忍割捨，故留於《詩話》中。云：「銅柱勳名萬口傳(4)，騎鯨人去未華顛(5)。馬援力疾猶臨陣(6)，祖逖英年早著鞭(7)。底事三軍剛洗甲(8)，忽教一柱不擎天？聖恩加到難加處，王爵追封到九泉。」「塞外高吟詩四章，遠教驛使寄袁羊(9)。未曾識面成知己，才得通書便斷腸。萬里魂歸憑馬革，九重親到奠椒漿(10)。誰知朝野銜哀外，別有閒鷗泣數行(11)！」

【箋注】

(1) 受知：受賞識，優待。傅文忠：傅恒。見卷八・三六注(2)。

(2) 福敬齋：福康安。見補遺卷六・四七注(2)。侔(móu)面：見面。

(3) 陸崑圃：袁枚二姐的長孫。見補遺卷九・一九注(1)。

(4) 銅柱：銅製的作為邊界標誌的界椿。《後漢書・馬援傳》，李賢注引晉・顧微《廣州記》：「援到交阯（阯、趾），立銅柱，為漢之極界也。」此處指邊功。

(5) 騎鯨：比喻遊仙。此指逝去。

(6) 馬援：見卷二・一九注(2)。馬援曾以「馬革裹屍」自誓，出征匈奴、烏桓。後將兵擊武陵五溪蠻，病卒於軍。力疾：勉強支撐病體。

(7)祖逖：見卷九·九注(3)。

(8)洗甲：洗淨甲兵，以便收藏。謂停止戰事。

(9)袁羊：晉·袁喬。見補遺卷四·五注(4)。此代稱袁枚自己。

(10)椒漿：以椒浸製的酒漿。指祭品。

(11)閒鷗：袁枚自指。

二○

王荊公行新法(1)，自知民怨沸騰，乃詠〈雪〉云：「勢大直疑埋地盡，功成才見放春回。村農不識仁民意，只望青天萬里開。」祖無擇笑曰(2)：「待到開時，民成溝中瘠矣！」荊公初召用度支判官(3)，不就；修起居注(4)，不就。齎冊吏拜而求之(5)，乃逃於廁。授知制誥(6)，方起。故有人見其〈雪〉詩而刺之，云：「不知落得幾多雪，作盡北風無限聲(7)。」又，詠〈泉〉云：「流到前溪無一語，在山作得許多聲(8)。」余少時〈讀荊公傳〉云：「寡識不知《周禮》偽(9)，好諛忘卻仲尼尊(10)。」

【箋注】

(1)王荊公：王安石。見卷一·四六注(2)。神宗時拜同中書下平章事。陸續頒行農田水利、青苗、均輸、保甲、免役、市易、保馬、方田等新法，又改革科舉、學校制度。曾遭強烈反對，兩度罷相。史稱王安石變法。其積極意義，應予肯定。此處所引，為〈次韻和甫詠雪〉的後半首。字有不同。

(2) 祖無擇：宋人。見補遺卷九・六五注(7)。

(3) 度支判官：官名。北宋三司戶部以無職事朝官充任，不預司務。

(4) 修起居注：官名。掌皇帝起居注之修撰。

(5) 齎（jī）冊吏：傳送文冊的官吏。

(6) 知制誥：掌管起草誥命的官。

(7) 「不知」二語：宋・楊萬里〈慶長叔招飲一杯未釂雪聲璀然即席走筆賦十詩〉中的詩句，似應與諷刺王安石變法無關。

(8) 「流到」二語：宋・楊萬里〈宿靈鷲禪寺〉中句。與諷王無關。

(9) 周禮：是我國古代政治制度方面的專著，儒家重要經典之一。兩漢今文學家多認為《周禮》是偽書，但此說破綻明顯，後人頗有質疑。

(10) 好諛：好諂媚，奉承。仲尼：孔子的字。

二一

弟香亭詩才清婉(1)，而近日從澳門寄詩來，殊雄健，信乎江山之助，不可少也！〈渡海〉云：「萬頃碧琉璃，雙瞳忽淨洗。內洋水色碧如翡翠，至大洋則黑。數點山浮空，四面天垂水。騰身登巨航，漸入重洋裏。雨細風不生，水搖浪自起。變態出須臾，奇光閃黃紫。濺沫潑頭上，埋舟入井底。尾低頭倏昂，左仄右復欹。人若釜內魚，身作箕中米。惴惴忍顛危，頻頻問迢遞(2)。出險試凝眸，得岸已在彼。拂拭濕衣

裾，檢點舊行李。回首一長吁，已渡海來矣。」〈越嶺至深澳〉云：「海風大於天，海山橫截浪。山裏風輪中，人行山頂上。風欲拔山飛，山怒與風抗。業已路斷絕，強就天依傍。頭仰方懼壓，踵旋頓迷向(3)。細徑曲沿邊，側身與石讓。心共懸旌搖(4)，輿作紙鳶放(5)。崎嶇萬千盤，變幻頃刻狀。恥為楊朱泣(6)，強學王尊壯(7)。五體及百骸(8)，安放難穩當。官途竟至此，嗒然神氣喪(9)。」又，〈憶隨園〉云：「十年杖履暢追尋(10)，花裏彈棋月下吟。過去何曾嫌日永，別來倐已及春深。畫非共賞難娛目，詩未經看不放心。萬里漫言歸路遠，夢魂常到舊山林。」

【箋注】

(1) 香亭：袁樹。見卷一·五注(3)。

(2) 逿邐：遠近。

(3) 踵旋：掉轉腳跟。

(4) 懸旌：掛在空中隨風飄蕩的旌旗。常用來形容心神不寧。

(5) 輿：轎子。紙鳶（yuān）：風箏。

(6) 楊朱：戰國初魏國人。後於墨子，前於孟子。其說主「重己」、「貴生」，不以物累形，拔一毫而利天下不為。《淮南子·說林訓》：「楊子見逵路而哭之，為其可以南，可以北。」

(7) 王尊：西漢涿郡高陽人。少孤貧，為人牧羊，能史書。歷任縣令、郡太守、部刺史、王國相、京兆尹，誅惡不畏豪強。王尊為東郡太守時，曾欲身塞金堤，義感黃河。吏民嘉壯尊之勇節。（《漢書·王尊傳》）

(8)百骸：全身骨骼。

(9)嗒然：形容沮喪悵惘的神情。

(10)杖履：對尊者的敬稱。

二二

余嘗有句云：「水常易涸終緣淺，山到成名畢竟高。」偶閱《詞科掌錄》載：沈歸愚詠〈北固山〉云(1)：「鐵甕日沉殘角起(2)，海門月暗夜潮收(3)。」〈渡江〉云：「帆轉猶龍沖岸出，水聲疑雨挾舟飛。」嚴遂成〈曲谷〉云(4)：「雕盤大漠寒無影(5)，冰裂長河夜有聲。」〈太行山〉云(6)：「孕生碧獸形何怪，壓住黃河氣不驕。」二人四詩，皆氣體沉雄，畢竟名下無虛。

【箋注】

(1)沈歸愚：沈德潛。見卷一・三一注(3)。北固山：在今江蘇省鎮江市東北。有南、中、北三峰。

(2)鐵甕：指鐵甕城，北固山前的一座古城。為三國時孫權所築。殘角：遠處隱約的角聲。

(3)海門：內河通海之處。

(4)嚴遂成：見卷二・一三注(2)。曲谷：望曲谷，在甘肅臨洮西南，去龍桑城二百里。

(5)雕盤：老鵰盤旋。

(6)太行山：在山西高原與河北平原間。從東北向西南延伸。北起拒馬河谷，南至晉豫邊境黃河沿岸。

二三

燕以均年雖老(1)，而詩極風趣。近詠〈七夕〉
云(2)：「相看只隔一條河，鵲不填橋不敢過。作到神
仙還怕水，算來有巧也無多。」

【箋注】

(1)燕以均：見卷三・一二注(8)。

(2)七夕：農曆七月初七之夕。民間傳說，牛郎織女每年此
夜在天河渡鵲橋相會。舊俗婦女在庭院中進行乞巧活
動。

二四

人但知滿口公卿者為俗(1)，而不知滿口不趨公卿
者為尤俗必也。素其位而行(2)，不忮不求(3)，無適
無莫(4)，其斯謂之君子乎？《唐闕史》載：中書舍
人路群之高淡(5)，給事中盧宏正之富貴(6)，雪中相
過，所服不同，所言不同，而兩意相忘，相好特甚。
時人兩美之。余嘗與亞相莊滋圃赴尹文端公小飲(7)，
賦七古，有句云：「赤也端章點也狂(8)，夫子難禁莞
爾笑。」

【箋注】

(1)公卿：王公貴卿，泛指高官。

(2)素位：依現在所處地位。

(3)不忮（zhì）不求：不嫉妒，不貪求。

(4)無適無莫：謂沒規定該如何，也沒規定不該如何。指靈活相處。

(5)路群：唐魏州冠氏人。登進士第。通經術，善屬文。官至中書舍人、翰林學士承旨。歷踐臺閣，未嘗以勢位自矜。

(6)盧宏正：唐幽州范陽人。擢進士第。曾任兵部郎中、給事中、戶部侍郎、鹽鐵轉運使、汴州刺史、宣武軍節度使等。此所述路與盧「雪中相過」情事，詳見四庫全書本《唐闕史（卷上）・路舍人友盧給事》。

(7)莊滋圃：莊有恭。見卷一・六六注(8)。亞相，指官位次於丞相的大臣。尹文端：尹繼善。見卷一・一〇注(3)。

(8)赤：公西赤，字子華。春秋時魯國人。孔子弟子。熟悉禮儀，為人謙虛。嘗在孔子前言志，願參加宗廟盟會之事，為一小相。點：曾點。見卷五・三六注(5)。曾點嘗侍孔子言志，願「浴乎沂，風乎舞雩，詠而歸」，孔子贊同其志。季武子之喪，大夫往弔，而點倚門而歌，人謂之狂。

二五

宋人詩云：「梧桐直不甘凋謝，數葉迎風尚有聲(1)。」又云：「曾經玉貌君王寵，還擬人看似昔時(2)。」此四句，皆為失時者言，恰有餘味。

【箋注】

(1)「梧桐」二語：宋・張耒〈夜坐〉。

(2)「曾經」二語：唐・劉得仁〈悲老宮人〉。

二六

余少年時，最怕早起。國初人有句云：「從來甘寢處，最是欲明天(1)。」凡種松者，初往上長，到五六十年後，便不銳上，而枝葉平鋪。六朝人有句云：「泉高下溜急，松古上枝平(2)。」每見雀鬥，必一齊下地。李鐵君有句云(3)：「鬥禽雙墜地，交蔓各升籬。」遊天台，夜聞雨，自覺敗興，不料早起，而路已乾，可遊。查他山有句云(4)：「夢裏似曾聽雨過，曉來仍不礙山行。」方知物理人情，無有不被古人說過者。

【箋注】

(1)「從來」二語：宋・楊萬里〈早起〉。說「國初」詩，誤。

(2)「泉高」二語：北齊・蕭愨〈和崔侍中從駕經山寺〉。

(3)李鐵君：李鍇。見卷三・二七注(4)。

(4)查他山：查慎行。見卷三・一二注(1)。

二七

代人悼亡(1)，最難落筆。然古人有亡于禮者之禮(2)，則自有亡於情者之情。吳蘭雪〈過竹士瘦吟樓哭纖纖夫人〉云(3)：「片紙吹來已斷腸，青青潘鬢乍成霜(4)。今生文字因緣重，此去人天離別長。三島舊遊雲慘綠(5)，一樓殘夢月昏黃。羅衣單薄仙風冷，鶴

背先愁怯晚涼。」「書奩藥裹亂成堆(6)，日日題箋傍
鏡臺。一代紅粧歸間氣(7)，九閨彩筆杖仙才。生前手
草教親定，病裏心花更怒開。聞說前宵猶強坐，挑燈
為和一詩來。」「文采誰傳絳幔經(8)，寄生小鳳乍梳
翎。夫人繼沈散花女史女鳳珍為女。牀前詩卷拋猶滿，畫裏
眉峰慘不青。蝴蝶飄來秋影瘦，水仙夢到夜涼醒。旁
人只賞流傳句，不管酸心不要聽。」

【箋注】

(1)悼亡：悼念亡者。晉・潘岳因妻死，作〈悼亡〉詩三
　　首，後因稱喪妻為悼亡。

(2)亡於禮者之禮：不存在于常禮之中的禮節。

(3)吳蘭雪：吳嵩梁。見補遺卷二・六七注(2)。纖纖：金
　　逸。見補遺卷五・四八注(1)。

(4)潘鬢：見卷一〇・二四注(4)。此指金纖纖丈夫陳竹士。

(5)三島：指傳說中的蓬萊、方丈、瀛洲三座海上仙山。亦
　　泛指仙境。

(6)書奩藥裹：書箱藥囊。

(7)間氣：本指天地英雄之氣，此喻才氣。

(8)絳幔：即絳帳。為師門敬稱。

二八

　　金陵燕子磯有永濟寺，往來士大夫，往往阻風
小泊，輒有題句。國朝相國張文端英(1)、鄂文端
爾泰(2)，墨蹟淋漓，尚存僧舍。老僧默默(3)，曾刻

一集，竟被火焚。余二十七歲遊此寺，今八十一矣。今春又為風阻，遣家人抄存。尹少宰會一云(4)：「芙蓉幾朵領花宮(5)，鐘磬聲高遞遠風。一嶺白雲歸老衲(6)，半潭秋水住漁翁。香林鳥語天機活，古塔龍吟地勢雄。為問攢眉陶處士(7)，可能大醉與禪通？」「收纜停舟燕子磯，穿雲拾級叩僧扉。遠公卓錫閒隨鶴(8)，惠海蓬頭自補衣(9)。欲向三乘窺妙相(10)，卻因一語悟真機。此間早識黃梅熟，何必風旛問是非？」張宗伯廷璐云(11)：「一徑秋陰躡蘚苔，翠蘿深處寺門開。懸巖石色窗中出，繞閣江聲樹杪來。剩有禪房容徙倚(12)，尚留先澤重徘徊(13)。流光五十餘年事，又到蒲公舊講臺。康熙壬戌，先公有〈贈蒲公和尚詩〉。」李炯云(14)：「偶因江水阻，散步過林巔。霧隱三台洞，雲生一線天。倚松驚戲鼠，坐石盥流泉(15)。惟愛鍾山色，朝朝作紫煙。」又：「山開榆力健，橋仄柳身支。」亦佳。

【箋注】

(1)張文端：張英。見卷二・五五注(3)。

(2)鄂文端：鄂爾泰。見卷一・一注(7)。

(3)默默：宏濟寺僧。見卷九・六五。

(4)尹少宰：尹會一。見卷二・四七注(5)。少宰，吏部侍郎的俗稱。

(5)花宮：指佛寺。

(6)老衲（nà）：年老的僧人。

(7)陶處士：指晉・陶潛。《廬阜雜記》：「遠法師結白蓮社，以書招淵明，曰：『弟子性嗜酒，法師許飲，即

往矣。』遠許之，遂造焉。因勉以入社，淵明攢眉而去。」

(8)遠公：即東晉名僧大德慧遠，居廬山東林寺，門徒衆多。與陶淵明為友。卓錫：卓，植立；錫，錫杖，僧人外出所用。因謂僧人居留為卓錫。

(9)惠海：相傳為南朝梁僧人，南嶽衡山方廣寺西有洗衲池、補衣石，是惠海洗衣、補衣處。

(10)三乘：佛教語。指聲聞乘、緣覺乘、菩薩乘。亦泛指佛法。妙相：佛教語。莊嚴的相貌。

(11)張廷璐：見卷二・六三注(1)。

(12)徙倚：猶逡巡、滯留。

(13)先澤：指祖先的遺物。

(14)李炯：見卷五・三九注(7)。

(15)盥（guàn）：洗滌。

二九

金纖纖女子詩才既佳(1)，而神解尤超(2)。或問曰：「當今詩人，推兩大家，袁、蔣並稱(3)，何以袁詩遠至海外，近至閨門，俱喜讀之，而能讀蔣詩者寥寥？」纖纖曰：「樂有八音(4)，金、石、絲、竹、匏、土、革、木，皆正聲也。然人多愛聽金、石、絲、竹，而不甚喜聽匏、土、革、木。子試操此意，以讀兩家之詩，則任、沈之是非(5)，即邢、魏之優劣矣(6)。」人以為知言。纖纖又語其郎君竹士云：「聖人曰：『《詩》三百，一言以蔽之，曰思無邪(7)。』

余讀袁公詩，取《左傳》三字以蔽之曰：『必以情。』古人云：情長壽亦長。其信然耶？」

【箋注】

(1) 金纖纖：金逸。見補遺卷五·四八注 (1)。

(2) 神解：悟性過人。

(3) 袁蔣：袁枚、蔣士銓（見卷一·二三注 (2)）。

(4) 八音：我國古代對樂器的統稱，通常為八種不同質材所製。金，指鐘鎛；石，指磬；絲，琴瑟絃樂器；竹，管簫樂器；匏，笙竽類樂器；土，塤缶類樂器；革木，古樂器名，鞉鼓與柷敔。

(5) 任沈：指南朝梁·任昉、沈約，沈約以詩著稱，任昉以表、奏、書、啟諸體散文擅名，時人稱為「沈詩任筆」。

(6) 邢魏：指北朝齊文學家邢邵、魏休。《顏氏家訓·文章篇》記載，「邢（邵）賞服沈約而輕任昉，魏（收）愛慕任昉而毀沈約」，邢、魏兩人之間發生的任沈優劣之爭，使得「鄴下紛紜，各有朋黨」。

(7) 思無邪：思無邪意，心歸純正。

三〇

禮親王世子汲修主人能詩念舊 (1)，近致書王夢樓太史 (2)，以故人賈虞龍孝廉詩 (3)，屬其轉寄隨園，刻入《詩話》，因夢樓與賈君本係舊交故也。其詩尤工七古，篇長不能備錄，錄其〈夢樓齋中夜話〉云：「黃葉愁風雨，青衫感歲華。年來貧到骨，久住

即成家。奇數真三黜(4)，吟情尚八叉(5)。多君車笠
意(6)，深夜笑言嘩。」〈別內〉云：「莫訝頻斟金叵
羅(7)，匆匆馬首欲如何？已遲婚嫁歡情少，為歷饑寒
絮語多。聊向左家供杖屨(8)，休疑王粲滯關河(9)。
他時譜就《房中曲》(10)，留得金徽好和歌(11)。」
又句云：「夜月故人千里夢，他鄉詩思一天秋。」

【箋注】

(1) 汲修主人：昭槤。見補遺卷八・三三注(1)。

(2) 王夢樓：王文治。見卷二・三〇注(1)。

(3) 賈虞龍（1736-1761）：字舜臣，號雲城。漢軍旗人。乾
　　隆十八年舉人。有《謙益堂詩鈔》。

(4) 奇（jī）數：指星相卜祝之術。三黜（chù）：形容宦途
　　不利。

(5) 八叉：唐・溫庭筠才思敏捷，每入試，叉手構思，凡八
　　叉手而成八韻，時號「溫八叉」。後以「八叉」喻才思
　　敏捷。

(6) 車笠：喻貴賤貧富不移的深厚友誼。見卷一三・一〇
　　注(77)。

(7) 金叵（pǒ）羅：金製酒器。

(8) 左家：左思家。見卷一・一五注(3)。左思〈嬌女詩〉：
　　「左家有嬌女，皎皎頗白晰。」此似喻指岳父家。杖屨
　　（jù）：手杖與鞋子。古禮，五十歲老人可扶杖以助步
　　行，又古者席地而坐，戶內不著屨，外出始著之，故杖
　　屨為出行所需。

(9) 王粲：見卷九・九一注(1)及補遺卷六・四七注(6)。此
　　為自指。

(10) 房中曲：即《房中樂》，古樂府曲，以夫婦和美為內

容。

(11)金徽：琴上繫弦之繩。借指琴。

三一

　　方大章秀才詩(1)，初學明七子(2)，後受業門下，幡然改轍(3)，專主性靈，可謂一變至道(4)。近命其門人王鼎來謁(5)，詩頗清新。〈過陳山人崖居〉云：「為有僖佟癖(6)，誅茅古洞根。山泉飛過屋，崖石巧為門。寵冷青苔長，雲屯白晝昏。我來相揖罷(7)，晞髮淡忘言(8)。」〈過野寺〉云：「片片閒雲傍水隈(9)，方知香界少塵埃(10)。路於紅樹叢中出，門向青山缺處開。老衲偶然行藥去(11)，遊人都為聽泉來。偶留鴻爪題新句(12)，一掃空廊壁上苔。」又句云：「詩思因春長，歸心在臘先(13)。」「行盡深山方見寺，參完古佛未逢僧。」俱佳。

【箋注】

(1)方大章：見卷一〇・六〇注(1)。

(2)明七子：見卷一・三注(3)。

(3)幡然：劇變貌。

(4)至道：最高的準則。

(5)王鼎：字祖錫，號香浦、條山。江蘇華亭人。乾隆四十五年舉人。有《蘭綺堂詩稿》。

(6)僖佟：臺佟，字孝威。東漢隱士。隱于武安山，鑿穴為居，采藥自給。事見《後漢書・逸民傳》。

(7) 相揖：拱手行禮。

(8) 晞（xī）髮：曬髮使乾。常指高潔脫俗的行為。

(9) 水隈（wēi）：水彎曲隱蔽處。

(10) 香界：指佛寺。

(11) 老衲：年老的僧人。

(12) 鴻爪：比喻往事留下的痕跡。見卷八‧五二注(4)。

(13) 臘先：指臘祭之前。

三二

　　余過同里，與從子湘湄、笛生談詩(1)，其二子皆髫也(2)，倚膝而聽，若領解者。余問：「能詩否？」其長者陶甡(3)，呈其〈詠秋海棠〉云：「初過涼雨拓窗紗，綠葉淒淒映晚霞。秋夜月明如水好，上階先照海棠花。」其弟陶容〈舟行〉云(4)：「遠望青山似白雲，忽聞岸上有人聲。夜深那有人來到？卻見扳罾一盞燈(5)。」

【箋注】

(1) 湘湄：袁棠（與袁枚堂妹同名），字甘林，一字尚木，號湘湄。袁景輅長子。江蘇吳江同里鎮人。太學生。嘉慶元年舉孝廉方正。能詩，善書畫。有《秋水池堂詩集》。笛生：袁鴻（與袁枚叔父同名），字笛生，一字友仁，號達堂。袁景輅次子。嘉慶監生。官福建永春州知州。有《鐵如意庵詩稿》。

(2) 髫（tiáo）：兒童下垂之髮。指幼小。

(3)陶蛙：袁陶蛙，字彥群。袁棠子。年十七卒。有《媚學齋詩存》。

(4)陶容：袁宬，字仲容。袁棠子。年二十二亦卒。有《獨笑軒詩稿》。

(5)扳罾（bānzēng）：拉罾網捕魚。

三三

　　阮芸臺學士提學浙中(1)，嘗製團扇一柄，自寫折枝於上(2)，命多士詠之(3)。錢塘諸生陳文傑賦〈團扇詞〉一篇(4)，末句云：「歌得合歡詞一曲(5)，想教留贈合歡人。」學士大加稱賞，批其旁云：「不知誰是合歡人？」即以團扇贈之。

【箋注】

(1)阮芸臺：阮元。見補遺卷八・六二注(2)。

(2)折枝：花卉畫法之一。不畫全株、只畫連枝折下來的部分。

(3)多士：指眾多的賢士。

(4)陳文傑：陳文述，原名文傑，字雲伯，號退庵。浙江錢塘人。嘉慶五年舉人。官繁昌、全椒知縣。所至有惠政。工詩，長於歌行。有《碧城仙館詩鈔》、《頤道堂集》、《秣陵集》、《西泠懷古集》等。（《民國杭州府志》）

(5)合歡：植物名，亦為扇名，指合歡扇，即團扇，上有對稱圖案花紋，象徵男女歡會之意。

三四

　　余過吳江梨里,愛其風俗醇美。家無司閽(1),以路無乞丐也;夜戶不閉,以鄰無盜賊也;行者不乘車,不著屐,以左右皆長廊也。士大夫互結婚姻,絲蘿不斷(2)。家製小舟,蕩搖自便,有古桃源風。詩人徐山民邀余住其家三日(3),率其妻吳珊珊女士(4),雙拜為師。二人詩,天機清妙,已分刻《同人集》及《女弟子集》中矣。又見山民〈寄內書〉云:「心隨書至,何嫌十里之遙;船載人歸,當在一更以後。」想見其唱隨風致,有劉綱夫婦之思(5)。隨放棹吳江,訪唐陶山明府(6)。同行者陳秋史(7)、徐懶雲(8)、陳竹士(9)、侄笛生(10)。行至八坼(11),大風阻舟,四人聯句云:「荒荒月色逼人寒,頭壓低篷擁被看。一夜北風吹作雪,天教于此臥袁安(12)。」「如吼風聲浪欲奔,篷窗人語聽昏昏。東船西舫相依住,一夜真成水上村。」笛生〈調山民〉云:「粧樓上有女門生,應怨先生太不情。已過一更程十里,奪人夫婿一齊行。」懶雲〈調竹士〉云:「留人今夕且團圞(13),明日分飛雁影單。君欲尋梅問消息,我能替竹報平安。」時懶雲先欲辭歸,竹士托寄內子梅卿書,故有此詩。時嘉慶丙辰十一月十三日。

【箋注】

(1)司閽(hūn):看門的人。

(2)絲蘿:菟絲、女蘿均為蔓生,纏繞於草木,不易分開,故詩文中常用以比喻結為婚姻。

(3) 徐山民：徐達源。見補遺卷八‧五注(2)。

(4) 吳珊珊：吳瓊仙。見補遺卷八‧五注(2)。

(5) 劉綱：字伯鸞。三國時下邳人。有道術。曾任上虞令。歲歲大豐，遠近所仰。棄官後與妻樊雲翹居四明山，得仙術上升。後人立祠奉祀。

(6) 唐陶山：唐仲冕。見補遺卷九‧一三注(10)。

(7) 陳秋史：陳燮。見補遺卷八‧二二注(4)。

(8) 徐懶雲：徐雲路。見補遺卷八‧一七注(1)。

(9) 陳竹士：陳基。見補遺卷五‧三五注(2)。

(10) 笛生：袁鴻。見本卷三二注(1)。

(11) 八坼 (chè)：地名。

(12) 袁安：東漢人。見卷一一‧二〇注(3)。代稱袁枚。

(13) 團圞 (luán)：團聚。

三五

　　吳江多閨秀。徐秀芳、彩霞(1)，山民堂姊也。俱歸李氏，以姊妹為妯娌，唱酬無虛日，惜皆早卒。山民僅記秀芳〈重九〉云：「滿簾秋色正重陽，懶去登高倚繡床。舊日愁懷盡拋卻，近時詩思已全荒。庭梧葉落寒初動，籬菊花開晚更香。一卷殘書聊自遣，消閒此外別無方。」彩霞〈讀秀芳姊遺稿〉云：「一卷叢殘稿，蹉跎錄未成。開緘雙落淚(2)，看殺不分明。」又，陳素芳〈春雨次韻〉云(3)：「到地初融絮點殘，灑空兼潤鵲聲乾。暗添芳草迷香徑，盡洗新花出藥闌。簾閣夜吟窮百箭(4)，池塘幽夢失三竿(5)。

遙山斷浦皆生色，未怕春衫有薄寒。」〈新綠〉云：
「煙景乍驚梅實七(6)，風情多學柳眠三(7)。」素
芳，即吳江茂才李會恩之聘室(8)，未嫁而卒。又，
潘掌珍字湘蘋(9)，〈寒食對雪〉云：「今年寒食雪
連綿，偏遇佳辰三月天。應是司霜憐好景(10)，故將
美玉種春田。難分飛絮盈階白，祗覺殘花點地鮮。卻
笑城南遊玩客，春衫空典買舟錢。」〈哭豐兒〉云：
「苦雨淒風暑氣微，忍寒扶病啟窗扉。偶然想到亡兒
話，掩淚回身換袷衣(11)。兒病中常囑母當保重。」

【箋注】

(1) 徐秀芳、彩霞：清江蘇吳江人。徐蟾女。秀芳嫁監生李
　　大咸，彩霞嫁李大福，俱好吟詠，日相唱和。均早卒。
　　（同治《蘇州府志・列女傳》）

(2) 開緘（jiān）：拆開函件。

(3) 陳素芳：如上。餘未詳。

(4) 百箭：喻無數憂煩痛苦。

(5) 三竿：日上三竿。謂時間不早。

(6) 梅實七：《詩・召南・摽有梅》「摽有梅，其實七
　　兮。」漢鄭玄箋：「梅實尚餘七未落。」

(7) 柳眠三：《三輔舊事》：「漢武帝苑中有柳狀如人，號
　　曰人柳，一日三眠三起。」

(8) 李會恩：李紫綸。見補遺卷七・五一注(2)。

(9) 潘掌珍：字湘蘋。清元和人。監生嚴法曾妻。有《焚餘
　　草》。

(10) 司霜：掌管秋霜的神。

(11) 袷（jiá）衣：夾衣。

三六

又有朱文虎字荔生者(1)，慣作無題詩。〈閨情〉云：「卍字闌干白石街(2)，自挑花虱拔金釵(3)。新晴微覺莓苔滑，獨自閨房換繡鞋。」「好風連夜小桃開，雌蝶雄蜂次第來。採得盆中紅豆子，嬌憨捉臂要人猜。」又有句云：「蘆隨小港綠三里，雲漏斜陽紅半天。」

【箋注】

(1)朱文虎：如上。餘未詳。

(2)卍（wàn）字：呈「卍」狀之事物。

(3)花虱（shī）：花上的一種害蟲。

三七

又有朱爾澄字春池者(1)，〈冬夜客舍〉云：「客舍燈殘淡月斜，夜深岑寂感年華。故園手植梅千樹，每到花開不在家。」〈過孫明府潢寓齋〉云：「攜屐盤盤松徑回(2)，疏鐘遠渡寺門開。茶煙透處棋聲落，傲吏閒時冷客來(3)。山擁翠鬟羅卷軸(4)，湖浮明鏡倒樓臺。眼前便覺紅塵隔(5)，竹下談詩坐石苔。」

【箋注】

(1)朱爾澄：字春池。自署松陵人。有《西窗集》十卷。（柯愈春《清人詩文集總目提要》）

(2)盤盤：曲折回繞貌。

(3)傲吏：不為禮法所屈的官吏。

(4)翠鬟：比喻秀麗的山巒。卷軸：指裱好有軸可卷舒的書籍或字畫等。此處形容山色。

(5)紅塵：指人世繁華。

三八

　　詩往往有畸士賤工脫口而出者(1)，如成容若青衣某有詩云(2)：「一杯一杯又一杯，主人醉倒玉山頹(3)。主人大醉捲簾起，招入青山把客陪。」又，蘆墟縫人吳鯤有詩云(4)：「小雨陰陰點石苔，見花零落意徘徊。徘徊且自掃花去，花掃不完雨又來。」

【箋注】

(1)畸士：獨行拔俗之人。

(2)成容若：納蘭性德。見卷三・二八注(3)。青衣：僕役。

(3)玉山：喻俊美的儀容。頹：坍塌。

(4)吳鯤：字獨游。清江蘇吳江蘆墟村人。縫紉工。（見《清詩紀事》）

三九

　　無錫楊某妻薛氏，有色，嘗以詩答夫之從弟(1)，夫疑之，訟於府。太守巴公焚其詩，不以姦科，而許

其離異。婦有子尚幼,乃托為子之詞,呈府求復合,太守許之。楊有族某利其財,勿許婦歸,轉訟于金匱縣尹邵無恙(2)。邵置筆札於庭,命婦賦詩見志。成絕句云:「人間無路事茫茫,欲訴哀衷已斷腸。一曲琵琶千古恨,願郎留妾妾歸郎。」尹大喜,追償器用,許其復合,而令族弟他徙,以絕後侮。判云:「因母子而夫婦重諧,不過體太守全倫之意(3);遠兄弟而男女有別,亦以絕小人漁色之心(4)。」有周生者,詠其事云:「忍使文君怨白頭(5)?蘼蕪許為故夫留(6)。使君身是圓通佛(7),消盡人間棄婦愁。」「葛洪何處返仙鳬(8),曾為憐才護薛妹。從此雙魚仍比目,唧珠應傍賀家湖(9)。」

【箋注】

(1)從弟:堂弟。

(2)邵無恙:邵飄(帆)。見卷八‧五六注(3)。

(3)全倫:保全人倫道德。

(4)漁色:獵取美女。

(5)文君:卓文君。見卷一三‧五七注(4)。司馬相如喜新厭舊,欲納妾,文君憤作〈白頭吟〉。

(6)蘼蕪:草名。古傳女子食此草可多生子。用漢樂府「上山采蘼蕪,下山逢故夫」典。

(7)圓通佛:謂悟覺法性的佛。圓,不偏倚;通,無障礙。

(8)葛洪:見補遺卷六‧二八注(4)。此喻指邵無恙。仙鳬(fú):傳說道家所乘仙鳥。亦喻行蹤。

(9)賀家湖:亦名賀家池,在今浙江紹興市東。此以家鄉所在地代指邵無恙。

四〇

滿洲王公耐溪敬作江寧固山府(1)，好賢禮士。
金陵詩人蔡芷衫、曹淡泉、余秋農諸人(2)，俱從之
遊。詩才清妙，雅有唐音。今春，袖其稿來。〈秦淮
泛舟〉云：「青鬟雅小髮垂髻(3)，戲倚雕欄學語嬌。
最是繫人幽興處，絳紗窗裏篆煙飄(4)。」〈贈詩會諸
友〉云：「錦繡篇成妙入神，西園清夜絕微塵。歸遲
莫慮無燈月，自有文光照見人(5)。」

【箋注】

(1)王耐溪：王敬，號耐溪。清漢軍鑲紅旗人。江蘇江寧府
　　上元縣副榜。任山西絳縣、江西建昌、湖北武昌知縣。
　　（華東師範大學出版社《清代官員履歷檔案全編》）

(2)蔡芷衫：蔡元春。見卷三・一二注(9)。曹淡泉：曹言
　　路。見卷六・八注(3)。余秋農：余旻。見補遺卷二・
　　四九注(1)。

(3)青鬟：黑色環形髮髻。

(4)絳紗：紅紗。亦為講席的敬稱。

(5)文光：絢爛的文采。

四一

吳江嚴蕊珠女子(1)，年才十八，而聰明絕世，
典環簪為束修(2)，受業門下。余問：「曾讀倉山詩
否(3)？」曰：「不讀不來受業也。他人詩，或有句
無篇，或有篇無句。惟先生能兼之。尤愛先生駢體

文字。」因朗背〈于忠肅廟碑〉千餘言。余問:「此中典故頗多,汝能知所出處乎?」曰:「能知十之四五。」隨即引據某書某史,歷歷如指掌。且曰:「人但知先生之四六用典(4),而不知先生之詩用典乎!先生之詩,專主性靈,故運化成語,驅使百家,人習而不察。譬如鹽在水中,食者但知鹽味,不見有鹽也。然非讀破萬卷,且細心者,不能指其出處。」因又歷指數聯為證。余為駭然。因思虞仲翔云(5):「得一知己,死可無恨。」余女弟子雖二十餘人,而如蕊珠之博雅,金纖纖之領解(6),席佩蘭之推尊本朝第一(7):皆閨中之三大知己也。

蕊珠扶其母夫人出見,年六十二歲矣。白髮飄蕭,呼余為伯父。余愕然。夫人曰:「伯父抱我懷中,賜果,而忘記乎?」詢之,乃李玉洲先生之女孫(8),余嘗住其家故也。記抱時夫人才四歲耳。方知人果壽長,便有呼彭祖為小兒之意(9)。滿座為之黯然(10)。

【箋注】

(1)嚴蕊珠:見補遺卷八‧五八注(2)。

(2)典:典當。環簪:首飾。束修:指敬師的禮物。

(3)倉山:南京小倉山,隨園所建地。袁枚晚號倉山居士。

(4)四六:文體名。駢文的一體。以四字六字為對偶。

(5)虞仲翔:虞翻。見卷二‧四二注(3)和補遺卷六‧四七注(12)。

(6)金纖纖:金逸。見補遺卷五‧四八注(1)。

(7) 席佩蘭：見補遺卷六・一七注(1)。

(8) 李玉洲：李重華。見卷四・三九注(2)。

(9) 彭祖：傳說中的人物。因封于彭，故稱。傳說他善養生，有導引之術，活到八百高齡。此代指年老者。

(10) 囅（chǎn）然：笑貌。

四二

　　余二十七歲，權知溧水(1)。離任時，吏民泣送，有以萬民衣披我身者，金字輝煌，皆合郡人姓名也。車中感成一律云：「任延才學種甘棠(2)，不料民情如許長。一路壺漿擎父老，萬家兒女繡衣裳。早知花縣此間樂(3)，何必玉堂天上望(4)？更喜雙親同出境，白頭含笑說兒強。」此詩，《全集》忘載，故載之《補遺》及《詩話》中，

【箋注】

(1) 溧水：即今江蘇西南部的溧水縣。

(2) 任延：東漢南陽宛人。年十九為會稽都尉，迎官者驚其年少，到任尊賢禮士。後任九真太守，鑄作田器教民耕作。此袁枚用以自勵。甘棠：指美政。見卷九・三三注(15)。

(3) 花縣：為縣治的美稱。見卷二・三一注(6)。

(4) 玉堂：指翰林院。

四三

聖祖不飲酒（1），最惡喫煙。南巡，駐蹕德
州（2），傳旨戒煙。蔣陳錫〈往水恭記〉云（3）：「碧
碗水漿瀲灩開（4），肆筵先已戒深杯（5）。瑤池宴罷雲
屏敞（6），不許人間煙火來。」

【箋注】

(1) 聖祖：康熙皇帝玄燁。廟號聖祖。

(2) 駐蹕（bì）：帝王出行，途中停留暫住。

(3) 蔣陳錫（1653-1721）：字文孫，號雨亭。江蘇常熟人。
康熙二十四年進士。官至雲貴總督。有《山鵲巢於訟庭
詩》、《來青居詩稿》。

(4) 瀲灩（liànyàn）：水滿貌，光耀貌。

(5) 肆筵：設宴。

(6) 瑤池：原指西王母所居崑崙山上的池名，此喻指帝王行
宮。

四四

嘲嗜煙者，董竹枝云（1）：「不惜千金買姣
童（2），口含煙奉主人翁。看他呼吸關情甚，步步相隨
雲霧中。」又，〈嘲女子喫煙者〉云：「寶奩數得買
花錢（3），象管雕鏤估十千（4）。近日高唐增姣夢（5），
為雲為雨復為煙。」

【箋注】

(1)董竹枝：董偉業。見卷九‧八三注(7)。

(2)姣童：貌美的侍童。

(3)寶奩：梳妝鏡匣的美稱。

(4)象管：象牙製的管。雕鎪（sōu）：雕刻。

(5)高唐：戰國時楚國臺觀名。在雲夢澤中。傳說楚襄王游
　　高唐，夢見巫山神女，在雲雨中與其歡會。此用來形容
　　吸煙情景。

四五

　　德清蔡石公先生會試(1)，有妓愛而狎之，蔡賦
《羅江怨》詞以謝云：「功名念，風月情，兩般事，
日營營(2)，幾番攪擾心難定。待要倚翠偎紅，捨不
得黃卷青燈(3)，玉堂金馬人欽敬(4)。欲待要附鳳攀
龍(5)，捨不得玉貌花容，芙蓉帳裏恩情重。怎能兩事
兼成，遂功名，又遂恩情，三杯御酒嫦娥共。」後竟
中康熙九年狀元。其詞正而不腐，故錄之。

【箋注】

(1)蔡石公：蔡啟僔，字石公，號存園、崑暘。浙江德清
　　人。康熙九年進士。歷官右春坊右贊善。有《游燕
　　草》、《存園集》。

(2)營營：形容內心躁急不安。

(3)黃卷青燈：謂辛勤夜讀。

(4)玉堂金馬：玉堂殿和金馬門的並稱。玉堂殿，漢宮殿

名；金馬門，漢宮門名。均為學士待詔之所。後亦沿用
為翰林院的代稱。

(5)附鳳攀龍：喻依附帝王以成就功業或揚威。亦比喻依附
有聲望的人以立名。

四六

　　古無自刻文集者，惟五代和凝以其文鏤板行
世(1)，人多譏之。至今庸夫淺士，多有集行世，殊為
可噓。然素無一面(2)，而為之代刻其詩文以行世者，
古未有也。近日滿洲趙碌亭佩德侍御(3)，絕無交往，
而為我鐫〈自壽詩〉十四首，自以隸、楷二體書之，
備極精工。與李調元太史同有嗜痂之癖(4)。二人者，
吾沒齒不能忘也(5)。至於書之改卷為頁，則始于唐，
見《萬物原始》。不可不知。

【箋注】

(1)和凝：見卷一三・四八注(3)。

(2)一面：一次會面。

(3)趙碌亭：趙佩德。見補遺卷八・三五注(4)。

(4)李調元：見補遺卷九・二三注(3)。嗜痂：《宋書・劉
　　邕傳》：「邕所至嗜食瘡痂，以為味似鰒魚。嘗詣孟靈
　　休，靈休先患灸瘡，瘡痂落床上，因取食之。靈休大
　　驚。答曰：『性之所嗜。』」後因稱怪僻的嗜好為「嗜
　　痂」。此指愛自己詩作。用法特異。

(5)沒齒：終身。

四七

周青原侍郎未第時(1)，夢為九天元女召去(2)，命題公主小像。周有警句云：「冰雪消無質，星辰繫滿頭。」元女愛其奇麗，為周治心疾而醒。

【箋注】

(1)周青原：見卷二・七〇注(1)。侍郎，即各部的堂官。

(2)九天元（本字「玄」）女：道家傳說中的女神，謂為黃帝之師，聖母元君弟子，曾助黃帝滅蚩尤。

四八

秦松齡太史詠〈鶴〉云(1)：「高鳴常向月，善舞不迎人。」世祖賞其有身份(2)，即遷學士。

【箋注】

(1)秦松齡（1637-1714）：字漢石，又字次椒，號留仙，一號封巖。江蘇無錫人。順治十二年進士。改庶吉士，授檢討。康熙十八年赴博學鴻詞試。官左春坊左諭德。後因蜚語下獄，釋歸，家居三十年卒。有《蒼峴山人詩集》。太史，即翰林院屬官。

(2)世祖：即清順治皇帝廟號。

四九

余摘近人五言可愛之句，如費榆村之「水清魚可數，樹禿鳥來稀」(1)；「苔新初過雨，石古欲生雲」。岑振祖〈過丹陽〉云(2)：「鄉心隨落雁，帆影過奔牛(3)。」可稱巧對。

【箋注】

(1)費榆村：費辰，字斗占，號榆村。清浙江仁和人。居衢縣。晚中錢塘舉人。有《榆林詩集》。

(2)岑振祖（1754-1839）：字鏡西。清浙江餘姚人。諸生。客居紹興，晚歲歸里。結泊鷗吟社。有《延綠齋詩存》。

(3)奔牛：地名。在江蘇省武進縣西。一名奔牛塘，又名奔牛堰。

五〇

榆村又有句云：「讀書不知味，不如束高閣(1)。蠹魚爾何知(2)？終日會糟粕(3)。」此四句，可為今之崇尚考據者，下一神針。

【箋注】

(1)高閣：置放書籍、器物的高架子。謂棄置。

(2)蠹（dù）魚：蟲名。又稱衣魚。蛀蝕書籍衣服。體小，有銀白色細鱗，尾分二歧，形稍如魚，故名。爾：你。

(3)糟粕：酒滓。喻指粗惡食物或事物的粗劣無用者。

五一

　　余年逾八十，偶病河魚之疾（1）。醫者連用大黃（2），人人搖手，余斗膽服之，公然無恙。又病中無事，好吟自家詩集。嚴歷亭司馬寄詩相嘲云（3）：「醫學都憑放膽為，將軍專斷敵方摧。休論功業文章事，病也無人學得來。」「自家詩稿自長吟，元氣淋漓病敢侵（4）？從此雞林論價值（5），少須十倍紫團參（6）。」「追算當年求輓日（7），重生今始七齡人。不禁惹我疑心起，逃學兒童病不真。」

【箋注】

（1）河魚之疾：指腹瀉。魚爛先自腹內始，故有腹疾者，以河魚為喻。

（2）大黃：一種中草藥。味苦，性寒。具有瀉熱通便、解毒消癰功效。

（3）嚴歷亭：嚴守田。見補遺卷六・四注（4）。

（4）元氣：指人的精神、精氣。醫學上稱人的正氣，與「邪氣」相對。此處雙關。淋漓：充盛。

（5）雞林：即雞林賈。古代對新羅（古國名）商人的稱呼。後亦用為文章精美、為人購求之典。

（6）紫團參：一種名貴藥材。因產於山西省壺關縣紫團山一帶，故而得名，是黨參中的上品。

（7）求輓：請求輓聯。有相士說袁枚七十六壽終，故有此舉。這時又多活了七年，所以後一句說「七齡人」。

五二

豫親王扈蹕灤河(1)，佳句已梓入前卷中矣。其時，蒲快亭孝廉從行(2)，得詩十章。茲錄其〈過青石梁〉云(3)：「梁亙長虹起(4)，危峰駕六鼇(5)。不知牛斗近(6)，但覺馬蹄高。嵐翠沾衣袂，巖花拂佩刀。白雲渾似海，南望首頻搔。」〈廣仁嶺〉云(7)：「飛磴盤雲上，青天豹尾懸。五丁開不到(8)，雙峽斷何年？亭倚高霞出，山圍大漠圓。灤陽看咫尺(9)，瑞靄落吟邊(10)。」

【箋注】

(1)豫親王：多鐸，愛新覺羅氏。滿族人。努爾哈赤第十五子。此應指豫親王多鐸的後人。扈蹕：隨侍皇帝出行至某處。蹕，指帝王的車駕或行幸之處。灤河：在河北北部。

(2)蒲快亭：蒲忭（1751-1815），字快亭。江蘇清河人。祖籍四川。嘉慶七年進士。官蘇州府學教授。有《南園吏隱詩存》。孝廉，指舉人。

(3)青石梁：在今河北灤平縣南。

(4)亙：綿延。

(5)六鼇：神話中負載五仙山的六隻大龜。

(6)牛斗：指牛宿（一說牽牛星）和斗宿（北斗星）。

(7)廣仁嶺：在今河北承德市西。

(8)五丁：神話傳說中的五個力士。

(9)灤陽：河北省承德市的別稱。因在灤河之北，故名。

(10)瑞靄：吉祥的雲氣。吟邊：吟詠之中，詩中。

五三

　　嚴小秋丁巳二月十九夜(1)，夢訪隨園，過小桃源(2)，天暗路滑，滿地葛籐，非平日所行之路。不數武(3)，見二碑，苔蘚斑然，字不可識。時半鈎殘月，樹叢中隱約有茅屋數間，一燈如豆。急趨就之，隔窗聞一女郎吟曰：「默坐不知寒，但覺春衫薄。偶起放簾鈎，梅梢纖月落。」又一女郎吟曰：「瘦骨禁寒恨漏長，勾人腸斷月茫茫。傷心怕聽旁人說，依舊春風到海棠。」方欲就窗窺之，忽聞犬吠驚覺。此殆女鬼而能詩者耶？

【箋注】

(1)嚴小秋：嚴文俊。見補遺卷九・四注(1)。

(2)小桃源：隨園中佳勝名。

(3)數武：數步。

五四

　　小秋妹婿張卓堂士淮(1)，弱冠，以瘵疾亡(2)。彌留時，執小秋手曰：「子能代理吾詩稿，擇數句刻入隨園先生《詩話》中，吾雖死猶生也。」余憐其志而哀其命，選其〈春雨〉云：「雨聲淅瀝響空庭，釀就輕寒洗盡春。一夜聽來眠不得，那禁愁煞惜花人。」〈病中〉云：「病真空蓄三年艾(3)，夢醒忙溫一卷書。」「夜深還累妻煎藥，僕懶翻勞客請醫。」小

秋哭之云：「心高徒隕命，身死不忘名。」小秋妹
佩秋^{潤蘭}亦能詩(4)，贈小秋云：「梅能傲雪香能永，
楓不經霜色不紅。」哭夫云：「身在眾中嫌贅物(5)，
心期地下伴亡人。」果不一年，亦以疾亡。

【箋注】

(1) 張卓堂：張士淮，字卓堂。餘未詳。

(2) 瘵（zhài）疾：疫病。亦指癆病。

(3) 蓄艾：《孟子‧離婁上》：「今之欲王者，猶七年之病
求三年之艾也。苟為不畜，終身不得。」本指蓄藏多
年之艾以治久病，後以「蓄艾」比喻應長期積蓄以備急
用。

(4) 嚴佩秋：嚴潤蘭，字佩秋。清江蘇上元（今南京）人。

(5) 贅物：多餘無用之物。

國家圖書館出版品預行編目資料

隨園詩話箋註 上冊、中冊、下冊 / [清]袁枚著；李洪程箋注. --
初版. -- 臺北市：蘭臺，2012.12　冊；　公分

ISBN 978-986-6231-43-8(全套：精裝)

1.中國詩 2.詩話 3.詩評

821.87　　　　　　　　　　　　　　　　101012223

古典文學研究叢刊第一輯 3、4、5

隨園詩話箋注　上冊、中冊、下冊　（不分售）

作　　者：[清]袁枚 著 李洪程 箋注

美　　編：康美珠

封面設計：鄭荷婷

編　　輯：郭鎧銘

出 版 者：蘭臺出版社

發　　行：蘭臺出版社

地　　址：台北市中正區重慶南路1段121號8樓之14

電　　話：(02)2331-1675或(02)2331-1691

傳　　真：(02)2382-6225

E—MAIL：books5w@yahoo.com.tw或books5w@gmail.com

網路書店：http://store.pchome.com.tw/yesbooks/
　　　　　　http://www.5w.com.tw、華文網路書店、三民書局

總 經 銷：成信文化事業股份有限公司

劃撥戶名：蘭臺出版社 帳號：18995335

網路書店：博客來網路書店 http://www.books.com.tw

香港代理：香港聯合零售有限公司

地　　址：香港新界大蒲汀麗路36號中華商務印刷大樓
　　　　　　C&C Building, 36,Ting, Lai, Road, Tai,Po, New,Territories

電　　話：(852)2150-2100　　傳真：(852)2356-0735

出版日期：2012年12月 初版

定　　價：新臺幣3600元整（套書，精裝）

ISBN：978-986-6231-43-8